大衛・考勃菲爾

上

狄更斯 著
思果 譯

聯經經典

DAVID COPPERFIELD

Charles Dickens

狄更斯生平

查爾斯・狄更斯（Charles Dickens）一八一二年二月七日生於英國樸次茅斯附近，是一家的長子，在倫敦長大。他父親在海軍部做小職員，收入有限而子女眾多，後來因欠債無力償還入獄，那時狄更斯才十二歲。他因家寒進了把皮鞋染黑的小工廠做學徒，幾個月忍辱受苦，終身不忘。自幼深曉貧窮、童工、牢獄的滋味。受的教育有限，憑自己的聰明，學會了速記，十七歲居然做了報館的法庭訪員，後來又做到國會訪員，工作非常出色。由訪員又改寫小說，書出來就極受歡迎。不久名成利就。

他對人、對事精神飽滿，令人起敬。性格既極歡樂，也常陷於長久的消沈，有時甚至絕望。工作、享樂沒有節制，不顧身體。除了寫小說（有時同時寫兩本），還批評社會、積極從事慈善工作，編兩份文藝刊物，公開演說，愛好旅行（到過美國），能走很長的路。

研究犯罪學，雖然算不得是專家，卻也認真；也玩一點魔術、催眠；熱心組織歡樂的宴會，如果客人是兒童或老朋友，他就興高彩烈地參加，白晝跟好友在一起，晚上獨自一人活動。因為過勞，所以早衰。

他父母對他沒有善盡教養之職，他既孝愛，也力陳其失。對子女慈愛，但他們長大了不很稱他的心意，他對他們有時管教也嚴。

他的婚姻並不美滿，迷戀別的女子也不止一人，這方面受盡苦楚，情形大多在他死後多年才有人知道，有的也永遠沒人知道完全。一八五八年他迷戀某女伶，和妻子分居，請了小姨替他管家，後來也和小姨同居了。

狄更斯重要著作有《匹克威克會大事記》、《大衛・考勃菲爾》、《雙城記》等十八種，都很暢銷，讀者遍全球，至今不衰。他賺了很多錢，終因過於辛勞，一八七〇年二月九日，五十八歲就與世長辭了。

狄更斯在英國維多利亞早期小說家之中，毛病最大，才氣也最高，也最有特色，最出名。他的小說結構欠佳，而敘述故事的本領驚人，人物都栩栩如生，所以為人愛讀。他沒受多少教育，知識不足，但是天分特高，照西方人的說法是想像力豐富，別的小說家遠不及他。西方有人看他不起，或嫌他有許多毛病，可是愛讀他小說的人佔絕大多數，而且不乏高人。托爾斯泰就是推崇他備至的人。他富於情愛，同情貧苦的人，歡樂之情四溢。懷疑一切制度、教會、慈善團體、政府機關、法律、教養院，因為他認為只有個人自發的行動才能把事辦好。他特別痛恨階級的區分和貴族制度，因為這種區分和制度妨礙人與人天然、自由的互惠。他也不贊成嚴厲的德行，如節儉或為某理想而犧牲個人的公德心。

這一切就是他作品的根源。其實除了天才，他的書都是鼓吹道德、倫理的。《大衛．考勃菲爾》不但是他的傑作，也是最優良的英文文學作品之一。別的書也許有極好的，但是這本小說寫人生最全面，包羅也最廣。照中國儒家的看法，這是有功「政風民教」的著作，無論誰讀了，心絃都要為之震動，對他人會多些顧念與同情。

這本書自傳的成分不少，但並不全是自傳；這是小說。我們只能說，狄更斯利用了不少他自己親身的經歷，書裡有他的影子。無論如何，這是一本古今罕有的傑作。

譯序

譯書不必序。書在這裡，由讀者判斷，或棄或取。但是這部小說因為已經有了好幾個譯本，我不得不講幾句話。

狄更斯的《大衛・考勃菲爾》中國已經有（據我所知）五種譯本；全譯本三種。我不願意批評這些譯本，因為每位譯者都用了心，介紹英國小說有功。當然我有我對翻譯的要求，如果由我來譯，會有另一個譯本。俗說好書不厭百回讀，我也可以說，好書不厭百回翻。我希望我的譯本讀書界不嫌多。

狄更斯的小說照英國詩人、批評家史溫本（Algernon Charles Swinburne, 1837-1909）說，以《厚望》（*Great Expectations*）為最好，一般批評界也主此說。這部書我看過，非常喜歡。不過我們應該記住，狄更斯本人最喜歡的卻是《大衛・考勃菲爾》。四十多年前我在江西贛州認識美國遣使會天主教贛州主教和若望(John O'Shea),他說《大衛・考勃菲爾》是本好書。因此上次林以亮兄問我要翻那本書的時候,我就挑了這一本。

這是十年前的事。我當時一口氣譯了四十六回,隨後因事中輟,以迄於今。本來翻完全書,需時並不太多,但是修改舊稿,竟十分費時。最近花了一年多功夫,終於把前譯重新校改,後面十八回譯完。

順便一提,我做了個試驗,就是在原有回目外,另擬中國舊式小說的題目。不過除了中國的回目調了平仄,有對仗,容易記得之外,原有回目往往太簡,而原書一回長的在萬字以上。比較起來,中文的回目內容充分得多,叫人知道這一回講些什麼。我為此事查了舊小說,《三國演義》、《水滸傳》等的回目都做得馬虎,長短不一。《紅樓夢》最講究,一律八字一句。但也有對仗欠工整、平仄欠調的,我也不必舉出。我多少有些學曹雪芹,瞞不了明眼的讀者。這本來不在翻譯範圍以內,我不過是替讀者添些趣味,引起他懷古之幽情而已。我擬的回目曾請潘琦君大姊看過,她詩詞根柢極深,我特別要向她道謝。第五十一回本另擬「那堪回首遠適異國,無限傷心託寄片言」,因林以亮兄喜歡原有的,故照用了。

狄更斯的小說可以譯嗎?可以,也不可以。書裡敘事、描寫景物人情,都可以譯,但是有些對話譯不出。狄更斯寫對話有特別的才能,他創造各色人等,人人的話說法不同,一開口就知道是誰。未受教育的人說不含文理的話,尤其無法傳達。這種人可以添一個字的音節、減音節、發錯音、加不相干的字、減要緊的字、把字序顛倒、用雙重否定表否定，諸如此類，和中國沒有受教育的人亂說完全不同。《大衛．考勃菲爾》書中漁夫裴格悌說的話雖然暴露他沒有讀過書，卻極含詩意！我曾請教英國朋友墨銳君（**Hugh Murray**），他說英國礦工有同樣情形。這是要譯者命的事。這種地方只有妥協。狄更斯還有用錯英文字的時候，譯者不能跟著他錯。

不過誰能寫狄更斯的英文呢？他受的教育有限，除了幾部小說，熟讀的書不多。可是他真是天才、慧眼、慧心，用今天的話說，他敏感，有想像力，所以下筆如神。我此刻不能作全面的評論，一句話說完了，他有許多缺點，但是瑕不掩瑜，像他這樣的天才，英國除了莎士比亞（莎士比亞的英文也有寫錯的地方），別人不能和他相比。那時的小說大都連載，有些像今天電視的「肥皂節目」，所以要時時有高潮，要把短話長說。我也有時覺得他有冗筆，可是不多久，立刻有精彩的片段來挽救。這就是狄更斯。

我的譯法是自己譯，不先看別的譯本。先看了就會受它的影響。譯好之後，再看一下別人的譯文。別人如果譯得更好，我就再花些工夫，把自己的改好一點，不過絕對不照抄，絕對不。既不想剽竊，也想另有譯文。大多數的情形是，發現別人極好的也還可以改得更緊貼一些。有時候，別人的實在好，也只有用自己差一些的。這種情形極少。這樣，別人的譯本仍然可以流行。

有時發現自己和別人譯的相同，尤其十年前四十六回裡有早在別的本子出現之前我就譯好的。遇到這種情形，我會再改，以免雷同。有時改得好些。也有無法可改的，只得隨它去。這件事關乎個人道德良心，知我罪我，全在旁人。

人是人，不是神仙。人總有錯，何況這本書這樣長。就是今日的英美讀書人也不盡懂維多利亞早期的英文，好像我們不盡懂《紅樓夢》一樣，何況原作的英文本身還有許多問題（也像《紅樓夢》一樣）。我發現前人譯錯的地方似乎很不少。也不止一次，我譯錯了，看了前人的譯改正了。因此我對以往的譯者心懷感激之情。我的譯法也不敢說完全無錯，希望不太多。

前幾回承好友黃國彬兄看過，前一回承黎翠珍教授看過。前四十六回的疑難承Hugh Murray教授解答。以下各回我提出的疑難承黃國彬兄解答，此書之譯，全是林以亮兄鼓勵，中間他曾給我很多指示，不是他，不會有此譯本。喬志高兄贈我Edgar Johnson著的《狄更斯傳》，並解答我疑難；Hugh Murray教授贈我Angus Wilson著的《狄更斯世界》（*The World of Charles Dickens*）；李達三教授替我找到最新的中譯本，都是極有用的參考書。最後還得感謝聯經出版公司的林載爵先生，他不但對我的拖延日久，不加追責，而且在他留英期間替我搜到牛津大學出版所和Longman公司的有註本《大衛・考勃菲爾》和註，給了我很大的幫助。我對以上各位的感情，感激不盡。

Hugh Murray教授不但送書，解答疑難，還邀我到英倫一遊，使我對英國風土人情有直接的接觸，好對狄更斯有深一層的認識。他招待的熱情和實現我多年的夢想，是我生平最難忘記的經驗。

書中人名，因為英國人有暱稱，或倫敦未受教育的人省略名字第一個H字母而有種種不同，如「罕姆」可省成「安姆」，「艾彌麗」可省成「艾姆麗」等。「大衛」（David）的暱稱本來是Davy，中文改為「小衛」是權宜之計。請讀者鑒督。

書中有些稱呼，譯文斟酌情形改了。如考勃菲爾稱漁夫為「裴格悌先生」，稱他的後父兇殘的牟士冬也叫先生。這和中國的習慣不同。這些地方譯者不須道歉。這是本小說，不是社會學教科書。

思果　戊辰中秋

序

照「序」這樣鄭重的名稱說來，寫的人提到這本書的時候心情似乎要平靜才對。可是我在本書原序裡說過，書初寫成，正在興頭兒上，要達到充分客觀的這一步，還不容易呢。我對這本書印象猶新，極其關注，一則以喜、一則以悲——喜的是這樣長的構思終於寫成了書，悲的是和許多伴侶分散，因此大有把個人心事和一己感受說得叫讀者生厭的危險。

此外，關於這個故事我所能說的話，不管它有什麼作用，我已經想辦法在書裡說了。兩年辛苦創作結束，放下了筆，不禁愴然；作者眼見一批自己捏造出來的人物和他永別，彷彿把自己的部分肢體打發到陰間去了似的，這個滋味讀者知道不知道，也許無關緊要。我卻也沒有別的話要說；除非要坦白承認（其實也許更無關重要），任何人讀了這部小說，無論如何也不會像我寫這本書這樣，事事信以為真。

上面這類自白，到今天還千真萬確，所以我只膌一句心腹話要告訴讀者。就是拙著之中，我最喜歡這一本。當然我幻想出來的「子女」個個都寶貝，誰也沒有我那樣鍾愛他們，這是易於相信的。不過我就像所有的慈親一樣，心底裡有個偏疼的孩子，他的名字叫**大衛・考勃菲爾**。

目次

目次

目次

目次

目次

第一回　我出世

薄命兒生辰嗟不利
姨祖母心願恨難償

我將來是不是我傳記中的主角，還是主角另有其人，本書總會交代。我一生就從我出世開始吧。且說我在星期五午夜十二點鐘離開娘胎，這是有人告訴我，我也相信的。據說鐘鳴我哭，同一時刻。

據看護和鄰近的幾位經歷多而精明的婦女說，我生下來的日子和時辰都不吉利。第一、我注定了要倒楣；第二、能見鬼魅。（幾個月之前，這些婦女簡直不會有機會跟我會面，就非常起勁地管我的事了。）她們相信，不論是男是女，所有在星期五半夜三更生下來的倒楣的嬰孩，都有這些稟賦。

關於第一點，我不用說什麼，因為她們的推斷到底應驗了、還是虛妄，再也沒有我一生的遭遇更能證明了。關於第二點那分天賦，我只想說，除非在襁褓時期已經用盡，我到現在都沒有享到呢。不過挨不著這分天賦的邊兒，我一點也不怨；如果現在有人享我那個看得見鬼的福，好極了，儘管享下去好了。

我出世頭上有胎膜，家裡在報上登了廣告出售，定價低廉，只要十五金幣①。到底是航海的人錢不夠，還是信心不夠，情願依賴軟木救生衣，我可不知道；我知道的僅僅是一共只有孤零零的一個人開出價錢，那個人是證券交易代理，出兩鎊現款，其餘的用白葡萄酒抵帳，可是再要他加價，保證他不會淹死，不管加多少，他就不肯了。結果廣告撤回，白白賠了錢——因為說起白葡萄酒，我去世的好母親自己的這種酒那時正在市面上出售——十年後，胎膜囊拿去我家鄉摸彩售貨的地方出售，五十個人每人出半個銀幣②，抽中的人出五先令。當時我在場，記得眼看自己身體的一部分落得這樣的下場，很不自在，也很狼狽。記得胎膜的彩給一位老太太抽到，她帶了手提籃子，一肚子不情願地從籃子裡取出了

①金幣名基尼（guinea），每枚值二十一先令。從前英國人迷信，認為胎兒頭上的胎膜可以保人不做淹死鬼。

②有王冠的錢幣，值五先令。

講好的五先令，全是半辨士的輔幣，還缺兩辨士半——費了好久時間，算了許多帳，要她明白，全沒有用。她活到九十二歲，確是沒有淹死，而且是躊躇滿志地壽終正寢的，這一點在我們那裡公認為希奇。很久都會有人記得。據我所知，她除非打橋上經過，終身不曾置身水上，這是她一向津津樂道、引以為榮的。她嗜茶如命，喝起茶來，總批評航海和別的膽敢到世界各地兜圈子的人作孽，對他們始終表示憤慨。別人告訴她，有些好處（茶大概是其一）是虧了有這種妄動的人才享受得到的，這話說了也是枉然。她總是理由十足，更加著力地回敬一句，「總而言之，我們別到處兜圈子。」

我這會兒也不要兜圈子，且回頭講我的出世。

我生在薩符克郡勃倫德司東地方，或者，照蘇格蘭人的口氣，就在「旁邊」③，是遺腹子。我睜開眼看見世上的光亮六個月以前，我父親就已經瞑目了。想到他從來沒有見過我的面，我總覺得有些蹊蹺，甚至到如今都如此；還有我最初看到我父親墳前白色墓碑，童稚心靈的許多聯想，黑夜裡墓碑孤零零地豎在那裡，而我們小小的起坐間卻生了火，點了蠟燭，上了門和鎖，把它關在外面，當時我覺得差不多是殘忍，有說不出所以然的不捨得，現在回想起來，迷迷糊糊，更覺得蹊蹺。

③原文用蘇格蘭語（thereby），譯文無法表達。

我父親有位姨母，也就是我的姨婆，是我們家天字第一號大人物。不久還有很多話要提到她。她娘家姓喬幄，小名貝采。母親害怕這位可怕的人物，難得提到她。壯足了膽居然提到她的時候，總稱她貝采姨媽。她嫁給一位比她年輕很多的男人，生得非常俊美，可是要是那句家喻戶曉的古語「德美貌纔美」來評論他，就算不上美了。原來他打過我姨婆，大家這樣疑心，是有把握的。有一次為了貼他零用的事口角，他甚至想了辦法，要把姨婆從三樓窗口摔出去。雖然匆促，主意卻很堅決。夫妻齟齬既然有憑有據，我姨婆就想到拿筆錢打發他走路，雙方終於同意分居。那男人拿這筆錢去了印度，我們家有個不經之談，說有人看到他在那裡騎象，還有一頭狒狒④陪他；可是我想這一定是印度文裡有身分的男子⑤或者公主、貴婦⑥，這且不提。十年內，印度傳來消息，說他死了。我姨婆聽了有什麼感想，誰也不知道；因為分居之後，她馬上就重新用了娘家的姓，在遠遠的海邊小村裡買了座小屋，以單身婦女的身分，住了下來。雇了個佣人，大有從此遁世、堅決退隱的神氣。

我相信我父親是她寶貝過的；但是我父親的婚姻大大得罪了她。原因是她認為我母親

---

④baboon。

⑤baboo。

⑥begum。

是個「蠟娃娃」。她從沒有見過我母親，不過知道我母親還沒有上二十歲。從此我父親跟我姨婆再沒有見過面，他跟母親結婚的時候，年紀比母親大一倍，身體虛弱，一年之後，我剛才提過，也就是我出世前六個月，他就去世了。

下面所說，是星期五那天下午的情況。我倒要說，那天是多事之秋，重要的日子，諒不為過。所以我可以說並不曉得當時的情形；後來的情形怎樣，根據我個人的見聞，也記不出什麼。

那天下午，我母親坐在火爐旁，體氣虛弱，心情也很壞，含淚望著爐火，淒然欲絕，可憐自己也可憐這個和她從不相識的小孤兒。世界並沒當這個小孤兒一回事，已經歡迎他的，是樓上抽屜裡插在針墊上有預言意味的幾籮別針。三月那天下午晴朗有風，您瞧，我母親坐在爐旁，心裡又怕、又淒涼，眼前的艱苦熬不熬得過來，毫無把握。揩乾眼淚，一抬頭就看見對面窗外一位面生的太太，向花園這邊走來。

再看一眼，我母親就感到不妙，來者準是貝采姨婆。斜陽正在花園籬笆那邊輝映，照著這位面生的太太；她向門口走來；體態僵硬得可怕，神色自若，除了她再沒有別人會是那個樣子。

她到了屋面前以後，有個動作叫人看了就斷定是她。我父親在世常常略微透露過一些她的舉止，說她難得與眾相同；她此刻並不去扯門鈴，卻跑到那同一扇窗口，鼻尖緊緊抵在玻璃上，一刻兒功夫就抵得十足又塌又白了。後來我母親老是講起。

姨婆把我母親這一嚇非同小可，我一直都相信，我在星期五那天出世，是虧了她。

我母親心慌意亂，站了起來，走到椅子後面的牆角那裡。姨婆慢慢把屋裡四周圍掃視，由對面一邊開始，眼珠就像德國鐘裡的阿剌伯人頭一樣，跟著轉，一直看到了母親才打住。她皺皺眉頭，做手勢叫我母親過去開門，好像母親聽慣她話似的。母親走了過去。

「我猜想，你一定是考勃菲爾家少奶奶了，」姨婆道。「猜想」兩個字說得很重。她也許是指我母親身穿的寡婦孝服，和身懷六甲說的。

「不敢當，」我母親軟弱無力地答。

「我是喬幄姨媽，」姨婆說。「大約你總聽說過她吧？」

我母親回答說，當然有幸聽到過她的大名。心裡卻無可奈何地覺得自己的樣子並沒有現出這句話含著三生有幸的意思。

「現在你看到她啦，」姨婆說。我母親低下了頭，請她進來。

母親走出起坐間接她，然後她們一同進來。走廊那邊最好的房裡火還沒有生——自從我父親下葬以後，真就沒有生過；兩人坐下以後，姨婆一言不發，母親起初還想忍住，可是不行，哭起來了。

「啊唷，嘖，嘖，嘖！」姨婆連忙說。「別哭！好啦，好啦。」

我母親想聽話，也忍不住，所以索性哭了個夠。

「孩子，脫下帽子來，讓我瞧瞧，」姨婆說。

母親怕透她了，就是想違拗這個古怪的要求，也不敢。於是遵照辦了，慌忙中手發抖，把一大堆秀髮披了一臉。

「啊，我的天！」姨婆嚷了起來。「你真是個娃兒！」

我母親確是長得少相，就論她那個年紀，也異乎尋常。她可憐低下頭，好像這是她自己的不是似地，抽抽噎噎地說，她也真怕自己是個孩子似的寡婦，就算活得下去，也一定是個孩子似的母親。接著大家都不出聲，過了短短一會，母親好像覺得姨婆掠掠她的頭髮，下手倒並不粗重；可是害怕地抱著希望看她一眼，才發覺這位太太坐在對面，衣服下襬捲著，兩手合抱一隻膝蓋，兩腳擱在爐欄上，對著爐火皺眉頭。

「我倒要問清楚，」姨婆忽然說，「為什麼叫鴉巢？」

「姨媽，您是說這屋嗎？」我母親問。

「為什麼叫鴉巢（Rookery）？」姨婆說。「叫雅廚（Cookery）倒更合適些，只要你們，隨便那一個，有點實際的頭腦就明白了。」

「這個名稱是您姪兒揀的，」我母親答。「他買下這屋，總以為周圍會有白嘴鴉。」

花園窪地高大的老榆樹給晚風吹得颼颼作響，我母親和姨婆不禁往那邊望了一眼。樹枝吹得交頭接耳，好像巨無霸在悄悄地傾談機密，有幾秒鐘安靜。接著起了陣疾風，巨人的猿臂狂舞，好像剛才他們的心腹事的確太邪惡了，內心受不了，有幾個久經風霜的老白嘴鴉的巢搖曳得像在風狂雨暴海洋上的破船一般。

「鳥在那裡呢？」姨婆問。

「什麼？」我母親心不在焉。

「白嘴鴉呀——這些鴉怎麼樣了？」姨婆又問。

「我們搬到這兒來以後，從來沒有過，」母親說。「我們以為——就是您姪兒以為——這是大鴉巢；不過這些巢都有好多年了。烏鴉早就不來了。」

「十足大衛·考勃菲爾！」姨婆嚷道。「徹頭徹尾大衛·考勃菲爾！附近一隻烏鴉也沒有，叫屋做鴉巢，就只因為看到了鳥巢就相信有烏鴉！」

「您姪兒過世了，」母親頂她道，「您要是當著我排揎他——」

我想我去世的好母親霎時間打算揍姨婆一頓，其實姨婆只要一隻手就可以把她打發掉了，即使我母親好好練了，對付這場交手，不像那晚那樣不濟，也是如此。不過她剛站起身，這個揍人的念頭就消失了，因為她隨即就十分軟弱地坐了下去，暈過去了。

她醒來，或者可以說姨婆把她弄醒過來的時候，不管是怎樣的吧，發現姨婆站在窗口。這時暮色已經朦朧，漸漸昏暝，她們二人互相望著，一片模糊，沒有爐火照著，根本看不見。

「怎麼樣？」姨婆開口了，在椅子上坐下，好像她對即將發生的事只不過偶爾想起罷了。「你幾時會——」

「我渾身發抖，」母親柔弱無力，斷斷續續地說。「不知道什麼毛病，我要死了，一定的！」

「不會，不會，不會，」姨婆說。「喝點兒茶吧。」

「哎呀，天哪，天哪，您覺得喝茶會有什麼用嗎？」我母親不知如何是好地大聲問。

「當然有，」姨婆說。「這都是你胡思亂想。你家女孩兒叫什麼名字？」

「姨媽，我還確不定是女兒呢，」母親老實地說。

「上帝保佑小娃娃！」姨婆嚷道，無意中引了樓上抽屜裡針插上的第二句禱詞，不過這話不是替我，而是替我母親祝頌的。「我不是那個意思。我問你家女用人。」

「裴格悌，」我母親答。

「裴格悌！」姨婆應了一句，有些不滿。「孩子，你難道說，隨便什麼人進教堂領洗，居然會取裴格悌這個名字嗎？」

「這是她的姓，」母親畏怯地說。「您姪兒這樣叫的，是因為她領洗取的名字跟我的一樣。」

「喂，裴媽！」姨婆打開客廳的門叫道。「倒茶來。你家太太有點兒不舒服。別儘混日子。」

她發出這道有無上權力的命令，氣派就好像自從這座房屋住了人以來，她就是公認的一家之主似的。裴媽聽到生人的聲音，吃了一驚，點了蠟燭打走廊走來。姨婆往外一望，正看到她，就把門關了，照老樣坐下，腳擱在爐欄上，裙子掀起，手合抱著一隻膝蓋。

「你剛才說起生個女兒，」姨婆說。「毫無疑問是女兒。我有預感——一定是女兒。孩子，聽我說，這女孩一生下來——」

「也許是男孩，」我母親冒昧地打岔道。

「我告訴你，我有預感，一定是女的，」姨婆反駁道。「別頂我。這女孩一生下來，我打算照應她，孩子。我打算做她的教母，難為你叫她貝采・喬幄・考勃菲爾。這個貝采・喬幄的一生，可決不能走錯一步。小心肝兒，她可不能上男人的當。要好好教養，好好照顧，再不能拿鬼當人。我一生要親自來負這個責任。」

姨婆每說一句，頭就抽搐一下，好像她本身的傷心事觸動了她，極勉強地抑制住自己，話不直說出來。這也不過是我母親的猜想罷了。當時爐火微弱，母親太怕她了，自己又不舒適，加上太軟弱，太不知道怎樣是好了。看不清當時的情形，也不知道該說什麼才對。

「孩子，大衛待你好嗎？」姨婆歇了一會兒問道，她的頭已經漸漸不抽搐了。「你們合得來嗎？」

「我們很恩愛，」我母親答：「您姪兒待我很好。」

「什麼？他寵壞你了，是不是？」姨婆道。

「要是說，我又得孤苦伶仃，在這個世界上靠自己過艱難日子，您這話對。恐怕他的確寵壞了我，」我母親說著就哭起來了。

「啊呀，別哭呀！」姨婆道。「孩子，你們倆不配對——其實那裡有兩個人真正準配得的——所以我才問這句話的。你沒有爹娘，對吧？」

「對。」

「當過家庭教師吧？」

「當過人家的保母兼家庭教師，就是您姪兒去拜訪過的那家人家。您姪兒對我很和氣，殷勤週到極了，末了向我求婚，我答應了。所以我們就結了婚。」我母親一五一十說。

「呀，可憐的小娃娃！」姨婆一面沈吟，一面繼續對著爐火皺眉說。「你懂什麼事嗎？」

「姨媽，您意思是？」我母親畏怯地問。

「就譬如管家務啦，」姨婆說。

「怕不頂行，」我母親答。「我倒希望多懂些。不過您姪兒在教我——」

「他自己倒懂得多少！」姨婆自言自語地說。

「我希望該有了進步，因為我急著想學，他又有耐性教，要不是他去世這場大禍，」——

母親說到這裡，又泣不成聲了。

「好啦，好啦！」姨婆道。

「我經常管家用帳，每晚跟您姪兒結算，」我母親心裡一陣難過，又哭起來了。

「好啦，好啦！」姨婆說，「別再哭了。」

「管家務，我們的確沒有過一句意見不同的話，只有我寫的阿拉伯三字和五字太相像了，七字和九字的腳又有些像捲起來的尾巴，您姪兒反對過的，」我母親另外一陣難過，又哭了。

「身子要哭壞的，」姨婆說，「你知道這樣下去對你，對我的教女都不好。好啦！別哭了！」

這類議論有些作用，我母親平靜下來了，不過她越來越不舒服，也許作用還更大呢。一時大家都靜下來，只有姨婆腳擱在爐欄上，偶爾叫一聲「嘿」，打破岑寂。

「我知道大衛花錢替自己投了一筆按年攤付本息的資金，」一會兒姨婆說。「他替你安排了什麼？」

「您姪兒，」我母親略有些吃力地答，「把這筆投資轉了一部分給我，他真週到，心真好。」

「多少錢？」姨婆問。

「一百零五鎊一年，」我母親說。

「這件事總算他處置得不太糟，」姨婆說。

最後這個字說得很合時宜，我母親當時精神真糟，裴媽端了茶盤和蠟燭進來，一眼看見她氣色這樣壞——要是光線充足，姨婆也許早就看出來了——趕忙把她送到樓上她自己房裡；一面立刻打發她姪子罕姆去找醫生和看護來。她姪子在幾天前就暗地裡派到我們家（我母親並不知道），以防遇到緊急事故，可以特別差他去送信。

這些一同出力的人隔不了幾分鐘都陸續來了，發現一位素不相識、神情傲慢的太太坐在爐子面前，帽子繫在左臂上，用珠寶商用的講究的棉花把耳朵塞起，都大吃一驚。裴媽絲毫不知道她的底蘊，母親也隻字沒有提到她，起坐間她是個神祕人物。雖然她明明把口袋裡藏了一團包珠寶用的棉花，塞進耳朵，一副怪樣子，她凜凜的神情，並不稍減。

醫生上過樓，又下來了，大約看準跟這位從不相識的太太或許要面對面坐在那裡好幾個鐘頭，所以索性殷勤客氣些。這位醫生可以算是男人當中最謙遜的，也是矮小人物之中最溫和的。他出入都側著身子，好少占些地方，腳步輕得像《哈姆雷特》⑦裡面的鬼魂，動作還要慢些。頭斜在一邊，一方面是出於自卑自遜，另一方面對什麼人他都必恭必敬。

---

⑦莎士比亞悲劇之一。

說他對狗也咒不出一句惡言，還算不了什麼⑧。他也許溫溫和和說一句半句，或者一兩個字——因為他說話和他走路一樣慢；卻無論如何，連對一條瘋狗也絕不肯粗暴無禮，也不會不耐煩。

醫生姓契理。他望著姨婆，目光溫和，頭斜在一邊，向她微微鞠躬，輕輕摸摸自己左耳，比擬著姨婆用的棉花問道，——

「老太太，您有點局部的不舒服麼？」

「什麼？」姨婆答，一面把一隻耳朵裡的棉花當輭木塞一樣，拔了出來。

契理醫生給她突然一答，魂都嚇掉（這是他後來對我母親說的），他沒有手足失措，算是邀天之幸。不過他還是客客氣氣地重問了，——

「老太太，您局部覺得疼痛麼？」

「瞎說！」姨婆答，一下子又把耳朵像塞瓶口似地塞上。

這一來，契理醫生再也沒有法想了，只好坐下，無能為力地望著姨婆。姨婆也坐著，望著爐火，一會兒樓上又叫醫生去了。約莫過了一刻鐘，他才下來。

「怎麼樣了？」姨婆問，把靠近醫生那隻耳朵裡的棉花拿了出來。

⑧暗用莎士比亞〈如願〉一劇一幕三景三行字眼。

「呃，您老人家，」契理醫生答。「我們——我們進展很慢。」

「呸……！」姨婆鄙夷地苛責了一聲，聲音震顫，然後又像先前一樣，把耳朵塞起。

後來契理醫生告訴我母親，他真差一點嚇壞了，真地，光從醫學觀點來講，他差不多得了「震擾症」。話雖如此，他還是在姨婆對面坐著，望著她。姨婆呢，望著爐火。這樣差不多有兩個鐘頭，醫生又給請去。他走開一會兒，又下樓來。

「怎麼樣了？」姨婆又問，一面取出那邊一隻耳朵裡的棉花。

「呃，您老人家，」契理醫生答。「我們——我們進展很慢。」

「咿呀……！」姨婆吼道，兇猛得醫生簡直受不了。他後來說，姨婆這一聲吼，真是存心發出，要整垮他的。他情願跑開，當著穿堂的尖風，坐在黑漆漆的樓梯上。這時候，又給請上樓。

罕姆是公立貧民學校讀過書的，對教理問答非常認真，所以他說的親眼看見的情形是靠得住的。第二天據他說，醫生上樓之後一個鐘頭，他正在起坐間門口張了一眼，立刻給姨婆瞧見，姨婆那時心情焦躁地走個不停，不等他溜走，就撲過去抓住了他。那時樓上不時傳來一陣陣腳步聲、人聲，他推測棉花也檔不了，因為聲音最吵的時候，姨婆也焦躁得無法容納，明明揪他來發洩。扯住他領子，不停把他搡來搡去，好像他喝多了鴉片藥酒（替他解毒）似的。那一陣，姨婆把他抓住亂搖，頭髮攪亂，衣領揪皺，兩耳也給堵住，好像他的耳朵就是姨婆的，要不然就亂扯他，糟蹋他。這番對待，一部分有他姑媽對證。他姑媽在十二點半鐘親眼看見他的。那時他獲釋不久，他姑媽肯定地說，他那刻膚色跟我一樣紅。

契理醫生稟性溫和，這一刻（其實無論那一刻）斷斷不會對人懷恨。他一等能分身，就斜著身子走進起坐間，恭謹萬分地對姨婆說，——

「我說，好消息，恭喜您老人家。」

「什麼喜事？」姨婆嚴厲地問。

契理醫生給姨婆這樣態度嚴厲地一問，又窘起來了；所以他向她微微鞠躬，微微一笑，巴結她一下。

「可憐蟲，他幹什麼呀！」姨婆不耐煩地嚷道。「他不會說話嗎？」

「您老人家放心，」契理醫生說，聲音柔和極了。「這一會兒再也不用不放心了，您老人家，放心。」

姨婆沒抓住他一頓搖，也沒有把他要說的話搖出來，大家差不多都認為是奇蹟。她只對著他搖搖自己的頭，不過這種搖法也把他嚇得打抖了。

「呀，您老人家，」契理醫生一等到夠膽就接著說，「恭喜您，好極了，全沒有事了，您哪，平安無事。」

契理醫生花了五分鐘才把這段講詞演說完，這當兒，姨婆目不轉睛地盯著他瞧。

「她怎麼樣啦？」姨婆問，兩臂交疊胸前，帽子還繫在一隻手臂上。

「她嗎，您哪，一下子就會挺舒坦了，我希望，」契理醫生答——「年紀輕輕的母親，家庭環境這樣淒涼，有這種情形，就算不錯的了。我們巴著她有多舒服，總有多舒服吧。您要是待會兒想去看看她，絕沒有問題。也許對她有益。」

「那麼，她呢——她怎麼樣啦？」姨婆嚴厲地問道。

契理醫生頭更向一邊斜，就像隻可愛的小鳥一般望著她。

「我是說娃娃，」姨婆說——「她怎麼樣啦？」

「您哪，」契理醫生答，「我以為您曉得了。是個男孩。」

姨婆一語不發，卻拎了帽纓，作出要打彈子的姿態，對準契理醫生的頭，彈了出去，然後帽子皺著戴上，走出了門，並沒有來過。她好像個不滿意的小仙姑——或者照迷信所說，我天賦能看得見的鬼神之一——一去不返。

一去不返。我躺在搖籃裡，母親躺在牀上，而貝采．喬幄．考勃菲爾永遠在夢幻陰影的地方，也就是我剛剛跋涉經過的茫茫世界！我房裡窗子上的光芒四射，照在所有像我這種旅人所住的塵世，照在掩埋著沒有他就沒有我的那人骨骸的塵土上。

第二回　我觀察

吐衷腸義傭遭責難
貪財色刁棍蠱癡愚

我嬰兒時期的往事是一片空白，回想起來還有明確印象的是我母親的頭髮秀美，儀容嬌嫩，還有裴媽樣子一點不好看，眼睛真黑，好像臉上靠近眼眶的地方都帶黑了，兩頰和膀子又結實又紅，叫我奇怪怎麼飛鳥寧願啄蘋果，卻不啄她。

我相信，我還記得這兩個人站在不多遠兩處，不是彎下腰來就是跪在地上，讓我看起來她們顯得小些，我就跌跌撞撞從這個面前走到那個面前。裴媽總伸出食指給我摸，她針線做得多，皮膚真老，硬得就像可以放在口袋裡的荳蔻銼子一樣；不過，我斷不定是不是實際的情形。

這也許是我的幻想，其實我以為，大多數的人追溯童年往事，能追到的年代比許多人假定的還遠；正如我也相信很多年紀很小的兒童觀察細密而準確驚人。的確，多數成年人記憶力出色，說他們這種能力沒有喪失，而不是新添的，倒更合適；尤其是我看通常一個人保存些朝氣、溫文、平易近人，也是從孩提起保留下來的。

我擱下正文提這一點，也許會擔心自己又在「兜圈子」了。不過這也可以說是憑我自己親身的經驗得到的結論；說我記下這些事好像我小時候觀察細密，現在成年了，記憶力強，我也的確有這兩樣特長。

剛才我已經提起，現在回憶起我嬰兒時期往事的一段空白來，最顯著的是我母親和裴媽，許多事物都模模糊糊了，只有她們兩人最突出，還記得別的嗎？讓我想想看。

煙也似的往事中出現了我們的房子——我覺得它並不生疏，而是十分熟悉。地面那層是裴媽的廚房，通到後院，院子裡當中桿子上有個鴿子籠，裡面卻沒有鴿子。角落那裡有個大狗舍，也沒有狗。好多隻雞，我那時看來高得可怕，走來走去，樣子像在嚇人，很獰猛。有隻公雞跳上了柱子去啼鳴，我從廚房窗子往外望雞，雞好像特別注意我。兇惡的樣子嚇得我發抖。邊門外有鵝，我從鵝面前走過，這些畜生就伸長頸項，一搖一擺趕過來追我，夜裡我都夢見鵝；好像大人給野獸包圍，會夢見獅子一樣。

從裴媽廚房到大門有一長截走廊——看上去多深遠啊！盡頭是間幽暗的儲藏室，每晚總要走過的。因為我不知道那些木桶、罈子、舊茶葉匣中間放了些什麼。沒有人，只有一盞半明半滅的燈。一股霉味直衝出門外，裡面夾了肥皂、醃菜、胡椒、蠟燭、咖啡的氣味，一吸氣全聞到了。還有兩間起坐間：一間晚上我們休息時用的，我母親、我、裴媽（因為裴媽做完了事，我們單獨在一起的時候，是很好的伴），另外一間最好的，我們星期天才去；很有氣派，可不大舒服。我覺得這間起坐間有種說不出的悲慘氣氛，原來裴媽對我說過——記不起幾時，不過很久以前了——關於我父親的葬禮，還有都披了黑斗篷的送葬的人。星期天有一晚，我母親讀書給裴媽和我聽，講到拉匝祿復活的故事，我聽了怕得不得了，後來她們只得把我從牀上抱起來，指給我看寢室窗外靜悄悄教堂的墳地，月光肅然，照著死者全躺在墓裡安息了。

我從來沒有在別處見過同這裡墳地差不多那樣綠的草地，那麼陰涼的樹木，有這裡墓碑那麼靜寂的東西。我的小房在母親房裡，一大早我從牀上跪著站起，向外望去，看見羊在吃草；霞光照在日規上發亮，心裡想：「日規又能報時了，這個東西快樂不快樂呢？」

現在談談我們教堂裡的座位。椅背多高！附近有扇窗，望出去看得見我們家，早上做禮拜的時候裴媽準要朝外看好多次，看有沒有人搶劫，有沒有火燭，總喜歡看得一清二楚。但是儘管她眼睛溜來溜去，我眼一溜她就火了，對我皺眉頭，要我在站在座位上的時候，望著牧師。可是我也不能老望著他——他不披那件白東西①，我是認識他的，我怕他奇怪為什麼我老這樣盯著他瞧。也許停下儀式來問我——我怎麼辦呢？好奇心重地盯著人望是可怕的事，我總得有點兒活動。我望望母親，可是她呀，卻裝著沒有看見我。我望望過道上一個男孩，他呢，對我扮鬼臉。我望望走廊那邊開著的門外射來的陽光，看見一頭走失的羊——不是指罪人，而是給人吃的羊——想跑進教堂，可拿不定主意，我覺得如果再望羊，可能會忍不住要說出什麼話來，那我怎麼得了？我看看牆上的紀念匾，想到去世的柏吉士先生，本教堂區的人，想到他苦病久纏，群醫束手，他太太受了些什麼罪。不知道有沒有請契理醫生，他也沒有辦法。果真如此，每天跟他提一次這件事，他覺得怎樣？契理醫生打著主日的領飾，我從他那裡望到講道壇，心裡想，在這個地方玩多好，做堡壘多好，只要另外有個男孩想上樓來進攻，我就把繫了流蘇的絲絨墊子對著他的頭擲下去就行了。漸漸我的眼睛闔上了；好像聽見牧師使勁唱著叫人聽了渴睡的歌，別的聽不見。忽然轟通一聲，我從椅子上跌倒，像死不像活，裴媽拎了我出去。

現在我看到我們屋外邊了。臥室格子窗開著，讓芬芳的空氣吹進來。屋前花園盡頭榆樹上破爛的舊鴉巢還盪來盪去吊著。此刻我又到了屋後花園，院子另外一邊放了空鴿籠和狗舍的地方。我記得後園十足是養蝴蝶的地方，圍了高柵欄。有扇門，上面裝著掛鎖；這

①指教士的短白衣。

裡樹上有成簇的果子，一向比別人家園裡的更熟，更有滋味。我母親採些放在籃子裡，我站在旁邊，急忙吞下偷來的醋栗，裝作若無其事似的。一陣大風颳起，頃刻間夏天已經過去。冬天朦朧中我們遊戲，在起坐間跳舞。母親跳得透不過氣來，就躺在扶手椅子上休息，我望著她把光闊的鬈髮繞在手指上，伸直了腰，誰也沒有我更清楚：她多喜歡自己氣色這樣好，也以自己這樣漂亮為榮。

這也是我最早的印象之一。這個印象，還有我們母子都有點怕裴媽，多數的事情都聽她指揮，有這些感覺，這是我最初根據親眼見到，下的結論——要是能叫做結論的話。

有一晚，裴媽和我單獨坐在起坐間火爐面前。我讀關於鱷魚的故事給她聽。一定讀得很明白②，要不然就是這位腦子簡單的人很喜歡聽，因為我記得讀完之後，她的印象很模糊，以為鱷魚是植物之類的東西。我讀累了，渴睡得要命；不過她為了好好酬謝我，准我等我母親回家再去睡覺（那晚她到鄰居家裡串門子去了），當然我情願在崗位上送命，也不要上牀。我已經渴睡極了，裴媽好像膨脹起來，碩大無朋。我用兩個食指把眼皮撐開，硬盯著裴媽看，看她做針線，看她用來滑線的小蠟燭頭——樣子多舊，四面八方都皺得很③！看她裝碼尺的小屋，屋頂是草蓋的；看她有活蓋的針線盒，蓋子上畫了聖保羅大教堂

②反語。

（粉紅的圓頂），看她手指上戴的銅頂針；看她本人，我覺得她很好看。我太渴睡了，知道如果不看什麼，馬上就完蛋。

「裴媽，」我突然問她，「你結過婚嗎？」

「天哪，小衛少爺，」④裴媽答，「您怎麼想起結婚來的？」

她真嚇了一跳，這樣一答話，我也完全醒過來了。她擱下針線，向我望，針拔出來，線都拉直了。

「裴媽，到底你結過婚沒有？」我又問。「你很漂亮，對吧？」

我覺得她當然和我母親樣子不同；不過是另一型的美，我認為她是十全十美的模範。最好的那間起坐間裡有張紅絲絨的踏腳櫈，櫈子上我母親畫了一束花。我好像覺得，櫈子的底子和裴媽的臉一式一樣。櫈子很光滑，裴媽卻很粗糙，可是沒有關係。

「少爺，您說我漂亮！」裴媽說。「老天爺，不對，我的寶貝！可是您怎麼想起結婚來的？」

「我也不知道！裴媽，你絕不可以同時嫁幾個人呀，可以嗎？」

③因為有線經過而皺。

④原文是Davy（小大衛），是大衛的小名暱稱，如中國人叫小強小華之意。

「當然不可以，」裴媽說，一口咬定。

「可是你如果嫁了人，那個人死了，那你當然可以再嫁另外的人，對不對，裴媽？」

「當然可以，」裴媽說，「要是想再嫁的話，小寶貝，這要看各人的意思。」

「可是裴媽，你的意思呢？」我問。

我問她，眼睛望著她，想曉得下文，因為她也望著我，想猜我的心思。

「我的意思是，」裴媽說，此刻眼睛別過去了，有片刻工夫遲疑不決，繼續做起她的針線來了，「我從來沒嫁過人，小衛少爺，也不指望嫁。這件事我知道的統統只有這些了。」

「我猜，你不生氣吧，裴媽，生不生氣？」我望著沈默了一會兒說。

我真當她生氣了，因為覺得她對我很不客氣。其實我大錯特錯；原來她放下針線（做的是她自己的襪子），張開兩臂，把我的小毛頭抱住，使勁一摟。我曉得她用了力摟，因為她人很豐滿，穿了袍子用一點點力，背後的鈕釦就都會迸掉幾粒。我記得她摟我的時候，兩粒鈕釦迸到客廳對面去了。

「您還是多講點兒鱷芋⑤的故事給我聽聽吧，」裴媽說，她還沒有把魚名弄清楚，「我還沒有聽得太夠呢。」

---

⑤按原文為Cronkindills，譯文是「鱷魚」的音訛。上文說到裴格悌聽錯，以為是植物，故有此譯。

我不很懂裴媽神情為什麼這麼古怪，為什麼要重新聽鱷魚的故事。不去管它，我們（想像中）又跟那些怪物在一起了。這時我已經醒了好多。我們把鱷魚卵放在沙裡讓太陽來孵；飛快離開鱷魚，不停轉彎，鱷魚身子很笨重，轉不快，所以毫無辦法；我們就像土人一樣，跳到水裡追鱷魚，握了尖木頭戳鱷魚的咽喉。總之，我們受鱷魚全面攻擊，最低限度我總受到了鱷魚的攻擊。至於裴媽有沒有，我就有點疑惑了，因為她始終心不在焉，針刺進了自己臉上，膀子上各處。

大鱷魚玩完了，又玩短鼻子的鱷魚，這當兒門鈴響了。我們跑到門口，看到我母親，我想她今晚特別漂亮，還有個體面的男的陪著她，那人生得一頭漂亮的黑髮和絡腮鬍子，上星期天他跟我們一起從教堂回家的。

我母親在門口彎下腰來抱我，親我，那個男人就說，我是個比皇帝福氣還大的小傢伙——或者諸如此類的話；我現在才知道，後來我理解力強了才懂得這句話的意思。

「這句話是什麼意思？」我伏在我母親肩膀上問那個人。

他拍拍我的頭；不過不知道什麼緣故，我不喜歡他鈍重的聲音，而且他的手拍我，居然還摸我母親的手，使我嫉妒，我竭力摔開他的手。

「怎麼啦，小衛！」母親呵責我道。

「好孩子！」那人說。「怪不得他這樣孝順！」

我以前從來沒有見過母親的臉有這麼美麗的顏色。她婉言責備我沒有禮貌，把我緊緊地摟得靠著她圍巾，掉過臉來謝那個人費那麼大心送她回家。她說著話伸出手去，那個人也伸手，兩手握著的時候，我想我母親望了我一眼。

「我的好孩子，我們說『再會』吧，」那人說，他低下頭來吻我母親的小手套——我看見的。

「再會！」我說。

「哪！我們來做全世界最好的朋友！」那個人笑道。「握手！」

我右手握在母親左手裡，所以我伸了左手過去。

「啊，小衛，這隻手伸錯了！」那個人笑道。

母親把我右手遞過去；不過我已經下了決心，為了剛才說的原因，不跟他握，就不握。我還是把另外一隻手給他，他熱烈握了，說我是個有膽子的傢伙，走了。

這時我看見他在花園門關起來之前回過頭來，用那副晦氣星的黑眼望了我們最後一眼。

裴媽這半天一言不發，一動也不動，此刻馬上把門閂好，我們一同進了起坐間。我母親一反平常的習慣，不坐在爐旁扶手椅子上，卻在屋另一邊坐下，自管自唱起歌來。

「太太，您今兒晚上總玩得好了，」裴媽說。她人站在屋當中，像大琵琶桶一樣僵直，手上拿著蠟燭臺。

「謝謝你，裴媽，」母親答，聲音裡帶高興。「今兒晚上我的確快樂。」

「有個生人什麼的總可以好好換一下口胃，」裴媽繞著彎兒說。

「真是換得好極了，」母親答。

裴媽還是站在屋當中不動，母親又唱起歌來，我睡著了，不過不是熟睡，聽得見人聲，可聽不清她們說什麼。這樣不舒服地打著盹，等我半醒的時候，發現裴媽和我母親一把眼淚一把鼻涕地在講話。

「這樣的人不行，考勃菲爾先生不會喜歡，」裴媽說。「這話是我說的，這話我敢保險！」

「天哪！」母親嚷道。「你簡直要把我氣瘋！可曾有過可憐的姑娘像我這樣給用人欺負的？我為什麼對不起自己，稱自己做姑娘？我難道從來沒有結過婚，裴媽，你說？」

「太太，天曉得您結過婚，」裴媽答。

「那麼，你怎麼敢，」我母親說——「你知道我不是說怎麼敢，裴媽，我是說你怎麼忍心——叫我這樣不舒服，對我說這種難堪的話？其實你知道我離開這裡，一個朋友都依靠不到？」

「這更加是我說不好的理由，」裴媽說。「不好！就是不好。不好！無論怎樣也不好。不好！」——我想裴媽說得這樣認真，蠟燭臺早都會擲出去了。

「對我講話，你怎麼可以這樣越來越兇，」我母親說，眼淚比先前淌得更多了。「態度這樣不公道，裴媽，我不知道告訴你多少次，你這個狠心的東西，我們不過是普通的交際，沒有一點超過這個範圍，你怎麼可以說起來好像什麼都規定了，安排好了，你說到人家愛慕我。我有什麼辦法？要是別人沒有腦子，纏住我，難道也算我不對嗎？我問你，我應該怎麼辦？你要我把頭髮剃掉，把臉塗黑，或者燒一燒，燙一燙，諸如此類的，變得不成人形嗎？裴媽，你會要我這樣做的。那你就非常開心了。」

裴媽給冤枉這一頓，好像傷心透了，我想。

「我的心肝，」母親哭著叫我，我坐在扶手椅子上，她跑來抱住我——「我的親小衛！這不是換句話怪我沒有把我的寶貝放在心上？頂親的，沒有母親的小傢伙？」

「誰也從來沒有過，絕沒有，這樣的意思，」裴媽說。

「你還說沒有，裴媽！」母親回她。「你知道你有。我知道你也知道，連上一季他遺產帳撥給我的錢裡我都不肯替自己買把新陽傘，其實舊的、綠的那一把已經通通散了，邊也髒了，可是聽了你的話推測，還有什麼別的意思，你這個沒有情義的東西！你知道的，裴媽，你賴不掉。」說完臉朝我這邊，親親熱熱靠著我的嘴巴說，「小衛，媽對你有壞心嗎？是討厭、狠心、只顧自己的壞姆媽嗎？我的孩子，說媽是的——說『是的』，裴媽就喜歡你了。小衛，裴媽愛你比我愛你好得多。我呀，一點也不愛你，對不對？」

她說到這裡我們一齊哭起來了。我想三個人之中我哭得最響。不過我們當然是真哭。

我自己傷心得很，恐怕一時幼稚的心靈受創，失去本性，罵了裴媽一聲「畜生」，我記得這位老實人傷透了心，那一次鈕釦一定掉光了；因為她和母親和好以後，又在扶手椅子一旁跪下，跟我也和好了，於是一排鈕釦小炸彈似地迸出去了。

我們淒淒戚戚上了牀，好久我不斷抽抽噎噎醒來；有一次抽噎得太劇烈，我驚得在牀上坐了起來，發現母親坐在被單上，身子傾下來就著我。我在她懷裡睡著，這才熟睡。

到底是下一個星期天我又看到那個男人，還是過了更久他又露面，我記不清了。我承認對日子的記性不高明。總之他在教堂，跟我們一齊回家。也來看了我們家起坐間窗前出名的天竺葵。我好像覺得他對天竺葵並沒有怎樣留意，不過臨走之前跟母親要了一點花。我母親叫他揀，他不揀——我不懂為什麼——所以母親摘了一朵，遞到他手上。他說，他永遠、永遠不會丟掉；我想這朵花一兩天就要落得一瓣也不賸了，連這點他都不曉得，一定是個大蠢蛋。

裴媽晚上總和我們在一起的，現在漸漸不然了。我覺得，母親比往常更順從裴媽了。我們三個人還是非常親密；可是和往日不同，大家到了一起，不很舒服。有時我想，裴媽也許反對母親穿抽屜裡所有她那些漂亮的衣服，不贊成她時常到鄰居家去玩；不過我不懂到底是怎麼一回事，我找不到自己滿意的理由。

漸漸地，那個黑鬍子男人我看得多了。我還是和第一次一樣不喜歡他，依舊不放心地嫉妒他。我不喜歡他可以說是小孩子天生的不喜歡，還有就是我有個想法，認為用不著別人幫忙，裴媽和我已經很能夠悉心照顧母親了，用不著別人幫助。要說如果還有別的理由，那也的確不是我倘若年紀大些也許會找得到的那個真正的理由。這種想法根本沒有進我腦子，也沒有接近我腦子。我觀察到的好像只是許多碎片；至於說把碎片織成網，把人提進去，我到現在還沒有這個本領呢。

秋季有天早上，我跟母親在前面花園裡，牟士冬先生——我已經知道他的名字了——騎馬經過。他勒住馬和母親很客氣地招呼，說他要去羅司托夫看朋友，他們有快艇，高高興興地要帶我去，要是我喜歡騎馬的話，可以坐在他鞍子前面。

那天天色晴朗爽快，馬也似乎喜歡出去溜一趟的主意，只要看牠站在花園門口哼得很吵人，蹄在地上直搔，就知道了。於是我也極想去。因此他們打發我上樓，讓裴媽把我打扮得漂漂亮亮。這當兒牟士冬先生下了馬，臂上纏著籠頭，慢慢在薔薇籬笆外面走來走去，母親就在裡面慢慢走來走去，陪他。記得我和裴媽從我小窗口張望他們。記得他們一面走，一面好仔細看彼此中間隔著的薔薇。裴媽的脾氣本來十足是天使一般的，今天忽然變得暴躁，把我頭髮的方向都梳反了，用力又猛得過分。

不久牟士冬先生和我就出發了，馬在路邊草地上快跑，他一隻膀子輕輕地抱住我。我、想我不像平時那樣動來動去，不過坐在他面前總禁不住偶爾要掉過頭仰起來看他的臉。他的眼睛是淺的黑色——那種我找不出好點的字眼來形容的，望去不夠深的眼睛——這種眼睛每次斜視的時候，給某種特殊的光照得出神，就好像有一會兒工夫很難看。好幾次我瞥他一眼，看那樣子就有些怕，想知道他想什麼想得那樣專心。他的頭髮鬍子很近看甚至比我相信的更黑、更密。他臉的下部很方，每天刮得精光的一點一點的黑鬍樁，使我想起半年前左右運到我們附近展覽的蠟像來。他憑這一點，還有整齊的眉毛，十二分白、黑、茶三色的皮膚（該死的膚色，我想到就恨！）儘管我對他心懷疑懼，叫我不得不承認他非常英俊。我去世的好母親想必也覺得他英俊吧。

我們到了海邊的一家旅館，有兩個人在一間房裡抽雪茄煙，沒有旁人。每人躺的地方至少有四張椅子拼起來那麼多，身穿表面粗糙的寬大短外套。角落裡是一堆上衣和海軍黑色長斗篷，一面旗，都捆在一起。

我們一進去兩人全一骨碌站起來了，舉止很吊兒郎當，叫道「啊呀！牟士冬！我們還以為你死掉了呢！」

「還沒有，」牟士冬先生說。

「這小傢伙是誰呀？」有一個人問，一面擁了我進去。

「是小衛，」牟士冬先生答。

「那家的小衛？」那個人道。「炯司家嗎⑥？」

「考勃菲爾家的，」牟士冬先生說。
「什麼——迷人精考勃菲爾太太的兒子？」那個人嚷道。「那個標致的小寡婦嗎？」
「昆尼恩，」牟士冬先生說，「好不好小心點兒。有人很機靈呢。」
「誰呀？」那個人笑問。
我馬上抬頭望他，很想曉得是誰。
「不過是雪非爾那兒的布魯克司罷了⑦，」牟士冬先生說。
我聽說只是雪非爾那兒的布魯克司才十分放心，因為我起先還以為是指我呢。雪非爾那兒的布魯克司先生的名譽好像有些很可笑地方，因為提到他兩個人都從心裡笑出來了，而牟士冬先生也覺得很有趣。笑了一陣之後，那位名叫昆尼恩的說，
「想起我們預備做的生意，雪非爾的布魯克司有什麼意見呢？」
「我不知道現在布魯克司對這件事已經了解了很多，」牟士冬答：「不過我相信大體上他不贊成。」

---

⑥這幾個人喜歡航行，用的是水手的俚語。小大衛．烱司（**Davy Jones**）是海魔或水手、魔鬼的名稱。
⑦按雪非爾的布魯克司（**Brooks of Sheffield**）是英國刀劍製造商，此處指大衛伶俐如刀。其文刀的利和人的伶俐同是一字**sharp**。此處是牟士冬扯開話頭。

這話一說，大家又笑了一陣，昆尼恩先生說，他要扯鈴叫人拿白葡萄酒來，向布魯克司致敬乾杯。他扯了鈴，酒來了，他也給了我一點，還有塊餅乾。我喝之前，叫我站起來說，「雪非爾的布魯克司大混蛋！」大家對他這句話喝采，盡情歡笑，引得我也笑起來了。我一笑，他們更加大笑。總之，我們十分開心。

然後大家在斷崖上散步一回，再坐在草地上，用望遠鏡看風景——等拿來對著我眼睛的時候，我什麼也看不出，不過我假裝看得見——接著到旅館去提早吃晚飯。我們在外面的當兒，這兩個人吸雪茄煙沒停過。我聞他們粗外套上的味道，猜想他們最初從裁縫店拿衣服回家以後，一定一直都是這樣吸煙的。我們上了艇，他們三人全下了艙，忙著看一些文件，這件事我一定忘記不了。我從敞著的天窗望下去，看見他們工作很忙。這時他們叫一個很和氣的人陪我，他頭很大，紅頭髮，戴一頂發亮的有邊小帽，穿一件橫條子的襯衫或背心，胸口有大寫字母拼的「雲雀」這個字。我想這總是他的名字了，他住在船上，沒有大門把名字漆上去，所以就印在胸口了。可是我稱呼他雲雀先生，他才告訴我，這是船名。

我整天看牟士冬先生比那兩個人都嚴肅、沈著。那兩個人很歡樂，無拘無束。彼此隨便說笑話，不過跟牟士冬先生很少這樣。我似乎覺得牟士冬先生比他們聰明，也比他們冷酷。而他們對他，也有些像我對他的感覺。我說過一兩次，昆尼恩先生說話的時候眼梢望著牟士冬先生，好像要弄清楚有沒有言語舉動叫他不高興。而且有一次琶司涅基先生（就是另外那一位）興高采烈，他就踢踢他的腳，使眼色兒叫他當心牟士冬先生。牟士冬先生呢，坐在那兒，滿臉嚴肅的神情，一語不發。我記得那天牟士冬先生整天沒笑過，只有提到雪非爾的笑話算是例外——而且順便提一提，這個笑話還是他自己說的呢。

天一黑我們就回家了。晚上天氣好，母親跟他又在薔薇旁邊散步，他們叫我走開去喝茶。牟士冬先生走了之後，母親問我這一天的經過，他們說了些什麼，幹了些什麼。我把他們提到她的話告訴了她，她笑了，對我說，他們都是不要臉的人，胡說八道。不過我知道那些話她聽了高興。我當時就和現在一樣清清楚楚了。我乘機問她，可也認識雪非爾那兒的布魯克司先生。她說不認識，只假定那人總是製造刀叉之類東西的工廠老闆。

母親的臉我當然記得已經改變，也知道已經朽腐了，可是此時此刻仍然在我面前，和我在鬧市要揀來看的任何人的臉一樣清清楚楚，我可以說它消逝了嗎？那晚母親的那股氣息碰到我腮上，我此刻都會感覺得到，我可以說母親的天真和少女的美現在都已經沒有了嗎？我的記憶力可以使母親復活（也只有記憶力能夠），比我、比任何人，都忠於情深的青春，對於往年珍惜過的始終如一，既然如此，我可以說母親改變了嗎？

談完這番話，我上了牀，她來跟我說明天見，我現在寫到的她，就是她當時的情形。她頑皮地跪在我牀面前，下巴擱在手上，笑問道，

「小衛，他們說什麼的？再告訴我一次，我不相信。」

「迷人精——」我剛說到這裡，母親就用手捂住我的嘴。

「絕不會是迷人精。」她一面說，一面笑。「小衛，絕不會說迷人。現在我知道不是說迷人的了！」

「是的，說的是迷人精。『迷人精考勃菲爾太太。』」我著力地又說一次。「還有，『標致。』」

「不會，不會。絕不會說標致。不是標致，」母親打岔道，手指又捂住我的嘴。

「是的，是標致。『標致的小寡婦。』」

「多蠢，多不要臉的東西！」母親嚷道，一面笑，一面把臉捂起來。「這些人多荒唐！不是嗎？小衛乖——」

「好啦，媽。」

「別告訴裴媽，她也許跟他們生氣的。我也給他們氣壞了。可是我還是不願意讓裴媽知道。」

我當然答應了，我們互相吻了又吻，不久我就睡熟了。

下面要說的裴媽提出的主意，現在事隔多年，彷彿是第二天的事，其實大約是兩個月以後才發生的。這件事叫我起勁、有趣極了。

一天晚上，我們坐在一起（母親照例出去了），總少不了襪子、碼尺、小塊蠟。蓋子上畫了聖保羅大教堂的盒子，講鱷魚故事的書。裴媽望了我好幾次，嘴張著，好像要說話了，又說不出——我以為不過是打呵欠，否則我會嚇一跳——終於甜言蜜語地對我說：

「小衛少爺，您要不要到雅茅斯我哥哥家去住兩個禮拜？那不是非常好玩嗎？」

「你哥哥人很討人喜歡嗎，裴媽？」我斷不定地問。

「噢，他多討人喜歡呀！」裴媽舉起兩手嚷道。「再說，還有海，有小船、大船；有打魚的；有海灘；還可以跟他——安姆⑧玩——」

裴媽是說她姪子罕姆，上一回裡提過的。不過她提到他好像提到英文文法的片段一樣。我聽她把這些樂趣說了個大概，非常興奮，回她說真好玩，不過母親會准嗎？

「啊呀，她嗎，我差不多敢賭一塊基尼，」裴媽注視著我臉說，「她會准我們去的。要是您想去，一等她回家，我就去跟她說，準沒有錯！」

「可是我們走了她怎麼辦呢？」我說，一面把兩個小胳膊肘兒擱在桌上，提出這個問題。要是裴媽突然間在那隻襪子後跟上找洞，一定找到了個真正小的洞，不值得補的。

「怎麼啦，裴媽！她一個人日子過不下去的，你知道的。」

---

⑧倫敦沒受教育的人講話，遇到h往往不發音，元音開頭沒有h的地方會加個h上去。所以Ham（人名）會讀成Am。下面說到「像想到英文文法」是說Am to play with像文法例句。

「哎呀，您瞧我！」裴媽說。終於又望著我了。「您不知道嗎？她要到格雷勃太太家去住兩個星期。格雷勃太太家會有好多人。」

是嗎！果真如此，我說去就可以去了。我等得心焦如焚，母親到底打從格雷勃太太家回來了（這就是上面說的那家鄰居），好問她准不准我們實現這個大願望。母親聽了，並不像我所預料的那樣大為詫異，一口就說好。那晚什麼都商量好了，我去玩，吃住都出錢。

動身的一天不久就到了。我猴急得什麼似的，一半害怕地震、火山爆發或別的什麼天災會節外生枝，弄得我們去不成，儘管我這樣，那一天都來得很快。我們要坐有搬夫的貨車去，上午吃完早飯就出發，要是他們肯讓我穿好衣服過夜，穿了鞋襪睡覺，要我出多少錢我都肯。

我多麼想快點離開幸福的家，竟沒有疑心我真地永遠離開了這裡；我提起來雖然不當一回事，可是現在回想起來，仍舊深有感觸。

貨車到門口，母親站在那兒吻我，我對她，對以前從來沒有離開過一次的老地方，都感激而依依不捨，竟然哭泣起來，這件事回憶起來都很舒服。母親也哭了，她的心靠著我的心跳，我現在知道這一點，覺得舒服。

車走動了，母親衝出門外，叫搬夫停車，她要再吻我一次，回憶起來也很舒服。她仰起頭來朝我望，既熱切、又慈愛，我細述一下也覺得舒服。

我們讓她站在路上，這時牟士冬先生來了，站在她面前，好像怪她不該這樣依依不捨。我從車篷敞著的地方回顧，不知道這關他什麼事。裴媽在對面也回頭去望，好像也極不滿意似地，只要看她望完以後坐下來的臉色就知道了。

我坐著望了裴媽一會，心裡有個幻想：要是雇了她來，把我像神話裡的小孩似地丟了，我能不能跟著她撒下的鈕釦一路找回家。

第三回　我遇變

風光好嬉遊締新交
景物非歸來驚巨變

我倒希望，趕車的馬是世界上最懶的馬，好像喜歡叫那批等著收包裹的人儘等似地，垂著頭慢慢走。我幻想這匹馬有時真咯咯地在笑，諒必是想到這一點了；不過趕車的說，馬不過是為咳嗽所苦罷了。

趕車的頭有他的垂法，像他的馬，趕車時一個膝蓋上擱著一隻胳膊，渴睡沈沈地往前傾下去。我說「趕」，其實覺得，沒有他，車一樣可以到雅茅斯，因為路全是馬自己走的。至於大家談話，他只吹口哨，根本想不到要說話。

裴媽膝蓋上放了一籃吃的東西，就是我們坐同樣的車到倫敦，都十足夠我們果腹了。

我們吃飽，也睡足了。裴媽睡著了，下巴頦兒總擱在籃子把上，抓住籃子一些也不鬆手；要不是親耳聽到，我真不能相信一個文弱的婦女會打這樣厲害的鼾。

我們上上下下，繞了許多鄉下籬間小路，在某客棧交付了一張牀架，在另外一些地方停一停，費去好多時間，我很累了，所以一看到雅茅斯就很開心。舉目一望，河那邊一片荒野，覺得這地方很鬆軟潮溼，不禁想，如果世界真像地理書上說的那麼圓，怎麼有這樣平坦的地方。不過我想，雅茅斯可能位於南極或北極，這就是原因了。

再駛近些，我們看到整個附近的景色，是躺在蒼穹之下一條直而低的線，我對裴媽暗示，這兒要是有個把山，或許景色更美，而且要是陸地離海更遠些，城和潮汐就不會像浸了烤麵的水那樣①，就更好了。可是裴媽說，大凡一樣東西，是什麼樣子就是什麼樣子了，我們只有隨它去。而且拿她來說，她稱自己做「雅茅斯燻鯡魚」，很自豪，說話口氣比平常激昂得多。

我們上了街之後（這條街我看夠特別的了），就聞到魚腥、瀝青、填甲板縫的舊麻繩、焦油味道，看到來來去去的水手，石子路上轔轔作響的貨車上上下下，我覺得剛才的話對這樣熱鬧的地方很欠公允，就對裴媽說了。她聽到我有這個開心的表示，也大為高興，就

①這是病人的飲料。

告訴我雅茅斯各方面說來是全世界最好的地方，很多人都知道的，不過我猜想，只有那些運氣好，生來是「燻鯡魚」的人才知道吧。

「我家安姆來了！」裴媽高呼道。「長得我都不認得了！」

其實他在旅館門口等我們，問我好，好像老相識一樣。一開頭我覺得他認識我，我不認識他，因為他自從我出世那晚在我家，以後再沒有來過，自然他占便宜。不過一等他馱我回去，我們就親密起來了。他現在又大又壯，身高六呎，長得敦實勻均，肩膀滾圓；可是面帶傻笑，還是個孩子，頭髮鬈曲，顏色很淺，所以樣子很忸怩。他身穿帆布短上衣，硬僵僵的褲子，沒有腿在褲腳管裡也能站住。他頭頂上像老式房屋一樣，蓋了些漆黑的東西，說他戴了帽子，也不十分妥當。

罕姆馱了我，腋下夾了我們的小盒子，裴媽拎著我們另一隻小盒子，我們轉彎走下幾條小街，但見一路上滿是板片和小沙堆，經過煤氣廠、纜場、小船廠、大船廠、拆船廠、塞船縫廠、裝配索具的高樓、鐵匠鋪，和亂七八糟這一類的所在。末了出了街，走到一片荒野，就是我老遠已經看到的。這時罕姆道，——

「小衛少爺，我家房子就在那邊！」

我四面都望了，儘量往原野的遠處，海那邊，河那邊望，可是什麼屋也望都望不見。不多遠地方，陸上有隻黑色的駁船，或者是別種用舊了，普通的船，在地上擱了淺，船的鐵煙囪矗立，算是人家的烟囱，悠然出煙。可是在我看來，並沒有別的像是住家的房屋了。

「那總不是吧，」我說——「那個像船的東西？」

「就是了，小衛少爺，」罕姆答。

我思量，即使換了阿拉丁的宮殿、大鵬鳥的蛋等等②，也沒有住在船裡特別，叫人著迷。旁邊開了一扇討人喜歡的門，蓋了屋頂，有些小窗。不過最叫人著迷的就是，這是條真正的船，的確航行了許許多多次，也從沒打算給人放在岸上住在裡面。這就是我給迷惑住了的地方。如果我打算長住在裡面，也許會嫌它小、不方便、寂寞；不過既然這隻船並不是設計好用來做這個用途，也就是十全十美的住處了。

船裡收拾得纖塵不染，不能再整潔了。陳設著一張桌子，一隻荷蘭鐘，一隻衣櫃。衣櫃上放著一隻茶盤，茶盤上畫了一位貴婦，撐著陽傘，帶著一個軍人模樣、滾著鐵環的小孩散步。茶盤一旁放了一本聖經擋著，以防翻倒。如果茶盤翻倒，就會打壞放在書四周的許多茶杯、茶托，和一把茶壺。牆上掛了些廉價彩色的《聖經》題材畫，裝框配了玻璃，此後我每次在小販手上看到這種畫，裴媽哥哥家室內的全景無不現在眼前。亞伯拉罕身穿紅袍，把穿藍袍的以撒拿去做犧牲獻祭③、達尼爾先知身穿黃袍，被君王擲進綠色的獅子

②阿拉丁、大鵬鳥都是《天方夜譚》裡的角色。其中一則寓言裡，有隻大鳥能用爪攫象，帶到山上巢裡吞掉。

③見聖經舊約創世紀二十二章一至十四節。

圈裡④，是最顯著的兩張。在那小壁爐架上掛的是單桅帆船撒拉．珍號這條船的畫。船在森德蘭建造，有真的木頭做的小船尾黏在上面——結構精巧，木工細緻，是件藝術品，我認為全世界少有的最叫人羨慕的寶貝就是這樣東西了。天花板橫樑上有些鈎子，當時我還想不出是做什麼用的；還有些櫥櫃、箱子，那一類的應用品，當櫈子，也勉強當椅子用。

這一切，我一跨進門檻就看出了——照我的想法，由孩子眼睛裡看來——接著裴媽開了另一扇小門，把我的臥房指給我看。我從來沒有見過這樣一應俱全的好臥房——位於船尾，有一扇小窗，這是從前安舵的地方。牆上釘了一面小鏡子，牡蠣殼做框，掛得高低正合我的意，一張小牀，僅僅夠地方上去睡覺。桌上放了一隻藍色有柄的杯，杯裡放了海草堆起來的花球。牆壁粉刷得跟牛奶一樣白。各色料子拼成的蓋牀布色彩鮮明，耀得我眼生疼。這所討人喜歡的房屋有一點特別引我注意，就是魚腥。這股味道真是無孔不入，我掏出手帕揩鼻子，手帕聞起來十足像是包了龍蝦來的。我把這個發現私下對裴媽說了，她告訴我，她哥哥是做龍蝦、螃蟹、蝲蛄生意的，我後來看到一大堆這些海味經常放在一間附屬小木屋罐子裡、鍋裡，你擠我，我擠你，混成一堆奇妙的東西，一鉗到什麼，總不放鬆。

有位很客氣，穿了白圍裙的婦人歡迎我們，我在半哩外早就在罕姆脊背上見到她在門

---

④見舊約達尼爾（或譯但以理書）六章十六與十七節。

口跟我屈膝為禮了。還有個極美麗的小姑娘（或者，我以為如此），戴了藍珠子穿的項鍊，我要吻她，她不答應，倒跑掉了，躲了起來。不久，我們吃煮孫鰈、融了的奶油、馬鈴薯，我還有塊排骨，氣派可不小。正吃著，一個毛髮濃密、面目和藹的人回家了。他叫裴媽「小丫頭」，又在她腮幫子上噗一聲吻了一下。照裴媽當時恭恭敬敬的這一點看來，我就明白他是她哥哥了。果然不錯——因為裴媽馬上就給我介紹，是她哥哥，這裡的一家之主。

「少爺，您來啦，好極了，」裴格悌大爺說。「您會覺得我們挺粗野，可是招呼您挺脆快。」

我謝了他，回答說這地方這樣好玩，我一定會喜歡。

「少爺，您媽好？」裴格悌大爺說，「您走的時候她相當高興嗎？」

我對裴格悌大爺說，我母親要多高興有多高興。她叫我問他們好——這是我編出來的客氣話。

「她真是太看得起我們了，」裴格悌大爺說。「好啦，少爺，您在這兒，跟她，」他朝他妹妹頭一昂，「和罕姆、小艾姆麗一起玩兩個禮拜，就賞光了。」

裴格悌大爺這樣殷勤盡了主人之誼，就出去在一鍋熱水裡洗滌他自己，嘴裡說「冷水去不了他的骯髒。」不久他回來了，比起剛才來容光大為煥發。不過，紅得不由得我不以為他的臉和龍蝦、螃蟹、蝲蛄有這一點相似——下熱水之前是很黑的，打熱水裡出來的時候就很紅了。

喝完茶關上門，到處都弄緊密了（季節到了，夜裡又冷又有霧），彷彿凡是人想像得到的、最有趣的隱居之所，就是這裡了。聽風從海上吹過來，知道霧在荒涼的平原上徐徐瀰漫過來。望著火，心裡想附近除了我們並沒有別的房屋，而這是一條船，就夠入迷的了。小艾姆麗此刻已經壓下了羞怯，坐在我身邊最矮最小的櫃子上。這貨櫃子只夠我們兩人坐，放在煙囪角落一邊，也正合適。裴格悌大嬸穿著白圍裙，在火爐對面編織⑤。裴媽在做針線，用起她的針線盒和蠟燭來，十分就手，好像這兩樣東西從來沒有在別處放過似的。罕姆一直在給我上四全分牌的第一課⑥，此刻想要記起這副骯髒的紙牌算命的法子，所有的牌給他翻過，就印下他拇指像條魚似的印子。裴格悌大爺在抽他的煙斗。我覺得此刻大家該談談知心話了。

「裴格悌大爺，」我招呼他。

「少爺，」他說。

---

⑤屋裡並沒有裴格悌太太，考勃菲爾認錯了人。此人是艮密紀太太。

⑥這種紙牌戲叫 All-fours，二人入局，以有最高王牌、最小王牌、王牌賈克（Jack）得分所需點數為勝者。

「您給您兒子起名字叫罕姆，是因為你們住的地方像方舟嗎⑦？」

裴格悌大爺好像認為這個意思太深奧，卻答道，——

「不是的，少爺，我從來沒有給他起過名字。」

「那麼是誰給他起的呢？」我問，把教義問答上第二個問題提出來問裴格悌大爺⑧。

「這個嗎？少爺，是他爸爸給他起的，」裴格悌大爺說。

「我還以為您是他父親呢！」

「我弟弟玖才是他父親呢，」裴格悌大爺說。

「裴格悌大爺，您弟弟死了嗎？」我歇了一下，表示尊敬他，然後才假定說。

「淹死的，」裴格悌大爺說。

裴格悌大爺不是罕姆的父親，我大為詫異，開始怕自己把他和那裡別人的親戚關係弄錯。我急於想知道，所以決意跟裴格悌大爺查個水落石出。

「小艾姆麗，」我看她一眼說，「是您女兒不是，裴格悌大爺？」

⑦罕姆（Ham），聖經人名，是諾尼（或譯諾亞）的兒子，見創世紀。諾亞六百歲時洪水為災，上主叫他造了方舟脫厄。

⑧英國國教教義問答的第二個問題是「誰給你起這個名字的？」

「少爺，不是的。我妹夫湯姆，才是她父親呢？」

我忍不住又問，「裴格悌大爺，她父親死了吧。」我歇一下表示尊敬他，然後才假定道。

「淹死的，」裴格悌大爺說。

我覺得這個題目再談不下去了。可是還沒有水落石出，總得追根到底才行，所以就問，——

「裴格悌大爺，您到底可有什麼兒女嗎？」

「沒有，少爺，」他笑了一瞬間答，「我是光桿兒。」

「獨身漢！」我大為駭異道。「這麼說，裴格悌大爺，那一位是誰？」指穿裙子在編織的。

「那是艮密紀大媽，」裴格悌大爺說。

「艮密紀嗎，裴格悌大爺？」

不過，這當兒，裴格悌——我是說在我家的那位裴媽——對我做了極感動人的手勢，叫我不要再問下去了，我只得呆坐，瞪著全體不出聲的人，等上牀睡覺。後來在我的小房裡沒有別人的時候，裴媽告訴我，罕姆和小艾姆麗都沒有父母，是裴格悌大爺的姪兒、外甥女，他在他們幼年孤苦無依的時候，就先後收養過來了。艮密紀大媽是跟裴格悌大爺共同買魚船的夥友的遺孀，那人死的時候很窮，裴媽說，她哥哥自己也是窮人，卻是菩薩心、俠客腸——她用「金」和「鋼」作譬喻。他告訴我，裴格悌大爺唯一會發大脾氣或大罵的事就是他的這種慷慨；他家任何一個人提到這一點，他就會用右手拍桌子（有一次把桌子拍得裂開了），而且毒咒一句，如果再有人提，他不是一去回不來，就是給「搞滅」掉⑨。我問他們「搞滅」這兩個毒辣的字是什麼意思，好像誰也答不出，不過他們都當它是最毒的詛咒。

我很能體會主人的感情，聽見那兩個婦人到船的另一頭像我那隻小搖籃一樣的牀上去睡覺了，聽見裴格悌大爺和罕姆在我早看到的屋頂裝的鈎子上弔起兩張帆布牀，當時我心情十分舒坦，因為渴睡，就更加有這個感覺。我漸漸迷糊的當兒，聽到海風怒吼，猛掃過平原，所以隱約害怕大海會在夜晚漲起來。不過我悟到自己究竟在船上，而且即使有什麼事發生，有裴格悌大爺這樣的人在船上，總不壞。

不過什麼糟糕的事也沒有發生，天倒亮了。晨曦一照到牡蠣殼做框的鏡子上，我就下了牀，跟小艾姆麗去到沙灘上拾鵝卵石了。

「我想，你很會航海吧，」我對艾姆麗說。我知道自己心裡並沒有這個意思，不過覺得對女孩說句把話是男子應有的殷勤。剛巧這會兒我們附近有條耀眼的船映在她晶瑩的眼睛裡，小小的形像很美，我才想到說這句話的。

---

⑨原文Gormed，是God-damed的訛音，意為天誅。中文可譯成「天誅地滅」，但怎樣縮成兩個字而又諧Gormed的音，是件難事。

「我不會航海，」艾姆麗搖頭答。「我怕海。」

「怕海！」我擺出一副此時此地應該有的英勇的派頭說，面對大洋神氣十足：「我可不怕！」

「啊呀！海可好殘忍呀！」艾姆麗說。「我看到過我們有些人給海害得好苦。有條船跟我們的屋一樣大，給海打得粉碎。」

「我希望不是那條——」

「我父親淹死的那條嗎？」艾姆麗說：「不是的。不是那一條。我沒有見過那條船。」

「也沒有見過你父親？」我問她。

小艾姆麗搖搖頭。「記不得了。」

這件事真巧！我馬上說，我也沒有見過我親生父親。我母親和我兩口子一向過得要多快樂有多快樂，當時那樣，總打算將來也要那樣快樂；我父親的墳在靠近我們家教堂的墳地上，有樹遮著，天氣好，我好多次早上在樹底下散步，聽鳥兒唱歌。艾姆麗和我都是孤兒，不過我們的情形好像有些不同。她先沒有了母親，後沒有了父親。她父親的墳在那裡沒人知道，大家只知道在海底說不出的地方。

「還有，」艾姆麗一面四下裡找蚌殼、鵝卵石，一面說，「你父親是有身分的人，你母親是太太，我父親是打魚的，我母親是打魚人家的女兒，我丹舅舅也是打魚的。」

「丹是裴格悌大爺嗎？」我問。

「丹舅舅——在那兒，」艾姆麗答，頭向船做的屋那邊一點。

「對，我是說他。我想他人一定很好。」

「人好？」艾姆麗說。「要是我有一天有地位，我就送他一件天藍的衣裳，金鋼鑽做鈕釦，一條本色布做的褲子，紅天鵝絨的背心，一頂捲邊帽，一隻大金錶，一隻銀煙斗，一櫃子錢。」

我說裴格悌大爺一定配得這些好東西。我得承認，我覺得他如果照這位感激他的小姪女兒想出來的服裝打扮起來，恐怕會不自在。我特別懷疑給他戴那頂捲邊帽是否明智。不過，我把這些想法全悶在肚子裡。

小艾姆麗一件件點這些東西住了嘴，仰起頭來望天，好像看到一幅輝煌的景象。

我們又繼續談下去，一面拾貝殼、鵝卵石。

「你要做有地位的人嗎？」我問。

艾姆麗望著我笑，點頭答，「要做。」

「我非常想做。我們一起全做有地位的人了——我、舅舅、罕姆、艮大媽。到那時候，狂風暴雨來，都不在乎了——我意思是我們不在乎。我們是為可憐的打魚的在乎，一定的。要是他們受了傷，我們就出錢幫他們。」

我覺得她的用意很好，也不見得就辦不到。我對這個想法表示高興，小艾姆麗膽子壯了起來，羞怯地說。——

「此刻你還不怕海嗎？」

當時風平浪靜，我很放心，不過我如果看到相當大的浪滾滾而來，一定會想到她淹死的親戚，嚇得拔足就溜的，不過我還是說「不怕」，還補充道，「你也不怕海，雖然你說你怕」——原來她走在我們散步的舊碼頭或木頭堤道之類的建築上太靠邊緣，我怕她跌下去。

「我不是這種怕法，」小艾姆麗說。「不過起風我醒的時候，想到舅舅跟罕姆就抖，相信他們在喊救命。這就是我非常想做有錢的人的原因。不過我不是這種怕法，一點也不。你瞧！」

她突然離開我身邊，在有缺口的木材上跑，這根木頭那一頭高高懸在水面，水又很深，什麼扶手也沒有。這個舉動我記得真切極了，如果我是個繪圖員，也許就會把她畫下，保險和那天實際發生的情形一樣：小艾姆麗朝著大海衝去，自尋死路（我當時覺得是如此），那副向海極遠地方望去的神情我永遠難忘。

那個輕靈、勇敢、翩躚的小人兒掉了頭，安全回到我面前了。我馬上自笑不該害怕，甚至叫了出來——因為不論怎樣叫也無用，附近一個人也沒有。不過從那時起，在我成年以後，好多次我想到：許多事隱而不顯，都會發生，艾姆麗這孩子一時突然莽撞，眼望遠處現出心不在焉的神情，會不會有股慈悲的吸引力叫她遇險，有她亡父許可的誘惑力，叫她到他那裡，讓她在那一天有機會喪生？從那時起，有一陣子我想知道，如果我一瞥就能知道她的未來，那未來是孩子都全能懂的，如果她的安全要靠我的手揮一揮，我應不應該伸手救她。從那時起，有一陣子——不說多久，不過的確有這一陣子——我問我自己這個問題，那天早上如果我親眼看見小艾姆麗給水滅頂，是不是對她反而有好處；我的答覆是有好處。

這話未免言之過早。也許我記錄這個想法太快。不過隨它去吧。

我們走了很長一段路，把認為特別的東西都取來帶在身邊，小心把一些困在沙灘上的海盤車放到水裡——直到現在我都不很懂這種動物，到底對我們此舉是感激呢，還是埋怨——然後就回裴格悌大爺家。在外面放龍蝦的小屋避風處站定，互相接了天真無邪的吻，然後進屋吃早飯，身心康樂，溢於顏色。

「就像兩隻小畫眉鳥，」裴格悌大爺說。我懂得他的意思，這是我們的土話，是說兩隻小畫眉，也就當他恭維我們，承認是的了。

當然我愛上了小艾姆麗。的確，我對那小女孩的這種愛比起人大了以後最深的那種本身高尚可貴的愛來，同等真誠，同等溫柔，只有更純潔，更沒有私慾。我的空想一定把靈性賦給這個藍眼睛的小孩，好像有什麼東西裹住了她，把她變成了真正的天使。假使有一天上午，陽光普照，她展開一雙小翅膀，當著我的面飛掉了，我想我會完全當作意中事。

我們經常在雅茅斯灰色的，走慣了的海灘散步，相親相愛，一散步就是幾個鐘頭。日子也在我們一旁嬉戲，好像時間本身還沒有成人，也是兒童，總在玩耍。我告訴艾姆麗我愛慕她，除非她也承認愛慕我，否則我就很慘，只有拔劍自殺。她說她愛慕我，我也不疑心她的話。

至於說門戶不相當，我們都幼稚，或者還有別的麻煩擋住我們的路，小艾姆麗和我沒有放在心裡，因為我們沒有未來。我們沒有準備長大，也沒有準備變小。艮密紀大媽跟裴媽非常歡喜我們，晚上我們兩個小孩親親密密坐在爐旁小櫃子上，她們倆總低聲說，「老天爺！多標致！」裴格悌大爺噙著煙斗，對我們含笑，罕姆整晚咧著嘴笑，什麼事也不做。我猜想，他們看我們覺得有趣，好像看精美的玩具，或者袖珍的羅馬大圓形演技場模型。

我不久發見，艮密紀大媽住在裴格悌大爺家裡，照那種情形說，應當會很討人喜歡的，而實在並不然。她的脾氣相當躁，這家人地方這樣小，可是她有時候怨命怨得太多，弄得大家都不舒服，我很替她難過。心裡想，要是有個方便的一間房讓她一個人住在裡面，等她心情好了再出來，要好得多。

裴格悌大爺有時上一家叫甘心的酒店⑩。我去他家第二三天，他出去了，艮密紀大媽抬頭望望荷蘭鐘，那時在八九點之間，說他在酒店裡，尤其是她早上就知道他要上酒店了，這樣我才發現的。

艮密紀大媽整天不高興，上午火爐冒煙，她哭了。「我這個無依無靠的人呀，」這是碰到傷心的時候她說的話，「樣樣都跟我鬧彆扭。」

「呀，就要不冒的了，」裴格悌說——我又是指我們家的裴媽——「還有，你知道，你討厭煙，我們也一樣討厭啊。」

「我更受不了呀。」艮密紀大媽說。

那一天很冷，一陣陣寒風刺骨。艮密紀大媽在火爐旁有她包占的角落，我看好像是這個地方最暖和、最舒服的，她那張椅子也的確是最安樂的。可是那一天完全不稱她的心。她不停埋怨冷，埋怨冷叫她背脊不適，叫她覺得（她所形容的）毛骨悚然。末了，她為了這一點哭起來了，又說她「無依無靠，樣樣都跟她鬧彆扭。」

「冷的確冷，」裴媽說。「個個人都覺得的。」

「我比別人更覺得冷呀，」艮密紀大媽說。

吃晚飯的時候，我是特客，有菜先奉給我，其次總是拿給艮密紀大媽。魚很小，骨頭也多。馬鈴薯有點焦了。我們大家都承認。覺得有點失望，可是艮密紀大媽說，她比我們

⑩甘心（Willing Mind）出聖經新約格林多（或譯〈哥林〉）後書八章十二節。

更失望，又哭起來了，而且說剛才那句話，口氣裡極其抱怨。

因此等到裴格悌大爺在九點前後回來的時候，這位倒楣的艮密紀大媽在她那個角落裡編織東西，神情很悲慘可憐。裴媽做著事，一直很有興致。罕姆在補一雙不透水的靴子。小艾姆麗坐在我旁邊，我念書給大家聽。艮密紀大媽除了一聲悲嘆之外，沒說過別的話，而且自從喝茶那刻起，頭也沒抬過。

「我說，各位呀，」裴格悌大爺坐下說，「你們都好嗎？」

除了艮密紀大媽，我們都答了句把話，或者有了點表示，向他問好。艮密紀大媽僅僅乎搖搖低著的頭，手上在編織東西。

「有什麼不順當嗎？」裴格悌大爺拍手問。「老媽媽（裴格悌大爺的意思是說老姊妹），放高興點！」

艮密紀大媽不像能提起興致來的樣子。她掏出一條舊的黑色絲手帕揩揩眼睛。並不放回口袋，卻放在外面，又揩眼睛，還放在外面，預備用。

「有什麼不順當，媽媽？」裴格悌大爺說。

「沒什麼，」艮密紀大媽答。「丹，你到過甘心酒店了吧？」

「嗯，對，我今晚上在甘心酒店待了一會兒，」裴格悌大爺說。

「是我害得你去酒店的，對不起，」艮密紀大媽說。

「你害的！我才不要人害呢，」裴格悌大爺老實地笑答道。「我太求之不得要去了。」

「求之不得，」艮密紀大媽搖搖頭，揩揩眼睛說。「對，對，求之不得。都是因為我你才求之不得的，對不起。」

「因為你！不是為你！」裴格悌大爺說。「千萬別以為是因為你。」

「是的，是的，是因為我，」艮密紀大媽哭泣道。「我曉得我是什麼人。我曉得我無依無靠，不但樣樣跟我鬧彆扭，我也弄得旁人彆扭。對，對，我比人的感觸多，露出來的也多。我就倒楣在這種地方！」

我坐在那裡目擊這一切，真不禁想，除了艮密紀大媽，那家別的人也有給不幸波及的。不過裴格悌大爺並沒有拿這話反過來怪她，卻只是再請求她放高興點，回答她的話。

「我恨不得不是這種人，做不到，」艮密紀大媽說。「差得遠呢。我曉得我是什麼人。苦得人都變彆扭了。我覺得苦，苦得人彆扭。要是不覺得就好了，可是我覺得。要是苦慣了就好了，可是我沒有。弄得大家都難過。我也不覺得詫異。我已經弄得你妹妹整天難過了，還有小衛少爺。」

她說到這裡，我突然心軟了，精神上大感悲痛，嚷道，「沒有，艮密紀大媽，您沒有弄得我難過。」

「我做出這種事來極其不應該，」艮密紀大媽說。「這樣報答你是不對的，我最好進堂區貧民習藝所死掉。無依無靠的人，最好不要在這裡跟人鬧彆扭。如果樣樣事一定要跟我鬧彆扭，如果我一定跟自己鬧彆扭，就讓我到自己的堂區去吧。丹，我最好進貧民習藝所，死掉，死掉，拔掉眼中釘倒好些！」

艮密紀大媽說完這些話就進房去，上牀睡了。裴格悌大爺臉上的同情仍然活現，一直沒有露出絲毫任何別的感覺，艮密紀大媽走開以後，他回頭望望我們，點點頭，臉上表情生動，因為同情心仍然鼓舞著他，只聽他低聲說，——

「她一直在想老頭子！」

我不很懂艮密紀大媽一心念念不忘的老頭子是什麼人，後來裴媽送我上牀，講給我聽，那就是去世的艮密紀大爺，她哥哥遇到這種情形，總把這個看法絕對信以為真，也使他感動得很。那晚過了些時，他上了吊牀，我親耳聽見他對罕姆重說一次，「可憐的人！她一直在想老頭子！」我們在那裡待的其餘的那段期間，艮密紀大媽有幾次發生同樣悲不自勝的情形，不管那一次發生，裴格悌大爺總說同樣的話，來緩和局面，總抱最深厚的同情。

就這樣兩星期不知不覺過去了，除了潮汐的變化，改變裴格悌大爺出外和回家的時間，改變罕姆的工作，別無不同。罕姆閒著的時候，有時就跟我們一塊兒走，把小船大船指給我們看，有一兩次他帶我們划船。我不懂為什麼一小組印象會比另一組跟一個地方特別有連繫，雖然我相信這是大多數的人公認的，尤其是跟童年時代的聯想有關的。我每次聽到雅茅斯的名字，或讀到雅茅斯的名字，就想起某星期天早晨在海灘上，聽鐘聲響著，叫人去上教堂，小艾姆麗偎倚在我肩膀上，罕姆懶散地拿石子擲到水裡，太陽在海上遠遠地方剛剛衝出濃霧，把船照給我們看，就像船本身的影子。

回家的日子終於到了。和裴格悌大爺、艮密紀大媽分開，我還受得了，可是離開小艾姆麗的痛苦，簡直像利劍穿心。我們臂挽著臂走到趕車的住的酒店門口，路上我說好會給她寫信。（我後來踐約，寫的字比一般手寫的房屋招租告白上的還大。）我們分手極其難過，如果我一生心裡有過空虛之感，那一天就算是的了。

唉，我出外作客全部期間，對家又沒有情分了，很少想到，甚至根本沒有想到。不過，一朝回家的方向，我孩童的良心就責備起我來了，好像是隻指頭一味指我這一點。我覺得家才是我的窩，我母親才是安慰我的人，是我的朋友，我心情沈重的時候，更有這個感覺。

我們上路以後，這個感覺更增加了，所以越近家門，眼前的景物越熟悉，我越急於要到家，奔到我母親懷裡。可是裴媽不但沒有同樣的急切之情，反而要力加抑制（雖然態度很自然），面上現出為難的樣子，而且無精打采。

不過，不管裴媽怎麼樣，只要趕車的馬肯跑，勃倫司東的鴉巢總會到的——真到了。我記得多清楚，下午天氣寒冷、天色陰沈，好像就要下雨！

門開了，我望過去，歡喜興奮得半笑半哭，要見我母親。來的不是她，是個不認識的用人。

「怎麼啦，裴媽！」我傷心地說，「媽還沒回家嗎？」

「回家了，回家了，小衛少爺，」裴媽說。「她已經回家了。小衛少爺，等一等，我有話跟你說。」

裴媽又緊張，又天生笨手笨腳，所以下車的時候就亂成一團糟了，像個綵球。不過當時我頭昏腦脹，莫名其妙，也沒有告訴她這一點。她下車之後，摻著我，領我進了廚房，我一肚子驚疑。她關上了門。

「裴媽！」我叫道，心裡害怕起來，「到底出了什麼事啊？」

「啊呀，什麼事也沒出，我的小衛少爺！」她裝出高高興興的神情答。

「一定出了什麼事。媽在那兒呢？」

「媽在那兒呢，小衛少爺？」裴媽照樣說。

「對。她為什麼不到門口來，我們跑進廚房幹什麼？唉，裴媽！」我眼睛裡眼淚都漲滿了，覺得好像要倒下去了。

「天保佑小寶貝！」裴媽緊緊摟住我叫道：「怎麼回事？你說呀，我的心肝！」

「不是也死了吧⑪！唉，她沒有死吧，裴媽？」

---

⑪考勃菲爾因為裴格悌家裡好多人淹死了，所以有這個害怕。

裴媽大叫沒有死！聲音大得嚇壞人。接著坐下來喘氣，說我嚇了她一跳。

我把她一摟，叫她別怕，或者叫她害怕那該怕的，然後站在她面前，焦灼地望著她，要她給我解釋。

「寶寶，你明白嗎，我早就該告訴你了，」裴媽說，「不過沒機會。或許我該找個機會。可是想記總不特記得起」——裴媽的字彙裡，不大總說成不特。

「裴媽，你說呀，」我說，此刻比先前更害怕了。

「小衛少爺，」裴媽手抖抖地解下她的帽子，屏住氣對我說，「你以為怎麼樣？你有爸爸了。」

我直哆嗦，面如土色，和墳地上的墓有關係的，死人復活的事情——我不知道什麼事，怎麼會有的——好像一陣陰風襲擊過來。

「另外一個，」裴媽說。

「另外一個，」我跟著說。

裴媽喘了一口氣，好像咽下了什麼難咽的東西，伸出隻手來說——

「來，去看看他。」

「我不要看他。」

「還有你媽媽呢，」裴媽說。

我不縮回去了，我們隨即一起到最講究的起坐間裡，到了那裡，裴媽就丟下了我。我母親坐在爐子一邊，牟士冬坐在另一邊，我母親放下了手上的針線，匆匆起身，不過我看得出她有點害怕。

「哪，柯蕾樂，寶貝，」牟士冬說，「要鎮定！控制你自己，總控制你自己！——小衛兒，你好嗎？」

我伸手給他握。等了一刻，我跑去吻我母親。她吻我，輕輕拍我肩膀，又坐下做針線了。我不能望她，也不能望著牟士冬——清清楚楚知道他盯住我母子兩人望——我回頭到窗口，望外面的矮樹，寒風中，樹也垂著頭。

一等能溜，我就悄悄上了樓。我當寶貝的舊臥室已經換了，要睡到好遠的地方。我漫步下樓，看看有沒有保存原來面目的東西，好像全改變了。於是又踱到院子裡。很快，我就急忙回頭，因為空著的狗舍裡有隻大狗——聲音沈重，黑毛就像他——狗見了我就兇惡起來，一躍而起，要咬我。

第四回　我蒙羞

難堪辱怨言偏受辱
不勝鞭拒暴更加鞭

要是那天我的牀給搬進去的那間房是有知覺，能作證的東西，我現在就可以請它替我證明，我帶進去的那顆心有多沈重——我真想知道，現在誰住在那裡面呢！我走上樓，爬樓梯的時候，聽見狗一直在院子裡向我叫，我茫然不慣地望著房間，房間也同樣望著我。我坐下，兩隻小手交叉，沈吟起來。

我想到最奇怪的事——房間的形狀，天花板上的裂縫，牆上糊的窗紙，玻璃的缺損（把窗外景物皺成漣漪，起了微波），想到搖搖晃晃、三隻腳的洗臉盆架——這隻架子有種心懷不滿的表情，叫我想起忘不了老頭子的艮密紀大媽。我一直哭個不停，不過除了覺得冷，鬱鬱不樂之外，的確沒有去想為什麼要哭。末了，我孤寂無聊，漸漸體會到，我愛小艾姆麗愛得不得了，硬被人把我們拆散，到這個好像沒有人像她一半那麼疼顧我的地方來。想到這一點，我覺得十分悲慘，縮成一團，把身子塞進被窩一角，哭著睡著了。

有人說，「他在這兒呢！」把我吵醒，揭開被窩，露出我烙得滾熱的頭。母親跟裴媽來找我了，總是她們那一個說話，揭開被的。

「小衛，」我母親說，「你怎麼回事啊？」

我想她問我這話很怪，所以答，「沒事。」我記得我別過臉去，不讓她看到我的嘴唇打戰，她要是看到就更知道實情了。

「小衛，」母親說。「小衛，乖乖！」

我想當時她不管說什麼，再沒有比叫我乖乖更感動我了。我把眼淚用被捂起，她要抱我起身，我就用手把她推開。

「裴媽，這都是你搞的，你這個毒辣的傢伙！」母親說。「我絕不會弄錯的，我不知道你這樣挑我親生兒子反我，反任何我當寶貝的人，你良心怎麼得安的？裴媽，你到底存的什麼心？」

可憐的裴媽舉起兩手，雙眼朝天，只把我通常一再在飯後念的禱告文改了字眼答道，「考勃菲爾太太，主饒恕您跟您剛才說的話，但願您永遠用不著真正懊悔！」

「你都把我氣死了，」我母親嚷道。「我還在蜜月裡呢，總以為就是最跟我有不共戴天之仇的人也會對我惡得好些，不嫉妒我享點兒安靜，享點兒福的。小衛，你這個壞孩子！裴媽，你這個狠心的東西！唉，天哪！」母親大發脾氣，一味任性，一會兒對我，一會兒對裴媽大嚷大叫。「這個受罪日子還能過嗎，正是我該過點兒要多快活有多快活日子的時候呀！」

我覺得有隻手向我伸來，知道不是我母親的，也不是裴媽的，就一滑下地，站在牀面前。原來是牟士冬，他那手抓住我膀子不放，這時說道，——

「這算什麼？柯蕾樂，我的好人，你忘了嗎？——放堅決些，心肝！」

「艾倭，真難為情，」我母親說。「我本想聽你的話的，可是我太不舒服了。」

「真的嗎！」他答。「這是什麼話，這麼快就不濟，柯蕾樂。」

「我說，現在把我弄成這個樣子，我很吃不消，」我母親噘起嘴來答。「吃不消——很吃不消——是不是？」

牟士冬把她拉到身邊，對著她耳朵搗鬼，吻了她。我看到我母親頭倒在他肩膀上，膀子碰到他頸項，就知道，牟士冬現在正在擺佈她，而且也知道像我母親這樣容易聽人搬弄的人，他要把她擺佈成什麼樣子，就可以擺佈成什麼樣子。

「心肝，你到底下去，」牟士冬說。「大衛跟我會一起下來。」他望著我母親走了出去，沈下臉來朝裴媽這邊，點頭一笑，打發她出去，「朋友，你知道太太姓什麼嗎？」

「先生，太太用我好久了，」裴媽答，「我該知道。」

「對了，」牟士冬說。「可是我想，我剛才上樓的時候，聽見你稱呼她的，不是她的姓。你知道，她用我的姓了。你肯記住嗎？」

裴媽不放心地看我一眼，也不答話，知道牟士冬要她出去，也用不著待在這裡，就屈了屈膝，退出房外。等房裡只賸下我們兩人，牟士冬就關了門，在椅子上坐下，拉我站在他面前，兩眼死盯著我望，我發覺我也被他引得望著他，盯得一樣死。我回憶跟他這樣面面相覷的情形，好像又聽見我的心跳得又快又厲害了。

「大衛，」他說，嘴閉得緊，唇更薄了，「要是我的馬和狗非常不聽話，你想我怎麼對付牠？」

「我不知道。」

「我揍牠。」

我剛才答他的話聲音低微，透不過氣來，覺得此刻沈默，更透不過氣來了。

「我揍得牠縮起來，打得牠疼。我跟自己說，『我要制伏那個傢伙，』即使打得牠所有的血都淌光，我也要幹。你臉上那個是什麼？」

「是泥，」我說。

我知道，他也知道，那是淚痕。不過他問二十次，每次打我二十下，我的孩子心即使炸裂開來，我也不會對他實說的。

「你那麼小年紀，算是很有頭腦的了，」他說，陰沈地一笑，這種笑只有他才有，「我知道，你很了解我的脾氣。把那個臉洗一洗，少爺，跟我一塊兒下樓。」

他指指那個我用來比做艮密紀大媽的臉盆，頭抬一抬要我立刻服從。我當時明白，現在更明白，如果我猶豫一下，他會把我打倒，絲毫也不受良心的責備。

「柯蕾樂，心肝，」我遵他的命洗了以後，他把我帶進起坐間，手還抓住我脖子說，「我希望你以後再不會不舒服了。我們很快就可以把我們小孩的脾氣改好了。」

唉，其實那時候，只要有人說一句好話，我一生就都會改好，也許終身都會換了個人。一句鼓勵的、消除誤會的話，憐憫我年幼無知，歡迎我回家的話，叫我放心，說這的確是家這句話，也許可以叫我一輩子從心底裡，而不是外表虛偽地孝順他，叫我尊敬，而不是痛恨他。我想我母親看我站在廳裡，嚇得要死，好不自在的樣子，她心裡一定難過，等我悄悄朝一張椅子面前走去的時候，她眼睛跟著我，更加心酸了——也許是因為我已經沒有兒童走路那種自由自在的步態了，她很悵然吧。不過，那樣的話並沒有說出，而說的時刻已經過去了。

我們三個人一起吃飯，沒有外人。牟士冬好像很愛我母親——我恐怕為了這一點，我並沒有多喜歡他一點——母親也很愛他。聽他們談話，我推測牟士冬有個姊姊就要來跟我們住了，預料那天晚上她會到。牟士冬自己沒有做什麼生意，從他曾祖父起，他家跟倫敦一家葡萄酒商號有聯繫，所以他有點股份，或者每年分些紅利，他姊姊也有同樣的股份。我記不清這是當時，還是後來發現的，不過我此地可以一提，不管是那一刻發現的。

晚飯後，我們坐在爐子旁邊，我在打算用不著偷偷溜掉，吃那番辛苦，就可以逃到裴媽那裡，以免得罪這位家長。就在這當兒，馬車在花園門口停下，牟士冬出去接客了。母親也跟了他去。我膽怯地跟著她，等到了廳門口，幽暗中她轉過身來，和往常一樣把我擁抱起來，低聲叫我愛我的新爹，聽他的話。她又匆忙、又偷偷摸摸地，好像做了錯事，不過她的舉動非常慈和。手伸在背後，攙了我的手，走到花園裡牟士冬站的地方。到了這裡，她鬆了我的手，伸過去挽他膀子。

來者是牟士冬姑姑，一臉陰沈。就像她兄弟一樣黑，臉和聲音和他像極了，兩條眉毛很濃，差不多在她大鼻子上銜接起來了，彷彿吃了性別的虧，不能留鬍子，於是把鬍子過到這筆帳上了。她帶了兩隻硬撅撅的黑箱子，蓋子上有硬銅釘釘出的她名字的開頭字母。她付錢給車夫的時候，她從硬鋼荷包裡掏錢出來，荷包是放在手提皮包裡的，手提皮包簡直像監牢，用沈重的鍊子掛在她膀子上，皮包給她一關，好像咬人一口似地那麼可怕。我從來沒有在那一刻見過一個牟士冬姑姑那樣完全像由金屬鑄成的女太太。

大家用許多方式歡迎她進了起坐間，我母親給她正式認作新的近親，然後她望著我，說，——

「嫂子，這是你兒子嗎？」

我母親說是的。

牟士冬姑姑說，「通常我不喜歡男孩子。——你好嗎，孩子？」

遇到這種賞臉的情形，我就回答我很好，希望她也一樣，不過我的神情冷落，牟士冬姑姑就用三個字把我打發掉了，——

「禮貌差！」

她字字分明說完了這句話，就請人幫個忙，帶她去看她住的房間。從那時起，我就覺得那兒變成了森然恐怖的地方，兩隻黑箱子放在裡面，從沒有見她打開過，也沒有誰知道她那一天不上鎖。她出去的時候，我偷偷張過一兩次她房裡，看到好多個小鋼銬和兩頭釘，這都是牟士冬姑姑打扮的時候用來當裝飾品的，平時都掛在鏡子上，排列得叫人心驚。

盡我所能推測，她這次來是久住，並不打算走的了。第二天早上，她就來「幫」我母親的忙了，整天在儲藏室跑進跑出，把東西整頓，把原有的擺法，攪得亂七八糟。我觀察牟士冬姑姑最值得注意的事，差不多就是她總疑心女用人在家裡什麼地方藏了男人。這個錯覺把她攪昏，在最沒有可能的時候闖下煤窖，剛打開陰暗的碗櫃，總是立刻訇一聲又關起來，相信她已經捉住了那個男人。

牟士冬姑姑雖然算不得飄逸，如果說到起牀，簡直十足是隻雲雀。家裡誰還沒有動，她已經起身（我至今相信，她在找那個男人）。裴媽的意見是，牟士冬姑姑睡覺時也睜著一隻眼的。不過，這一點我不同意，因為我聽見這個想法說出以後，自己試過，發現辦不到。

就在牟士冬姑姑到達以後第一天早上，雞一啼她就起身，搖鈴叫人。我母親下樓吃早飯，正要去燒茶，牟士冬姑姑在她嘴巴上用嘴好像啄了一下，這就是她最近於接吻的表示了，她說，——

「哪，柯蕾樂，好嫂子，我到這兒來，你知道，是要盡力替你消除所有麻煩的。你太漂亮，太沒腦子了」——我母親臉紅了，不過笑了起來，好像並不是不喜歡這種形容——「所以任何我能負的責任都不能叫你免。好嫂子，要是妳肯把鑰匙交給我，將來所有這一類的事都由我來辦好了。」

從那時起，牟士冬姑姑就整天把那串鑰匙放在她的小監牢裡，整夜放在她枕頭底下，我母親和我一樣，再也不能過問了。

我母親把管家權交給她，並非沒有隱隱地反對。有一晚，牟士冬姑姑跟她弟弟發表她對某項家務的計畫，她弟弟表示贊許，突然我母親哭起來了，說她以為這件事也可以跟她商議商議的。

「柯蕾樂！」牟士冬嚴厲地說。「柯蕾樂！你真莫名其妙。」

「哎呀，艾倭，倒虧你說我莫名其妙！」母親嚷道，「倒虧你說要堅決，可是這種事你自己也受不了。」

我可以說，「堅決」是牟士冬姊弟二人主張的大道理。如果有人叫我解釋，這個道理的意義，不管我當時怎樣表達，照我自己的理解，我的確清清楚楚認為，這就是霸道的別名，也是他們姊弟倆說不出的陰沈、自大、惡魔性格的別名。這個信條，我就來說明，是這樣的：牟士冬是堅決的；世上的人誰也不該像牟士冬一樣堅決；世上的人根本誰也不該堅決，因為人人都該向他的堅決屈服。她姊姊是例外。她可以堅決，不過只是因為有親屬的關係才會如此，卻要比他差些，是附屬性質。我母親是另外的例外。她可以堅決，而且一定要堅決；不過只有他們的堅決，堅決認為世上並沒有別的堅決。

「真受不了，」我母親說，「在我自己家裡——」

「什麼我自己的家裡？」牟士冬重說一遍。「柯蕾樂！」

「我們自己的家裡，我的意思是，」我母親囁嚅著說道，明明嚇了一跳——「艾倭，你得知道我的意思——在你呀，你自己家裡，家務事我都不能插一句嘴，是很難受的。我們結婚之前，我相信我也管得好好的。有證明的，」我母親一面說，一面哭。「去問裴媽，沒有人干預，我是不是管得好好的。」

「艾倭，」牟士冬姑姑說，「這件事別提了。我明天就走。」

「簡・牟士冬，」他弟弟說，「住嘴！你怎麼敢說這種話，你難道不了解我的性格？」

「真的，」我可憐的母親說，她的處境不利，真可憐，又流很多眼淚，「我並不要誰走。要是有人走，我就很慘，很不快活了。我要求並不奢。並不是不講道理。只要有時跟我商量一下。別人幫忙，我很領情。我不過希望只不過形式上跟我商量一下，有時候，艾倭，我想你有一次覺得我有點兒不老成，孩子氣，你很高興——你一定說過的。可是你此刻好像為了這一點恨我了，看你多嚴厲。」

「艾倭，」牟士冬姑姑又開口了，「這件事別再提了。我明天走。」

「簡・牟士冬，」牟士冬吼道，「住嘴好不好？你怎麼敢？」

牟士冬姑姑從她的監牢似的手提皮包裡釋放囚犯似地掏出一塊手帕，舉到眼面前。

「柯蕾樂，」牟士冬接著望著我母親說，「你叫我詫異！你把我嚇壞！不錯，我娶個不老成、天真的人，把她的性格陶冶起來，灌輸一些必需的堅決和主張到她腦子裡，想到了覺得滿意。可是我姊姊一番好意，來幫我這件事的忙，為了我的緣故，負起類似管家的責任，倒落得別人用小人的心思回報——」

「啊呀，艾倭，求求你，求求你，」我母親叫道，「不要怪我忘恩負義。我知道自己不是忘恩負義的。從來沒有人說過我這句話。我有許多缺點，可沒有這個缺點。啊呀，別說這話，我的人！」

「我說，簡．牟士冬落得別人用小人的心思回報，」牟士冬等我母親說完了繼續說，「我的心也冷了，變了。」

「我的愛，別再說這話了！」我母親哀求道。「唉，艾倭，別再說了！這話我聽了受不了。不管我怎樣，我對人總是熱和的，我知道我熱和。要不是有把握，我絕不會說這話的。你問裴媽。我敢說她一定告訴你，我是熱和的。」

「柯蕾樂，單單是軟弱，」牟士冬答，「不管到什麼程度，我也絲毫不會在乎的。你的話白說的。」

「求求你們，大家還是和好吧，」我母親說。「冰冷無情地在一起，我過不慣。真對不起。我知道我有很多大毛病，艾倭，好虧你，意志力強，出力糾正我這些毛病。——簡，我什麼也不反對了。要是你想走，我就非常傷心了——」我母親太激動，說不下去了。

「簡．牟士冬，」牟士冬對他姊姊說，「我希望咱倆粗聲大氣說話，是難得會有的事。今兒晚上碰到這樣難得的事，不是我的錯。是別人害我的。也不是你的錯。是別人害你的。咱倆想法子忘記掉算了。還有這種事，」他冠冕堂皇講了這番話以後，又補充道，「小孩兒不宜在場——大衛，你睡覺去！」

我兩眼噙滿了淚——看我母親受罪，我太傷心了，門在那裡差一點兒看不見。不過總算摸索著出去了，黑洞洞摸索著上樓到了我房裡，也無心跟裴媽說明天見，跟她要枝蠟燭。

一兩個鐘頭之後，她上樓找我，叫醒了我，告訴我，我母親悽悽慘慘上牀去了，賸下牟士冬跟他姊姊還坐在那裡。

第二天早上，我比平時還早下樓，聽到我母親的嗓音，就在客廳門外站住了。她懇切地，低聲下氣地求牟士冬姑姑饒恕她，牟士冬姑姑肯了，兩人完全言歸於好。從此以後，我知道我母親凡事不先徵求牟士冬姑姑的意見，或者先有把握弄清楚牟士冬姑姑的意見是什麼，絕不表示意見。而且每次牟士冬姑姑發了脾氣（她喜歡發脾氣），手掏到她手提皮包裡，好像要把鑰匙還給我母親，我母親總是嚇得要死。

牟士冬這家人的血帶陰暗色彩，這種色彩也弄暗了這家人的宗教。他們的宗教又嚴厲，懲罰又重。從此我常常想，牟士冬秉性堅決，凡是他不能原諒的人都該受最重的處罰，絕不許放過，所以他有這種宗教，也是理所當然，且不提，我清清楚楚記得那時上教堂的時候，他們可怖的面孔和那地方改變了的氣氛。可怕的主日又到了，我領先排隊走進坐老了的那排座位，就像有人看守的囚徒，給人領去做罪人的苦工。牟士冬姑姑又披上黑天鵝絨的長袍，像是用柩衣做的，她緊跟在我後面。再就是我母親，再就是她丈夫。現在不像從前，沒有裴媽了。我又聽到牟士冬姑姑含糊應答禱文，遇到可怕的字眼無不心懷殘酷的快意，使勁念出。我又看到她說「卑汙罪人」的時候，一雙陰沈沈的眼環顧教堂，好像在罵全體的信眾一般。我又難得瞥我母親一眼，在他們兩人中間怯懦地動著嘴唇，每一邊耳朵都有悶雷在響。我又想知道，是不是這裡這位年高德劭的牧師作興會錯，而牟士冬姊弟倒對，所有天堂上的天使都會變成滅人的妖魔，而突然恐怖起來。還有，要是我手指動一動，或者放鬆臉上一條肌肉，牟士冬姑姑就會拿她的祈禱書戳我，戳得我肋骨疼。

對了，我們回家，我又注意到有些鄰居望我母親和我，還交頭接耳。他們三個人臂挽著臂走，我又單獨逡巡在後面，就跟著他們的某些目光望去，想知道我母親的腳步是不是真失去了我看慣了的輕捷，她的歡樂之美是不是差不多憂愁光了。我又想知道，是不是還有鄰居像我一樣記得，過去我們母子倆總是一塊兒走回家。整整淒涼陰鬱的一天，我茫然若失地盤算這個問題。

他們偶爾談到要送我到寄宿學校去讀書。牟士冬和他妹妹首先提出的，我母親當然贊成。不過，這件事還沒有定規。這當兒，我在家上課。

這些課程我還會忘記？名義上主持講授是我母親，可是其實是牟士冬和他妹妹，這兩人總在場，他們發現這是極好教訓我母親的機會，要她堅決，什麼堅決，簡直胡說，可是卻要了我母子兩人的命。我相信，為了上課，就只好待在家裡。我母親跟我單獨在一起的時候，我很聰明，學起來容易，也願意學。還有些記得，在她膝前學字母的事。直到今天，一看到初學讀的書本上又肥又黑的字母，那些字母叫人費解的奇形怪狀，自由自在、脾氣溫和的O、Q、S，好像就都跟以往一樣，在我眼前出現，可是這些字母絕不會引起厭惡勉強的感覺。相反地，我好像沿著花徑散步，一路像兒童故事「鱷魚」書裡寫的情景，都有我母親慈愛的聲音和態度鼓舞著我。不過，代替那些的當時這些死氣沈沈的課程，現在回憶起來，簡直是我的致命傷，叫我不得安寧，每天受苦受難。課都很長，很多，很難——有的我完全沒法兒懂，相信連我可憐的母親也和我一樣，大致都不知所云。

我且回憶一下以前上課的情形，再追記某天上午的事。

早餐後，我帶了幾本書、練習簿、石板，走進第二好的起坐間。母親已經坐在她書桌面前，準備好教我了，不過還不及坐在窗口沙發椅上的牟士冬一半準備就緒呢（雖然他假裝在看本書），也不及坐在靠近我母親的牟士冬姑姑，她在串鋼珠。一看見這兩個人，我就昏了，覺得我費了無窮之力記進腦子的字都溜掉了，不知溜到那裡去了——順便提一下，我急想知道，字到底到那裡去了？

我把第一本書遞給母親。也許是本文法，也許是本歷史或地理。書交到我母親手上的時候，我拚命看了最後一眼，趁記憶還新，開始出聲快背。我背錯了一個字。牟士冬頭抬起了。我又背錯了一個字。牟士冬姑姑頭抬起來了。我臉紅了，弄錯好幾個字，背不下去了。我想，我母親要是敢的話，就會把書給我看一下，不過她不敢，於是溫和地對我說，——

「唉，小衛，小衛！」

「瞧你，柯蕾樂，」牟士冬說，「對孩子要堅決。別說，『唉，小衛，小衛！』這種話幼稚。他要就讀熟了這一課，要就沒有。」

「他沒有讀熟，」牟士冬姑姑插嘴了，兇得要死。

「我真恐怕他沒有，」我母親說。

「好了，你明白了，柯蕾樂，」牟士冬姑姑答話道，「你該把書拿還給他，叫他讀熟。」

「對了，當然應該，」我母親說。「我正預備還給他，好姊姊。——哪，小衛，再用心讀一次，別胡塗。」

這個教訓的第一句我遵照了，不過第二句可不成，因為我很胡塗。還沒有背到老地方，我就背不下去了，這個地方我本來會的。我歇下來想。不過我不能把心放在這課書上。我想牟士冬姑姑帽子上的網有多少碼，牟士冬睡衣的價錢，或者別的荒唐的，跟我絲毫無關，也不想有任何關係的問題。牟士冬不耐煩了，已經有了動作，這個我早就料到了。牟士冬姑姑也一樣有了動作。我母親乖乖地拿眼瞟他們，把書闔起，放過一旁，當作積壓，等別的功課交代完了，再來清。

很快，這種積壓就堆成一堆，而且跟雪球一樣，越滾越大。越大，我可就越胡塗。情形糟透，我覺得我好像陷在這種荒唐的沼澤裡打滾，已經放棄一切跳出來的打算，只好聽天由命。我一路往下錯，我母子二人面面相覷失望的情形，的確可憐。不過，上這些悲慘的課，最痛苦的事是我母親以為沒有人注意她，動動嘴唇，想給我一點線索。就在那一刻，一直在埋伏著，什麼別的也不注意的牟士冬姑姑鈍重的警告道，——

「柯蕾樂！」

我母親嚇了一跳，兩頰緋紅，怯懦地含笑。牟士冬離開椅子起身，奪過書去，對我擲過來，或者用書打我的耳光，抓住我兩肩，把我推出了客廳。

即使功課交代了，最糟糕的還在後面呢，我碰到的是嚇壞我的算術。這是牟士冬替我想出來，口頭說給我叫我做的。開頭是：「如果你跑到乾酪店裡，買五千塊雙料酪，格羅斯忒出的，每塊四個半辨士，該付多少錢」——他題目一出，我發現牟士冬姑姑私底下樂不可支。我用心算這些乾酪，一直算到吃晚飯的時候還沒有結果，也沒有找到門路，倒把石板上的粉筆灰弄到皮膚毛孔裡，成了個黑白混血兒童了。我得到一片薄麵包，幫我算出乾酪的帳來。此後整晚我都挨罵。

事隔多年，我現在覺得我那時上的課，大都是這樣倒楣。如果沒牟士冬這家人在旁邊，我是很能讀好的。這兩個人對我的影響，就像兩條蛇把一隻可憐的小鳥嚇呆了一樣。即使上午我功課還過得去，除了有頓晚飯吃以外，什麼別的好處也沒有。因為牟士冬姑姑看我沒有受到申斥，總按捺不住，我只要一不小心，露出沒有工作的樣子，她就會引起她弟弟對我的注意，「柯蕾樂，好弟妹，什麼也沒有工作有益——弄點兒練習給你兒子做做吧。」

這一來，我就隨時隨地有新添的苦工要趕緊忙了。至於跟同樣年紀的別的孩子一塊兒遊戲，那更是少得可以，因為照牟士冬姊弟信仰的陰森的神學說來，所有的小孩都是一群小毒蛇（雖然從前耶穌門徒裡面就有個小孩），而且他們認為這些毒蛇是互相毒害的。

我估計，這樣對待我六個多月，我自然而然變了，總綳著臉，愚笨而固執。感覺到一天比一天更見不到母親，更和她疏遠，這個感覺減少不了我的改變。相信，如果不是有個機緣，我真會變得呆若木雞。

是這樣的。我父親留下一小批書籍，放在樓上一間小房裡，我可以去看，因為就在我的房間旁邊。這些書誰也沒有為它煩過神。書中主人公羅德瑞克・蘭頓、派銳格林・辟克爾、抗夫瑞・克淩畧、湯姆・瓊斯、威克菲爾牧師、吉訶德先生、衣爾、布拉司、魯賓遜・克盧梭①，都從那間小安樂室裡出來和我做伴，一群好了不起的人物。全靠他們，我的腦

---

①羅德銳克・藍頓（**Roderick Random**），派悅格林・辟克爾（**Peregrine Pickle**），杭夫瑞・克淩畧（**Humphrey Clinker**），都是十八世紀英國小說家司莫列（**Tobias George Smollett**）小說中主人公名，也是各書書名。湯姆・瓊斯（**Tom Jones**）是十八世紀英國小說家菲爾丁（**Henry Fielding**）小說中主人公名，也是書名。威克菲爾牧師（**The Vicar of Wakefield**）是十八世紀英國小說家果爾斯密（**Oliver Goldsmith**）小說中主人公名，也是書名。吉訶德先生（**Don**

子才能靈活，對未來自己在別處地方，才抱什麼希望。這些人，還有《天方夜譚》和《神仙故事》——對我並沒有害處。因為有些書不管有什麼害處，都不會影響到我——我根本什麼也不懂。現在想來，我要熟讀許多難讀的功課，讀不好，竟然會找出時間來看那些書，實在希奇。我有許多小煩惱（當時都是大煩惱），怎麼竟然在這種情形之下，還能扮演書裡我喜歡的人，派牟士冬和他姊姊演所有的壞人，來安慰自己，想得到做得到，也真是怪事。整整有一個星期，我做了湯姆・瓊斯（孩子式的湯姆・瓊斯，不會做壞事的傢伙）。我真相信，我一口氣照我自己的意思扮演了羅德銳克・藍頓一個月。書架上有好幾本講航海和旅行的書——現在不記得是什麼名字了——我嗜讀如命，記得一連好多天，在我們家我可以活動的範圍以內來來去去，用兩隻舊靴楦當中那條鐵扦作武器，十足是英國皇家海軍某某艦長，正有野蠻的人就要來襲擊的危險，我決心先重創敵人，然後為國捐軀。艦長

Quixote）是十七世紀西班牙小說家塞萬提斯（Miguol de Cervantes Saavedra）小說中主人公名，也是書名。衣爾・布拉司（Gil Blas）是十八世紀法國小說家勒薩日（Alain René Lasage）小說中主人公名，也是書名。魯賓遜・克盧梭（Robinson Crusoe）是十八世紀英國小說家狄福（Daniel Defoe）小說中主人公名，也是書名（中譯作《魯濱遜漂流記》）。吉訶德先生和希爾・布拉司都經司莫列譯成英文，書中所指當然是英譯本。

從不會被人用拉丁文法書打了耳光，因此失掉尊嚴。我倒失掉了。不過儘管世上有種種語言，種種文法，死的也好，活的也好，艦長總是艦長，總是英雄。

這是我唯一，也是隨時都有的安慰。每每回想起來，心頭就有幅圖畫出現，畫中是夏天晚上，男孩大夥在教堂墳地遊戲，我坐在牀上，拚命看書。左近每家堆東西的房屋，教堂的每塊石頭，墳地每一呎地，在我心裡個別都有些跟這些書有關的聯想，代表某某因為書裡提到而出名的地方。我看到湯姆·琶勃斯往教堂的尖塔上爬，注意看司闞勃背著背包，歇下來靠在腰門上休息。知道特倫涅恩艦隊指揮官跟辟克爾先生在我們小村莊酒館雅座裡一小群人聚會②。

讀者現在總和我一樣明白，在我提到的童年往事那段時期裡，我是什麼樣的人。現在我還要再提。

一天早上，我帶了書進客廳，發現母親面有憂色，牟士冬姑姑神情堅決，牟士冬在把什麼東西繞著手杖末端綁——一根柔軟的手杖。我一進去，他就住手不綁了，把手杖拿起，在空中揮打。

「我告訴你，柯蕾樂，」牟士冬說，「我自己從前常常挨鞭子。」

---

②這都是上面提到司莫列小說中的人物情節。

「一點不錯，當然挨，」牟士冬姑姑說。

「好姊姊，一定是的了，」我母親溫順地結結巴巴地說。「可是——可是你覺得挨了鞭子對艾倭有益嗎？」

「柯蕾樂，你以為對艾倭有壞處嗎？」牟士冬板起臉來問。

「要點就在這裡，」他姊姊說。

對於這一點，母親答，「當然啦，好姊姊，」就不再說了。

這番話跟我有切身利害，看看牟士冬的眼睛，發現碰巧正望著我，我覺得擔心。

「哪，大衛，」他說——說話的當兒，他又瞟了我一眼——「你今天可一定比平常多當心點兒。」他把手杖又拿起來，在空中抽了一下，準備好之後，又放在身邊，一臉不懷好意的樣子，捧起了他的書。

這樣要我心情鎮定的開端倒是很有作用的。我覺得課本上的字都滑掉了，不是一個一個的，或是一行一行的，而且整頁的。我想法要抓住這些字，可是這些字好像（要是我可以這樣表達的話），穿了滑冰鞋似地，毫無辦法加以攔阻，離開我滑掉了。

一開始就糟，越來越不行。我進來的時候，自以為準備很充分，有露一露頭角的想法。可是結果變成大錯特錯。一本書一本書堆起來，都是背不出的，牟士冬姑姑一直都在目不轉睛地監視著我們。等我們最後做到五千塊乾酪的時候（我記得那天他選的是棍子），我母親哇一聲哭起來了。

「柯蕾樂！」牟士冬姑姑厲聲道。

「好姊姊，我想，我不大舒服，」我母親說。

我看到牟士冬站起身來，對他姊姊目光森嚴地一望，拿起了棍子說，——

「我說，簡，我們很難指望柯蕾樂十足堅決，受得了今天大衛給她的煩惱和磨折。要做到這一點，就太硬氣了，柯蕾樂已經大為堅強，大有進步了，不過我們很難巴她有這麼堅決。——大衛，你跟我上樓，孩子。」

他把我揪了走出去，到了門口的時候，我母親朝我們奔了過來。牟士冬姑姑說，「柯蕾樂！你是十足的蠢材嗎？」並且跑去制止她。我看到我母親捂起耳朵，還聽到她哭了。

牟士冬慢慢地，嚴肅地押著我上樓，到我房裡（我斷定他正式表演執法很稱心），我們一到了那裡，突然他把我的頭一扭，夾在他腋下。

「牟士冬乾爹，您哪！」我對他大叫，「別打！求求您別打我！乾爹，我用心學了的，可是您跟姑姑在旁邊，我就學不來了。我學不來了，真地！」

「大衛，你真學不來嗎？」他說。「我們要來試試那個辦法看。」

他把我的頭夾著，好似老虎鉗那麼緊。不過我不知怎麼繞住他打轉，片刻間他不能打，求他不要打我。不過只阻住他片刻，一剎那他就重重抽我了。就在那一刻我咬了他捉住我的那隻手一口，咬破了。這件事現在想到了都要作嘔。

這一來，他打起我來好像要我的命似地。我們喧亂中，我聽到她們上來了，還哭者。我聽到我母親哭，還有裴媽也哭。之後牟士冬走了，門外面鎖了。我躺在地上，又發燒，又熱，傷損疼痛，大發孩子脾氣。

我記得多清楚，等我安靜下來，整個家好像給鴉雀無聲的氣氛籠罩，多麼反常！記得多清楚，等疼痛和忿怒漸漸輕淡，感到自己多麼淘氣！

坐著靜聽了很久，可是一無響動。從地板上爬起來，鏡子裡看到臉，紅腫得多厲害，多難看，差點沒把我嚇壞。我一動，棍傷就疼起來，我又哭了。不過，怎麼疼都沒有覺得自己不對難受。這種感覺壓在我心頭，恐怕比即使做了最兇惡的罪人還要沈重。

天漸漸暗了，我開了窗。大部分時間我一直躺著，頭枕在窗台上，哭一陣，打一會兒盹，懶洋洋地向外望一陣，輪流著。這當兒，門上的鑰匙一扭，牟士冬姑姑進來，帶了些麵包、肉、牛奶來。她把這些食物放在桌上，也不說一句話，瞪著我，態度堅決，可以做得模範，然後走了，把門鎖上。

天黑後很久，我都坐在那裡，盤算著會不會還有別的人來。等覺得當晚不會了，就脫了衣服上牀睡。睡下以後害怕起來了，不知道他們要怎麼對付我——我的舉動算不算犯了刑法？是不是我要給捉去坐牢？到底有沒有受絞刑的危險？

我永遠忘不了第二天早上醒來的情形。一開頭我覺得高興，精神抖擻，接著想起昨天倒胃口的、悲慘的苦難，心情又低沈下去。我還沒有下牀，牟士冬姑姑就又出現了，嚕嚕囌囌對我說，我可以在花園裡自由散步半小時，不能更久。她說完就走，門聽它開著，好讓我享這個特許之福。

我享了。我給監禁了五天，每天早上都享了。要是能單獨看到母親，我會跪在她面前，求她饒恕。不過，整個這段時期，除了牟士冬姑姑誰也見不到。只有晚上在起坐間禱告的時候，等大家都坐定了，牟士冬姑姑才押著我進去，我像小強盜一般，孑然坐在門口。然後在大家還保持著敬禮的樣子沒有起身之前，我的看守又森嚴地把我從那裡押走。我只看出，我母親離我能有多遠，就有多遠，別著臉，所以我從來沒有看到。牟士冬的手用大塊亞麻布包著。

這五天有多長，我對誰也說不出來；在記憶中這五天所占的時間有好多年那麼長。我細聽所有聽得見的家裡各件事情——有人扯鈴，開門關門、人發出的嘈雜聲、上下樓梯；聽外面無論誰的笑、吹口哨、唱歌（在我煢獨無伴，挨罰期間，歌聲比什麼都悽慘）；時光的步伐沒有一定快慢，特別是晚上我一覺醒來，以為已經天亮，發現家人還沒有睡覺，夜還有很長一大段在後面呢；我做的是悲夢和噩夢；又是一天到了，中午、下午、晚上，別的孩子在教堂墳場遊戲，我在房裡遠遠望著他們，不好意思在窗口露面，生怕他們知道我被關起來了；從來不聽到自己說話的特別的感覺；吃喝時高興一下，一吃喝完立即不覺得的那一類飛逝的短短片刻；有一天黃昏時下雨，有股清爽氣味，雨在我和教堂之間越下越驟，到末了雨和越來越深的夜，好像把我浸入黑暗、恐怖、悔恨——這一切似乎不是成幾天，而是成幾年地周而復始，都在我記憶中栩栩如生，重重烙下痕跡。

我囚禁最後一晚，聽到耳邊有人低聲喚我名字，把我叫醒。我在牀上驚了起身，黑暗中張開兩臂說，——

「裴媽，是你嗎？」

當時沒有人馬上答覆，不過隨即我又聽到我名字，聲音非常神祕，害怕，要不是想到聲音一定是鎖眼裡傳來的，我想我準會嚇昏。

我摸索到門口，嘴對著鎖眼，低聲說，——

「好裴媽，是你嗎？」

「是我，我的心肝小衛，」她答。「放低聲些，跟小老鼠一樣，不然貓就聽到我們說話了。」

我懂這句話意思是指牟士冬姑姑，也明白當時處境的險惡，因為她的房就在附近。

「好裴媽，媽媽可好？她很生我的氣嗎？」

我聽得出裴媽在鎖眼那邊低低哭泣，我也在我這邊哭泣，之後她才回答，「沒有，沒有很生氣。」

「好裴媽，他們要把我怎麼樣呢？你可知道嗎？」

「上學校——靠近倫敦，」這是裴媽答的話。我不得不叫她再說一遍，因為她第一次說的話進了我喉嚨，那時我忘記把嘴移開鎖眼，把耳朵湊上去，所以她的話雖然刺得我喉嚨十分癢，我並沒有聽清。

「裴媽，幾時呢？」

「明天。」

「是不是為了這個原因，牟士冬姑姑把我抽屜裡衣裳拿出來了呢？」——她拿了，我都忘記提起。

「對，」裴媽說。「箱子。」

「我看得到媽媽嗎？」

「看得到，」裴媽說。「早上。」

然後裴媽把嘴湊近鎖眼，盡鎖眼傳遞消息所能，說了下面這類充滿感情、懇切的話，我敢斷言，每一個不成文的短句都特別急促，激動地衝出口來，——

「小衛，寶貝。要是我沒待你好。最近，跟從前一樣。不是因為，我不疼你。一樣疼，更疼，我的好小人兒。是因為，我以為這樣對你有好處。還有，對另外一個人也有。小衛，我的心肝，你在聽著嗎？你聽得見嗎？」

「聽——聽——聽得見，裴媽！」我哽咽道。

「我的心肝！」裴媽無限疼惜地說。「我要對你說的，是，你萬萬不要忘掉我。因為我永遠不會忘掉你。小衛，我一定好好照應你媽媽。跟一直照應你一樣。我不會丟下她走的。作興有一天她會高興又把她可憐的頭放在她那個又蠢、又躁的老裴媽膀子上。我的寶貝，我會寫信給你的。雖然沒念過書。我要——我要——」裴媽就吻起鎖眼來了，因為她不能吻我。

「謝謝你，好裴媽！」我說。「啊，謝謝你！謝謝你！裴媽，你肯答應我一件事嗎？你肯寫信給裴格悌大爺，跟小艾姆麗，跟艮密紀大媽，跟罕姆，就說我並沒有別人以為的那麼壞，問他們好——特別是小艾姆麗？裴媽，你肯嗎？對不起！」

這個心腸仁慈的人肯了。我們都熱烈無比地吻了鎖眼（記得我用手拍拍鎖眼，好像是裴媽那個老實人的臉），分開了。從那一夜起，我心裡對裴媽有了不很能說明的感情。她沒有代替了我母親——誰也代不了。不過她填了我心裡一處空白，我的心把她關進去了。我覺得對他的感情，絕不是對任何別人有過的。也是有點奇怪的感情。可是如果她老早已經死掉，我真不知道怎麼是好，也想不出她的死造成的我的悲劇我怎樣表達。

早上，牟士冬姑姑跟平常一樣出現，對我說，我要進學校去了，這消息我聽來已經不像她所預料的那樣的新聞了。她還告訴我，衣服一穿好就下樓，到起坐間吃早飯。起坐間裡，我看到母親，面色非常蒼白，眼睛通紅，我奔到她懷裡，從痛苦的心底裡求她饒恕。

「哎，小衛！」她說，「想不到你居然傷了我愛的人！學好，祈禱做個好孩子！我原諒你，可是我真難過，小衛，你心裡居然有這種野性子。」

他們說得她相信我是歹徒，為這一點，她比為我遠離更加傷心。我心裡苦痛。想要吃離別的早餐；可是眼淚滴在抹了奶油的麵包上，流進茶裡。看母親有時看我一眼，然後又偷偷瞟一下死瞧著我們的牟士冬姑姑，再低下頭去，或者看別處。

「考勃菲爾少爺的箱子在那兒！」門口聽見車輪聲音的時候牟士冬姑姑說。

我找裴媽，不過來人不是她——她和牟士冬都沒有出來。我的舊相識趕車的在門口。箱子拿出來了，送到車面前，拎了進去。

「柯蕾樂！」牟士冬姑姑打著告誡腔道。

「好姊姊，我有準備，」我母親答。——「再見，小衛。你去對你有益。再見，我的孩子。放假回家，放乖點。」

「柯蕾樂！」牟士冬姑姑又喊一次。

「好姊姊，我一定，」我母親答，她此刻抱著我。——「我的好孩子，我原諒你。上帝保佑你！」

「柯蕾樂！」牟士冬姑姑又喊一聲。

承牟士冬姑姑的情，帶我出門到車子面前，一路說，她希望我要早點悔罪，別落得個悲慘的下場，來不及挽救。然後我上了車，那匹懶馬拖著車走開了。

第五回　趕出家門

逐孤兒後父逞兇忿
負告白稚子蒙奇羞

我們大約走了半哩路，我的小手帕全濕透了，突然趕車的停了車。

我向外張望，想弄清楚是怎麼一回事，正看見裴媽突然從籬笆那邊走出，爬上了馬車，真叫我大為驚異。她摟起我來，使勁把我的臉往她的緊身褡上靠。用力很猛，等我的鼻子痛得厲害了她才放鬆。不過我當時完全沒有想叫痛，後來發現鼻子一碰就疼，才想到這件事。裴媽一句話也沒有說。她鬆開一隻膀子，伸到口袋裡，肘都進去了，掏出幾紙袋餅，塞進我口袋，又把一個錢包放在我手裡，但她一句話也沒有說。最後又緊緊摟了我一下，才下車、奔跑而去；我相信她長衫上連一粒鈕釦也沒有了。從那時起一直相信是這樣的。

好幾粒在地上滾，我撿了一粒，好多年都當紀念品珍藏著。

趕車的望著我，彷彿問她是否回來。我搖搖頭說，我想不會了。「那麼，吖！」趕車的對懶馬一喊，馬就走了。

這時我已經哭得不能再哭了，心裡就想，再哭也沒有用，特別是羅德銳克・藍頓和那個英國皇家海軍艦長，遇到困難的情形都從來沒有哭過，這是我記得的。趕車的見我有了這樣的決心，就提議把我的小手帕鋪在馬背上，讓它晾乾。我謝了他，也贊成。這一來，小手帕就顯得更小。

我現在有空來看那個錢包了。是個硬皮的，裝了一撥就開就關的釦子，裡面有三個光亮的先令。裴媽為了使我更加喜歡，明明用漂白粉把先令擦了。但裡面最貴重的東西卻是用張紙包在一起的兩枚半克郎硬幣，紙上我母親親筆寫著：「給小衛，媽問你好。」這個短簡使我感動得受不住，所以請趕車的幫忙，再把小手帕拿給我。但是他說，他以為我最好不要用。我也想到最好不用。於是我用袖子揩乾眼睛，自動地不哭了。

再也不哭了。不過我先前太傷心了，還有餘悲，所以偶爾仍舊止不住劇烈抽噎地飲泣。我們辛辛苦苦往前走了不多久，我就問趕車的，他是否走完全程。

「全程到那裡？」趕車的問。

「到那裡啊，」我說。

「那裡是那裡？」趕車的問。
「倫敦附近呀，」我說。
「虧你說明呢，」趕車的抖一抖韁繩，指著那匹馬說，「這匹馬呀，走不到一半路就要比豬肉還死了好多呢。」
「那麼，您只到雅茅斯嗎？」我問。
「差不離，」趕車的說：「到了那裡，我把你送到共共馬車上。共共馬車再把你送到——車到那裡就送到那裡。」
趕車的名叫巴基斯，是個冷靜的人，一點也不喜歡說話，我在以前有一回裡已經說過。他講這番話，已經算多的了，既然如此，為了表示殷勤，我就給了他一個餅。他一口就吞吃下去，完全像隻象，他那張大臉也和象臉一樣，吃餅毫無表情。
「吶，這些餅可是她做的？」巴基斯問，他說話時身子總是無精打彩地在車踏板上向前傾著，一個膝蓋擱一隻膀子。
「您是說，裴格悌嗎，叔叔？」
「嗯！」巴基斯大聲說。「對。」
「可不是嗎，我們的點心都是她做的，我們的飯也是她燒的。」
「她真的？」巴基斯說。

他嘴脣擺出彷彿要吹口哨子的姿勢，但並沒有吹。坐在那裡，看馬耳朵，彷彿看到馬耳朵裡有什麼新鮮東西似的。像這樣坐了很久。一會兒才說：

「我相信總沒有戀人吧？」

「叔叔，您說，蓮仁嗎？」因為我以為他要吃點別的，所以明白地提到這樣吃的東西①。

「是人呀，」巴基斯說。「戀人。沒有人跟她相好吧？」

「跟裴格悌？」

「嗯！」他說。「跟她。」

「噢，沒有。她從來沒有過戀人。」

「真的？」巴基斯說。

他嘴脣又擺出要吹口哨的樣子，又沒有吹，卻坐在那裡看馬耳朵。

「那麼，」巴基斯想了好半天說，「所有的蘋果餅、所有的飯菜，都是她做的嗎？是不是？」

我回答說，實情是這樣。

---

①按原文是sweethearts（戀人），誤聽作sweetmeats（糖果）。按巴基斯是未受教育之人，說話時常用錯，念錯字，不一一註出。

「來，我有個主意，」巴基斯說。「你也許要寫信給她吧？」

「我當然要寫信給她啦，」我回道。

「嗯！」他慢慢轉過眼睛來對著我說。「喂，假如你寫信給她，或許會記得說，巴基斯願意，你記得嗎？」

「巴基斯願意，」我天真地重說了一句。「您的口信就是這一句話嗎？」

「是──的，」他忖度道。「是──的。巴基斯願意。」

「不過巴基斯叔叔，您明天又要到勃倫德司東了，」我想到了那時我已經離開那裡很遠，就略微遲疑了一下說，「您大可當面去講啊。」

不過，他一面搖頭反對我這個辦法，一面又非常鄭重其事地說，「巴基斯願意，就是這個口信，」用這句話來肯定他先前的確是託我的，這樣一來，我就毫不猶疑地答應替他傳遞了。（就在那天下午，我在雅茅斯旅店等車的時候，弄到了紙和墨水瓶架，寫了一封信給裴媽，上寫道：「我親愛的裴媽。我已平安抵此。巴基斯願意。替我給媽媽請安。你的寶貝啟。再者，他說，他特別要你知道──**巴基斯願意**。」）

我既然答應下來會替巴基斯轉達這個信息，他就又一言不發了。所有這幾天出的事把我累壞，我躺在車裡一隻袋子上就睡著了。我睡得很熟，一直等我們到了雅茅斯才醒。我們的車子駛進一家旅店的院子，我本來心裡還希望和裴格悌大爺家裡的人在那裡會一會面，現在發現這個地方完全陌生，這個念頭就立刻打消了。也許甚至有小艾姆麗本人在這裡也是如此。

公共馬車就在院子裡，周身光可鑑人，不過馬還沒有套上。看馬車的樣子，一點也不像還會去倫敦，我在估量這件事。這時巴基斯把馬車開進院子，掉了車頭，他把我箱子放在院子裡的鋪石路上、馬車的轅桿旁邊。我又想到箱子到底怎麼安頓呢？還有我到底怎麼安頓呢。這時有位太太從凸肚窗探出頭來——窗子上掛著些野禽和大塊肉，她問，——

「那位小先生是勃倫德司東來的嗎？」

「我是的，大媽。」我說。

「您貴姓？」那位太太問。

「考勃菲爾，大媽，」我說。

「那不成，」那位太太回話道。「這裡沒有這個名字的客人飯錢是先付了的。」

「大媽，可是牟士冬？」我問。

「要是您是牟士冬少爺，」那太太說，「為什麼這麼蠢先報另一個姓呢？」

我把實情解釋給這位太太聽，她於是搖鈴叫道，「威廉！招呼客人上餐廳！」當時就有個茶房從院子對面廚房裡奔出來招呼，等他發現要招呼的是我，好像大為駭異似的。

餐廳是一間長形大房，掛了些大地圖在裡面。如果地圖真是外國，我給人趕走，到了這些國家裡面，恐怕我也不會更覺得人地生疏。我手上拿著帽子往最靠近門口放著的椅子角上一坐，茶房又為了我舖一塊台布，把一套調味瓶放在布上，我覺得自己有點放肆，料想一定羞得滿臉通紅了。

茶房端了些排骨和蔬菜給我，莽莽撞撞掀開蓋子那種樣子，我還怕是得罪了他呢。不過他在桌子面前放了張椅子給我坐，很客氣地說，「哪，六呎高的②！請用！」

我謝了他，在餐桌面前就了座。可是發現用起刀叉來極難，一些也不靈活，肉湯也免不了濺開，都因為他站在對面，儘瞪著我，弄得我每次看到他的眼睛就臉紅得要命。他看我吃完第二塊排骨肉，就說，——

「您還有半品脫啤酒呢。您此刻要喝嗎？」

我謝了他，說「要喝。」他聽了就從酒壺裡倒了一大玻璃杯，對著亮的地方舉起來，照得啤酒很好看。

「天哪！」他說。「好像很多，不是嗎？」

「的確像很多，」我笑答道。因為他這樣討喜，我也很高興。他眼睛一閃一閃的，臉上有粉刺，滿頭頭髮豎著。站在那裡一隻手叉腰，另一隻手迎著亮舉著杯子，態度十分友好。

---

②這是茶房對小大衛的戲稱。

「昨天這兒有位先生，」他說——「又肥又壯，姓陀勃騷耶——也許您認識他吧？」

「不認識，」我說，「我想不——」

「他穿騎馬褲，套護腿套，戴闊邊帽子，披件灰上衣，圍了有點子的大領巾，」茶房說。

「不認識，」我覺得難為情地說，「還沒有機會——」

「他上這兒來，」茶房望著從酒杯透過來的光說，「叫了一杯這種啤酒——他要叫——我勸他不要叫——喝了，倒下來死掉了。酒太陳，他吃不消，本來不該倒給他的；這是真事。」

我一聽這個悲慘的意外，大吃一驚，就說我最好還是喝水吧。

「呃，您知道的，」茶房還望著酒杯透過來的光，閉著一隻眼睛說，「我們旅館裡的人不喜歡客人點了東西剩下來。剩下來就得罪他們了。不過要是您贊成，我倒可以替您喝掉。我喝慣了，最要緊是喝慣。我想如果我頭仰起來，很快喝完，我不會出毛病。要不要我喝？」

我回他說，他如果喝掉，就幫我的忙了，要是他以為他喝是安全的話，否則無論如何不可以。他真就仰起頭來，一飲而盡。說實話，我真十分害怕他碰到跟陀勃騷耶先生同樣不幸的遭遇，眼看他倒在地毯上一命嗚呼。不過，他喝了沒有出事兒。正相反，我想他好像喝了倒更有精神了。

「這兒我們吃的是什麼呀？」他拿把叉放在我碟子裡問，「不是排骨吧？」

「是排骨，」我說。

「我的老天爺！」他嚷了出來。「我還不知道是排骨呢。呀，排骨正好解那種啤酒的毒！運氣不很好嗎？」

於是他一手撚了一塊排骨肉的骨頭那一頭，另一手撚了一個馬鈴薯，有滋有味地大嚼下肚，我看了極其舒服，隨後又吃了一塊排骨，一個馬鈴薯。吃完又吃了一塊排骨，一個馬鈴薯。吃完之後，他又端上了布丁，放在我面前之後，似乎在轉念頭，有一會兒工夫心不在焉。

「餅好吃嗎？」他如夢初醒地問。

「這是布丁呀，」我回說。

「布丁嗎！」他嚷了起來。「啊呀，我的天，真是布丁！什麼！」他逼近布丁一看道，「您不會是說蛋奶布丁吧？」

「是蛋奶布丁，真的。」

「啊喲，蛋奶布丁，」他拿起一把湯匙說，「是我最愛吃的布丁！運氣不很好嗎？來，小傢伙，看看我們誰吃得最多。」

茶房的確吃得最多。他再三求我來贏他。可是他用的是湯匙；我用的是茶匙、他吃得快、我吃得慢，他的胃口大、我的胃口小，第一口我已經遠遠落後，再沒有機會贏他了。

我想，我從來沒見過別人吃布丁吃得那麼有味的。全吃完之後，他笑了，好像滋味還留在嘴裡一樣。

我發現他非常和氣，人緣好，就跟他要了紙筆墨水，寫信給裴媽。他不但馬上就拿來，而且我寫的時候還承他的情看我寫。等我寫完，他問我要往那裡去進學校。

我說，「靠近倫敦，」我知道的就只有這一點了。

「哎呀，我的天！」他說，一臉意氣消沉的樣子，「我可憐你。」

「為什麼呢？」我問他。

「唉，天哪！」他搖頭說，「那是家弄斷那孩子肋骨的學校——弄斷兩根肋骨——孩子還小呢。他大概——我猜猜看——您多大了？」

我告訴他我過了八歲，九歲還不足。

「他就是這麼個年紀，」他說，「他們第一次弄斷他那根肋骨，他八歲零六個月大，八歲零八個月大又弄斷他第二根肋骨，害了他的命。」

我碰巧跟他同年，聽了這話很不舒服，對自己、對他都無法掩飾這一點，就問他是怎樣弄斷的。他答的話並沒有寬我的心，原來只有三個字，「打斷的。」

院子裡的馬車喇叭響了，岔打得正在時候上，我就站起身來。我有個荷包，已經從口袋裡掏出來了，我很自豪，也很不好意思，就遲疑不決地問他，有什麼帳要付的。

「有張信紙，」他答，「你可買過一張信紙？」

我記不起買過。

「信紙很貴呀，」他說，「因為要打稅，要三辨士。這個國家就是這樣打稅的。還有茶房的小帳，別的沒有了。墨水隨它去好了。有我貼呢。」

「你說——我該——我應當出多少——對不起，給多少小帳算合適？」我結結巴巴，臉都紅了。

「要不是我有兒女，兒女又生牛痘，」茶房說，「我不會要六辨士。要不是我有個上了年紀的上人，還有個標致的姊妹」——說到這裡他大為激動——「我一文也不要。要是我有個好位置，在此地待遇好，我不但不要您給小帳，還會求您收我一點兒小意思呢。可是我吃的是賸菜賸飯，睡的是煤炭堆」——說到這裡，茶房突然哭起來了。

為了他這樣不幸，我非常擔憂，覺得如果給他的小帳不到九辨士，簡直是殘忍，毫無心肝，所以就在我三個鑠亮的先令裡給了他一個。他非常卑躬屈節、恭恭敬敬地收下了，立刻用大拇指把它往上空一彈，打許多滾落下，看看真假。

他們照應我上了馬車後面，我發現這頓飯菜本該由我一個人吃完，不用別人幫忙的，這時候我心裡也有點不自在。我知道這一點，是因為無意中聽到凸肚窗口那位太太對管車的說，「校基，好好照顧那個孩子，別讓他肚子裂開來！」還有看到附近的一些女用人跑出來張望我，笑得格格地，還以為我是個小怪物呢。我那個倒運的朋友，那個茶房，此刻情緒已經恢復了，並沒有因為她們的言語舉動而覺得不安，卻毫不難為情地跟她們一夥兒佩服我的食量呢。我對他如果有點疑心的話，我想一半也是他這個舉動引起的。不過我現在倒相信，我那時兒童的頭腦單純，對人容易信任，認為年紀大些的人天生可靠（這兩點好處如果沒到時候就變成世故，我覺得可惜），所以，總之，即使在那一刻，我對他並沒有認真懷疑。

我得承認，我無端成為馬車夫和管車人的笑柄，說因為我坐在車後邊，後邊就重了，最好坐四輪運貨馬車旅行，因此心裡也相當難受。別人認定我胃口好的傳說不脛而走，車頂車後的乘客都知道了，他們也拿來取笑，問我進學校交膳費是照兩弟兄、還是三弟兄，是不是有人承包，還是照一般的辦法，又想出其他開玩笑的問題。不過最糟糕的是，我知道有機會吃東西的時候，我不管吃什麼都覺得丟臉，還有，吃過一頓相當少的晚飯以後，我就該整夜熬餓了。因為匆忙中，我又把糕餅丟在旅館裡了。我害怕的事果然碰到了，等到我們停車吃晚飯的時候，我雖然很想吃，卻鼓不起勇氣去吃，只是坐在爐子旁邊，說我什麼也不想吃。這樣一來，也並沒有免掉我再受別人嘲笑。因為有個嗄喉嚨、面皮粗糙的先生，一路上除了瓶子裡倒東西出來喝之外，差不多都從夾心麵包盒子裡拿東西出來吃，說我像條蟒蛇，一頓吃足，可以維持很久不餓。他說完這話，就吃了燒牛肉，吃得都發出風疹來了。

我們下午三點鐘從雅茅斯出發，大約在第二天早上八點鐘到倫敦。仲夏天氣，傍晚非常宜人。我們經過一個村莊，我正在腦子裡構出一幅圖畫，各個房屋裡面書什麼樣子，裡面的人做些什麼，這時候幾個小孩子跑來追我們，爬上了車子後面，搖擺了一段路，我不知道他們的父親是否活著，他們在家是否快樂。所以有很多事想，心裡還不斷估量我要去的是什麼樣的地方，這件事想起來都可怕。記得有時候我儘想家和裴媽，糊裡糊塗追究，在沒咬了牟士冬之前，有過什麼感覺，我過去是個什麼樣的小孩——不管用什麼方法，我都不能得到圓滿的答案，好像是在很久遠以前咬了他似的。

夜晚因為冷起來了，沒有黃昏時候那樣舒服。為了怕我滾出馬車，他們把我坐在兩位先生當中，面皮粗糙的跟另一位。他們睡著了，把我完全夾住，幾乎悶死。有時候擠得我太重，我不能不叫道「喂，對不起！」——叫得他們大不開心，因為吵醒他們了。對面坐的是位上了年紀的太太，她穿了大皮斗篷，裹得密密實實，黑暗中看去不像女太太，倒像個乾草堆。這位太太帶了隻籃子，好久不知道怎麼放是好，最後發現我腿短，可以把它放在我身子下面。籃子擠著我，叫我挨疼，受盡瘟罪。要是我稍微動一動，弄得籃子裡的一隻玻璃杯跟別的東西撞得噹啷響（當然會的），她就用腳毒辣地踢我一下，還說，「嗐，你可別亂動呀。你呀，骨頭夠嫩的，我可有把握！」

太陽到底出來了，這時我的同伴好像睡得舒服些了。整夜工夫，他們沒命地喘氣、打鼾，表現出所受的艱苦，叫人無法想像。太陽越升高，他們睡得越容易醒，漸漸地一個個都醒了。人人都賴，說根本沒有睡覺，要是誰指責誰睡了，那人一定異常憤怒，加以否認，這件事到現在回想起來，很叫我詫異。我注意到人類的最大弱點，就是普遍不肯承認在馬車裡睡覺，我想不出為什麼。直到今天我都覺得大惑不解。

我遠遠望見倫敦，覺得這的確是個不可思議的地方；我怎麼相信我喜歡的、佩服的小說男主角動人心魄的事蹟都不斷在那裡幹出來，再幹出來；而我又如何模模糊糊斷定這裡的奇事跟罪惡比世界任何一個城市的都多，凡此種種，都用不著在這裡先提。我們漸漸駛近，時間一到，就抵達我們預定要去的白教堂區③那家小旅館。我記不清叫藍牛還是藍豬了④，不過我知道是叫藍什麼的，旅館的圖樣漆在馬車的背面。

管車的下車的時候，眼睛碰巧望到我，我對著帳房門口問：

「此地有那位等著接一個小孩兒的嗎？他是索夫克郡勃倫德司東來的，用牟士冬這個姓定房間的，等人領呢。」

③倫敦比較貧窮的和外籍猶太人等的住宅區。

④牛（Bull）豬（Boar）音相近。

沒有人應。

「先生，請您試一試考勃菲爾這個姓看，對不起，」我一籌莫展地朝下面望著說。

「此地有那位等著接一個小孩兒的嗎？他是索夫克郡勃倫德司東的，用牟士冬這個姓定房間的，可是他自己說姓考勃菲爾，等人領呢，」管車的說。「喂！到底可有人沒有？」沒有。沒有人應。我焦灼地四周圍望望。可是旁邊的人聽了這話，絲毫沒有反應，只有一個例外。有個穿了腿套，一隻眼的人主張他們最好在我頸項上繞條銅鎖，把我綁在馬房裡。

有人拿了梯子，我跟著那位像乾草堆的太太下了車，等她先把籃子拿開我才敢動的。這時馬車上的客已經下光了，行李也很快全搬下來了，馬在行李拿出之前就卸下牽走，馬車車身就由幾個旅館的馬夫倒推開，免得阻礙。仍然沒有人出來接勃倫德司東來的，灰濛濛的小孩。

我比魯賓遜更孤單，因為他還沒有人望著他，看得出他孤單。我於是走進帳房，值班的小職員請我到櫃臺後面，我就坐在他們稱行李的稱盤上。我坐在那裡看大小包裹，帳簿，聞馬房的味道（從此一聞到這股味道就想起那天早上的事），一連串最嚴重的顧慮就在我腦子裡出現了。假定誰也不來接我，他們肯讓我在那兒待多久？他們肯讓我待到用完七先令那麼久嗎？夜裡我要在有蓋的大木箱裡，跟別的行李一起過夜嗎？早上在院子裡抽水機面前盥洗嗎？還是他們每天晚上把我趕出去，等第二天帳房開門再進來，等人來領？假定這件事並沒有弄錯，而是牟士冬想出來把我丟掉的計策，我該怎麼辦？就是他們讓我待在那裡，到七先令用完為止，挨起餓來送命的時候，我也不能希望繼續待下去了。那一來別的客人分明就要覺得不方便，也不舒服了，加上還累這藍什麼的出錢把我葬掉。如果我立刻動身，想法走回家，又怎麼認得路，怎麼能希望走這麼遠，而且即使我回去了，除了裴媽，還有誰我能依靠？如果我找到最靠近的政府招募機關，志願投入陸軍或海軍，像我這樣一點小的傢伙，他們極可能不肯收錄。這些思想，和上百個別的類似的念頭，煩得我躁熱如焚，又害怕，又沮喪，頭都發暈。我的燒發得高的當兒，進來了一人，對小職員低聲說了話，小職員馬上把我從稱盤上揪倒，推到那人面前，好像我已經稱過，賣給了他，交貨了，身價也付了一樣。

我走出帳房，跟新打交道的人手攙著手，偷偷看了那人一眼。他是個瘦弱蒼白青年，癟嘴巴，下巴頦兒跟牟士冬一樣黑。不過，像只像到這裡為止，因為他鬍子是剃掉的，頭髮銹色，不發亮，而且乾巴巴的。他身穿一套玄色衣褲，也有幾分銹色，而且乾巴巴的，袖子褲腳管都相當短。有塊白領巾圍著，也不太乾淨。我當時認為，那條領巾未必是他身上唯一的亞麻布⑤，不過他露出來，或者微微露出來的，就是這一點了，現在我還認為如此。

⑤按亞麻布和亞麻布襯衫是同一英文字，這裡作者暗示他看不見這人的襯衣。

「你是新來的學生吧？」他問。
「是的，先生。」我答。
我只是假定而已。我還不知道。
「我是賽冷學校的老師之一，」他說。
我向他鞠了一躬，懍然敬畏。在學者兼賽冷學校老師的面前，我簡直不好意思婉轉提到像我箱子這類無關宏旨的瑣碎，一直等我們離開旅館相當遠，我才敢開口。我低聲下氣地暗示，這隻箱子今後也許我用得著。我們才回頭，他對小職員說，中午派腳夫來提。
「老師，對不起，」我說，「遠嗎？」這時我們走了跟先前差不多遠。
「在布辣希司附近，」他說。
「那地方可遠嗎，老師？」我膽怯地問。
「有好幾步路呢，」他答。「我們搭公共馬車去。六哩左右。」
我非常沒力，又疲倦，想到還要撐六哩路，實在吃不消。於是大著膽子告訴他，我整夜沒吃東西，如果他准我買點什麼充飢，就非常感激他了。他聽了這話好像很詫異——我現在都看見他站住了望我——思量了一下，說他要去看一位老人家，住在不遠地方，我最好買點麵包，或者隨便什麼我最愛吃的東西，要對健康有益的，在她家當早飯，我們還可以在那兒喝點牛奶。

因此我們張了張一家麵包店的窗子，我想了一連串主意，要買店裡每一樣叫人作嘔的東西，他一一反對，我們最後決定買一小條很好吃的黑麵包，花了我三辨士。接著又在一家食物舖子裡買了一隻雞蛋，一片五花鹹肉。我拿出第二個發亮的先令，找回的錢我覺得很多，認為倫敦是個東西很便宜的地方。我們收起這些吃的東西，就走了，一路上人聲嘈雜異常，我的頭本來已經疲乏，這一來更加慌亂，當時情況難以形容，過了一個橋，總是倫敦橋了（我想一定是老師告訴我的，我可半醒半睡著）。末了我們到了一個窮人家門口，這是某救濟院的一部分，看樣子我就知道，還有呢，門上有塊石板，題了字說，這是為二十五個貧婦設立的。

這座房屋一排有好多扇小黑門，樣子都相似，每扇門一邊有扇菱形小玻璃窗，上面也有扇菱形小玻璃窗。賽冷學校的老師托起一扇門的閂，我們就走進貧婦之一的小屋。那位老婦正在扇火，要把一隻有柄的小鍋裡的東西煮滾。她看見老師進來，就停下放在膝蓋上的風箱不扇，叫一聲我想好像是「我的小卡里！」但是看見我也進來了，就起身，搓搓手，慌忙中行了半屈膝之類的禮。

「對不起，您可以給這位小先生煮早飯嗎？」賽冷學校的老師說。

「我可以嗎？」老婦說。「可以，我當然可以！」

「費璧岑太太今天可好？」老師說，眼看爐子旁邊坐在大椅子上另一位老婦說。這位老婦簡直就是一大堆衣服，我沒有弄錯了坐在她身上，到今天想來都覺得運氣。

「唉，她不行，」頭一位老婦說。「她身體壞起來就是這樣的。要是爐子裡的火完蛋，不管出什麼岔子，我真相信她也要完蛋，再活不回來。」

他們望著她，我也望著她。雖然那天暖和，她好像別的不想，只想烤火。我倒以為即使放隻小鍋上去，她也要嫉妒的。我現在知道，硬要她替我煮蛋、煎鹹肉，她大為憤怒，是有道理的，因為我狼狽中親眼看見，在煎著煮著、別人又不注意的當兒，她對著我揮了一次拳頭。日光從小窗外射進來，可是她坐著，背和大椅子的背朝日光，擋住火爐，好像毫不放鬆地在保持火爐溫暖，而不是火爐保持她溫暖，她監視火爐，現出極不信任的態度。等我早飯煮好，用不著火了，她大樂，居然笑出聲來——我得說，笑得實在不中聽。

我坐下來吃黑麵包、雞蛋、鹹肉片，旁邊有一盆牛奶，這頓早飯滋味好極了。我還在很開味地大嚼的時候，屋裡的老婦對老師說，——

「你笛子帶在身邊嗎？」

「帶了，」他答。

「吹一吹吧，」老婦好言相邀道。「一定要吹！」

給她這一說，老師伸手到上衣邊緣底下拿出三截連成的笛子，他把各截螺絲擰好，馬上就吹奏起來。我的印象是，許多年衡量下來，世界上再沒有人比他吹得更糟了。他奏的調子比任何我聽過的天籟和人弄出來的聲音都更淒涼。不知道是些什麼曲子——假使他奏的是曲子一類的東西，恐怕根本沒有這樣的曲子——不過那些腔調對我可有了影響，第一，我聽了，勾起了所有的哀愁，末了我再也不容易忍住眼淚了。再就是倒了我的胃口。最後是引起我渴睡，眼都撐不開。

我現在回想起來，記憶猶新，漸漸我眼睛又閉上了，點頭晃腦，又看見那小房間，角落裡的碗櫥敞著，幾張方背椅子，通樓上那間房、轉彎的小樓梯，壁爐上陳列的三片孔雀羽毛——我記得，初進來的時候，很想知道，那隻孔雀如果知道牠美麗的服裝注定了要糟成這樣，會作何感想——都在我眼前消失了，我又點頭晃腦，睡著了。笛聲又聽不見了，聽到的卻是馬車輪子聲，我上路了。馬車顛簸，我驚醒了，笛聲又有了，賽冷學校的老師腿搭著腿坐著，吹的笛子淒涼，而這家老婦在旁邊瞧著，現出愉快的神情。現在輪到她不見了，老師也不見了，大家全不見了，沒有笛子，沒有老師，沒有賽冷學校，沒有大衛・考勃菲爾，除了酣睡，什麼都沒有。

我想我夢見有一次老師在吹這個悽慘的笛子，這家老婦佩服他得如醉如癡，漸漸挨近他身邊，伏在他椅背上，親親熱熱地摟了一下他頸項，他只好歇片刻不吹。我在醒睡之間，不是當時如此，就是隨後如此。因為他重吹以後——的確停了一下沒吹——我看到也聽到同一老婦問費璧岑太太味道是不是很美（她是說笛聲），費璧岑太太回說「美，美！的確！」

一面對著火爐點頭，我相信她把全部吹奏的功勞全給了火爐了。

我好像打了好久的盹，醒來時賽泠的老師把笛子三截的螺絲鬆下，拆開，照先前那樣收起，帶我走了。我們發現馬車就在靠近，上了車頂。不過我渴睡得要命。等到我們在路上搭別的客人的時候，他們把我放進車廂，裡面沒有人，我就酣睡了一覺。後來我發現馬車在綠葉叢中慢慢走上峻峭的小山。不久車停了，原來已經到了要到的地方。

我們——我是說老師跟我——走了一小段路，就到了賽泠學校。這座學校四周圍了磚砌的高牆，氣象沈悶。這面牆上開了門，門上有塊牌子，上有賽泠學校字樣。我們扯鈴，就有個容貌不和氣的人從門上的格子裡打量我們。門開了，我發現那張臉生在一個肥壯的人，粗短的頸項上，他有隻木頭義腿，太陽穴凸出，滿頭的頭髮都剪得很短。

「就是那個新生，」老師說。

裝木腿的人把我從頭到腳都看徧了——不用多久，因為我沒有多少可以看的——我們一進去，他就鎖門，取出了鑰匙。我們朝上向屋那面走，穿過濃密的樹蔭，路上有人叫替我引路的，——

「喂！」

我們回頭，看見那人站在一所小屋門口，手上拿著一雙靴。他就住在那裡。

「哪！皮匠來過了，」他說，「你出去了。梅爾先生，他說這雙靴子他不能再修。他說原來的靴已經一點也沒髒的了，他真不懂，怎麼你還以為可以修。」

說完這話，他把靴向梅爾先生擲過來，梅爾先生回頭幾步，把靴拾起來，我們一塊兒走的時候，他看看靴（我恐怕他很傷心吧）。這時我才注意到，他腳上穿的一雙還要破爛，而且他襪子有個地方也像花蕾一樣，剛綻開來。

賽冷學校的房子是四方磚砌的，四方形，附有廂房，外表看來，裝飾設備全無。四處都很靜寂，所以我對梅爾先生說，我想學生都出去了，不過他發現我不知道現在是假期，所有學生都在家裡，學校老闆喀銳刻爾先生和他太太、小姐一起，到海邊去了。我在假期給家裡送來，是為了我做錯事，受處罰的，我不知道這一點，他好像很詫異。上面這些，都是我們一路向前走，他一路告訴我的。

我注意看他領我去的教室，可以算是我所見過最不像樣、最荒涼的地方了。我現在還記得——一間長房間，三長排書桌，六排長凳子，到處都是掛帽子和石板的釘子，像豬鬃一樣指著人。舊而齷齪的地板上丟滿習字簿和練習簿的碎紙。用這些紙做的養蠶的盒子亂放在書桌上，兩隻可憐的小白老鼠，是養的人丟下的，在紙板和金屬線做的又霉又臭的籠子裡走來走去，一雙紅眼睛找遍角落，看有什麼吃的。一隻雀子，在比牠大不了多少的籠子裡，在兩吋高棲息的細棒上跳躍，要不然跌下來，不時發出淒慘的沙沙聲，既不唱，也不叫。房裡有股不衛生的怪味道，像生霉的厚棉布袴，不通風地方的甜蘋果，和爛了的書。

那地方到處濺了墨水，即使從最初建築時起就沒有屋頂，一年四季之中天上下的全是墨水雨雪冰雹，颳的全是墨水風，要比這裡的墨水更多，也不會這樣處處皆墨。

梅爾先生提了他無法再補的靴上樓，把我丟下。我躡手躡腳走到課室上面一端，慢慢走著觀察這一切。突然間，我看見一塊紙板做的告白牌，放在桌上，上面很漂亮地寫著這兩句話：「**提防他。他咬人。**」

我立刻爬上桌，害怕底下至少有條大狗。不過我雖然極焦灼地四處查看了，什麼也沒有看見。我還在到處張望，忽然梅爾先生回來了，問我在桌上做什麼。

「老師，請您原諒，」我說。「對不起，我在找那條狗。」

「狗？」他說。「什麼狗？」

「老師，不是有條狗嗎？」

「有條什麼狗？」

「叫人要提防的，老師——咬人的！」

「不是的，考勃菲爾，」他神態嚴重地說，「不是條狗，是個學生。考勃菲爾，學校關照我的是把這塊牌子掛在你脊背上。一開始就這樣對待你，我很難過，不過我得照辦。」

說完這話，他攙我下來，把牌子繫在我肩膀上，就像個背包。牌子是特製，做得精緻。此後無論我到那裡，都可以得到背著它的「安慰」。

我背這塊牌子受什麼罪，是誰也不能想像的。不管別人能不能看見我，我總覺得有人在念它。掉過頭來發現沒有人，也不見得就安心，因為不管我背朝那邊，想像中總有人。那個木腿人殘忍得很，總替我火上加油。他是掌權的，如果看到了我倚在樹上、牆上、房子上，就會從他那個小屋門口嗓子嚇壞人地嚷出來，「喂，你呀，先生！你呀，考勃菲爾！把那塊牌子露出來。清清楚楚地！不然我跟上頭告你！」運動場是鋪了石子的空院子，正對著房子和廚房整個背後。我知道用人讀這塊牌子，賣肉的讀這塊牌子，麵包師傅讀這塊牌子。總之，早上我奉命在那裡散步，個個人，學校裡來來去去的，都讀到我是要提防的，因為我咬人。記得我的確漸漸怕起我自己來了，當自己是野蠻的孩子，真咬人的。

運動場有扇舊門，學生有個習慣，在門上刻他們的名字。門上寫滿了這些字。我害怕假期完了，他們要回校了，所以，我每念一個人的名字，總不免研究，將來那個讀起「提防他。他咬人！」的人會用什麼腔調，怎樣著力來讀。有一個男孩——名叫J・司棣福——他的名字刻得很深，也時常刻，我認為他會用相當有力的嗓子來念這個名字的，念完會揪我的頭髮。另外一個男孩，名叫湯宓・閼都斯，這個人我害怕會拿這個名字來開玩笑，假裝給我嚇得要死。還有第三個，校基・丹普爾，這個人照我想，會把這個名字唱出來。我自己這個瑟縮的小東西看那扇門很久，到末了，那些名字的主人——那時學校一共有四十五個學生，梅爾先生說的——好像一致表示，不要睬我，各人照自己的一套大嚷，「提防他。他咬人！」

書桌和長凳子的座位也同樣引起我憂慮。我上自己的牀一路上以及上了牀之後，都看那些沒有睡人、一根根豎著的牀架一眼，也同樣發愁，記得一夜又一夜我夢見我母親和從前一樣，跟我在一起，或者到裴格悌大爺家參加餐會，要不然就乘公共馬車車頂旅行，或者又跟我那個倒楣的茶房朋友一同吃晚飯；這種種場合，別人總大呼大叫，瞪著我，原來不幸他們發現，我身上什麼也沒有穿，只有一件睡衣襯衫和那塊牌子。

我的生活單調，時時刻刻害怕開學，這個罪實在受不了！每天梅爾先生有很長的功課叫我做，不過我都做出來了，因為沒有牟士冬姊弟在此地，都及格了，沒有丟臉。功課前後，我到處走走，木腿人總監督著我，這一點上面我已經提了。學校裡的潮濕，院子裡綠色開裂的石板，一隻舊了漏水的盛雨的大桶，有些崢嶸的樹，樹幹褪了色，好像下雨的時候比別的樹滴的水更多，太陽底下花開得更少，這些我回憶起來，歷歷如在目前。一點鐘，梅爾先生和我在長餐廳上端吃飯，餐廳裡面沒有裝飾，放滿了松木桌子，油膩味很重。接著在喝茶之前又做些許功課。梅爾先生用藍茶杯喝茶，我用錫盅喝。整天，梅爾先生都坐在課室他自己那張跟旁人不靠的書桌面前辛勤工作，筆、墨水、尺、帳簿、寫字用的紙，不離手。他一直要忙到傍晚七八點鐘。我發現他在開上半年的帳單。晚上他收拾好東西，就取出笛子來吹，一直吹到（我幾乎以為）他漸漸把整個人都吹到笛子最上一個大孔裡，在音栓上漸漸消失。

我想像自己，一個小人，坐在燈光幽暗的房間裡，手扶著頭，聽梅爾先生吹悲慘的曲子，細心學習明天的功課。想像自己把書闔起，還在聽梅爾先生吹悲慘的曲子，憑他的吹奏聽過去在家聽到的，聽雅茅斯海灘的風聲，感到非常悲傷、孤寂。我想像自己在這些現在沒有人住的房間裡上牀去睡覺，坐在我牀邊上，恨不得聽到裴媽一句安慰我的話。我想像早上下樓，從可怕的一長條樓梯窗口望吊在附屬小屋頂上有風信雞的鐘，擔心它會響起來，叫司棣福跟別的學生一起來上課。這些事還在其次。我最怕的是木腿人打開生銹鐵門的鎖，讓可怕的喀銳刻爾先生進來。我想，遇到上面提到的種種場合，我並不至於是很危險的人物，可是任何場合中，我背上都背了給別人這種人物的警告。

梅爾先生從不跟我多話，不過從沒對我兇過。我猜我們雖然不談心，也是好伴兒。忘記提了，他有時會自言自語，笑得嘴咧開來，握起拳頭，咬牙切齒，扯他的頭髮，莫名其妙。不過他有這些特點，起初雖然嚇得我吃驚，不久我也習慣了。

第六回　相識增加

惡校長忍下殺威手
狡同窗籌開月夜筵

這種日子我差不多過了一個月，裝木腿的人已經開始拿著拖把、一桶水，一瘸一拐，四處跑了。由這一點我推斷，他是在預備喀銳刻爾校長和學生回來。我並沒有錯，因為不久拖把就到了課室裡，把梅爾先生和我趕出來了。有好幾天我們能住在那裡就住在那裡，能怎樣過日子，就怎樣過日子。有兩三個年輕婦女以前難得見到，我們總妨礙著她們，我不停地在灰塵裡，所以大打噴嚏，好像賽冷學校是個大鼻煙盒一樣。

一天，梅爾先生告訴我，喀銳刻爾校長當晚會到家。晚上，喝完茶，我聽說他來了。睡覺之前，木腿人把我帶去見他。

校長住的那部分，比我們的舒服多了。他有一小片整齊的花園，比灰濛濛的體育場看起來適意得多，這個體育場簡直就是雛型的沙漠，我以為除了雙峰或單峰的駱駝以外，誰在那裡也不會覺得舒服。我去見校長一路上直發抖，連看出那條過道很舒服都好像是勇敢的舉動。我給帶進去的時候，過於侷促不安，連喀銳刻爾太太和小姐都沒什麼看見（她們母女二人都在起坐間），除了校長，再沒看見別的。校長是個肥壯的人，掛了一串錶鍊和圖章，坐在扶手椅子上，旁邊放了一隻大玻璃杯和瓶子。

「原來這就是，」校長說，「牙齒得銼平的小先生！把他轉個身。」

木腿人把我扭轉，好露出那塊告白來。等時間久得夠充分察看過了，又把我扭轉回來，他就站在校長一旁。校長生得一張紅臉，眼睛很小，凹得很深。額頭上的筋很粗、小鼻子、大下巴頦。頭頂已禿，頭髮稀疏，像是濕漉漉的，剛變白，由兩鬢角對梳過去，在額頭上接合。不過當時他的情況給我印象最深的是，他沒有嗓子，說起話來悄默聲兒地。這一來害得他說話要費力，或者是他自己覺得說話聲音微弱，所以面容更加忿怒，筋也更粗好多。現在回想起來，我覺得這一點是他最大的特點，並不希奇。

「嗯，」校長說，「關於這個小孩兒，有什麼報告嗎？」

「說不出他什麼壞話，」木腿人說。「還沒有機會呢。」

我想校長失望了。他太太小姐沒有失望——此刻我才頭一次看了她們一眼，母女倆又瘦，又安靜。

「我的爺，過來，過來，」校長用手招呼我道。

「過來，」木腿人做同樣手勢說。

「我認識你晚老子，是我的造化，」校長有氣無聲地揪了我耳朵說。「他可是位了不起的，堅強的人。他知道我的為人，我也知道他的為人。嘿，你知道我的為人嗎？」校長擰了我耳朵，兇殘地打趣我道。

「還沒有呢，校長，」我痛得直縮說。

「還沒有，嘿？」喀銳刻爾先生照說一次道。「不過好快你就會知道了，嘿？」

「很快你就會知道的了，嘿，」木腿人照說一次道。後來我發現，他總是這樣的，憑他嗓門兒大，替喀銳刻爾校長向學生傳話。

我嚇得心驚膽戰，就回說，我希望會，只要合他的意。這整段時間，我都覺得耳痛如焚，他擰得太用力了。

「我告訴你我是怎樣的人，」校長有氣無聲地說，終於放了我耳朵，鬆手那一刻一扭，把我眼淚都扭出來了。「我是蠻子。」

「蠻子，」木腿人說。

「我說要做那件事，就做那件事，」校長說。「我說我要那件事實現，那件事就得實現。」

「——要那件事實現，那件事就得實現，」木腿人說。

「我有果斷，」校長說。「我就是這樣的人。我盡我的責任。這就是我呀，我做的事情。我的親骨肉」——說到這裡他望著他太太——「要是她反對我，就不是我親骨肉。我扔掉她。那個傢伙」①——他對木腿人說——「又來過嗎？」

「沒來過，」這是回的話。

「沒來過，」校長說。「他現在要明白些了。他知道我的為人了。叫他離遠些。我說叫他離遠些，」校長手拍桌子，眼看他太太，「因為他知道我的為人了。——現在，小朋友，你也已經漸漸知道我的為人了。你可以去了。——把他帶走。」

我被他打發走，求之不得，因為喀銳刻爾太太和小姐都在抹眼淚，我跟替自己難過一樣替她們難過。可是我心裡有個請求，對我的關係太切，不得不提出來，雖然我不知道有沒有這個勇氣，——

「對不起，校長——」

校長有氣無聲地說，「喝！什麼呀？」兩眼朝著我瞪，好像要燒光我似地。

「對不起，校長，」我結結巴巴地說，「我做了那件錯事，心裡真很後悔，校長，要

①指被校長逐出的兒子。本回下面會提到。

是您准我乘同學還沒來，把那塊牌子拿掉——」

校長一聽這話，就離開座位，向我衝了過來，他是當真，還是只嚇唬嚇唬我，我可不知道，我連忙退後，不等木腿人陪伴，一刻不停地跑回自己房裡。看看沒人追趕，我就上了牀，因為也到了睡覺的時候了，躺著抖了兩個鐘頭上下。

第二天早上，夏勃先生回來了。他是地位最高的教師，在梅爾先生之上。梅爾先生每頓都跟學生一塊吃，夏勃先生在校長桌上吃正餐和晚餐。我想，夏勃先生是個形容柔弱單薄的人，鼻子很肥大，頭總偏在一邊，彷彿不勝其重似地。頭髮很平整，還有波紋，不過第一個回校的學生告訴我，他戴了假髮（他說假髮是舊貨），每星期六下午要出去把它捲出波紋來。

告訴我這話的不是別人，就是湯宓・闞都斯。他是第一個回來的。他自我介紹，告訴我，我應該在門右角最上面的插梢上找到他名字。聽完這話我就說，「是闞都斯嗎？」他回答，「對了。」接著就問我自己和家庭的全部情形。

闞都斯第一個回來，對我大為有利。他非常喜歡我這塊告白牌，把我介紹給回校的每一個同學，不論大小，用的方式是這樣的，「喂，有個遊戲呢！」免得我要暴露，要想法替自己隱瞞受窘。又幸而大部分回校的學生心境都很壞，所以並不像我預料的那樣，要跟我胡鬧，叫我吃虧。有的學生的確就像沒開化的印第安人一樣，在我周圍跳舞，大部分的也抵不住誘惑，當我是條狗，輕輕地拍拍我，撫摩我，生怕我會咬他們，還說，「老兄，躺下來吧！」叫我做「大狗子」。在許多生人當中這當然叫我很狼狽的，也淌了我好些眼淚。可是，整個說起來，比我預料的好多了。

不過，不等司棣福到這裡，我還不算正式入學。這個學生出名是個大學問家，樣子很漂亮，至少比我大六歲，我被他們帶到他面前，好像站在縣長面前一樣。他在運動場一座棚子下面，究詰我被罰的詳情，得意地表示意見說，「這件事太豈有此理了」。為了這句話，我從此以後就都欠他情分了。

「考勃菲爾，你有多少錢？」他處分了我的事，說了那句話之後，就把我引到一旁問我。

我告訴他，有七先令。

「你最好把錢交給我替你保管，」他說。「最低限度，假使你願意的話，你可以交給我。假使你不願意，你用不著交給我。」

他的主意是一番好意，我趕緊依了，打開裴媽的荷包，倒在他手上。

「你現在要用什麼錢嗎？」他問我。

「不要，謝謝你，」我答。

「你可以用的，要是你要的話，你明白，」司棣福說。「對我說就是了。」

「不要用，謝謝你，大哥，」我重說了一次。

「也許你不久，會喜歡花兩先令上下，買瓶小葡萄酒，放在宿舍裡吧？」司棣福說。

「我發見，你就在我臥室裡吧？」

我先前的確從來沒有想到這一點，不過我說，是的，好得很。

「好極了，」司棣福說。「你總贊成再花一先令買杏仁餅吧，是不是？」

我說是的，也好得很。

「再花一先令上下買餅乾，一先令買水果，好嗎？」司棣福說。「我說，小考勃菲爾，你太亂花了！」

我笑笑，因為他笑了。不過我心裡也有點不是滋味。

「好啦，」司棣福說，「我們一定把錢花得要多值得就有多值得，就是了。我會盡我的力照應你的。我隨便那一刻高興出去就能出去，會偷偷把吃的東西帶進來。」說完這話，他就把錢朝口袋裡一塞，好意叫我不要不放心。他會當心，包管沒事。

我害怕把我母親的兩枚半克郎銀幣浪費掉了——雖然我把包錢的紙當寶貝保留起來了——只要我暗中害怕的這一點差不多全錯，就算是沒事了，他也就算說得到做得到了。我們上樓睡覺的時候，他把值七先令的東西拿了出來，月光下在我牀上鋪開，說，——

「小考勃菲爾，這就是你要的了，你有了頭等的酒席。」

我這個年紀，又有他在旁邊，要自己款待客人，是不會想到的事，想到手都抖。我求他幫我個忙，主持一下。我的請求，臥房裡別的同學都附和，他肯了，就坐在我枕頭上，分吃的東西——我得承認，他分得十足公平——再用他自己的沒腳小玻璃杯分小葡萄酒。至於我，我坐在他左首，其餘的人圍著我們，坐在最靠近的牀上，地板上。

我們坐在那裡，低聲說話——我倒應該說，他們說話，我恭恭敬敬地聽——月光從窗子外射進臥室裡一小段地方，在地板上畫出慘淡的窗子，我們大部分都在暗中，只有在司棣福要在桌上找東西，把火柴蘸到燐盒②裡之後，我們頭上才閃出藍光，不過光馬上消失了，這一切我記得多清楚！當時的黑暗、祕密吃喝，句句話都悄悄地說，有說不出的神奇，又悄然向我襲來。他們告訴我的話我傾聽起來，恍惚覺得又莊嚴，又引人敬畏，覺得大家都很親切，很歡喜。一會兒司棣福假裝看見角落有鬼，我嚇了一跳，雖然還假裝笑容。

我聽到關於學校以及學校所有的一切。聽說校長自稱蠻子，並不是無緣無故的。他是教師之中最苛刻、最嚴厲的。每天向學生攻擊，亂鞭抽打、左衝右突，好像騎兵一樣，毫不憐恤。司棣福說他除了鞭打的藝術之外，自己什麼也不知道，比學校裡成績最差的學生還要無知。好多年前，他原來是倫敦南鎮包則克做啤酒花蛇麻草小生意的，買賣垮了，把他太太的錢也花光，才做起開學店這門生意來。他還有好多諸如此類的事，我不知道同學

---

②從前的火柴是把小木片蘸在燐裡製成。

怎麼曉得的。

聽說木腿人名叫唐蓋，是個專斷的蠻人，從前幫著做酒花生意；據學生推測，是他以往替校長做事斷了腿，而且替校長幹過不尷不尬的事，知道他的隱情，才改行跟校長幹學界這一行的。聽說，唐蓋認為整個學校、教師、學生，天生都是他的對頭，校長是唯一例外。他生活唯一的樂趣是對人發脾氣，存惡毒心眼。聽說校長有過一個兒子，跟唐蓋合不來，在學校幫過忙，有一次為了他父親執行訓育過於殘酷而苦諫，此外，對他父親虐待他母親，表示抗議。聽說因此校長把他趕走，從此校長太太和女兒心裡全不是滋味。

不過，我所聽到關於校長的種種作為之中最不可思議的是，校裡有個學生他從不敢動手打，此人就是司棣福。別人提起，司棣福自己都說這話不錯，還說，他倒希望看到校長敢向他下手。有個溫和的學生（不是我）問他，如果校長真打他，他怎麼樣，他把根火柴蘸到燐盒裡，存心要閃出亮光來照出他答話的樣子，說他會動手拿那個總放在壁爐架上的七先令六辨士墨水瓶，去擲他的額頭，把他打倒。我們聞言，在暗中坐了好些時候，大氣也不出。

聽說夏勃先生和梅爾先生待遇諒必都很刻薄。吃正餐，校長餐桌上有熱肉、冷肉的時候，夏勃先生總不得不迎合上面的意思，說他喜歡吃冷的——司棣福，是唯一特別寄宿生③，說確有其事。聽說夏勃先生的假頭髮尺寸不合，他也用不著那麼靠它「瞎擺臭架子」——

有人說是「趾高氣揚」——因為他自己的紅頭髮從後面看得清清楚楚。

聽說有個學生，煤商的兒子，抵煤帳來讀書的，因此有個渾名叫「交換品」或「交易物」——是算術書上選出來的，以表示這個安排。聽說淡啤酒是打家長那裡搶來的，布丁是硬派要送的。聽說學校裡大家都認為喀銳刻爾小姐愛上了司棣福。我坐在暗中，想到他好聽的聲音，漂亮的面孔，大方的儀態，鬈曲的頭髮，也的確認為這件事很作興會有。聽說梅爾先生人並不壞，不過連六辨士都沒有，他母親窮得和約伯④一樣，也決沒有問題。這時我想到我那頓早飯，和聽起來像「我的小卡里！」那句稱呼，不過我想起來很高興，記得我跟老鼠一樣，一聲也沒出。

這一切，還有很多別的，吃喝完了好久才聽完。大部分客人一等吃喝完了就上牀睡覺去，我們脫了一半衣服，在那裡低聲說話，聽話，末了也去睡覺了。

「明天見，小考勃菲爾，」司棣福說。「我會照顧你。」

「你很夠朋友，」我感激地答。「非常多謝你。」

「你沒有姊妹吧，有嗎？」司棣福打著呵欠說。

---

③這種學生在校長家私人餐室或起坐間和他家裡人共同進饍。

④見〈聖經約伯傳（或譯「記」）〉，天主要試約伯的信心，曾讓他過極窮的日子。

「沒有，」我回說。

「可惜了，」司棣福說。「你沒有姊妹，我想她會是標致、怕羞、嬌小、水汪汪眼睛的那種女孩。我希望認識她。明天見，小考勃菲爾。」

「明天見，大哥，」我說。

我上牀後，想到他很多，還爬起來藉了月光向他睡的地方望過去，看到他漂亮的臉朝上，頭安適地枕在膀子上。他在我眼睛裡是個大有力量的人物，這當然就是他老在我心裡的原因。月光下絲毫看不出他將來會幹些什麼。整夜我在夢裡徜徉的花園裡，沒有他腳步的陰影。

第七回　我在賽冷學校的第一學期

鞭學子魔王怏癖好
警頑童貧士失枝棲

第二天隆重開學了。記得叫我留下印象最深刻的是課室裡一片喧嘩，一下子變成了死寂，原來校長吃完早飯進來了，他在門口就像個故事裡講的巨人一般，把我們當做俘虜去的人畜幙鷹視了一番。

唐蓋站在校長左右。我想，他用不著大嚷，「不要吵！」那麼兇惡，因為學生已經嚇得話說不出，動也不動了。

我們看到的是校長嘴在動，聽到的是唐蓋的話，大意是：——

「聽著，同學們，新學期開始了。這個新學期你們要當心幹些什麼。我勸你們打起精神來念書，因為我已經打起精神來處罰人了，我不會丟手的。你們揉也沒有用。揉不掉我給你們打出來的瘢。現在就念書，個個人！」

這類可怕的開場白說完，唐薳就又一瘸一拐出去了，校長就到了我坐的地方，對我說，我出名會咬人，他也出名會咬人。說完就拿他的籐條子對我示威，問我覺得籐條子比牙齒究竟怎麼樣？嘿，是很鋒利的牙齒嗎？嘿，是雙料的牙嗎？嘿，籐條子的尖刺戳下去深嗎？嘿，籐條子咬人嗎？咬人嗎？他每問一句，就在我肉上打出一條傷痕，疼得我身子直扭。所以很快我就完全做了賽冷學校的學生（司棣福的說法），也很快就哭了。

我這話並不是說，我是唯一受到這種特別優待的人。才不對呢，大多數學生（特別是小一點的）碰到校長巡視教室的時候，也得到同樣的禮遇。一半學生一天功課沒開始，都身子痛得直扭直擺，哭哭啼啼；一天的功課完畢之前，究竟扭擺了多少，哭了多少，我真不敢追憶，怕顯得言過其實。

我想再也沒有比校長更樂業的人了。他鞭打學生得到樂趣，就好像人強烈的嗜慾得到滿足一樣。我相信，他特別抵抗不了生得圓潤的學生，這種對象對他的迷惑最大，害得他坐立不安，要等那一天把那孩子打出斑痕累累來才舒服。我也算是圓潤的，應該知道。現在我一想到這個傢伙，即使沒有領略過他的淫威，只要知道他所有的作為，也會義憤填膺，血液升騰。不過我的血沸起來，因為我知道他是個沒用的兇漢，根本沒有資格受家長重大的託付，他當然也沒有資格擔任海軍大臣或總司令，不過如果擔任那兩個職位，不管那一個，作的孽不知要少多少。

我們這群可憐蟲在這個殘忍的偶像面前求饒，多遭他輕視啊！現在回想起來，覺得對這樣一個不學無術、妄作威福的人，要奴顏婢膝到這個程度，算什麼人生的發端呢！

此刻我又坐在書桌面前，注意他的眼睛——卑微地注意他的眼睛，他正在替另一個受害的人用尺在算術練習簿上畫線，那個學生的兩隻手剛被同一根尺重打過，想法要用小手帕把痛楚抹掉。我有很多功課要做。注意他的眼睛並不是因為閒得無聊，而是害怕地想知道下一步他要幹什麼，是不是要輪到我，還是另外一個人受罪了，因此受到叫人作嘔的吸引。我前面一行小學生對他的眼睛也同樣注意，也在盯著它看。我想他也知道，就是還裝不知道。他畫算術練習簿，做出怕人的鬼臉來，這時也斜著眼朝我們這一行下面一掃，我們馬上全低頭看書，直發抖。過了片刻，又望著他了。一個倒楣的學生，給他發現練習做錯，成了罪犯，奉他的命走過去。這個罪犯結結巴巴求他饒恕，說決心明天做好些。校長未曾打他，還先說了句笑話，我們都笑了——可憐我們這群小狗，還笑呢，其實面如死灰，心沈靴底。

此刻我又坐在書桌面前了，夏天下午叫人渴睡。周圍一陣營營嗡嗡的聲音，好像同學都是青蠅。我像挨著不冷不熱的肥肉（一兩個鐘頭之前我們吃了飯），有粘滯的感覺，頭像同樣大一塊鉛那麼重。我為了睡一覺，寧願付出一切代價。坐在那裡眼望著校長，眼一眨一眨像隻小貓頭鷹。有一分鐘工夫抵不住渴睡，他仍舊在我睡夢中顯現，畫著算術簿，終於輕悄走到了我身後面，在我背上添了一條紅色隆起的粗線，把我叫醒，看起他來更加清楚了。

此刻我又在操場上，雖然看不見他，眼睛仍舊被他攝住。我知道他就在離那扇窗不遠的地方吃飯，窗代表了他，我就拿窗當他，注視著窗。如果他的臉靠近窗口，我就扮出央求、順從的樣子。如果他從玻璃望出去，最大膽的學生（除了司棣福）正在大嚷大叫，也立刻停止，現出思索的神情。有一天，闞都斯（全世界最倒楣的學生）的球無意把那扇窗打破了。我好像親眼看見它打破，覺得球正打在校長神聖的頭上。這真是天大的事情，就連此刻我都直哆嗦。

可憐的闞都斯！他身穿緊窄天藍成套的衣服，膀子跟腿就像德國香腸，或者像捲緊的那種布丁，是全體同學之中最歡樂，也最可憐的，總挨鞭子——我想那半年他天天挨打，除了星期一假日那天只有兩手挨了戒尺——總是要寫信給他叔叔，把這件事告訴他，也從沒有寫。他把頭伏桌上一會兒，不知怎麼又高興了，又笑起來了，在石板上畫滿了骷髏，眼淚還沒有乾呢，最初我總不懂闞都斯畫骷髏能得到什麼安慰。有一段時期，當他是隱士之流的人，畫這些人總不免一死的象徵來提醒自己；表示鞭子不能永遠抽下去。不過我現在相信，他畫骷髏是因為骷髏容易畫，用不著有任何相貌。

闕都斯很有人格，他就是這樣的人，認為同學互相撐腰是莊嚴的義務。好幾次為了這一點吃了苦頭，特別有一次，司棣福在教堂裡大笑，管事的以為是闕都斯，把他揪了出去。他被人看著走開，做禮拜的全瞧他不起，這件事到現在都在我目前。他雖然第二天還為這件事吃了苦頭，關了好多個鐘頭，始終沒有說出真做錯事的是誰，只是放出來的時候，教堂墳場的骷髏全擠到他那本拉丁文字典裡去了。不過他也得到了好處。司棣福說，闕都斯絲毫沒有卑鄙的地方，我們都覺得這是最恭維的話了。至於我，我也能吃很多苦（雖然比闕都斯的勇敢差得遠），也遠不及他年紀大，所以還得不到這樣的報酬。

看到司棣福跟喀銳刻爾小姐臂挽臂當我們的面走去教堂，是我我一生難得看到的偉觀。我覺得論美麗，喀銳刻爾小姐並比不上小艾姆麗，我不愛她（也不敢）。不過我想她是個非同尋常的、討喜的少女，而且論到儀態的話，簡直沒人及得上。司棣福穿了白長褲，替她撐著陽傘，我都覺得以認識他為榮，相信她也沒有辦法不傾心愛慕他。夏勃先生跟梅爾先生在我眼睛裡都是了不起的人物，不過比起他們來，司棣福是太陽對兩顆天星。

司棣福不停衛護我，的確是個有用處的朋友，因為凡是跟他要好的人，誰也不敢找他麻煩。校長對我非常毒辣，他卻不能——或者總之是沒有——衛護我不讓校長欺負。不過無論那一刻我受到超過尋常的虐待，他總對我說，我需要有點他的勇氣，要是他的話，他才不受呢——我覺得他說這話是鼓勵我的，所以認為他對我很夠交情。校長的毒辣對我有一樣好處，我知道的就只一樣。他發覺在我坐的長凳後面走上走下，要順便抽我一鞭，那塊告白牌子很礙事。因為這個原緣，牌子就取下來了，從此我再沒有看到過。

偶然發生了一件事，把司棣福和我的交情鞏固起來，雖然有時候引起不便，可是我因此感到光榮和滿足。事情是這樣發生的。有一次，他給我面子，在運動場跟我談心，我大膽說，某事某人——現在忘記是什麼了——跟《派銳格林．辟克爾》書裡提到的某事某人相像。他當時什麼也沒有說，可是等我們晚上睡覺的時候，就問我手頭有沒有那本書。

我告訴他沒有，卻把怎樣讀那本書和上面提過的另外幾本書的經過講給他聽。

「你記得這些書嗎？」司棣福問。

嗯，當然記得，我答。我記性好，相信記得很清楚。

「好啦，小考勃菲爾，我有個主意，」司棣福說，「把書裡的故事講給我聽。晚上我不能早睡，早上又醒得相當早。我們一本一本的來。我們經常來點兒《天方夜譚》吧①。」

我覺得這個辦法太給我面子了，當天晚上就開始付諸實施。我講這些故事有些什麼地

①故事書名，原名《一千零一夜》。原為阿剌伯文。故事中，王妃席希拉沙德每晚說故事，免被國王在次日殺掉。下文要提到她。

方，糟蹋了我心愛的作家，我說不出，也不很想知道。不過我對他們很有信心，也真以為凡是我敘述得出的，我都敘述得清清楚楚，也很認真。這兩點大有成就。

不利的是，我晚上常常很渴睡，或者心情不好，不想接著講下去，這倒成了苦工，而且非做不可。因為叫司棣福失望，或者得罪他，當然是談都不必談的。早上也是，我覺得疲倦，很想再睡一個鐘頭舒服覺，卻給起身鐘吵醒，像席希拉沙王妃一樣，在起身鐘響之前，非說個長故事不可，是很叫人疲勞的事情。不過司棣福很堅決，他為了答謝，就把我的算術、練習，任何我覺得太難的功課講解給我聽，所以我做這件事並不吃虧。不過，我也要說我自己一句公道話。我做這件事並沒有為自己好處或自私的動機，也不是為了怕他。我佩服他，愛他，只要他滿意，就夠報酬了。他的好感我多麼當寶貝，現在回想起這些小事來，都覺得惘然。

司棣福也很體貼，有一件事特別表現出這一點來，態度斬釘截鐵，我猜，真吊了可憐的闞都斯和其餘的人一點胃口了。這學期過了沒幾個星期，裴媽說要寫的信來了——我看了多麼舒服的信啊！——還附帶了一塊餅，妥妥貼貼放在一籃橘子當中，兩瓶櫻草酒，這樣寶貝，為了需要表示敬意，就放在司棣福的腳面前，請求他分配。

「嗯，我告訴你該怎麼辦，小考勃菲爾，」他說，「酒留著，給你講故事的時候喝。」

我聽到這個主意，臉都紅了，謙讓地請他不要想到這一點。可是他說，他注意到我有時嗓子啞了——他實在用的字眼是有點沙——每一滴酒都得專為他想到的這個用途喝掉。因此，酒鎖在他箱子裡，裝在藥瓶子裡，幾時他認為我需要補了，就由插在軟木塞裡的鵝毛管裡吸出來給我喝。有時候，為了要酒特別有效，他一片好心，擠些橘汁進去，或者用生薑在裡面攪一攪，或者放一滴薄荷露溶在裡面。我雖然不能斷定，這樣一配製，味道是否更妙了，或者這是否正是我們選了晚上最後，早上最先要服來健胃的，總很感激地喝下去，也很領他的情。

我覺得我們好像花了幾個月講派瑞格林，花了好幾個月講別的故事。的確，我們這夥人從沒有因為缺少故事而感到委靡不振，酒也差不多跟講故事一樣持久。可憐的闕都斯——我每次想到他，不知道為什麼總覺得特別要笑，眼睛裡含淚——大體上，他好像是替我解說劇情的人，遇到好笑的部分，他就笑不可仰，遇到故事裡面說到可怕的人物恐怖的部分，他就嚇得魂不附體。這一來倒時常弄得我很窘。記得每次講到和希爾・布拉司奇遇有關的警官②，他就假裝止不住牙齒卡搭卡搭地抖，這是他開的大玩笑。我還記得，說到——希爾・布拉司在馬德里碰到強盜頭子的時候，這位倒楣的小丑假扮嚇得渾身直抖，非常厲害，正碰到校長偷偷打過道經過聽到了，說他擾亂宿舍秩序，結結實實抽了他一頓。

②見第四章。

我在黑暗中講了這麼多故事，大大助長了我原有的一切想入非非和耽於夢幻的天性；就這一點來說，幹這件事對於我也許沒有大益。不過我成了宿舍裡大家當寶貝的玩物，同學都紛紛傳揚我這方面的才能，我也覺得，我雖然在學校裡年紀最小，竟因此很引起大家注意，這些都鼓勵我更加努力。在完全用殘酷手段的學校裡，不管是不是笨瓜做校長，都學不到多少東西。我相信，我們學生大都和任何現在有的學校學生一樣，一群無知的人，給作踐、毆打得無法學習；他們學習，得不到好處，就跟任何總過倒楣、受難、煩惱生活的人，不管做什麼事，都得不到好處一樣。可是我的一點虛榮心和司棣福的幫助，不曉得什麼道理，督促我上進；雖然免不了我受許多處罰（即使免了一點也有限），我卻也因此在就讀期間，成了全體學生之中的例外一人，因為我的確按部就班地吸收了零零碎碎的知識。

求知這方面，梅爾先生幫我很大的忙，他喜歡我，我想起來都感激。司棣福故意侮辱他，難得錯過傷他心的機會，也引誘別人傷他的心，我看了總很痛苦。司棣福這種行為加倍給我苦惱了很久，因為我對他守不住祕密，就和不能不跟他分糕餅或隨便什麼別的有形財產一樣，很快就把梅爾先生帶我去看那兩個老女人的事講給他聽了，總生怕司棣福說出來，挖苦他。

我這個無足重輕的人在那個第一天早上到過了那個養老院，吃完早飯，在孔雀羽毛影子下聽著笛聲睡著，我們大約誰也沒有料到，會惹出什麼後果。但是我去的那裡一次，有意想不到的後果，而且是嚴重的後果，非比尋常。

一天，校長生病不能到學校，當然全校瀰漫了生氣蓬勃的歡欣，上午上課的時候，天都吵翻了。學生透一口大氣，心滿意足，難以管理，雖然可怕的唐蓋兩三次帶了他的木頭腿進來，記下了為首鬧事的人名，他們也相當明白，第二天有禍上身，也沒有用，仍然為所欲為，總以為今天開心一下是聰明的。

這天是星期六，正放半天假。不過因為運動場上的喧嚷會吵了校長，天氣不好，又不宜出外散步，下午我們就奉命回到學校，做點比平常輕易的，就是這種時候做的功課。這是一週裡面夏勃先生出去把假髮捲起來的一天。梅爾先生是不管什麼苦工都要做的，所以歸他約束學生。

那天下午，鼓譟達於頂點的時候，梅爾先生的處境，就像一頭牛或一隻熊被上千條狗圍著逗弄，當然，像他這樣溫和的人，不會像牛和熊，我不過勉強拿來比方而已。記得他一隻瘦筋巴骨的手托著疼痛的頭，低對著桌上的書，那時聲勢的洶湧，可以叫下議院的院長發暈，他想法要對付這件辛苦的差事，處境真正悲慘。學生跳進跳出自己的座位，跟別的人玩搶壁角遊戲。有笑的學生，有唱的學生，有講話的學生，有跳舞的學生，有咆哮的學生。學生腳在地板上滑來滑去，學生繞著他轉的，學生對他齜牙咧嘴的，做鬼臉的，在他背後和當他眼前學他樣子的——摹倣他窮，他的靴，他的衣服，他母親，所有他們該體貼他的，都摹倣了來取笑他。

「別吵！」梅爾先生突然站起身來，用書拍桌子叫道。「你們這是什麼意思？叫人受不了了。要人的命。你們學生怎麼可以這樣對我？」

他拍桌子，是用我的書。我就站在他身邊，他眼睛把全課室一掃，我也跟著看他眼睛，發見學生都沒有動靜了。有的忽然一驚，有的相當害怕，有的也許不好意思。

司棣福的座位在課室最末，長房間對面頂靠牆的地方。他背靠牆懶懶倚著，手插在口袋裡。梅爾先生望著他的時候，他閉著嘴望著梅爾先生，好像在吹口哨。

「司棣福少爺，別吵！」梅爾先生說。

「你自己別吵，」司棣福紅了臉說。「你在跟誰說話呀？」

「坐下來，」梅爾先生說。

「你自己坐下來，」司棣福說，「你管自己的事吧。」

有人吃吃地笑，有人喝采。不過大家眼看梅爾先生面如死灰，立刻就靜下來了。有個學生在他背後衝出來，本來要再摹倣他母親的，改變了主意，假裝要修翎管筆尖。

「司棣福，你如果以為，」梅爾先生說，「我不曉得你本領很大，學校裡隨便那一個都能控制——他把手放在我頭上，而並沒有察覺自己這麼做（我猜想）——「以為我沒有看出，你幾分鐘之內，唆著小些的學生各式各樣地糟蹋我，你就錯了。」

「我根本沒有把你擺在心裡，為你操心，」司棣福冷冷地說，「所以我實在沒有弄錯。」

「老兄，你仗著有人寵你，」梅爾先生接著說，嘴唇抖得厲害，「就侮辱有身分的人——」

「有什麼的人？——這個人在那裡？」司棣福說。

這時有人叫道，「司棣福，你好不丟臉！太不成話了！」是闕都斯，梅爾先生馬上攔住了他，叫他別說話。

「老兄，你侮辱一個生平倒楣的人，這個人從來沒有一丁點兒得罪過你。你不侮辱這個人的理由很多，你人也這麼大了，也很聰明，該知道的，」梅爾先生說，嘴唇越來越抖得兇了。「你做了卑鄙下流的事。老兄，你坐下，還是站著，隨你的便。——考勃菲爾，你讀下去。」

「小考勃菲爾，」司棣福說，一面向課室這邊來，「你等一等。梅爾老師，我乾脆告訴了你吧！你說我卑鄙下流，或任何這一類的話就太放肆了。你是不要臉的討飯化子。你知道，你一向就是討飯化子。不過，你說那種話，就是不要臉的討飯化子了。」

我不清楚是他要打梅爾先生，還是梅爾先生要打他，還是雙方都有這個意思。我看到整個課室的人都僵了，好像大家變成了石頭。發見校長就在我們面前，一旁站著唐蓋，校長太太和小姐在門口往裡面張，好像嚇壞了。梅爾先生胳膊肘兒擱在書桌上，兩手捂住臉，有一會兒十分靜地坐著。

「梅爾先生，」校長搖搖他的膀子說，這回他的低聲都響了，唐萱覺得用不著他重說了——「我希望，你沒有忘記自己的身分吧？」

「沒有，校長，沒有，」梅爾先生答，臉露出了，頭直搖，兩手搓著，非常激動。「沒有，校長，沒有。我記得我的身分。我——沒有忘記，喀銳刻爾校長，我沒有忘記我的身分。我——我一直都記得我的身分，校長。我——我希望——要是您早尊重我一點就好了，校長。那就更承您的情，校長，更公道些，校長。免得我那什麼了，校長。」

校長死盯著梅爾先生望，一手搭在唐萱的肩膀上，踏上身邊一張長凳，坐上了桌。梅爾先生搖頭，搓手，仍舊很激動，校長在這個御座上繼續盯著他，過了一會，就掉過頭來問司棣福，——

「好了，老弟，既然他不肯降低身分告訴我，你就告訴我到底是怎麼一回事吧？」

司棣福有一會兒避開這個問題不答，鄙夷而又忿怒地望著他的對方，也不開口。我記得，即使這一刻，我沒法不覺得，他多麼堂堂一表，而相形之下，梅爾先生多麼醜陋。

「那麼，他講仗著有人寵我是什麼意思啊？」司棣福終於說。

「有人寵你？」校長照說了一句，額頭上的血管很快凸起來了。「誰講有人寵他的？」

「他啦，」司棣福說。

「好，我倒要請問你，你說那句話是什麼意思，老兄？」校長怒問梅爾先生。

「我意思，咯鋭刻爾校長，」梅爾先生低聲答，「照我說的——是不管那個學生都沒有資格仗著有人寵他，就看我不起。」

「看你不起？」校長說。「我的天！可是請你准我問你，姓什麼的先生」（說到這裡，校長兩隻膀子連藤條一起抱在胸口，眉頭皺得下面一雙小眼睛都看不見了），「你講到有人寵他，可曾把我放在眼睛裡？老兄，」校長說，頭突然對他傾過去，又縮了回去，「這個學校的校長，也是你老闆，你也該放在眼睛裡呀。」

「校長，我情願承認，這句話說得不妥當，」梅爾先生說。「我那時候要是冷靜，不該說這句話的。」

說到這裡司棣福插嘴了。

「後來他還說我卑鄙，後來還說我下流，於是我就說他是討飯化子，要是我冷靜，也許我不該說他是討飯化子的。可是我說了，有什麼罪過，我承擔。」

我也許沒有想到他有什麼罪過，聽了這句丈夫氣概的話，覺得精神非常振奮。別的學生也感動了，因為雖然誰也沒說一句話，大家低聲騷動起來了。

「司棣福，我很詫異——雖然你這樣坦白很體面，」校長說，「很體面，的確——我很詫異，司棣福，我真覺得，你居然用這個形容詞來形容賽冷學校出了錢雇用的人，老弟。」

司棣福噗哧一笑。

「老弟，我問你的話，你還沒回答，」校長說。「司棣福，我要你多說一點。」
我已經覺得梅爾先生在漂亮的司棣福面前很醜了，校長有多醜，我簡直說不出來。
「聽他否認好了，」司棣福說。
「司棣福，否認他是討飯化子嗎？」校長嚷道，「你說說看，他上那兒去討飯呢？」
「即使他自己不是討飯化子，他嫡親的人也是的，」司棣福說。「這完全一樣。」
他望了我一眼，梅爾先生溫和地拍拍我肩膀。我抬頭看他，臉上緋紅，心裡悔痛。不過，梅爾先生的眼睛注視著司棣福，他繼續慈和地拍我肩膀，卻望著司棣福。
「校長，既然您要我替自己辯白，」司棣福說，「把我的話意思說出來，我要說的是，他母親就靠施捨，住在濟貧院裡。」
梅爾先生仍然望著他，慈和地拍著我肩膀，低聲對自己說，要是我聽對了的話，「不錯，我本來以為如此。」
校長掉過頭對著梅爾先生，嚴厲地皺起眉頭，千辛萬苦才保持住客氣的態度：——
「梅爾先生，你總聽到這位老弟台的話了。要是說錯了，對不起，務必勞駕在全校大家面前改正他吧。」
「校長，他的話對，不用改正，」梅爾先生回說，大家鴉雀無聲。「他說的是實話。」
「那麼，好不好請你費心公開講一句，」校長說，頭斜在一邊，眼睛一掃全課室學生，

「是不是一直到此刻我才知道這件事的？」

「我相信只不過沒有直接對您說罷了，」梅爾先生說。

「好啊，你知道沒有，」校長說。「你不知道嗎，夥計？」

「我明白，您從來沒當我是很有錢的人，」梅爾先生說。「您知道我在本校現在的跟一向的地位。」

「你說到這一點，我明白，」校長說。血管更暴起來了，「你的地位一直全不對，你錯當這裡是慈善學校。梅爾先生，對不起，我們散了吧。越早越好。」

「再沒有，」梅爾先生起身答道，「比此刻更好了。」

「老兄，請，請！」校長說。

「校長，我跟您告辭，也跟你們大家告辭，」梅爾先生環顧全課室說，又輕輕地拍拍我的肩膀。「詹姆斯．司棣福，我能給你最好的祝福是：將來你會為了今天的所行所為，覺得羞愧。眼前，我隨便當你是什麼都可以，不願意當你是朋友，也不願意你做隨便那一個我關切的人的朋友。」

他再度把手放在我肩膀上，然後取了笛子和桌上幾本書，把鑰匙留下了給接他手的人，腋下挾了他自己的東西離開了學校。校長隨即發表演說，由唐萿傳話，向司棣福致謝，說他維護賽冷學校的獨立和尊嚴有功勞（雖然也許太熱烈了），講完，還跟司棣福握了手。

這當兒我們三次歡呼——我不十分知道為了什麼，不過我假定是為了司棣福，所以也熱烈參加，其實我心裡很難過。校長隨後抽了闕都斯藤條子，因為發現梅爾先生離開，他不歡呼，卻流眼淚。打完了，就回到沙發上坐下，或者牀上睡下，或者往他來的地方去了，或者別的他的來處，且不管是那裡。

現在沒人管我們了，記得當時大家面面相覷，不知所措。論我自己，因為這件事我也有分，深深自責，悔恨填膺。若不是怕得罪司棣福，我絕對沒法忍住眼淚不掉下來。我看司棣福時時刻刻望著我，要是我把心頭的煩惱透露出來的話，他作興以為我跟他不親密——或者，我倒不如說，論我們年齡彷彿和我對他的感情，以為我對他不忠順。他很惱闕都斯，說闕都斯受罰好極了。

可憐的闕都斯，已經度過頭伏在桌上的階段，照常畫了一大批骷髏消除苦惱，說他不在乎，說別人對梅爾先生太殘忍了。

「誰對他太殘忍呀，你這個丫頭？」司棣福說。

「誰，你啦，」闕都斯答。

「我幹了什麼？」司棣福說。

「你幹了什麼？」闕都斯反駁道。「傷了他的心，砸掉了他的飯碗。」

「他的心！」司棣福鄙夷地複述一句。「我擔保他的心很快就沒事了。闕都斯小姐，他的心不像你的。至於他的飯碗——金飯碗，不是嗎？——你以為我不寫信回家，弄點錢給他嗎，小瑪麗？」

我們以為司棣福的存心很高貴，他母親是寡婦，很有錢，據說司棣福只要向她請求，她差不多什麼都肯依。我們看到闕都斯這樣受挫，都極其高興，把司棣福捧上了天——特別很承他看得起，告訴我們他這個舉動完全是為我們，為我們的前途，他這樣不顧自己做出這件事來，給了我們很大的好處。

不過我得說，那晚黑暗中我講故事的時候，梅爾先生笛子的舊調好像一次又一次在我耳朵裡悽涼作響。等到末了司棣福累了，我躺在牀上，我還假想他在什麼地方悲哀地吹著，聽得我好不傷心。

我想著司棣福，很快就忘了他。新教師沒找到之前，司棣福什麼書也不用（我看他好像樣樣東西都記在心裡），毫不費力客串似地教了些功課。新教師是中學出身的，沒教書前，有一天先在客廳吃飯，有人介紹了給司棣福。司棣福認為他很不錯，告訴我，這位教師真要得。我雖然不全懂這句話指的學問有多好，也因此十二分尊敬他，諒必他總有高深的知識。不過他從來沒有為我費過心——並不是說我有什麼特別了不起——梅爾先生可不同。

這學期日常學校生活只有另一件事，感動了我，到現在依然如此。有好幾個原因我忘不了。一天下午，我們全給折磨得淒淒慘慘，苦痛不堪，校長正在惡狠狠地四面八方猛抽藤條子，唐蓋進來了，扯開他大慣了的嗓門叫道，「有人找考勃菲爾！」

他跟校長說了幾句話，講來看我的是什麼人，叫他們到那間房去坐，等等，我照規矩，一聽到名字叫出，已經站起身來，驚詫得頭暈眼花，然後他們叫我由後面樓梯下去，換條乾淨襯衫，然後再到餐廳。這些命令我都遵從了，當時童年心情的這種緊張和匆忙，是我從來沒有經驗過的。我到了客廳門口，腦子想到，也許會是我母親吧——到那一刻為止我只想到會是牟士冬兄妹——我縮回伸去開門的手。沒進去之前先站定，抽抽噎噎哭了。

起初我誰也沒看見，不過覺得門後面有壓力。就往那邊一看，原來是裴格悌大爺和罕姆，真叫我驚奇。他們戴著帽子，異常、可笑地向我鞠躬，背著牆你擠我，我擠你。我忍不住要笑，不過，是因為看到他們我心裡高興，倒很少是因為看到他們那副樣子。我們熱烈握手，我笑了又笑，到末了要拿出小手帕來抹眼睛。

裴格悌大爺（我記得他來看我這段期間，嘴從來沒抿過）看到我流淚，非常不放心，用胳膊肘兒輕輕推推罕姆，要他說句把話。

「小衛少爺，兄弟，放高興點兒！」罕姆癡笑著說。「唷，你長大多了！」

「我長了嗎？」我抹抹眼睛說。我不是因為看到了我知道的任何特別的事情才哭的，可是不知道什麼緣故，看到老朋友我就哭了。

「長大了吧，小衛少爺兄弟？他不是長大了！」罕姆說。

「他不是長大了！」裴格悌大爺說。

他們相對發笑，引得我也笑了，於是我們三個人一齊笑，笑得我又險些哭起來了才停。

「裴格悌大爺，您知道我媽媽好嗎？」我說。「還有我的好親、好親的裴媽好嗎？」

「非常好，」裴格悌大爺說。

「還有小艾姆麗，跟艮密紀大媽呢？」

「非——非常好，」裴格悌大爺說。

大家都不出聲了。裴格悌大爺為了打開僵局，口袋裡掏出了兩隻極大的龍蝦，一隻極大的螃蟹，一大帆布袋小蝦，堆在罕姆懷裡。

「您知道，」裴格悌大爺說，「我們知道您在我們那兒，特別愛吃一點有味的東西，所以就不怕寒傖了。老太婆煮的，她煮的。艮密紀大媽煮的。沒錯。」裴格悌大爺慢慢地說。我想他好像是因為沒有別的現成的事順便，所以才老說這件事的。「艮密紀大媽，我打包票，是她煮的。」

我謝謝他。裴格悌大爺望了罕姆一眼，罕姆站在那兒羞怯地對著這些蝦蟹笑，沒有出力幫他忙的意思。所以他只好說，——

「您知道，我們坐了雅茅斯的帆船到格累夫散，風跟潮水都順利。我妹妹寫信給我，有這兒的地名，寫信給我，要是一碰巧上格累夫散來，要我過這兒來，找小衛少爺，替她跟您請安，報告您，家裡的人都非常好，的確好。您知道，我看了您，您也一樣，非常好，回去叫小艾姆麗寫信給我妹妹，所以好消息傳呀傳得像旋轉的木馬。」

裴格悌大爺用了這個譬喻，來表示完全一圈消息，我不得不想一想才能明白。然後我重重謝了他。我說，自從我和小艾姆麗一塊兒在海灘拾貝殼，鵝卵石分別以後，想必她也變了樣子了，我說這話，自己都覺得臉紅了起來。

「她就要變大人了，本來就是要變成大人嘍，」裴格悌大爺說。「您得問他呀。」他是說問罕姆。罕姆高興點頭，對著那袋蝦子笑逐顏開。

「她多標致的臉呀！」裴格悌大爺說，他自己的臉也像盞燈一樣亮了。

「她的學問呀！」罕姆說。

「她的一筆字呀！」裴格悌大爺說。「寫得跟黑玉一樣黑。大的呀③，您在那兒都瞧的出。」

裴格悌大爺想到他的小心肝兒興奮得那麼激動，叫人看了都十分舒服。他重新站在我面前，坦率、毛髮濃密的臉現出慈愛和得意的光輝，我簡直描寫不出。誠實的眼也點著了火，閃閃生光，好像眼窩兒裡有發亮的東西在攪和。心裡一暢快，寬厚的胸膛就一起一伏

---

③此指艾彌麗受的還是極初級的教育。

了。一雙堅強而不漂亮的手鄭重其事地握著拳頭，他揮舞右臂，加強語氣，在我那麼矮小的人看來，簡直像柄大鐵鎚。

罕姆跟裴格蒂大爺一樣鄭重其事。大約要不是司棣福突然進來，他們難為情起來，還有很多關於小艾姆麗的話要說呢。司棣福一路唱著，看我在角落裡和兩個生人說話，就停下歌來說，「小考勃菲爾，我不知道你在這兒！」（因為這不是平時會客室）。他出去的時候，走過我們面前。

司棣福正在走過，我把他叫住。到底因為我有他這樣的朋友覺得有面子，還是想解釋給他聽，我認識裴格悌大爺這樣的朋友的經過，此刻我也不清楚。不過我謙遜地說了——才怪呢，過了這麼長時間，往事居然還全記得！——

「司棣福，對不起，別走。這兩位是雅茅斯的船家，——很厚道，很正派的人——我保母的親戚，他們打格累夫散來看我的。」

「是嗎，是嗎？」司棣福回轉來說。「會一會他們好極了。你們二位好？」

他態度從容——其實是愉快輕鬆，可並不拿大——我到現在都相信這種態度有點迷人。我仍然相信他，憑這種風度，憑他那種活潑高興，憑他悅耳的聲音，漂亮的面貌和身材，還有，憑他另外一些我毫不知道的天生的吸引力（我想少數幾個人才有），就會有股魔力，別人碰到了自然會軟化，能抵擋的人並不很多。我再鈍也看得出他們非常喜歡他，頃刻間就和他無話不談了。

「裴格悌大爺，對不起，」我說，「寄那封信的時候，一定要告訴我家裡人，司棣福大哥待我非常之好，要是沒有他，我真不知道此地的日子怎麼過法。」

「胡說八道！」司棣福笑道。「您千萬別跟他們說這種話。」

「裴格悌大爺，要是司棣福大哥萬一到諾福克或者薩符克的話，」我說，「只要我還在此地，我一定帶他上雅茅斯來看您的房子，只要他肯跟我來。——司棣福，你一定從來沒見過這樣好的房子。是用船改造的！」

「船改造的，真的嗎？」司棣福說。「這樣一位鋼筋鐵骨的船家，住這種房子正正合適。」

「對了，先生。對了，先生，」罕姆說，笑得嘴都咧開來了。「您說得對，小先生。——小衛少爺，兄弟，這位先生話說得對。鋼筋鐵骨的船家！呵，呵！他也就是這樣的人！」

裴格悌大爺跟他姪兒一樣開心，雖然他生性謙虛，不能像罕姆那樣，大聲大氣地恭維自己。

「哎呀，先生，」他鞠著躬說，笑得格格地，一面把領巾的角塞進胸口。「我謝謝您，先生，我謝謝您！先生，我幹我這一行總使足力氣就是了。」

「裴格悌先生，最了不起的人也不過如此，」司棣福說。他已經知道他名字了。

「少爺，我敢打賭，您幹什麼也是這樣的，」裴格悌大爺晃著腦袋說。「您幹什麼都行——很行！我謝謝您，少爺。我感激您，先生，因為您對我太客氣了。少爺，我是粗人，可是肯幹——起碼，我希望，我肯幹活兒，您明白吧。我家沒什麼好看的，少爺，可是您要是真跟小衛少爺一塊兒來看看，我們會好好伺候您的。我是條十足的拖鼻涕蟲，我是的，」裴格悌大爺說。拖鼻涕蟲的意思就是蝸牛，這暗示他動身慢，因為他每說完一句話就想走，不知怎麼一來，又回來了。「可是我祝你們二位身體好，祝你們開心！」

罕姆也照樣說了這句祝詞，我們就很熱和地分手了。那晚我差不多忍不住要告訴司棣福關於標致的小艾姆麗的事，不過我太怕提到她的名字了，太害怕他笑我了，所以，說不出來。記得我想了很久裴格悌大爺所說，她就要長成大人了那句話，放不下心，不過認為他的想法一定是沒有道理的。

我們把蝦蟹，或者照裴格悌大爺客氣地說的「有味的東西」，偷偷帶進我們房裡，那晚大吃了一頓。不過闞都斯吃了卻沒享到福。他很倒楣，連別人那樣，吃頓晚飯平安無事，都辦不到。到了夜晚病了——身體非常虛弱——螃蟹出的毛病。黑藥水和藍藥丸吃得太多，丹普爾的父親是醫生，據他說，就是馬也會傷了身體。可是因為不肯招認實情，挨了一頓藤條子，罰譯六章希臘文新約。

記得這學期其餘的光陰都忙成一團：每天生活免不了競爭、奮鬥。夏天漸漸過去，季節換了；霜晨鐘聲叫我們起牀，聞黑夜的寒冷的味道，鐘聲又叫我們就寢；晚上課室裡燈光昏暗，爐火足不足無人當心，早上課室只不過是一架發抖的大機器；燉牛肉和烤牛肉，燉羊肉和烤羊肉換來換去；吃的是一塊塊塗了奶油的麵包，讀的是折了書角的課本，用的是裂開了的石板，眼淚把練習簿淌髒，挨藤條子，挨尺，理髮，碰到下雨的星期天，吃羊油布丁，到處是墨水的骯髒氣氛。

不過我記得很清楚，放假這件事本來是遙遙無期，經過了彷彿很長一段時期，都像一個停在那裡不動的黑點，漸漸也向我們走來，而且越來越大了。我們先是算月分，然後算星期，再就算日子。後來我又害怕起來，擔心他們不要我回去。當司棣福告訴我，他們的確要我回去，我有把握回家，又隱隱有先斷了腿的預感。終於，放假的日子由下下一星期改到這一星期，由後天、明天改為今天、今晚，改換位置快了——我已經在雅茅斯的郵車裡，回家去了。

在雅茅斯的郵車裡，我醒醒睡睡好多次，也做了好多上面說的那些事的不連貫的夢。不過，每次醒來的時候，窗外的地面不是賽冷的運動場，耳朵裡的聲音不是校長對闞都斯發話的聲音，而是馬車夫用鞭子打馬的聲音。

第八回　我的假期，特別是某快樂的下午

裴格悌拒婚全忠義
牟士冬設教極苛嚴

我們天不亮就到了郵車歇腳的小旅館，不過這不是我那個茶房朋友服務所在的旅館。有人引我進了一間很精緻的小臥室，門上漆了「海豚」字樣。我知道，雖然他們在樓下大火爐面前給了我杯熱茶喝，我還是非常冷，此刻可以睡上「海豚」的牀，把「海豚」的絨被裹起頭來睡覺，開心極了。

趕車的巴基斯叔叔說好早上九點鐘叫我。八點鐘我就起來，所以不到約好的時間，我已經等他了，不過夜晚休息不夠，有點頭暈。看他招呼我的神情，正好像我們從上次在一起分開之後，五分鐘還沒有過去，好像我只到旅館裡換了六辨士零錢，或者做了別的類似

的事情一樣。

我跟我的箱子一上車，趕車的就了座，那匹懶馬就照牠走慣的速度把我們一齊帶走。

「巴基斯叔叔，您氣色挺好，」我說，以為他聽了這句話一定高興。

巴基斯用袖口抹抹他腮幫子，然後看看他袖口，好像可以找到一點臉上的紅潤似的，可沒有別的表示，來承認我恭維的話不錯。

「巴基斯叔叔，您要我帶的信我帶到了，」我說。「我寫了信給裴格悌。」

「嗯！」巴基斯說。

巴基斯好像脾氣很大，話答得冷淡。

「巴基斯叔叔，有什麼不對嗎？」我遲疑了一下問。

「當然不對，」巴基斯說。

「不是帶錯您的信吧！」

「信也許全帶對了，」巴基斯說，「可是沒有下文。」

我不懂他的意思，就套他的話問，「沒有下文，巴基斯叔叔？」

「沒有下文，」他解釋道，瞟了我一眼。「沒有回音。」

「您等她回信嗎，有嗎，巴基斯叔叔？」我詫異道，因為這是我原先不知道的。

「男人說他願意，」巴基斯說，慢慢又掉頭看了我一眼，「那就等於說，那個人在等回音。」

「怎麼樣呢，巴基斯叔叔？」

「怎麼樣，」巴基斯說，眼睛又重新去看馬耳朵去了，「從那時起那個人就一直在等回音了。」

「巴基斯叔叔，您可曾告訴她這話？」

「沒——沒有，」巴基斯低聲吼道，心裡在盤算這件事。「我用不著去告訴她這話。我自己從來沒有跟她說過三言兩語。我就是不去跟她說這話。」

「巴基斯叔叔，您要我去說嗎？」我說，疑心他不一定要。

「要是你肯，你可以告訴她，」巴基斯說，又慢慢地望我一次，「就說巴基斯等回音。你去說——叫什麼名字？」

「她的名字？」

「嗯！」巴基斯說，點一點頭。

「裴格悌。」

「領洗的名字嗎？還是生下來就有的姓？」巴基斯說。

「噢，不是領洗的名字。她領洗的名字叫柯蕾樂。」

「真的嗎？」巴基斯說。

關於這件事，他好像發見很多思維的資料，好一陣子坐著沈思，聲音低微地吹著口哨。「好啦！」他終於接著說。「你去說，『裴格悌！巴基斯等你回音。』她也許說，『回什麼？』你就說，『回我告訴過你的。』『告訴過什麼呀？』她說，『巴基斯願意，』你就說。」

巴基斯提出這個極巧妙的建議，隨即用胳膊肘戳了我一下，把我的肘骨都刺痛了。之後，他照老樣子，頭對著馬垂下來，再也不提這件事了，只是半小時後，從口袋裡取出一支粉筆，在車篷裡面，寫了「柯蕾樂・裴格悌，」——好像是他自己的備忘錄。

唉，回家去，家不是家，發見我看到的件件東西都叫我想起幸福的舊家，像一場再也做不成的夢，這種感覺多奇怪啊。從前我母親、我、裴媽彼此一體，誰也插不進來，一路上我想起這段光陰多麼傷心，所以回家是否開心，我都不清楚，是否情願永遠離開，跟司棣福在一起，忘記掉家，也不清楚。不過我已經回來了，很快就到了家，光禿的老榆樹許多巨掌似的枝柯在冬天冷風中使勁地搖曳，老鴉巢的碎片隨風飛去。

趕車的把我的箱子在花園門口放下，離開我走了。我沿小徑向屋走過去，看了窗戶一眼，每走一步都怕見到牟士冬乾爹或者牟士冬姑姑，殺氣騰騰從其中一扇裡往外望。不過，什麼人臉沒見到。走近屋，我知道怎樣開門，天黑之前用不著敲，於是腳步悄悄兒地，畏怯地進去了。

我一腳踏進走廊，聽到我母親在老起坐間裡的聲音，天知道她的聲音在我心裡引起多早嬰孩時期的回憶。她在低聲唱歌。我想我吃奶的時候，一定是躺在她懷裡，聽她這樣對我唱的。曲調是我沒聽過的，可又很舊，填滿了我的心——好像久別的朋友回來了。

我相信，從她那麼低吟歌曲寂寞沈思的調子聽來，她是一個人在那裡。我輕輕進了房。她坐在火爐旁邊，餵嬰兒的奶，嬰兒的小手她握著，貼在她頸項上。她低著頭看嬰兒的臉，坐著對他唱歌。到此刻為止我猜對了，她沒有別人作伴。

我對她說話，她一驚，叫了出來。可是看出是我，就叫我小衛心肝，她的寶寶！走到房當中接我，跪在地上吻我，把我的頭摟到她懷裡，靠近舒舒服服躺在那裡的小東西，把他的小手放到我唇邊。

我真巴不得死掉。巴不得那時就死掉，心裡就是那個感覺！我從此再也沒有更適宜進天堂的時候了。

「他是你弟弟，」我母親慈愛地摸摸我說。「小衛，我的好寶寶！我可憐的孩子！」說完吻了我又吻，摟住我頸項。正在摟著我，裴媽奔進來了，她連跳帶蹦，在我們旁邊蹲到地上，發狂地跟我們兩個人親熱了一刻鐘。

好像他們沒有料到我這麼快回來，趕車的到得比他平常的時間早。又好像牟士冬姊弟到附近看朋友出去了，不到晚上不回來。我從來沒有巴望過這一點。從來沒有想到我們三個人可以在一起，沒有人打擾，又有這麼一次。這會兒，真覺得過去的日子又重回來了。

我們在爐邊吃晚飯。裴媽伺候我們，不過我母親不准她伺候，逼著她跟我們一起吃。我用我的老碟子，碟子上畫了褪色的扯滿了帆的戰艦。我不在家，裴媽一直都把它秘密藏在別人不知道的地方。她說，就是出一百鎊給她，她也不讓它打破的。我用我自己有「大衛」字樣在上面的那隻老杯子，我自己的切東西不中用的小刀叉。

我們吃飯的時候，我想把關於巴基斯的話告訴裴媽最適宜了。不過我要告訴她的話還沒說完，她就把圍裙蒙著臉笑起來了。

「裴媽，」我母親說，「你怎麼了？」

裴媽更笑不可仰了。我母親想把她圍裙扯開，她反摀得更緊，坐在那裡好像頭在布袋裡。

「你這個蠢東西，幹嗎呀？」我母親笑道。

「啊吚，那個討厭鬼！」裴媽嚷道。「他要娶我呢。」

「倒很配你呢，不是嗎？」我母親說。

「唉，我不知道，」裴媽說。「你們別問我。就是他是金子塑的，我也不嫁他。什麼人我也不嫁。」

「那麼你為什麼不把這話告訴他呢？你這個莫名其妙的傢伙？」我母親說。

「告訴他，」裴媽回話道，臉從圍裙裡露出來，「這件事他從來沒有跟我提過一個字。

還算他有腦子。要是有膽子跟我提一個字，嘴巴了就要當心了。」

她自己的臉要多紅有多紅，誰也不會更紅些，我想。不過每次她發狂大笑，總又要把臉捣一會兒，發作過兩三次之後，就繼續吃飯了。

我留意到，我母親雖然在裴媽望著她的時候，面露笑容，卻越來越肅靜，越有心事了。我乍一看到她，就覺得她樣子變了。臉還是很標致，不過卻現出受了折磨的樣子，太虛弱。手太瘦太白，差不多好像透明似的。不過我此刻提到的改變又加上這一層：就是她的態度變得焦灼不寧了。末了她伸出手，親切地放在她老用人手上說，——

「好裴媽，你不會結婚吧？」

「我結婚，太太？」裴媽瞪著眼答。「啊呀，天哪，怎麼也不會！」

「現在還不吧？」我母親溫和地說。

「永遠不！」裴媽叫道。

我母親握了她的手說，——

「裴媽，別丟開我走掉。跟我在一塊兒。也許不會久了。沒有你我怎麼辦？」

「我丟開您，我的心肝！」裴媽叫道。「無論如何我也絕對不肯丟開您。怎麼啦，您這個小蠢腦子怎麼會想到這件事的？」裴媽跟我母親說話，一向有時候會當她是小孩的。

不過，我母親除了謝謝她，沒有答話。裴媽又接著照她老樣子說下去了。

「我丟開您？我想我總曉得自己是什麼人吧！裴格悌跑了，丟開您？要是給我看到她做這種事就好呢！不會，不會，絕不會，」裴媽搖頭說，兩臂交叉著。「她不會，寶貝。要是她嫁人，並不是沒有些什麼貓①會大開心，不過，叫他們別開心。他們有氣受的呢。我要跟您在一起，等我老了，脾氣壞了，脾氣怪了再說。等我又聾又瘸又瞎，牙掉光，說話不清楚了，什麼用處也沒有了，連找她碴兒都沒用了，到這時候，我就到我小衛那兒去，叫他收我。」

「我說，裴媽，」我說，「您上我那兒來就好了，我要叫你跟女皇一樣受歡迎。」

「天保佑我的寶貝！」裴媽叫道，「我知道，你會的！」她吻我，預先表示感激我將來會奉養她。然後，她又用圍裙把頭蒙起來，又笑了巴基斯一頓。然後，她把嬰兒從小搖籃裡抱了起來，疼了一頓。然後，她收拾餐桌，收拾完，換了另外一頂帽子，帶了她針線盒、碼尺、蠟燭頭進來，完全跟以前一樣。

我們圍爐而坐，談得很愉快。我告訴她們喀鋭刻爾校長是個多兇的教師，她們非常可憐我。我告訴她們司棣福人多醒目，多肯照應我，裴媽說，她願意跑幾十哩去看他。小嬰孩醒了，我把他抱在懷裡，非常憐愛地摟著他。等他又睡著了，我慢慢走到我母親身邊，

①讀者也猜到，這是指牟士冬姊弟。

照老例（不過，這個例打破很久了）坐著兩手摟住她腰，我的小紅腮幫子擱在她肩膀上，重又感覺到她的秀髮懸在我臉上——記得我從前總覺得它像天使的翅膀一樣——真非常快樂。

我這樣坐著，眼望著火爐，看熾熱的煤炭裡的圖畫，這時差不多相信，我從來沒有離開過家，相信牟士冬姊弟就是這些圖畫，火微弱了，他們就不見了。除了我母親，裴媽，我，所有我記得的，沒有一樣是真實的。

裴媽只要夠光，總在補襪子，然後坐著把襪子像戴手套一樣繃在左手，右手拿針，一等到爐火閃爍一下，就補一針。我想不通她總在補的是誰的襪子，那兒總有這麼多的襪子送來要她補的。從我最小的時候起，她好像總在做這一種針線，從來沒有任何機會做任何別的。

「我不知道，」裴媽說，她有時候忽然心血來潮，想起某一件最意想不到的事情，想弄清楚，「小衛的姨婆不知道怎麼樣了。」

「天哪，裴媽！」我母親正在冥想，突然警覺了說，「你說什麼糊塗話！」

「哎喲，我倒真想知道呢，太太，」裴媽說。

「你腦子裡怎麼會想起這個人來的呢？」我母親問。「世界上難道沒有別人到你腦子裡嗎？」

「我不知道怎麼一回事，」裴媽說。「也許是我笨，不過我頭腦從來不會揀人。來的來，去的去，不來的不來，不去的不去，隨他們的便。我想知道她怎麼樣了。」

「裴媽，你多莫名其妙，」我母親答。「我們還以為你要她來第二次呢。」

「千萬不能再來！」裴媽說。

「那麼，好了，別提這些叫人不舒服的事了，放聽話一點，」我母親說。「貝采姨媽想必是關在海邊小屋裡，就永遠待下去了。無論如何，她再也不會來攪我們了。」

「不會了！」裴媽沈吟道。「不會了，根本不像會再來了。我不知道，要是她將來要死的時候，會不會有點什麼留給小衛？」

「啊喲裴媽，」我母親答，「你這個女人多沒有頭腦！你知道，我這個可憐的好兒子居然生了下來，就已經把她得罪了。」

「我猜，她現在還不肯饒了他吧，」裴媽繞著彎兒說。

「為什麼她現在要饒了他呢？」我母親相當嚴厲問。

「因為他有弟弟了，我的意思是，」裴媽說。

我母親馬上哭起來了，說她不懂裴媽怎麼敢說這種話。

「你這麼說，好像搖籃裡這個可憐小寶寶得罪了你，還是得罪了別的什麼人了，你這個愛吃醋的東西！」母親說。「你最好還是嫁給巴基斯去吧，那個趕車的。你為什麼不呢？」

「要是我嫁人，就讓牟士冬小姐快樂了，」裴媽說。

「裴媽，看你這個性子多壞！」我母親答。「你吃醋，容不得牟士冬小姐，再可笑也沒有了。我猜，你自己想管鑰匙，什麼東西要由你發放吧？要是你有這個心，也不希奇。你知道她肯幫忙，完全是一番極好的用意就好了！她是好意，你知道的，裴媽——你很清楚。」

裴媽嘰咕了一句，意思是「去她的好用意呢！」還說了別的話，大意是，人家心裡的極好的用意太多一點了。

「我懂你意思，你這個傢伙脾氣真壞，」我母親說。「裴媽，我全懂你這個人。你知道我懂，我不懂你的臉居然不像爐子裡的火一樣紅呢。不過一次我只講一點給你聽。裴媽，現在只講牟士冬小姐，你別岔開。你難道沒有聽到她左一次、右一次的說，她以為我太沒腦子，太——呃——呃——」

「標致，」裴媽提醒她道。

「好，」我母親半笑半不笑地答，「要是她蠢得說得出，這也能怪我嗎？」

「誰也沒說能，」裴媽說。

「不能，我希望沒有人怪我，真地！」我母親答。「你難道沒聽她說，一次又一次，為了這一點，她希望省我好多麻煩，她認為我受不了這些麻煩？我自己也真不知道吃不吃得消。她不是早起晚睡，不停跑來跑去？不是樣樣事都做，到處都去摸摸索索，煤庫，放吃的東西的房間，還有我不知道的地方，不很愜意的地方？你是繞了彎兒怪她幹這些事沒有一點好心嗎？」

「我一點沒有，」裴媽說。

「裴媽，你有，」我母親頂她道。「你除了做你那分事，什麼別的事不用管。你總繞了彎兒怪別人。怪人你才開心。你提到牟士冬先生種種好的用意——」

「我從來沒提過，」裴媽說。

「沒提過，裴媽，」母親答，「可見你繞了彎兒怪。這就是我此刻要告訴你的。你最壞就在這種地方。你一定要繞了彎兒怪人才稱心。此刻我說，我懂你的為人，你明白我懂。你提到牟士冬先生種種好的用意，假裝要看不起他（因為我相信你不是真心看不起他，裴媽），你一定跟我一樣承認，他們兩個人多好，各方面多督促他。裴媽，假使他對某人嚴厲——我斷定你也懂得，小衛也懂得，我不是指在場的隨便那一個——這完全是因為為了某人好，這樣他才滿意。為了我，他當然也愛某人，一舉一動完全為某人好。這些事，他的見識比我的好，因為我非常明白，我太軟弱、不夠分量、孩子氣，他就很堅決、很嚴肅、很認真。他為我，」我母親說到這裡，眼淚不知不覺流了下來，這都是她秉性溫柔的關係——「他為我用盡了心。我應該非常感激他才對。甚至我的思想都該聽他的話。裴媽，不聽話的時候，我就發愁，怪自己不好，不知道我是什麼心，也不知道怎麼是好。」

裴媽坐著，下巴擱在襪子後跟上，不開口望著爐火。

「好啦，裴媽，」我母親改了口氣說，「我們倆別再鬥嘴了，因為我受不了。你是我的真朋友，我知道，要是世界上我還有真朋友的話。我說你是個莫名其妙的傢伙，或者討厭的東西，或者任何這一類的人，裴媽，只是說，你是我的真朋友，自從考勃菲爾先生第一次帶我到這兒家裡，你打門口出來接我起，你一直是我的真朋友。」

裴媽的反應並不慢，她照老樣把我親親熱熱地摟了一摟，好像批准友好條約一樣。我想我已經略微窺見一些她們倆那一刻談話到底是為的什麼了。不過，如今我斷定，這類話是裴媽心腸好，故意引起的，而且參加一分，無非要讓我母親藉她特別喜歡的這類前後矛盾，說法來舒暢一下而已。這個巧計果然很靈，因為我記得那晚隨後我母親好像自在多了，裴媽也不去管她說什麼了。

我們喝完茶，鏟起爐灰封住火，讓它燒得久，剪了燭芯，我就讀一章鱷魚的故事給裴媽聽，好紀念過去那段愉快的時光——書是她從口袋裡掏出來的。我不知道她是不是一直就放在那邊的。然後我們就談到賽冷學校，這又引到了司棣福，這是我談起來最起勁的話題。我們都很快樂；那晚是最後這樣的一晚了，注定從此要結束我傳記裡的那一卷，永遠不會在我心頭消逝。

差不多十點了，我們才聽到車輪聲。於是都站起來。我母親趕緊說，牟士冬和他姊姊主張少年人早睡早起，所以也許我最好上床去。我趁他們沒回來，吻了母親，立刻拿了蠟燭上樓。我上了臥室，就是關我的那間，幼小的心靈覺得，他們好像帶了一陣冷風到屋裡來，把往日住慣了的感覺像羽毛一樣吹走。

第二天早上我要下樓吃早飯，心裡極不舒服，因為自從那天我犯了那件重大的過失，從來沒有看過牟士冬一眼。可是，樓是非下不可的，我就下去了。兩三次半路上起錯了步，兩三次踮著腳退回我自己房裡，到底也進了起坐間。

牟士冬站在火爐面前，背朝火爐，他姊姊在燒茶。我進去的時候，他目不轉睛地望著我，不過絲毫沒有跟我打招呼。

我有一會兒覺得很尷尬，然後才走到他面前說，「乾爹我請您原諒，上次的事，我很懊悔，希望您肯饒我。」

「大衛，我聽你說你很懊悔，就好了，」他答。

他給我握的手就是我咬過的那隻。我忍不住把眼睛注視了一下手上一塊紅瘢。不過等我碰到他臉上那種陰險的表情。我的臉就比他的瘢更紅了。

「姑姑，您好，」我對牟士冬的姊姊說。

「啊，哎喲！」牟士冬姑姑嘆口氣道，把茶葉罐的杓子遞給我，而不是她的手指。「你假期有多長？」

「一個月，姑姑。」

「從那一天算起？」

「從今天起，姑姑。」

「啊！」牟士冬姑姑說。「那麼已經有一天要除掉了。」

她就這樣在日曆上記我的假期，每天早上用完全同樣的辦法剔掉一天。她畫起來神情慘惻，到了第十天才好起來。等到日子有了兩位數的時候，她的希望就更濃了，時間過去得多了，她竟然高興起來。

就在那第一天，我不湊巧把她嚇得魂不附體，雖然她平時並不是這種不濟事的人。我進了她跟我母親坐在一起的房裡。嬰孩抱在我母親膝上（他才幾個星期大），我就很小心地抱到了懷裡。突然之間，牟士冬姑姑大叫一聲，她聲音太響，嚇了我，差一點兒把嬰孩從手上滑下來。

「我的好簡姊！」我母親大叫道。

「好天爺，柯蕾樂，你看見嗎？」牟士冬姑姑叫道。

「看見什麼呀，好姊姊？」我母親問。「在那兒？」

「他把小娃娃抱去了！」牟士冬姑姑叫道。「這孩子抱起小娃娃來了！」

她已經嚇得四肢無力了，不過倒也硬掙扎著起來向我這邊衝過來，從我懷裡把嬰孩抱了過去。接著她暈過去了，暈得太厲害，他們不得不給她喝櫻桃白蘭地酒。她醒過來之後，嚴禁我再碰我兄弟一下，不管有什麼藉口都不可以。我看得出，我可憐的母親並不指望如此，卻恭順地贊同她的意見說，「你當然對，好姊姊。」

另外一次，我們三個人在一起，就是這個可愛的嬰孩——為了我母親，我真喜歡他——無辜引起牟士冬姑姑大發一頓脾氣。我母親嬰孩抱在膝上，在看他的眼睛說，——

「小衛，上這兒來！」她眼望著我。

我看到牟士冬姑姑放下了珠子。

「我斷定，」我母親溫和地說，「這兩對眼睛真正是一模一樣。我以為就是我的一對。我想是我的顏色。可是真了不起，一樣的。」

「柯蕾樂，你在說什麼呀？」牟士冬姑姑說。

「好姊姊，」我母親給她這樣不客氣的口氣一問，話說起來就結結巴巴，有點難為情了，「我發現毛孩子的眼睛和小衛的一模一樣。」

「柯蕾樂！」牟士冬姑姑怒氣沖沖地說，「你有時候就是個十足的蠢材。」

「簡姊，」我母親不以她為然道。

「十足的蠢材，」牟士冬姑姑說。「誰可以拿我兄弟的小娃娃跟你兒子比？他們倆根本不像。完全不像。各方面絕對不一樣。我希望永遠就是這個樣子。我不願意坐在這兒，聽別人這樣比較。」說完這話，她就昂然走了出去，用力把門砰通關上。

總之，我不是牟士冬姑姑歡迎的人。總之，我在那裡誰也不歡迎，甚至我對自己也如此。因為真正喜歡我的不能現出喜歡來，而不喜歡我的人卻表現得很露骨，我總覺得在人面前不自然，舉止失措，呆頭呆腦。

我覺得我弄得他們不舒服，也跟他們弄得我不舒服一樣，他們在房裡，大家在一起談話，我母親很高興，我一進去，她馬上就憂形於色。如果牟士冬興高采烈，見到我，馬上就冷下來。如果他姊姊心情壞透，見到我就更壞十分。我已很懂事，知道總是我母親倒楣。她怕跟我說話，怕跟我親密，免得因為這些舉動得罪他們，隨後給他們教訓一頓。她不但時時害怕得罪他們，也怕我得罪他們。我只要一動，她就如坐針氈似地注意他們。所以我下決心，盡量避開他們。我整幾個鐘頭裹一件小的大外套，坐在我淒涼的臥室裡細讀一本書，聽教堂的鐘響，度好多個嚴冬的日子。

有時晚上我到廚房裡去看裴媽，跟她坐在一起。在這兒我挺適意，還是我老樣子，不用怕。不過，這些權宜之計全不是起坐間裡的人滿意的。他們一心一意要折磨我，所以兩樣都禁止。他們仍舊認為，要訓練我可憐的母親，我是少不了的，而且既然用我來考驗她，就不許我跑掉了。

「大衛，」有一天飯後，我正要照常離開起坐間的當兒，牟士冬對我說，「我感覺到，你老是陰僵僵的，這不好。」

「跟條狗熊一樣陰僵僵的！」牟士冬姑姑說。

我站著不動，低下了頭。

「聽著，大衛，」牟士冬說，「所有壞脾氣裡面、以這種陰僵僵的、不聽話的脾氣最要不得。」

「我也見到過這種脾氣的人，」他姊姊說，「可是最改不了、最不聽話的，就要數這個孩子了。我想，我的好柯蕾樂，就連你也一定看出來了吧？」

「好姊姊，請你原諒我問你這句話，」我母親說，「你可十分有把握——你一定原諒我的，好姊姊——你了解小衛嗎？」

「柯蕾樂，要是我不了解男孩子，無論那一個男孩，」牟士冬姑姑回說，「我就有點兒丟臉了。我不誇口，說自己很有程度，可見我的確可以說自己有頭腦。」

「不錯的，簡姊，」我母親答，「你的判斷力勁頭是很足的。」

「啊喲喲，不對的！請你別說這話，柯蕾樂，」牟士冬姑姑發怒提出異議道。

「不過我認為你的確是這樣，」我母親接著說，「個個人都知道是的。我自己就很得了益處，好多方面——最低限度我應該得益——因為誰也不抵我相信得這樣實在。所以好簡姊，你放心，我說話是極其沒有把握的。」

「柯蕾樂，我們就說我不了解這孩子吧，」牟士冬姑姑回說，一面把她手腕兒上的小鐐銬似的東西搬弄了一下。「我們就一致認為我居然根本不了解這孩子吧。他太深奧了，我吃不消。不過我弟弟眼光了不得，他也許可以看透他的性格。我相信，他本來剛剛要講到這一點的，是我們不該，打斷他的話頭。」

「柯蕾樂，我想，」牟士冬低聲認真地說，「作興有比你更有見識，更不動感情的人，來對這個問題下決斷。」

「艾倭，」我母親怯懦地答，「不管決斷什麼問題，你總比我見識高，我冒充也不成。你跟簡姊都強。我只是說——」

「你只會說站不住腳的冒失話，」他答。「我的好柯蕾樂，想法子別再犯這個毛病了。放小心點兒。」

我母親嘴唇動了一下，好像是答「對，我的好艾倭，」不過她沒有說出聲音。

「我說了，大衛，」牟士冬掉過頭來兩眼死盯著我道，「你脾氣陰僵僵的，這不好。我不能讓你有這個性格，我管著你呢，不能越來越不像樣。我要出力改好它的。少爺，你得改。我們得想法替你改掉。」

「對不起，乾爹，」我結結巴巴地說，「我回家以後從來沒有存要陰僵僵的心。」

「少爺，別說謊胡扯！」他頂我頂得真兇，嚇得我母親身不由己地伸出手來，抖抖地，好像要把我們隔開似地。「你總陰僵僵地縮在你自己房裡。該在此地的時候你待在你自己房裡。現在你總該知道，以後再不跟你說了，我要你待在此地，不是那裡。還有，我要你在家聽話。大衛，你曉得我脾氣。我說了的就得做到。」

牟士冬姑姑啞著嗓子笑得咯咯的。

「我要你對我，」牟士冬繼續道，「對姑姑，對你母親，恭恭敬敬，爽爽脆脆，快手快腳。不許有小孩兒那種自由自在，要跑開這間起坐間就跑開，好像傳染病在這兒流行似的。替我坐下。」

他命令我像命令狗，我也像狗一樣服從他。

「還有一點，」他說。「我發現，你喜歡跟下等人、低級的人在一塊兒。不許你跟用人來往。廚房裡的人教不好你，好多地方你要人把你教好。關於那個教壞你的女人，我也不說什麼——因為你，柯蕾樂，」他用低一點的聲音對我母親講話，「跟她在一起久了，有了根深柢固的感情，喜歡她，這個毛病還沒有改。」

「這是最莫名其妙的錯誤！」牟士冬姑姑大叫道。

「我只是說，」他繼續對我說，「我不滿意你跟像裴媽這種人在一塊兒，這是以後不准的。好啦，大衛，你是知道我脾氣的，你明白如果不切切實實聽我的話，會有什麼好處。」

我很明白——也許比他所想的更明白，我得顧我可憐的母親呢——所以切切實實聽他的話。再不躲在我自己房裡了。再不到裴媽那裡去避難了。一天天過去，就只枯燥無味地坐在起坐間裡，巴著天黑，上牀睡覺。

我多少個鐘點總是一個姿勢坐著，不敢動一動膀子和腿，怕牟士冬姑姑對我不滿（只要有一點藉口，她就嘰咕），怪我坐立不安。我不敢動一動眼睛，怕她碰巧看到我有什麼厭惡她或詳審細察的神色，成了新埋怨我的理由：我受的這種拘束多麼討厭啊！坐著聽鐘的嗒的嗒地響，望著牟士冬姑姑在串她發亮的小鋼珠，盤算她會不會有一天結婚，如果結婚，那一個倒楣鬼娶她；數壁爐架上一道道的嵌線；眼睛望著糊牆紙上的旋渦和螺旋狀的花，一直望到天花板：這種沈悶多難堪啊！

起坐間裡，牟士冬姊弟無處不在：就像我非挑不可的可怕的擔子，使我白天也做永遠無法叫醒的噩夢，像壓在我心頭、使我鈍拙的稱鉈，我背著這一切，在泥濘的巷子裡，陰冷的冬天，孑然一身，走的是什麼路啊！

吃飯的時候，總覺得有一副刀叉嫌多，這副就是我的；總有個胃口嫌多，這就是我的；總有隻碟子和椅子嫌多，這就是我的；總有個人嫌多，這個人就是我：我沈默中感到狼狽，這吃的是什麼飯啊！

蠟燭來了，他們要我用功，我不敢讀有味的書，卻要研究板板六十四，毫無人情味的算術論文；度量表排出歌曲來——如「統治吧，不列顛」②，或「趕走憂鬱」，不肯站定

②這是James Thomson（1700-1748）的詩句。

讓我學會，卻像祖母的針由我不幸的頭穿過，一隻耳朵進，一隻耳朵出③。這種晚上的時光，多難度過！

不管怎樣小心，我多容易打哈欠，衝盹兒！偷偷睡著，一驚醒來，多麼魂不附體啊！我難得發表小小的意見，即使發表，他們多麼置之不理啊！誰也沒有把我放在眼裡，我卻妨礙人人的事，多像一片空白啊！晚上九點鐘敲了，聽到牟士冬姑姑歡呼，命令我去睡覺，我聽了多麼如釋重負！

就這樣假期慢慢挨過，終於一天早上牟士冬姑姑說，「今天是最後一天假期了！」給了我結束假期的一杯茶。

我走，心裡並不難受。已經淪落得麻木不仁了，不過此刻神志已經恢復一些，盼望跟司棣福到一起，雖然校長森然在他背後隱約顯現。巴基斯叔叔又到了門口，我母親彎下腰來祝我一路平安，牟士冬姑姑又惡聲喝阻她，「柯蕾樂！」

我吻了我母親和小兄弟，當時心裡很難過，不過，能夠走掉，也不覺得難過，因為我們彼此之間已經有了深坑，每天都已經分開了。她摟住我雖然親熱得無以復加，我心裡固然記住這個舉動，但更記得的卻是此後發生的事情。

③這是兒童玩的遊戲。

我已經上了馬車，又聽到母親叫我。我朝外一望，她獨自一人站在花園門口，懷裡抱著小嬰孩給我瞧。天氣寒冷無風，她凝神望著我的時候，頭上沒有一根頭髮、衣裳上沒有一處打褶的地方飄動。

就這樣我失掉了她。就這樣我後來在學校裡夢見她——在我牀面前出現默無一語——懷裡抱著嬰孩，臉上同樣凝神地望著我。

第九回　難忘的生日

度生辰苦兒聞噩耗
臨大限嬌體倚忠婢

學校裡發生的一切，我都不提。三月裡，我生日到了。司棣福比以前更叫人佩服，除此以外，別的我都記不得了。這學期一完，他就要走了，如果不是更早些的話。在我看來，他比以前更神氣，更作得主了，因此也更討人喜歡。不過此外我並不記得別的了。到那時止，我心裡記住的那件大事似乎吞下了所有小事，孑然獨存。

從我回到賽冷學校到我生日，居然足足隔了兩個月時間，甚至叫我相信都難。我只能懂得事實如此，因為我知道實情一定如此。否則我只好認定當中沒有間隙，一件事發生，另一件接踵而至。

那一天的情況我記得多明晰啊！霧籠罩著這裡，我現在還聞得出味道。霧裡還看得到霜，像死屍一般*。還覺得我覆了霜的頭髮，冷冰冰地粘在腮幫子上。還看到課室裡景色陰暗，這裡那裡一支蠟燭必必剝剝地響著，把霧朝照亮，學生呵手指，噴出的水蒸氣繚繞上升，還在地板上踏腳。

那時早飯已經吃過，我們由運動場給召集到課室，這當兒夏勃先生進來說，——

「大衛，考勃菲爾，到起坐間去。」

我以為是裴媽送了大籃子來，聽到命令，高興起來。周圍有幾個學生趁我飛快離座那刻關照好我，有好東西分不可以忘掉他們。

「別慌，大衛，」夏勃先生說。「孩子，時間足夠。別忙。」

要是我這時用一點腦筋，也許會聽了夏勃先生說話表現同情的腔調，覺得詫異。可是當時一點也沒有，事後才想到。我趕著到了起坐間，發現校長在那裡，坐著吃早飯，面前放著籐條子跟報紙。校長太太手上拿著一封拆開的信。可沒有籃子。

「大衛・考勃菲爾，」校長太太說，一面領我坐到沙發上，她在我一旁坐下，「我要

---

*參看莎士比亞句：「我常常看見壽終正寢的人面如死灰……」（《亨利六世中篇》三幕二景一六二行）。

很特別地跟你談一談。我的孩子，有件事要告訴你。」

我當然望著校長，看見他搖頭，卻不向我一顧，塞了一大塊搽了奶油的烤麵包到嘴裡，免得嘆氣。

「你太年輕，不懂得世界天天在變，」校長太太說，「也不懂世界上的人過世。不過，大衛，我們都得體驗到這件事的。有的人在年輕的時候就體驗到，有的人年老的時候才體驗到，有的人一生都在體驗。」

我急切地望著她。

「你放完假離家的時候，」校長太太頓了一頓說，「他們都好嗎？」她又頓了一頓，「你媽媽好嗎？」

我不很清楚為什麼打抖，仍然急切地望著她，沒有打算答話。

「因為，」她說，「今天早上我聽說，她病得很厲害，把這話告訴你，我很傷心。」

校長太太和我兩人之間騰起了雲霧，片刻間她這個人好像在霧裡搖擺不定。接著我覺得滾熱的淚在臉上流下，她的樣子又穩定了。

「她病得非常危險，」她又說。

現在我全明白了。

「她過世了。」

用不著這麼告訴我了。我已經傷心欲絕地大哭起來，覺得自己是茫茫人海一孤兒。校長太太對我非常仁愛。整天留我待在那裡，有時撇下我來。我哭得累極就睡，醒了又哭。等到不能再哭，就想。胸口的壓迫重極了，悲哀是無法減輕的隱痛。

可是我的思想很散漫，不專注在壓在心頭的大禍上，卻只在這件禍事的周圍徘徊。我想到我們的屋關閉起來了，寂然無聲。想到小嬰孩，照校長太太說，他已經有一陣子很瘦弱，他們相信，也會死的。想到家中旁邊教堂墳地裡父親的墳，想到我母親也躺在那裡，我記得極清楚的樹底下。單獨一個人的時候，我站到椅子上，看看鏡子裡我眼睛有多紅，臉上有多悲傷。過了幾個鐘頭，我想，是不是此刻我的眼淚真流不大出了，好像是如此，等到我快到家的時候——因為我就要奔喪回家了——我受到這樣的損失，最感觸的是什麼？我在同學裡面一向很有身分，這次碰到慘禍，就成為重要的人物了，這兩點我都體會得到。

有什麼小孩子受到真正悲哀的打擊，我就是的了。不過我記得，那天下午我在體育場散步，別的同學都在上課，這時我覺得自己特別重要，竟有了類如滿足的感覺。看到他們走上課室，從窗口張我一眼，覺得我與眾不同，就更現出悲傷的樣子，步子也放慢了。下課之後，他們跑來跟我說話，我對誰也不驕傲，對他們完全和從前一樣慇懃，覺得自己相當行。

定好我在第二天晚上回家，不搭郵車，搭沈重的夜馬車，車名「農夫」號，這種車主要是供鄉下人在大路途中短程來往乘坐的。那晚我沒有說書，闞都司一定要把枕頭借給我。

我連此刻也不知道他以為他的枕頭對我有什麼好處，因為我自己有。不過這是唯一他借得出的東西，可憐的傢伙，還有一張畫滿了骷髏的信紙，分手的時候他送我的，用來安慰我的哀傷，給我內心寧靜。

我第二天下午離開賽冷學校。一點沒想到一去不回。整夜我們走得很慢，早上九、十點鐘，才到雅茅斯。我向車窗外面找巴基斯，可是他不在那裡。另外有個胖胖的、呼吸迫促、歡天喜地的小老頭兒，身穿黑色衣服，騎馬褲膝蓋那裡有一簇簇褪色的緞帶，著黑襪子，頭戴闊邊帽，喘著氣走到馬車窗口說：——

「是考勃菲爾少爺嗎？」

「是的，先生。」

「小先生，您跟我來，」他打開車門說，「我送您回府好嗎？」

我把手伸過去給他攙，不知道他是誰。我們去到一條小街上一家店裡，招牌是「峨碼」——經售綢緞布疋、成衣、零星服飾、喪葬用品等等。這是家狹小不透氣的鋪子，擺滿各種服裝，做好的、沒做好的都有，還有一滿櫥窗男女海狸皮帽。我們跑進店後面小廳，裡面有三個年輕女子在縫一大批黑色衣料。這些衣料都堆在桌上，剪下的布屑撒了一地。室內生了個很旺的火爐，還有一股黑縐紗味道，熱烘烘的，叫人聞了透不過氣來。當時我不知道是什麼味道，不過現在知道了。

這三個年輕女子好像非常辛勤，高高興興的，都抬起頭來望我，望過又做針線。縫、縫、縫。就在這時，窗外小院子對面工場裡傳來鎚打的聲音，有板有眼，類如這樣的調子：嗬得！——嗒嗒，嗬得！——嗒嗒，嗬得！——嗒嗒，一點變化也沒有。

「喂，」領我來的人對三個年輕女子裡面的一人說，「事情忙得怎樣了，米妮？」

「到試穿的時候就弄好了，」女子頭也不抬，高高興興地答。「爸，您別擔心。」

老闆脫下闊邊帽，坐下喘氣。他太胖，所以要喘一陣才能說，——

「那就好。」

「爸爸！」他女兒開玩笑地說，「您真長成了一條海豚了！」

「哎，我也不知道怎麼搞的，寶貝，」他答，心裡在思量。「倒真相當肥了。」

「您知道，您是享福的人，」他女兒說。「樣樣事都寫寫意意。」

「不這樣也沒用啊，寶貝，」老闆說。

「的確沒用，」他女兒答。「我們在這兒挺快樂，謝天謝地！爸，不是嗎？」

「是就好了，寶貝，」老闆說。「此刻我既然氣透過來了，就想要給這位小學生量一量尺寸了——考勃菲爾少爺，您可以到店裡去嗎？」

我聽他的話就在他前面走，他先給我看一捲布，說是特別超等的，用來做喪服除了親喪都嫌太好。他替我量各處尺寸，在簿子上記了下來。記的時候，叫我看他的存貨，說有些新款式「剛流行」，有些別的款式「剛過了時」。
「遇到那種事情，我們常常要大虧其本，」老闆說。「但是新鮮款式跟人一樣。一下流行起來，誰也不知道幾時，什麼道理，怎樣流行的。過時了，誰也不知道幾時，什麼道理，怎樣過時的。依我看，什麼事都跟人生一樣，只要你用我那種眼光來觀察就行。」
我當時心裡悲傷，那有心思討論這個問題，而且無論怎樣的情況，我也不會懂。老闆又把我帶回起坐間，一路上呼吸有些辛苦。
然後他對門後面許多級陡得叫人膽寒的小台階那邊吩咐道：「把那個茶跟奶油麵包送上來！」我坐在那裡看看四周圍，在想，在聽屋裡縫衣的聲音，還有院子那邊槌打的聲音。一會兒，茶和麵包盛在盤子裡送上來了，原來是替我準備的。
「我一直就認識你的，」老闆說，他已經注視了我好幾分鐘。我的胃口給這些黑東西倒掉了，所以沒有心思吃早餐——「我跟你認識很久了，小朋友。」
「是嗎，老闆？」
「從你生下地起，」老闆說。「可以說還要早些。你之前我就認識你父親。他五呎九吋半高，躺下來占二十五呎地。」
「嘚！——嗒嗒，嘚！——嗒嗒，嘚！——嗒嗒，」院子那邊的聲音。
「他不下葬則已，要葬就要占五呎闊，二十五呎長，」老闆說。「不是他要的，就是你母親老人家關照的——我忘記是那一位的意思了。」

「老闆，您知道我小弟弟怎樣了？」我問。

老闆搖搖頭。

「嘚！——嗒嗒，嘚！——嗒嗒，嘚！——嗒嗒。」

「他現在在他母親懷裡，」他說。

「啊喲，可憐的小傢伙！他死了嗎？」

「你別煩，煩也沒用，」老闆說。「對，小娃娃也死了。」

一聽這個消息，我受創的心裡又有了新的傷口。早餐我差不多沒吃，就跑到小屋一角，伏在桌上。米妮趕緊把桌子收拾乾淨，怕我的眼淚弄髒桌上放著的喪服。她是個標致、稟性善良的女孩子，輕輕地、體貼地把覆在我眼睛上的頭髮拂開。不過她因為提前把針線做好，所以很高興，跟我多不同！

不久槌子聲沒有了，一個漂亮年輕的傢伙由院子那邊跑進房，手上拿著鐵槌，嘴裡啣滿了小釘子。他要先吐出釘子來，才能說話。

「怎麼樣，焦阮？」老闆說，「你事情做得怎麼樣了？」

「沒什麼，」焦阮說。「做好了，老闆。」

米妮臉上微赧，另外兩個女孩含笑相望。

「什麼！我昨晚上在俱樂部，你點蠟燭趕工的？是嗎？」老闆閉了一隻眼說。

「是的，」焦阮說。「您說了的，我們可以去旅行，一塊兒去，只要把活兒做完。米妮跟我——還有您——」

「啊呀！我還以為你要把我整個撇開呢，」老闆笑著說，笑得咳嗽起來才停。

「既然您一番好意說這句話，」青年接著說，「那麼，您明白，我是很出了力做的。您可肯去看一看，表示您的意見？」

「我要看的，」老闆說，說畢站起身來。「小兄弟」他站定轉身對我說——「你可要看看你——」

「別叫他去，爸爸，」米妮插嘴道。

「我剛才想，他去看看也好，寶貝，」老闆說。「可是作興你有道理。」

我此刻也說不出我當時怎麼知道，他們去看的，就是我親母親，好母親的棺材。我從沒聽到過釘棺材的聲音，也從沒見過我知道的棺材。不過這個棺材在釘的時候，我聽到那個聲音就知道是什麼了，後來這個青年跑進來，我把握十足知道他幹的是什麼。

針線做完了。那兩個我沒有聽到名字叫什麼的女孩把她們衣服上的布屑、線頭刷掉，跑到店裡把東西整理好，等顧客上門。米妮待了下來，把她們做好的衣服摺好，裝在兩隻籃子裡。她跪著摺的，哼著輕快的小調。這時焦阮進來（我想他一定是她的情郎），乘她忙的時候，偷吻了她一下，一點也不在乎我就在旁邊。說她父親套馬車去了，他自己得趕緊準備好。之後又出去。米妮把頂針和剪刀放進口袋，把穿了黑線的針端正地別在她自己長袍的胸口，對著門後的小鏡子靈巧地穿上外套，在鏡子裡我看見她面露歡愉。

我坐在屋角桌子面前，一手托著頭，眼看這一切，腦子裡想許多亂七八糟的事情。不久馬車到了鋪子前面，籃子先放了上去。接著扶我上車，他們三個人隨後跟著上來。記得是一輛半輕便客貨兩用、半裝鋼琴的馬車，漆了昏暗的顏色，一匹長尾黑馬挽著。我們在裡面地方很寬敞。

我跟他們在一起，記得他們忙碌的情形，看他們乘車很快樂，當時有種十分奇怪的感覺，是一生從來沒有經驗過的（也許我現在多懂些事了）。我並不生他們的氣。倒是怕他們，好像我跟別人在一起，天性不同，才遭人遺棄的。他們非常開心。老頭子坐在前面駕車，年輕男女兩人坐在他後面，那一刻他跟他們說話，他們都向前傾，一個在他圓滾滾的臉這邊，另一個在他臉那邊，對他十分巴結。本來他們也會跟我說話的，可是我故意避開，在我那一角鬱鬱不樂。他們打情罵俏，歡天喜地，雖然還算不得鬧嚷嚷的，已經把我嚇壞了。我差不多想知道，像這樣毫無心肝，居然天沒有罰他們。

所以等到他們停下車來餵馬，吃喝玩耍，凡是他們碰的東西，我可一樣也不碰，不破我的齋戒。所以我們到我家的時候，我盡快從馬車後面下車，這樣才不至於跟他們在一起到家。因為我家的窗子以前晶瑩的眼睛現在好似閉著，瞎了一般望著我，神情陰沉，我走到窗前，不願意他們在我一旁。唉，我回來了，還用得著想許多別的什麼才會流眼淚嗎——只看到我母親的窗子，旁邊一個，在過好日子的時候，就是我的，就夠了！

我沒到門口，就在裴媽懷裡了，她領了我進去。她一見到我就傷心起來，不過很快就抑制住了，低聲跟我說話，輕悄地走路，好像死者怕吵一樣。我發現她很久沒睡了。整夜坐著、看著。說只要她可憐的好寶貝還在地面上，她都不撇開她。

我走進起坐間，牟士冬乾爹在那兒，沒有看我一眼，卻在火爐旁邊，坐在扶手椅上不出聲地落淚沉思。他妹妹坐在寫字檯面前忙著，桌上放著些信和文件，把她冰冷的指甲伸給我，死僵僵地低聲問我，孝衣尺寸量了沒有。

我說，「量了。」

「還有你的襯衫呢？」牟士冬姑姑說——「你帶回來了麼？」

「帶回來了，姑姑。所有衣服都帶回來了。」

她性格堅決，所有給我的安慰就是這麼一些了。的確，她碰到這種時候，可以表現出她所謂的自制、決斷、堅韌，還有見識，以及惡魔才有的整套乖戾的種種本性，心裡正有無窮快感。現在任何事，她都記了下來算數，任何事也動不了她的心，她對自己辦事能力特別自豪，算是表現出來了。那天其餘全部的時間，以後從早到夜，她都坐在桌子面前，用硬筆鎮定地在紙上塗來塗去，對誰講話都用同樣沈著的低聲，臉上的肉一塊也不鬆弛，聲音也從不柔和一些，衣服一根紗也不紊亂。

她弟弟有時捧起一本書，可是我從沒看他讀過。他會打開，好像讀似地，不過幾個鐘頭不翻一頁，然後放下，在屋裡走來走去。我總是坐在那裡，兩手合在一起，望著他，數他的腳步，一個鐘頭、一個鐘頭挨過去。他很少跟他姊姊說話，從不跟我說話。整個毫無動作的屋裡，除了鐘以外，他是獨一無二不安靜的東西。

安葬前幾天，我很少看到裴媽，除了我上下樓的時候，總發現她在我母親和小嬰孩停放著的房間附近，還有就是我睡覺的時候，她每晚都來，坐在我牀頭。下葬前一兩天——我想是一兩天之前，可是那段哀傷期中，我知道自己心裡亂七八糟，日子過去沒有痕跡——她把我攙進那間房。我只記得，牀上蓋了白布，周圍清潔明淨動人。白布下蓋著的好像是屋裡莊嚴靜默的化身，躺在那裡。她要輕輕掀開白布，我馬上大叫，「唉，別掀開！唉，別掀開！」還拖著她手。

即使下葬是昨天的事，我也不會記得更清楚——最舒服的起坐間，一進門我聞到的那股氣味，熊熊的妒火，玻璃塞子酒瓶裡晶瑩的酒，杯碟的圖案，糕餅微微的甜香，牟士冬姑姑衣服的氣味，我們的黑喪服：全在目前。契理醫生也在屋裡，跑來跟我說話。

「大衛少爺好嗎？」他和藹地說。

我不能說很好。伸過手去，他握住了。

「啊呀呀！」契理醫生柔和地含笑道，眼睛裡閃出說不出的光來。「我們這兒的小朋友都長大了。大得我們都認不出了，小姐。」

這是對牟士冬姑姑說的，她卻沒回答。

「這屋裡改好很多了不是嗎，小姐？」契理醫生說。

牟士冬姑姑，只管皺皺眉頭，虛應故事地把身子傾一傾，就算回答了。契理醫生討了沒趣，就攙了我一起，走到角落裡，再也不開口了。

我記下這件事，是因為當天發生的事我都記下，而不是因為我關心自己，也不是從回家起就在關心自己。此刻鐘響起來，峨碼壽材店老闆跟另外一個人跑來把我們安排停當。很久以前，裴媽總對我說，送我父親到同一墳裡的人就是在同一房間裡安排停當的。

參加的有牟士冬乾爹、鄰居格雫勒先生、契理醫生、我。我們出門的時候，柩夫跟他們所抬的已經在花園裡了。他們在我們前面下了小徑，走過榆樹，出了門，進了教堂墳地。我在夏天清早常常聽鳥叫，就在這裡。

我們站在墓穴周圍。這天我看來好像不管跟那一天都不同。日光也不同——顏色更淒涼。這時一片沈寂，肅穆莊嚴，是我們和在土堆裡長眠的人從家裡帶來的。我們光著頭站在那裡的時候，我聽到牧師的聲音，露天裡顯得遙遠，卻又清楚明白，他念道：「主說，我是復活和生命！」接著我聽到抽抽噎噎的哭聲。我看到離開旁觀的人站著那個又厚道，又忠義的女僕，全世界的人裡面我最愛她，我當時的童心裡已經斷定，將來有一天上主會對她說聲「做得好」。

小群人裡面許多是我識面的——有我在教堂好奇地東張西望見過的，有我母親美豔如花時期到村子裡最初看到她的人。我看到也不放在心上——我放在心上的是我的悲傷——可是我全看得見也認得這些人。甚至看見背後遠遠的地方米妮也在旁觀，她眼睛看著站在我附近的她的情郎。

下了葬，土填了進去，我們回頭走。面前就是我們家，這麼精緻，沒有變樣子。對於逝去的一切，我的童心本來有想法，現在往事上了心頭，但比起眼前的哀痛，已經算不得什麼了。不過他們帶我繼續向前走，契理醫生跟我說話，等我們到了家，他給我一點水潤潤嘴唇，我請他准我回自己的房，他溫和得跟女人一樣，叫我去。

我說，這全是昨天的事。後來的許多事都跟水一樣，從我腦子裡流到對岸，將來所有被人遺忘的事會在那裡重新出現，而這件事卻像一塊崔嵬的岩石，屹立在大洋裡。

我知道裴媽會到我房裡找我的。那一天多像星期天啊！我都忘記這一點了。安息日的岑寂正合我們倆的意。她在牀上我旁邊坐下，握住我手，有時把我手放在她嘴上，有時用她的手撫摩，就像她哄我小弟弟一樣，把一切關於最近發生的事要告訴我的話都照她老樣子告訴我了：

「你媽身體一直不好，」裴媽說，「好久了。她心神恍惚不定，也不快樂。奶娃娃生下來，我先以為她身體會好些，倒反而更單薄了，一天比一天虛。沒生娃娃以前，總喜歡一個人坐著，然後就哭起來了。生娃娃之後總對娃娃唱歌——唱得低，我那時聽到想，就像是空中的聲音，要飄上去聽不見了的。

「我想她近來越來越膽小，越像嚇壞了似地，對她說一句惡話，她就像挨了揍。不過她對我總一樣。對她的蠢裴格悌從來沒改，我的好姑娘對我沒改過。」

說到這裡裴媽就住嘴了，輕輕拍了一陣子我的手。

「最後一次我看到還是往年她老樣子，是您回家那次，我的寶寶。您走了那天，她對我說，『我再也看不到我寶貝心肝了。我有點兒這種預感，靠得住的，我知道。』

「後來她想法要撐住，好多次，他們說她沒思想，無憂無慮，她就假裝是這樣的人。不過那時候這已經是過去的情形了。她從沒有把告訴我的話告訴她男人——她不敢跟任何人說——後來有一晚，她去世前一個多星期，她才對他說，『我的人，我想，我快死了。』

「『裴媽，我對你說了，心裡這塊石頭就拿掉了，』那晚我把她放在牀上，她對我說。『他會越來越相信我是沒腦子的，可憐的傢伙，每天多相信一點，過了幾天之後，就完了。

我非常累。假使這是睡覺的話，我睡著的時候你坐在我面前。別離開我。上帝保佑我兩個孩子！上帝保護我那個沒有爺的兒子！」

「以後我從沒有離開過她，」裴媽說。「她常常在樓下跟那兩個人談心——因為她愛他們。不愛身邊的人，她吃不消——可是他們一離開她牀邊，她總找我，好像裴格悌在那裡，那裡就可以休息，除了跟我在一起，再也睡不著。

「最後一晚晚上，她親親我說，『裴媽，要是我寶寶也活不了，請他們讓他躺在我懷裡，把我們母子葬在一起。』（這件事照辦了，因為這個可憐的小寶貝只比我母親多活了一天。）『讓我那個最心愛的兒子送他母親和弟弟到墳墓，』她說。『告訴他他母親葬在這裡以後，不止祝福他一次，而是成千次。』」

又沈默了一回，又輕輕拍我的手。

「已經夜裡好遲了，」裴媽說，「她跟我要點喝的。喝完了，對我極為耐心地一笑，可愛的人！——這麼美！

「天亮了，太陽出來，這時候她對我說，考勃菲爾先生一向對她多溫柔，多體貼，對她多肯包涵，在她疑心自己的時候對她說，有愛情的心比智慧更好更堅強，他有了她就是有福氣的人。『我的好裴媽，』她那時說，『讓我靠你近些，』因為她很弱。『把你力氣大的膀子擱到我頸項下面，』她說，『把我臉朝著你，因為你臉越離我越遠了，我要它靠近些。』我依她話把膀子伸了過去。唉，小衛啊！我第一次跟您分開時說的話應驗的時候到了——我說她有一天會高興可以把可憐的頭放在她那個腦子又蠢、脾氣又躁的老裴格悌膀子上——接著她就像小孩睡著一樣死了！」

裴媽就這樣說完了。從我知道我母親去世那一刻起，近來遭遇到一切的她，已經在我腦子裡消逝。從那一刻起，我只記得我最早記在心裡的年輕的母親，她總把晶瑩的鬈髮繞在手指上，朦朧的在起坐間跟我跳舞。我聽了裴媽此刻告訴我的這些話，絕沒有想到我母親末後的情形，卻把她早期給我的印象在我心裡生了根。這話也許很稀奇，不過倒是真實的。我母親一死，好像她飛回到她安靜、沒有煩惱的青春時代，把其餘的一切都勾銷了。

睡在墳裡的母親是我嬰兒時代的母親。他懷裡的那個小東西就是我，像我一度有過的情形，永遠一聲不響躺在她胸口。

第十回　我遭忽視，獲得贍養

拙嘴漢有情得佳偶
負心人無義遣孤雛

殯葬日過去，家裡又讓日光射進來①，牟士冬姑姑做的第一件事是給裴媽一個月後解雇的通知。裴媽很不喜歡做這份事，不過我相信她為了我，情願繼續做下去，再有多好的事她也不肯換。她告訴我，我們一定得分手，也告訴我要分手的原因。我們誠心誠意互相安慰了一番。

①按西俗，家有喪事，服喪期間要放下窗帘誌哀。牟士冬姊弟這時就捲起窗帘，可見已把死者拋諸腦後。一說殯葬後即可捲起窗帘。

至於我或我的前途，他們姊弟一字不提，一無舉動。恐怕如果我也可以給一個月通知打發掉，他們就快樂了。有一次，我鼓起勇氣問牟士冬姑姑我幾時回校，她冷冷地回說，她相信，我根本不回校了。她再不多說一句了。我十分急切想知道他們要怎樣處置我，裴媽也急於知道。不過裴媽跟我都無法得到關於這件事的消息。

我的處境有個變化，這個變化雖然減輕了我目前不安情緒，可是如果我能仔細考慮一下，就會為了前途，大感不安。變化是這樣的：過去對我的壓迫大部分取消了。我不用再在起坐間呆頭呆腦待著了，有幾次，我在那裡就座，牟士冬姑姑對我皺眉頭，要我走開。他們根本用不著警告我，叫我避開裴媽了，因為只要我不是跟牟士冬乾爹在一起，從沒有人找我，要見我。最初我每日都害怕他又要親自來教我，或者他姊姊專心來做這件事。不過很快我就想起，這些憂慮全是捕風捉影，我應該料到的是他們的不理不問。

我現在也不明白，這個發見竟給我很大痛苦。我因為母親死了的打擊，還昏頭昏腦，所以對一切次要的事情都有些麻木。我還記得，我的確偶爾想到也許再受不到教育了，再沒有人關顧我了，將來就會變成衣衫襤褸、性情憂鬱的人，在村子裡遊手好閒，浪費一生光陰，要不然也作興就像小說裡的英雄，擺脫現在環境，到別的地方去找我的出路。不過這些只是一眨眼就沒有了的幻象，我有時坐著看到的白日夢，好像都淡淡畫在或寫在我臥室的牆壁上，而且消失之後，牆壁上又是一片空白。

「裴媽，」有一晚我沉思中悄悄對她說，一面就著灶裡的火暖手，「牟士冬乾爹比以前更不喜歡我了。他根本沒有很喜歡過我，裴媽，不過現在假使他有辦法，他甚至不想看見我。」

「也許是他傷心的關係，」裴媽拍拍我頭髮說。

「當然傷心，裴媽，我也傷心呀。要是我相信他是因為傷心的關係，我根本就不會想到這個上頭去了。可是不是傷心——唉，不對，不是傷心。」

「你怎麼知道不是傷心的呢？」裴媽沉默了一會兒說。

「唉，他傷心是另外一件很不同的事情。他這一刻是傷心的，跟他姊姊坐在火爐旁邊。不過要是我進去了，裴媽，他就變得不同了。」

「變成什麼樣呢？」裴媽說。

「生氣，」我答，不知不覺摹倣了一下他皺起眉頭不高興的樣子。「如果他光是傷心，不會那麼望我的。我呢，單單是傷心，傷心倒反而對人更親切些。」

有一會兒裴媽沒說話。我烘手，跟她一樣沉默。

「小衛，」末了她說。

「什麼，裴媽？」

「好寶寶，我想得到的辦法我都試過了——所有有的，所有沒有的，總而言之——在勃倫德司東找個合適的幫人家忙的工，可是沒有這樣的工，我的心肝。」
「裴媽，你打算做什麼呢？」我有些不明白地問。「你意思是預備去找出路嗎？」
「看樣子非回雅茅斯不可了，」裴媽答。「在那裡住下來。」
「我還以為你要走得更遠呢，」我高興了一點說，「跟找不到你一樣糟糕。我有時候要到那裡去看你的，我的老好裴媽。你總不會跑到天涯海角去吧，會嗎？」
「只要天老爺肯，才不會呢！」裴媽非常激動地叫道。「我的小寶貝，只要你在此地，我活一天每禮拜總來看你一次。我活著每禮拜一天！」
她許了這句話，我馬上心裡一塊大石頭就拿掉了。不過還不止這一點呢，裴媽接著說，——
「小衛，你知道，我要先到我哥哥家住兩禮拜——只為了有點時間看看自己的處境，恢復一點傷心、看顧的辛勞。哪，我在想，也許，既然他們不要你在此地，肯讓你跟我一塊去。」
那時候，裴媽不算，我跟有關係的人關係若不改變，而有什麼能給我愉快的，就是這個計畫了。一想到又給那些誠實的面孔團團圍住，個個閃出歡迎我的光彩，想到重新享受甜美星期天早晨的安寧，教堂的鐘聲在響，石子丟在水裡，陰影似的船隻在霧裡衝出來，想到跟小艾姆麗一塊兒上上下下徘徊，把我的苦惱告訴她，發現海灘上的貝殼和鵝卵石有消除苦惱的魔力——想到這些，我的心就寧靜。不錯，再一想就慌了，疑心牟士冬姑姑不肯答應。不過，就是這一點，很快也解決了，因為正在我還談話的時候，她出來了，她每天晚上都要到儲藏室來摸索一番。裴媽就地提出這件事來，她這樣的膽氣，把我嚇傻了。「這孩子到了那裡就偷懶了，」牟士冬姑姑眼睛望著一隻醃菜瓶說。「偷懶是一切罪惡的根。可是話說回來，他在這兒——不管那兒，照我看——也總是偷懶。」

裴媽一句氣話就要頂過去了，我看得出，不過，為了我，她嚥下喉嚨，一聲也不出。

「哼！」牟士冬姑姑冷笑一聲，眼還望著醃菜，「我弟弟再不應該給人打攪，弄得他不舒服，這一點比什麼都要緊——要緊得不得了。我想我最好答應。」

我謝了她，不露一點高興的樣子，怕引得她翻悔。我也不得不認為我未露聲色大有道理，因為她從醃菜瓶那邊朝我望過來，那對黑眼睛裡的酸味兒好像吸光了瓶裡的東西一般。不管三七二十一，她已經答應了，並沒有取消前言，因為等到一個月到期，裴媽跟我一齊預備好動身了。

巴基斯叔叔到屋裡來拿裴媽的箱子。以前我從來沒有看見他跨過花園的門，可是這一次他進了屋。他把最大一隻箱子扛在肩膀出去的時候，望了我一眼。我想他這一望是有用意的，如果巴基斯臉上居然還會有表情的話。

裴媽離開這個多年來一直是她家的地方，兩個她一生最心愛的人——我母親和我——又都是在此地的，當然情緒很低沈。大早，她又到教堂墳地去走了一趟。上了車她坐下的時候，手帕在擦眼睛。

只要她這樣傷感，巴基斯絲毫精神都提不起來。他坐在老地方，還是老樣子，就像個大標本。不過裴媽漸漸四周圍看看，也跟我說話了，巴基斯點點頭，咧開嘴笑了幾次。他對誰笑，笑是什麼意思，我一點也不知道。

「天氣好極了，巴基斯叔叔！」我跟他酬應一下說。

「不算壞，」巴基斯說，他說話總有分寸，很少把自己頭套起來的。

「巴基斯叔叔，裴格悌此刻很高興了，」我說，這話是叫他愜意。

「高興嗎，不管怎樣？」巴基斯說。

巴基斯想了一下，擺出精明的樣子，注視著裴媽說，——

「您可真地相當高興嗎？」

裴媽笑了，回說她高興。

「可是真確，您知道。真高興嗎？」巴基斯低聲說道，面向在座位上裴媽挪近了一些，用肘輕輕觸了她一下。「高興嗎？真地，確實地，相當高興嗎？是高興嗎？嗯？」巴基斯每問一句，就跟她更靠近一些，又輕輕觸她一下。所以到了末了，我們全擠在車的左首一角了，我給他們擠得吃不消了。

裴媽叫巴基斯注意我在受罪，他馬上多騰出一點地方給我，一點一點離得開些。不過我不得不提一提，他好像以為，他發現了了不起的主意，不用費心想出話來扯淡，就可以巧妙、討喜、明白地表出他的心意來。他想到這個主意，毫不遮掩地笑了一陣子。不久他又對著裴媽說那句老話，「您相當高興吧，不管怎樣？」又像先前那樣擠我們，把我身體裡的空氣全擠出來了才住手，不久，又問，又壓了過來，結果一樣。到末了，我一看見他來就起身，站在腳踏板上，假裝看風景。以後就舒服了。

巴基斯很客氣，特別為我們在酒館門口停車，請我們吃烤羊肉、喝啤酒。連裴媽喝著酒，他都情不自禁來那一手，差一點兒就把裴媽嗆住了。不過等快要到終點，他就很忙，沒有時間再獻慇懃了。當我們到了雅茅斯的人行道上，我理會到我們已經震動顛簸夠了，再也沒有閑情做別的事了。

裴格悌大爺跟罕姆在老地方等我們。他們親親熱熱迎接我跟裴媽，跟巴基斯握手。巴基斯帽子戴在後腦勺子上，臉上害羞地瞟了一眼，只露出一副出神的樣子，連腿都害羞，我想。裴格悌大爺和罕姆各拎了裴媽一隻大箱子，我們就走了。這時巴基斯用食指向我做手勢，神情嚴重，叫我由拱道下面的路到他面前去。

「我說，」他低聲吼道，「行了。」

我仰起頭看他的臉，想辦法做個很有程度的樣子，「是的了！」

「沒有到了那裡就完蛋，」巴基斯說，很有把握地點點頭。「行了。」

我又答一句「是的了！」

「你知道誰願意，」巴基斯說。「是巴基斯願意呀，就是巴基斯。」

我點頭認為他對。

「行了，」巴基斯跟我握手說。「我是你朋友。你搞好的。現在行了。」

巴基斯為了要把話說得特別明白，反而極其神祕起來，我就是在那裡站上一個鐘頭望他的臉，懂到的他的意思，也一定不會比懂一隻停擺的鐘。幸好裴媽把我叫開了。我們一塊兒走的時候，裴媽問我們講的什麼，我告訴她，巴基斯說行了。

「虧他不要臉說得出呢，」裴媽說。「不過我也無所謂！小衛乖乖，要是我結婚，你以為怎麼樣？」

「我嗎——我想那時候你會跟現在一樣喜歡我，裴媽，對嗎？」我想了一下答。

裴媽這個好心腸的人，一聽這話，非常感激，馬上站住。當街把我摟起來，做出許多表示她改不了的愛的舉動，不但是走在前面她的親戚，連街上的行人都大為詫異。

「你告訴我，你說該怎麼，心肝？」熱烈過了，她又問我。

「裴媽，要是你想的是跟——巴基斯叔叔結婚？」

「對，」裴媽答。

「我想，這是件很好的事情。因為這一來，裴媽，你就總有馬有車，帶你來看我，來不用花錢，而且一定可以來了。」

「虧寶寶想得到的呢！」裴媽叫道。「這個月之前我想的就是這一層呢！對，我的心肝。我想，我總要多靠些自己，你懂吧。且別提現在我高高興興在自己家裡做事，總比在任何別人家好。我不知道，現在替生人做用人我有什麼用處。我總要靠近我寶貝安息的地方，」裴媽說，當時在沈思，「那一刻要去看就可以看。等我躺下來休息了，我也能葬在離我寶貝姑娘不太遠！」

有一陣子，我們兩人都什麼話也沒有說。

「不過要是我的小衛反對，不管怎樣，」裴媽高高興興地說，「我決不動任何念頭——即使我的婚姻在教堂裡預告三十個必須的三次②，戒指在我口袋裡磨爛了，我也不。」

「你瞧著我，裴媽，」我答。「看我是不是真喜歡，真巴望你結婚！」我的確全心全意巴望她結婚。

「好啦，我的命根子，」裴媽說，把我摟緊了一下，「我日裡夜裡都想這件事，能想的都想到了，希望想對了。不過我還得再考慮，跟我哥哥談一下。我們暫時守住祕密，你跟我。巴基斯是個直直爽爽的好人，」裴媽說，「我跟他在一起想法盡我的責任，要是我

---

②基督徒結婚前，教會例須預告三次，有人知其不合，可以檢舉，如婚配者之一已婚等。

不——不相當高興，我想，那就只怪我不好了，」裴媽說，說完盡情大笑。

她引用巴基斯這句話引得正恰當，聽得我們兩個人覺得有趣，笑了又笑，所以等看到裴格悌大爺的小屋，我們都還很開心。

小屋還是跟從前一樣，也許在我看來縮小了一些。艮密紀大媽在門口等著，好像自從上次見過以來，她一直都站在那裡一樣。裡面一切都和以前一樣，連我房裡藍色有柄杯裡的海草都是如此。我跑到附屬的小屋裡四面看看，大龍蝦、螃蟹、淡水小龍蝦同樣給要把全世界鉗住的慾望附了體，好像同樣擠在同一個老角落裡。

可是看不見小艾姆麗，所以我就問裴格悌大爺，她在那裡。

「她在學校裡，少爺，」裴格悌大爺說，一面抹去額上因為搬運裴媽箱子淌的汗。「她就要回家了，」他看看荷蘭鐘說，「二十分鐘到半個鐘頭之內吧。我們都很記掛她，天哪！」

艮密紀大媽嘆氣了。

「放高興一點，老嫂子！」裴格悌大爺叫道。

「我比誰都更記掛她，」艮密紀大媽說。「我是個無依無靠的人，差不多只有她是一向不跟我彆扭的。」

艮密紀大媽抽抽噎噎哭起來了，還搖頭，用力吹爐火。裴格悌大爺乘她忙著，四處望望我們，低聲用手捂住嘴說：「想老頭子！」看了這個情形，我猜自從我來過以後，艮密紀大媽的情緒沒有好些，猜得對。

唉，這整個地方是跟從前一樣有趣的，本當如此。可是我倒不覺得有趣。反而失望。也許是因為小艾姆麗不在家。我知道她回家的路的，馬上走上那條路去接她。

不久遠遠出現一人，很快我就知道是艾姆麗了。雖然長大了，身材還是嬌小。不過等到她走近了些，我發現她的藍眼更藍了，有酒窩的臉更光彩了，整個人更標致、更快活了。我忽然有個怪念頭，裝作不認識她，從她面前走過，好像在看遠處什麼東西。此後我大了又幹過這類事，要不然我記錯了。

小艾姆麗一點不在乎。她明明看見我，不但不掉過頭在我背後叫我，反而笑著走開了。這一來我只得追她，而她走得飛快，等追到她，差不多都很靠近小屋了。

「呀，是你，是嗎？」小艾姆麗問。

「嗯，你知道我是誰，艾姆麗，」我說。

「難道你不知道我是誰嗎？」艾姆麗說。我要去吻她，可是她用手捂住櫻唇，說她現在不是小孩了，說完跑開，從來沒有笑得這樣厲害進屋了。

她好像喜歡逗惱我，這是她一變，我非常驚訝。茶桌已擺好，我們坐的小箱子還放在原來地方，不過她不跑來我身旁坐下，卻跑去陪怨不離口的艮密紀大媽了。裴格悌大爺問她為什麼，她把頭髮弄亂，披得滿臉，把臉遮住，笑而不答。

「就是個瘋丫頭！」裴格悌大爺用他的大手拍拍她說。

「就是！就是！」罕姆大叫道。「小衛少爺，兄弟，她就是這樣！」他坐下對著她咯咯地笑了一陣，又佩服她，又高興，臉都通紅了。

實在說，小艾姆麗給他們大家縱壞了，裴格悌大爺比誰都縱得厲害，只要她跑去把嘴巴靠到他亂糟糟的鬍子上，叫他怎麼他就怎麼。我看到她這種舉動，至少有我這個意見。我認為裴格悌大爺完全對。不過艾姆麗跟人親熱，討人喜歡，又頑皮，又害臊，所以比以前越發叫我神魂顛倒。

小艾姆麗心腸也軟，因為喝完茶大家圍爐而坐，裴格悌大爺抽煙斗時候想到我遭到的不幸，她眼淚就流下來，從桌子對面望著我，無限同情，我覺得非常感激她。

「啊！」裴格悌大爺說，他抓起艾姆麗一把頭髮，一鬆手，頭髮像水一樣從他手上滑過，「少爺，這是另外一個沒爺沒娘的。還有，」裴格悌大爺又說，用手背敲敲罕姆的胸口，「另外一個，不過他樣子不很像。」

「裴格悌大爺，要是您做我的監護人，」我搖搖頭說，「我想我絕對會覺得自己不太像孤兒。」

「說得好，小衛少爺！」罕姆歡喜如狂地說。「好啊！說得好！你再也不會覺得了！呵！呵！」——說到這裡，他也用手背敲敲裴格悌大爺回敬，小艾姆麗起身，吻了裴格悌大爺。

「你的朋友好嗎，少爺？」裴格悌大爺說。

「司棣福嗎？」我說。

「就是這個姓！」裴格悌大爺叫道，然後掉過頭來對罕姆說，「我知道這個姓跟我們這一行有點關係的③。」

「您說他姓拉舵福嗎？」罕姆笑道。

「啊唷！」裴格悌大爺答。「你用舵駕駛，不是嗎？也差不遠了。少爺，他好嗎？」

「我走的時候他非常之好，裴格悌大爺。」

「是個好朋友！」裴格悌大爺說，煙斗伸了出去。「是個好朋友，說起交朋友的話！啊呀，天在頭頂上，瞧瞧他要不稱心才怪！」

「他真漂亮，不是嗎？」我說，稱讚他，我的心也溫暖了。

「漂亮！」裴格悌大爺叫道。「他配跟你比，就像——就像——唉，我不知道他有什麼不配的。他多有膽子！」

「對！他為人就是這樣的，」我說。「他跟獅子一樣勇敢，你不曉得他多坦白，裴格

---

③司棣福（Steerforth）有掌舵（steer）駕駛前進（forth）的意思，裴格悌是船戶，所以說這話。罕姆又扯到另一個字上去了。

悌大爺。」

「嗯，我的確相信，」裴格悌大爺從煙斗的煙繚繞的那邊望著我說，「講到書本上的學聞，不管什麼他差不多都懂得比別人多。」

「是的，」我高興地說，「他什麼都懂。聰明得嚇人。」

「是個好朋友！」裴格悌大爺說，說時頭抬得很認真的樣子。

「好像他不管幹什麼都不費力，」我說：「遇到難事，他只要看一眼就懂。再看不到板球打得比他更好的人了。跟他下象棋，你要他讓多少子都行，他很容易就贏了你。」

裴格悌大爺頭又突然一抬，好像是說，「當然他贏啦。」

「他口才真好，」我接著說，「他要拉攏誰，誰就給他拉過來了。裴格悌大爺，您要是聽他唱歌，還不知道說什麼呢。」

裴格悌大爺頭又突然一抬，好像是說，「那還用說。」

「還有，他真是個極慷慨、優雅、高尚的人，」這是我最起勁的話題，一談起來我就忘了形，「所以你就是拚命說他好話（他也當得起），都沒有法子說得完。我在學校裡年紀比他小那麼多，地位比他低那麼多，他照應得我周周到到，真是再多感謝他，也還是嫌不夠的。」

我這當兒一眼看見小艾姆麗的臉，發現她伏在桌子上身體往前傾全神貫注，屏息諦聽，一雙藍眼睛像寶石一樣閃耀，臉上蓋了紅暈。我話就說起來沒完的，而且也說得非常快。她神情認真，樣子好看，跟平常迥然不同，我不免覺得有點驚奇，就住了口。同時大家也都注意起她來，因為我一住了口，他們都笑了，望著她了。

「艾姆麗跟我一樣，」裴格悌說，「想會會他。」

大家這樣注意艾姆麗，倒把她弄得伸不是、縮不是了。她垂下頭，滿面通紅。不久抬頭從披在臉上的鬈髮縫裡望了大家一眼，發現我們還在看她（拿我說，我就真會看她看幾個鐘頭），就溜跑了，差不多到睡覺的時候一直都避開我們。

我躺在船尾從前睡的小牀上，風也像先前一樣，在平台上悲嘯而過，可是此刻我心裡不禁想，風在追悼已經逝去的人。我倒沒有想海也許會在夜裡漲潮，把船漂走，我想到的是，從我上次聽到濤聲，海已經漲了潮，把我幸福的家淹沒了。記得風聲和水聲漸漸在我耳朵裡低下去了，在我的祈禱詞裡加了短短一句，求上主讓我長大以後，可以娶小艾姆麗，就這樣懷著一片癡情睡著了。

日子和以前一樣過去，除了一大例外，就是現在小艾姆麗跟我難得到沙灘上去閒逛。她有功課要學，針線要做，每天有一大部分時間是不見她人的。不過即使沒有這種情形，我覺得我們也不該再像以前那樣閒逛了。艾姆麗雖然任性，充滿幼稚的空想，可也比我所料的更是個小婦人了。總好像跟我離得遠遠地，還不到一年工夫呢。她喜歡我，可是笑我，愚弄我。我去接她，她就打另外一條路偷偷回家，等我失望回來，她就在門口大笑。最好的時候是她靜靜地坐在門口做活，我就坐在她腳下木頭階磴上，讀書給她聽。如今，我好像覺得，我從來沒見過晴朗四月下午那樣鮮明的陽光，沒有見過那個坐在舊船門口那樣愉快的小人兒。沒有見過那樣的天空，那樣的水，那樣燦爛的駛進金色秋陽裡的船。

我們去後第一天晚上，巴基斯來了，極其呆頭呆腦、拙手笨腳，帶了一塊手帕包的橘子來。他沒有說起橘子是做什麼的，走的時候沒有帶走，好像是無意的。還是罕姆追上去還他，回來時候才帶了消息說這是送給裴媽的。那次以後，他每晚都準時在那一刻來，總帶一小紮東西，一字不提，經常放在門後面，丟在那裡。這些示愛的禮物種類繁多，而且想入非非。記得其中有兩副豬爪、一個碩大針插、半升左右蘋果、一對黑玉耳環、西班牙葱、一盒骨牌、一隻金絲雀和雀籠、一隻火腿。

我所記得的巴基斯的求愛，完全別創一格。他很少說什麼，只坐在爐邊，神情就跟他坐在馬車上一樣，死死地盯著坐在對面的裴媽瞧。有一晚，我想他是動了情，衝過去把裴媽用來潤線的蠟燭頭放在他背心口袋裡，帶走了。此後，裴媽幾時要用他就拿出來，蠟燭有的部分已經融解，黏在口袋裡子上了。用完之後，又收進口袋，樂不可支。就這樣他好像已經覺得很有滋味了，簡直用不著再說什麼話。甚至帶了裴媽到海灘上散步，偶爾問一聲她可很高興，別的不講，就稱心了，我相信，他覺得用不著說話。記得有時候他走了，裴媽會用圍裙蒙住臉，笑上半個鐘頭。的確，我們都多少覺得有趣，只有可憐的艮密紀大媽不然，當年她丈夫向她求愛，舉動似乎跟巴基斯一模一樣，所以他看到巴基斯的這些舉動，就不斷想起老頭子。

到末了，我去玩的期限快到了，他們說，裴媽和巴基斯要一同去度一天假，小艾姆麗跟我要去陪他們。前一晚我因為巴望著跟艾姆麗一起過一整天的快樂，覺睡得零零碎碎。早上我們都很早起身。吃早飯的時候，巴基斯遠遠來了，駕了一輛二輪遊覽馬車向他情之所鍾駛來。

裴媽平常打扮，穿著整潔安詳的喪服。巴基斯卻穿了件藍色的新外套，神采煥然。這件外套，裁縫給他裁得真好，袖口很長，頂冷都不用再戴手套，硬領很高，把他頭髮都推上去，直挺挺豎在頭頂上。鈕釦爍亮，也都是最大號的。加上淡褐色馬褲和淺黃色背心，就齊了，我想巴基斯真稱得上堂堂一表。

我們全在門外忙成一團的時候，我發現裴格悌大爺預備好了一隻舊鞋，是用來擲我們，給我們發吉兆的④。為了這件事，他叫艮密紀大媽來做。

「不。丹，最好叫別人擲，」艮密紀大媽說。「我是個無依無靠的人，凡是叫我想起

④按英國傳統，此舉是為新娘、新郎發吉兆。

不是無依無靠的人，都跟我彆扭。」

「喂，老姑娘！」裴格悌大爺叫道。「把鞋拿去擲出去。」

「不，丹，」艮密紀大媽嗚咽搖頭答。「要是我感觸少些，我就可以多做些事。丹，你沒有我的感觸。你碰到的事又不彆扭，你也不跟人彆扭。你最好自己去擲。」

裴媽本來匆匆忙忙跟一個個親吻，（艾姆麗跟我並排坐在小椅子上），這時她可在車裡一定要艮密紀大媽擲。所以艮密紀大媽擲了，擲完哭起來了，不支倒在罕姆懷裡，還說她知道她是個累贅，最好馬上送到貧民習藝所去，我們本來歡歡喜喜出門的，給她這一來，弄得非常不歡，我提這件事也很掃興。我倒覺得她主意不錯，罕姆可以照辦。

不管怎樣，我們出發度假旅行了。第一件事是到教堂停下。巴基斯把馬拴在欄杆橫木上，跟裴媽進去，把小艾姆麗跟我單獨留在車上。我乘機摟住艾姆麗的腰，向她提議道，既然我很快就要走了，我們應該打好主意，整天彼此非常親密，非常愉快才對。小艾姆麗認為有理，准我親她，我越發無法無天了，記得當時對她說過，我再也不會愛別人了，要是誰想得到她的芳心，我一定要他的命。

小艾姆麗聽了這話牙都要笑掉了！她假裝比我大好多，聰明好多，仙姑似的小婦人，一本正經地說我是個「傻孩子」，說完嬌媚地大笑，我盯著她看，快樂得忘記了給她罵了這樣一句丟臉的話的痛苦。

巴基斯跟裴媽在教堂裡有好一陣了，不過終於出來。然後我們乘車下鄉。我們在路上的時候，巴基斯掉過頭對我眨眨眼說——順便岔一句，我以前從來沒想到他居然會眨眼睛，——

「我在車上寫的是什麼名字呀？」

「柯蕾樂．裴格悌，」我答。

「現在要是有車蓋，我要在上面寫，要寫什麼名字？」

「還是寫柯蕾樂．裴格悌吧？」我試著替他出主意道。

「柯蕾樂．裴格悌．**巴基斯！**」他答，答完狂笑，馬車都震得搖擺了。

總之，他們結為夫婦了，剛才進教堂並不為了別的事情。裴媽決定，這件事要悄悄地辦，於是牧師在婚禮中把她交給了新郎，當時也沒有證人在場。巴基斯這樣突然宣佈他們的結合，裴媽聽了有點慌亂，她要表示愛我絲毫沒有減，摟著我不知有多緊。不過，不久她就定下神來了，並且說，好極了，事情過去了。

我們的車駛到小路上的小旅館停下，原來是定好的，吃了一頓很愉快的飯，整天玩得也極滿意。裴媽結婚自由自在，就是過去十年天天都結婚，也不過如此。簡直看不出她有什麼不同的地方。喝茶之前，就跟平時一樣，帶了小艾姆麗跟我一同出去散步，巴基斯就靜靜地抽烟斗，怡然自得，我想他心裡慢慢在領略他的幸福。果然如此，他的胃口就開了。因為我清楚記得，吃飯的時候他雖然已經吃了很多豬肉、蔬菜、吃完一兩隻雞，等到喝茶，他又忍不住再吃煎過的冷鹹肉，而且吃了很多，若無其事。

此後我一直都覺得這次結婚多特別、多天真、多奇怪啊！天黑以後不久，我們就又上了馬車，很舒服地駛回，仰望群星，談關於星星的知識。我在這方面談起來頭頭是道，巴基斯的心竅為之大開。我把自己知道的都告訴了他。不管我想起的什麼，一說給他聽，他都會相信，因為他推崇我的才智有如神明，在我聽得到的地方對裴媽說，我是個「小洛歇斯」⑤——我想他的意思是神童。

我們談星辰談到無話可說的時候，或者倒不如說，巴基斯的智力已經給我耗盡了的時候，小艾姆麗跟我用舊膝毯做了一件外套，我們就坐在它下面，一直坐完其餘的旅程。啊，我多麼愛她！要是我們做了夫妻，不管到什麼地方，住在樹林裡、野外，永遠不長大，永遠不會更懂事，永遠是孩子，手攙手在陽光之下、花開滿滿的牧場上散步，夜晚頭枕在青苔上，心地純淨安寧，甜美地睡去，死後任百鳥把我們葬埋，我想，這樣的日子多美滿啊！一路上，我心裡總有這種種幻想，好像看到一幅幅圖畫一樣，畫的不是真實的世界，只因我們天真，所以看來輝煌，卻又像遠處的星辰，難以捉摸。想到裴媽婚禮有像小艾姆麗和

⑤洛歇斯（Roeshus），公元前羅馬第一流演員。小洛歇斯指英國十二歲的William Henry West Betty（1791-1874）。

我這樣兩個心思無邪的人參加。我也很喜歡。想到愛神和美神肯扮成這種虛幻的形狀參加這個樸素的行列，我也喜歡。

好啦，我們晚上又準時回舊船了，巴基斯夫婦跟我們告別，舒舒服服乘車到他們自己的家去了。這時，我才第一次覺得，我失掉裴媽了。不管在什麼地方的屋頂下，若不是也掩護了小艾姆麗的頭，我去睡覺都會傷心。

裴格悌大爺和罕姆知道我的心情，跟我自己一樣清楚，早準備好了相當豐富的晚飯，滿面親切地待我，把我的悲哀遣散。小艾姆麗跑來，坐在我身邊箱子上，這次我去看他們，這是唯一的一次。這樣結束這樣好極的一天的生活，好極了。

那次是夜裡漲的潮；我們睡覺之後，裴格悌大爺跟罕姆就去打魚了。我獨自待在這所孤零零的屋裡，覺得自己是保護艾姆麗和艮密紀大媽的人，很有膽量，就只巴著有隻獅子，有條大毒蛇，或者不管什麼存心要害人的妖怪，會來要我們的命，到那時我就把它殺掉，面子十足。不過那一夜雅茅斯海灘並沒有這類東西出沒，我就自己竭力找到最好的代替品，妖龍一直夢到早晨。

一大早，裴媽就來了；她跟平常一樣，在我窗口叫我，好像趕車的巴基斯從開頭到末了都是夢似的。早飯後，她帶我到她自己家裡，是個美麗的小家。她家所有的動產裡，最觸目的是起坐間裡（磚鋪地的廚房就是一家的起坐間）一張帶淺黑色的木頭書箱之類的家具，蓋子可以縮進去，打開之後放下來，就成了寫字檯。這裡面放了一本四開大本福克斯的《殉道錄》⑥。這本寶貴的書我已經一字也記不起了，可是我立刻發現了，也立刻專心攻讀起來。此後我每次去看他們，總在一張椅子上跪下，打開珍藏這本寶書的箱子，兩臂趴在桌上，重新如瘋似狂地讀起這本書來。書裡插圖很多，把各種叫人氣短的恐怖事件都表現出來，恐怕我主要得到教訓的還是圖畫。不過從此以後，殉道的人和裴媽的屋子在我心裡再也不能分開了，現在還是這樣。

那天我和裴格悌大爺、罕姆、艮密紀大媽，還有小艾姆麗告別，在裴媽家屋頂小房裡歇宿一宵，牀頭旁邊架子上放了鱷魚故事書，這本書裴媽說不管那一刻都是我的了，也為了我永遠完全保持原狀。

「小衛寶貝，不管年輕年老，只要我活一天，頭頂上還有這個屋，」裴媽說，「我那一刻都等你來，將來你會知道。我每天會把屋收拾得好好的，像收拾你從前的小房間一樣，我的心肝。要是你到中國去，放心好了，你離家多久，我都會把它收拾得一樣乾淨。」

我誠心誠意感到我好老保母的真情和忠實，所以盡可能謝了她。也謝得不很好，因為

---

⑥約翰・福克斯（John Foxe，一五一六—八七），英國牧師，著有《殉道錄》（*Acts and Monuments*），記新教徒受迫害事。

她早上兩隻膀子摟住我頸項這樣跟我說話，而我就要在早上回家了。由她和巴基斯一同乘馬車送我回了家。他們把我在門口放下，並不輕而易舉。馬車帶了裴媽繼續前行，把我丟在老榆樹下，望著大門，知道裡面再沒有慈祥親愛的面孔望我了，這個景象出人意外。

我現在淪於無人理會的景況，每一回想，無不悽然。我立即陷於孤獨——完全沒有親切的照顧，完全沒有年齡和我相若的別的兒童和我交遊，除了我自己垂頭喪氣的思想而外，完全沒有伴侶。我寫到這裡，好像我孤獨的陰氣都投在這張紙上。

真恨不得他們把我送到有史以來最嚴厲的學校——學點東西，不管怎樣教法，不論在那裡！這種事我想都不想。他們不喜歡我，所以對我陰沈、嚴厲、一絲不變地不理不睬。我想牟士冬大約這時候手頭一定拮据，不過要點並不在此。他看不得我。我相信，他想法要把我打發掉，這樣好擺脫對我有什麼義務的念頭——而且真擺脫了。

我並沒有受到實際的虐待，沒有挨打，沒有受餓。可是他們對我的殘酷從來沒有片刻放鬆，而是按部就班、無情地執行的。日復一日，週復一週，月復一月，他們冷森森地不理會我。有時我想到這方面就想知道，如果我病了，他們又怎麼對待我。我就照平常一樣形單影隻，在我孤寂的房間躺著憔悴下去呢，還是有誰會來幫助我把身體照料好。

牟士冬姊弟二人在家，我就跟他們一塊吃飯。不在家，我就獨自吃喝。無論那一刻我在家附近到處閒蕩，他們都不管，只是看不得我有朋友——也許以為如果有了朋友，我作興跟什麼人訴苦。就為了這個緣故，契理醫生雖然常常叫我去看他，我也難得去。他那時是鰥夫，幾年前太太去世了。他太太身材矮小，淺色頭髮，我記起她就和一隻淺玳瑁色的貓連想在一起。我每到契理醫生家，就在他小手術室裡讀一本從沒讀過、藥房味道衝鼻子的書，或者他溫和地指點著我在播鉢裡擣點什麼東西，一個下午非常愉快。

為了同樣原因，加上他們早就不喜歡她，我是不許去看裴媽的。她說話算數，每星期不是來看我，就是在附近什麼地方跟我會面，從來沒有空手來的。不過好多次我要到她家去看她，他們都不准，叫我失望得很慘。隔了很久，可也准我去過幾次，去了又發現巴基斯是吝嗇之類的人，照裴媽的說法，是「有點小氣」，牀底下箱子裡擺了一堆錢，他騙人說全只是上衣跟長褲罷了。他這個錢箱裡的錢管得非常嚴密，即使極小的數目也只有運用巧計，才能騙了出來。所以裴媽每星期六的花費，一定要想出又長、又細密的計畫，「火藥陰謀」那樣的⑦，才能弄到。

全部這段期間，我非常明白，無論我透露過我有什麼出息，也都徒然，徹底給他們忽略了，要不是那些舊書，一定心境糟透。書是我唯一的安慰，我始終愛書，跟書始終給我

⑦英國天主教徒受政府迫害，陰謀於一六〇五年十一月五日炸死詹姆士一世及國會議員，事洩，放炸藥者於四日被捕，次年一月處死，其餘共犯逃逸。

安慰一樣，所以我把書讀了又讀，也不知道讀了多少遍。

我這時快要過到一生當中的一段時期，這段時期只要記憶還在，我絕不會忘記。這段時期不用我費心，就會常常像鬼魂一樣在我眼前出現，就是我愉快的時候，也縈繞我的心頭。

一天我在外面，到某處閒逛，懶洋洋地想心事。都是我過的那種日子把我弄成這個樣子的。就在我轉一條巷子的彎，走到靠近我家的時候，我碰到牟士冬跟一個人並肩而行。我不知怎麼是好，正打他們身邊走過的時候，那人叫道，——

「怎麼回事！布魯克司呀！」

「不是的，先生，我是大衛·考勃菲爾，」我說。

「別胡說。你就是布魯克司，」那人說。「你是雪非爾那兒的布魯克司。那才是你的姓。」

他說這些話，我才把他細看了一下。他的笑聲也引起我的回憶，我知道這人就是昆尼恩，以前我跟牟士冬到羅司托夫去看的那個人——這不要緊——用不著追憶是幾時去的。

「布魯克司，你怎麼樣，在那裡上學？」昆尼恩說。

他手放在我肩膀上，把我掉轉身來，跟他們一塊兒走。我不知道怎樣回答他，遲疑地望了牟士冬一眼。

「他現在在家，」牟士冬說。「那兒也沒去上學。我不知道怎麼應付他的事才好。他真叫我頭疼。」

有一會兒，他陰險望著我的樣子又出現，然後一皺眉頭，臉色下沈，現出厭惡的樣子掉過頭去。

「嗯！」我想昆尼恩先生望著我們兩人哼了一聲。「天氣好。」

接著是沈默。我正在想法最好能擺脫昆尼恩放在我肩膀上的手，跑開，他忽然說，——

「我想你還是相當機靈的角色吧——嗯，布魯克司？」

「對，他夠機靈的了，」牟士冬不耐煩地說。「你最好讓他走。你麻煩他，他不會謝謝你。」

這一點明，昆尼恩先生放了手，我盡快回家。我轉彎走進前門花園的時候，掉過頭去一看，看見牟士冬靠著教堂墓地的耳門，昆尼恩跟他說話。他們都遠遠望著我，我覺得他們在談我。

那晚昆尼恩先生住在我們家。第二天早飯後，我把我坐的椅子挪開，正走出房，牟士冬卻叫我回去。他當時鄭重其事地走到另一張桌子旁邊，他姊姊也在那裡，坐在書桌面前。昆尼恩先生手插在口袋裡，站著眼望窗外。我站著望住大家。

「大衛，」牟士冬說，「照年紀輕的人說來，這個要有作為的世界不是讓人在這兒閒蕩混日子的。」

「像你現在這樣，」他姊姊插嘴道。

「簡・牟士冬，請你讓我說好吧。我說，大衛，照年紀輕的人說來，這是個要有作為的世界，不是讓人在這兒閒蕩混日子的。特別是像你這種性格的少年，需要好好管訓，逼你走上勤勞的路，把你這種脾氣扭過來，打破它，比什麼都有益。」

「這個世界上不聽話可不行，」他姊姊說。「不聽話就得整垮。一定得整垮——也非整垮不可！」

牟士冬望了她一眼，半是責備，半是嘉許，然後接著說，——

「我想你知道，大衛，我並不闊。不管什麼，你現在也知道了，你已經受了相當多教育了。念書就得花很多錢。即使不然，我也出得起錢，照我看，儘上學對你也一點好處沒有。擺在你面前的是跟世界打的一仗，你越早動手越好。」

我想，我當時覺得我已經打這個仗了，打得我那麼慘。不過，到底打了沒有，現在我總以為是打了。

「你總聽到過有人常常提到過『營業處』了，」牟士冬說。

「營業處，乾爹？」我照著說了一次。

「牟士冬格林比公司的，做的是葡萄酒生意，」他答。

大約我神情露出還摸不著頭腦的樣子，所以他趕緊接著說下去，——

「你總聽到過有人提過『營業處』，或者生意、酒窖、碼頭，諸如此類的字眼。」

「乾爹，我想我總聽到過有人提起生意，」我說，當時記起我隱約知道的那點關於他跟他姊姊財源的情形。「可不知道是幾時聽到的。」

「幾時聽到的沒有關係，」他答。「昆尼恩先生經理這行生意。」

昆尼恩先生還望著窗外，我恭恭敬敬地望了他一眼。

「昆尼恩先生主張給別的一些孩子工作做，他以為未嘗不可以照同樣待遇也給你工作做。」

「因為他，」昆尼恩先生掉過一半臉來低聲說，「已經沒有別的指望了，牟士冬。」

牟士冬打了個不耐煩，甚至忿怒的手勢，接著說，也不理他剛剛說了什麼，——

「辦法是，你賺的錢總夠你吃、喝、零用了。你的住宿我已經安排好了，歸我出錢。洗滌的錢也是我出。」

「這些要省儉，別超出我的預算，」他姊姊說。

「你的衣裳也由我供，」牟士冬說，「因為你還有一陣子自己買不起。所以，大衛，現在你就跟昆尼恩先生到倫敦去，靠你自己去闖。」

「總而言之，別人照應你的已經齊了，」他姊姊說，「請你盡自己的責吧。」

雖然我明知這一席話的目的是打發掉我，可記不清當時到底是喜還是驚。只記得聽了這話，人很發慌，在喜懼之間徘徊，兩頭搆不著。也沒有多少時間讓我想個清楚，因為昆尼恩先生明天就走。

到了明天瞧我什麼樣子吧，頭戴破舊小白帽，箍了一條黑紗算是替我母親戴孝，身穿黑上衣，僵硬的楞條花布袴子——牟士冬姑姑認為這條褲子是跟世界作戰保護腿子最好的甲冑，這個戰爭現在就要開始了——瞧我這樣打扮吧。身外一切都裝在一隻小箱子裡，無依無靠（艮密紀大媽會有的口氣）的孩子，坐在載昆尼恩先生往雅茅斯換馬車到倫敦的驛遞馬車上，瞧，我們的屋子跟教堂在遠處多麼越縮越小！樹底的墳墓怎樣給無端插進來的許多東西遮得無踪無影啊！我玩熟了的操場上矗立的教堂尖塔，怎樣消失了，天上多麼空虛，一無所有！

第十一回　我開始自食其力，很倒胃口

執賤役羞與庸愚伍
共艱辛巧結生死緣

我這時世故已深，差不多再沒有什麼事能叫我大為詫異了。不過我那麼小小年紀就給人輕易遺棄，即使此刻也不免有點覺得詫異。好好一個極有能力，觀察力極強，聰明、熱切、敏感的孩子，很快就身心兩傷，而居然沒有一個人替我表示一點抗議，一點沒有，我如今也覺得可奇可怪。我就在十歲成了牟士冬格林比店鋪訂了約服務，比奴隸好不了多少的小工役了。

牟士冬格林比的店設在河邊，在道明會區低處。那地方近來有了改建，面目已經不同，不過那店鋪當時是一條狹街尾的最後一座屋。那條街彎彎曲曲，由山上下達河邊，盡頭有些臺階，供人乘船用的。店鋪是所東倒西歪的舊屋，有個自用碼頭，漲潮的時候跟水相接，退潮的時候就擱在泥地上，其實是老鼠猖獗的所在。我想，一百多年來的煙塵把各間嵌了板子的房染得褪了色，地板樓梯腐爛，老了的灰色鼠在地窖裡嘰嘰地叫著爭鬥著，那地方則汙穢腐臭，凡此種種，在我心裡恐怕不是多年前的，而是此時此地的現象。全在我目前，就和當年昆尼恩先生攙著我抖顫的手、我第一次過倒楣日子，置身其間看到的一樣。

牟士冬格林比公司跟多種人做生意，而重要的一項是供應某些快船葡萄酒和烈酒。我現在忘記那些船主要是到什麼地方去的，不過我想，有些是既航行到東印度群島，也航行到西印度群島的。我知道，這趟航程回來，結果之一是帶回許許多多空瓶子。有些漢子和少年是雇來對著亮光檢查這些瓶子的，剔出破裂的不要，用水灌進其餘的，沖洗乾淨。等空瓶子沒有了，就把籤條貼到裝滿酒的瓶子上，找適合的軟木塞塞好，在塞子上用火漆封好蓋印，把完工的瓶子裝箱。這全是我的工作，雇來做這件事的孩子裡面，我是一個。

連我在內，一共三四個人。我做工的地方就在店鋪的一個角落裡，昆尼恩先生看得到我的地方。他只要高興站在營業所櫈子最低那根橫木棍上，要看就可以從書桌上面的窗子裡看到我了。我開始自食其力這樣幸運的第一天早上，年紀最大的那個長工男孩奉命上這兒來教我怎樣做事。他名叫密．瓦克，身穿一條破圍裙，頭戴一頂無邊紙帽。告訴我他父親是撐駁船的，在倫敦市長就職遊行那天①他戴了黑天鵝絨帽參加步行過。還告訴我，我們主要的夥伴是另外一個男孩，他介紹給我的時候，叫的名姓真特別——蒼白馬鈴薯。不過我發現，這並不是這個少年的領洗名字，而是店鋪裡的人給他起的，因為他臉色灰白或蒼白。蒼白的父親是水手，而且是消防員，多了一方面出色，在一家大戲院裡充當這樣的角色，他家還有別的親人——我想是蒼白的妹妹——扮啞劇裡的小魔鬼。

我沈淪到跟這種人為伍，內心私下多麼痛苦，是沒有字眼可以表達的；且拿此後每日共事的人和我那些幸福的兒童時代的朋友——不用說司棣福、闕都斯，和其餘那些兒童了——比一比吧；我覺得長大以後要做有學問、出色人物的希望已經在心裡破碎了。我這時完全絕望的感覺，我所處地位的羞恥，我那時年輕，就認定我以前學到的，想到的，喜歡的，激發我想像力、上進心的一切，都逐日逐漸消逝，再也不會恢復，所感到的悲痛——牢記在心，也不能筆之於書。那天上午我的眼淚就跟洗瓶子的水混和，哭得好像胸口有了裂口，隨時有炸開的危險一樣，密．瓦克走開幾回，我就哭了幾回。

營業所的鐘指著十二點半，大家都準備去吃飯了，這時昆尼恩先生輕敲帳房的窗子，做手勢叫我進去。我進去了，發現有個肥滿的中年人在那裡，他身穿褐色大衣，黑緊身衣，

①每年十一月九日，倫敦市長就職。按瓦克（**Walker**）跟步行（**Walk**）諧音，狄更斯在這裡故弄花巧。

黑鞋，頭大而發亮，沒有頭髮，跟雞蛋一樣光禿，臉很闊，正全對著我。衣服襤褸，卻裝了很威武的襯衫硬領。手拿一根相當有氣派的手杖，上面繫了一雙很大的褪色纓子，上衣外面掛著一片單眼鏡——我後來發現，這原來是充裝飾用，因為他難得用來看東西，如果用了，反而什麼也看不見。

「這就是，」昆尼恩先生暗指我說，「他了。」

「這位，」那位來客說，語調帶些紆尊降貴的口氣，也有種說不出的做有教養事情的派頭，很感動了我，「就是考勃菲爾少爺。我希望您挺好，小先生？」

我說我很好，希望他也好。天知道，我十分不安。不過，我的性格在那個年齡不大埋怨。所以我說我很好！希望他也很好。

「我很好，」來客說，「謝謝天，好得很。我接到牟士冬先生一封信，信裡他提到，要我把我家後面一間房間，現在正空著，拿來，要而言之，出租——要而言之，」來客含笑忽然一陣熱烈當我自己人地說，「當臥室——接待這位初出來做事的小先生，我總算有幸——」來客揮一揮手，下巴就擱在襯衫硬領上了。

「這位是密考伯先生，」昆尼恩先生對我說。

「啊哈！」來客說，「那是賤名。」

「密考伯先生，」昆尼恩先生說，「認識牟士冬先生。他能弄到定單就替我們弄，照付佣金。你住宿的事，牟士冬先生寫信給他談到，他現在可以拿你當房客招待你。」

「我的地址，」密考伯先生說，「是都會路，溫塞里。我呀，要而言之，」密考伯先生說，依然那麼有教養，又忽然一陣熱烈，當我自己人那樣，「我就住在那兒。」

我向他鞠了一躬。

「我有這個印象，」密考伯先生說，「你在這個大都市漫遊還不夠廣，要朝都會路這個方向深入現代巴比倫②的迷魂陣容，或有些困難——要而言之，」密考伯先生說，又一陣熱烈當我是自己人，「你也許會迷途——今兒晚上我來，樂於把最近路線的知識配備給你。」

我誠心誠意謝了他，因為他肯做這件麻煩事，人太好了。

「該在幾點鐘，」密考伯先生說，「我——」

「大約八點鐘，」昆尼恩先生說。

「大約八點鐘，」密考伯先生說。「昆尼恩先生，請你讓我說聲再見。我不可再打擾下去了。」

他說完就戴上禮帽，手杖挾在胳肢窩底下——筆挺地走了，離開了營業所，就哼了一個調子。

---

②指倫敦。

然後昆尼恩先生就正式替牟士冬格林比店鋪雇了我，叫我盡力工作，工錢呢，我想是六先令一星期。記不清到底是六先令還是七先令。我不清楚這件事，倒相信開始是六先令，以後是七先令。他先付一星期工資現款（我相信是他自掏腰包），我就由工資裡拿了六辨士給蒼白馬鈴薯，請他當晚把我箱子拎到溫塞里——箱子雖然小，我力氣不夠，還是太重。我多出了六辨士吃飯，點的是肉餅，扭開附近的自來水龍頭喝水。在街上逛了一陣，混過了吃飯准花的鐘點。

晚上在約定的時間，密考伯先生來了。我洗了手和臉，好多多向他的文雅表示敬意。我們一塊兒走到我們家裡，我假定我這時總可以叫我們的家了。我們一面走，密考伯先生就把條條街名，街口房屋的形狀都叫我記牢，這樣，早上我就能輕易認得路回去了。

到了溫塞里他家，他就介紹我給他太太。我發現他的家跟他一樣破爛，可又像他，盡可能充場面。他太太又瘦又憔悴，一點不年輕，坐在起坐間，正餵嬰兒的奶。樓下全沒有家具陳設，百葉窗都拉下了，免得被鄰居看出。嬰兒是雙胞胎之一。此刻我可以提一下，跟這家人在一起的時期裡，我從來沒有看見這對雙胞胎完全和密考伯太太分開過；其中一個總是在吃奶。

另外還有兩個孩子——密考伯少爺，大約四歲，密考伯小姐，大約三歲。這些人，還有個皮膚帶黑的少年婦女，就是全家人了。這個女子鼻息有哼出聲來的習慣，是這家的用人。不到半小時，就告訴我，她是個「孤兒」，附近聖路加貧民習藝所出來的。我的房間在屋頂的後部，空氣不流通的寢室，狹小，全用模板刷了花，憑我少年時代的想像力看來，這些花就像藍色的瓷盤，家具少極了。

「我結婚以前，」密考伯太太帶了雙胞胎和別的人上樓，領我看房間，坐下來透口氣說，「跟我爸爸媽媽住在一起，從來沒有用得著房客。不過密考伯先生有困難，所有個人的顧慮，都得讓步了。」

我說，「您說得對，太太。」

「密考伯先生此刻的困難已經差不多要壓垮我們了，」密考伯太太說。「我都不知道他是不是能度過難關。我在家跟爸爸媽媽過日子，真不大懂困難這兩個字的意義，就是我現在用的意思。不過，見往知來③，爸爸總說這話的。」

她是否告訴過我密考伯先生做過海軍軍官，或者是我想像如此，我已經弄不清楚了。我只知道，到現在都相信，他的確在海軍部做過事，不知道為什麼相信。現在他替許多行業不同的商家做跑街之類的事情，不過只怕賺不了多少錢，也許真賺不到什麼錢。

---

③拉丁文有experientia docet之說，「閱歷教導（我們）」，即經一事，長一智。此處狄更斯原文為**experientia does it**。密考伯太太舞弄文字，搞錯了，故中譯也用錯一字（「見」本當作「鑑」）。

「要是密考伯先生的債主不肯給他寬限，」密考伯太太說，「他們就得自食其果。越早解決越好。石頭裡榨不出血來，密考伯先生也交不出什麼錢來，不要提訴訟費了。」

我一直不大懂，到底是我那樣老成，能夠自立，她弄不清楚我年紀呢，還是這件事她念念不忘，沒有人談，連對那對雙胞胎都要談的，不過她一開頭就這樣對我傾談，此後我認識她多久，都繼續如此。

可憐的密考伯太太！她說，她想過辦法的。我相信她的確想過。朝大街門中央掛了一塊大銅招牌，上刻「密考伯太太主辦青年婦女寄宿舍」，把那一部分完全遮滿了。不過我從來沒有發現任何青年婦女在那一帶上學，也沒有青年婦女來過，或者打算要來，而密考伯家也從來沒有招待任何青年婦女的起碼準備。我見到或聽到的唯一上門的人，是債主。這些人沒早沒晚上門，有的非常兇。有個一臉汙穢的人，我猜是鞋匠，經常在早上七點鐘就慢慢走進過道裡來了，一上樓梯就對密考伯先生高聲道：「嗐！你還沒出去呢，還用說。還錢給我們呀，好不好？別躲起來，知道吧，這種事下作得很。我要是你，絕不這樣下作。還錢給我們，好不好？你還錢給我們就行了，聽見嗎？嗐！」這番惡毒話沒有回應，他火氣就大起來，罵出「騙子」，「強盜」這些字眼。等到這些字眼還是白說，他有時就走極端，跑到對街，對著三樓窗口大嚷，他知道密考伯先生就住那一層。這當兒，密考伯先生又傷心，又丟臉，不能自持，甚至用利刀對自己作勢，這是有一次他太太叫起來，我才知道的。不過此後半小時內，他費盡心思把鞋擦亮，出去了，哼著個調子，比往常更有高雅的氣概。密考伯太太也同樣活潑輕快。我知道，三點鐘，她為了要繳稅，急得死去活來，四點鐘就又吃蘸了麵包屑再炸的羊排，喝暖和的淡色啤酒了（這是典當了兩把銀茶匙換來的錢付帳的）。有一次，法庭因為他們欠債不還，剛充公了他家財產，我碰巧在六點鐘這麼早就回家，看到她暈過去了，躺在爐柵下面（當然有個雙胞胎跟她在一起），頭髮披得滿臉。可是那天晚上，她在廚房爐子面前烤小牛肉片吃，講她爸爸、媽媽以及他們往日交的朋友，興致之好，我還沒見過。

我在這個房子裡跟這家人在一起，度我空閒的時間。自己獨吃的早餐是一辨士一個麵包，值一辨士的牛奶，由我自己買。另外買一個小麵包，和一點點乾酪，放在一隻特別碗櫥的特別一層上，等我晚上回家當晚飯。我很明白，我每週只有六七個先令工錢，這筆花費是個大漏洞。我整天在店裡做工，整個星期要靠那筆錢過日子。天堂我也去得，可就記不得從星期一早上到星期六晚上有任何人給過我任何種類指點、意見、鼓勵、安慰、幫助、支持！

我年輕幼稚，要全部負起照顧自己生存的責任，資格還差得遠——有什麼辦法不差得遠？——所以往往早上到牟士冬格林比鋪子路上，走過糕餅店門口，看到陳列著變了味半價出售的糕餅，總忍不住要花掉應該留下來供晚飯用的錢去買。這一來晚飯就沒有了，或者只買個小麵包，要不然買塊布丁。記得有兩家布丁店做我的生意，看我手頭鬆緊去那一家。一家在一條短街上，靠近聖馬丁教堂——在教堂後面——現在全搬走了。這家的布丁用無核小葡萄乾做的，相當別致，但價錢貴，兩辨士的布丁不見得比一辨士的普通布丁大些。賣普通布丁的一家好鋪子設在河濱道，如今已改建過的某一部分。這種布丁厚厚實實，顏色很淡，又重又鬆，大而扁的整粒葡萄乾隔得開開地粘在上面。每天約在我走過那裡的時候，布丁剛做好，還是熱的，很多天我都買了吃。我照規矩吃而吃得講究的時候，就在餐館叫一客調味極濃的乾臘腸，一辨士一個的麵包，或者四辨士一碟的燉牛肉。不然就在我們店對面一家不像樣、名叫獅子或獅子跟別的我忘了什麼的老酒店，吃一碟夾了乾酪的麵包，喝一杯啤酒。有一次，記得把早上從家裡帶出來的自己的麵包用張紙包好像書似的挾在腋下，跑到靠近居瑞巷出名時新的一家牛肉餐館，叫一「小碟」那道美味，跟麵包一起吃。堂倌看到這樣一個奇怪的小鬼，孤零零一人跑去吃牛肉，作何感想，我不知道。不過我吃的時候他盯著我望，還把另外一個堂倌找來同看，到現在我都看得見他。我給他半辨士小帳，希望他不拿。

我想我們有半個鐘頭喝茶。我有了錢，總買半品脫煮現成的咖啡和一片塗了黃油的麵包。沒錢的時候，到弗里特街鹿肉店看看，或者溜到修院園市場那麼遠，貪婪地望一陣菠蘿。我喜歡逛阿得爾非一帶，因為這地方有那些陰暗的拱門，很玄妙的。一晚，我由這些拱門的某一門朝靠河很近的一家小酒店走去，門口有一塊空地，空地上幾個挑煤的在跳舞。我就在一條長凳上坐下，好看他們跳，此景到現在都如在目前。不曉得他們當我是什麼人！

我還是個小孩，身材又小，所以每次到沒去過的酒吧買杯淡色啤酒或黑啤酒，潤一潤吃下肚的正餐，店裡人都怕賣給我。記得有一晚很熱，我跑到一家酒吧的賣酒櫃台，對老闆說，——

「你們頭等的——你們**真正頭等的**麥酒多少錢一杯？」原來這一天是個特別的日子。我不知道什麼日子，作興是我生日。

「兩辨士半，」老闆說，「『真玉山頹』麥酒的價錢。」

「那麼，」我說，一面掏了錢出來，「就給我倒一杯真玉山頹吧，要泡沫滿滿的。」

老闆從櫃台那邊把我從頭到腳一望，臉上現出微妙的笑容，不去酒桶那裡去放酒，卻向簾子那邊望去，對他老婆說了些什麼話。他老婆從簾子後面走了出來，手上還拿著針線，跟他一起打量我。我此刻還看得到我們三個人都在我面前站著：老闆沒穿外衣，倚著櫃台窗框；他老婆由半截小門上邊望過來；而我呢，有些尷尬，由櫃台外面仰望著他們倆。他們問了我許許多多問題，諸如，姓甚名誰，多大年紀，家住那裡，幹那行的，怎麼到那裡去的。對所有這些問題，為了不牽累別人，我恐怕我都胡謅了妥當的話答覆了。他們給我端了麥酒來，雖然我懷疑不是真玉山頹，老闆娘推開櫃台的半截小門，彎下腰來，把錢還給了我，親了我一下，一半出於賞識，一半出於憐惜，不過她這樣待我，真完全出於女性的慈祥仁厚。

如今我知道我並沒有不知不覺誇大我收入有限和生活困難。我知道，無論那一刻，如果昆尼恩先生居然給我一先令，我就會花掉去好好吃一頓正餐或茶點。我知道我從早做到晚，跟普通人，普通兒童在一起，是個衣衫襤褸的孩子。我知道，我在街上閒蕩，沒吃飽，也沒吃好。我知道照我受的那點照顧說來，如果不是天可憐我，我很容易變成小強盜、小流氓。

雖然如此，我在牟士冬格林比店裡也有點地位。昆尼恩先生是個粗心大意的人，又很忙，做的生意又這樣不依規矩，他盡力而為，待我與眾不同，除此之外，我從來沒有對任何人，大人或兒童，說我是怎樣到那裡來的，也絲毫沒有透露我在那裡心裡鬱鬱不樂。我私底下受苦，苦得厲害，除了我誰也不知道。我受了多少苦，上面提過，我完全沒有本領形容。不過我保守住祕密，做我分內的事。一開始就知道，如果我做的工作比不上任何別一個人，我就沒有辦法不受人輕視、侮辱。不久，至少比起兩個男孩中任何一人來，我都一樣敏捷、一樣能幹。我雖然跟他們熟極了，我的行為態度跟他們大不相同，因此彼此有隔閡。這兩個男孩和那些漢子提到我，大都稱為「小先生」，或者「小薩符克人」。有個叫格雷高瑞的打包工頭男子，和名叫提勃，穿紅短上衣、趕馬車的，有時叫我大衛；不過我想，大多數在我們談體己話和工作的當兒，我出點力給他們助興，把從前讀過的故事講給他們聽的時候，才這樣稱呼。（這些故事，很快在我記憶中消失。）蒼白馬鈴薯不滿我這樣出色，有一次要對付我，但是立刻就給密．瓦克把他制伏了。

這種生活要想擺脫，簡直沒有指望，我也完全死了這個心。我真正認定，從來沒有一個鐘頭甘心情願過這種日子，也從來沒有不感到悲慘得可憐。不過我都忍耐住了，甚至給裴媽的信裡（雖然來往有許多封），一封也沒有透露真相，一部分為了愛她，一部分為了怕醜。

密考伯先生的困難也弄得我心情更壞。我處境淒涼，就跟他家有了感情，往往跟密考伯太太一起忙著想辦法，為密考伯先生負債擔子沈重難過，跑來跑去。星期六晚上，是我大為暢快的時候，一部分是因為走回家口袋裡有六七個先令，可以看看店鋪裡面，想想這筆錢可以買點什麼，是很適意的事，一部分是因為我可以早些回家——這一晚密考伯太太卻會把最悲慘的事當自己人似地告訴我。星期天早上，我在刮臉用的小杯子裡攪隔夜買來的茶或咖啡，遲遲吃早飯的時候，她也會講起。這種星期六晚上，其中一晚談話開頭的時候，密考伯先生泣不成聲，快完的時候，又歌詠起水手甲克所愛是他可愛的納安來了④，這種現象全不希奇。我就碰過，他回家吃晚飯，淚如雨下，一口咬定什麼都完了，只有坐牢，等到上牀睡覺的時候，他又計算房子上加建弓形窗要花多少錢，「如果時來運轉」（這

④這是當時流行Charles Dibdin所作〈可愛的納安〉歌曲裡的歌詞。

是他愛用的辭句)。密考伯太太正跟他一樣。

我想,我和這對夫婦雖然年齡差別大得可笑,可是彼此處境各別促成的友誼平等,卻很希奇。不過,在密考伯太太完全當我自己人以前,我從來不肯讓他們請我白吃白喝他們的存糧(知道他們欠肉鋪、麵包鋪的錢,時常吃不飽)。那晚她當我心腹的經過如下:

「考勃菲爾少爺,」密考伯太太說,「我不拿你當外人,所以不瞞你說,密考伯先生的難關就要過不去了。」

我聽這話心裡非常難過,望著密考伯太太的紅眼睛同情到極點。

「除了一塊荷蘭乾酪的硬皮——這是不適合有小兒小女人家需要的乾酪,」密考伯太太說——「食物室裡什麼渣子都沒有了。我跟爸爸媽媽在一起,說慣了食物室,現在差不多不知不覺就用起這個字來了。我要說的是,家裡什麼吃的也沒有了。」

「啊呀,」我極其擔心地說。

我口袋裡還有一週工資賸下的兩三個先令——由這筆錢數看來,我猜這席話是在星期三晚上——趕緊掏了出來,真心誠意求密考伯太太收下,算借給她的。可是這位太太吻了我,逼著我把錢放回口袋,回說這種事她想都不能想。

「不能,我的好考勃菲爾少爺,」她說,「我絲毫沒有想到這一點!可是你雖然年紀小,已經很懂事了,可以幫我另外一種忙,只要你答應,這個忙我一定讓你幫,很感謝你。」

我請求她說出是什麼事。

「我自己已經拿出去一些金銀餐具了，」密考伯太太說。「私下把六個茶杯，兩個鹽缸，一對糖缸，親手分好幾次拿去押了錢。不過這對雙胞胎把我絪死了，像我這個人，總忘不了爸爸跟媽媽，做出這種事來實在痛苦。還有幾樣小東西我們可以拿出去。密考伯先生容易感傷，如果由他去脫手，他一定吃不消。克麗克呢」——這是貧民習藝所來的那個女佣人——「粗人一個，要是這樣當她心腹，放起肆來，就要命了。考勃菲爾少爺，要是我可以請你——」

我此刻懂得密考伯太太的意思了，就求她差遣我，做怎麼都可以。在那天晚上，我就把他家輕便的東西拿出去換錢了。以後幾乎每天早上到牟士冬格林比店鋪之前，都出去幹同一勾當。

密考伯先生有幾本書放在一隻小碗櫃上，他就稱它做圖書館，那些書是第一批賣出的。我一本接一本挾到都會路一家書攤上，能賣什麼價錢就賣什麼價錢——那時都會路的一部分離我們房子很近，差不多全是舊書店和鳥店。這個書攤的老闆就住在書攤後面小屋裡，每晚酒都喝得醉醺醺的，每天早上給他老婆痛罵。不止一回，我一早去，他在摺起的牀架上接見我，會看見他額頭上有傷口，或者有隻眼淤著血，可見他隔夜酒喝得太多（我恐怕他醉了以後一定好口角的），手抖抖的，想在放在地板上的衣裳口袋裡左右摸出需要的先令來，而當時他老婆手上抱著孩子，鞋後跟都穿勯了，從不停口地罵他。有時候，他錢丟了，就會叫我再去，可是他老婆總有點錢——大約是乘他醉了拿的他的——在我們一同下樓的時候，私下在樓梯上把交易做成。

在當鋪裡，我也漸漸有名了。掌櫃的非常看得起我，記得他常常在做我這筆生意的時候，叫我把一個拉丁文名詞或形容詞變化，或把云謂詞的活用法交頭接耳地說給他聽。我辦過這些事之後，密考伯太太總稍微款待了我一次，通常是吃頓晚飯，我記得很清楚，這些飯總有特別的味道。

最後，密考伯先生的困難成了危局，一天大早，他被捕了，進了塞德克市高等法院監獄。他離家的時候告訴我，現在太陽虐待了他，我真以為他的心碎了，我的也碎了。不過我後來聽說，中午以前有人看見他正興高采烈地玩撞柱戲呢。

他被捉去第一個星期天，我準備跑去看他，和他一塊兒吃飯。我問了路，據說要到個什麼樣的地方，差一點沒到之前，就會看見另一處什麼樣的地方，差一點沒到之前，又會看見一個院子，走過院子，筆直向前，最後會看見一個看守。這些指示，我依照了，末了，果然看到了看守（我真是個可憐的小傢伙！）我心裡想羅德銳克・藍頓⑤在債務人監獄裡，

⑤參閱第四回。

有個人在那裡，身上除了一牀舊地毯以外，一無所有的情形，這時候，看守在我迷矇的眼和悸動的心前面搖搖擺擺出現了。

密考伯先生在門裡等著我，我們就到了他牢房裡（在頂樓下一層），哭得很傷心。我記得他鄭重地要我以他的前車為鑒，小心記住一個人每年如果只有二十鎊收入，花十九鎊十九先令六辨士，就過好日子，可是如果用了二十鎊一先令，就慘了。說完他向我借了一先令買黑啤酒，給我一張向密考伯太太取回這筆錢的條子，把手帕收回口袋，又高興起來了。

我們在一個小火爐旁邊坐下，上銹的爐格子裡放了兩塊磚頭，一邊一塊，免得煤燒得太多。一直坐著，隨後另外一個欠債入獄的來了，跟密考伯先生同房，他由麵包廠帶來了羊腰肉，成了我們共同享用的膳食。這時他們派我到頭頂上一層大家稱為船長的郝勃金斯那裡，順便替密考伯先生問他好，告訴他我是密考伯先生的小朋友，可否請郝勃金斯船長借給我一副刀叉。

郝勃金斯船長借了刀叉給我，還問密考伯先生好。他那間小房裡有個非常骯髒的女人跟兩個沒有血色的女孩，是他女兒，都一頭亂蓬蓬的頭髮。我想借郝勃金斯船長的刀叉還不要緊，可不能借郝勃金斯船長的梳子。船長本人也襤褸到了極點，長了長絡腮鬍子，身披一件舊得不能再舊的褐色大衣，裡面並沒有再穿上衣。我看到他的牀鋪已經捲起，放在角落裡，他有的大小碟子、鍋罐都放在架子上。我看出（天知道怎麼會的）雖然這兩個頭髮蓬鬆的女孩是郝勃金斯船長的女兒，那個骯髒女人可不是郝勃金斯船長娶來的。我膽怯地在他門口站了最多不超過兩三分鐘，可是下樓的時候這些全知道了，和手上拿著刀叉一樣明白。

不管怎樣，這頓飯吃得很有流浪人家的風味，也很有趣。一到下午，我把刀叉還給郝勃金斯船長，回家去向密考伯太太報告探監的經過，安慰她。看見我回來，她暈過去了，隨後用啤酒、雞蛋、糖、肉豆蔻煮了一小壺飲料，一面談這件事，一面喝了，聊以慰藉。

我不知道這家人為了弄點錢，怎麼把家具賣掉的，也不知道是誰賣掉的，我只知道可絕不是我。不過，的確賣掉了，貨車搬走的。只賸下牀鋪，幾張椅子，一張廚房用的桌子。靠這些東西，我們——密考伯太太、孩子、孤兒，我——就像在溫塞里空洞洞的兩間起坐間露營，老是住在那些房間裡。我不知道住了多久，雖然我好像覺得很久。到末了，密考伯太太決定搬進監獄，因為這時候密考伯先生在裡面已經弄到一間房了。所以我把房子的鑰匙拿去給房東，房東收回鑰匙很開心。牀就送到高等法院，我的一張沒有送。我在監獄牆外面租了一間小房，放我的牀。我能住在那裡非常高興，因為我跟密考伯一家彼此太熟了，彼此在患難之中，不能分離。孤兒也在附近租了便宜的住處。我住的地方很靜，是後頂樓，有斜屋頂，下面是木材，看出去很舒服。我住進去的時候，想到密考伯先生到底過不了難關，就覺得我這裡很像是天堂了。

這段期間，我始終照舊在牟士冬格林比店裡做苦工，還是那幾個庸俗的同事，和開頭一樣覺得沈淪得冤枉。不過我每天到店裡，回家，吃飯的時候在街上逛，看到許多男孩，從來沒有跟一個結識，或跟他們那一個說過話，當然幸而如此。我暗中過的是同樣不幸的生活，但是我孑然一身，靠我自己，也跟以前一樣。唯一感到的不同是第一，自己更襤褸了，第二，密考伯夫婦因為有些親友出面，幫他們度這次難關，他們在監獄裡反比以前在監獄外面好長一段時期都過得舒服，這一來我擔子倒輕了，因為事先商量好，現在我時常跟他們一起吃早飯。不過，商量的詳情我已經忘記了。早上幾點鐘監獄開門，讓我進去，我也忘記了，可是記得我常常在六點鐘起身，在進監獄之前那一段時間我喜歡散步的地方是老倫敦橋，總坐在任何一處石頭凹進去的地方，看人來人往，望欄干外的太陽照得水面燦爛，照得紀念一六六六年倫敦大火的紀念塔頂映出金色火焰。有時孤兒在此地碰見我，我就把關於碼頭和倫敦塔⑥一些驚天動地、編出來的故事告訴她，這些故事，我只能說，希望我自己也信以為真。晚上我總回到監獄裡，和密考伯先生一同在廣場上來回地走，或者跟密考伯太太打紙牌，聽她講她爸爸媽媽的往事。牟士冬知道不知道我在那裡，我說不出來。我在牟士冬格林比店裡從來沒有告訴同事。

---

⑥建於威廉一世，從前為碉堡、宮殿，後用為監獄，現藏文物。

密考伯先生的事雖然危機已過，卻因為有張叫做什麼契據的東西，還有牽連。這張契據我以前聽他們談過很多，現在我想，一定是以前他跟債權人立的、償還部分借款的合約，以了結債務的，雖然我那時太不清楚是怎麼一回事，可以把合約跟那些惡魔⑦的文件混為一談了（那些文件據說從前在德國大為通行）。最後，這個文件不知怎麼一來，好像不礙事了——總之，不像從前那樣是前途的暗礁了。密考伯太太告訴我，她娘家已經決定，密考伯先生可以援用破產人法案，請求釋放⑧。她指望這個法案在六星期左右放他出來。

「那時候，」密考伯先生當時在場說，「只要老天肯開恩，我相信，我的情況就有進展了，過全新的生活，要是——要而言之，要是時來運轉的話。」

凡是會有的事我都要找出來，因為要做到這一點，我記起大約在這個時候，密考伯先生擬了一篇預備遞給下議院的呈文，請求更改負債不還要遭監禁的法律。我在此地記下這段往事是有用意的，因為我把從前讀過的書拿來配合我起了變化的生活，把街上看到的事，看到的男女，用來替自己編故事，上面這件事給我一個例子。還有我寫自傳，我想，自己不知不覺顯著起來的幾個主要性格特點，在全部這段期間漸漸形成的情形，也可以由此看出。

⑦暗指浮士德立約出賣自己靈魂給魔鬼一事。
⑧此法未立以前，負債人永遠監禁。

監獄裡有個俱樂部，密考伯先生是上流人，所以在俱樂部裡極有地位。他把寫這個呈文的主意告訴了大家，大家熱烈贊成。密考伯先生本來是個不折不扣的好好先生，除了自身的事以外，幹起任何事來都起勁之極，忙起對他沒有絲毫利益的事情，更加快樂，所以就著手起草呈文，想出話來，謄在一大張紙上，鋪在桌上，約好一個時間，叫全俱樂部的人，到他房裡來簽字，全監獄的人只要願意，都可以參加。

我聽到這個儀式就要舉行，急切想看到他們接踵全來，其實大部分的人我早已經認識了，他們也認識我。因此我跟牟士冬格林比店裡請了一個鐘頭假，在一個角落站定。俱樂部的要員能塞進來的都塞了，只差沒把房間堵塞住。他們把密考伯先生擁到呈文面前，一方面我那位老朋友郝勃金斯船長站在呈文附近，把呈文念給大家聽，因為他們還不知道呈文的內容。（船長今天為了儀式莊嚴，洗了澡，以表尊重。）門大開著，全監獄的犯人就列了長隊而進，外面還有人等著。進來一個人，簽了名，再出去。郝勃金斯船長對一個個接著來的人都說，「你讀過呈文了嗎？」——「沒讀過。」——「你要聽我讀一遍給你聽嗎？」要是那人微微地表示絲毫意願要聽，郝勃金斯船長就用高而響亮的聲音逐字朗誦呈文。假使兩萬人要聽船長讀，他就會一次又一次地讀兩萬次。記得他讀到這些字眼，「集議於國會之議員諸公」、「是以請願人等謹呈貴議院」，「寬仁陛下之不幸臣民」，總打起悠揚動聽的調子，好像這些字在他嘴裡都是真正的東西，咬嚼起來很有滋味似的。這當兒，密考伯先生傾聽著，身為作者，有一點得意之態，一面望著對面牆上的一枝枝鐵蒺藜出神，不過不很嚴肅罷了。

我每天往來塞德克和道明會區之間，吃飯時就到偏僻的街上閒逛，大概街上的石頭都被我這個小童的腳踏壞了。我想知道，熙來攘往，往日列隊在我面前走過，又由我檢閱，聽郝勃金斯船長高聲誦讀的那些人之中，多少個已經沒有了！我現在每次回想以前小時候慢慢受的慘痛，就想知道，我替這些人虛構出來的故事，有多少是像幻想煙霧般籠罩著，記得十分真切的事實！我每踏上從前走過的地方，都好像看見我面前有個天真瀾漫而喜歡新奇的孩子，可憐他，憑這些奇遇和悲慘的事，寫出了他富有想像的世界。

第十二回　不樂自力，下大決心

出犴獄遷地翔鴻鵠
投親長首途遇豺狼

密考伯先生的呈文到了適當時候，聽取的時機就已經成熟，根據這項法令，上頭關照下來，叫把這一位先生釋放，我欣喜非常。他的債主並不是不肯和解的。據密考伯太太告訴我，甚至仇恨深的靴匠都在公開給人旁聽的法庭上說，他對密考伯先生並不懷惡意，不過別人欠他錢，他總要人家還的。他說，他認為這就是人性。

密考伯先生案件結束後就回到高等法院，要付過某些費用，辦過某些手續，才能真正獲釋。俱樂部的人接待他，歡喜若狂，那晚特地為他舉行聯歡會。密考伯太太跟我私底下吃了油炸羊雜碎。家裡的人都在周圍睡了。

「碰到這種時候，考勃菲爾少爺，」密考伯太太說，「您再喝一點熱啤酒①」——因為我們已經喝過一點了——「我好跟你紀念我爸爸媽媽。」

「太太，他們都死了嗎？」我喝了杯裡用來紀念的酒問。

「我媽媽過世了，」密考伯太太說，「那時密考伯先生的日子還沒有困難起來呢——至少還沒有覺得難熬。我爸爸在世保釋了密考伯先生好幾次，後來過去了，好多人都很難過。」

密考伯太太搖搖頭，一點思親之淚滴在懷抱中的一個雙胞胎身上。

有個跟我切身有關的問題，要提出來問密考伯太太再不能指望有更好的機會了，所以我就提出了，——

「太太，我可以請問，現在密考伯先生沒有麻煩了，自由了，您跟他有什麼打算嗎？可曾拿定主意？」

「我娘家，」密考伯太太說（她每提到她娘家兩個字總有個派頭，雖然我從來找不出她指的是誰）——「我娘家的意思，密考伯先生應該離開倫敦，在別處發揮他的才幹。密考伯先生是大有才幹的人呀，考勃菲爾少爺。」

我說這還用說嗎。

---

①加了烈酒和糖的。

「大有才幹，」密考伯太太重複了一句。「我娘家的意思，有他那種能力的人，只要有人出點力，就可以在海關弄到事情了。我娘家在普里穆斯本地有面子，他們希望密考伯先生到那裡去。認為他人非在當地不可。」

「這樣他人就現成了？」我想到了這一點問她。

「正是呢，」密考伯太太答。「這樣他人就現成了，要是有什麼機會的話。」

「您也去嗎，太太？」

那天的種種事故，加上還有一對雙胞胎，即使不把熱啤酒算上，已經把密考伯太太攪得要發神經了，她流淚答，——

「我永遠也不撇掉密考伯先生的。密考伯先生有困難，最初也許還瞞我，可是他是樂觀的人，也許還巴望能克服困難。珍珠項鍊、鐲頭本是媽媽留給我的，不到半價就賣掉了，那套珊瑚工藝品是爸爸送我結婚的禮物，差不多一文也沒有到手就脫手了。不過我永遠也不撇掉密考伯先生。不會！」密考伯太太哭了，比先前感觸得更厲害了。「我永遠也不做這種事！你叫我做也不中用！」

我覺得很不舒服——好像密考伯太太以為我叫她做這種事的！——所以驚慌中坐下來望著她。

「密考伯先生有他的毛病。沒有打算，我不否認。他錢的來路、欠的債，都不叫我知道，我也不否認，」她繼續說下去，望著牆，「不過我永遠也不撇掉密考伯先生的！」

這時密考伯太太叫出這一句，嗓子提到十足驚呼的高度，嚇得我趕快奔到俱樂部，這時密考伯先生正坐在長桌首席上，領著大家唱合唱曲——

快前進呀②，蹈賓，
前進呀，蹈賓，
快前進呀，蹈賓，
快前進呀，前進呀——哦——哦！

我把密考伯太太情況嚇壞人的消息告訴他，他一聽，馬上哇一聲哭起來了，跟我一同出來，背心上掛滿他剛剛在吃的蝦子頭尾。

「艾瑪，我的寶貝！」密考伯先生衝進了房大叫道，「怎麼回事啊？」

「我永遠不撇開你，密考伯！」密考伯太太叫道。

「我的命！」密考伯先生把她抱在懷裡說，「我完全明白。」

---

②〈有一天我趕車時〉歌中的迭句。蹈賓，義為馱馬。

「他是我兒女的爹！我雙胞胎的父親！我親親愛愛的丈夫，」密考伯太太，掙扎著哭道。「我永——遠——不撇開密考伯先生！」

密考伯先生看她這樣死心眼兒對他，深深感動（至於我，已經淚流滿面了），就熱烈地低下頭彎下腰來，求她抬頭看看，鎮定下來。不過他越請她抬頭看，她眼睛越沒有固定目標，越請她定下神來她越定不了神。結果密考伯先生很快就吃不消了，他的眼淚跟他太太的，我的、混在一起，末了求我幫他一個忙，他服事她上牀，叫我去端張椅子放到樓梯上。我本來要回去過夜了，不過他要等這裡催客的鈴響才肯讓我走。所以我坐在樓梯窗口，後來他也出來了，帶了另外一張椅子，跟我坐在一起。

「此刻大媽怎麼樣了，大爺？」

「很差，」密考伯先生搖頭說——「緊張過度，現在疲下來了。唉，今天真糟透了！我們這一會兒好孤單——樣樣都完了！」

密考伯先生手緊握我的手，呻吟著，隨後掉下淚來。我很難受，也很失望，因為我本以為盼望很久的好日子到了，大家應該快快樂樂才對。可是我想，密考伯先生和太太過去的罪受慣了，所以現在想到罪受完了反而覺得挫折不堪。他們所有順應環境的能力都消失了，我從來沒有見過他們一半像現在這樣悲慘過。鈴聲一響，密考伯先生把我送到門房，在那裡替我祝福和我分手，我看他這樣極度悲慘，把他獨自一人丟下，非常不放心。

這次天翻地覆，情緒沮喪，我們都牽涉進去，非常出我意外，不過，經過這一切以後，我清楚看出，密考伯夫婦一家就要離開倫敦，我們就要分手了。就在那晚回家路上，隨後躺在牀上好幾個鐘頭睡不著覺，有個念頭我初次有——雖然不知道怎麼萌上心頭的——這個念頭之後就成了堅決不移的主意。

我已經跟密考伯家人住得很慣，跟他們成了患難之交，十分親密，沒有他們，我就舉目無親，一想到非換新寄宿的地方不可，並跟不認識的人相處，就像那一刻又到了目前，因為以往的經歷記憶猶新，我那一刻都知道。我所有敏感的感官都給這種境遇殘酷地創傷過，這種境遇使我心頭時時記著種種羞恥跟不幸，我想到這點，更加痛不可當。我認定這種生活再也過不下去了。

要逃避這樣的遭遇，希望是沒有的，我清清楚楚知道，除非我自己自動逃走。牟士冬姑姑很少寫信給我，牟士冬根本沒寫過，不過有兩三個衣服包裹，做現成的或補過的，寄給昆尼恩先生轉交給我，每次裡面有個紙條兒，上面大致寫著，（人名只有開頭的字母）珍·摩（士冬）相信大（衛）·考（勃菲爾）用心工作，專一盡職——我除了很快注定做沒出息的苦工之外，是否還有什麼別的指望，信中連起碼的暗示都沒有。

就在第二天，我因為那個已經打下的主意，一開頭心裡還在七上八下，就發見密考伯太太說他們要搬走的話並不是無端的。他們在我住的地方住下，講好住一個星期，到期就動身往普里穆斯去。下午密考伯先生自己到營業所對昆尼恩先生說，他動身那天只得把我交給他，對我的為人，大大稱讚了一番，我相信自己也當之無愧。昆尼恩先生把車夫提勃叫來，他是有家眷的，有間房出租，講好讓我搬去住——雙方同意，他總以為一定是雙方同意了，因為我雖然此刻已經下了決心，卻一聲沒出。

我和密考伯夫婦住在一起其餘的那段期間，晚上我都跟他們在一起，一天天過去，彼此更加親近了。最後那個星期天，他們請我吃飯，我們吃了蘸了蘋果醬的豬腰肉，還吃了布丁。我前一晚買了一隻畫了斑點的木馬給小威爾金斯·密考伯——就是那個男孩——一個玩偶給小艾瑪。還給了孤兒一先令，他們就要遣她回家了。

這天我們過得很愉快，曉得就要分別，大家都也很容易感傷。

「考勃菲爾少爺，」密考伯太太說，「將來只要重提到密考伯先生那段艱難的日子，我永遠不會忘記你。你的所行所為總是最體卹別人、最肯幫忙的那種。你不是房客，是朋友。」

「小兄弟，」密考伯先生說，「考勃菲爾，」近來他已經這樣稱呼我慣了，「他有心腸，別人不得意，有困難，他同情他們，他有頭腦，會打算——有兩手——要而言之，能把用不著的東西賣掉。」

我表示對他這類嘉獎很感激。我說彼此就要不能在一起了，真難過。

「好小弟弟，」密考伯先生說，「我比你癡長幾歲，做人有點經驗，而且——而且過苦日子，要而言之，也有點經驗，總而言之。如今，機會還沒到之前（機會，我可以說，我是刻刻都認為會有的），我無可奉贈，只能貢獻點意見。到目前為止，我的意見仍舊是有價值的，——要而言之，我並沒有實踐，於是成了」——密考伯先生一直眉飛色舞，有說有笑，可是說到這裡頓住了，皺起眉頭——「你目擊的這個悲慘可憐的人。」

「我的好密考伯！」他太太求他不要這樣講。

「我說，」密考伯先生已經無法控制自己了，又含笑道，「成了你目擊的這個悲慘可憐的人。我貢獻給你的意見是，今天能做的事絕不要在明天做。拖延乃光陰之竊賊③，揪住他領口！」

「這是我去世的爸爸的箴言，」密考伯太太說。

「好太太，」密考伯先生說，「你爸爸的作風大有道理，我絕對不會說看他不起的話。拿他整個人來說④——我們再也不會，要而言之——結識到，大約是，任何一位，有他那個年紀，同樣打綁腿的腿，不帶眼鏡能讀同樣大小印刷字體的人了，可是他把那句格言用

---

③這是英國詩人Edward Young（一六八三——一七九五）長詩〈夜思〉（The Complaint, or, Night Thoughts）裡的句子。

④此語引自莎士比亞悲劇《哈姆雷特》一幕二景一八七行。

到我們的婚姻上，我的好太太，我們結婚太早了，結果，我一直沒有把那筆用掉的錢彌補起來。」

密考伯先生側過臉來瞧著他太太又說，「並不是我為這件事後悔。正相反，我的心肝。」說完這句話，他有一兩分鐘神情很嚴肅。

「考勃菲爾，我另外要貢獻的意見，」密考伯先生說，「你是知道的。每年進項二十鎊，每年開銷十九鎊十九先令六辨士，結果幸福。每年進項二十鎊，每年開銷二十鎊零六辨士，結果痛苦。花殘葉萎，太陽降落在淒涼的場面上，這一來——這一來，要而言之，你就給打倒在地上了。就像我這樣！」

密考伯先生為了把他本人這個榜樣表現得栩栩如生，喝了一杯混了果汁的淡甜酒，神情歡暢，哼出了「大學角笛曲」⑤。

我沒有忘掉叫他放心，我說我會把他的箴言銘記在心——其實用不著，因為當時我對這些話裡的道理顯有體會。第二天早上，我在公共馬車售票處和他們全家聚會，看到他們心情慘沮，上了馬車後部的外面。

「考勃菲爾少爺，」密考伯太太說，「上帝保佑你！我永遠忘不了你的一切，你知道，

---

⑤**Charles Dibdin**作。

就是能忘記，也永遠不肯忘記。」

「考勃菲爾，」密考伯先生說，「再會！祝你事事快樂、興隆！如果歲月輪流過程中，我能夠叫自己相信，我把命運糟蹋掉，倒給了你警惕，那麼我也可以感覺到，別人跟我相交一場，沒有完全白費。如果有機會（我相當有把握會有），我要是能改好你的前程，就快樂之極了。」

我猜，密考伯太太跟孩子坐在車後面，我站在路上黯然望著他們，她抹去了眼淚，看出我真是多小的一個人。我想也是，因為她做手勢叫我爬上車，臉上第一次現出慈母的神態，把我頸項摟住，吻了我一下，就像吻她自己的兒子一樣。馬車開了，我差點兒下不了車，這家人用手帕向我揮動，我幾乎看不見他們。瞬息間，馬車就不見了。孤兒跟我獃獃站在路當中，然後兩人握手道別。她大約回聖路加貧民習藝所，我就到牟士冬格林士比店裡去開始過一天乏味的日子。

不過，我已經不打算再在那裡過許多乏味的日子了。不打算了。我決定溜——不論用什麼方法，下鄉去，到世上我唯一的親戚那裡，把我的經過告訴我姨婆。

我已經說過，不知道這個不顧死活的主意怎麼進我腦子的。不過，一旦進去了，就在那裡生根了，凝為主張，我一輩子沒有打過比這個更堅決的主張。這件事有沒有什麼希望，我一點也沒有把握，不過我主意已經完全打定，非辦到不可。

自從那晚我第一次想起這個主意，睡眠給趕走了以後，一次又一次，上百次，我重溫我亡母講給我聽的，關於我出世的往事，從前聽母親講起這事，是我的一大快樂，我已經記得爛熟了。故事裡說到我姨婆來，說到她走，是位可怕而有威風的人物，不過她舉動有個我喜歡尋思的小小特色，這個特色給了我一點點勇氣。我忘不了我母親所說，姨婆用手捋捋她的頭髮，她當時感覺到倒並不兇悍。雖然這也許全是我母親的幻想，也許並沒有實在的根據，我卻憑這件小事，在心裡畫出一小幅圖畫：可怕的姨婆給母親的嬌豔所動，心也軟了，整個故事都祥和了（母親的嬌豔我記得非常真切，也非常之愛）。很可能這個想法在我心裡已經很久，漸漸培養出了我的決心。

我還不曉得姨婆住在那裡，所以寫了一封長信給裴媽，順便問她，她知不知道。騙她說，我聽說有這樣一位太太住在某處（地名是胡謅的），倒很想知道是否就是這個地方。信裡我告訴裴媽，我有個特別的用項，需要半個基尼金幣，要是她能借給我，等我有錢再還，我就非常感激她了，至於做什麼用，隨後會告訴她。

裴媽的回信很快就到了，而且跟以往一樣，充滿了摯愛。她附了半個基尼金幣（一定大費了心思才打巴基斯的箱子裡弄出來的），告訴我姨婆住的地方靠近多佛，不過是否在多佛本地，在海玆，在散蓋，還是在福克斯東，她說不出。可是關於這些地方我問過我們這裡一個人，據他說，這幾處都在一起，我要找人，知道這些就夠了，於是決定在那個週末出發。

我雖然是個小傢伙，生性誠實，不願意在牟士冬格林士比店裡留下臭名，所以認為非在店裡待到星期六晚上不可。而且我初來的時候，預支了一星期工錢，到了該到營業所領僅夠餬口的工錢的時候，我也不去。就為了這個特殊的原因，才借半個基尼金幣的，免得在路上一點旅費也沒有。因此星期六晚上一到，我們全在店裡等發工錢，車夫提勃第一個去拿錢的時候（他總是占先的），我就和密・瓦克握手，請他等輪到他領薪水，就跟昆尼恩先生說，我要去把我的箱子搬到提勃家去。然後又跟馬鈴薯說聲再會，就逃走了。

我的箱子還在對河我舊住的地方，我在我們釘在酒桶上的姓名地址卡片背後寫了寄箱子的姓名住址：「留交大衛少爺，候其親來多佛馬車售票處領取」。這張卡片我放在口袋裡，等我從屋裡把箱子拿出來的時候紮上去。就在朝我住的地方去的時候，我四處看看可有什麼人，幫我把箱子搬到售票處去。

一個長腿的年紀輕的人，有一輛很小的空著的驢車，站在靠近道明會路上方尖石塔⑥附近，我走過他面前的時候，眼睛正跟他眼睛碰到，他稱我為「矮冬瓜」，希望「我把老子認清楚了下次好孝敬」——我知道他準指我盯著他看這件事。所以就站住了，叫他不要

⑥一七七一年建立，一九〇五年移往帝國戰爭博物館。

見怪，我說，我盯著他看不是不懂禮貌，而是不知道他是不是喜歡作一件活。

「麼活呀？」長腿的人問。

「搬一隻箱子，」我答。

「麼箱子？」長腿的人問。

我告訴他箱子是我的，在那條街那邊，我預備給他六辨士，要他替我搬到多佛馬車售票處。

「六辨士替你搬！」長腿的人說，馬上踏上他的車（所謂車不過是裝了輪子的大淺木箱罷了），嘎啦嘎啦飛馳而去，我盡力快跑，才趕上驢子。

這個青年有種不把人放在眼裡的神氣，特別是跟我說話，嘴裡總嚼麥楷那個樣子，我不很喜歡。可是交易已經講好，只有帶他上樓，到我要搬走的那間房裡。我們把箱子搬了下來，放在他車上。此刻我還不願意把姓名地址卡紥在箱子上，怕房東家有什麼人看穿我的舉動，把我扣留。所以我對那青年說，要是他到了高等法院監獄沒有窗戶的牆面前停一分鐘，就好了。我話才一說完，他就嘎啦嘎啦把車趕得飛馳，好像他、我的箱子、車子、驢子，全發了一樣的瘋。我趕在後面奔著叫著，趕到講好的地方，簡直氣都透不過來了。

我面紅緊張，掏出卡片的時候把半基尼金幣也抖出來了。為了穩當，我把金幣銜在嘴裡，兩隻手雖然直抖，總算把卡片紥上去了，認為非常滿意，就在這時，我覺得那個長腿的人在我下巴頦上猛打了一下，眼看我的金幣從我嘴裡彈到他手裡。

「麼！」青年揪住我上衣領子齜著牙說，樣子猙獰可怕。「這是警察辦的案子，是吧？你想溜，是吧？上警察局，你小壞蛋。上警察局！」

「把錢還我，對不起，」我說，當時給他嚇壞了，「你放手。」

「上警察局去！」青年說。「你自己跟警察局去講。」

「請你把我箱子跟錢還我，好吧？」我哇一聲哭道。

青年嘴裡還在答，「上警察局去！」卻兇惡地把我拖到驢子面前，好像這頭畜生和違警法庭的推事有什麼類似的地方。就在這時，他改變了主意，跳上了車，坐在我箱子上，大嚷他要駕車一直上警察局去，比先前更快嘎啦嘎啦走了。

我拚命地奔跑追他，可是上氣不接下氣，叫不出，就是有氣力也不敢叫。半哩路程，至少有二十次我幾乎給車輾過。時而他不見了，時而看見他了，時而他不見了，時而挨他鞭打，時而給他吆喝，時而跌在泥裡，時而爬起身來，時而衝到別人懷裡，時而一頭撞到柱子上。到末了，又害怕，又熱，頭腦搞昏，不知道是不是此刻倫敦一半的人已經出來捉拿我了，我就讓那個青年帶了我的箱子和錢，隨他走到那裡去算了。我喘息著，哭著，不過從沒有停腳，掉過頭來向格林湼基前進——我知道這地方在多佛路——到我姨婆隱居的所在去，身上從世界上帶出來的東西比我抵達人世，惹得姨婆發怒那晚帶給世界的多不了許多。

第十三回　決心的結局

孤旅窮途偏多荊棘
異鄉絕境終托蔦蘿

我不去追那個趕驢車的人，於是往格林涅基出發，那時大概也有一路奔到多佛的妄想。這個想法如果有的話，我紛亂的心思不久也冷靜下來了，因為在肯特路上我到了一批高於街道的房屋面前站住，房屋前有個池塘，塘中央有個吹乾涸了的法螺①、又大又蠢的海神偶像。我在這裡找個門口臺階上坐下。辛苦了這一大陣，已經筋疲力盡，連為箱子和半個基尼金幣丟掉哭一場的氣都沒有了。

①海神像吹的法螺本當噴水不停，因池子乾涸，噴不出水。

此刻天已經黑了。我坐下休息，聽到鐘打十點。不過好在是夏天夜裡，天氣又晴。等透得過氣來，喉嚨裡窒息的感覺沒有了的時候，我站起身，再往前走。儘管那樣倒楣，卻從來沒有回去的意思。我想，當時，即使肯特路上有瑞士的風雪，我也不會有這個意思。不過我當時身上，只有半辨士的硬幣三枚（星期六夜晚，我口袋裡究竟怎麼會有這筆錢，我的確不知道！）我雖然往前走著，並不見得少煩些。我想像一兩天之內，報上有條新聞，說有人發見我死在某片籬笆下面。我心情悲慘，雖然盡快步步艱難向前奔走。後來經過一家小鋪子，揭示這裡收購上流男女服裝，高價買進破布、骨頭、廚房廢物。店東不穿外衣，坐在門口抽烟。裡面天花板很低，上面掛著好多件外套、長褲，只點了兩支朦朧的蠟燭，照著貨色。我想像他就像個報復心重的人，把所有的仇人都弔了起來，很覺得稱心。

我最近跟密考伯夫婦在一起，得到經驗，覺得這片鋪子或者可以救急，免得餓死。我走到下一條背街，脫下背心，捲齊整，挾在腋下，回到店門口。「對不起，老闆，」我說，「要是價錢公道，我就賣這件背心。」

老闆道勒必——至少店門上寫的姓是道勒必——接去背心，煙斗頭朝下，靠門柱放下，進了店，我也跟了進去。他用手指彈去兩支蠟燭的燭花，把背心鋪在櫃台上，看了一看，又拿起就著燭光再看，末了說，——

「好啦，這件小背心，你要賣什麼價錢？」

「啊呀！老闆，您在行，」我謙遜地答。

「我不能做買主又做賣主，」道勒必老闆說。「這件小背心，你要個價錢吧。」

「十八辨士怎麼樣？」——我遲疑一下，微微露出我的意思。

道勒必老闆把背心又捲好，還了給我。「就算拿九辨士買這背心，」他說，「我也是搶劫我一家大小了。」

這樣做生意，很不愉快，因為我跟他素昧平生，我為了做這筆生意，就非請道勒必老闆搶劫他家裡的人不可，太叫人不舒服了。不過我處境十分急迫，只好說，要是他肯的話，九辨士也行。道勒必老闆給了我九辨士，雖然並不是沒有點怨言。我跟他道了晚安，走出店門。有這筆錢就闊些了，也少了件背心。不過等我把外套鈕釦扣好，也沒有多大關係了。

的確，我早就相當明白地料到，下一次要賣的就是外套了，必須盡快穿著襯衫和長褲到多佛，而且即使能夠保住那樣的打扮到那裡，都算運氣好的。不過我的心並沒有專釘在這件事上頭（也許有人會以為如此）。如今想來，當時我口袋裡有了九辨士再出發，除了路有多遠，有個大概的觀念，那個趕驢車的年紀輕的傢伙害得我那樣慘，還記在心裡之外，並不迫切覺得有很多困難。

我想起了個過夜的辦法，就要如法炮製。辦法是躺到我上過的學校後面角落上牆背後，那裡總有草堆的。我想像，那些同學和我從前說故事的寢室靠這樣近，倒也不太寂寞——

雖然我在那裡，同學一點也不知道，寢室也不能給我蔭庇。

我辛苦了一天，所以到最後好不容易爬出來，抵達布辣希司平地的時候，已經累得要命。找賽冷學校，費了一點事，不過到底找到了，角落裡也找到乾草，我先沿牆繞著走了一圈，仰起頭來看看窗子，看到裡面全熄了燈，靜寂無聲，才在草旁躺下。第一次躺下來頭上沒有屋頂，多麼淒涼，這種感覺我永遠忘不了！

無家可歸的人，總發現人家見了他們都把門關緊、人家的狗都向他吠，那夜他們許多個都睡著了，我像他們一樣，也睡著了——夢見躺在我讀過的那間學校的牀上，在我房裡跟別的同學談天，醒來發現原來我自己筆直坐著，嘴裡念出司棣福的名字，神魂顛倒地望著頭頂上天空閃耀的星光。等我記起在這般不同尋常的時刻自己所在的地方，有個感覺潛襲我的心頭，不知道怕的什麼，站起身來徘徊。不過爍爍的星光漸漸黯淡，白晝來臨的那一方天空已經有了微弱的光，我才放下心來。我因為眼皮沈重，就又躺下睡了——雖然睡著了也知道冷——一直睡到日光暖了，賽冷學校的起身鈴響了才醒。要是有希望會到司棣福，我就會躲在附近，等他單獨出來。不過我知道他一定早就離開那裡了。也許闕都司還在那裡，不過也很難說。儘管他天性溫厚，我大可以依賴他，但是我對他的謹慎和運氣都沒有充分信心，不希望把我的處境告訴他，當他可靠。所以在喀銳刻爾校長的學生起身之前，我偷偷離開圍牆，忽忽走上我以前第一次知道名叫多佛道的灰濛濛大道，當時我是學生裡的一人，一點沒有料到，任何人的眼睛有一天會看見我此刻在路上走，身分是行路之人。

這個星期天早晨和從前在雅茅斯的星期天早晨分別多麼大呀！我走得好辛苦，到了時候，路上就聽到教堂的鐘聲響，我碰到上教堂的人。經過一兩座教堂，教眾都在裡面，歌聲傳到太陽光裡，堂區裡管小事的職員坐在門廊陰處乘涼，要不然就站在水松底下，手遮著額頭，惡狠狠地怒目瞪著我走過。不過除我以外，往日星期天早上萬物都依然安享寧靜和安適。分別就在這裡。我一身又髒又是灰塵，頭髮蓬亂，自覺十分下流。若不是我想像中看到我母親年輕貌美，在爐邊哭泣，姨婆對她動了憐憫之情，我想，我絕沒有勇氣再走到明天。不過，這個景象總在我眼前，我就跟隨著走去。

星期天那天，我在那條直路上走了二十三哩，可也很不容易，因為我從來沒有吃過這種苦。傍晚時候，我走過羅契斯特地方的橋，發覺腳疼，人又累，吃買來的麵包當晚飯。有一兩所小屋上掛了招貼「行旅客棧」，打動了我的心。不過我怕花掉所有的幾個辨士，甚至更怕路上碰到或趕過的那些流浪漢的猙獰面目。所以除了天，不去找遮蓋我身體的地方，辛苦走到了恰騰——這個地方那晚的樣子，不過像一場夢，夢中見到的是白堊，座座吊橋，艘艘泥河裡沒有桅杆、像諾亞方舟有頂的船②——末了，我爬上雄踞在一條巷子上

---

②見聖經舊約創世紀六章十四節。

面，長滿草的炮臺，有個哨兵走來走去在那裡放哨。我靠著一尊砲躺下，哨兵的腳步聲跟我做伴，好極了，雖然他根本不知道我在他上面，就跟賽冷學校的學生不知道我睡在牆邊一樣。我一覺酣睡到早上。

清早，我人又僵、腳又疼，軍隊的鼓聲和前進聲把我吵昏。我下來向狹長的街走去的時候，這些聲音好像從四面八方把我包圍起來一樣。當時我覺得那天我也走不了多少路，不如養足氣力再走完全程，於是決定賣掉外套，當這件事是大事。因此脫下外套，好學會不穿也能對付。把它夾在胳肢窩下面，各處看看有些什麼舊衣服店。

這作興是賣外套的地方，因為做買賣舊衣服生意的人很多，而且一般說來，都在門口留心顧客。不過大多數的店鋪貨色裡面，總掛著一兩件肩章等等齊全的軍官外套，這些貨色價錢很貴，我就害怕起來，在附近走了很久，也不敢把我的貨拿給那一家去賣。

我這樣自慚貨不如人，就不想跟這一行正規鋪子交易，念頭轉到舊船具商店和道勒必老闆開的那種店上面去了。最後，我總算找到了一家店鋪，看樣子以為有希望。鋪子在一條骯髒的巷子拐角，巷底圍著一圈籬笆，上面長滿有刺的蕁蔴，籬笆木樁上掛些飄揚的舊水手衣服，好像是一家店鋪裡多得漫出來的，還夾了些吊牀、生銹的鎗、油布帽、說不出名稱的扁盤，盤裡放著許多生銹的舊鑰匙，大小不一，好像種類齊全，世上所有的鎖都可以打開似的。

這鋪子又矮又小，開了一扇小窗，不但沒有把房屋照亮，反而弄得更暗，原來裡面掛滿了衣服，進去要走下幾檔臺階。我的心直跳，走了進去。看見一個醜陋的、臉下半截給又短又硬的白鬍鬚遮滿的老頭兒從後面汙濁的小工作室裡衝出來，一把揪住我頭髮，一點沒有減輕我的驚慌。這個人看上去又老又可怕，穿一件齷齪的法蘭絨背心，一股甘蔗酒的臭氣薰人。他工作室裡放了牀架，牀架上蓋了一條七拼八湊、抖散了的破爛被窩。另有扇小窗，現出許多有毒的、不能碰的蕁痲，還有一頭跛驢。

「啊，你來幹啥？」老頭子齜牙咧嘴，惡狠狠單調地吼道。「啊，我的天，我的地，你來幹啥？啊，我的五臟六腑，你來幹啥？啊，咕嚕咕嚕！」

我給這些話，特別是末了那句他重複在喉嚨裡嘎啦嘎啦響出來、我聽不懂的話，嚇了一跳，我答不出話來。這一來，老頭子還揪住我頭髮，又說，——

「啊，你來幹啥？啊，我的天，我的地，你來幹啥？啊，我的爺爺奶奶，你來幹啥？啊，咕嚕！」——這個字他硬吐出來，用力太猛，眼珠都要從臉上突出去。

「我要請問您，」我發著抖說，「您可要買件外套。」

「啊，我們來看看這件外套！」老頭子嚷道。「啊，嗚呼呀，外套拿來給我們看！啊，我的天，我的地，把外套拿出來！」

說完這話，他鬆開他那雙直打抖揪住我頭髮的鷹爪，戴上眼鏡。不過，配上他那雙紅絲纏滿的眼珠，也不見能把他打扮好看多少。

「啊，外套要多少錢？」老頭子看了一下叫道。「啊——咕嚕！——外套要多少錢？」

「半克朗③，」我答，此刻神志才慢慢恢復清醒。

「啊，我的爺爺奶奶，」老頭子嚷道，「去你的！啊，我的天，啊，去你的！啊，我的地，去你的！十八個辨士。咕嚕！」

他每喊一次這句話，眼珠就像有突出來的危險。每句話都有個什麼調子，總完全一樣，總像一陣狂風，開始的時候吹得很低，漸漸揚得很高，又低下去，我再找不到更切合的譬喻了。

「好了，」我說，生意做成心裡也高興，「我就拿十八辨士好了。」

「啊，我的爺爺！」老頭子嚷道，一面把外套扔到架子上，「滾到店外面去！啊，我的奶奶，滾到店外面去！啊，我的天，我的地——咕嚕！——別想要錢，換東西。」

我從來也沒有這樣給人嚇過，從前沒有，此後也沒有。不過我低聲下氣地告訴他，我等錢用，什麼東西都用不著，會依他在外面等，不打算催他。於是走到外面，在角落裡陰處坐下。坐了好幾個鐘頭，陰處有了陽光，陽光又變成陰暗，還坐在那裡等錢。

我希望幹那一行的再沒有另外一個這樣醉酒的狂漢。原來他在那一帶很出名，人家都

③二先令半。

知道他把自己的靈魂賣給了魔鬼④，這是我不久發見的，因為好些小孩不停在鋪子周圍侵擾他，高聲把那個傳說嚷出來，叫他把金子拿出來「卡里，你不窮，你知道的，你裝窮。把你金子拿出來。把你靈魂賣給魔鬼的錢，拿點出來。嗐！卡里，錢在牀墊子裡。拆開來，拿點給我們！」這些話，還有許多要借把刀給他充這個用途的提議，激得他怒不可遏，結果整天他這方面，一再衝了出來，小孩那方面就一再溜走。有時候，他盛怒之下，把我也當了他們一夥的，會向我衝來，做出兇相，像要把我撕成碎片似的。接著及時記起了我是誰，就急忙奔回店裡，躺到他牀上（這是我從他聲音聽出來的），發了狂地大唱，「納爾遜死了」⑤，還是他那副狂風猛颩的腔調，每一句之前先叫一聲「啊」！又夾了無數的「咕嚕」！那些孩子看我衣服殘缺，這樣有耐性、有恆心地在這裡守著，好像覺得我的罪還沒有受夠，把我跟這片鋪子連為一體，就用石子擲我，整天作踐我。

老頭子想了很多法子，要騙得我肯交換——一次拿了一根釣魚竿出來，另一次拿一把提琴，還有一次是一頂捲邊帽，又一次是一根笛子。不過我全不理這些花樣，拌死坐在那

---

④西方傳說，人把靈魂賣給魔鬼，就可以要什麼有什麼了。

⑤英國海軍名將納爾遜（一七五八—一八〇五）死於特拉法加之役。這裡指的是一八一一年的一首歌曲，**S.J. Arnold**作詞，**John Braham**譜曲。

裡，每次都含淚請他給錢，要不然把我外套還我。最後他每次給我半辨士，足足有兩個鐘頭慢慢加到一先令。

「啊，我的天，我的地！」他停頓了很久，然後叫道，同時往店外面張望，神情可怖，「加你兩辨士，你肯走嗎？」

「我辦不到，」我說，「這一來我就要餓死了。」

「啊，我的爺爺奶奶，加你三辨士，你肯走嗎？」

「要是辦得到，一個錢沒有我也肯走。」我說，「可是我急等錢用。」

「啊，咕——嚕！」（他朝門柱這邊張我，只露出陰險的老頭顱，怎樣把這一聲從肺裡七歪八扭擠出來的，我真形容不出）「加你四辨士，你肯走嗎？」

我太疲軟無力，所以他出這個價錢就同意了。在他鷹爪裡接了錢——並不是沒有發抖——太陽落山前一會兒就走了，從來沒有這樣覺得飢餓，這樣口渴過。不過，花掉三辨士之後，很快精神就完全恢復。這時氣力足了，就又一瘸一拐走了七哩路。

這一夜，我的牀就在另一堆草下面，我在小河裡把起泡的腳洗了，盡我所能用些涼陰陰的樹葉把它包好之後，很舒服地休息。第二天早上上路，發現兩旁蛇麻草園，果園蟬聯。一年當中蘋果熟，紅遍果園的季節已經充分到了，有幾個地方摘蛇麻實的人在忙。我覺得周圍全極其美麗，打好主意那夜睡在蛇麻草園裡——想像中那些上面繞著蔓生了美麗葉子的長列桿子，一定是叫人高興的伴侶。

那一天遇到的流浪漢比以往的更壞，叫我害怕，到現在都清清楚楚記在心裡。有些是面目最猙獰的惡棍，我走過他們旁邊的時候，他們都瞪我。或許站下來在我後面叫我回去，跟他們說話，等我拔足狂奔，他們就用石頭擲我。我記得有個年輕的傢伙——大約是個補鍋匠，從他帶的零星工具袋和火盆可以看出——帶了一個女的，他掉過頭來死瞪著我，扯開大嗓門吼著叫我回頭，我只得站下來，看看是怎麼一回事。

「叫你，你就得來，」補鍋的說，「不來，看我不把你這小鬼撕得裂開來。」

我想最好回去。快到他們面前，我滿面堆笑，想討補鍋的好，這時看見那女人有隻眼睛青紫未消。

「你上那去？」補鍋的說，一隻烏黑的手揪住我襯衫胸部。

「我上多佛，」我說。

「你那兒來的？」補鍋匠問，手把我襯衫一擰，揪得更緊了。

「倫敦來的，」我說。

「你幹那一行的？」補鍋問。「是三隻手嗎？」

「不——不是的，」我說。

「你他媽不是的？你要是跟我不老實，」補鍋的說，「我把你腦漿敲出來。」

他空著的一隻手作勢要揍我，嚇唬我，然後由頭到腳打量我。

「你有買一品脫啤酒的錢嗎？」補鍋的說。「要是有，就掏出來，別等我下手！」我真會掏出來，可是我看到那女人的臉色，看到她微微搖頭，嘴唇做出了個「不！」字的樣子。

「我很窮，」我說，想做個笑臉，「沒錢。」

「啊，你什麼意思？」補鍋的說，他望著我那麼兇，我差不多害怕他已經看到我口袋裡的錢了。

「大爺！」我結結巴巴地叫他。

「你什麼意思，」補鍋的說，「圍我兄弟的絲圍巾？拿過來！」一眨眼他就把圍巾打我頸項上搶去，擲給那個女人了。

那個女人哈哈大笑起來，好像她以為這是開的玩笑，就把圍巾擲還給我，跟先前一樣輕微地點頭，用嘴唇做出了個「走！」字的樣子。不過我還沒有來得及聽她的話，補鍋匠就打我手上把圍巾搶去了，因為用力太猛，我就像根羽毛一樣，給他摔開。他把圍巾胡亂圍在他自己頸項上，回頭就罵了那個女人一句，把她打倒。她向後倒跌在堅實的路上，躺在那裡，帽子滾掉了，頭髮給泥土全染白了，這些情景，我再也難忘。我走遠一些，回頭望見她坐在小路邊的堤上，用她圍巾的角擦她臉上的血，那男的在前面走，這也是我忘不了的。

這次被搶嚇壞了我，所以此後每次隨便看到什麼這類的人走來，我就回頭，找個地方躲起來，等這些人走得不見了再出來。這種事一再碰到，所以就把我耽擱得很久。不過，遇到這種困難，就跟一路上遇到所有其他的困難一樣，想像中我出世以前母親年輕時的容顏好像給我支持，也領著我向前走，總跟我做伴。我躺下來就在蛇麻草裡睡覺。早上我動身也跟我在一起，整天在我前面。從那時起，我看到坎特布利⑥好像在燠熱陽光裡打盹的日暖的街道，就聯想到母親的容顏，看到那裡許多老房子處入口，還有灰色莊嚴塔樓上空白嘴鴉翱翔的大教堂也聯想到母親的容顏。我終於到了靠近多佛光禿廣闊的丘原，母親的容顏消除了這裡景色荒涼的氣象，給了我希望。一直到我逃走第六天，達到旅程第一個大目標，實際腳踏到鎮上，母親的容顏才離開我的腦子。不過，這時說來奇怪，我鞋子破爛，渾身塵垢，晒得焦黑，衣服殘缺，人站在渴望著要來已久的地方，母親的容顏像夢一樣消失了，把我撇下，無限悽惶。

我先跟撐船的人打聽我的姨婆，他們答的話不一樣。一個說，她住在南岬燈塔裡，所以頰上的鬚燒焦了。另一個說，她綁在港外大浮標上，要等潮半漲半落的時候才能去看她。第三個人說，她因為拐了小孩，給關在美斯頓監獄裡了。第四個人說，上次颳大風，有人

⑥地名，在倫敦東南，英國國教大教堂所在地。

看到她跨了掃帚⑦直飛到加萊去了。隨後我問馬車夫，這些人也一樣開玩笑，一樣不恭不敬。開店的，不喜歡我這副樣子，聽也不聽我說什麼總回說，他們沒有東西給我。我覺得此刻的悲慘、窮困，比逃走出來任何一刻都厲害。我的錢全光了，再沒有可以賣的了。我又飢又渴，筋疲力盡。好像離我的目的地跟我在倫敦的時候一樣遠。

一早的時光就這樣用來打聽掉，我坐在靠近市場街口一家空著的店鋪台階上，心裡打算再到早經提過的別的地方去闖一闖。這時，忽然有輛出租馬車打我面前走過，馬車夫丟下馬衣。我撿起馬衣舉過去給他，發現這個人面帶忠厚，壯了我的膽，問他可不可以告訴我喬幄小姐住在那裡——我雖然這個問題已經問了無數遍，一到了唇邊差不多就說不出了。

「喬幄？」車夫說。「我想想看。我也知道這個姓。老太太是嗎？」

「是的，」我說。「可以說。」

「背脊相當直？」他說，同時也伸直了自己的背。

「對，」我說。「我想很像這樣。」

「拎一個手提包？」他說——「裡面地方很大。脾氣不大好，責備起人來好兇？」

他這類形容千準萬確，我一一說了「對，」心直往下沈。

---

⑦西方迷信，女巫能駕掃帚飛行。

「那麼好了，我教你怎麼找，」他說。「往那邊上去。」他鞭指高岡，「一直向前，到了有些朝海的房子那裡，我想你就打聽到她了。我的意思是，她什麼腰包也不會掏的。所以這裡有個辨士給你。」

我千謝萬謝收下他的錢，花來買了一個麵包。一路走，一路吃，照車夫那個好人指示的方向走。走了好久，還沒有看見他提到的房屋。末了我看到面前有幾座了，走了過去，進了一個鋪子（就是我們從前在家稱為雜貨店的那種）；問可否麻煩他們告訴我，喬幄小姐住在那裡。我向站在櫃台後面的那位請問，他正在替一個年輕女子秤米。可是這個女子很快轉過身來，以為我是問她的。

「你問我家小姐嗎？」她說。「小兄弟，你找她幹什麼？」

「對不起，」我答，「我有話要跟她說。」

「你意思是跟她討飯，」女子不客氣地道。

「不是的，」我說，「真的。」不過突然間我記起，此來真是不為別的，一時慌亂，不聲不響感覺臉上發燒。

我姨婆的女用人（從她說的話聽來，我想她是的）把米放在一隻小籃子裡，走出店門，對我說，要是想知道喬幄小姐住在那裡，可以跟她去。不用她再准我一次了。不過我到了這時候驚惶失措，心思混亂，兩腿直打抖。我跟隨這個女子，不久就到了一所很整潔的鄉村小屋面前。弓形窗很討人喜歡，前面是方小塊鋪了石子的院子或花園，長滿了花，拾掇得很好，香氣怡人。

「這就是喬幄小姐的家，」女子說。「那麼，你知道了。我就只能說這麼多。」說完這話，好像要把我來的責任卸脫似地，匆忙進了屋，賸下我站在花園門口，滿懷愁悶從門上面張望起坐間的窗子，看見裡面軟棉布窗帘當中一部分沒扯開，窗台上繫了一面綠色圓形大屏風，或團扇，一張小桌子，一把大椅子，我看了就想起，這一會兒我姨婆也許正坐在那裡，神情可畏。

這時我的鞋已經破爛不堪。鞋底已經一塊塊掉了，鞋幫的皮也破裂，鞋的樣子款式都沒有了。帽子（也做了睡帽）已經壓得太扁、太彎，連糞堆上用壞的、沒把的舊平底鍋跟它比起來，也用不著覺得自慚不如。襯衫和褲子給暑氣、露水、草、肯特的土沾染（我在肯特是睡在土上的），也撕破了。現在我站在姨婆花園門口，也許把她花園裡的雀鳥都嚇飛了。

頭髮自從離開倫敦，沒有碰過梳子、刷子。臉、頸項、手，從來沒有這樣風吹日曬過，現在全烤成咖啡色了。從頭到腳我都給白堊和灰塵蓋滿，白得就像從石灰窰裡走出來的。就這樣狼狽，自己又有強烈的自知之明，我在等著把自己介紹給我可怕的姨婆，給她對我的第一次印象。

起坐間窗口的靜寂，沒有絲毫打破，過了一會，我不禁推測：以為姨婆不在家。於是抬起頭來看這上面的一扇窗子，看到一位面色紅潤、相貌討喜，白髮的先生。他閉起一隻眼睛，做了個怪樣子，對我點了幾次頭，也搖了那麼多次頭，發出笑聲，走開了。

我先前已經心神紛亂得夠了，看到這種意想不到的舉動，更加不安，幾乎想偷偷走掉，打算怎樣辦最好。這時忽然屋裡走出一位上流太太，手帕縛在帽子上，手上戴了副園藝用的手套，身上背了裝園藝工具的口袋，像收稅的人穿的襟，手上拿了一把大刀。我馬上就知道，她就是我姨婆了，因為她打屋裡昂然走出來，和我去世母親常常形容的，姨婆那天昂然走進勃倫德司東鴉巢我們家花園的神情，正是一樣。

「走開！」姨婆搖頭說，遠遠地用她的刀砍了一下。「滾！這裡不許男孩子來！」

這時姨婆走到花園一角，彎下腰來挖那裡的什麼小根，我注視她，嚇得要命。然後，膽子一點沒有，倒有很大不顧死活的決心，輕輕走進花園，站在她身邊，用手指碰碰她。

「對不起您老人家，」我開口道。

她嚇了一跳，抬起頭來觀看。

「對不起，姨婆。」

「什麼？」姨婆大叫，我從來沒有聽過驚詫得近似這樣厲害的音調。

「對不起，姨婆，我是您的姨姪孫。」

「啊呀，天哪！」姨婆說，說完就索性坐在花園小徑上。

「我是大衛・考勃菲爾，薩符克・勃倫德司東人——我出世那一夜，您到過那裡，看到我的好姆媽。自從她死了之後，我過得非常可憐。他們不拿我當回事，什麼也不教我，叫我全靠自己，叫我做不合適我做的工。我逼得只有溜走來找您。一動身就給人搶了，一路走來的，從上路就沒在牀上睡過覺。」說到這裡，我自己對自己的支撐馬上垮了，兩手動了一下，要叫姨婆看我襤褸的樣子，證明我吃了苦頭，就放聲大哭了，我想，這是整個星期都在抑制著的，所以一發不可收拾。

姨婆臉上除了駭異之外，沒有任何別種表情，一直坐在石子上瞪著我，等我哭起來了，才急急忙忙站起來，揪住我領子，把我帶進起坐間。她到了那裡第一件事是打開一個高櫃子的鎖，拿出了好幾個瓶子，每瓶裡倒出了些東西到我嘴裡。我想這些瓶子一定是隨便拿的，因為我嘗到大茴香水、鱅魚汁、生菜滷汁。她給我喝了這些補藥之後，看我還是過度興奮，哭泣得不能停止，就把我放在沙發上躺下，頭底下墊了一條圍巾，把她自己頭上的圍巾放在我腳底下，怕我弄髒了套子。然後她自己坐在我上面提到的綠團扇或者屏風後面，以免我看見她的臉，不時叫一句，「我的天哪！」就像每隔一分鐘放一次的號砲一般。

過了一會她搖鈴。「戔涅，」姨婆叫。女傭人來了，「上樓去，替我上覆狄克先生，就說我有話要跟他談。」

戔涅看見我直挺挺地躺在沙發裡（我不敢動，怕姨婆不喜歡），有點詫異，不過還是去辦她的差使去了。我姨婆手背在後面，在廳裡踱來踱去。等到那位樓上窗口閉起一隻眼看我的先生笑著進來了，她才站住。

「狄克先生，」我姨婆說，「別傻裡傻氣的，你只要肯用心，比誰都有見識。我們都知道這一點。所以別傻裡傻氣的，幹什麼都無所謂。」

這位先生的神情馬上嚴肅起來了，望著我的樣子，照我想，好像求我不要說他在窗子裡看我的事。

「狄克先生，」我姨婆說，「你總聽我說過大衛．考勃菲爾吧？好了，別假裝你沒有記性，因為你跟我都不傻。」

「大衛．考勃菲爾？」狄克先生說，我看他樣子好像不大記得。「大衛．考勃菲爾？啊，對了，沒問題。大衛，當然記得。」

「行了，」我姨婆說，「這就是他的孩子、他兒子。他要不是也這樣像他母親，就要多像他父親有多像了。」

「他的兒子嗎？」狄克先生說。「大衛的兒子？還用問！」

「對，」我姨婆說，「他幹了件相當出色的事呢，溜跑了。唉！他姊姊，貝采．喬幄，絕不會溜跑的。」姨婆頭搖得非常肯定，對那個從沒有生出來的女孩的品格、行為信心十足。

「噢！你想他姊姊不會溜跑？」狄克先生說。

「啊呀！這樣一位先生，」姨婆銳聲嚴厲地叫道，「虧他說得出！我還不知道她不會嗎？她總是跟她教母在一塊兒住，我跟她兩個人彼此一定很處得來。他姊姊，貝采・喬幄，究竟從那裡逃走，又逃到那裡去呢？」

「沒有地方，」狄克先生說。

「那麼好了，」姨婆聽他這樣回答，口氣和緩下來，「狄克，你跟外科醫生的刺絡針一樣尖銳，怎麼可以裝心不在焉？現在既然小大衛・考勃菲爾在你面前，我要問你的就是，我該對他怎麼樣？」

「你對他怎麼樣？」狄克先生搔搔頭皮，有氣無力地說。「噢，對他怎麼樣？」

「對，」姨婆說，神氣嚴重，食指上舉。「想想看！我要你替我出個很穩當的主意。」

「啊呀，要是我是你，」狄克先生動腦筋，一面獃獃地望著我，「我就——」他注視著我忽然好像靈機一動，就勁頭十足地補足道，「我就給他洗個澡！」

「戔涅，」姨婆暗暗得意（當時我並不懂為什麼），轉過身來叫道，「狄克先生把我們全教對了。你去燒洗澡水！」

我雖然極留心他們談這番話，不免在他們談的時候觀察我姨婆、狄克先生，戔涅，環顧屋子，這些事也在這時完成。

我姨婆是位身長、面貌嚴厲的上流婦女，不過絕不難看。她臉上、聲音裡、步態、舉止都有剛毅不撓的神情，難怪像我母親那樣溫順的人對她會有那樣的印象。不過她的面貌雖然固執嚴厲，除了好看，說不出別的。我特別注意她眼睛又靈活又明亮。她頭髮已經花白，老老實實平分為二，戴著我相信是叫做頭巾的女帽——我意思是一頂帽子，那時比現在更流行，兩邊有條帶子繫在頷下。她的衣服淡紫色，完全整潔，不過做得單薄，好像她盡量要不受拘束才好。我記得她衣服的式樣十分像騎裝，不過把多餘的下襬剪掉了罷了。她脇旁掛了一隻男用金錶，我是從錶的大小和款式看出來的，還有一條配得相稱的鍊子和圖章。咽喉外面有塊並非不像襯衫領口的衣領，手腕上還有些像小襯衫袖口的東西。

狄克先生我已經形容過，白髮紅顏。這樣一說，關於他的話就說完了。不過還有，他的頭低得很奇怪——不是上了年紀，而是看了那種低法，我就想起賽冷學校有個同學挨打以後的頭——他灰色的眼睛暴出來，也很大，亮得像含了水，很特別，加上他那副獃頭獃腦的樣子十分聽姨婆的話，給她一誇獎就跟小孩一樣高興，我真疑心他有點兒瘋。其實，要是他瘋的話，怎麼會到那裡來的呢，我真極不明白。他穿得跟普通上流人一樣，上身是寬大的灰色早晨禮服和背心，白長褲，錶放在褲子上的錶袋裡，錢放在口袋裡，總弄得咯啷咯啷響，好像很自豪似的。

姿涅是個豔麗如花的女孩，十九二十歲上下，整潔得找不出一點毛病。這一刻我雖然沒有再觀察她什麼，可以提的是（這是後來發見的）——姨婆提拔過許多人，她就是其一。

姨婆特地為了教導她們不要嫁人，才雇用她們，而她們末了總跟麵包師傅結婚，算是棄絕男性這一科畢了業。

起坐間收拾得和戔涅、我姨婆一樣整潔。剛才我放下筆，想到這一點，海面的風又夾了花香吹進來。我看到老式家具，擦得光亮，姨婆神聖不可侵犯的桌椅，放在弓形窗裡綠團扇旁邊，上面蓋了粗毛地毯，貓，水壺柄的護手布，兩隻金絲雀，古瓷，調香甜酒的缽（裡面裝滿乾玫瑰花瓣），收藏各種瓶罐的高櫃，還有跟所有其餘東西極不調和，渾身塵垢，躺在沙發上的我，注視一切。

戔涅走開，去把洗澡水準備好，我姨婆霎時間氣得人都僵了，嚇了我一大跳，她差不多要喊叫的嗓音都沒有了，「戔涅！驢子！」

戔涅一聽這話，就奔上階梯，好像房子著了火，然後衝到外面，趕走屋前面那一小塊草地上膽敢闖進來的兩匹女子騎在上面的驢子。我姨婆呢，也衝出屋外，一把抓住另外一頭驢子的韁繩，把騎在上面的男孩扭轉，把他領出這片不可妄犯的境界，打了這個倒楣的頑童幾個耳光，儆戒他膽敢褻瀆聖地的罪過。

一直到此刻，我都不知道，是不是我姨婆有這片草地法定的通行權。不過她心裡已經認定她有了，有沒有，在她都一樣。她一生認為最無法無天的行為，要不斷處罰的，就是驢子走過那片無玷無垢的地方。不管她在幹什麼，不管她跟別人談什麼她有興致的話，瞬息間驢子把她的思潮轉向，立刻她就撲過去了。好些水罐，噴壺都裝了水，放在祕密的地方，隨時用來澆搗亂的男孩；門後藏了棍子，預備伏擊。不論那一刻都有攻打，戰爭總是不息。也許騎驢子的男孩覺得這是快意的刺激呢。也許驢子更聰明，生來頑梗，既然懂得這個情形，就偏偏喜歡走這條路了。我只知道，洗澡水燒好之前，就有過三次告急。最後一次最緊張。我看到姨婆匹馬單槍跟一個十五歲、淡茶色頭髮的男孩作戰，揪住他的頭在她家門上撞，他好像還不知道是怎麼一回事呢。在我看來，這些岔打得特別可笑，因為那時姨婆正用湯匙餵我喝肉湯（我切切實實說得她相信，我的確餓得要死，最初只能吃極少量的食物），我嘴還張著等湯匙，她又放回盆子裡，大叫「戔涅！驢子！」自己跑出去攻打。

澡洗得舒服極了。因為我四肢在田裡露天睡覺，開始覺得劇痛，而且此刻疲倦虛弱異常，想維持五分鐘清醒都辦不到，洗好澡，她們（我是說我姨婆和戔涅）給我穿上狄克先生的襯衫、褲子，又用兩三條大圍巾把我包裹起來。我像一捆什麼東西，我也不知道，不過我覺得很熱。也覺得很沒有氣力，渴睡，很快又躺在沙發上，睡著了。

這也許是個夢，由在我心裡好久的想像引起的。不過我醒來的時候，覺得姨婆彎下腰來朝著我，把我臉上的頭髮掠開，把我的頭放得更舒服些，站著望我。「漂亮的傢伙」，或者「可憐的傢伙」這兩句話也好像聽在我耳朵裡。不過我醒來的時候，也的確沒有別的證明可以相信這話是姨婆說的，因為她坐在弓形窗口，從裝在轉圜之類的東西上，可以自由轉動的綠團扇後面凝視著海。

我醒了不久，我們就吃飯了，有烤雞跟布丁。我坐在桌上，跟翅膀綁在身上的雞並沒有不同，膀子動起來非常困難。不過既然姨婆把我裹了纏了，我也就不怨不方便了。全部期間，我都急急乎想知道，姨婆對我怎麼樣。不過，她吃飯完全保持緘默，坐在我對面，偶爾眼睛盯住我望，說一聲，「我的天！」這話一點也沒有消除我的焦灼。

桌布撤掉，桌上放了白葡萄酒，給了我一杯。姨婆又叫請狄克先生來。他跟我們一起。姨婆連續問過我許多問題，漸漸把我的經歷探聽出來，也請狄克先生細聽，他就盡量現出有頭腦的樣子。我敘述的時候，姨婆眼睛望著狄克先生，要不是這樣望著，我想他會睡著。不管那一刻他大意露出笑容，姨婆就對他皺眉頭制止住他。

「到底是什麼惑住那個可憐苦命的娃兒，弄得她糊裡糊塗非去再嫁不可，」我講完了，姨婆說，「我可真不懂。」

「也許她愛上了她第二個丈夫了，」狄克先生推測道。

「愛上了！」我姨婆跟著說。「你這話是什麼意思？她要愛幹什麼呢？」

「也許，」狄克先生想了一下，假笑道，「她為了得到快樂才愛上了他的。」

「快樂，真不錯！」姨婆答。「可憐的娃兒，心腸老實，隨便什麼狼心狗肺的人都肯愛，這種人不這樣作踐她，準那樣作踐她，好大的快樂。她自己是怎麼個打算，我倒想知道！她有個丈夫。送了大衛・考勃菲爾的終——大衛從在搖籃裡起，就愛蠟娃娃。她生了個娃兒——唉，那個星期五夜晚她生下坐在這裡的孩子，那時就有了兩個娃兒了！——她還要什麼？」

狄克先生私底下向我搖搖頭，好像他以為這件事是沒法解釋的。

「她甚至不能像別人，任何人，生孩子，」姨婆說。「這孩子的姊姊，貝采・喬幄在那裡？生不出來。豈有此理！」

狄克先生好像嚇了一大跳。

「那個小醫生，頭總是斜在一邊的，」姨婆說，「節理，還是別的名字，他到底幹什麼的？只會跟我說（就跟知更鳥一樣——他就是這種鳥）——『是男孩。』男孩！呸，他們這批人全糊塗透了！」

她這一聲由心底裡叫出，狄克先生一驚非同小可。我也是這樣，說實話。

「還有，好像這還不夠，她還沒有妨害夠這孩子的姊姊，貝樂・喬幄，」姨婆說，「她又嫁第二次——胡裡胡塗又嫁給一個謀殺吞（要不就是姓像這三個字的人）——又妨害了這個孩子！自然結果是，這個孩子蕩來蕩去，流浪徬徨了。這是除了娃兒，隨便那一個都可以早就料到的。他長大之前，再像加音⑧也沒有了。」

⑧**Cain**，聖經人名，見創世紀第四章。他因謀殺胞弟，被上主處罰，過遊蕩不定的生活。

狄克先生仔細端詳我，好像看我像不像這個人。

「還有那個女人，姓『拜鬼的』，姨婆說，「那個裴格悌——她居然跟著胡裡胡塗又嫁了人。因為她還沒有懂夠這種事情惹來的禍害，所以又跟著胡裡胡塗嫁了人，這小孩兒說的。我只希望，」我姨婆搖頭說，「她丈夫是那種報紙上報得很多的撥火棍兒丈夫，丈夫，會用撥火棍打她。」

我聽我的老保母被人這樣詆譭，受不了，所以就把我的這個感受當作話題提出來。我告訴姨婆，她的確弄錯了——裴媽是世界上最好、最誠實、最忠心、最義氣，也最肯犧牲自己的朋友、女用人。她一直就非常寶貝我，也非常寶貝我母親，母親臨死，頭就是擱在她膀子上的，最後感激的一吻親的也是她的臉。我想起她們兩人就哽咽住了，竭力說她家就是我家，她有的一切就是我的，我本可以到她那裡安身，可惜她身分卑微，我怕給她惹出麻煩來——唉，我竭力說這類話，就大哭起來了。我的臉伏在桌上手掌心裡。

「別哭，別哭！」姨婆說，「誰衛護他，他就衛護誰，這孩子是對的。——戔涅！驢子來了！」

我完全相信，要不是那些倒楣的驢子，我們雙方準可以好好知道對方的種種，因為我姨婆手放在我肩膀上，我忽然激動，膽大起來，要摟住她，求她保護我。可是這一打岔，她給外面的鬥爭牽進去了，起了一陣混亂，所有平靜一點的念頭暫時都只好收起來不談。

從這時起，姨婆一肚子氣，慷慨激昂地對狄克先生說，她決定請求國家的法律補救，把所有多佛有驢子而侵犯別人的罪行，提起訴訟，一直說到喝茶的時候。

喝完茶，我們坐在窗口——我從姨婆臉上機警的神情看來猜想，是為了留心有沒有人畜再來侵犯——一直坐到薄暮。這時戔涅端了蠟燭過來，桌上放了雙陸棋盤，放下了窗帘。

「喂，狄克先生，」姨母一臉嚴肅地說，食指像先前一樣向上指，「我要問你另外一個問題。你瞧這孩子。」

「大衛的兒子，」狄克先生非常留神，臉上現出不知怎樣是好的樣子。

「對極了，」姨婆答。「現在你要對他怎麼辦呢？」

「對大衛的兒子怎麼辦？」狄克先生說。

「嗯，」姨婆答，「對大衛的兒子。」

「噢！」狄克先生說。「對。怎麼辦——我要把他送上牀。」

「戔涅！」姨婆面帶喜色叫道，很得意，和先前我提過的一樣，「狄克先生把我們全教對了。要是牀鋪好了，我們就送他去睡覺。」

戔涅回說早鋪好了，她們就把我帶上去，很週到。可是有點當我是囚犯——姨婆在前，戔涅殿後。唯一給我一點新希望的情形是，姨婆在樓梯上問那裡有點烟火味，是怎麼回事。戔涅回答說，她在廚房裡用我的襯衫引火。不過我房裡除了我穿的那堆古怪東西，沒有別的衣服。等到只賸下我一個人了，只有一支小蠟燭作伴，姨婆預先警告我，這支蠟燭正夠點五分鐘，我聽到她們在外面鎖上了門。我把這些事拿來想了一想，認為可能我姨婆因為完全不知道我的行為，也許溜走已經成了習慣，所以採取預防步驟，把我看好了。

房間在頂層，很舒服，俯瞰海洋，海上月色燦然。我做完禱告，蠟燭已經熄了，我記得還坐著望水面的月光，好像月光是一本晶瑩的書，可以覺察出自己的命運，或者看到我母親，帶了她的孩子，沿那條發光的路從天上下來，望著我，就好像我望著她美麗的臉的時候，她望著我的那樣。我記得，末了，我把眼睛移開，看到掛了潔白帳子的牀，心裡莊嚴的感覺給感激、安舒的感覺代替了。輕輕躺下之後，在雪白的被單裡，這種種感覺又加強了多少啊！——簡直是感動。我又記得在夜裡天幕好些地方孤獨無伴睡覺的情形，怎樣祈禱，再不要無家可歸，不要忘記無家可歸的人。記得隨即好像沿著海面上那條引起悲傷的發光的軌跡，飄浮過去，進了夢境。

第十四回，姨婆為我打了主意

仰義戚畸人獲良棲
索孤兒後父遭痛詆

早上我下樓，發見姨婆低頭坐在早飯桌子面前，冥想得出了神，肘擱在盤子上，水罐裡的水注到茶壺裡漫出來，整塊枱布都泡在水裡，還是我進來才把她從沈思中喚醒。她想的一定是關於我的事，所以我急急想知道她對我打的主意。可是我也不敢透露焦急的意思，怕得罪了她。

不過我眼睛沒有我舌頭那樣聽話，吃早飯的時候常常忍不住看姨婆。看她看不了一會兒，總發現她也在看我——深思得很特別，好像我離她很遠很遠，而不是在小圓桌對面。等吃完早飯，姨婆存心靠她椅子躺下，皺起眉頭，兩臂相交，從容地端詳我，注意力集中得我非常之窘，吃它不消。我早飯還沒吃完，為了不露出狼狽的樣子，我繼續吃早飯。可是刀滾到叉上，叉又絆到刀上，切鹹肉的碎片倒彈到空中，高得嚇人，茶老是沒有經正常的途徑下肚，卻走錯了道兒嗆出來。結果我完全作罷，坐在那裡一任姨婆儘盯著我細看，滿面緋紅。

「喂！」過了好久姨婆說。

我抬頭望她，恭恭敬敬碰到她銳利清瑩的目光。

「我寫了信給他，」姨婆說。

「給——？」

「給你晚老子，」姨婆說。「我寫了封信給他，麻煩他好好看一看，否則他跟我會有爭執，真的！」

「姨婆，他知道我在那兒嗎？」我嚇了一跳問。

「我告訴他了，」姨婆點頭道。

「您要——把我——交給他嗎？」我結結巴巴地問。

「我不知道，」姨婆說，「再說吧。」

「啊呀！要是非跟牟士冬乾爹回去不可，」我喊了出來，「我真不知道怎麼是好！」

「這件事我一點也不知道該怎麼辦，」姨婆搖搖頭說。「我說不出辦法，真的。再說吧。」

我一聽這幾句話，精神頹喪，心情沈重。姨婆似乎沒有什麼注意到我，從櫃子裡拿出一條粗布有上半截的圍裙穿上，親手洗了茶杯，等都洗完，又在茶盤裡放好，把桌布摺好，放在各樣東西上，搖鈴叫戔涅搬走。第二步是先戴好手套，用小箒把麵包屑掃淨，到後來地毯上好像沒有一粒極細微的碎末才停。其次是把房間的灰塵撣得纖介俱無，整理好，其實早就撣了灰，整理得毫髮不爽了。等這些事全做得她心滿意足了，才褪下手套，除下圍裙，摺好，放在櫃子原來由那裡取出來的特別角落裡，取出針線盒，放在開著的窗口她自己的桌上，在綠窗帘和光線之間坐下，做起針線來。

「你還是上樓去吧，」姨婆說，一面把線穿過針孔，「替我問候狄克先生，我倒想知道他寫的請願書怎麼樣了。」

我非常爽快起身，去辦這件差事。

「我想，」姨婆瞇起眼看我，像她穿針那樣過細地說，「你想狄克先生的名字很短吧①，嗯？」

「我昨天想這個名字相當短，」我實說道。

「你可不要以為他沒有長些的名字，」姨婆說，神氣很倨傲，「貝伯萊——瑞恰・貝

---

①按「狄克」（Dick）是「瑞恰」（Richard）的親暱縮稱，下文提到「不拘儀節」指此。

伯萊——是這位先生的真姓名。」

我正想說，我年紀小，應該對他恭敬，先前不拘禮節，已經不對了，最好稱他那個姓，這是他充分應得的面子，誰知道姨婆接著說，——

「可是不管怎麼樣，別稱他那個姓。他吃不消自己的姓。這是他怪的地方。不過我也不知道這是不是很怪，因為他被姓那個姓的人糟蹋夠了，天知道，所以對這個姓厭惡到極點。狄克先生是他在此地的姓，現在別處也是了——如果他上別處去的話，不過他不去了。所以，孩子，你小心，除了稱他狄克先生，不要稱他別的。」

我答應準聽話，帶了口信上樓，路上心裡想，如果狄克先生照我下來時候從開著的門口看見他工作的那種速度寫請願書，大約他的確已經寫得不少了。我發現他手執長筆，還在用腦筋，頭幾乎枕在紙上。他一心工作，一直到我從容注意到屋角有個大紙風箏，大堆手稿亂七八糟地放著，好多枝筆，尤其是墨水（好像他有成打半加侖瓶的墨水）之後，他才發現我在他面前。

「哈！太陽神！」②狄克先生放下筆說。「你好嗎？我的見解是這樣的，」他又低聲說，「我希望我的話別人不去說，不過——」說到此地，他把嘴靠近了我的耳朵，——「這

---

②狄克先生用這個稱呼，是在開玩笑。

是個瘋狂世界。瘋得像瘋人院，孩子！」狄克先生說，一面把桌上一個圓瓶子拿來吸了一下，然後盡情大笑起來。

我不敢對這個問題大膽表示意見，就把口信告訴了他。

「這件事嗎，」狄克先生回說，「替我問候你姨婆，我——我相信已經動手了。我想已經動手了，」狄克先生說，一面用手掠過他的白髮，朝他起的稿看了一眼，絕沒有自信的神情。「你上過學嗎？」

「上過，爺爺，」我答，「上過一個短時期。」

「你可記得，」狄克先生認真地望著我說，拿起了筆準備記下來，「查理一世皇帝的頭殺掉的日子嗎？」

我說，我相信這件事在一千六百四十九年發生的。

「是嗎，」狄克先生答，一面用筆搔他耳朵。懷疑地望著我，「好些書上是這樣說的。不過我可不知道怎麼可能。因為，既然事情隔得太久了，何以他身邊的人在他的腦袋砍下之後，居然把裡面的一些麻煩放進我腦袋裡面，做出這種錯事來的呢？」

他這一問問得我詫異透了，不過關於這一點，我也說不出道理來。

「很奇怪，」狄克先生說，說時望著他的稿，神情沮喪，手又掠過他的頭髮，「這一點我總不能理解；我總弄不十分清楚。不過不要緊，不要緊！」他高興起來，精神振作起來道。「有的是時間！替我問候你姨婆——我稿起得真很順利。」

我本來就要走了，他又叫我看風箏。

「你覺得拿那個東西當風箏怎麼樣？」他說。

我回說，很好看。想來總有七呎那麼高吧。

「我糊的。我們要去放一放，你跟我，」狄克先生說。「你看見了這裡嗎？」

他指給我看風箏是用手稿糊的，稿紙上的字寫得很密，很下了功夫，不過也很清楚，所以一行行看下去，我想總看到一兩處又暗暗提到查理一世國王的頭。

「線很多，」狄克先生說，「等放得高了，就會把這些事傳得很遠。這就是我散布的方法。我不知道落在那裡。要看情況，就如風向等等，不過我隨它去。」

他臉色雖然老而益壯，卻很溫和愉快，還有些叫人肅然起敬的地方，所以我斷不定他是在跟我開玩笑。於是我笑起來了，他也笑，分手的時候，我們成了再好也沒有的朋友。

「我說，孩子，」我下了樓姨婆說，「今天早上狄克先生怎麼樣？」

我告訴她，狄克先生叫我替他問候姨婆，他生活得很好。

「你覺得他人怎麼樣？」姨婆問。

我隱約有點想避開這個問題，所以就回說，他是個很好的人，不過姨婆不是這麼容易打發過去的，因為她把針線放在膝上說，兩手合抱就擱在針線上，——

「別扯淡！你姊姊貝采·喬幄隨便對什麼人有什麼想法，都會直直爽爽告訴我。學學你姊姊的榜樣，實說！」

「那麼，他是不是——狄克先生是不是——我問您，因為我不知道，姨婆——到底他是不是有點神經病？」我吞吞吐吐地說，因為我覺得處境有危險。

「一絲一毫也沒有！」姨婆說。

「嗯，一定不錯的！」我氣餒地說。

「不管怎麼樣，狄克先生不是瘋子！」姨婆斬釘截鐵、著力地說，「不是就不是。」我除了重複說一句，「嗯，一定不錯的！」沒有別的話說。

「別人居然說他瘋，」姨婆說。「我說別人說他瘋，我正求之不得，不然過去這十多年來我就沒有他做伴，給我出主意的好處了——其實自從你姊姊，貝采·喬幄叫我失望以後，多虧了他。」

「有這麼久麼？」我說。

「膽敢說他瘋的人都是些好人，」姨婆接著說。「狄克先生跟我有點遠親，什麼親無所謂。我用不著追究。要不是我，他嫡親哥哥，都會把他關一輩子，就是這麼一回事。」

看到姨婆提到這件事情緒激動得這樣厲害、強硬，我也硬裝出情緒很激動的樣子，恐怕太不老實了。

「他哥哥是個驕傲的蠢東西！」姨婆說。「因為狄克先生有點怪——其實他沒有好多人一半那麼怪——所以他哥哥不喜歡他在家裡給人看到，就把他送到私人開的瘋人院去，他們去世的父親幾乎當狄克先生是白癡關照他哥哥要特別照應他。真虧他對狄克先生有這種想法！他自己才是瘋子，一定的。」

姨婆的態度十分肯定，我又竭力做出十分肯定的樣子。

「所以我過問這件事了，」姨婆說，「就對他提出主意。我說，『你兄弟神志好好的——比你還清醒得好多，希望將來永遠這樣。他的一點點進項還是給他得吧，來跟我住好了。我可並不怕他。我也不死要臉。我照應他，現成極了，不會像有些人虧待他——我是說瘋人院外面的人』。我跟他爭了一大陣之後，」姨婆說，「把他弄來了。他就在這裡住到現在。他是現在世界上對人最親切、最肯聽話的人。要是說到出主意，那還得了！——不過除了我，誰也不知道這個人的頭腦是什麼頭腦。」

姨婆把衣服拂平整，搖搖頭，好像把全世界的違抗都從她衣服上拂下，從她頭上搖掉。

「他有個心愛的妹妹，」姨婆說，「心腸好，對他很體貼。可是她做了女人都做的事——嫁了人。這個男人呢，他也做了男人都做的事——弄得她很慘。這件事影響狄克先生的精神非常之大（我希望，這絕不是瘋！）加上他怕他哥哥，心裡明白他哥哥無情無義，所以神經緊張。這是到我這裡來之前的事，不過即使現在，這些舊事仍然壓得他心情沈重。孩子，他可曾跟你說起查理一世皇帝？」

「說了，姨婆。」

「唉！」姨婆說，一面擦擦鼻子，彷彿著惱了。「那是他譬喻的說法。他很自然把自己的病跟大變亂、大動搖連在一起，所以那就是這個比喻，或者直喻，隨便他揀個什麼字眼吧。要是他認為恰當，為什麼不可以呢？」

我說，「當然啦，姨婆。」

「不過講實際的人，話不是這樣說法的，」姨婆說，「這也不是普通人的說法。我明白這一點，他請願書裡我絕不許他提這譬喻一個字，就是這個原因。」

「姨婆，他是寫關於他自己身世的請願書嗎？」

「對，孩子，」姨婆說，又擦擦鼻子。「他跟大法官或者別一位大臣什麼的請願，——總之是拿了薪水特別給人請願的人裡面的那一位——講他的事情。我想，就在這幾天就要遞上去了。他稿還沒有能起好，因為擺脫不了那種表達的方法。不過不要緊，總叫他有事做了。」

其實，我後來發見狄克先生十多年來一直不想在請願書裡提查理一世皇帝；不過皇帝不斷插進請願書裡，現在已經在裡面了。

「我又要說了，」姨婆說，「除了我，誰也不知道他的頭腦是什麼頭腦。他是世界上最肯聽話、對人最親切的人。要是有時候他喜歡放風箏，這有什麼關係呢？富蘭克林就放過風箏。他是教友派的基督徒③，或者類似的一派，要是我沒有記錯的話。教友派的人放風箏，比無論什麼人放風箏都更叫人笑話。」

要是我能假定，姨婆因為特別為我的好處著想，表示當我自己人，才講這些詳細的情形的，我就太承她看得起了，而且如果她對我有這麼好的看法，也是很好的預兆。不過我無法不看出，她雖然是在沒有別人的時候對我大談這些事，但她這麼談，主要卻是因為這個問題老放在她心裡，和我沒有多大關係。

同時，她對可憐的，不會傷害別人的狄克先生這樣慷慨仗義，不但鼓舞起我少年人為本身設想的希望，並且溫暖了我和自己無關、而向她傾向的心，這是我一定要提出來的。我相信，我漸漸知道，儘管姨婆有許多希奇古怪的脾氣，她有些地方值得敬重，值得信賴。雖然她那天跟前一天一樣機警，為了驢子跑進跑出的次數也和前一天一樣頻繁，有個年輕男子打窗口過跟㚢浬飛眼，惹得她義憤填膺（這是傷害姨婆尊嚴最嚴重的壞事之一），她好像更令我尊敬她，即使沒有減少我對她的害怕。

在收到牟士冬回姨婆的信之前，免不了有一段時期，我焦急到極點。不過我設法抑制

③這一派人沒有教條，沒有特任的神職人員，以致力和平、服裝樸素，生活單純著稱。

住自己，儘可能乖乖地討姨婆和狄克先生兩個人喜歡。狄克先生跟我本來可以出去放大風箏的，不過除了第一天把我打扮起來的那些十足奇裝異服之外，還沒有別的衣服。結果除了姨婆為我身體的關係，天黑以後，睡覺之前帶我出去，在懸崖上叫我走上走下一小時之外，我只好關在家裡。終於牟士冬回信來了，姨婆告訴我，說他第二天自己來跟姨婆解釋，我一聽嚇得要死。第二天，我還裹著那套怪衣裝，坐著數時刻，心裡希望下沈，恐怖上漲，此起彼落地衝突，弄得臉上上火發燒，等著那張陰沈的臉來嚇唬我，他人未到，我已經分分鐘嚇壞了。

我姨婆比平常更霸道，更嚴厲一點，不過我注意到她要接見這位我怕得要命的來客，並沒有什麼別的準備的跡象。她坐在窗口做針線，我坐在她旁邊，心裡只亂七八糟盤算，所有牟士冬來了以後會有的和不會有的種種結果。天漸漸快晚了。晚餐耽擱了，幾時開飯不一定，不過天越來越黑，姨婆正關照準備好吃飯，忽然驚叫驢子來了，我看見牟士冬姑姑坐在女鞍上，故意踏到神聖不可侵犯的草地上，感覺到又慌張，又嚇一跳。她在門前停下，環顧四周。

「滾開！」姨婆在窗子裡搖頭揮拳嚷道。「這裡用不著你來。你敢亂闖？滾！喝，你這個冒失鬼！」

我姨婆看牟士冬姑姑這樣無動於衷、四下觀望的神情，氣得發昏，我真相信她動都不能動了，無法像平時那樣，衝了出去。我捉住這個機會告訴她這是誰，還有此刻走近這個搗亂女人的男人就是牟士冬本人（因為由外面上來地勢很陡，他落在後面了）。

「我管他是誰！」姨婆嚷道，一面在弓形窗裡搖頭，做絕不是表示歡迎的手勢。「不許人在這裡放肆。我不准。讓開！戔涅，把驢子掉過頭來。牽牠走！」我在姨婆後面看到一場混戰圖之類的景象，圖中驢子站著，對誰都抵抗，四條腿站法各異，另一方面戔涅抓住牠的籠頭想法要拖得牠轉身，牟士冬卻要趕牠朝前走，牟士冬姑姑就用陽傘打戔涅，好幾個男孩跑來看打仗，沒命地喊叫。不過我姨婆忽然在他們裡面看見那個趕驢子做壞事的少年，雖然還不到十三歲，已經是最怙惡不悛的壞東西之一，於是就衝進了戰場，向他攻過去，抓住了他，拖得他的外衣蓋了他的頭，兩隻腳跟直在地上摩擦，進了花園，一面叫戔涅找警察和法官來，好把他帶走、受審、就地正法，一面不許他逃走。可是這部分的鬥爭並沒有持久，因為這個年輕的流氓擅長各種佯攻、騰閃，姨婆全不懂這些花招，不久少年就呼嘯而去，在花壇上留下他皮靴底釘子的深印，得意揚揚地把他的驢子也牽走了。

牟士冬姑姑，在仗打到末後，也下了驢，現在跟她兄弟在臺階下等姨婆有空接待他們。姨婆因為這場仗怒氣還沒有全息，大踏步打他們面前昂然走過，進了屋，根本沒有把他們放在眼裡，還是戔涅向她報告客人的姓名。

「我要走開嗎，姨婆？」我戰慄地問。

「別走，少爺，」姨婆說，「當然別走！」說完這話，她就把我推到角落裡靠近她的角落，用張椅子把我攔在裡面，好像是監牢或法庭的欄杆。他們全部談話期間，我都繼續占著那個位置。也就在那個位置，我當時看見牟士冬姊弟進了廳。

「嗯！」姨婆說，「開頭我還不知道冒犯的是那一位呢。可是誰也不准在那塊草地上騎驢騎馬。沒有例外。誰也不准。」

「您的規矩陌生人倒不容易依呢，」牟士冬姑姑說。

「不容易嗎？」姨婆說。

牟士冬好像怕再有新的敵對行動，就插嘴叫道，——

「喬幄姨媽！」

「對不起，」姨婆說，目光嚴冷，「您就是那位娶了我過世姪兒勃倫德司東鴉巢那兒的大衛・考勃菲爾遺孀的牟士冬先生嗎？——為什麼叫鴉巢，我可不知道！」

「豈敢，」牟士冬說。

「先生，我有句話您別見怪，」姨婆說，「我想，要是您不去攪那個死掉的孩子，大家日子就會好過些，人也快樂些了。」

「單單聽喬幄姨媽這句話，我覺得有道理，」牟士冬姑姑昂首表示輕蔑道，「我早就認為我們那位短命的柯蕾樂就要緊的各方面說起來，都是個孩子。」

「姑姑，您跟我就不用煩心了，」姨婆說，「我們上了年紀，不會有人看上，叫我們受罪，誰也不能這樣批評我們了。」

「當然啦！」牟士冬姑姑答，不過我想，她這樣贊同，並不很情願，口氣也欠和藹。「而且跟您說的一樣，要是不結這門親，我兄弟日子也會好過些，人也快樂些。我一直就這樣想。」

「我相信你是的，」姨婆說，——「戔涅，」她掀鈴叫道，「替我問候狄克先生，請他下來。」

狄克先生下樓之前，姨婆筆直坐著，硬僵僵地，對牆壁皺眉頭。等他下來，姨婆就給他們正式互相介紹了。

「這位是狄克先生——多年的熟朋友，我一向倚仗他的建議，」姨婆說，她因為狄克先生咬食指，相當傻頭傻腦神氣，所以口氣加重，當溫和的責備。

狄克先生會意，把食指從嘴裡取出，站在大家當中，一臉神情嚴肅，全副精神注意的樣子。姨婆頭朝牟士冬傾，聽他繼續說，——

「喬幄姨媽，我接到您的信，認為很承您看得起，也許更覺得您可敬——」

「謝謝您，」姨婆說，眼睛仍然嚴冷地瞧著他，「您用不著管我。」

「我最好是親自來答覆，儘管出這趟門多不方便，」牟士冬接著說，「比寫信好。這個倒楣的孩子丟開朋友生意不學，溜掉——」

「看他這副德性，」他姊姊插嘴道，她叫大家看我穿的那身說不出名堂的裝束，「簡直人丟盡了，不成話。」

「簡・牟士冬，」她弟弟說，「請你做做好事不要打我的岔。這個倒楣的孩子，喬椒姨媽，在內人活著的時候，和死了以後，一直惹起許多家庭的麻煩和不快。脾氣陰僵僵的、難駕馭、性情暴躁、不聽話、難對付。我姊姊跟我都出過力糾正他的毛病，可是沒有用。我覺得——也可以說我們都覺得，我完全信任我姊姊——您應該聽我們親口對他認真而公平的批評才對。」

「我兄弟說的話不論那一句都不用我再來證實，」牟士冬姑姑說，「不過我還對不起，得說一句，世界上所有的男孩子，我相信這孩子是最壞的一個了。」

「這話過火！」姨婆申斥道。

「不過事實在那裡，一點也不太過火，」牟士冬姑姑說。

「嗯！」姨婆說。「還有什麼話，先生？」

「怎樣教養他最好，我有我的主張，」牟士冬接下去說，他跟姨婆互相忖度得越久（他們忖度得很仔細），他的臉越陰沈。「我的主張一部分是憑我對他的了解，一部分是根據我自己的收入跟資力。我要對自己的主張負責，照我的主張教養他，什麼主張，不用再說了。總之，我託我自己一個朋友看管這個孩子，叫他學一行體面的生意。他不喜歡這一行，溜了，變成普通鄉下的流浪漢，破破爛爛到這裡來，求您喬幄姨媽幫忙。我希望就我所知，把您依了他這次請求確確實實的後果，正當地告訴您。」

「可是先說那種體面的生意，」姨婆說。「如果他是您自己生的兒子，您肯照樣叫他去學嗎，我請問？」

「要是他是我兄弟的兒子，」牟士冬姑姑突然插嘴答，「我敢保他的品格會完全不同。」

「或者要是那個可憐的孩子，我是說他母親，還活著，他還會去學那一行體面的生意嗎，會不會？」姨婆問。

「我相信，」牟士冬斜了頭說，「只要我跟我姊姊一致認為最好，柯雷樂不管什麼事都不會再爭的。」

牟士冬姑姑哼了一聲，大家聽到，曉得她表示她兄弟的話不錯。

「哼！」姨婆鼻子裡發出這一聲。「倒楣的娃娃！」

狄克先生一直在把口袋裡的錢弄得咯啷咯啷地響，此刻響得太厲害，姨婆非用眼神制止他不可，然後才說下去，——

「這可憐的孩子一死，按年攤付本息的投資也完了？」

「她死也完了，」牟士冬說。

「那一點點產業——房子、花園——叫什麼的，沒有白嘴鴉的鴉巢——也沒有分給她兒子嗎？」

「由內人第一個丈夫無條件遺給她，」牟士冬剛開口回答，忽然姨婆無名火氣，再也按捺不住，打斷他的話頭。

「我的天，夥計，你這話沒有道理。無條件遺給她！我想，我看得見大衛・考勃菲爾恨不得有各種各樣的條件，其實條件就在他眼前！當然是無條件遺給他太太。可是她又結婚了——她跟你結婚，總之，一失足成千古恨，」姨婆說，「老實說——那時可有人替她兒子說一句話？」

「姨媽，先室愛她的第二個丈夫，」牟士冬說，「絕對信任他。」

「先生，您那位去世的太太是個最不懂世故、最可憐、最不幸的娃娃，」姨婆頂他道，對他直搖頭。「她呀，就是這樣的人。好啦，您還有什麼要說的嗎？」

「喬幄姨媽，就只這一件事，」他答。「我來是要把大衛帶回去。無條件帶他回去。照我認為適當的方法管教他，照我認為對的對付他。我現在不能講定什麼，或者對誰保證什麼。喬幄姨媽，他溜跑了，對您訴苦，您也許要護短。看您的態度不像要好好談這件事似地，我得實說。現在我一定要請您小心點兒，要是您護他一次短，您就得永遠護下去，什麼都得護。要是您此刻管他跟我的事，喬幄姨媽，您就得永遠管下去。我不跟人開玩笑，也不容別人跟我開玩笑。此刻我要帶他回去，是第一次，也是最後一次。他願意走嗎？如果不願意——那麼您告訴我一句，他不願意，不管有什麼藉口，我不管它什麼——從此以後他就再別上我的門，您府上呢，就一定是他住定了的了。」

姨婆凝足了神傾聽他這番話，身體坐得筆直，雙手抱著一個膝蓋，眼睛威猛地瞪著他。他說完之後，姨婆又把眼睛朝牟士冬姑姑望過去，神色不變地說，——

「那麼，姑姑，您還有什麼話說嗎？」

「啊唷唷，喬幄姨媽！」牟士冬的姊姊說，「我能說的，我兄弟全說得非常好了，我知道的實情也由他一五一十說出來了。我沒有別的話說，只要謝謝您禮貌太周到了——好周到的禮貌，的確。」她這種反話一點也沒有攪亂姨婆的心思，就像激動不了我在恰騰睡覺所在旁邊那尊大砲一樣。

「這小孩兒有什麼話說嗎？」姨婆問我。「大衛，你願意去嗎？」

我回說不願意，求她別讓我去。我說牟士冬乾爹跟牟士冬姑姑沒有一個喜歡過我，對我好過。我說媽媽本來總愛我愛得寶貝似的，給他們搞得她為我受罪，我心裡明明白白，裴媽心裡也明白。我說，不管誰，只要曉得我多小年紀，絕不能相信我會過那麼苦的日子。我求我姨婆，也祈禱似地請她——不記得用的是什麼字眼了，不過還記得這些字眼當時很觸動我——看我父親的分上，好好待我，保護我。

「狄克先生，」姨婆說，「你說我該把這個孩子怎麼辦？」

狄克先生考慮了一下，遲疑了一下，忽然喜上眉梢，答道，「馬上替他量尺寸，做一套衣裳。」

「狄克先生，」姨婆眉飛色舞地說，「你伸隻手過來，你的見識是無價之寶。」她熱烈地握了一陣，把我擁到她面前，對牟士冬說，——

「您那刻兒喜歡走，走好了。這個孩子我倒要冒冒險看。即令他完全有您說的那麼壞，至少我可以替他出像您出的那麼多力。可是您說的話，我一句也不相信。」

「喬幄姨媽，」牟士冬聳聳肩起身說，「您不是有身分的男子漢——」

「什麼！胡說八道！」姨婆嚷道。「別跟我說話！」

「禮貌多周到呀！」牟士冬姑姑起身叫道。「真正不敢當！」

「你還以為我不知道，」牟士冬姊姊講的話，姨婆只當沒聽見，繼續對她弟弟直搖頭，無限憤慨地說，「你給那個可憐、倒楣、拿錯主意的娃娃過的是什麼日子呀？你還以為我不知道，你閣下第一次碰到那個軟弱的小東西，——我包你，滿臉堆笑，跟她大弔膀子，好像你看到鵝都不敢說一聲『唬』那麼膽小，這一天她多倒楣呀！」

「我從來沒聽過這麼高雅的談吐！」牟士冬姑姑說。

「你以為我不能跟親眼看到的一樣懂你的為人嗎？」姨婆繼續說，「現在真親眼看見你，親耳聽到你講話了——坦白對你說吧，極其不痛快。哼，對，我的天！第一次碰到牟士冬先生，還有誰有他那麼圓滑、溫柔啊！那個可憐糊塗的老實丫頭一輩子沒見過這樣的人。這個男人渾身討人喜。他崇拜她。他寵她兒子——好不慈和地寵他啊！他要做他第二個父親，大家全住在玫瑰花園裡，不是嗎？哼！滾你的臭蛋，滾！」姨婆說。

「我今生從來沒有聽見有過這樣的人！」牟士冬姑姑喊道。

「等你把這個可憐的小傻子掌握穩了，」姨婆說——「上帝饒恕我這樣稱呼她，她已經到了你閣下現在並不趕著要去的地方了——你因為還沒有把她跟她的骨肉害夠，所以一定要訓練起她來，非訓練不可嗎？摧殘她，好像她是隻籠子裡可憐的小鳥，你就教她唱你閣下的調門，把她那條上了別人當的命漸漸送掉？」

「這不是發瘋，就是喝醉酒了，」牟士冬姑姑說，她沒法把姨婆的話鋒扭轉過來對著她，苦惱之極，「我疑心是喝醉了。」

姨婆絲毫沒有給牟士冬姑姑插嘴分心，繼續對牟士冬發話，好像根本沒有人插嘴一樣。

「牟士冬先生，」她手指抖抖地指著他說，「你對那個老實娃娃簡直是暴君，碎了她的心。我姪媳婦是挺可愛的娃娃——我知道，你還沒看見她好多年前，我就知道了——你利用她大部分的弱點傷害她，送了她的命。真情就是這樣，告訴你讓你舒服一下，不管你多喜歡這個真情。你跟你的走狗可以好好利用一下。」

「喬幄姨媽，請問您，」牟士冬姑姑插嘴道，「您高興選的字眼我倒沒聽見過，您說我兄弟的走狗，是指誰呀？」

姨婆耳朵像全聾了一樣，聽了這話完全無動於衷，繼續說她的話。

「我已經告訴了你，你看到我姪媳婦幾年前，很明顯——唉，天意奧妙，人懂不了，居然讓你見到她——很明顯，那個可憐軟弱的小東西遲早要嫁給誰的，不過我的確希望不會糟到像現在這個樣子。牟士冬先生，那是她生此地這個孩子的時候，」姨婆說——「後來你有時候就用這個可憐的孩子來折磨她（這件事回想起來叫人好難受），把他弄成現在這副討厭的樣子。唉、唉！你用不著往後縮，」姨婆說。「不往後縮我也知道是真的。」

牟士冬一直站在靠門口地方，臉上含笑望著姨婆，黑眉毛卻緊緊鎖著。我這時發現，雖然他臉上還有笑容，頃刻間面如死灰，喘得好像剛才在奔跑一樣。

「再會吧，先生，」姨婆說，「再見！姑姑，你也再會吧，」姨婆突然轉過身對牟士冬姑姑說。「我倒要看你的驢子再打我的草地走一走，我要把你帽子打掉，踩扁，和你肩膀上有顆頭一樣確實！」

姨婆發這樣一頓別人意想不到的脾氣，臉上的神氣，和牟士冬姑姑聽了這話臉上的表情，要有位畫家，不是普通的畫家，才能畫得出來。不過，姨婆說這席話的態度，跟火焰一樣猛烈，不亞於話的內容，牟士冬姑姑一言不答，立刻把膀子伸到她兄弟膀子上弔住，傲慢地走出屋子。姨婆在窗口望著他們——一定準備好，一有驢子出現，馬上就動手懲罰。

不過，他們姊弟並沒有想違抗命令，所以姨婆臉上的神色漸漸舒展，而且現出愉快的樣子，我膽子一壯，就去吻她，謝她，我的舉動完全出乎至誠，兩臂緊緊摟住她的頸項。然後又跟狄克先生握手，他跟我握了好多次手，一再哈哈大笑，祝賀這次行動有了喜慶的結局。

「狄克先生，我要請你跟我一起做這個孩子的監護人，你考慮一下，」姨婆說。

「好極了，」狄克先生說，「我做大衛兒子的監護人。」

「很好，」姨婆答，「一定的了。狄克先生，你可知道，我一直在想，也許我叫他喬幄？」

「當然，當然。叫他喬幄，當然，」狄克先生說。「大衛的兒子就是喬幄。」

「喬幄・考勃菲爾，你是說，」姨婆答。

「對，當然啦。對。喬幄・考勃菲爾，」狄克先生說，有點難為情的樣子。

姨婆覺得這個主意非常好，所以那天下午替我買的好些現成衣服在我沒穿上身以前，她都用不褪色做記號的墨水，親筆在上面寫了「喬幄・考勃菲爾」。當天決定，所有其他替我定做的衣服（有一套齊備的服裝是那天下午定做的），都要照樣寫上這兩個字。

就這樣，我開始過新生活——取了新名字，凡是關於我的樣樣都新。既然心裡的疑慮祛除，好多天我都覺得如在夢中。我從沒想到，我會有一對特別的監護人，一位是我姨婆，一位是狄克先生。不論什麼關於我自己的事，我從來沒有清清楚楚想到。我心裡只有兩件事最清楚，一件是勃倫德司東的日子已經變得模糊——好像在天邊霧靄之中；另一件是我在牟士冬．格林比店裡的生涯也給一幅帷幕落下遮隔。此後再也沒有誰把它掀起。我極不情願地揭開過片刻。很開心地又放下去了（即使在本書也如此。想起那段日子，就有無限辛酸，精神上受盡痛苦，希望毫無，甚至查點一下那段生涯過了多久我都始終沒有勇氣。過了一年，不止一年或不到一年，我不知道。只知道有過那段生涯，過完了。我記下來了，就算了。

第十五回　我另有發端

承眷恩孤子再負笈
供膳宿律師權迎賓

狄克先生跟我不久就成了最好的朋友，常常在他做完一天工作之後，一同出去放大風箏。他每天過日子總要坐下來，寫很久請願書，不管他多麼苦幹，可並沒有寫出多少。因為遲早查理一世皇帝要插進去，這一來就要扔掉，重寫起來。儘管這樣一次次失望，他耐性依舊，認為有希望；微微感到查理一世皇帝有點毛病，又不肯出大力，把這位皇帝置於請願書之外；而皇帝一定會插進來，把請願書弄得完全不成樣子：這些現象都叫我深為感動。如果請願書居然有一天寫好，狄克先生以為會有什麼結果，想遞到那裡去，以為有什麼作用——我相信，他知道的不見得比任何人多些。他也根本用不著費心去研究這些問題，因為世上如果有一件事十拿九穩，那就是這個請願書永遠寫不成功。

我以前常常想，風箏在空中放得非常高的時候，他的樣子是很感人的。他在房間裡告訴我，他相信，糊在風箏上的呈文（其實不過是從前寫壞的一張張請願書）可以借此傳揚出去，我以為也許是他偶爾會有的幻想。不過，等到他在露天望著天空的風箏，感覺到風箏在他手上拽著扯著的時候，就不是幻想了。他神態從來沒有那一刻寧謐。黃昏在青草斜坡上，我坐在他身邊，看他注視靜寂高空裡的風箏，時常想，風箏把他的心靈拔出了混亂的境界，提升上了天空（這只是我幼稚的想法而已）。等到他繞回線，風箏越來越下降，離開美麗的餘暉，掉到地上打滾，終於像死了的東西一樣，躺在那裡，他也好像漸漸夢醒。我記得他拿了起來，四顧茫然，好像他跟風箏一同下來了，我看了真心不捨得他。

我跟狄克先生的友愛和情誼日有增進，另一方面，他的生死之交，我姨婆，對我的寵愛也沒有減退。姨婆慈祥無比，不過幾個星期工夫，已經把替我起的名字喬幄，縮成喬了。甚至鼓勵我說，只要我照一開始那樣乖，就有希望跟我姊姊貝采・喬幄一樣得她的歡心。

「喬，」一天晚上雙陸棋盤照常替姨婆跟狄克先生擺好了，姨婆說，「我們不可以忘記你念書的事情。」

這正是唯一我心焦的事，她提到了，我正非常歡喜。

「你喜歡進坎特布利那裡的學校嗎？」姨婆說。

我回說，非常喜歡，因為很近姨婆的家。

「好，」姨婆說。「你喜歡明天就去嗎？」

我已經跟姨婆弄熟了，不是不曉得她做起事來一向進展迅速。所以她這次突然提議這件事，也不足為奇，所以我就答，「喜歡。」

「好，」姨婆又說。——「㚶涅，明天早上十點鐘你去雇匹小灰馬雙人馬車，今天晚上把喬幄少爺的衣服收拾好。」

她吩咐這番話，我聽了心花怒放。不過我這樣只顧自己，看到這個消息給狄克先生的打擊，不免於心有愧，因為他眼看我們就要分手，精神馬上頽喪，棋也因此走得很差，結果姨婆怪他不好，幾次用骰子筒敲他手指骨節，末了把棋盤合攏，不跟他下了。不過，聽姨婆說，我有時在星期六可以回來，他有時在星期三可以去看我，他又高興起來，發願要再做一個比現在的一個大非常多的風箏，到這些時候放。到了早上，他又鬱鬱不樂了，要把他當時所有的錢，連金銀在內，一齊給我，他才能活得下去，還是姨婆出來攔阻，只准他給我五先令，他懇切請求，後來一直加到十先令，才算了事。我們在花園門口分別，依依不捨，一直等我姨婆駕車把我送到看不見房子，他才進去。

姨婆完全不理一般人的批評，駕馭小灰馬駛過多佛，技術熟練，高高坐著，腰板兒挺直，就像個壯麗馬車的車夫，不管馬到那裡，目不轉睛望著馬，打好主意不許馬亂作任何主張。不過，等到我們上了鄉下大道，她就對馬放鬆一點了。我坐在她旁邊一個大軟墊子上，她低頭問我快樂不快樂。

「非常快樂，真地，謝謝您，姨婆，」我說。

她十分喜歡，因為兩手都不空，就用鞭子輕輕敲我的頭。

「學校大嗎，姨婆？」我問。

「嗯，我不知道，」姨婆說。「我們先到威克菲爾先生家再說。」

「他可開學校嗎？」我問。

「不開，喬，」姨婆說。「他有個事務所。」

姨婆沒有再講威克菲爾先生的事，我也不再問下去。我們談別的話，一直談到坎特布利。這天正是那裡的集日，姨婆大有機會把那匹小灰馬在貨車、籃子、蔬菜、小販貨物堆裡穿進擠出。我們轉彎抹角，有時空隙間不容髮，站在一旁的人就發出各式各樣不太恭維的話來，不過姨婆駕車向前走，根本不理會。她如果在敵國駕駛，想必也是同樣冷靜地走自己的路。

終於我們在路旁突出的一所很古老的房子面前停下。這所房子有好些又長又矮的格子窗突得更出來，兩端刻了人頭的樑也突了出來，所以我以為整個房子都向前傾，好像要看一看，誰從下面狹人行道上經過似的。房子乾淨得纖塵不染。低矮的拱門上裝了老式的銅門楹，楹上雕了花果的環，閃耀如星。兩磴下通大門的石頭臺階潔白得好像上面蓋了乾淨的細麻布。所有凸角、凹角、雕鏤、模塑，別致的小玻璃板，別致的小窗，雖然跟群山一樣古老，卻跟山上任何一次落過的雪一樣的潔白。

小馬車在門口停下，我正一心一意看這所房屋的當兒，死屍一樣的一個人臉在底層住宅一邊的圓形小高閣小窗口出現，隨即又不見了。接著矮拱門開了，那個人走了出來。他的臉仍舊跟從窗口望出來那時一樣死灰色，雖然皮膚紋理裡有點淡紅，紅頭髮的人會有的那種紅。果然那人的頭髮是紅色——照我現在估量，是個十五歲的少年，可是樣子老得多——頭髮剪得只賸下最少的髮樁兒。眉毛幾乎沒有，根本沒有眼睫毛，眼珠赭色，像這樣無遮無擋，記得我奇怪，他怎麼睡得著覺的。他肩聳骨瘦。身穿莊重的黑色衣服，結了一塊白領飾，一排鈕釦一直扣到咽喉，有隻瘦長的皮包骨頭的手，站在小馬頭面前，用那隻手抹下巴，特別觸目。他朝馬車仰望我們。

「烏利亞·謝坡，威克菲爾先生在家嗎？」姨婆問。

「威克菲爾先生在家，姑姑，」烏利亞·謝坡說，「請過這邊來，」一面用他的長手指他說的那間房子。

我們下了車，讓他牽著馬，然後走進又長又矮的起坐間，窗朝大街，我從裡面看了烏利亞·謝坡一眼，他對馬鼻孔吹了口氣，馬上用手捂住，好像對馬念了咒語一樣。高而老式的壁爐架對面掛了兩幅肖像——一幅畫著一位白髮男子（絕不是上了年紀的人），黑眉毛，正在看用紅絲帶繫在一起的文件。另一幅畫的是位太太，臉上恬靜溫柔，她正對著我望。

我相信，我正在轉過身來找烏利亞的畫像，這時屋另一端的門開了，進來一位有身分的人，一看見他，我就掉過頭去看提到的第一張畫，要弄清楚畫中人並沒有走出了畫框。不過畫中人是靜止的；這位先生走到亮處，我發現他比別人畫他那幅畫的時候老了些。

「貝采．喬幄小姐，」這位先生說，「請進來。我剛才有一會兒給事纏住了，可是我忙，您會原諒的。您知道我的動機。我一生只有一個。」

姨婆謝了他，我們就進了他房裡，裡面佈置成事務所模樣，有書籍、文件、白鐵箱等等。窗外是花園，有隻保險箱砌進了牆裡，緊接在火爐架上，我坐下的時候想，掃烟囱的人來掃烟囪，怎麼樣才避得開它。

「呀，喬幄小姐，」威克菲爾先生說——我不久就發現，原來他就是威克菲爾先生，律師，我們這一郡裡某富戶財產管理人——「那陣風把您吹來的？我希望不是不吉利的風吧？」

「不是，」姨婆說，「我不是為打什麼官司來的。」

「那才好，小姐，」威克菲爾先生說。「您最好為別的事來商量，不管是什麼。」

他頭髮現在很白了，雖然他的眉毛還是黑的。他的臉叫人看了非常舒服，也很好看，我想。他面色很紅，裴媽早就指點過我，說這是喝了產於葡萄牙加了酒精葡萄酒的關係。

我想他嗓音也是的，還有他發胖也出於同一原因。他衣著很乾淨，穿一件藍外套，條子背心，棉布褲子。細料縐邊襯衫跟亞麻布領飾看樣子特別柔軟潔白，我記起來了，當時想入非非，想到的是天鵝胸部的羽毛。

「這是我姨姪，」姨婆說。

「我以前沒聽說您有過，喬幄小姐，」威克菲爾先生說。

「實在是我姨姪孫，」姨婆說。

「我以前沒聽說您有姨姪孫，說實話，」威克菲爾先話說。

「我收養了他，」姨婆揮一揮手說，意思是他知道不知道在她看來都一樣。「我把他帶到此地來，送他上學，讓他好好地受徹底教育，學校裡的人好好對待他。好，請您告訴我這樣的學校在那裡，什麼學校，以及關於學校的一切。」

「還沒有給您出主意之前，」威克菲爾先生說——「老問題，您知道的！您這件事動機是什麼？」

「去你的！」姨婆叫道。「老是盤查旁人的動機，動機不就在眼面前！還用說，讓這孩子有好日子過，有用處。」

「我想，一定有個混合的動機，」威克菲爾先生搖頭含笑，表示不相信地說。

「混合個屁！」姨婆說。「你總說你自己不管做什麼，只有一個老實的動機。我希望，你總不會以為你是世界上唯一老實的人吧？」

「對，喬幄小姐，我做人可是只有一個動機，」他笑答道。「別人有上打，幾十，幾百個。我只有一個。分別就在這裡。不過，那不相干，最好的學校嗎？不管動機是什麼，你要最好的學校嗎？」

姨婆點頭附和。

「在我們最好的學校裡，」威克菲爾先生思量道，「您姨姪孫現在不能寄宿。」

「可是他可以在別處寄宿吧，我想？」姨婆提議道。

威克菲爾先生認為我可以。稍微商量了一下，他主張帶姨婆到學校去，讓她看一下，自己拿主意。再為了同樣的目的，帶她去兩三家。他認為可以給我寄宿的人家。姨婆贊成，於是我們三個人就要一同出去了，這時威克菲爾先生站定了說，——

「也許我們的小朋友會有什麼反對這樣安排的動機不會。我想我們最好把他留在此地吧？」

姨婆好像對這一點要有爭論，不過，我為了他們事情辦起來順利，就說，我在此地不去很好，只要他們認為行。然後就回到威克菲爾先生的事務所，坐在我第一次坐的那張椅子上，等他們回來。

剛好這張椅子正對著狹過道，過道底是間圓形小房，我看見烏利亞・謝坡就在房裡，灰白的臉望著窗外。他把馬牽到鄰近的馬房，此刻在這間房裡伏案工作，書桌面上有個銅框架，可以掛文件，架子上掛著他正要謄下來的文件。我想了一陣，他的臉雖然朝著我，因為中間隔了文件，他並看不見我，不過我更用神朝那一方看去，發見他那雙睡不著覺的眼像兩輪紅日，不時從文件下面偷偷瞪著我，差不多一瞪就是整整一分鐘（這當兒他的筆還照常靈活地動著，或者假裝在動），使我很不舒服。好幾次我想法避開他眼睛——就如站在一張椅子上看房裡另一邊牆上的地圖，看肯特地方的報紙——不過我總是又給他眼睛吸引回去。不管那一刻我看到那兩輪紅日，不是剛剛上升，就是剛剛下落。

末了，過了相當長的時間，姨婆跟威克菲爾先生回來了，我心裡石頭才放下來。他們這趟調查並不如我巴望的順利，因為學校的好處雖然不容否認，打算我去寄宿的地方姨婆沒有一處滿意的。

「運氣太不好，」姨婆說。「喬，我真不知道怎麼辦。」

「運氣的確不好，」威克菲爾先生說。「不過我告訴你一個辦法你可以採取，喬幄小姐。」

「什麼辦法？」姨婆問。

「把您姨姪孫暫時住在此地。他人很安靜，一點也不會攪我。這兒念書好極了——跟隱修院一樣靜，也有隱修院那麼寬敞，您就把他住在此地好了。」

姨婆很明顯喜歡這個提議，雖然不好意思就答應。我也是。

「好啦，喬幄小姐，」威克菲爾先生說：「這是解決困難的辦法。不過是暫時的安置，您知道。如果不合適，或者雙方覺得不很方便，他很容易向後轉。這段時期，有時間給他找個好點兒的地方。目前您最好決定留他下來！」

「真是非常多謝您，」姨婆說，「我知道他也如此，不過——」

「不過什麼呀！我懂您的意思，」威克菲爾先生嚷道。「喬嵋小姐，總不叫您領了情心裡不好受。要是您喜歡，您可出他的膳宿費。我們不斤斤計較，不過您一定要的話，您就出錢好了。」

「要是這麼說的話，」姨婆說，「欠您真正的情分雖然沒有少些，我情願留他下來。」

「那麼你們就來看我的小管家吧，」威克菲爾先生說。

於是我們走上很出色的老式樓梯，欄杆好闊，差不多打那上面也可以走上樓。上面是間陰暗的老式客廳，廳裡有三四扇異樣的窗子，我在街上仰望見到了的，透了些光進來。裡面還有些老式橡木椅子，好像用的料子和發亮的橡木地板、天花板大樑的一樣。陳設很漂亮，有一架鋼琴和一些或紅或綠、鮮明的家具，還有些花。到處好像都是老式角落，每一個角落都有特別的小桌子，或碗櫃、書架、椅子，或這樣、那樣別的東西，使我以為室裡再沒有第二個這樣好的角落了，可是等看到下一個，發見同樣地好，即使不格外好些。件件東西都露出和戶外特有的同樣幽靜氣味和清潔。

威克菲爾先生輕敲板壁一角的門，一個跟我年齡彷彿的女孩很快跑出來，親了他。她臉上我馬上看到恬靜溫柔的表情，就是樓下畫裡望著我的那位太太所有的。我想像，畫中人好像長大成人，而本人仍舊是個小孩，她的臉雖然十分活潑快樂，卻含著一股鎮定，整個人也有——寧謐、善良、安靜的氣概——我此後再也沒有忘記過——也永遠不會忘記。

這位就是小管家，威克菲爾先生說，她的女兒娥妮絲。我聽到他說她名字的情形，看到他握她手的樣子，就猜出他一生的唯一動機是什麼了。

她有個盛雜物的小籃子掛在身邊，裡面是鑰匙，她那副神情凝重審慎，古老宅子管家正需要這樣的人。她聽她父親說我的事，面現愉快之色。等他說完，就請姨婆和我上樓，看我的房。我們全上去了，她在我前面。房間是極好的老式房間，橡木梁和菱形嵌板比別處多，闌欄杆一直伸到門口。

我記不得兒童時代在那裡，什麼時候在教堂裡看過彩色玻璃窗。也記不得畫的是什麼。不過我知道，看到娥妮絲掉過頭來，映著老式樓梯上陰暗的光，在上面等我們，當時我就想起那扇窗；從此以後就把娥妮絲、威克菲爾和那扇窗的說不出的寧靜鮮明連在一起了。

這樣安頓我，姨婆和我一樣，覺得歡喜，我們下樓又到了客廳，很稱心滿意。她不肯聽話。待下來吃晚飯，怕小灰馬不能在天黑之前送她到家。果然跟我擔心的那樣，威克菲爾先生太懂得姨婆的脾氣了，什麼事也不會跟她爭辯，所以就替她預備了一點便飯，娥妮絲到她的女教師那裡，威克菲爾先生進了他的事務所。所以只賸下我們互相道別，不受絲毫拘束。

姨婆告訴我，威克菲爾先生樣樣都替我安排好了，我什麼也不會短少，她對我說了最厚道的話，給了我最好的指點。

「喬，」末了姨婆說，「要替自己爭氣，替我爭氣，替狄克先生爭氣，天保佑你！」

我大為感動，只能謝了她又謝，並且請她替我問候狄克先生。

「不管碰到什麼事，」姨婆說，「不能下作，不可以虛假，不可以殘忍。只要避開這三個缺點，喬，我永遠覺得你有希望。」

我盡我所能答應聽她的話，不辜負她的慈愛，不忘記她的教訓。

「小馬在門口，」姨婆說，「我走了！你在此地待下吧。」

她說完這幾句話，匆匆把我一摟，就走出房外，把門從外面關上。分別得這麼突然，我起初一驚，幾乎害怕自己得罪了姨婆，不過等我向街上一望，發現她上車神色沮喪，駕車而去，頭也不抬，我更了解她，不那麼冤枉她了。

五點鐘，威克菲爾先生吃晚飯的時候到了，我又振作起精神，準備吃飯。桌布只預備我們兩個人的，可是娥妮絲在晚飯前客廳裡等著，跟她父親一起下樓，在他對面桌子面前坐下。沒有她，我恐怕她父親飯吃不下。

飯後我們在那裡沒有待下去，卻又上樓，進了客廳。娥妮絲在一個舒適角落替她父親放了酒杯和一隻裝了葡萄牙葡萄酒的有玻璃塞的圓酒瓶。我想，任何別人的手替威克菲爾先生把酒放在那裡，他都會覺得平常的滋味沒有了。

他坐在那裡喝葡萄酒，兩個鐘頭喝了很多，娥妮絲卻在彈鋼琴，做針線。跟她父親和我談天。威克菲爾先生大部分時間都跟我們很愉快高興，不過有時眼睛望著娥妮絲，陷入沈思，也不言語。我想，娥妮絲馬上看出，就問他一句話，或者親他、拍他一下。這一來，他從深思中醒來，又喝口酒。

娥妮絲燒了茶，替大家斟了。喝茶以後的時間跟飯後一樣度過，到末了，她去睡覺了，她父親摟她到懷裡，吻了她，她走之後，威克菲爾先生吩咐在他事務所裡點上蠟燭。然後我也去睡了。

不過，晚上我漫步下樓到門口，上街走了一點路，好再瞥一瞥那些老式房子和灰色的大教堂，也許想到我出奔的路上經過這座古城，想到經過我住過的房子還不知道呢。回家的時候看到烏利亞·謝坡正在開事務所的門，我有意對人人都友好，就進去跟他說話，分手的時候伸手過去給他。可是天，他的手多粘冰冰的啊！握起來跟看起來一樣，就是鬼手！握完以後，我搓搓我的手，搓個暖和，也把他的手搓掉。

這隻手太叫人不舒服了，我進了自己的房，在我記憶中還是又冷又濕。我把頭伸出窗外，看到橫街口人群裡面有個臉瞟我，我想是烏利亞·謝坡，不知他怎麼走到那裡去的，我趕緊關窗，把他擋出去。

第十六回　我不止一方面做新生

義博士勵操化時雨
莽外姑恃愛倚東床

第二天早上早飯後，我又過學校生活了。由威克菲爾先生陪著，到了未來求學的場所——院子裡一座莊嚴的大廈，學術氣氛瀰漫，似乎很適合由大教堂尖塔上飛下離群的白嘴鴉和穴鳥走動，這些畜牲在草地上派頭就像學者。威克菲爾先生又把我介紹給我的新老師司瓊博士。

我以為，司瓊博士就跟屋子外面生銹的高鐵欄杆和鐵門一樣褪了色，也差不多像欄杆、鐵門兩旁放的大石甕一樣僵硬、沈重。這些石甕放在院子周圍紅磚牆頂上，各塊有一定距離，好像是提高了的九柱戲，給時間之神玩的。司瓊博士在他書房裡，衣裳不是特別刷乾淨，頭髮也不是特別梳好，短褲沒有繫背帶，黑色的長護腿套沒有扣好，一雙鞋向爐邊地毯張著嘴，就像兩個洞。他一隻沒神的眼朝我一瞧，使我想起忘記了很久，總在勃倫德司東教堂墳地的、一匹瞎了眼嚙草，常被墳絆倒的老馬。他說，他看見我，很高興。然後伸手給我，我不知道怎麼辦是好，因為他的手什麼動作也沒有。

不過，離司瓊博士不遠，有位漂亮的年輕婦女坐在那裡做活——博士叫她安妮，我想總是他女兒了——她替我解了圍，跪下替他穿上鞋，扣上他護腿套的鈕釦，做這些事極為高興，也極敏捷。她做完之後，我們就出外到課室去，這時我聽威克菲爾先生向她問早安，稱她「司瓊太太」，大為詫異。我奇怪她怎麼會是司瓊博士的媳婦，或是他的太太。正盤算著，司瓊博士本人無意中解了我的惑。

「順便問一句，威克菲爾，」他說，這時手擱在我肩膀上，在走廊站住，「你沒有替內子的表兄找到適當的工作吧？」

「沒有，」威克菲爾先生說——「沒有，還沒有。」

「威克菲爾，我希望這件事越早辦成功越好，」司瓊博士說，「因為傑克・毛爾頓又窮又懶，有了這兩種罪惡，有時候更惡的事就會做出來。瓦次博士①說過什麼的？」他眼望著我補充道，一面搖頭晃腦配合他引文的節奏：「『魔鬼經常找出某件惡事，交給懶人

①Watts, Issac（1674-1748），英國著名聖歌作家。所引詩原題為「戒懶戒惡歌」。

作為。』」

「我的天，博士，」威克菲爾先生答，「瓦次博士如果真懂得人類，也許他會寫，『魔鬼經常找出某件惡事，交給忙人作為。』也同樣有道理的。忙人在世界上惡也作夠了，你相信這句話好啦。這一兩個世紀，拚命忙著弄錢、弄權的人又幹了些什麼？沒有壞事嗎？」

「我看傑克．毛爾頓永遠不會為錢為權奔走的，」司瓊博士手摸下巴，深有所思地說。

「也許不會，」威克菲爾先生說，「你把話岔開現在加以解釋，總算言歸正傳了。沒有，我還沒有把傑克．毛爾頓先生的事辦好呢。我相信，」——他說這句話有點猶豫——「我集中精神尋找你的動機，這一來事情更難辦。」

「我的動機，」司瓊博士答，「是替個親戚，安妮從前一塊玩的伴兒找個適當的工作。」

「對，我知道，」威克菲爾先生說——「在國內或國外找個事。」

「對！」博士答，似乎不知道為什麼他把這句話說得這麼著力的，「在國內或國外。」

「你自己用的字眼，你知道，」威克菲爾先生說——「或者國外。」

「的確，」博士答，「的確。不是國內，就是國外。」

「不是國內，就是國外？你沒有選擇嗎？」威克菲爾先生問。

「沒有，」博士答。

「沒有嗎？」大為駭異。

「一點也沒有。」

「沒有在國外，而不在國內的動機嗎？」威克菲爾先生說。

「沒有，」博士答。

「我只好相信你，當然真相信你，」威克菲爾先生說。「如果我早曉得，我的工作也許容易得多。不過說實話，我還另外有個想法呢。」

司瓊博士望著他，面露疑惑的神態，但差不多馬上就化為笑容，叫我看了受到很大的鼓舞。因為他的笑充滿了和藹、親切，還有純真在裡面，其實等到把他臉上好學深思的霜抹掉，他整個的態度也有純真，像我這樣年輕的學生看了，又受吸引，又燃起希望。司瓊博士一再說「沒有」，「一點也沒有，」和別的同一意義肯定的短句，在我們前面磨磨蹭地走，步伐奇特而不勻；我們跟著；我看出威克菲爾先生神情嚴肅，對自己搖頭，還不知道已經給我看到了。

課室在大廈最靜的一邊，是間相當大的廳，給半打上下的大石甕森嚴地「瞪」著，還可以眺望司瓊博士自己隱僻、古老的花園，園裡南面向陽的牆上長的桃子正在成熟。窗外草地上有兩盆大茄楠，這種植物闊大的硬葉好像是漆過了的白鐵片做的，從此在我眼睛裡發生聯想作用，就是靜寂和退隱的象徵。我們進去的時候，大約有二十五個學生在用功讀書，不過都站起來跟博士請早安，等看到了威克菲爾先生和我，就都站著不動了。

「新來了個學生，各位小朋友，」司瓊博士說：「喬幄．考勃菲爾。」

有個名叫亞當姆斯的班長，跑出來歡迎我。他結了白領飾，樣子像個小神職人員，不過對人很親熱、和藹。他把我的座位指給我看，又把我介紹給各位老師，態度優雅，再沒有別的更能讓我安心了。

可是除了密．瓦克和蒼白馬鈴薯之外，我跟這樣的同學或者我年齡相同的伴侶不在一起似乎太久，所以從來沒有覺得這樣不慣過。我遇到過許多他們什麼也不知道的場合，有過許多跟我這個年紀、外表、身分的狀況和做他們一夥無關的經歷，這兩點我心裡完全有數，現在跑到那裡做個普通小學生，我多少相信是詐騙的行為。我在牟士冬．格林比店裡待了不論時間久暫，學生的運動和遊戲早已生疏，所以感覺得到，連他們最普通的玩意我玩起來也最笨、最不在行。從前學的，因為從早到晚要應付日常卑賤生涯種種憂慮，不管什麼都忘了，現在考起我學過的東西來，什麼也不知道了，因此插在學校裡最低的一班。我缺乏兒童的技能和書本的知識，已經痛苦了，可是想到我知道的事情，比我所不知道的，跟同學距離更遠，我更有說不盡的難堪。我擔心，如果他們知道我熟悉高等法院監獄的情形，又作何感想呢？我有什麼形跡會透露我跟密考伯這家人有關的舉動嗎——歷次典當、賣東西、吃晚飯——儘管透露也是身不由己？假使有些同學看見過我經過坎特布利，餐風露宿，衣衫襤褸，現在發現我在此地，又怎麼得了？他們花錢全不在乎，如果知道我半個辨士都要積蓄起來，買每天的辣乾臘腸、啤酒、一片片布丁，又會說什麼？他們全不知道倫敦的生活、倫敦的街道，如果發現我對這兩方面的最下流的若干景象多麼清楚（而且引以為羞），對我的看法又受什麼影響？第一天在司瓊博士的學校裡，這許多思想在我腦子裡攪得很兇，我覺得自己的極細微的一舉一動都不妥當，不管幾時有新同學向我走來，我都存退縮之心；一等放學，就匆匆走開，生怕任何人跟我友好殷勤，我有了反應，露出馬腳。

不過，到了威克菲爾的老式屋子，敲門的時候，腋下挾著新課本，我已經覺得心境不同，不安的情緒漸漸消逝了。往我通風的老式房間去的時候，樓梯嚴肅的影子好像罩住了我的疑懼，把往事沖淡。我坐在那裡，十分用心讀書，一直讀到吃晚飯的時候（我們三點鐘放學就不再去了），才下樓去，心裡有了還可以成為過得去的學生的希望。

娥妮絲在客廳等她父親，這時有人把他纏在事務所裡，她欣然含笑相迎，問我覺得學校怎麼樣。我告訴她，我希望會非常喜歡這家學校，不過一開頭有點不慣。

「您總從沒上過學校的了，」我說，「是不是？」

「啊，上過。天天上。」

「嗯，可是您意思是在這兒，您自己家裡？」

「爸爸沒有法子放我到別處去，不管那裡，」她含笑搖頭答。「他的管家一定要在他家裡待著，您知道。」

「他一定非常喜歡你吧，」我說。

她點頭說，「對了，」說完跑到門口聽他回來的腳步，好到樓梯上接他。不過他不在那裡，她又回來。

「我生下來媽媽就去世了，」她一貫安詳地說。「我只看到樓下她的畫像。昨天我看見您看那幅畫。您可曾想到是誰的嗎？」

我告訴她我想到，因為畫上的人非常像她。

「爸爸也說像呢，」娥妮絲高興地說，「聽！這一回爸爸回來了！」

她跑去接威克菲爾先生，聰明、沈靜的臉上露出愉快的光彩，兩個人手攙手進來。威克菲爾先生熱烈地招呼我，對我說，司瓊博士為人極其溫和，我跟他念書一定會快樂。

「也許有些人——我不知道確實有——利用他的心腸仁慈，」威克菲爾先生說。「喬幄，你千萬不要做這種人，不管遇到什麼事。他是凡人之中最不疑人的，是美德，還是毛病，且不去提，跟司瓊博士往來，事無大小，都要把這一點好好想一下。」

我想，他說話好像當時很疲倦了，或者對什麼事不滿。不過我心裡沒有再追究這個問題，因為剛有通知，說開飯了，我們下樓，各就原座。

才坐好，烏利亞．謝坡就把他的紅頭伸了進來，瘦長的手就擱在門上說，——

「毛爾頓先生來了，想打攪您，跟您老人家說句話。」

「我此刻才打發掉毛爾頓先生的，」烏利亞的老師說。

「是的，您老人家，」烏利亞答。「可是毛爾頓先生又回來了，他請求跟您說句話。」烏利亞用手推開門，同時望望我，望望娥妮絲，望望碟子，望望盤子，望望房裡所有的東西，我想——卻又像什麼都不望，他裝出全部這當兒那雙紅眼睛很忠順地望著他老師的樣子。

「請原諒。我想了一下，只想說，」烏利亞身後有個聲音說，這時烏利亞的頭給人推開，說話的人補了空缺——「對不起打攪了——好像這件事我無可奈何，我越早出國越好，我跟我表妹安妮談到這件事的時候，她的確說了，她喜歡跟她朋友要見面見得著，不要把他們充軍，而老博士呢——」

「司瓊博士，是他嗎？」威克菲爾先生嚴肅地攔住他話頭問。

「當然是司瓊博士，」那人說。「我叫他老博士，一樣的，您知道。」

「我可不知道，」威克菲爾先生回道。

「好啦！就叫他司瓊博士吧，」那人道。「司瓊博士也這樣想，我相信，可是好像您對我採取的辦法改了他的主意，唉，不用再說了，我越早走越好。所以我想，我要回來說，我越早走越好。要跳水，盡在岸上拖延是沒有用的。」

「毛爾頓先生，您這件事，盡可能不拖延，您相信我好啦，」威克菲爾先生說。

「謝謝您，」那個人說——「很感激。別人幫忙，我不想挑么挑六，這樣做不風光。否則的話，我表妹安妮一定很容易照她的主意來安排的。我想，她只要跟老博士說——」

「您意思是司瓊太太只要跟她丈夫說——我可懂得了您的話？」威克菲爾先生說。

「對極了，」那個人答，「——只要說，她要某件某件事怎麼怎麼辦，當然就怎麼怎麼辦了。」

「毛爾頓先生，怎麼是當然的呢？」威克菲爾先生問，安心定意地吃著晚飯。

「啊，因為安妮是位迷人的少女，那個老博士呀——我是說司瓊博士——不是個十分迷人的少年了，」傑克・毛爾頓先生大笑道。「威克菲爾先生，我不是想得罪誰。我只是說，我想這種婚姻總要賠補點什麼才公道，才合理。」

「先生，是對這位太太賠補吧？」威克菲爾先生嚴肅地問。

「先生，賠補這位太太，」傑克・毛爾頓先生大笑答道。不過他好像看出威克菲爾先生繼續吃飯，照樣安心定意，毫不被他的話打動，再沒有希望把他臉上的一條肌肉弄鬆，於是又說，——

「不過，我回頭來要說的話已經說了，打攪您再向您道歉一次，我走了。既然這件事完全要由您我兩人安排，就不必再在博士那裡提了，當然我依您的指示。」

「您用了飯嗎？」威克菲爾先生說，用手指指桌子。

「謝謝您。我吃飯去了，」毛爾頓先生說，「跟我表妹安妮一起去吃。再會！」

威克菲爾先生也不起身，若有所思地望他走出去。我想這個人是個相當淺薄的青年，臉蛋子漂亮，話說得快，一副自信很足，冒冒失失的派頭。這是我第一次見到傑克・毛爾頓先生，想不到這麼快就會見他，那天早上才聽到威克菲爾先生提到他的。

我們吃完飯，就又上樓，一切情形都和前一天一樣。娥妮絲在同一角落把酒杯和圓酒瓶放好，威克菲爾先生坐下喝酒，喝了很多。娥妮絲彈鋼琴給他聽，坐在他旁邊，做針線、談天，跟我玩骨牌遊戲。到了時候，她去燒茶，後來我拿我的書下來，她打開來看了，把她知道的指給我看（雖然她說算不得什麼，其實了不起），還告訴我讀書和理解最好的方法。此刻我寫這些字句的時候，還看得見她，態度謙遜、有條不紊、沈沈靜靜的，聽得到她悅耳、安詳的聲音。日後所有她對我良好的影響，這時候已經漸漸印在我心坎兒裡了。我愛小艾姆麗，不愛娥妮絲——不愛，完全不是那種愛——不過我覺得，無論娥妮絲在那裡，那裡就有善良、和平、真理。我很久以前看到的教堂的彩色玻璃窗柔和的光線總落在她身上，我只要靠近她，這種光也照著我，也照她周圍的一切。

她晚上休息的時候到了，把我和她父親留下，我伸手給威克菲爾先生，自己也準備走了。不過他阻住我說，「喬幄，你喜歡跟我們住在一起，還是搬到別處去？」

「跟你們住在一起，」我很快就答。

「真的嗎？」

「只要您不討厭，只要我可以！」

「唉，孩子，我恐怕這裡只有沉悶的生活可以過罷了。」

「大爺，我總不會比娥妮絲更覺得沉悶。一點也不沉悶！」

「比娥妮絲，」他慢慢走到大壁爐架那邊，重複說我那句話，靠在壁爐架上——「比娥妮絲！」

那晚他酒喝得眼睛通紅（也許是我幻想如此）。並不是我當時看得見，因為他朝下望，又用手遮住。而是早一會兒我看出的。

「我倒想知道，」他含糊地說，「我的娥妮絲可厭倦我。幾時我會厭倦她呢？不過那可不同——那大不相同。」

他在沉思，沒有跟我說話，所以我也不開口。

「沉悶古老的屋子，」他說，「單調的生活。不過我一定要她在我身邊——我一定要把她留在身邊。如果想到我會死掉，把我的寶貝丟下來，或者我的寶貝會死掉，把我丟下來，這種念頭像鬼怪一樣，把我最快樂的時光變煩惱，只好把它撳到——」

他沒有說出撳到那裡淹沒，卻慢慢踱到他原來坐著的地方，機械地拿起空瓶來做倒酒的動作，放下酒瓶，又踱回來。

「假使她在此地的時候我都悲傷得受不了，」他說，「她走了怎麼得了？不行，不行。這我可不能試。」

他靠在火爐上，沉思了好久，我拿不定主意，到底是冒打擾他一下的險跑掉呢，還是不聲不響地待在原處，等他冥想完了再說。終於他醒過來，看看房裡各處，眼睛和我的眼睛碰到了。

「跟我們在一起，喬幄，嗯？」他說話態度跟平常一樣，好像答覆我剛才說的什麼話似的。「好極了。你是我們兩個人的伴。有你在此，對我們有好處——對我有好處，對娥妮絲有好處，也許對我們大家都有好處。」

「大爺，一定對我有益，」我說。「我住在此地好極了。」

「好孩子！」威克菲爾先生說。「只要你喜歡，就住下去吧。」說完這話他跟我握手，拍我背脊。告訴我，晚上娥妮絲休息了，如果我想要人做伴，無論有什麼事要做，或者希望讀書消遣，只要他在房裡我隨時可以下樓跑進去，跟他在一起坐坐。我謝了他一番好意。不久他下樓了，我也不累，既然承他許可，就拿了本書，也下樓，坐了半個鐘頭。

不過，我看到小圓辦公室裡有燈光，烏利亞・謝坡在那裡，我覺得馬上被他吸引住了。他這個人有點叫我著迷，所以我改變初衷，走了進去。我發現烏利亞在讀一本又大、又厚的書，用功的情形非常昭著，因為他每讀一行，都用細長的食指跟著眼睛，像蝸牛一樣，在書上留下一條條粘糊糊的痕跡（我完全相信是這樣的）。

「烏利亞，今晚上你忙得很遲啊，」我說。

「是的，考勃菲爾少爺，」烏利亞說。

於是我在他對面的長櫈上坐下，跟他談話方便，這時看出他從來不曾有笑這回事，他只能把嘴咧開，在臉下面留下兩條硬僵僵的皺紋，一邊一條，代表他的笑。

「我不是在辦公，考勃菲爾少爺，」烏利亞說。

「那麼，辦什麼事呢？」我問。

「我在補習法律的知識，考勃菲爾少爺，」烏利亞說。「在讀逖德的《訴訟手續》②。啊，逖德先生真是了不起的作家，考勃菲爾少爺！」

我的長櫈簡直就是一座瞭望臺，我坐在上面注視他，他大讚一聲之後，又食指一行一行指著，讀書去了，我發現他的鼻孔又瘦又尖，有顯著的凹槽，一撐一縮的樣子古怪，叫人看了極不舒服——他的眼睛從來不眨，倒是鼻孔代替眼睛做這個動作了。

「我想你一定是了不起的律師，」我望了他一會兒說。

「我嗎，考勃菲爾少爺？」烏利亞說。「嗯，不是的！我是很卑位的人③。」

---

②為當時不成文法標準教科書，全名為*Practice of the Court of the King's Bench*。

我發現，我不喜歡他的手，因為他兩隻手時常搓來搓去，好像要把它用力榨乾爽，擦暖和了似的，此外還時常偷偷地用小手帕抹乾它。

「我很清楚，我是在世最卑位人家的人，」烏利亞・謝坡很客氣地說，「別人的地位是別人的事。我母親也同樣是卑位人。我們住卑位房子，考勃菲爾少爺，不過，也有很多地方要感謝上帝的。我父親從前幹的也是卑位行業。禮拜堂打雜的。」

「現在他做什麼呢？」我問。

「他現在分享天堂上的光榮了，考勃菲爾少爺，」烏利亞說。「不過，我們很多地方要感謝上帝的。我跟威克菲爾先生在一起，多麼要感謝上帝啊！」

我問烏利亞跟威克菲爾先生多久了。

「我跟著他將近四年了，考勃菲爾少爺，」烏利亞說，說時合上書，小心先把讀到的地方做了記號——「從我父親死了一年以後起。這件事我該多麼感謝上帝啊！承威克菲爾先生的情，簽約收我做學徒，我母親跟在下卑位，那裡出得起錢，我該多麼感謝上帝啊！」

「那麼，等你學徒滿師，你就要做掛牌的律師了，我想？」我說。

「天保佑，就行了，考勃菲爾少爺，」烏利亞答。

③烏利亞講的英文有欠文雅，譯文姑以讀錯音表示「位」字當然是「微」。

「也許你有一天跟威克菲爾先生合夥，」我說，想叫他喜歡我，「這家律師事務所就改成威克菲爾・謝坡，或者謝坡・已故威克菲爾了。」

「啊，不，考勃菲爾少爺，」烏利亞搖頭答，「我太卑位了，不配！」

他坐著，卑躬屈節的樣子，眼睛乜斜望著我，嘴咧著，嘴巴上有皺紋，的確跟我窗外梁上雕刻的臉異常地像。

「威克菲爾先生是最高明的人，考勃菲爾少爺，」烏利亞說。「如果您跟他認識久了，就知道了，一定比我告訴你的更透徹。」

我回說，他一定是這樣的人，不過我跟他認識還不久，雖然他是我姨婆的朋友。

「啊，不錯的，考勃菲爾少爺，」烏利亞說。「您姨婆是很和氣的姑姑，考勃菲爾少爺！」

他要表示起勁的時候，身體有一套扭法，非常醜陋，他恭維我的親戚，我本來在留心，此刻看到他喉嚨和身體扭得像條蛇，注意力已經轉移過來了。

「很和氣的姑姑，考勃菲爾少爺！」烏利亞說。「我想，她非常佩服娥妮絲小姐，考勃菲爾少爺。」

我大膽說「對了，」並不是我有絲毫根據，天饒恕我吧！

「我希望您也佩服她，考勃菲爾少爺，」烏利亞說。「可是您一定已經佩服她了。」

「個個人一定都已經佩服她了，」我答。

「啊，考勃菲爾少爺，」烏利亞・謝坡說，「謝謝您這句話！這句話千真萬確！我雖然卑位，也知道這句話是千真萬確的！啊，謝謝您，考勃菲爾少爺！」

他一時情緒激動，身體扭得厲害，居然從櫈子上滑倒，既然滑倒，就打算回家。「母親等著我呢，」他說，一面看口袋裡的一隻顏色黯淡、表面不像樣的錶，「她要不放心了。因為我們雖然很卑位，考勃菲爾少爺，娘兒倆很親呢。要是那一天下午您肯來看我們，在我們卑位的家裡喝杯茶，母親會跟我一樣覺得您賞光。」

我說好極了，我會去拜望。

「謝謝您，考勃菲爾少爺，」烏利亞答，說時把書放回書架。「我想您在這兒要待些時候吧，考勃菲爾少爺？」

我說，我相信，只要上一天學，就會住在那裡受教養。

「啊，真的！」烏利亞嚷道。「我想您呀，最後也要入夥的，考勃菲爾少爺！」

我堅決地說我還沒有做這種事的意思，誰也沒有替我打這方面的主意。可是烏利亞對我所有的保證硬是一口慇懃地答，「啊，一定，考勃菲爾少爺，我想總會的，確實的！」還有，「啊，真的，考勃菲爾少爺，我想您會的，的確！」一遍說了又一遍。最後，要離開事務所回家了，他問我，把燈熄掉，我可方便。我說「方便」，他馬上熄燈。跟我握了手——黑暗中他的手像條魚——他就把門朝街開了一點點，提心吊膽走出去，又把門關起，把我丟下，在黑暗中摸索回到屋裡。這可給了我點兒麻煩，還在他櫈子上絆倒。我似乎大半夜都夢見他，我想這大概就是緣故；夢裡好些事之中有一件是他把裴格悌大爺的屋子駛下海，去遠處做海盜，桅頂掛了黑旗，上寫「逖德著：訴訟手續」，在那魔鬼的旗幟下面，他押了我和小艾姆麗到南美洲北岸，預備在那裡把我們淹死。

第二天上學，我的窘態好了一些，再下一天又好了許多，漸漸擺脫掉那個感覺，不到兩星期，已經很自在了。跟我的新朋友在一起很愉快。玩他們的遊戲還很笨，功課也趕不上他們，可是我希望習慣可以改進第一件，努力可以改進第二件。因此，我非常用功，遊戲和學習兩方面都一樣，大受稱讚。不多久，牟士冬．格林比店裡過的生活已經生疏，我都不相信有過那段經歷，而目前的生活已經過慣，好像過了很久了。

司瓊博士的學校辦得極其高明，跟喀銳刻爾校長的學校不同，就像善跟惡不同一樣。這家學校態度十分嚴肅而事務處理得很正派，制度健全，不管什麼事都請學生發揮自尊心和誠實，聲明學校打算靠學生這兩樣德性來維持，除非學生表現不配，才另作打算。這種制度有意想不到的好處。我們都覺得，辦這家學校，維持學校的聲望和體面，我們有分。所以很快大家就跟學校熱烈打成一片——我的確是這樣的學生，而且在我全部上學期間，從來不知道有第二個不是這樣的學生——真心學習，竭力要替學校爭光。我們課外有極好的遊戲，很多自由。不過我記得，即使在那自由裡，本地人提到我們都稱讚，我們的外表或儀態很少叫司瓊博士和司瓊博士的學校丟臉的。

有些高年級的學生在博士家寄宿，我輾轉由他們那裡知道博士生平的若干事蹟──例如，他跟我在書房看到的那位美麗的少婦結婚還不到十二個月，他是因為愛她而娶她的。她呢，窮得連六辨士都沒有，倒有一大批窮親戚（我們同學說的），隨時可以擁來，把博士擠出屋，擠出家庭。還有，博士總在深思，他們說是因為他總在找希臘的根；我那時天真無知，總以為博士對植物有狂熱，特別也是因為他散步的時候總是看著地上；後來我才懂得，根是字的根源，原來他在打算編一本新字典。我們的班長亞當姆斯喜歡數學，據他告訴我，他照博士的計畫和進行的速度，算過這本字典完成需要的時間。他認為，從博士上次生日，就是六十二歲生日那天算起，要花一千六百四十九年工夫。

不過，博士自己是全校的偶像。假使他不是這樣的人，學校一定是很糟的，因為他是人類之中最仁慈的，憑他單純的忠誠，連牆上石甕的心都能受他感動。他在院子裡宿舍旁邊那一部分走來走去，這時離群的白嘴鴉和穴烏就會狡猾地翹著頭窺伺他，好像知道自己比他懂的世故還多些。因為不管那一種流氓，只要走近他嘰嘰嘎嘎鞋子聲可達的範圍，就可以向他訴苦，一句話引起他注意，此後兩天的日子就有著落了。這種事宿舍裡大家都一清二楚，所以教師和班長煞費苦心從各種角度截斷這些土匪的退路，或者從窗子裡跳出來，不等博士發見他們，就把他們趕出院子。這種事有時候就在博士磨磨蹭蹭地走的時候離他幾碼遠做成功了，他還完全不知道呢。他一離開自己的校園，沒有人衛護，就十足成了剪羊毛的人的羊了。他會解下腿上的護腿套給人。其實我們當時就傳說一件事（現在一點不清楚是那一位可靠的人講的，也從來沒有清楚，不過多少年來我都相信我很有把握覺得是真的）。據說某年冬天有一天嚴寒，他真地把護腿套送給了一個女叫化子，這個女的把一個標致的嬰孩裹在這副護腿套裡，在附近挨家給人看，惹起些閒話來，因為博士的護腿套在這一帶跟大教堂一樣，人人認得。大家還說，唯一認不出的人就是博士自己，因為不久這副護腿套在一家名聲不大好的小舊貨店門口陳列（這種東西在那裡可以換杜松子酒），幾次有人看見他拿起來撫弄，覺得很不錯的樣子，好像款式新奇，中他的意，認為比他自己的一副好。

看博士跟他漂亮年輕的太太在一起是很叫人愉快的。他對太太露出慈父的愛。就憑那一點就可見他是好人。我常常看見他們在桃園散步，有時在書房或起坐間更靠近些觀察他們。我好像覺得，博士太太照顧博士非常周到，也很喜歡他。不過我想她絕不會把字典當回大事，博士口袋裡、帽子襯裡裡面總帶了些累贅的字典斷簡零篇，他們一同徘徊，博士總好像講解給她聽。

我常常見到司瓊太太，一者因為從那大早上我見博士起，她就喜歡我，隨後總對我很親切，很關心，二者因為她很喜歡娥妮絲，常常跟我們這裡往來。她跟威克菲爾先生兩個人總有些化解不了的，特別的拘束，我想，她好像怕威克菲爾先生。晚上她來，總不要他送她回家，要跟我一齊跑掉。有時候，我們高高興興奔過大教堂，以為誰也不會撞到，卻會撞到傑克・毛爾頓先生，他看到我們總很詫異。

司瓊太太的媽媽是我極喜歡的人。我們學生該稱她馬克倫太太，不過總叫她「老將」，因為她有將才，有率領大批親戚來鬥博士的技能。小個子，目光敏銳，打扮起來的時候，總戴那頂插了假花，花上面飛翔著兩隻假蝴蝶的帽子。我們有個迷信，以為這頂帽子是法國造的，只有那個聰明的國家才有那種手藝造得出。不過我全部知道確實的只有，不管馬克倫太太本人在那裡，那頂帽子總在晚上出現；她去會朋友，就放在印度製造的籃子裡帶去，假蝴蝶有本領不停地顫動，像忙碌的蜜蜂一樣④，善用光亮的時間，來拿司瓊博士做犧牲。

有一晚遇到另外一件事，我就要談到，此事使我永遠會記得這一晚。這個晚上，我觀察「老將」為人的機會相當好，我用「老將」這個名稱，並沒有不尊敬她的意思。那是博士家的一場小聚會，因為傑克・毛爾頓先生要到印度，大家替他送行。他要到那裡去當軍官學員，或者類似的職務。因為威克菲爾先生終於替他弄到這件事了。碰巧也正是博士的生日。我們放假，早上送了禮給他，由班長向他致祝詞，大家對他歡呼，嗓子都喊啞，博

④「像忙碌的蜜蜂善用光亮的時間」，是註①所引歌曲第一行。

士眼淚都流下來了。此刻到了晚上，威克菲爾先生，娥妮絲和我，去參加他以私人身分開的茶會。

傑克·毛爾頓先生在我們之前就到了。司瓊太太穿了白色的衣服，配了鮮紅絲帶，我們進去的時候，她正在彈鋼琴，毛爾頓先生正在彎著腰，替她翻琴譜。她臉上紅白分明，掉過臉來的時候，我想不像平時那樣豔麗如花。不過她樣子仍然很標致——非常標致。

「博士，我忘了替你祝壽，」司瓊太太的媽媽說，說時我們坐下來，「我的道賀不僅僅是道賀，請你還讓我祝你長命百歲。」

「我謝謝你，媽媽，」博士答。

「長命、長命、長命百歲，」「老將」說。「不光是為你自己，也為安妮和約翰·毛爾頓⑤，還有許多別的人。——約翰，我記得你小猴子時候，比考勃菲爾少爺還矮一個頭，好像昨天的事一樣，跟安妮在後園醋栗叢林後面搞小娃娃戀愛的玩意。」

「好媽媽，」司瓊太太說，「現在別再理那件事了。」

「安妮，別莫名其妙了，」她母親答。「你是老早結了婚的女人了，要是聽了這些話還臉紅，幾時聽了才不臉紅呢？」

⑤約翰就是傑克，因為傑克是約翰的小名。

「老女人？」傑克・毛爾頓先生嚷道。「安妮嗎？那裡話？」

「老了，約翰，」「老將」答。「實在是老結了婚的女人了。雖然年紀不老——你幾時聽我說過。誰聽我說過，二十歲的姑娘年紀老的呢？——你表妹是博士的太太，做了博士太太，我才說她老的呢。約翰，你表妹居然做了博士的太太，是你福氣。博士成了你有力量，對你好的朋友，我敢預料，只要你配得他好處，他對你還要好呢。我不喜歡硬充好漢，老實說，我從來不怕承認我們家有些人要靠朋友。你就是一個，等你表妹有了辦法，才給你找到個朋友。」

博士心好，聽了這話，揮揮手，表示算不得什麼，免得再提醒傑克・毛爾頓先生什麼。不過馬克倫太太換了座位，在博士身邊坐下，把她的扇子放在博士外衣袖子上，說道，——

「不行，真的，好博士，要是這件事我偏偏講好多，你一定要原諒我，因為我念念不忘。我把這個毛病叫做厲害的偏執狂，這件事是我死釘住的對象。你是我們的福星。真恩人，你知道。」

「胡說，胡說，」博士說。

「不是胡說，不是的，對不起，」「老將」答。「此刻除了我們的好朋友，自己人威克菲爾先生，沒有外人在面前，我不能答應別人攔住我。你要再這樣，我可拿出丈母娘特權來罵人了。我是道地老實人，說實話的。我要說的是你第一次跟安妮求婚，把我詫異得怔住了，那時候我說的話——你記得我多詫異嗎?並不是單單你求婚這件事，有什麼特別——這麼說話就荒唐了!——而是因為你認識她去世了的父親，她才六個月大娃娃你就認識她了，我從前從來一點沒有在這方面想到你，或者也的確沒有想到你在任何情形之下是會結婚的人——就只是這一點，你知道。」

「是啦，是啦，」博士愉快地答。「你說這話不要緊。」

「可是我真認為要緊，」「老將」說，說完把扇子擱在博士嘴唇上。「我認為非常要緊。我回想這些事情，如果錯了，你們可以駁我。好啦，後來我就對安妮說話，告訴她怎麼回事。我說，『寶貝，現在司瓊博士確確實實很體面向你求婚了。』我可曾有一點逼你?沒有。我說，『喂，安妮，你這會兒告訴我實情!你還沒有愛上誰吧?』『媽媽，』她哭道，『我年紀輕得很，』——的確輕——『我還不知道我究竟有沒有愛上誰呢。』『那麼，寶貝，』我說，『一定是沒愛上誰了。無論如何，心肝，』我說，『司瓊博士心放不下來，要給他一個回音。不能叫他這樣老懸著。』『媽媽，』安妮說，還在哭著，『沒有我，他會不快樂嗎?要是會，我因為非常敬重他，尊重他，我想我肯嫁給他。』所以婚事就說定了。那時，一直到那時，我才對安妮說，『安妮，司瓊博士不僅僅是你丈夫，而且要代表你過了世的父親。他要做我們的家長，代表我們家的智慧和地位，我還可以說，我們家的財源。總之，我們家的福星。』當時我用了這個字眼，今天又用了。我要是有什麼長處，長處就是前後一致。」

她說這一番話，她女兒坐在那裡一聲不出，眼望著地上；她表兄站在靠近她的地方，也望著地上。這時安妮溫和地顫聲說，——

「媽媽，我希望您說完了吧？」

「沒有，安妮寶貝，」「老將」說，「我還沒有全說完呢。心肝，既然你問我，我就回答你吧，我還沒有。我要跟你訴苦，你對自己的家庭真有點反常。不過，跟你訴苦沒有用，我這就要跟你丈夫訴苦。——喂，好博士，請你瞧瞧你那位糊塗太太吧。」

博士掉過他慈和的臉來，帶著老實溫存的笑容向著他太太，這時他太太頭更低下去了。我注意到，威克菲爾先生正目不轉睛地望著她。

「我前幾天跟那個淘氣孩子說起，」她母親繼續說，一面以帶玩笑地對她搖頭，揮她的扇，「我們家有件事她可以跟你提一下——我想真一定要跟你提一下的——她說，一提就是要你幫忙。而且你太慷慨，她一定有求必應，所以她不肯提。」

「安妮，好太太，」博士說，「你這樣是不對的。你把我的樂趣奪去了。」

「我對她說的，差不多就是你這句話！」她母親叫了起來。「好啦，真的，下次我知道她本來肯對你說，可是因為這個原因不肯說，我的好博士，我倒非常想親自告訴你呢。」

「要是你肯就好極了，」博士答。

「我可以嗎？」

「當然。」

「好啦，那麼，我將來就說！」「老將」說。「就這麼決定了。」我想，她目的已達，就先吻一下扇子，然後輕輕敲了好幾次博士的手，洋洋得意地回到她原來的位置。

又來了些客人，裡面有兩位教師和亞丹姆斯，話題變得廣泛了，自然而然談到傑克・毛爾頓先生，他的航行，他要去的國家，他的各項計畫和前程。他那天晚上吃了飯動身，乘驛遞馬車到格累夫散，他要搭的船就泊在那裡。如果不是為了回家休假，或者為了養病，他這一去我都不知道有多少年。我記得，大家認為印度給人形容得太不成話，其實除了有隻把老虎，白天暖的時候有點熱以外，沒有什麼不好。我呢，把傑克・毛爾頓先生看成現代的辛巴達⑥，把他描畫成所有東方君王的心腹之交，坐在華蓋下面，抽彎彎曲曲的金煙筒——這種煙筒要是拉直了，有一哩長。

司瓊太太很會唱歌，我知道，因為我時常聽她唱給她自己聽。不過是不是她怕當眾唱呢，還是那天晚上嗓子不好，不去管它，實情是她簡直不能唱。有一次，跟表兄毛爾頓想二人合唱，一開頭就沒有唱出來。後來她單獨一人想唱，雖然一開頭唱得很美妙，忽然嗓

⑥《天方夜譚》裡航海致富的人，是其中七個故事的主人公。

子不行了，弄得她很苦惱，對著琴鍵垂下頭來。博士心好，說她太緊張了，他想讓她心情鬆弛下來，提議大家玩圍著桌子挨次打的紙牌遊戲——他要是會打這種牌，連大喇叭也會吹了。不過我看出「老將」立刻就把他看住，要他跟她合夥，初步傳授是叫他把口袋裡的錢一起交給她。

我們的牌打得很有趣，雖然博士打錯好多次，也不妨。他有一對蝴蝶督率著他，還是出錯，惹得這對蝴蝶非常生氣。司瓊太太不肯打，因為她不大舒服。她表兄毛爾頓也退出了，說他有點行李要打。不過他打完行李又來了，跟司瓊太太一起坐在沙發上閒談。司瓊太太不時跑來看博士手上的牌，教他打那張。她彎下腰來，臉色很蒼白，我想她手指指著牌的時候在發抖，不過博士看她這樣照顧他，非常開心，即使她手指發抖，他也看不出。

吃晚飯的時候，我們就不那麼高興了。個個都好像覺得，那種分離是很尷尬的事，越是快要動身，越尷尬。傑克・毛爾頓先生想法話說個不停，可是說不暢快，反把局面弄糟。「老將」不停提起傑克・毛爾頓先生少年時代的舊事，我覺得也沒有把局面弄好。不過博士一定以為，他逗得大家快樂，自己也開心，還以為我們全樂不可支，絲毫不疑有他。

「安妮，寶貝，」他看看錶說，一面斟了杯酒，「你表哥傑克的時間已經過了，我們不能盡留著他，因為時與潮——目前的情形兩樣都有關——不待人。——傑克・毛爾頓先生，你要有段很長的水路要走，到個沒到過的國家，不過很多人都有過這兩樣經歷，而且永久有好多人都要有。你要去冒風險的風把成千上萬的人吹出去發了財，也把成千上萬的人歡歡喜喜吹了回家。」

「不管怎麼樣看這件事，」馬克倫太太說——「眼見一個好好的青年，從嬰兒時期就認識的，跑到世界另外一邊，把所有他認識的人都撇下，還不知道他的前途怎麼樣，總是叫人傷心的。年輕的人真該不斷有人好好支持他，保護他的，」她望望博士，「他這次真肯犧牲。」

「你將來時間過起來會很快的，傑克．毛爾頓先生，」博士接著說，「我們的過起來也快。也許，到你回來的時候，有的人照常情說起來未必能去歡迎你。其次好的事是希望能歡迎你，我就是這種。我不必再給你什麼好的勸告了，免得你發膩。你好久就有個好模範在面前了，就是你表妹安妮。模仿她的美德，盡你的力學得一樣。」

馬克倫太太扇她自己，搖搖頭。

「一路平安，傑克先生，」博士起身說。我們聽到這話，都站起來了。「一路順風，在外國事業成功，回來的時候歡天喜地！」

我們都向傑克．毛爾頓先生舉杯祝賀，跟他握手。隨後他匆匆跟在場的太太小姐告別，趕到門口，進了馬車，這時受我們這班學生齊聲向他轟然發出歡呼（特地為這件事大家才在草坪地上集合的）。我趕到他們一堆裡面，加強陣容，馬車走過的時候，離我很近，喧聲震耳，塵土飛揚，我看到傑克·毛爾頓先生面露慌亂之色，手上拿著一件櫻桃色的東西，在我腦子裡留下的印象，如在目前。

同學又齊聲向博士歡呼一次，向博士太太歡呼一次。然後就散了，我又回到屋裡，發現客人全圍著博士站在一堆，談論毛爾頓先生怎樣遠行，怎樣忍受別離，作何感想，和其餘的一切。正在談這些事情，忽然馬克倫太太叫道，「安妮在那裡呢？」

安妮不在那裡。他們叫她，也沒有安妮答應。不過大家成群擠出房外，查一查究竟，才發現她躺在客廳地板上。起初大家嚇壞了，後來才發現她是暈過去了，用普通的法子就把她甦醒過來。這時博士把她的頭擱在他膝蓋上，用手把她的鬈髮分開，向周圍望望說，——「可憐的安妮！對人這樣忠實、心軟！這都是跟她小時候的淘伴、朋友，她喜歡的表兄分別，才暈過去的。咳，可憐！我很難過！」

等到她睜開眼睛，看到她的處境，我們全圍著她站著，她借別人的力站起來了，掉過頭，把頭擱在博士肩膀上——或者是把臉掩藏起來，我不知道是那一個對。我們進了客廳，把她留給博士和她母親照顧。不過她好像說，她已經比早上起一直到先前都好，倒情願跟我們在一起。所以大家又把她帶進來，我想她面色又蒼白、又沒有精神。他們把她放在沙發上。

「安妮，心肝，」她母親說，一面把她衣服理理好，「瞧這裡！你丟掉了一個蝴蝶花結。那一位肯幫忙，找一個蝴蝶花結——櫻桃色的結？」
這個結是她掛在胸口的。我們全去找了——我的確到處找了——不過誰也沒找到。
「你記得那個結最後在那裡的吧，安妮？」她母親問。
她答說，她想，前一刻還好好在那裡的，不過這個不值得去找了，說這話的時候，滿臉緋紅，我不懂起先怎麼會想到她面色蒼白的。
儘管如此，大家又去找，還是沒找到。她請求大家不要再找，不過大家還是找，不過亂找罷了。末了，她全沒有事了，大家才辭別而去。
我們，威克菲爾先生、娥妮絲和我，很慢走回家。娥妮絲和我覺得月光很美，威克菲爾先生的眼睛盯著地面，難得抬起來。我們終於到了門口，娥妮絲發現，她忘記帶她的小手提網袋回家了。我有個機會替她效勞，非常高興，拔腳就跑去拿。
網袋丟在晚餐廳，我跑進去裡面沒有一人，黑漆漆的。不過餐廳通博士書房的門開著，書房裡還有燈，我就進去，說要找什麼，要支蠟燭。
博士坐在爐邊安樂椅上，他年輕的太太坐在他腳下櫈子上。博士面露滿足的微笑，正在出聲讀關於那本永遠編不完的字典裡面解釋或說明某個理論的手稿，他太太仰望著他，臉的樣子我從來沒見過——輪廓美麗極了，顏色灰白，沈思出了神，充滿恐怖——精神錯亂、夢遊病人的，朦朧的恐怖，我說不出是什麼。眼睜得很大，棕髮分成兩大堆，披在肩上，也披在丟掉蝴蝶結而零亂的白衣服上。她的樣子我記得清楚，可說不出它表現的是什麼。甚至現在我的閱歷已經長了很多，回想起來，仍舊說不出表現的是什麼。後悔、慚愧、羞恥、光榮、愛情、信任，我全看到。這種種裡面，我也看到我說不出是什麼的恐怖。

我走了進去，說出要找什麼，把她驚醒。也攪了博士。因為我回去把從桌上拿走的蠟燭放還原處的時候，博士在拍她的頭，慈父一般，還說他自己是個殘忍的雄蜂，由著她慂慫，自己讀個不停；早該讓她睡覺了。

不過她急忙迫切請博士讓她待在書房。讓她覺得那晚他對她信任，她好放心（我聽她斷斷續續低聲說的大意如此）。我離開書房出門的時候，她瞥了我一眼，然後掉過臉朝著博士，我看見她兩手相抱放在博士膝上，同樣的臉望著他，等到他重新誦讀之後，她臉上才有幾分寧靜。

那晚的經過給我的印象極深，事後很久我都記得，以後到時候我還要再講到。

第十七回　有人出現

刺隱私母子工詭計
喜邂逅少長敘離情

自從溜跑到現在，我還沒有想到提裴嫣。不過我一在多佛有了安身之所，當然差不多立刻就寫了一封信給她，一等到姨婆正式收留我，做我的保護人以後，又寫了一封長些的信，所有細節都說了出來。等進了司瓊博士的學校，又寫信給她，詳述我快樂的景況和前途。我最後一封信裡附了半基尼金幣，還她借給我的錢，把狄克先生給的錢這樣花，所得的快樂，我從來沒有在別處得到過。駕牛車的青年男子的事，我一直沒提，到這一封才說出來。

裴嫣回這些信像商行的小職員一樣，總是快的，不過她當然不能像他們寫得那麼簡明。她用墨水表達意思的功夫不深，要想寫出她對我上次旅行所感，用盡了氣力。四頁除了墨水的污斑，是不連貫有頭無尾的感嘆句，不足以發洩她的情感。不過我覺得墨水的污斑比最好的文章更能表達她的心意，因為看了就知道她的眼淚淌了滿紙，我還想要她怎麼樣呢？

我不必費多心就知道，她還不很喜歡姨婆。我告訴她的事時間太短，她對姨婆的成見太久，一時改變不過來。她信上說，我們總認不清人；不過，姨婆好像跟過去別人看她的樣子很不一樣，想想這點就是個教訓了！這「教訓」是她用的字眼。她明明還是怕我姨婆，因為她向姨婆致敬，表示感激，都有幾分害怕。她也明明怕我，怕我作興不久再跑掉，這由她一再示意，我到雅茅斯的馬車費她隨時都有，跟她要就行，可以判斷。

她告訴我一個消息，叫我非常傷心——就是我們的老家的家具出賣了，牟士冬姊弟走了，屋子已經封閉，不出租就出賣。天知道，只要他們在那裡，就沒有我的分，不過想到這樣寶貝的老地方完全給人丟掉，想到花園裡長了很長的野草，落葉鋪在小徑上，又厚又溼，我總很痛苦。我想像冬天的風在屋子周圍呼嘯，冷雨打在窗子玻璃上，月亮照在空房牆上，映出鬼影整夜對著房間的幽靜，種種情形。我重新想教堂墓地樹底下的墳，現在好像連房屋都死了，所有跟我父母有關係的都漸漸化為烏有了。

裴媽信裡沒有別的消息。她說，巴基斯叔叔是個極好的丈夫，雖然仍舊有點吝嗇，不過我們都有短處，而她就有很多（我可真不知道她的是些什麼短處），巴基斯也問我好，又說我的小臥室那一刻都現成。裴格悌大爺身體好，罕姆也好，艮密紀大媽身體就是不大好。小艾姆麗不肯問候我，不過說，要是裴媽願意，裴媽可以代她問我好。

所有這些消息，我都一五一十告訴了姨婆，只把小艾姆麗瞞起了沒提，我自然而然覺得，姨婆不會很喜歡她。我在司瓊博士的學校還不久，姨婆來坎特布利看了我幾次，總不在尋常的鐘點：我猜她的用意是乘我不備。不過發現我很用功，品行端正，聽所有的人都說我在學校裡進步快，不久她就不來了。我每三四個星期的星期六回多佛受一次款待。每隔一個星期的星期三，狄克先生乘公共馬車來看我一次，總在中午到，一直待到第二天早上。

狄克先生每次來，總帶一張皮的書桌，裡面有文具和請願書。他覺得這個文件要趕緊寫了，真要脫手才好。

狄克先生非常喜歡吃薑餅。姨婆要他來玩得快樂，關照我在糕餅店替她開個賒帳戶頭，講好每天限定買的糕餅不能超過一先令。我看了這一點，還有他在郡客棧裡住的零星帳單，在付款之前，都要先給姨婆看過，不免疑心，狄克先生只准把錢弄得叮叮噹噹響，卻不許花的。我再查點一下，發現果然如此，最低限度也是他跟姨婆講好，他所有的開支要向姨婆報帳。他既然不會欺騙他，總想討她的歡心，結果花錢就非常小心了。這一方面，還有其他可能各方面，他相信姨婆是婦女當中最聰明、最了不起的，他一再把他的觀點極端祕密地，總是悄悄地告訴我。

「喬幄，」某個星期三，狄克先生告訴了我他的心腹話之後，很神祕地對我說，「躲在我們家附近，嚇唬我姨婆的男人是誰？」

「嚇唬我姨婆，爺爺？」

狄克先生點點頭。「我總以為什麼也嚇不了她的，」他說，「因為她是——」說到這裡，他聲音又輕又低，「別跟人提——女人當中最聰明、最了不起的。」說完這話，他往後靠，看這句形容她的話對我有什麼影響。

「他第一次來，」狄克先生說，「是——我想想看——一千六百四十九年，查理皇帝行刑的那年。我想你說是一千六百四十九年吧？」

「是的，爺爺。」

「我不懂怎麼會，」狄克先生說，搖頭大惑不解。「我想，我都沒有那麼大年紀。」

「爺爺，是那個男人露面的那一年嗎？」我問。

「嗯，真的，」狄克先生說。「我不懂怎麼會是那一年，喬嵄。你是不是歷史裡找出來的日期？」

「是的，爺爺。」

「我想，歷史總從來不說謊，不是嗎？」狄克先生抱了一線希望說。

「啊呀，不說的，爺爺！」我極有把握地答。我老實、年輕，自以為如此。

「這我不懂，」狄克先生搖頭說。「總有什麼地方弄錯了。可是，把查理皇帝頭腦裡的某些麻煩放進我腦子裡這件錯事剛做了不久，那個人第一次來了。我跟你姨婆喝完茶，出去散步，天剛黑，他就在那裡，靠近我們的屋。」

「走來走去嗎？」我問。

「走來走去嗎？」狄克先生照說了一遍。「讓我想想看。我一定記得一點。不——是，不是，他並沒有走來走去。」

我問他，那人到底在幹什麼，我想這是最容易知道這件事的方法。

「啊，他根本不在那裡，」狄克先生說，「後來才到你姨婆背後，低聲說話。然後你姨婆轉過身來，暈過去了，我呆住了，站著望那男人，他走了。不過從那個時候起，他一定躲起來了（在地底下或者什麼地方），這真是最離奇的事！」

「他真是從那時起就躲起來了麼？」我問。

「當然躲起來了，」狄克先生認真點頭答。「從來沒有出現過，不過昨天晚上又看見他了！我們昨天晚上在散步，他又跑到你姨婆背後，我又知道是他了。」

「他又嚇了我姨婆一跳嗎？」

「直打抖，」狄克先生說，一面摹倣受驚的樣子，牙齒都格嗟格嗟地響。「扶著欄杆。哭了。不過，喬幄啊，上這兒來，」把我拉到他面前，他很輕對我耳語：「月光底下你姨婆為什麼給他錢，孩子？」

「也許他是討飯的。」

狄克先生搖搖頭，表示完全不以為然。他極有把握地答了多次，「不是討飯的，不是討飯的，不是討飯的，老弟！」接著說，後來他深夜在窗子裡看到姨婆在月光下花園欄杆外面拿錢給這個男人，他拿了錢就偷偷溜走了——狄克先生想可能又到了地下——看不見了。而姨婆就匆匆祕密回到屋裡，即使在第二天早上，也跟平常大不相同。這件事可要了狄克先生的命。

一開頭我就一點也不相信這段經過。我想這個不知道是誰的人無非是狄克先生的幻覺，所謂那個倒運的，給過他這麼多苦惱的君王一類的一人。不過，等我想了一下，漸漸要查出是不是有人兩次企圖，或者企圖恐嚇姨婆，叫她不要再衛護可憐的狄克先生，還是姨婆心好，為了要照應狄克先生（這是姨婆親自告訴我的），也許受到勸告，情願出筆錢，好讓狄克先生安生。我本來已經和狄克先生非常親密了，也很關心他的平安，因為擔心，就很贊成這個假定。好久每逢星期三不等他人到了，我總怕他不會照常坐在馬車廂裡。不過他總來了，白髮滿頭，笑吟吟，高高興興的，一點也不再提那嚇唬姨婆的人了。

這些星期三是狄克先生活了一輩子最快樂的日子，給我的快樂也絕不少。不久全校的學生就都認識他了，雖然除了放風箏，沒有當真參加別的遊戲，對我們的所有運動，他跟我們任何一個都同等起勁。多少次我看他全神注意石彈或陀螺比賽，臉上有說不出的滋味，遇到緊要關頭，連氣也不透一口！多少次我看到他爬上小山，看兔子、獵犬撒紙追逐遊戲，大喊叫全場的人加油，把帽子舉過白頭直舞，完全忘記了犧牲者查理皇帝的頭，和所有跟頭有關的事！我知道夏天多少個鐘頭他在板球場快樂非常！多少次我看到他在冬天東風飛雪中，鼻子發紫，望著學生滑下長條的雪坡，拍著戴了絨線手套的手，歡天喜地！

他是人人喜歡的人物，製造小玩意，精巧無人可及。可以在橋子上刻出我們誰也想不到的東西來。不管什麼，烤肉叉，一樣樣數上去吧，他都可以拿來做船。用羊膝骨做成棋子，用舊花牌①做成羅馬戰車，用棉花捲線軸做成有輻的輪子，用舊金屬線做成鳥籠。不過，也許最大的本領是用細索跟稻草編結。有這兩樣，我們全相信，凡是手能做的東西，他都能做。

狄克先生的名聲不久就不僅學生知道了。過了幾個星期三，可瓊博士本人也跟我問起關於他的情形，我就把姨婆告訴我的全告訴了他。博士聽了非常感動，關照我等他下次來介紹他認識。他們會面的禮儀就由我執掌。博士請狄克先生，無論那一刻在公共馬車售票處找不到我，就到他那裡休息，等我們上午的課上完。不久，狄克先生自然而然到那裡去，成了習慣，如果我們下課遲些，這是星期三常有的事，他就在院子裡散步，等我。他在那

①就是撲克牌十一、十二、十三點三張，上有人像。

裡認識了博士年輕貌美的太太（這陣子比以往蒼白，我想我很少看到她，誰都如此。她不很快樂，不過美麗不減以往），所以大家一點點熟起來了，到最後，他就到學校裡來等。總坐在固定的一角，固定的櫈子上，這張櫈子就因為他叫做「狄克」了。他會坐在那裡，白頭向前傾，不管講什麼他都注意聽，對他沒有機會得到的學問深表敬意。

狄克先生這方面的敬意推展到博士身上，認為博士是任何時代最精深、最有成就的哲學家。很久了，狄克先生跟博士說話從來不是不光著頭的，甚至他跟博士已經是很熟的朋友了，一起在院子裡我們叫做「博士徑」的一邊散步個把鐘頭，狄克先生也還是時時脫帽，對博士的智慧和知識表示敬意。這些散步的時候博士是怎樣開始讀他著名的字典片斷的，我從不知道。也許起初他覺得跟讀給自己聽是一樣的。不過，這也成了習慣。而狄克先生傾聽的時候，面露自豪和喜悅，誠心誠意相信，這本字典是世界上最有味的書。

他們在課室窗口走來走去——博士得意含笑讀他的字典，偶爾把原稿揮揚，或者把頭莊嚴地一扭；狄克先生關心傾聽入了迷，遇到迅速念出的難字，他遲鈍的理解力天知道平靜地誤解成什麼了——我想到他們，想到這種情形，就當作我有生以來看到的、少有不顯眼的趣事。覺得這兩位可以永遠這樣走下去，世界的情況說不定會因此改善——好像世上的人當作了不起而叫嚷的千百件大事對世界、對我都沒有這件事一半有益似的。

娥妮絲不久也成了狄克先生的朋友，而且狄克先生常常到這家來，也認識了烏利亞。

他跟我的友誼繼續增進，相交的情形很特別：說起來狄克先生是以監護人的身分，來照應我的，卻總是跟我商量他碰到的拿不定主意的小事，而我總替他提意見，指點他。他不但對我本身的聰明極為佩服，而且認為我得到姨婆很多遺傳。

一天星期四早上，我就要跟狄克先生從旅館走到公共馬車售票處去，然後回校，因為早飯前我們還要上一個鐘頭的課。就在這時，我在街上碰到烏利亞。他身子一扭，提起我答應過到他家跟他母子一塊喝茶的事。還說，「考勃菲爾少爺，我可沒有準備您會認真。我們是非常卑位的人家呀。」

我真決定不了，到底是喜歡烏利亞，還是討厭他。此刻在街上頂住面望著他，關於這件事還沒有弄清楚。不過，覺得給人當作驕傲是很大的侮辱，所以就說，我不過等人邀請罷了。

「啊，要是就只為這一點，考勃菲爾少爺，」烏利亞說，「而真不是您嫌棄我們卑位，那麼今晚上您來好嗎？不過如果是我們卑位，考勃菲爾少爺我希望您承認一下，別當它一回事，因為我們都很清楚自己的地位。」

我說，我會跟威克菲爾先生提一下，要是他說好，我當然高興來，而他一定說好的。所以那晚六點鐘（算是晚上下班早的了），我就對烏利亞說，我可以去了。

「母親會覺得驕傲了，真的，」他說，這時我們一同出了門。「要是驕傲不是罪過的話②，考勃菲爾少爺，她會驕傲的。」

「可是你今天早上毫不當回事就以為我驕傲呢，」我答。

「啊呀呀，沒有，考勃菲爾少爺！」烏利亞答。「啊，請您相信我，沒有！這個想法從來沒有到過我腦子裡！就是您以為我們卑位，不配您賞光，我也絕不會以為您驕傲，因為我們的確是更卑位的呀。」

「您近來研究了很多法律吧？」我為了換個話題問。

「啊，考勃菲爾少爺，」他說，一面做出謙遜的樣子來，「我讀點書算不得研究。有時晚上花一兩個鐘頭，跟逖德先生在一塊兒。」

「相當難讀吧，我想？」我說。

「我讀起他的書來就難了，有時候，」烏利亞說。「不過我不知道聰明的人讀起他來怎麼樣。」

「我們一塊兒往前走，他用他瘦削的右手食指和中指在下巴頦上打出一個小調的拍子，繼續說：

「您知道，考勃菲爾少爺，逖德書裡有些詞語——拉丁字跟名詞——像我這樣卑位胚子的讀者碰到了，是很難的。」

②按天主教視驕傲為七罪宗之第一，英國聖公會相同。

「你喜歡有人教你拉丁文嗎？」我起勁地問。「我一面學，一面很高興教你。」

「啊，謝謝您，考勃菲爾少爺，」他搖搖頭答。「您真是一片好意，肯教我，可是我太卑位了，不敢當。」

「這是什麼話，烏利亞！」

「啊，您可一定要原諒我，考勃菲爾少爺！我非常感激您，真的，所有學識裡面，我最喜歡這一樣。不過我太卑位了。我沒有學問，不去惹人生氣，已經有許多人因為我身分低，要踏扁我了。學問不是我應該有的。像我這種人最好不要存什麼妄想。他要活，就過卑位日子，考勃菲爾少爺！」

他發表這些傷感——始終搖頭晃腦，扭動身體，嘴張這麼大，嘴巴上的皺紋這麼深，以前我從來沒見過。

「我想你錯了，烏利亞，」我說。「有好幾樣東西我總可以教你，只要你喜歡學。」

「啊，我不會疑心您的話，考勃菲爾少爺，」他答，「一點也不會。不過您不是卑位的人，也許評論卑位人不合適。我不能搞許多知識來，惹得比我上等的人生氣，謝謝您。我太卑位了。我卑位的家就在這裡了，考勃菲爾少爺！」

我們進了一所低矮、舊式房間，從街上一直就走進去，謝坡太太就在裡面，十分像烏利亞，不過矮些罷了。她接待我卑躬屈節到了極點，吻兒子也向我道歉，說他們雖是卑位人家，也天生有疼愛的，希望這一點沒有冒犯別人。這是間著實不錯的房子，一半是起坐間，一半是廚房，不過叫人看了一點也不舒服。茶具都放在桌上，茶銚子還在爐子上凸出的部分滾著。有隻五抽櫃，上面裝了寫字檯的檯面，給烏利亞晚上在上面讀書寫字。烏利亞的藍手提皮包亂放著，裡面的文件都漫出來了。烏利亞有些書，以逖德先生的著作為主。屋角還有隻碗櫥。此外是普通的家具。我記不起有那件東西給人毫無修飾、皺縮、簡陋的感覺，不過的確記得整個地方就是這樣的。

謝坡太太還穿寡婦的喪服，這也許是她表示卑微的一部分。不管謝坡先生死了多久，她仍舊穿寡婦的喪服。我想帽子方面她讓了一點步，其餘的部分全是跟初遭喪事一樣的熱孝。

「今天是我們永遠要記住的日子，我的烏利亞，一定的，」謝坡太太說，一面在燒茶，「因為考勃菲爾少爺跑來看了我們。」

「我說了您會這樣想的，母親，」烏利亞說。

「要是我希望父親還跟我們在一起有什麼理由的話，」謝坡太太說，「理由就是，他可以認識今天下午的客人了。」

這種種恭維弄得我很窘，不過我也感到，他們拿我當貴客待。我想謝坡太太人很討喜。

「我家烏利亞，」謝坡太太說，「早就巴著您來了，少爺。他害怕我們卑位，巴不到，我自己也跟他一樣。我們現在是卑位，從前就是的了，將來也還是卑位，」謝坡太太說。

「我相信你們一定不會的，大媽，」我說，「只要不是你們喜歡。」

「謝謝您，少爺，」謝坡太太說。」「我們知道自己的地位，有這種樣子已經謝天謝地了。」

我發現謝坡太太逐漸靠近我了，烏利亞卻逐漸移到我對面。他們非常恭敬，硬逼我吃桌上最講究的東西。其實也沒有什麼特別講究的，可是我心領他們的情，也當它好吃了，也覺得他們非常周到。不久他們談起姨媽來，我也跟他們談我姨婆；他們談父母，我也談父母；接著謝坡太太又談起後父來，我也把我的繼父告訴了她，不過住口了，因為我姨婆關照了我不可以講這方面的事。不過，柔弱的軟木塞敵不過拔塞子的螺絲錐，嫩牙抵不住兩個牙醫，羽毛球吃不消兩個羽毛球拍，同樣，我也對付不了烏利亞和他母親。他們對我根本為所欲為，把我原來不想透露，想到都一定臉紅的事全慢慢套了出來——尤其特別的是我的年幼坦白，對別人這樣推心置腹，還覺得自己有些可取之處，對兩個可敬的款待我的人予以贊助呢。

他們母子很相愛——這是不成問題的。我想，這也感動了我，認為是人性。不過，不管誰說什麼，另一個接話的技術還是我一點也對付不了的。等到他們從我嘴裡套不出關於我的情形來（因為關於我在牟士冬·格林比公司的經歷和我的出走，我隻字沒有提），他們就刺探威克菲爾先生跟娥妮絲的情形。烏利亞把球打給他母親；他母親接住，又撂回給烏利亞。烏利亞把球捧住一會兒，然後撂回給他母親。就這樣，他們撂來撂去，到臨了我弄不清誰拿到了球，完全搞胡塗了。球本身也總在變化。一會兒是威克菲爾先生，一會兒是娥妮絲；一會兒是威克菲爾先生的卓越，一會兒是我對娥妮絲的讚美；一會兒是威克菲爾先生業務和進項的範圍，一會兒是我們晚飯後的家庭生活；一會兒是威克菲爾先生喝的酒跟喝酒的原因，一會兒是他喝這麼多酒可憾；一會兒是這件事，一會兒又是那件事，然後是所有的事同時提起，我發現，全部過程當中，我並沒有顯得時常說話，或者除了偶爾湊他們一點趣，怕他們覺得自己卑下，我太賞光吃不消以外，什麼也沒有多說，可就這樣，我總是透露出一點用不著透露的這件、那件事的消息，只要看烏利亞有凹痕的鼻孔，那麼一閃一眨，就知道了。

我已經漸漸覺得有點不安了，希望我這次來看他們，能平安無事回家。就在這時，街上有個人經過門口——因為天氣很悶熱，房裡暖，門開著透風——又走回來，往裡張望，走了進來，高聲叫道，「考勃菲爾！會有這種事嗎？」

原來是密考伯先生！就是密考伯先生，戴了單眼鏡，拿著手杖，襯衫硬領，一派紳士氣概，語調有不搭架子的口氣，全齊備了！

「我的好考勃菲爾，」密考伯先生伸出手來說，「這次相逢真是上天註定，叫人深有人事滄桑、莫測之感——要而言之，這是最離奇的相逢。我沿街走，盤算著作與有什麼事會發生（我現在對這一層相當樂觀），就發現了一位年輕可貴的朋友出現了，他跟我一生最多事之秋——可以說，我生存的轉捩點——有關。考勃菲爾，我的好朋友，你好嗎？」

我此刻不能說——真正不能說——在那裡看到密考伯先生好極了。不過，我看見他，確是好極了，就熱烈跟他握手，問他太太可好。

「謝謝你，」密考伯先生跟以往一樣揮揮手，下巴頂在襯衫硬領上說，「她漸漸復元，過得去。雙胞胎不再靠天然資源獲得養分了——要而言之，」密考伯先生對我大說體己話道，「他們斷奶了——密考伯太太現在是我旅行的伴兒。考勃菲爾，她能夠跟各方面都證明在友誼的神聖祭壇前是個可敬牧師的人重新結識，一定非常高興。」

我說，我見到她一定很開心。

「你真好，」密考伯先生說。

說完就露出笑容，擱起下巴，看看四周圍。

「我發現我朋友考勃菲爾，」密考伯先生現出上流人的氣概說，也不特別向著誰開口，「不孤獨，卻有聯歡餐吃，在座有一位孀居太太，還有一位像是她的後裔——要而言之，」密考伯先生又大說體己話道，「她兒子。要是你介紹我一下，就給我面子了。」

這種情形之下，我只得介紹密考伯先生認識烏利亞、謝坡跟他母親，所以就介紹了。他們在他面前又把自己貶了一頓，密考伯先生就坐了下來，客氣透了地揮揮他的手。

「凡是我朋友考勃菲爾的朋友，不管那個，」密考伯先生說，「都有權叫我當他朋友。」

「我們太卑位了，先生，」謝坡太太說，「我兒子跟我，不配做考勃菲爾少爺的朋友。他人極好，來跟我們喝茶，我們感謝他肯賞光。還感謝您，先生，瞧得起我們。」

「太太，」密考伯先生鞠躬答，「您太客氣了。考勃菲爾，你現在幹什麼？還做酒生意嗎？」

我急得要命，要把密考伯先生弄開，所以就拿起帽子，諒必臉也紅了，回說，我是司瓊博士學校裡的學生。

「學生？」密考伯先生揚起了眉毛說。「我聽這話再喜歡也沒有了。雖然像我朋友考勃菲爾的頭腦」——對烏利亞和他母親說——「不需要那種培植，只有沒有他這種人情世故的人才用得著。他頭腦是一片沃土，充滿潛伏的生機——要而言之，」密考伯先生含笑，又大說體己話道，「這種智力來研究希臘拉丁的古典文學，要多深都行。」

烏利亞兩隻長手慢慢搓來搓去，從腰以上扭了一下，難看得嚇人，以表示這樣尊重我是不錯的。

「我們去看密考伯太太好嗎，大爺？」我說，想把密考伯先生弄開。

「如果你肯待她這樣厚道，好的，考勃菲爾，」密考伯先生起身說。「我在此地幾位朋友面前不妨說，若干年來我要跟經濟壓迫鬥爭。」我知道他要說這一類事情的。他總拿他的困難出來誇口。「有時候我克服困難。有時候困難把我——要而言之，打倒了，有時候，我一連好多次迎頭痛擊困難，有時候困難太多，我吃不消，只好讓步，借卡圖③的話，對密考伯太太說，『柏拉圖乎，汝誠長於論究，如今休矣，予不復能堅決抗戰矣。』不過我這一生，」密考伯先生說，「把我的悲傷（如果我可以用這個詞來形容我由訴訟代理委託狀以及兩個月跟四個月的期票引起的困難的話）倒進我朋友考勃菲爾胸膛，是最大的快慰。」

密考伯先生這樣客氣地恭維了我，結束的時候說，「謝坡先生！再見。謝坡太太！再會。」然後十足上流人士的派頭，跟我一同走了出去，鞋在馬路上走得很響，一路上哼了一個調子。

密考伯先生住在一家小客棧裡，他占了一間小房，跟客商室隔開，裡面菸草味很強。我想房間是在廚房上面，因為地板縫冒出熱和油膩味來，牆壁上水像汗一樣鬆弛地掛著。我知道靠近賣酒櫃台，因為聞到酒精味，聽到酒杯咯啷咯啷的聲音。就在這兒。躺在一張小沙發上，上面有幅賽馬的畫，頭靠近火爐，腳把房另一頭分層旋迴食物架上的芥末撣掉，

---

③卡圖（Marcus Porcius Cato 95BC-46），斯多噶派哲學家，又為英國文學家阿狄森（Joseph Addison, 1672-1719）悲劇《卡圖》（*Cato*）的主人公，在龐培與凱撒的內戰裡，他支持前者，前者落敗後，他退守非洲的尤提卡（Utica）為凱撒所圍，拒降自殺。

正是密考伯太太。密考伯先生先進房向她走去說，「好太太，讓我把司瓊博士學校的學生介紹給你。」

我不久就注意到，雖然密考伯先生對我的年齡和地位還弄不清楚，他總記得我身為司瓊博士學校的學生是件很體面的事。

密考伯太太嚇了一跳，不過看到我她很高興。我看到她也很高興，彼此親密招呼之後，我在靠近她的小沙發上坐下。

「好太太，」密考伯先生說，「你跟考勃菲爾談談我們的近況，我想他一定喜歡知道，我去看報紙，找找廣告有什麼機會沒有。」

「我以為你們在普里穆斯呢，大媽，」密考伯先生走出去之後，我對他太太說。

「我的好考勃菲爾少爺，」她答，「我們到了普里穆斯。」

「人在當地好找事，」我提了她一下。

「正是呢，」密考伯太太說——「人在當地，可是真正的情形是，海關不用人才。我娘家當地的關係也不很有用，在那裡找不到要用密考伯先生能力的位置。他們倒情願不用有密考伯先生這樣有能力的人。用了密考伯先生，只會顯得別人不中用。除了這一點，」密考伯太太說，「不瞞你說，我的好考勃菲爾少爺，我娘家住在普里穆斯的一支曉得了密考伯先生還帶我去，還有小威爾金斯，他妹妹，雙胞胎，他們並沒有熱烈接待他。密考伯先生是新近打牢裡放出來的人，也許以為他們因為這一點會呢。其實，」密考伯太太低下聲音來說，「這話你不要告訴旁人——他們待我們很冷。」

「豈有此理！」我說。

「是啊，」密考伯太太說。「人會變成這樣，想想也真痛心，考勃菲爾少爺，他們待我們可實實在在冷。毫無疑問。其實我們還沒有住到一個禮拜，我娘家住在普里穆斯的一支，就對密考伯先生很不客氣地攻擊起來了。」

我說，他們自己真該覺得難為情呢，我也這樣想。

「雖然如此，實情就是這樣，」密考伯太太接著說。「遇到這種情形，叫密考伯先生這樣有志氣的人怎麼辦呢？明明只有一條路了——跟我娘家那一支借錢回倫敦，不管有什麼犧牲，都回來。」

「這麼說，你們又都回來了，大媽？」我說。

「我們又都回來了，」密考伯太太答。「從那時起，我又跟我娘家別支的人商量，密考伯先生做什麼事才最好——因為我始終認為他總得做點什麼事。考勃菲爾少爺，」密考伯太太理由充足地說。「一家六口，不算女工在內，總不能喝西北風過日子。」「當然啦，大媽，」我說。

「我娘家別支人的意思，」密考伯太太接著說，「是密考伯先生應該馬上把心用到煤上頭。」

「到什麼上頭，大媽？」

「到煤上頭，」密考伯太太說——「煤炭生意。密考伯先生打聽下來，也覺得墨德維河煤業也許有用得著他那種才能的人。然後，密考伯先生說得很對，第一個應該採取的步驟，很明顯是來親眼看看墨德維河。我們來看過了。我說『我們』，考勃菲爾少爺，因為我永遠不？」密考伯太太動了感情說——「我永遠不撇掉密考伯先生的。」

我含含糊糊說了很佩服她，稱讚她的話。

「我們來了，」密考伯太太重複道，「看了墨德維。我對那條河邊的煤業的意見是，這行生意作興要有才能去做，可確確實實需要資本。才能，密考伯先生有的是；資金，密考伯先生可沒有。我想，我們看了墨德維河的大部分，我個人的結論就是這樣。我們既然離此地這麼近，密考伯先生就認為，不過來看看大教堂，未免太性急了。第一，大教堂多值得一看，我們從來沒有看見過。第二，在大教堂本城裡，很可能碰到什麼機會。我們已經來了三天了，」密考伯太太說。「還沒有碰到機會。我的好考勃菲爾少爺，你聽了也許不會像生人那麼詫異，我們現在正等倫敦來一筆錢，付這家旅館的帳呢。錢沒到之前，」密考伯太太無限傷感地說，「我跟娘家的關係就斷了（我是指盤吞維爾租的房子），也見不到我兒子女兒，跟雙胞胎了。」

密考伯先生太太處這種絕境，我同情之至，就全對密考伯先生說了（此刻他回來了）——我還說要是我有錢就好了，他們需要多少就借給他們多少。由密考伯先生回的話，看得出他心很亂。他跟我握手說，「考勃菲爾，你是真朋友，不過人到了最糟的地步，也不會沒有一個有剃鬍子用具的朋友。」這句話的含意叫人害怕，密考伯太太一聽就把她丈夫頸項摟住，請他鎮定。密考伯先生就哭了。可是馬上就沒有事，差不多立刻揿鈴叫茶房，預定第二天早上一客熱腰子布丁跟一碟蝦當早餐。

我跟他們告辭的時候，他們都懇切地叫我再去，在他們離開之前，跟他們吃飯，我沒法回掉。不過我知道第二天不能去，晚上還有很多功課要準備，所以密考伯先生跟我說好，他早上到司瓊博士的學校來（他有預感，那班信到，匯款也到了），還提議，如果對我方便些，就定在後天。因此第二天上午，我給喊出課室，看見密考伯先生在客廳，他是來告訴我，請我吃飯，依照原議。我問他匯款可曾寄到，他緊握了一下我的手就走了。

那天晚上我向窗外一望，看見密考伯先生與烏利亞．謝坡兩人挽臂走過，很是驚詫，也相當不安——烏利亞卑微地覺得密考伯先生給他面子，密考伯先生對烏利亞則以獎勵人的身分相待，微覺怡然。不過等我第二天照約定時間（下午四點）到了小旅館發現，密考伯先生到過烏利亞家，在謝坡太太家喝了摻水的白蘭地酒，這也是密考伯先生說的，更使我詫異了。

「我可以斷定，我的好考勃菲爾，」密考伯先生說，「你朋友謝坡是將來作興會做檢察長的青年。如果我在困難達於頂點的時候早認識那個青年，所有我能說的是，我相信，我對付我的債主一定高明得多。」

我不很懂，怎麼會高明得多，其實密考伯先生的債一文也沒有償還，不過我不喜歡追問。我不喜歡說希望他不要太跟烏利亞多話，也不願意問他有沒有跟烏利亞談了許多關於我的事，怕得罪密考伯先生，總之會得罪密考伯太太，因為她是個好多心的人。不過這件事也弄得我極其不安，以後常常想到。

我們吃了一頓極可口的便飯——有味道很美的魚，烤小牛腰肉，炸臘腸，鷓鴣，還有布丁。喝了葡萄酒，烈性淡色啤酒。飯後，密考伯太太親手替我們做一碗熱的加了檸檬汁等等的葡萄酒。

密考伯先生興致異常之好。我從來沒有看見過他跟人這樣有趣過。熱葡萄酒喝得他容光煥發，好像臉上全油漆過了。他對這個市鎮大有好感，為祝它發達舉杯。說他太太跟他在此地待得極舒適愉快，他們永遠不會忘記在坎特布利過的適意的時光。隨後，密考伯先生向我舉杯。他跟他太太，連我，追敘我們往日的交誼，談話的時候，我們又把財產全重賣了一次。然後我向密考伯太太敬酒——或者，最低限度，很客氣地說，「密考伯太太，要是您准許的話，我現在就祝您健康，大媽。」我敬完酒，密考伯先生就發表頌詞，把他太太的為人讚美一番，說她一直都是他的導師、哲人、朋友④。主張我等到了結婚年齡，娶另一個這種女子，要是能夠找到另外一個這種女子的話。

加料葡萄酒喝完了，密考伯先生更親熱、更高興了。我們唱「疇曩」⑤的時候，密考伯太太的精神也提起來了。唱到「手在斯，我忠實之儔侶，」我們全圍著桌子牽起手來，唱到說要「友好之一飲」，我雖然一點不懂這句歌詞裡的蘇格蘭字義是什麼，我們都真地感動了。

總之，我從來沒有見過誰像密考伯先生這樣高興過，一直到我跟他，跟他和善的太太告別最後一刻，都是如此。因此，第二天早上七點鐘收到下面這封當天晚上九點半離我辭別了他們一刻鐘寫的信，真沒有料到——

---

④ **Auld Lang Syne**，英國人分別時往往唱的蘇格蘭文歌，歌題意為「曩昔」，原文三字分別由古英文、中世紀英文變化而來。

⑤按，語出英國詩人頗普（**Alexander Pope, 1688-1744**）《論人》（*An Essay on Man*）第四節三九〇行。

我親愛的少年朋友，

大勢已去——全完了。今晚我用歡樂的薄弱假面具隱藏了憂愁的蹂躪，沒有告訴你，匯款沒有希望了！這種情形，忍受之屈辱，熟思之屈辱，細述之亦屈辱。我已經出了借據，訂明十四天到期，在我倫敦、盤呑維爾我的寓所兌付，清償了這家客棧招致的經濟義務。借據到期，無錢可付。結局是毀滅。雷霆當頭，樹木必倒。

就讓現在寫信給你的這個可憐蟲，我的好考勃菲爾，做你終身的燈塔吧。他存了這個心，抱了這個希望寫這封信。倘使他尚能以自己為有如許用處，則一線陽光或能射進他餘生毫無歡樂的地牢裡——雖然他的長命在目前（至少目前）極成問題。

此為絕命書，我的好考勃菲爾。

淪為乞丐的流民，

威爾金斯·密考伯

我接到這封叫人腸斷的信，嚇了一大跳，立刻趕緊奔到小客棧去，想在到司瓊博士學校的路上彎一彎那裡，設法安慰密考伯先生一下。可是半路上我碰到往倫敦去的大馬車，密考伯先生和太太都在車後部上面；密考伯先生安逸愉快，含笑聽密考伯太太說話，一面從一隻紙袋裡掏胡桃出來吃。胸前口袋裡有隻瓶子枝出來。他們沒看見我，我想把各方面顧到，最好也不要看他們。所以，心頭的重擔已經拿掉，我就轉彎走進一條往學校最近的背街，大體上覺得他們一走，我也輕鬆了——雖然如此，我仍舊很喜歡他們。

第十八回　回顧

癡學子鍾情終抱恨
惡屠夫肆虐重受創

我求學的時光還能提！從童年往上長到少年時——看不見，覺不出，一天天過去——不聲不響地滑掉了！回顧那條流水，現在已經成了乾涸的河牀，長滿了葉子。我且想想，是不是有可以記得水怎樣流過的痕跡。

只消片刻，我就在大教堂就了我的座。過去每逢主日早上我們為了上教堂，先在學校聚齊，然後一同前去。那股泥土味，不見陽光的空氣，世界被隔絕的感覺，黑白拱形樓座和走廊傳來的風琴聲，這些景物等於把我帶回往日上空翱翔的翅膀，像在半睡半醒的夢裡。

我不是學校裡最差的學生。幾個月之內，就已經高出好幾個人了。不過，第一名的學生，我看來好像是個不凡的傢伙，跟我相去何啻天壤，高不可攀，瞻仰起來，叫我目眩。娥妮絲說，「未必，」我說，「是這樣的，」並且告訴她，那個了不起的人儲藏著精通了的知識有多少，是她不會想到的。她以為我，甚至像我這樣不中用的立志要追上去的人，到時候也可以到他那一地步。他不像司棣福是我私下的朋友，公開的庇護人，不過我尊敬他。我主要想知道的是，如果他離開司瓊博士學校，會做什麼樣的人物，人類有什麼辦法維持任何反對他的立場。

不過，我突然碰到了誰呢？是我戀慕的協珮小姐。

協珮小姐是在奈廷格爾姊妹學校的寄宿生。我愛慕協珮小姐。她是個小女孩，身穿短緊身外套，圓圓臉，長的是淡黃色鬈髮。奈廷格爾學校的女學生也到大教堂來做禮拜。我公禱書看不下去，因為我一定要看協珮小姐。合唱隊唱詩，我聽的是協珮小姐。祈禱的時候，我心裡把協珮小姐的名字加在皇室裡面。在家裡我自己房裡，有時我動情，大叫，「唉，協珮小姐啊！」

有一段時期，我摸不清協珮小姐的心。不過，命運之神慈悲為懷，我們終於在跳舞學校碰到了。協珮小姐是我的舞伴。我碰到協珮小姐的手套，覺得一陣麻酥酥地感覺直透外套右臂，再從我毛髮冒出。我並沒有對協珮小姐說溫柔的話，不過我們彼此心裡有數。協珮小姐跟我活著只是為了日後結合。

為什麼我私底下送協珮小姐十二粒三角形巴西胡桃當禮物？我想知道。胡桃表示不了愛情。不管包成那一種式樣勻稱的包裹都難。很難敲破，用房門來夾也不容易，裂開以後很油膩。可是我覺得，送給協珮小姐很適合。我還送了她帶草香的軟餅乾，另外有數不清的橘子。有一次，我在衣帽間吻了協珮小姐。真正銷魂！第二天，我聽到到處流傳的謠言，說奈廷格爾學校裡因為協珮小姐走路足尖向內，替她套上矯正步態的夾子，我多痛苦，憤慨啊！

協珮小姐既然是我魂牽夢縈、倩影時刻在心的目標，何以我會跟她斷絕呢？我不懂。可是協珮小姐和我漸漸淡了下來。背地裡有人傳出協珮小姐說，她希望我不要那樣死盯著她瞧，而且明說她倒喜歡紇恩斯少爺——紇恩斯都喜歡！什麼長處都沒有的男生！我跟協珮小姐之間的隔閡更深了。終於有一天，我碰到奈廷格爾女校學生出來散步。協珮小姐走過我面前跟我做了鬼臉，還跟她的同學笑出聲來。全完了。我一生（就像是一生——一樣的）的癡情全完了。早禱裡的協珮小姐沒有了，皇室再沒有她這個人了。

我在學校裡地位高起來，誰也不能擾我。所以現在對奈廷格爾女校的學生也不買帳了，就是她們人多一倍，更漂亮二十倍，我也誰都不愛。我覺得跳舞學校的功課很沈悶，不懂這些女孩子為什麼自己不能跳舞，卻又非攪我們不可。我的拉丁文詩大有進步，靴帶就馬虎了。司瓊博士當眾提到我，認為是有前程的青年學者。狄克先生聽了欣喜若狂，我姨婆下一班信寄了一基尼給我。

這時有個年輕屠戶的陰影出現，像馬克白①劇裡戴盔的鬼。這個屠戶是誰？他是坎特布利青年不敢得罪的一個人。彷彿大家都相信，他憑牛的板油塗頭髮，就有了妖力，可以打得過成年漢子。這個青年屠戶生就一張闊臉，牛也似的頸項，兩頰長了橫肉，通紅的，心地邪惡，出口傷人。他的這條舌頭主要的用途是毀謗司瓊博士學校的青年學生。他公開說，如果學生要動手，他都可以奉陪。他連名字都挑出來了，裡面有我的，他說只要一隻手，另一隻綁著，就可以解決了。他總埋伏在路上打年紀小的，打他們沒有防衛的頭，而且當街跟我挑戰。這些理由充分，我決心跟這個屠夫打一架。

夏天一個晚上，在牆角長滿青草的窪地下面，約好屠戶碰面。我選了好幾個同學跟我一起；屠戶由另外兩個屠戶，一個年輕的客棧老闆，一個掃煙囪的陪著。準備已經齊了，屠戶跟我面對面站著。頃刻間，屠戶在我左眉上點起了上萬支蠟燭。再一瞬間，我不知道牆在那裡，我在那裡，也不知道任何人在那裡。我也不大清楚那個是我，那個是屠戶，我們總是糾纏、扭打在一起，在稀爛的草上毆鬥。有時我看見屠戶，鮮血四流，不過還很沈著。有時我什麼也看不見，上氣不接下氣，嘴張著坐在我的幫手膝蓋上。有時我向屠戶猛衝過去，拳頭敲在他臉上太重，骨節都皮開肉綻了，好像他並沒有一點慌亂。最後我醒了，

①莎士比亞的悲劇，鬼在四幕一場出現。

頭腦裡覺得很奇怪，好像昏睡了一覺，看見屠戶走開，另外兩個屠戶，掃煙囪的和旅館老闆向他道賀，走的時候披上上衣。由這一點看來，說句公道話，我知道他勝了。

他們抬我回家，我情形很慘。我眼睛上貼了牛肉②，身上用醋和白蘭地摩擦，發現我上唇開了大坼，顏色發白，腫得很厲害。我在家待了三四天，樣子難看極了，眼睛上帶了綠色罩子。如果不是娥妮絲姊妹一般待我，悶都要悶死。她安慰我，讀書給我聽，輕易把光陰打發掉，使我覺得快樂。我對娥妮絲總是完全推心置腹的。把屠戶的事，屠戶對我不起的種種全告訴了她。她認為我除了跟屠戶打架，沒有別的辦法，雖然我跟屠戶打架的事叫她害怕發抖。

時間不知不覺過去。現在亞當姆斯不是班長，而且已經好久不是了。亞當姆斯老早離開學校，所以回來探望司瓊博士的時候，除我以外，認識他的人已經不多。差不多馬上就要有律師的資格了，而且要做律師，戴假髮了。我發現他比我想像的還要謙遜，外表更不充氣派，非常詫異。他還沒有震撼世界，因為照我看來，世界依舊是差不多老樣子，好像他從來沒有參加進去似的。

詩裡，歷史上的戰士莊嚴列陣向前進軍，好像走不完一樣的一段空白——接著怎麼樣？

②往日用以消腫之法。

現在我做了班長了，朝下望我底下這行學生，對於引起我回憶我當年初到這裡來情形的同學，個個都特別照顧。往日的那個小傢伙好像跟我無關。我記起的他只是在人生道路上誰丟掉的什麼東西——是我傳遞過去的東西，而不是自己的實際經歷——幾乎認為是另外一個人。

我在威克菲爾先生家那個第一天看到的小女孩，到那裡去了？也不見了。在家裡到處活動的，是十足像畫中本人的人——不再是像畫中人的小孩了：娥妮絲，我親愛的妹妹（我心裡就當她是我妹妹），我的顧問和朋友，接觸過她安詳、善良、克己精神的人的好天使，現在已經相當大的女人了。

我除了長大了，樣子變了，這幾年知識積累起來了，還有什麼其他的變化嗎？我掛了有鍊的金錶，小指上戴了戒指，穿了長尾的外套，也用很多髮油——用了這種東西，再戴戒指，樣子真不好看。我又戀愛了麼？對了。我崇拜喇金司家大小姐。

喇金司家大小姐不是小姑娘了。高個子，皮膚帶黑，烏眼珠，身材好看，是個成年的女人。喇金司大小姐不是娃娃，因為她家最小的姑娘都不是的了，大小姐比她一定大三四歲。也許大小姐已經三十了。我對她的熱戀簡直是出了格。

喇金司大小姐認識好些軍官。這真叫我吃不消。我眼看他們當街跟她說話。我看到，他們見到她的帽子（她對帽子的鑑賞力是高明的）跟她妹妹的帽子一同走下人行道，就穿過馬路去會她。她有說有笑，好像很得意。我花了很多空閒走上走下，想碰見她。如果能在白天向她鞠一躬，一定更高興（我認識她父親喇金司先生，所以也算認識她，可以向她鞠躬。）我配跟她不時鞠躬。賽馬舞會那晚，知道喇金司大小姐會跟軍人跳舞，我嘗到激烈的苦痛，如果世界上還有公道，我的苦痛總該有些補償才對。

我迷戀得倒了胃口，不停結最新的絲圍巾。不穿上最好的衣服、一次又一次把鞋擦亮，心就不安。這樣我才好像配得上一點喇金司大小姐。凡是她所有的，或者跟她有關的，都對我最寶貴。喇金司先生是個脾氣不好，上了年紀的上流人，雙下巴，一隻眼不能轉動，我都覺得他很有趣。我會不到他女兒的時候，就到會得到他的地方。問一聲，「您好嗎，喇金司先生？小姐們跟府上各位都很好吧？」好像太露骨，我臉都紅了。

我不停想我的年齡。你說我十七歲，你說十七歲太年輕了，不能配喇金司大小姐，這就怎麼樣呢？還有，我差不多馬上就要二十一歲了。傍晚我經常在喇金司家門外散步，雖然我看見軍官進去，或者聽到他們在喇金司大小姐彈豎琴的客廳裡，就心如刀割。有兩三次我甚至像得了病似地，癡情一片，在這家人睡覺以後，繞著她家屋前屋後兜圈子，不知道那一間是喇金司大小姐的房間（現在，恐怕當時把喇金司先生的房當作了她的）；希望起一場火，聚在那裡的人都嚇壞了，站著瞧，而我呢，帶了梯子衝過人堆，把梯子豎在她窗口，把她摟在懷裡，救了出來。再回去取她撇下的東西，結果被烈焰燒死。因為我的戀愛大致是沒有私心的，所以認為我如果能當喇金司大小姐的面一露頭角，死也甘心。大致如此，不總是如此。有時我眼前也有美滿一點的幻景出現。我為了參加喇金司家的大舞會（巴了三個星期才舉行的），花了兩個鐘頭穿著前去，這時候就沈溺在稱心的幻想裡了。我想像自己鼓起勇氣，向喇金司大小姐披露一切。想像喇金司大小姐頭偎在我肩膀上，說，「啊，考勃菲爾先生，我能相信我的耳朵嗎！」我想像第二天早上喇金司先生來拜望我，對我說，「我的好考勃菲爾，我女兒什麼都告訴我了。你年紀小些不要緊。兩萬鎊是給你們的。你們過好日子去吧！」我想像我姨婆好說話，祝福我們。狄克先生跟司瓊博士都參加了婚禮。我相信，我是個明白人——我相信，我意思是現在回想起來明白——也一定不自大；不過儘管如此，仍舊幻想下去。

我到了那天上宮闕，裡面滿是燈燭，人語、音樂、鮮花、軍官（我看到就不快），還有喇金司大小姐，明豔照人。她身穿藍色衣衫，頭上戴了藍色花朵——毋忘我③。好像她還用得著叫人不要忘記她呢！這是我第一次被邀參加真正成人的交際集會，所以有點不自在，因為我好像跟誰都不是一夥，又誰也不像有什麼話可以跟我說的，只有喇金司先生問我同學可好——其實他毋須問這句話，因為我到他家不是去受侮辱的。

不過我在門口站著，盯著我心上的女神飽了一陣子眼福以後，她走到我面前來了——

③草名，又名琉璃草。

她，就是喇金司大小姐呀！——很親切地問我可跳舞。

我鞠了一躬，結結巴巴地說，「只跟您跳，喇金司小姐。」

「不跟別人嗎？」喇金司小姐問。

「跟別人跳，不管是誰，都沒有意思。」

喇金司小姐笑起來了，臉生紅暈（或者，我想她臉紅了），說，「等再下一次，我非常喜歡跟你跳。」

時候到了，我走上前去。「是華爾滋舞，我想，」喇金司小姐帶著不放心的口氣說。「你跳華爾滋嗎？不會的話，貝利上尉——」

不過，我會跳華爾滋（而且碰巧跳得相當好），於是就帶了她出來。我毫不客氣攙她從貝利上尉身邊走過，他一定很可憐，不過我才沒有當他一回事呢。我也一直很可憐。我跟喇金司大小姐跳起華爾滋來了！不知人在那裡，跟些什麼人在一起，跳了多久。只知道跟一位藍仙人在空間旋轉，歡樂如狂，末了發現我跟她單獨在一間小房裡沙發上休息。她喜歡我鈕釦眼上的一朵花（粉紅山茶，價值半克郎）。我送給了她，說——

「我要換你一件無價寶，喇金司小姐。」

「真的！什麼呢？」喇金司小姐問。

「要你的一朵花，好讓我跟守財奴當金子一樣寶貝它。」

「你這個小孩膽倒不小，」喇金司小姐說。「哪，送你。」

她取了花給我，並不見得不高興，我就拿到唇邊，然後放在胸口。喇金司小姐直發笑，把手伸到我腋下說，「現在帶我回貝利上尉那裡。」

我正在回想這次甜蜜的會晤和華爾滋舞出神，喇金司小姐又到我面前來了，攙著一位相貌平常的年長的男子，這個人整晚都在打紙牌。喇金司小姐說，——

「哪！我有膽子的朋友在這裡呢！——且司爾先生想認識你，考勃菲爾先生。」

我馬上覺得他是這家人的朋友，心裡很喜歡。

「我佩服您的眼力，考勃菲爾先生，」且司爾先生說。「您有這種眼力是很了不起的。我想您不大留心酒花④吧。我種相當多這種草，要是您喜歡到舍下附近——阿希福附近——逛逛我們那裡，歡迎您來玩，要住多久都可以。」

我熱烈謝了且司爾先生，跟他握了手。我想我在做美夢。又跟喇金司大小姐跳了一次華爾滋。她說我跳得好極了！我滿心說不出的歡喜回家，腦子裡整夜還在跳華爾滋，膀子還摟住我心愛女神藍色的腰肢。此後幾天回憶這件事，歡天喜地得忘了形。不過我再也沒有在街上見到她，去看她也見不到。雖然失望，也多少靠那朵凋殘的花，神聖的盟誓，略

---

④hop，即蛇麻草花，味苦，可供釀酒、藥用。

得點安慰。

「喬幄，」有一天晚飯後娥妮絲對我說，「你猜明天誰結婚？你愛慕的人。」

「不是你吧，我猜，娥妮絲？」

「才不是我呢！」她本來在抄樂譜，這時抬起她高興的臉說。「您聽見他的話嗎，爸爸？——喇金司家大小姐。」

「嫁給——給貝利上尉嗎？」我只有這點氣力問這句話。

「不是。不是嫁給什麼上尉。是嫁給且司爾先生，種酒花的。」

大約有一兩個星期，我垂頭喪氣之極。取下了戒指，穿最壞的衣服，不用髮油，時常對舊戀人喇金司小姐的殘敗了的花悲嘆。到了這個時候，我對這種生活已經相當厭倦，屠戶又來找碴兒，我扔掉花，跟屠戶走了出去，很有面子地把他打輸了。

這一架，以及不但搽一點髮油，還又戴上戒指，就是我看得出自己年屆十七的最後特徵了。

第十九回　我環顧周圍，有一發見

選前程間遊添閱歷
投逆旅暫憩遇朋儔

學校生活快要結束，離開司瓊博士家的時間到了，我說不出心裡是喜是悲。在學校很快樂，依慕博士，那個小世界裡，我是優秀出眾的人物。為了這些原因，不願意走。但是為了別的原因，雖然夠不充實的，我又想走。我是年輕、可以自己作主的人，認為年輕的人自己作主很重要，這正是一個人了不起的時候，看不盡奇事，做不盡奇事，對社會不會沒有非常的作用，這些模糊的觀念把我引走。我少年人心裡這些空中樓閣力量很強大，照我現在這種想法，好像已經離開了學校，並沒有通常會有的懊悔。這次的分離沒有像別的分離那樣叫我難忘。想法回憶當時的感覺和情況也無用，不過，這件事在我的記憶裡並不重要。我猜想，就要碰到的新情況叫我心慌亂。我知道當時少年人的閱歷很少用處，或者根本沒有用處；人生什麼都不像，最像一大本童話，我就要來讀了。

我應該專心幹那一行，姨婆跟我認真研究過好多次。姨婆常常問我，喜歡做什麼樣的人，一年多以來，我竭力想找到滿意的答案來回答她。可是我沒有能找到特別喜歡的任何一行。如果航海學的知識能鼓勵我率領一隊快航探險隊，環繞世界，有新發現，一路上極為得意，我想也許覺得對自己很適合。不過我既然沒有這樣驚人的配備來做這件事，就只想幹點不要姨婆太破費的行業，不管是那一樣，黽勉將事就是了。

我們商議的時候，狄克先生經常從旁協助，現出沉思明智的樣子。他從來沒有提出意見，只有一次忽然主張我應該做黃銅匠，不知道他怎樣會想到這上頭去的。我姨婆一聽這話大不以為然，他再沒有敢提第二個，以後只是小心望著姨婆，看她有什麼提議，他自己就把口袋裡的錢弄得咯啷咯啷響。

「喬，我的主張是這樣的，我的寶貝，」我離校後，聖誕節期有天早上姨婆說，「這個頭痛的問題既然還沒有解決，我們一定不能打錯主意，能避免總要避免。我想最好把它擱一擱。這當兒你一定要想法用新的眼光來看這個問題，不能再用學生的眼光。」

「我一定，姨婆。」

「我想到，」姨婆繼續說，「換一下環境，看一眼門外生活，也許有用，可以幫你知道你自己的意向，打出冷靜些的主意。你現在去短短地旅行一下怎麼樣？假定你再到鄉下老地方，譬如說，去看那個——名字最野蠻的怪女人，」姨婆抹抹鼻子說，原來她永遠不能完全原諒裴格悌這個姓。

「姨婆，世界上所有的事當中，我最喜歡這一件了！」

「好啦，」姨婆說，「這倒巧，因為我也喜歡呢。不過你喜歡去是順乎自然，合乎道理的。我非常相信，不管你做什麼，喬喔，總是順乎自然，合乎道理的。」

「我希望如此，姨婆。」

「你姊姊貝采．喬喔，」姨婆說，「一定會是最順乎自然，合乎道理的。你要替她爭氣，要不要？」

「我希望替您爭氣，姨婆。這就夠了。」

「可惜你那個可憐、乖娃娃似的母親不在了，」姨婆眼望著我，露出嘉許的神色說，「否則現在有這樣的兒子一定非常得意，她軟弱的小腦子會自大到極點，如果她腦子還留下什麼可以自大的東西。」（姨婆喜歡我，總把毛病推到我亡母身上，來洗清她自己。）

「唉，喬喔啊，看到你，我多想起她來！」

「很愉快吧，我希望，姨婆？」我說。

「他像他母親，狄克，」姨婆著力說——「他就像她那天下午一樣，那時她還沒有煩躁——我的天，他就像她，跟他此刻能用兩隻眼睛看我一樣！」

「他真這樣像嗎？」狄克先生說。

「他也像他父親，」姨婆著著實實地說。

「他非常像他父親！」狄克先生說。

「不過我要你有成就，喬，」姨婆接著說——「不是身體方面的，而是德性方面。你身體很好——我要你成為有主張的傢伙。良好，有主張的傢伙，有你自己的決心。有果斷，」姨婆對我搖她無邊的帽子，緊握拳頭說。「有決心。有品格，喬——有品格，就有把握，除非有道理，無論什麼人，無論什麼事都不能動搖。我要你做到的，就是這樣的人。作與你父母親都做得到，天知道，他兩個要是這樣的人就好了。」

我說，希望我做到她描寫的那種人。

「你可以從小處下手，依賴自己，自己主動，」姨婆說，「我讓你自己單獨出門。的確本來想請狄克先生陪你去的，不過再一想，還是留他下來照應我吧。」

狄克先生有一刻現出失望的樣子，後來聽說要照應這位世界上最了不起的婦女，這是很有面子，很夠尊嚴的事，所以臉上又恢復了光彩。

「還有，」姨婆說，「請願書要寫呢。」

「啊，當然啦，」狄克先生趕緊說。「我預備，喬幄，馬上把它寫起——真要馬上寫好呢！然後就好遞上去了，你知道。然後，」狄克先生把自己抑制了一下，頓了好久說，「就要亂得不成樣子了！」

姨婆的主意慈祥，打定了就要貫徹，不久就給了我一隻裝得充實的錢袋，一隻旅行皮包，親切地送我出門。分別的時候，懇切叮嚀，吻了我又吻，說她的用意是我應該四下裡看看，運用一下思想，所以主張我在到薩符克途中，或者回頭路上，如果喜歡的話，可以在倫敦住幾天。總之，我喜歡怎樣就怎樣，出去三個星期或者一個月無所謂。除了上面提到的要運用一下思想，四下裡看看，答應好每星期寫三封信，報告實情之外，沒有別的難為我的了。

我先到坎特布利，好跟娥妮絲和威克菲爾先生告別（我在他們家住的房間還沒有退租），也跟好博士告別。娥妮絲看見我很高興，對我說，自從我走之後，他們家已經改了樣子了。

「我離開了一定也不像我自己了，」我說，「我好像沒有你在面前，就沒有了右手。雖然這句話並沒有說出十足的情形，因為我右手沒有智慧，沒有感情。認識你的人個個跟你請教，你指點他們，娥妮絲。」

「認識我的人個個縱壞了我，我相信，」她含笑道。

「不是的。是因為你與眾不同。人極好，性情溫和。心腸軟，見解總是對的。」

「你這樣說法，」娥妮絲坐下來做針線，突然高興地大笑道，「倒像我是從前的喇金司小姐呢。」

「算啦！跟你談心裡的事你笑我，不像話吧，」我答，想起了那穿藍衣裳的冤家，臉都紅了。「不過我還照樣會把心裡事告訴你的。娥妮絲。永遠改不了。無論那一刻我有麻煩，或者墮入情網，總告訴你，只要你准我——甚至認真戀愛起來也告訴。」

「啊呀，你那一次是不認真的！」娥妮絲又笑道。

「唉！那都是小孩子、小學生的玩意，」我說，輪到我笑了，不無些許難為情。「現在我的時代在改變，我想遲早有一天要非常認真的起來的。我奇怪的是，你自己到現在還沒有認真呢，娥妮絲。」

娥妮絲又笑起來了，搖搖頭。

「唉，我知道你沒有！」我說。「因為如果你認真了，你會告訴我的——」因為看到她臉上略微有點紅暈，我就說，「或者最低限度，你會讓我自己發見。可是我認識的人裡面還沒有一個人配得上愛你，娥妮絲。要有個性格高貴，各方面有價值，比我在此地看到過的那一個都強，我呀，才肯答應。將來所有愛慕你的人我都要嚴格審查。成功的那個，我包你，我對他的要求苛刻得很呢。」

到那時為止，我們就這樣推心置腹時而說笑話，時而說真話地談下來，這種關係是從我們還是小孩時期開始，長久親密相處，自然而然有的。不過娥妮絲現在突然抬頭，眼望著我，變了態度說，——

「喬幄，有件事我要問你，也許要隔好久我才再有機會問你呢。這件事，我想，沒有別人好問。你可曾看出爸爸漸漸有些變了？」

我已經看出了，心裡老在估量是不是娥妮絲也看出了。我臉上一定露出了我的心事，因為她眼睛馬上朝下望，我看到裡面有淚。

「你告訴我什麼事，」她低聲說。

「我想——既然我這樣喜歡你爸爸，要不要實說呢，娥妮絲？」

「要實說，」她說。

「我想，從我初初到這裡來起他就有的嗜好，不斷在增加，對他沒有益處，他常常心神很不安定——這也許是我的幻想。」

「不是你幻想，」娥妮絲搖頭說。

「他手打抖，話說不清楚，目光渙散。在他最不濟事的時候，總是最有事找他辦，我次次都看出來了。」

「是烏利亞找他，」娥妮絲說。

「對了。你爸爸因為覺得自己不能勝任，或者覺得自己沒有了解，或者身不由己，露出不濟事的樣子，似乎心裡非常不安，第二天更糟，再過一天，又更糟。這樣一來，他就累壞了，憔悴下來。你聽了我的話不要驚慌，娥妮絲。不過，前幾天晚上，我可看見他就這種樣子，頭伏在桌上，跟小孩一樣淌眼淚。」

我還在說著話，她拿手輕輕捂住我的嘴，一會兒工夫就跑到房門口接她父親去了，人搭在她父親肩膀上。他們都望著我，我覺得娥妮絲臉上的神情非常叫人感動。她對父親孝愛備至，感激父親的慈愛和照料，全表現在美麗的容貌上。也請我好好待她父親，即使我內心最深處對他的想法也要這樣，不許有一點苛評——她有這樣的父親，既非常引以為榮，又極其孝順，可是又非常憐憫他，為他難過，也信賴我跟她一樣；她能說的話，不管什麼對我也表現不出更多，更感動我了。

我們就要到博士家喝茶。跟平常一樣的時間到那裡，他坐在書房爐旁，還有他年輕的太太，丈母娘。博士把我離校當作天大的事情，好像我要到中國去似地，當我貴賓一樣接待，取了一大段圓木頭放進火爐，好看到他的老學生的臉給熊熊火光照得通紅。

「威克菲爾，以後我再也不會看到好多接替喬幄的新面孔了，」博士暖暖他的手說。「我漸漸變懶了，也要舒服。再過六個月，我就要把所有年紀小的學生都打發走，過點安靜的日子。」

「十年來你那一刻都說這話的，博士，」威克菲爾先生答。

「不過現在我要辦到這一點了，」博士回說。「我的首席教師接我的手——我到底認真了——所以你不久就要替我把合約訂好，把我們牢牢約束住，就好像我們是一對惡棍一樣。」

「我要當心，」威克菲爾先生說，「不要讓你上當，是不是？無論你自己去訂什麼合約，你一定上當。好啦，我現成。我們這一行有更傷腦筋的生意呢。」

「那麼我就不為別的事煩神了，」博士含笑說，「只有我那本字典，還有另外這個占便宜的婚約——安妮。」

安妮坐在茶桌面前，娥妮絲一旁，威克菲爾先生朝她一瞥，我看她好像要避開他的眼光，疑懼的樣子，不像平常，反而引得威克菲爾全神貫注在她身上，好像他想到了什麼事情。

「印度有一班信到了，我注意到，」威克菲爾先生沈默了片刻，說道。

「想起來了！傑克·毛爾頓先生來的些信呀！」博士說。

「真的！」

「可憐的傑克寶貝！」馬克倫太太搖搖頭說。「那種要命的天氣！他們告訴我，人就像在沙堆上，上頭有凸鏡的火！他樣子很壯，其實不是的。我的好博士，他這樣勇敢地去冒險，是精神力量足，不是身體好。安妮心肝，你一定完全記得你表哥從來沒有結實過；不是那種能稱為強壯的人，你知道的，」馬克倫太太著力地說，目光向四周把我們統統一掃。「從我女兒跟他小時候好長一整天在一塊兒，臂挽著臂到處走起，就是這樣。」

安妮給她母親這樣一問，沒有回答。

「照您這樣一說，太太，毛爾頓先生是病了嗎？」威克菲爾先生問。

「病！」「老將」答。「我的好先生，說他什麼都行。」

「除了身體好？」威克菲爾先生說。

「除了身體好，可不是！」「老將」說。「他總中過厲害的暑，得過惡性瘧疾，打過擺子，害過所有你說得出來的病。至於他的肝，」「老將」認命道，「他一出門就完全絕望了！」

「這全是他說的嗎？」威克菲爾先生問。

「他說的？我的好先生，」馬克倫太太回說，一面搖頭揮扇，「您問這句話，可見得簡直不了解我可憐的傑克．毛爾頓。他說？才不呢。你先用四匹野馬拖他吧。」

「媽媽！」司瓊太太叫道。

「安妮，心肝，」她母親，「我真要請你別打我的岔，以後再不要叫我跟你說這句話了。你只能附和我。你跟我一樣知道，你表哥毛爾頓不管有多少匹野馬拖——我為什麼限定四匹？我才不限定四匹呢——八匹、十六匹、三十二匹，也不肯存心眼兒說一句話，推翻博士的計畫呀。」

「是威克菲爾的計畫，」博士撫摩了自己的臉一下說，望著幫他出主意的人，現出悔愧的神色。「也就是，我們兩個人替他定的計畫。我自己說了的，國外或國內一樣。」

「我說的，」威克菲爾先生口氣嚴肅地說，「去國外。他到國外是我促成的。這件事由我負責。」

「唉，負責！」「老將」說。「樣樣事都是為了最大的利益做出來的，我的好威克菲爾先生；樣樣打算，都是對他最厚道，最為他好的，我們知道。不過如果這個小傢伙在那裡活不了，在這裡也活不了。他要是不能在那裡活下去，他寧願死在那裡，也不肯推翻博士的計畫。我懂得他的脾氣，」「老將」很痛苦地預測道，一面扇她自己，多少保持著鎮定，「我知道，他寧願死在那裡，也不肯推翻博士的計畫。」

「好了，好了，老太太，」博士高高興興地說，「我的計畫不是聖旨，我自己可以推翻。用個什麼別的計畫代替好了。要是傑克・毛爾頓先生因為身體不好回來，就絕不能讓他再去，我們一定想法子，在國內替他想個更合適、更有利的辦法。」

馬克倫太太聽了這番厚道話（不用說，她根本沒料到，也沒有把話題往這方面引），過分感動，只能對博士說，這正像他的為人，吻她的扇骨，再用扇子輕輕拍博士的手，這個舉動重複了好幾次。然後，溫和地責備她女兒，認為博士為了她，對她舊日一塊玩的伴兒廣施恩澤，她居然沒有特別表示感激。接著把她家別的值得看重的人和若干事項一一說出來，最好應該有人幫他們值得幫的忙，讓他們自立，講這些話來助我們的興。

這當兒，她女兒安妮從頭到尾一言不發，也不抬起頭來望人。她坐在威克菲爾先生女兒旁邊，威克菲爾先生也從頭到尾盯著她望。我好像覺得，威克菲爾先生從來沒有想到有誰注意他，只一心一意地注意安妮，想到的全是跟她有關的事情，全神貫注。這時他問傑克・毛爾頓先生信裡關於他自己到底說了些什麼，信寫給誰的？

「嗯，在這裡，」馬克倫太太說，接著就從博士頭上壁爐架上拿下一封信來。「小傢伙對博士本人說的——在那裡呀？有了！——『很可憾要奉告，我身體吃了極大的苦，恐怕我不得已非回來一個時期不可，因為這是唯一復原的希望。』這件事相當顯明，可憐的傢伙！他身子復原唯一的希望！可是寫給安妮的信更顯明——安妮，把那封信再給我看看。」

「此刻不要看了吧，媽媽，」她低聲懇求她母親。

「寶貝，碰到有些事，你呀，十足是世界上最荒唐的人，」她母親說。「對自己家裡人應有的權利最不關痛癢的人，也許就是你了。我相信，要不是我親自要，我們根本永遠不會曉得他寫那封信給你。我的心肝，你說這還能算當司瓊博士是自己人嗎？我真詫異。你該放更懂事些。」

安妮很勉強把信拿了出來，我遞給了老婆子，看出那隻遞給我的不情願的手抖得多厲害。

「好，讓我來看，」馬克倫太太把單眼鏡拿到眼睛底下說，「那段話在那裡。『舊日的回憶，我最親愛的安妮』——等等。不在這裡嘛。『和和氣氣的老傳士』①——是誰呀？我的天，安妮，你表哥毛爾頓的字寫得多不清楚，我多蠢！『博士』，當然是了。啊，和和氣氣的，的確！」她在這裡就停住了，吻她的扇子，對博士揮揮扇子。博士沈靜地望著我們，很滿意的樣子。「好了，找到了。『你呢，聽到了這個消息可能不覺得詫異，安妮。』——不詫異，當然啦，知道他從來沒有真正強壯過。我剛才讀到那裡了？——『我在這個遠地方受夠了罪，所以我不管有什麼危險都要離開，假使能請病假就請病假，請不到病假就辭職。我受過的罪，和此刻受的，實在吃不消。』要不是那位最好的人肯馬上就幫忙，」馬克倫太太和剛才一樣，向博士做手勢，把信摺起來說，「我想到都吃不消。」

威克菲爾先生一言不發，雖然老太婆望著他，好像要他對這個消息表示一點意見。他還是坐著，眼盯著地下，一死兒悶著。這個話題擱了好久，我們已經談別的事情了，他還是這個樣子，頭也不抬，只偶爾若有所思地皺起眉頭，望一會兒博士或博士太太，或者他們兩個人一起。

博士非常喜歡音樂。娥妮絲唱起歌來又悅耳，又傳神，司瓊太太也是如此。她們兩人一同唱，彈二重奏曲，我們著實開了個小音樂會呢。不過我看出兩件事：第一件，雖然不久安妮恢復了鎮定，十分自在了，她跟威克菲爾先生有了隔閡，這個隔閡把他們完全分開了；第二，威克菲爾先生似乎不喜歡安妮跟娥妮絲親近，不放心地看著她們。我得承認，

---

①原文本為Proctor，意為大學學監，跟博士doctor字形類似。譯文只顧形似。

毛爾頓先生那晚走的時候我所看到的情形，我現在漸漸重新回憶起來了，原來內中有我從來未曾明白的道理，我很不舒服。安妮臉上天真的美並不像以前那樣天真了。她自然的嫻雅和儀態的動人我都不信任了。等我望著她身邊坐的娥妮絲，覺得娥妮絲多有德性，多真摯，我心裡就起了疑心，覺得她們做朋友並不合適。

不過娥妮絲和安妮做朋友很快樂，安妮也很快樂，所以那晚時間飛也似地過去，好像只有一個鐘點。末了出了件事，我記得很真切。她們本來要互相道別，娥妮絲正要跑去抱住安妮，和她親吻，忽然威克菲爾先生跨到她們兩人之間，好像是無意的，很快拖了娥妮絲就走。接著，好像從毛爾頓動身起所有當中的光陰全沒有了，我像離別那晚那樣仍舊站在門口，看見司瓊太太對著威克菲爾先生的面，臉上現出的神色。

這副神情給了我多深刻的印象，我說不出；隨後想到司瓊太太，要把她跟這次臉上的神色分開來，再回憶她天真可愛的臉，多難辦到，也說不出。到我回了家，心裡還給這副神情縈繞。離開博士家的時候，他屋頂上彷彿黑雲正往下壓。我對他白髮的尊敬換了憐憫，因為他對那些對他忘恩負義的人居然還有信心，而那些損害他的人也使我憤慨。我兒童時代用功遊戲的這個地方本來安安靜靜，眼看大禍的陰影就要臨頭，還有現在形式還沒有明確的大辱，要把汙點染上這個地方，忍心害理糟塌這個地方。那百年來氣概莊嚴，畫地為牢的老闊葉茄楠香，整齊平滑的草地、石甕、博士散步的小徑，跟在這一切上空激盪的大教堂悅耳鐘聲，凡此種種，我想起來，已經沒有快樂了。好像我童年安寧的聖殿，已經當我的面給人劫掠，平靜和光榮都給風吹走了。

不過，到了早晨，我要和娥妮絲精神力充斥的古屋告別，就全心都放在這件事上了。我確乎不久還要到這裡來，作興再睡在我住過的房裡——也許時常去睡。不過我常住那裡的日子已經過去了，舊的時代已經成為往事。我包紮此刻還寄存在那裡、預備運到多佛去的書跟衣服，這時候烏利亞・謝坡十分慇懃地幫我的忙。我不很厚道地想，他見到我走，也許很稱心，所以我心情雖然沈重，也不讓他看出。

不知道什麼原因，我和娥妮絲，以及他父親告別，竟然露出毫不在乎，非常丈夫的氣概，坐進了到倫敦去公共馬車的車廂。經過鎮上，看到舊仇人屠戶，我的心軟了，也原諒他了，有些想跟他點頭，扔給他五先令去喝酒。不過，他站在鋪子裡刮大砧板。一點沒有悔罪的樣子，而且門牙給我打掉一隻以後，外表一點沒有改好，我想還是不要跟他接近的好。

記得我們上了路走了些時候，我心裡頭一件記掛的是要盡可能對馬車夫擺出年紀不小的派頭，說話粗聲粗氣到極點。做到末一點，我感覺到大不方便，不過我毫不放鬆，因為我以為成人總是這樣的。

「您是到地頭吧，先生?」馬車夫問。

「是的，威廉，」我好像降低身分來跟他說話似地答（我認識他）。「我到倫敦。以後還要再到薩符克。」

「打獵吧，先生？」馬車夫說。

他跟我一樣知道，每年這個季節到那裡打獵，是和捉鯨魚同樣不會有的事，不過也覺得他在恭維我。

「我不知道，」我說，假裝猶豫，「是不是要去打一次。」

「鳥變得非常怕人了，我聽說，」馬車夫說。

「我也聽到這樣說，」我說。

「您府上是薩符克嗎，先生？」馬車夫問。

「是的，」我當件大事說，「薩符克是我們那一郡。」

「我聽說那裡的羊油湯糰好極了，」馬車夫說。

我自己並不知道，不過覺得一定要表揚我那一郡的名產，並且表示自己很熟悉這些東西，所以點點頭②，好像說，「我相信你的話！」

「還有矮胖的馱馬，」車夫說。「那才是好牲口呢！薩符克的馱馬，好的要值跟牠分量一樣重的金子。您可養過薩符克馬嗎？先生？」

---

②按原文為「搖頭」（shook），是作者的錯。

「沒——有，」我說，「不算養過。」

「我背後有位先生，我敢保證，」車夫說，「他大批養這種馬的。」

想到的這個人，有一隻很不討好的斜眼睛，下巴凸出，頭戴狹平邊白色高帽，穿一條緊身淡褐長褲，鈕釦似乎從靴子一直沿大腿外面扣到臀部。他下巴在車夫肩膀上面翹著，靠我這麼近，呼吸刺得我後腦勺子發癢。我掉過頭來看他，他就用那個不斜視的眼瞟馬車的領頭馬，一副自作聰明的樣子。

「您不是的嗎？」車夫問。

「我不是什麼呀？」後面那人問。

「大批養薩符克的馱馬？」

「總養的了，」那人說。「不管那一種，我沒有不養的馬，也沒有不養的狗。馬呀、狗呀的，旁人養了好玩。對我啊，是吃的、喝的——住的、老婆、兒女——念書、寫字、算術——鼻煙、菸草、睡眠。」

「這種人讓他坐在馬車夫座位後面，看起來總不大好，是吧？」馬車夫一面控著韁繩，一面對我耳語道。

我想他這話的意思是希望他坐我的位置，於是紅著臉自動讓位。

「那麼，要是您不介意，先生，」馬車夫說，「我想讓一讓就更合適了。」

我總認為這是我一生第一次跨台。我在售票處定房的時候，登記簿上寫的是「御者座」，給了記帳員半克郎。我還專誠穿了特別的大外套，披了披肩，配合這種殊榮，坐在那個座位上也覺得非常有面子，也給馬車增光。此刻第一步就給有隻斜眼的、衣衫襤褸的人排擠了，這個人別無所長，只有渾身一股馬廄味，在馬緩馳的時候跨過我，像蒼蠅一樣，不像個人。我對自己失掉了信心，一輩子碰到小事總時時給這個念頭所苦，這種種場合沒有這個感覺倒好些。這次在坎特布利馬車外面碰到這件小事，失掉自信的心有增無減。粗聲粗氣說話也沒有用。此後一路到底，我講起話來都運了丹田之氣，仍然覺得完全洩了氣，幼稚得可怕。

儘管如此，高高坐在四匹馬後面——受過良好教育，衣著華美，口袋裡有很多錢——望著車外那些我上次辛苦旅行睡過的地方，也覺得希奇、有趣。一路上遇到所有觸目的景物，腦子就有很多思想。我們走過流浪漢身邊，我朝下望望他們，看見記得清楚那一型的臉仰了起來，就覺得彷彿那個補鍋匠烏黑的手又揪住了我襯衫胸口。馬車嘎啦嘎啦馳過恰騰狹隘的街道，我順便瞥見了買我外套的老怪物住的那條巷子，就伸了頸項急切看看我在太陽底下，在陰涼處坐著等錢的地方。最後，我們到了離倫敦不到一站路，經過再也不會看錯的賽冷學校，就是喀瑞刻爾校長毒手向四面八方打去的地方。我願意盡我所有，都拿出來，換到合法的許可，下車來揍他一頓，把所有像關在籠子裡麻雀似的學生都放出去。

我們到了聖母十字③的金十字旅館，當時這是發霉的客棧，四鄰擁擠不堪。茶房把我帶進咖啡室，又由女侍指給我看我的小臥室。這間臥室的氣味就像出租馬車，關得緊緊的，像大戶人家的墓穴。我仍然很痛苦地覺得自己年輕，因為誰看見我也沒現出一點敬畏的樣子。女侍全不管我對任何事的意見，茶房對我很弔而郎當，以為我資格嫩，就替我出主意。

「怎麼樣啊，」茶房拿我當體己人的口氣說，「晚飯吃點兒什麼呀？小先生們總喜歡吃雞鴨的，就來隻雞好啦！」

我氣派十足地告訴他，我不高興吃雞。

「您不高興？」茶房說，「小先生們牛羊肉吃厭了，就來小牛肉片吧！」

我也想不出別的，就答好吧。

「您可要土豆嗎？」茶房斜著頭諂笑道。「小先生們吃膩了土豆了。」

我用最低沈的聲音命令他，替我要小牛肉片，加馬鈴薯，和所有應有的配菜。又叫他問問買酒櫃台上有沒有喬・考勃菲爾老爺的信——我明知道沒有，不會有，不過以為，有個盼信的樣子才夠丈夫氣。

---

③原文charing cross據英儒布魯爾（Rev. E. Cobham Brewer）考證，當係由法文「慈愛之后」，即童貞聖母，轉來。地在特拉法加方場之南。

不久他就回來說，沒有信（我聽了這話，還很詫異）。他說完就在爐旁另外一小間裡鋪桌布預備我吃飯。鋪的時候問我，喜歡喝什麼。我回說來「半品脫雪利酒」，心裡想這恐怕給了他上好的機會，把好幾個玻璃塞子圓瓶底走了味的殘酒湊足那個分量。我有這個想法，是因為在看報的時候，就張到他在矮矮的木板隔間後面忙得很，把許多這種容器裡的東西倒在一個瓶子裡面，就像化學師和藥劑師配一帖藥（隔出的那間是他的宿舍）。酒端來的時候我也想到它不起泡。裡面的確有許多英國的麵包屑，純淨外國酒裡都不會有的。不過我太怕難為情，也喝下去了，沒有說什麼。

那時我心裡很暢快（由此可見，人中毒以後，在過程某一階段並不見得一定不舒服），決定去看戲。選的是修園戲院④，我在裡面包廂中部後座看了朱利烏斯凱撒⑤和新啞劇。那些羅馬貴族在我眼前活躍，走進走出舞台給我樂趣，而不是過去學校裡教我們功課的嚴厲教師，倒是最新鮮愉快的事情。不過全劇的逼真和玄妙混在一起，劇中有詩、有燈光、有音樂、有成班演員，燦爛華美的佈景輕易而驚人地換了又換，看得我眼花撩亂，也給我平添無限樂趣。到了夜晚十二點鐘，我出了戲院，走上下雨的大街上，覺得好像從雲霧裡

④全名應為女修道院花園，為倫敦大菜市。
⑤莎士比亞悲劇。

走出來一樣，雲霧裡我過了好久不同尋常的生活，現在踏進吵鬧不寧，水花四濺，火把輝煌，雨傘互碰，出租馬車亂衝，木套鞋滴滴答答，泥濘苦惱的世界。

我從另一扇門出來，在街上站了一會兒，好像真是從來沒有到過地球上的人。不過，別人不客氣地推我擁我，不久我就清醒過來，踏上回轉旅館的路了。一路上，我細細回想剛才看到的燦爛景象，回到旅館，我喝了些啤酒，吃了些牡蠣，坐下來仍舊回想，過了一點鐘，還望著咖啡室的爐火。

我腦子裡還填滿了那齣戲，也填滿了過去——因為那齣戲有點像個光耀透明物體，從這個物體裡，我看到往事重演——有個衣著高雅而瀟灑，我本當記得清楚的漂亮青年，成為真人在我面前出現，我竟不知道。不過，現在回想起來，我當時一直對著咖啡室的火爐坐著沈思，是意識到有他這麼一個人在的，只是不曾注意到他進來。

終於我站起身來去睡覺，渴睡的茶房，如釋重負，他在他小食品儲存室裡扭他兩條腿，搥打，擰彎成各式各種怪樣子。我朝門那邊走去，經過剛才進來的那人身邊，看清楚了他。我馬上掉頭，走回去，再看他一眼。他不認識我，可是我立刻就認識他了。

如果在別的時候，跟他說話我也許要一點自信心，也許會拖延到第二天再說，可能就碰不到他了。不過，那時戲裡的情節還活現在我心裡，這個人過去衛護過我，好像值得我感激，我對他的舊情又不知不覺在胸中重新湧起，所以立刻向他走去，心卜卜直跳地說——

「司棣福！你不理我嗎？」

他望著我——就像他從前有時的那樣望法——可是我看不出他臉上有認得我的神情。

「你記不起我了，恐怕，」我說。

「我的天！」他忽然嚷道。「你是小考勃菲爾！」

我兩手抓住他，不能鬆開。要不是怕難為情，怕得罪他，我會摟住他頸項哭下來。

「我再也、再也、再也沒有這樣快樂過！我的好司棣福，看到你把我快樂死了！」

「我看到你也快樂透了！」他說，一面熱烈握我的手。「怎麼樣，考勃菲爾，老同學，別太興奮！」可是看見我碰見他高興到這個樣子，我想他也喜歡。

我雖然下了最大決心，還是止不住流眼淚，抹掉之後，笨拙地一笑，然後我們並排一齊坐下。

「喂，你怎麼到這裡來的？」司棣福拍拍我肩膀問。

「我今天坐公共汽車由坎特布利來的。我姨婆是那地方的人，她收養了我，我剛在那裡念完了書。你又怎麼到這裡來的，司棣福？」

「我嗎，現在是他們所謂牛津人了，」他答——「那就是說，我在那裡時常要膩死了——現在回家到我母親那裡去，路過此地。你這個傢伙樣子怪和藹可親的，考勃菲爾。跟你以前一樣，讓我瞧一瞧你。一點也沒改。」

「我一看見你，就認得了，」我說，「不過，你也比較容易記。」

他一面笑，一面用手掠過一簇簇的鬈髮，興沖沖地說，——

「對了，我這次是盡孝道旅行。我母親住在城外，離城有點路。路又難走得要命，家裡也夠悶的，今晚我待在此地，不再走了。我在城裡不到六個鐘頭，這幾個鐘頭都花在戲院裡打瞌睡，發牢騷上頭了。」

「我也去看戲的，」我說——「在修園戲院。這個娛樂多有意思，多動人啊，司棣福！」

司棣福笑不可抑。

「我的好小衛，」他又拍我肩膀說，「你真是朵雛菊。日出時候的野雛菊都沒有你嫩。我也在修園戲院看戲，戲演得再糟也沒有了。——喂，人哪！」

這是叫茶房，我跟司棣福認出彼此，他就在遠遠地方留神望著，此刻必恭必敬來了。

「考勃菲爾先生是我朋友，你把他安頓在那裡？」

「您說什麼，先生？」

「他在那兒睡覺？他住幾號房？你知道我什麼意思，」司棣福說。

「知道，先生，」茶房帶些抱歉神氣說，「考勃菲爾先生現在住四十四號房，先生。」

「你這狗頭什麼意思啊？」司棣福頂他道，「居然把考勃菲爾先生住在馬房上頭的小閣樓裡？」

「啊唷，您知道，我們不曉得啊，先生，」茶房答，還在表示抱歉，「既然考勃菲爾先生要揀，我們可以讓他住七十二號，先生，要是他喜歡的話。就在您隔壁，先生。」

「當然喜歡，」司棣福說。「馬上就搬。」

茶房立刻退出，去替我換房間。司棣福看我住四十四號覺得有趣，又笑了，再拍我肩膀，約我第二天早上十點鐘跟他吃早飯。我覺得太有面子，太喜歡，答應了。此刻時候很不早，我們拿了蠟燭上樓，在他房門口親熱道別。我發現搬過以後的房間比原先那間好得多了，一點霉味也沒有，有一張四根柱子的大牀架，相當像樣的一小塊地產呢。牀上的枕頭夠六個人睡，不久我就睡著了，舒服之極，夢見古代的羅馬人，司棣福，友誼，一大早的公共馬車從下面拱道隆隆馳出，又引我夢見雷和天上諸神，然後才醒。

第二十回　司棣福之家

縱寵愛寡母贊驕子
問長短癡女懷柔情

女侍在八點鐘輕輕敲我的門，告訴我，我剃鬍子的熱水在外面。我用不著剃，覺得很痛苦，在牀上臉都紅了。疑心她說那句話的時候也笑了。穿衣服的時候，一直給這個疑念啃著我的心。我自覺，下樓吃早飯從樓梯經過她的時候，竟有些畏怯自疚的神氣。的確，我恨不得擺出歲數已經不小的樣子，可是做不到，心裡很敏感，當時有這樣丟人的情形，所以有一陣子拿不定主意，是否根本不要打她面前走過；不過，我聽見她拿著一把掃帚在那裡，站著望窗外騎馬的查理皇帝像，周圍是橫七豎八的出租馬車，當時下著牛毛細雨，還罩著深褐色的霧，看樣子全沒有皇帝氣象。還是茶房發話了，說那位先生在等著我呢，我才動身。

我發現司棣福並沒有在咖啡室裡等我，而是在一間極舒服的雅座裡，掛了大紅窗帘，鋪了土耳其地毯，爐子裡生了熊熊的火，精美的熱早餐已經端上桌來，桌上墊了潔白的布。餐具架上的小圓鏡裡燦然反映出縮小了的房間、火爐、早餐、司棣福跟別的一切。我起初相當難為情，因為司棣福泰然自若，格調高雅，各方面都在我之上，年齡也比我大。不過他很會照顧人，不久就把我這種感覺改變，讓我覺得自在了。他在金十字旅館那番作為，拿我昨天單調無味，給人淒然冷落的情形，跟今天早上款待的舒服一比，我對他真是佩服不盡。至於茶房弔兒郎當的態度已經給壓下去了，好像從來沒有過。他侍候我們，簡直就跟悔罪的猶太教徒披麻衣坐在灰上一樣。

「嗯，考勃菲爾，」只賸我們兩人的時候，司棣福說，「我要聽聽你幹些什麼，上那裡去，以及關於你的一切。我覺得你好像是我的所有。」

我發現他還這樣關心我，喜歡得我眉飛色舞，就把姨婆怎樣主張我出這趟門，到那裡去，告訴了他。

「那麼，既然你不趕，」司棣福說，「跟我一塊上高門去住一兩天吧。跟我母親一起，你會喜歡——她提起我來就有點揚揚得意，囉囉嗦嗦，不過這一點你能原諒她的——她會喜歡你。」

「承你的情相信你母親準會喜歡我，我對這一點也跟你一樣相信，」我笑著答。

「嗯！」司棣福說。「凡是喜歡我的人，就有權要我母親喜歡他。她一定承認我這句話。」

「那麼我想，她一定拿我當寶貝，」我說。

「好！」司棣福說。「就來證明你的話說對了吧。我們要去看一兩個鐘頭名勝——指給像你這樣初來的人看倒不錯，考勃菲爾——然後我們坐公共馬車到高門去。」

我幾乎不能相信自己不是在夢裡，不久又要在四十四號房發現咖啡室裡孤零零的小臥室和那個弔兒郎當的茶房。我寫了信給姨婆，告訴她我運氣好，遇到了我佩服的老同學，他約我去他家，我答應了，然後我們乘了出租馬車，看了一處「全景圖」①和一些其他名勝，到博物院去逛了一下，博物院裡品目多得無限，我不免看出司棣福知識淵博，而他似乎並不拿他的知識當一回事。

「你在大學如果現在還沒有得到高級學位，就會得到的了，司棣福，」我說，「他們要以你為榮，也很有道理。」

「我得學位！」司棣福嚷道。「不是我！我的好小菊花——叫你小菊花你計較嗎？」

「一點也不！」我說。

---

①Panorama，為全景壁畫。

「這才是好小子呢！我的好小菊花，」司棣福笑道。「我根本不要，也沒有這個意思在這方面出人頭地。要達到我的目標，我用的功已經夠了。我發現，像我現在這樣，已經嫌太深奧，吃不消了。」

「可是名氣——」我的話才開始。

「你這個想入非非的小菊花！」司棣福說，笑得更不可抑了。「我為什麼要傷腦筋，讓一批蠢東西張大嘴望著我，舉起手來呢？讓他們跟另外一個人來這一套好了。名氣是給他那種人的，隨便他去出名好了。」

我大錯特錯，很難為情，很願意改話題。幸而不難，因為司棣福總會不經意，輕而易舉就把一個話題換到另外一個，這是他的本領。

遊覽過了就吃中飯，冬天日短，過起來快，公共馬車載了我們在高門小山頂上一所老式磚屋面前停下來的時候，已經是黃昏時分了。我們下車，看見一位年長而並不很老的太太就在門口。她態度驕盈，面容俊俏，叫著「我最心愛的詹姆斯」歡迎司棣福，把他摟在懷裡。司棣福介紹這位太太給我，說是他母親，他母親氣派十足地對我表示歡迎。

屋子是有派頭的，老式的那一種，裡面很靜，佈置很整齊。從我住的那間房窗子，我看見位在遠處的倫敦全景，就像一大團煙霧，煙霧中這裡那裡有些燈光閃爍。換衣服的時候，我僅僅有時間看一眼紮實的家具，裝了框的刺繡（大約是司棣福母親在娘家閨中做的），牆上一些蠟筆畫，畫的是婦女，頭髮上撒了粉，穿了緊身胸衣，因為新生的火必必剝剝爆裂作響，這些牆上的婦女都變化不定，這時我就給叫去吃晚飯了。

餐廳裡還有另一位女子，矮小而黑，看上去不大討喜，倒也有幾分姿色，引起我注意——也許因為我沒有料到會碰見她，也許因為我發現我坐在她對面，也許因為她的確有些特色。黑頭髮，犀銳的黑眼睛，生得瘦削，嘴唇上有個疤。是老疤——我倒想叫它做傷痕，因為沒有變色，而且多年前就醫好了——從前什麼東西割開了她的嘴，一直往下破到下巴，不過現在隔著桌子不大看得見，除了上唇和上唇上面因為形狀變了，還顯得出。我心裡斷定，她大約三十歲年紀，想結婚了。有點色衰——像招租過久的房屋失修。不過，我先就說了，她有幾分姿色。她好像是給她內心那把火燒瘦的，她那對憔悴的眼就是這把火的出路。

他們介紹她，稱她做笪忒爾，司棣福跟她母親都叫她蘿洒。我發現她就住在那裡，很久以來都是司棣福母親的伴兒。好像不管她說什麼，從來不直說的，總是暗暗示意，用這種法子說上很多話。例如，司棣福母親開玩笑的成分多，認真的成分少，說，她兒子在大學裡過的恐怕是無法無天的生活，笪忒爾小姐就這樣插嘴：——

「呀，真的嗎？您知道我多麼無知無識，只想得點兒指點，不過是不是總這樣呢？我想那種生活一般都以為是——什麼呢？」

「這是預備做神職的教育，要是你問的是這方面，蘿洒？」司棣福母親答，口氣有些冷。

「呀！當然！那的確，」笪忒爾小姐說。「不過，不是的嗎？——我希望別人糾正，要是我錯了——不是的嗎，真的？」

「真的什麼？」司棣福母親問。

「呀！原來您不是那個意思！」笪忒爾小姐答。「好了，我聽了這話放了心！我這可知道做人的道理了。請問人總是有益的。我再也不准別人在我面前講到跟那種生活有關的浪費、放蕩之類的事了。」

「你這話說對了，」司棣福母親說。「我兒子的導師是個端正人。即使我不能閉了眼睛相信我兒子，我也應該信賴他。」

「您應該嗎？」笪忒爾小姐說。「啊呀呀，端正，他是這種人嗎？真正端正，嗯？」

「真正的，我相信他這一點，」司棣福母親說。

「這多麼好！」笪忒爾小姐嚷道。「多叫人放心！真正端正嗎？這樣說，他不至於——不過，當然他不會，如果是真正端正的話。好了，從現在起，我對他的看法非常之好了。你想像不出，確確實實知道他端正，我對他的看法提高了多少啊！」

笪忒爾小姐自己對每一個問題的看法，以及每次說了話給別人反對了以後，自己再糾正，都是用這樣轉彎抹角的方法來透露：有時候，我竭力想推不曾覺察，雖然跟司棣福的看法甚至相反也辦不到。晚飯沒吃完就發生了一件事。司棣福母親跟我說起我要到薩符克的事，我隨便說，要是司棣福跟我一起到那裡去多好。我對司棣福講，要去看我的老保母和裴格悌大爺的一家，提到那就是他在學校看到的船戶。

「噢，那個挺爽直的傢伙！」司棣福說。「他有個兒子跟他一起的，不是嗎？」

「不是的。那是他姪兒，」我答。「不過他收養了，跟兒子一樣。他還有個很漂亮的小外甥女呢。他也當女兒一樣收養了。簡單地說，他屋裡（倒不如說船裡，因為他在陸地上住在一條船裡），全是靠他慷慨大方，心好，養活的人。你要是看到這家人，會喜歡的。」

「會嗎？」司棣福說。「嗯，我想會的。一定要想想看有什麼辦法去。值得走這一趟（不用提，跟你去是很有趣的，小菊花）一同去看看那種人，加入他們一夥。」

我給快樂的新希望鼓舞得心都跳起來了。不過他說到「那種人」的口氣引得笪忒爾小姐又插嘴了（她一雙閃爍的眼一直都在注視著我們）。

「呀，可是，真的嗎？你得告訴我。他們是？」她說。

「他們什麼呀？誰是什麼呀？」司棣福說。

「那種人呀。他們真是畜牲、泥塊，另一種生物嗎？我有這麼多要知道的。」

「當然，他們跟我們不同得太厲害了，」司棣福不當回事地答。「總不能以為他們跟我們一樣靈得什麼似的。要叫他們大不以為然或氣得傷心，可不很容易。這些人的德性一定了不起。至少，有些人要爭這一點，我絕不想駁他們。不過他們的感受不靈敏，跟他們粗糙的皮膚一樣，不容易受傷，他們也許應該因此高興呢。」

「真的！」笪忒爾說。「那麼說的話，此刻我不知道幾時有比起聽到這番解釋更高興的事。真叫人舒坦啊！他們受罪也沒感覺。知道這一點，多快樂啊！有時候我很替那種人難過；可是現在我儘管全不把他們放在心上了。人哪，活在世上就得學。我承認有過疑惑，可是現在都清楚了。先不知道，現在的確知道了，這可見問人總有益的——不是的嗎？」

我相信司棣福的話是說了玩的，或者，是要把笪忒爾小姐的話引出來。等笪忒爾小姐走了，我們兩人坐在火爐面前，我以為他會這麼說。誰知道他只是問我覺得她怎麼樣。

「她很聰明！不是嗎？」我問。

「聰明！什麼事她都要拿到磨刀石上去，」司棣福說，「把它磨鋒利了，就像過去這許多年磨她自己的臉和身體一樣。她不停地磨，把自己磨掉了。就曠了刀口。」

「她嘴唇上的疤多顯眼啊！」我說。

司棣福臉一沈，停了一會兒沒說話。

「唉，實在情形，」他答，「是我把它弄出來的。」

「不幸的意外吧？」

「不是。當初我還是小孩子，她惹得我火了，我一隻鐵鎚朝她擲了過去。我過去一定是個有前途的小天使！」

我惹出這樣一個引起痛苦往事的話題，心裡很難過。但現在難過也沒有用了。

「從此她就有了那個疤，你看見的，」司棣福說。「她要把這個疤一直帶到墳墓裡，要是她有一天在墳墓裡休息的話——我相信她在那裡也不會休息的。是我父親表兄之類沒娘的女兒。那位表兄有一天也死了。我母親那時守寡，就把她接來做伴。她自己名下有兩千鎊，每年把利息加到本錢上去。這就是蘿洒．笪忒爾小姐的過去，你總知道了。」

「她一定當你是兄弟一樣愛護你的了，」我說。

「哼！」司棣福眼望著火爐答。「有些弟兄並沒有人把他們愛到了過火，有些愛——不過，還是喝酒吧，考勃菲爾！為了你，我們來向野雛菊致意；也為了我向山谷裡不勞作也不紡織的百合花②致意，乾一杯。——我才更應該難為情！」他高高興興說了這句，剛才臉上不高興的笑就一掃而光，又恢復了他爽朗、討喜的老樣子。

我們跑去喝茶的時候，我不免淒然留心看一看那個疤。不久就發現，這是她臉上最善感的部分，她臉一發青，疤先變色，成為一條滯暗的鉛痕，從頭到尾全染上了，就像隱顯墨水給火一烘，顯出痕跡。打雙陸遊③戲的時候，她跟司棣福為擲骰子發生了一點小口角，

②暗用聖經〈馬太福音〉六章八節的典故。

③西方一種二人各持十五子的棋。

有一刻功夫我想她大動肝火了，那時我看到這條疤痕就像古代牆上的字跡一樣顯現出來④。

司棣福的母親寵愛她兒子，我看來並不希奇。她好像口無二言，心無二用。把司棣福嬰孩時代附在錶鍊下小金盒裡的相片，給我看，裡面還有他那時的頭髮。還有我最初認識他那時的照片，她胸口更掛了司棣福現在樣子的照片。所有他寫給她的信，她都收在火爐旁她椅子附近的櫃子裡，讀一些給我聽，要不是司棣福插嘴，哄得她執行不了這個計畫，我倒喜歡聽聽呢。

「我兒子告訴我，你們最初是在喀銳刻爾校長的學校認識的，」司棣福母親說，這時她跟我坐在一張桌子面前談天，司棣福他們在另外一張桌上打雙陸。「真的，我記得他那時候提過，有個比她年紀小些的學生，他很喜歡他。不過你的名字，你總可以想得到，我記不住。」

「他那個時候對我真很厚道，我的確很佩服他的高貴風度，伯母，」我說。「我就需要這樣一位朋友。要不是他，我就糟透了。」

「他總是厚道高貴的，」司棣福母親得意地說。

我對這話誠心誠意附和，天在頭上。她知道我有這個意思，因為她對我已經不那麼拿

④聖經舊約達尼爾第五章第五節以下記天主使一隻手在貝爾沙匝王宮牆上寫字，以警告他。

足派頭了，只有稱贊司棣福的時候，她才老樣子又現出來，目中無人。

「總括說來，那所學校並不適合我兒子，」她說——「極不適合。不過那時有些特殊的情形需要考慮，比選擇學校還更要緊。我兒子高傲，所以最好要跟覺得出他高人一等，情願對他低頭的人在一起。我們在那家學校找到這樣的一個人。」

我知道這個情形，因為我認識那個人。可是倒不因為這一點就更瞧不起咯銳刻爾，卻以為，像司棣福這樣誰對他都要低頭的人，如果咯銳刻爾也得低頭，也總可以算是優點，彌補他的罪過了。

「我兒子要出人頭地，立志要爭氣，所以在那裡天才受到激發，」這位溺愛兒子的太太繼續說。「他本來會挺身而出，反對所有的束縛，不過他發現他就是那兒的帝王，也高傲地下了決心，要配得上他的地位。他就是這樣的人。」

我全心全神附和說，他就是這樣的人。

「所以我兒子，出於自願，不是受人逼迫，養成作風，只要高興，勝過所有跟他競爭的人，」她接著說。「我兒子告訴我，考勃菲爾先生，你愛他愛得深，昨天你碰見他，你喜歡得眼淚都流出來了，讓他認出你來。我兒子能夠這樣感人，要是我假裝大為詫異，就太矯揉造作了。不過不管誰，對我兒子的優點這麼容易有印象，我不能漠然無感。在這裡看到你，好極了。我可以斷言，他把你當非同尋常的朋友，所以，你可以靠他衛護你。」

笪忒爾小姐打雙陸跟她做別的事一樣起勁。我起初看她在棋盤面前，以為她因為全神貫注，身材才變瘦了，眼睛才睜大了，做別的事不會這樣。不過，司棣福母親當我是自己人，我覺得受寵若驚，心花怒放，覺得自從離開坎特布利以後老練了許多，竟以為我們談話的當兒笪忒爾小姐有一個字沒有聽到或者少看了我一眼，就大錯特錯了。

晚上的光陰已經消磨得深了，盛著酒杯和玻璃圓酒瓶的盤子端上來的時候，司棣福烘著火，說要把跟我下鄉這件事認真想一想。他說，不用急——過一個星期再說。他母親也慇懃地這樣說。我們談話的時候，司棣福叫了我好幾次「小菊花」，這又逗出笪忒爾小姐的話來了。

「可是真的，考勃菲爾先生，」她問，「這是您的渾名嗎？他為什麼給您起這個渾名？是因為——嗯？——因為他以為您年輕、天真嗎？在這些事上，我是很蠢的。」

我答話的時候臉都紅了，我說相信是的。

「呀！」笪忒爾小姐說。「我現在懂得這一點，好極了！不懂就要問，懂了真好。他認為您年輕、天真，這一來您就是他朋友了吧？嗯，真叫人高興啊！」

說了這話不久，她就去睡了，司棣福母親也要就寢。司棣福和我多烘了半個鐘頭火，講起闞都斯和老賽冷學校別的同學，然後一齊上樓。司棣福的房間在我的隔壁，我就進去看了一看。這間房就是一幅舒服的寫照，擺滿了沙發椅子、椅墊、腳櫈，都由他母親親自佈置了的，應有盡有。最後，牆上還掛了幅她的畫像，儀容標致，俯望著她的愛兒，好像甚至他睡覺時她用她的肖像看著，都是要緊的事情。

我發覺，這時我房裡的爐火已經燒得很紅了，窗帘和帳子都扯了遮起來，顯得很暖和舒適。我在爐邊一張大椅子上坐下，細細領略我的幸福，這樣享受了一頓冥想的樂趣，忽然發現笪忒爾小姐的畫像就掛在壁爐架上，熱切地望著我。

這是一幅使人驚心的肖像，少不了使人驚心的模樣。畫家沒有畫出疤痕，不過我補出來了。就在畫上，時顯時隱——時而在上唇，跟我在吃晚飯時看到的一樣，時而出現全部鐵槌擲出的傷痕，跟我看到她發急時的一樣。

我不明白為什麼他們別處不好放，要放在我房裡，一肚子氣。為了撇開她，我趕忙脫了衣服，熄了燈上牀。可是，睡著還忘不了她還在那裡望著，嘴裡說，「不過，真的嗎？我想知道。」夜裡醒來的時候，發現自己夢中很不安地在問各式各樣的人，是不是真的——只不知道自己問的是什麼意思。

第二十一回　小艾姆麗

習乞巧針傾心貴婦
鼓如簧舌圖惑漁人

司棣福家有個男聽差，據說經常跟司棣福，是在大學裡雇用的，樣子是典型體面的人。我相信，他那種地位的人裡面，再沒有樣子更體面的了。不多開口，腳步很輕，態度安詳，舉止恭敬，觀察銳敏，用得著他的時候總在眼面前，用不著他，從來不在附近。不過他最贏得人尊重的是氣派體面。他面貌不見柔順，頸項僵硬，頭頂的皮緊而光滑，兩邊短髮貼住。說話低聲下氣，有把S這個字母說得非常清楚的特別習慣，好像用到這個字母的時候比那一個人都多。不過，每一個特點他都弄得體面。就算他鼻子倒長過來，他也有辦法弄得它體面。他用體面氣氛把自己團團圍住，安全地在裡面為人。要疑心他做任何錯事，差不多是辦不到的，因為他徹頭徹尾都是體面。誰也不能想到把僕人的制服穿上他的身，他是極體面的呀。叫他做低微的事，等於任意侮辱最有體面的人，叫他難受。這一點，我看出這家那些女用人都不言而喻，她們總把這些事做掉，讓他在用人起坐室爐邊看報。

我從沒有看過這樣沈默寡言的人。不過就這一點來說，像所有他別的特點一樣，他好像只要更體面罷了。甚至沒有人知道他領洗的教名這件事，也是他體面的一部分。大家只知道他姓栗鐵沒。這個姓也沒有什麼不對。姓彼得也許受絞刑，姓湯姆也許要充軍，栗鐵沒可是十足體面的。

我在這個人面前特別覺得自己年紀輕。我想這是他的體面叫人對他肅然起敬，才會這樣的。他多大年紀，我猜不出。這又是他以同一緣故而有面子的事，因為他那樣沈靜得有體面，不但可以猜他三十歲，也可以猜他五十歲。

栗鐵沒早上我沒有起牀就進了我房裡，把可惡的剃鬍子水送來，把我衣服拿出。我拉開帳子，向牀外一望，看到他寒暖都維持得很體面，不受一月裡東風的影響，甚至呼氣都不冒白煙。把我靴子照開始跳舞左右站著的步位放下，把我的衣服上面的灰塵微粒吹掉，當嬰孩一樣放下。

我跟他說早，問他幾點鐘。他口袋裡掏出一隻我第一次看到的最體面的有蓋錶，用拇指擋住彈簧，免得錶蓋開得太大，然後望一望錶面，好像怕洩露了天機似地，又蓋好，並對我說，不怕得罪我，已經八點半了。

「司棣福先生想知道，您睡得怎麼樣，先生，」

「謝謝你，」我說，「睡得很好。司棣福先生很好嗎？」

「謝謝您，先生。司棣福先生還算好。」這是他另一個特點。不用使用最高級形容詞。永遠只用冷靜鎮定的中度形容詞。

「還有什麼您賞臉要我替您做的嗎？先生？家裡九點半鐘吃早飯，九點鐘搖預告鈴。」

「沒有了，謝謝你。」

「我謝謝您，先生，您要是准許的話，」說完走過我牀邊的時候，他微微低了一低頭，好像糾正了我說的話向我道歉似的。小心翼翼帶上門，就像我剛睡著，靠這甜美的一覺我才有命似的。

每天早上我們都有這番談話——一點不多，一點不少。與司棣福為伴，或者得她母親推心置腹，或者跟笪忒爾小姐談話，我地位提高，更加老成。可是無論怎麼提高，怎麼老成，碰到這位最有體面的人，我就千篇一律，誠如我們一些二三流詩人所歌詠的，「又是小孩子」了。

他替我們備馬；司棣福無所不曉，教我騎馬。替我們預備好劍，司棣福教我擊劍。替我預備拳擊手套，我初初由同一位老師點撥拳藝。司棣福覺得我各種玩藝兒都嫩，我倒毫不在乎，可是在這樣一個體面的粟鐵沒面前顯得拙手笨腳，我可吃不消。我看不出粟鐵沒本人會這些玩藝——他從來沒有引我往這方面猜測，比方振動一下他體面的一根眼睫毛吧——可是不論那一刻我們練武，只要他在一旁，我就覺得自己是所有人類之中最嫩、最沒經驗的一個。

我詳述這個人，因為他在那段時期對我特別有影響，還有對此後發生的事，也有關係。

這個星期過去了，我感覺非常愉快。因為玩得神魂顛倒，可想而知，是過得很快。進一步去認識司棣福的機會太多，更愛慕他的地方數得出上千，所以到了結束的時候，我好像覺得跟他在一起比實際的時期長得多。我喜歡他拿我當玩弄的對象那樣輕舉妄動，隨便他揀得出的那種待遇也沒有這種好。他的舉動叫我想起舊日的交誼，好像這是自然而然的後果。叫我看出他沒有變。我把自己的長處跟他的比，計算彼此做朋友互相給對方的好處是否均等，總不免不安，現在他這樣待我，我倒好放心了。總之，他待我態度親密無拘無束，感情深厚，對別人從不如此。他在學校裡待我就與所有其他的人不同，所以我很高興地相信，他今生待我也與待他所有的朋友不同。我相信我跟他比跟那一個朋朋友都更親密，而對他愛慕，我心裡也覺得溫暖。

他已經決定跟我下鄉，動身的日子到了。他先猶疑是否帶粟鐵沒去，後來決定還是留他在家。這個體面的傢伙不管遇到什麼事都稱心滿意，就把我們的旅行皮包，在載我們到倫敦去的小馬車上放得妥穩無比，好像千年萬代也震不壞似地。我給了他一筆自覺太少的賞錢，他完全若無其事地收下了。

我們跟司棣福母親，笪忒爾小姐告別，我謝了又謝，司棣福母親愛子情殷，千叮萬囑。我記得的最後一件事是栗鐵沒沈著的目光，我想像那目光裡隱藏著沒說出的含意，就是認定我確實非常幼稚。

我這樣有光彩回到舊日待熟了的各處，作何感想，不想費心多說。我們乘了郵車。記得我甚至為了雅茅斯的面子擔心，後來在我們馳過黑暗的街道往小旅館去的時候，司棣福說，盡他所能發現的，這是個很良好、希奇、偏僻的洞穴，我大為開心。抵達以後，我們就睡了。（我們經過我老朋友「海豚」門口的時候，我看見那裡放了一雙髒鞋和護腿套。）第二天早飯吃得遲。司棣福興致很好，我沒起牀他就在海灘散步，說他已經跟當地半數的船家認識了。還有，他已經遠遠看到他認定是裴格悌大叔的家了，烟囱在冒煙。他告訴我，他極想跑進去，就硬說他就是長大的我，別人認不出了。

「你幾時打算到那裡去介紹我，小菊花？」他說。「我聽你支配了。你要怎麼安排就怎麼安排好了。」

「嗯，我正在想，今兒晚上去倒很好，他們大家圍爐坐著。我希望你在那個地方舒舒服服的時候去看看，是個非常奇妙的地方。」

「就這麼說吧！」司棣福回說。「今兒晚上。」

「我不讓他們知道我們在此地，你知道吧，」我歡歡喜喜地說。「給他們個冷不防。」

「哦，當然！不給他們冷不防，」司棣福說，「就沒有味了。我們來看看這些土著的本色。」

「話雖這麼說，他們到底是你說的那種人啊，」我答。

「啊呀呀！怎麼回事！你記得我跟蘿洒門嘴說的話，是嗎？」他叫道，敏捷地向我一望。「那個鬼丫頭，我真有點怕了她。我覺得她就是個妖魔。不過別理會她。你此刻打算幹什麼呢？我猜你要去看你保母吧？」

「呃，對了，」我說。「第一我要去看裴媽。」

「那麼，」司棣福看看錶說，「假定我把你交給她，讓她對你哭兩個鐘頭，總夠久了吧？」

我笑答，這麼久總夠了，不過他也得去，因為他會發現，他的名聲在他之先已經傳了出去，他差不多跟我一樣，是大人物。

「不管那裡，你歡喜我去我都去，」司棣福說，「你喜歡我做什麼事，我也做。你告訴我怎樣去，兩個鐘頭之內你喜歡我怎樣舉止我都可以照辦，感傷也好，滑稽也好，隨你的便。」

我詳細地告訴他怎樣找，往來勃倫德司東和別處之間的馬車夫巴基斯先生的家，既然這樣約好，就獨自出去了。那天空氣刺骨清新，地面乾燥，海面有漣漪而澄明，太陽光雖不很暖，倒也晴光普照。萬物都有生氣而活潑。我自己因為人在那裡快樂也很有生氣，很活潑，幾乎要把街上的人攔住，跟他們握手。

當然街道都小了——我相信，凡是小時看過的街道，重新再去，總要變小。不過我什麼也沒忘記，發現什麼也沒有改變。後來走到峨碼老闆的舖子門口，現在招牌上寫的是「峨碼·焦阮」，從前只有「峨碼」。可是「經營綢緞布疋、成衣、零星服飾喪葬用品等等」字樣照舊。

我從街對面看到這些字以後，自然而然腳步好像要往店門口走，所以就過街向裡面張望。店後面有位漂亮的婦女，抱著小孩微微一上一下跳著玩，另外一個小傢伙就牽著她圍裙。我認出米妮和米妮的孩子並不難。客廳的玻璃門並沒有開，可是院子那邊的工場裡，我聽得見老調子在奏著，好像沒有停過似的。

「峨碼老闆在家嗎？」我進去問。「要是他在家，我想見見他，只一刻功夫。」

「哦，在，先生，他在家，」米妮說。「這種天氣他有氣喘，不宜出去。——覺，叫你外公來。」

牽著她圍裙的小傢伙使勁大叫，自己聽那聲音都難為情起來，把臉躲在他母親裙子裡，他母親把他大誇了一句。我聽到沉重的喘息聲向我們這邊移來，不久峨碼老闆就站在我面前了，比從前更透不過氣來，不過也沒有顯得太老。

「您好，先生，」峨碼老闆說。「有什麼給您效勞的，先生？」

「峨碼老闆，您可以跟我握手，要是您不介意，」我說，隨即伸手過去。「有一次您對我極和氣，那時候，恐怕我沒有表示出我感激您。」

「您雖然這麼說，我可有過嗎？」峨碼老闆答。「這就好，可是我記不起是幾時了。您確實知道是我嗎？」

「確確實實。」

「我想我的記憶力跟我的呼吸一樣差了，」峨碼老闆望著我說，一面在搖頭。「因為我記不起您了。」

「您記不記得您跑到馬車面前接我，我在這兒吃早飯，我們一塊兒坐馬車往勃倫德司東去的——您、我、還有焦阮太太、焦阮先生，那時他們還沒有結婚呢？」

「啊呀呀，我的老天爺！」峨碼老闆如夢初醒，驚詫得咳了一陣之後嚷道，「真的！——米妮，寶貝，你記得嗎？——天哪，對。去世的是位太太吧，我想？」

「是先母，」我答。

「就——是——的了，」峨碼老闆說，當時用食指點點我的背心。「還有個小小孩！兩個下葬的呢。小孩躺在大人旁邊。在勃倫德司東那邊，沒有錯。我的天！您這一向好嗎？」

很好，我謝謝他說，希望他也好。

「喲！也沒有要怨的，您知道，」峨碼老闆說。「我覺得呼吸更急促了，不過人老了，氣總不會更長。我聽天由命，盡量找快樂。這是最好的辦法，不是嗎？」

峨碼老闆因為一笑，又咳了一陣，這時他女兒站在我們當中，幫著他透過氣來，抱著最小的孩子在櫃台上逗著跳。

「我的天！」峨碼老闆說。「對，就是的了。兩個人下葬呢！嗯，要是你相信我，我女兒米妮跟焦阮的婚期也是在那次搭馬車的時候定的。『請您定個日子吧，大爺，』焦阮說，『嗯，請您定吧，爸爸，』米妮說。所以他也合夥了。您看這兒！最小的孩子都有了！」

米妮笑了，這時她父親伸了隻肥手指到她抱在櫃台上逗著跳的小孩手心裡，她就掠一掠兩鬢紮了帶子的頭髮。

「兩個人下葬，不錯的！」峨碼老闆點頭回憶說。「一點也不錯！焦阮此刻在工作呢，做一具灰色的，用銀色釘子，不是這個尺寸」——在櫃台上逗著跳著的嬰孩的尺寸——「足足差兩吋呢——您吃點什麼東西嗎？」

我謝了他，說不用了。

「我想想看！」峨碼老闆說。「巴基斯馬車夫的老婆——裴格悌，船夫的妹妹——跟你們府上有點關係吧？還在做事吧，一定？」

我回說是的，他聽了大為滿意。

「我相信我的氣就會透長些的，記憶力好了這樣多了，」峨碼老闆說。——「說起來，先生，我們有她一個年輕的親戚在此地，定了學徒契約的。她幹成衣這一行眼光高雅得很呢——的確，我相信全英國沒有那位公爵夫人及得上她。」

「不是小艾姆麗吧？」我自己也不知道怎麼會說這句話的。

「艾姆麗是她名字，」峨碼老闆說，「她也嬌小。不過要是您相信我的話，她那個臉蛋兒，可生的本城一半女人都吃她醋。」

「誰說的，爸爸！」米妮嚷道。

「寶貝，」峨碼老闆說，「我沒有說你吃醋，」他對我擠擠眼睛。「不過我是說雅茅斯半數的女人呀——嗯！方圓五哩之內，吃她的醋。」

「其實她應該安分守己才對，爸爸，」米妮說，「不要給旁人把柄說她的閒話，旁人就沒有辦法了。」

「沒有辦法，寶貝！」峨碼先生頂她道，「沒有辦法！這就是你懂得的人情世故嗎？女人還有什麼不該做和做不出的事——特別是談到別的女人漂亮這方面？」

我真以為，峨碼老闆說了這番關於毀謗的趣話以後，他就完了。他的咳真頑梗，想盡方法也透不過氣來，我料定他的頭要倒到櫃台後面，他那膝蓋上有銹色小絲結的水黑短褲，會在拚命掙扎了一陣無效之後，抖著抖著翹起來了。可是他到底咳得好些了，雖然還喘得很兇，也筋疲力盡了，只好坐在帳桌的腳櫈上。

「您知道吧，」他揩揩額頭說，呼吸還是困難，「她在這裡不大跟客人合得來——沒有特別的熟人，交什麼朋友，不必提情人了。所以大家講她閒話，說她要做上流婦女呢。不過我以為，這都是她上學的時候，有時候說如果她做了上流婦女，她要怎樣怎樣孝敬她舅父那句話引起的——您明白嗎？——她要買這樣那樣好東西送他。」

「峨碼老闆，她的確也跟我說過這話的，」我很興奮地說，「那時候我們都是小孩子。」峨碼老闆點點頭，摸摸下巴。「就是的了。還有，您知道，她的衣服很少，可是打扮得比有很多衣服的還漂亮。這一點啊，就弄得大家不開心了。再加上她有點兒也許可以叫做任性。甚至我也會說是任性，」峨碼先生說——「不很明白她自己打算些什麼。有點縱壞了。最初的時候不能嚴格按捺自己。人說她的壞話，就到此為止了，米妮，是不是？」

「再沒有了，爸爸，」她女兒說。「那就是最壞的了，我相信。」

「她找過一個差事，」峨碼老闆說，「跟一位脾氣不好的老太婆做伴，兩個人不很處得來，她就沒有做下去。末了到我們這裡來，訂約做三年學徒。差不多兩年過去了，她一直都是個要多好有多好的姑娘。抵得隨便那六個。米妮，你說，她抵不抵得隨便那六個？」

「抵得，爸爸，」米妮答。「千萬別說我瞧不起她！」

「很好，」峨碼老闆說，「理當如此。——所以呀，小先生，」他又摸了一陣下巴說，「免得您以為我呼吸短，氣倒長，我相信，關於她，就只有這些。」

他們講到艾姆麗一直低聲說話，所以我知道她準在附近。我問他們，是不是如此，峨碼先生點頭表示是的，又朝起坐間的門點點頭。我趕緊問，可否張一張，他們回說，隨我的便。我就隔著玻璃，看見她坐在那裡做針線。我看到她了，一個最美麗的小人兒，那雙看覷過我童心的晶瑩藍眼，含笑望著米妮另外一個在一旁玩耍的孩子——明亮的臉上充分露出執拗的神情，可見我剛才聽到的話不錯，從前的那種任性的故作矜持還潛藏在那裡，不過我敢保險，她漂亮的樣子除了用意是善良愉快的，走的路也是善良愉快的，再沒有別的了。

院子那邊的調子好像從來沒有停過——唉！也的確沒有停過——全部時間都在輕輕地敲著。

「你可要進去，」峨碼老闆說，「跟她說句話？進去跟她說話呀，先生！到這裡甭拘束！」

那時我真不好意去。怕她為難。怕我自己為難的心也不會少些。不過，我問明了她晚上離開的鐘點，好算準我們去看他們的時間。於是跟峨碼老闆，他漂亮的女兒和外孫告辭，跑去看我的親愛的老裴媽了。

她正在磚砌的廚房裡煮飯呢！我一敲門，她就開門，問我有什麼貴幹。我含笑望著她，不過她沒有含笑回報。我從來沒有斷過給她的信，不過我們總有七年沒見了。

「巴基斯先生在家嗎？太太，」我假裝不客氣地對她說話。

「他在家，先生，」裴媽答。「不過他害了重風溼，躺在牀上呢。」
「他現在還到勃倫德司東去嗎？」我問。
「他好的時候總去的，」她答。
「你也到那裡去嗎，巴基斯太太？」
她更仔細望我，我看出她兩手很快合攏。
「因為我打聽那裡一座屋子，叫做——什麼的？——『鴉巢』，」我說。
她退後一步，猶豫不定地伸出兩手，受了驚嚇的樣子，好像要推開我似的。
「裴媽！」我對她叫道。
她叫道，「我的心肝寶貝！」我們兩人都流下淚來了，緊緊摟在一起。
她做了多少情感十分激動的事——覺得多有面子，多歡喜，多傷心，因為雖然以我為榮，當我是她的歡樂，卻再不能把我抱在懷裡疼了，我不忍細述。她這樣大動感情，我也同樣反應，並不用害怕自己幼稚。我的確從來沒有——甚至對裴媽也沒有——像那上午那樣盡情哭笑。
「巴基斯看到你一定非常高興，」裴媽用圍裙揩揩眼睛說，「給他的益處比幾品脫敷的藥還大。我去告訴他你來了好嗎？你上樓去看他怎麼樣，寶貝？」
我當然願意。不過裴媽出房沒有她打算的快，因為一走到房門口就回頭看我，回來又笑一陣，伏在我肩膀上哭一陣。最後，為了容易走成功，我和她一塊上樓。我在外面等了一下，好讓她跟巴基斯叔叔說句話，心裡準備一下，然後我就走到了病人面前。

巴基斯叔叔極熱烈地接待我。他的風溼症太厲害，不能跟我握手，不過請我握握他睡帽頂上的纓，我真心誠意地握了，在他牀邊坐下。他說，我來看他，叫他覺得好像又趕車載我上勃倫德司東的路了，給他好多好處。他躺在牀上，臉朝上，渾身蓋滿了，好像除了臉，什麼也沒有——好像傳統的天使①——是我所看到的最奇怪的東西。

「我在馬車上寫的是什麼名字啊，少爺？」巴基斯叔叔說，因為有風溼痛，所以笑得很慢。

「啊！巴基斯叔叔，關於那件事，我們談過些要緊的事情的，不是嗎？」

「我好久就願意了吧，少爺？」巴基斯叔叔說。

「好久了，」我說。

「這件事我沒有後悔，」巴基斯叔叔說。「您記得有一次您對我說過，所有蘋果餅，所有的飯菜，都是她做的嗎？」

「記得，很清楚，」我答。

「跟蘿蔔② 一樣，」巴基斯叔叔說，「千真萬確。跟稅一樣，」巴基斯叔叔說，一面

---

①常畫成僅有面孔而無身軀。

點他的睡帽，這是他唯一可以表示著重語氣的方法，「千真萬確。沒有比這些更真確的了。」

巴基斯叔叔眼望著我，好像要我贊成他在牀上思想得到的結果。我表示贊成。

「再沒有更真確的了，」巴基斯叔叔再說一句。「像我這樣窮的人，躺在牀上，心裡想出這一點來。我是很窮的人，少爺。」

「這話叫我聽了難過，叔叔。」

「很窮的人，我的確是，」巴基斯叔叔說。

說完這話，他右手慢慢無力地打被窩裡伸出來，有點沒有目的的樣子，抓住鬆鬆繫在牀邊上的一根棍子。他用這根棍子戳了幾下，臉上現出心煩意亂的神情，戳到一隻箱子。這隻箱子的一頭，我一直都看見。戳到以後，他臉上安定了。

「舊衣裳，」巴基斯叔叔說。

「嗯！」我應道。

「要是錢就好了，少爺，」巴基斯叔叔說。

「我也想，要是錢就好，真的，」我說。

「不過才不是的呢，」巴基斯叔叔說，盡力睜大兩隻眼睛。

---

②原文「蘿蔔」及下文「稅」無特別意義，只取其與「真確」雙聲「turnip, taxes, true」。

我也表示的確不是。巴基斯叔叔眼睛轉過去，更溫柔地望著他的太太說，——

「柯．裴．巴基斯是女人裡面最有用，最好的。不管誰怎麼誇獎柯．裴．巴基斯，她都配得上，還不止！好太太，你今天要弄一頓飯，請客——弄點好吃的，好喝的，好嗎？」

我覺得對我實在用不著客氣，就要去攔裴媽，不過裴媽就站在對面，我看見她著急叫我不要推辭，所以我就不響了。

「我有一點錢，不知道放在我身邊那裡，好太太，」巴基斯叔叔說。「不過我有點累了。要是你跟大衛少爺讓我睡一會兒，我醒了以後會想法找出來。」

我們照他意思出了房。出房門的時候，裴媽告訴我，現在巴基斯叔叔比以前「更小氣些」了，總是用同樣的計策，把人支走，才把儲藏的錢拿出一點。他忍受聽都沒聽過的疼痛，獨自爬下牀，打那個倒楣的箱子裡拿錢出來。其實我們當時就聽到他把最淒厲的呻吟熬住的聲音因為這件喜鵲③行動扯得他個個關節痛得要脫開來。不過，雖然裴媽眼睛裡充分露出對他的憐憫，卻說，他一時這樣大方，對他有益，最好不要攔他。就這樣他呻吟下去，末了總算又上了牀，一定受夠了殉道似的罪，接著叫我們進去，假裝剛睡了振作精神的一覺醒來，由枕頭底下拿出來一個基尼金幣。他把我們這樣巧妙地騙了一下，那隻箱

③喜鵲性喜囤積。

子戳不穿的祕密保住了，非常滿意，所有剛才受的一番酷刑，似乎都充分得到了補償。

我把司棣福要來的事告訴了裴媽，不久他就來了。我相信，不管他是裴媽自己的恩人，或是我心腸好的朋友，裴媽無論怎樣都會，用同樣最大的感激和熱忱招待的。可是司棣福平易近人，精神足，脾氣好，態度親切，儀表美觀，還有不問什麼人，他喜歡就能合得來，天生有這種本領。只要他高興，一下就能把話題引到任何人心裡喜歡談的要點上。憑這一切，五分鐘之內，裴媽就對他完全傾倒了。單是他對我的態度，已經足以贏得裴媽的好感。把所有這些原因加起來，我真相信，那晚他離開巴基斯家以前，裴媽對他已經有了類似崇拜的心了。

他待在那裡跟我一起吃晚飯——說他是情願，可真沒有表出他那種欣然、快樂的一半。他進了巴基斯叔叔的房間，就像光線和空氣，像有益健康的氣候，裡面變得光亮，叫人心暢神怡。他的一舉一動，不囂張、不費力，不經營，件件事做來都輕而易舉，難以形容，好像當時只能做那件事，而且別的什麼事也做不到那麼好。優雅、自然、討喜，甚至現在回想起來，都使我神往。

我們在小起坐間說笑，室內有本《殉道錄》，自從我讀過以後，就沒有人翻過，還跟從前一樣放在桌上。此刻我翻翻那些可怕的插畫，記得從前看了引起的感覺，不過現在已經沒有了。裴媽說到她所謂的我的房間，今大晚上現成，希望我留下來，我還沒有來得及望司棣福眼正在遲疑，司棣福就明白全部的情形了。

「當然，」他說。「我們在此地耽擱期間，你就睡在這裡，我住旅館。」

「可是這麼遠把你帶來，」我答，「倒分開來，好像不夠朋友吧，司棣福。」

「唉，老天在上，你本來是那裡人啊？」他說。「『好像』比起這一點來算得什麼？」

事情馬上就定規了。

他始終都討人喜歡。到了八點鐘我們才動身到裴格悌大爺船做的家。動身之前，時間一點鐘、一點鐘過去，他討人喜的地方越來越特別顯眼。他既然立意要叫人開心，覺得自己成了功，因此提起精神，更加精細揣摩別人的心思，雖然他的用心難以看出，做來卻遊刃有餘。這一點，我當時就想到，而且至今不疑。如果那一刻不管誰對我說，司棣福這一切所作所為無非是精彩的戲，演來只為湊一時的熱鬧，為了興致好要發洩，出無謂的鋒頭，要得到於他無用，隨即就扔掉的東西，才做這件草率而浪費時光的事——那晚不管誰對我說這種等於謊的話，我聽了不知道會發多大的脾氣！

在荒涼黑暗的冬天沙灘上，我和司棣福並排朝舊船走，也許因為心裡不同尋常的忠義、友誼感在增加，所以周圍的寒風悲嘯顯得比我第一次去看裴格悌大爺那晚還要淒涼。

「這是沒有人煙之類的地方，司棣福，不是嗎？」

「黑魆魆的就怪悽慘的，」他說。「海裡的呼吼好像要吃掉我們。我看到燈光的，就是那條船嗎？」

「就是那條船，」我說。

「跟我今天早上看到的一樣，」他答。「我想，我不知不覺，一腳就走到了那裡。」靠近燈光，我們就不說話了，輕輕走到門口。我手放在門閂上，叫司棣福挨近我，然後進去。

在外面已經聽到低微的人聲，我們一進去，就聽到拍手的聲音，我一看，原來是一向悲傷的艮密紀大媽發出的，很詫異。不過，非常高興的不只艮密紀大媽一個人。裴格悌大爺很開心，春風滿面，盡情歡笑，兩隻壯大膀子張得開開的，好像等小艾姆麗投到他懷裡。罕姆臉上又是佩服，又是欣喜，還有跟他臉很配合的傻頭傻腦的那種害羞，混在一起，他握住小艾姆麗的手，好像把她介紹給裴格悌大爺似地。小艾姆麗自己臉生紅暈，羞人答答的，不過，看見裴格悌大爺高興，她也高興，只要看她一對歡樂的眼睛的表情就知道了。她本來就要掙脫罕姆的手，倒在裴格悌大爺懷裡去的，一見到我們進來（因為她是第一個看到的），馬上就楞住。我們從又黑又冷的夜裡跑進溫暖光亮的房裡，看到他們大家的第一眼，他們就是那個樣子——艮密紀大媽在後邊拍手，跟瘋女人一樣。

我們一進去，這幅小圖畫馬上就消溶了，叫人疑心是否有過這幅圖畫。整個一家人都驚詫起來，我跟裴格悌大爺面對面站著，伸出手來給他握，這當兒罕姆叫道，——

「小衛少爺！是小衛少爺！」

頃刻間，我們就跟大家互相握手，問好，告訴他們我們跟他們會面多高興，馬上全說起話來。裴格悌大爺看到我們，覺得非常有面子，喜不自勝，不知道說什麼話，做什麼舉動好，只是不停一上一下握我的手，然後又跟司棣福握，握了又跟我握，把滿頭蓬鬆的髮攪亂，高興而得意地笑，叫人看了舒服愉快。

「啊呀，你們兩位先生——長大了的先生——今兒晚上到這屋此地來，我過了一輩子晚上，」裴格悌大爺說，「從來也沒有碰到這種事，我的確相信，沒有錯！——艾姆麗，我的心肝，上這兒來！上這兒來，我的小迷人精！這一位是小衛少爺的朋友，寶貝！這位先生你一直聽說的，艾姆麗。他跟小衛少爺一塊兒來看你的，今兒晚上是你舅舅一輩子從頭到尾最快活的一晚，別的晚上都搞滅④吧，去它的！」

裴格悌大爺一口氣發表完這篇演說，就非常熱烈愉快地用兩隻巨掌捧起他姪女的臉，狂喜地吻了十來下，然後摟在他寬厚的胸口，又略有些得意，又疼愛，輕輕地拍拍，好像他的手是婦女的一樣。接著放開她來。她走進我從前住的小房間裡的時候，裴格悌大爺回頭望著我們，因為剛才非常滿意，所以覺得十分熱，氣也透不過來。

④搞滅，見第三回註⑨，是咒罵的意思。

「要是你們兩位先生——長大的先生，真像樣的先生——」裴格悌大爺說。

「他們是這樣的，他們是這樣的！」罕姆嚷道。「說得好！他們是這樣的。小衛少爺——長成大先生了——他們是這樣的！」

「要是你們兩位先生，長大的先生，」裴格悌大爺說，「知道了怎麼回事，不原諒我心情有點緊張，我就要請二位饒我。——艾姆麗，我的寶貝！——她知道我要宣佈的話，」說到這裡，他又大為高興了，「所以跑了。——你可肯做好事，去照應她一下嗎，母親？」

良密紀太太點點頭，去了。

「今晚要不是，」裴格悌大爺跟我們一起坐在爐邊說，「我一生最快樂的一晚，就叫我做螃蟹⑤——而且煮過的——別的就沒有話說了。此地這個小艾姆麗，先生，」他低聲對司棣福說——「她，您瞧見的，剛才在這兒臉紅了——」

司棣福只點點頭，不過，現出非常注意的樣子，也表示跟裴格悌大爺同樣覺得快樂，所以裴格悌大爺就覺得他好像已經答了話。

「的確，」裴格悌大爺說。「那就是她。她是臉紅了。謝謝您，先生。」

罕姆對我點了幾次頭，好像也說了同樣的話。

---

⑤原文是甲殼類的海味。

「我們此地這位小艾姆麗呀，」裴格悌大爺說，「在我們家（我是個沒知識的人，不過這是我相信的），一向是我相信任何人家都不會有的一雙水汪汪眼睛的小姑娘，她不是我女兒——我從來沒有兒女。可是我再疼她也沒有了。您一定明白的！我再疼也沒有了！」

「我很明白，」司棣福說。

「我知道您明白，先生，」裴格悌大爺說，「再謝謝您。小衛少爺他記得艾姆麗小時候的樣子，您可以看她現在什麼樣子。可是我疼她，你們三位誰也不完全知道，她從前、現在、將來在我心裡是什麼樣子，我是粗人，先生，」裴格悌大爺說——「我跟虎魚⑥一樣粗——不過誰也不知道，除非，也許，女太太，我想，我多寶貝小艾姆麗。不瞞你們說，」他把聲音抑得更低，「那位女太太的名字也不是艮密紀大媽，雖然她有很多很多特長。」

裴格悌大爺又用兩手把頭髮弄亂，進一步準備說要說的話，然後一隻手放在一隻膝蓋上，繼續說，——

「有個人，從我們的艾姆麗父親淹死，就認識她，以後一直看見她——小娃娃、小姑娘、長成了人。看樣子不是什麼了不起的人，不是，」裴格悌大爺說，「身胚和我差不多——粗人，動起來像西南大風暴——海水泡得他好鹹——不過，整個說來，是個誠實之類的傢

---

⑥虎魚（sea porcupine），也稱海膽（sea urchin），身體為半球型。

伙，心眼兒正道。」

我想，我從來沒有看過罕姆的嘴咧得近乎此刻坐著對我們笑那樣大。

「此地這個寶貝水手不管到那裡去，不管做什麼，」裴格悌大爺說，臉上的愉快如日中天，「愛上了我們的小艾姆麗身上。她到那裡他跟到那裡，把自己變成她的跟班的，吃飯的胃口都倒了。末末了兒，他跟我說清楚毛病在那裡。二位明白嗎，現在我可以恭喜我們的小艾姆麗就要好好結婚了。我可以恭喜她，無論如何，她配了個有權衛護她的老實人。我不知道自己還能活多久，多早晚會死，不過我知道，不管那一夜，我在雅茅斯海裡拋錨的地方，遇到狂風，船翻了，大浪打來，我抵不了，從浪頭上最後看一次市鎮上的燈光亮堂堂的，我都可以安心沈下去，心裡想『岸上有個人，對我的小艾姆麗跟鐵一樣實在，上帝保佑她，只要那個人活著，什麼壞事碰不到我艾姆麗一下。』」

裴格悌大爺純粹認真地右臂一擺，好像向市鎮上的燈光最後一次揮手一樣，然後跟罕姆眼光碰到，互相點了個頭，照剛才一樣繼續說，——

「好，我叫他跟艾姆麗說去。他這麼大人了，可是怕羞得比小孩兒還厲害，所以不喜歡去說。所以我去說。『什麼！提到他！』艾姆麗說。『這麼多年我跟他這麼熟，這麼喜歡他！唉！舅舅，我絕對不能嫁給他。他這麼的一個好人！』我吻了她，別的沒說，只說，「寶貝，你明說了，很好，你自己選好了。你跟小鳥一樣自由。」後來我到他那裡說，『我巴著成功的，可是不成。不過你們倆可以照舊，我要對你說的是，你跟她還跟以前一樣，像個大丈夫。』他握握我的手對我說，『一定！』他說。真做到了——正正大大的，大丈夫——兩年過去了，我們在此地家裡跟以往一樣。」

裴格悌大爺說著這件事的幾個階段，臉上的表情每次不同，此刻現出先前得意高興的樣子，一隻手放在我膝蓋上，一隻手放在司棣福膝蓋上（先弄溼，以表示鄭重其事），把下面的話分開對我們兩個人講：——

「一天晚上，突然——也許是今天夜晚——小艾姆麗做完工回來，他跟她一起！這絕沒有什麼了不起，二位會說。是沒有，因為他照顧她，好像自己的哥哥，不但在天黑以後的確天黑以前，那一刻都一樣。不過這個撐船的傢伙，他攙了艾姆麗的手，對我歡天喜地叫道，『喂！她就要做您的小姪兒媳婦了！』艾姆麗一半壯了膽子，一半怕醜，一半笑，一半哭著說，『對，舅舅！要是您主張。』要是我主張！」裴格悌大爺對她這個想法直使勁地點頭晃腦，「天哪，好像我還有別的主張呢！——『要是您主張，我現在性子定些了，想法進步了，我會好好做您的姪兒媳婦，因為他是個很親、很好的人！』二位進來的時候，艮密紀大媽正在拍手，就像演戲一樣有趣。呀！我全告訴你們了！」裴格悌大爺說。「你們二位進來了！這件事此刻在此地發生。這就是要娶艾姆麗的人，一等她學徒滿期就結婚。」

罕姆挨了裴格悌大爺一拳，跌跌撞撞，也難怪，大爺樂不可支，為了表示信任和要好打出來的。罕姆覺得也要對我們表示一點意思，就結結巴巴、非常辛苦地說，——

「小衛少爺，您第一次看見她——她不比您高——我那時想，她會長成什麼樣呢。我看著她長大——兩位先生——跟朵花一樣。我為她死也肯——小衛少爺，嗯！最滿意，最歡喜！她是我一切，對我——兩位先生——比呀——比我那一刻要的還多——比呀我那一刻說得出的還多。我——我愛她，真心。全陸地上的先生——不，還有全海上坐船的——愛他們的太太沒有一個能比我更愛艾姆麗，雖然有許多普通人——他們有什麼意思——更會說些。」

我想，眼看罕姆這樣壯的漢子，因為愛這個漂亮的小人兒，此刻竟會發抖，很覺感動。裴格悌大爺跟罕姆兩個人對我們這樣赤裸裸地當自己一夥，這種吐露也極感人。這件事全部使我感動。我回憶童年，感觸有多深，我不知道。我到那裡去是不是還存了沒有斷絕的幻想，以為自己仍舊愛小艾姆麗，我也不知道。我只知道，聽了全部這個消息我心裡充滿了歡喜；不過，最初感到的是形容不出的容易變質的歡喜，差一點就會成為痛苦的。

所以照當時大家的心情說來，如果要靠我巧妙地搭上他們的腔，就錯了。不過好在是司棣福，他本領大得很，一番話，幾分鐘就說得大家都很自在、舒服、恰到好處。

「裴格悌先生，」他說，「您是一位再好沒有的人，像今兒晚上這麼快樂的福，該您享的。一言為定！罕姆，恭喜您，老兄。我也一言為定！——小菊花，把火撥一撥，燒旺些！——還有，裴格悌先生，要是您不請您外甥女出來，我就走了，我把角落這張椅子空下來留給她坐。今天這樣的晚上，您府上爐子旁邊空出任何位置——尤其是這樣一個位置——即使把東印度群島的金銀財寶全給我，我也不依！」

於是裴格悌大爺就到我從前住的房裡，把小艾姆麗拖出來。起先她不肯，後來罕姆也去了。一會兒他們把她帶到爐邊，她樣子又驚惶、又怕羞。不過她發現司棣福對她說話很溫和，很尊重她，也就慢慢定心了。凡是會叫她受窘的話，司棣福一概不提，多有技巧；他跟裴格悌大爺談大船、小船、潮汐、魚；跟我說在賽冷學校看見裴格悌大爺的事；談他多喜歡這個船做的家和裡面的一切；他多輕鬆自在地一路談下去，末了漸漸把我們帶到著了迷的圈子裡，大家全無拘無束地閒談。

艾姆麗的確整晚沒有說什麼話；不過她留心觀察諦聽，臉上現出起勁的神情，真也嫵媚。司棣福講了一個淒慘的船隻失事的故事（這是他跟裴格悌大爺談話引起的），好像他親眼看見一樣。從頭到尾小艾姆麗的眼睛盯著他望，好像她也看到。司棣福又告訴我們他自己的一段快事，讓大家輕鬆一下，說來眉飛色舞，好像他自己聽了也和我們一樣新鮮，聽得小艾姆麗大笑，船都給悅耳的聲音震動了。我們也跟著笑（連司棣福在內），因為大家太愉快高興了，誰都忍不住。他請到裴格悌大爺唱，或者倒不如說吼，「暴風狂吹，狂吹，狂吹時」⑦。他自己唱了一隻水手曲，傷感、動聽，我幾乎以為屋周圍真有風在偷偷摸摸活動，低聲悲鳴，乘我們一聲不響，也在聽歌。

至於艮密紀太太，照裴格悌大爺告訴我，自從老頭子死了以後，她就變成了可憐蟲，沮喪不堪。司棣福引得她高興，誰也沒有那個本領。他簡直不給她空閒去怨命，艮密紀太太第二天說，她想自己一定是給人蠱惑住了。

不過司棣福並沒有搶盡鏡頭，也沒有不讓人插嘴。等小艾姆麗膽子更壯，隔著火爐跟我講話（還是怕羞），提到我們從前在海灘亂跑，拾貝殼、鵝卵石，我問她記不記得我多麼愛她，我們都大笑，臉紅了，回想過去的愉快，現在看來多幻，這時司棣福靜靜地仔細若有所思地注意我們。整晚小艾姆麗一直坐在小角落爐旁舊櫃子上，罕姆坐在她一旁我從前坐慣的地方。我不懂，她靠近牆，避開司棣福，到底是她自己逗惱人的小玩意呢，還是當著我們面而有處女的矜持，不過我發現，她整晚都這樣。

我記得，我們告辭的時候，已經差不多半夜了。我們吃了點餅乾、乾魚，當晚飯，司棣福從口袋裡掏出了滿滿一長頸瓶杜松子酒來，我們男子漢（現在我可以說我們男子漢，不用臉紅了）把酒喝光。然後歡歡喜喜作別。他們全擠到門口站著，替我們照路，能照多

⑦此為蘇格蘭詩人Thomas Campbell（1777-1844）作品〈你們英國的水手〉（Ye Mariners of England）中的疊句。

遠照多遠。這時我看見小艾姆麗在罕姆背後，一雙甜美的藍眼睛還在望我們，柔聲叫我們走路當心。

「最討人喜的小美人兒，」司棣福挽了我的臂說。「嗯，這是個特別的地方，這家人是夥特別的人，跟他們聚一次也是件非常新鮮的大事。」

「這門親事說定了，他們非常快樂，我們剛好碰到，」我答，「也算很幸運。我從來沒見過人家這樣快樂過。看到了，嘗一點他們老實人的樂趣，像我們剛才那樣，多有意思！」

「那個傢伙配這個姑娘嫌太蠢了吧，不是嗎？」司棣福說。

他跟罕姆，跟他們大家都挺熱和，我萬料不到他會說這句冷酷的話，不覺一楞。不過很快掉過頭來看他，發現他眼睛裡含笑，我才舒服，就回說：

「啊呀，司棣福！倒虧你說這些窮人的玩話呢！你也許可以跟笪忒爾小姐鬥嘴，跟我說笑話來遮掩你的同情心，可別當我傻瓜。既然我知道你完全懂得他們是什麼人，能細微體會這個老實漁夫的幸福，像我老保母那樣疼我，我當然知道，這些人的歡喜、煩惱、感情，沒有一樣是你不關切的。所以司棣福，我佩服你，當你好朋友，更加二十倍！」

他站住了，望著我臉說，「小菊花，我相信你說的是真話，你是個好人。但願我們都是就好了！」接著我們就高高興興唱起裴格悌大爺的歌來，快步走回雅茅斯。

第二十二回　舊地新知

紈袴兒恨無嚴父教
村姑子慚牽孽海情

司棣福跟我在國內這個地方一待待了兩個星期。我們常在一起，我也不用說了，不過偶爾我們也有幾個鐘頭分開。他是不暈船的，我對這方面卻並不熱心。他跟裴格悌大爺坐船出去，這是他喜歡的娛樂，我總在岸上。我住裴媽替我保留的房間，覺得拘束，他倒沒有。因為我知道裴媽整天要照應巴基斯叔叔多辛苦，晚上我不能回來太遲，而司棣福住旅館，不用顧別人，隨自己高興就是了。結果聽說在我睡覺以後，他就在裴格悌大爺常去的甘心酒店款待漁夫，做小東道，還穿了漁夫的衣服，航海出去，好多月夜整夜在海上，到早潮漲了才回來。不過到了這時，我知道，他生性好動，膽子大，碰到艱重的苦工和惡劣的天氣，正好供他發洩，給他助興，就跟不管那一件別的新鮮事情一樣，總給他刺激，所以對他的種種作為，我沒有一件覺得詫異。

另外一個我們有時不在一起的原因是，我自然而然想到勃倫德司東去，重訪我童年時代的舊遊之處，而司棣福已經去過那裡一次，當然不很想再去。所以我隨即可以記得，有三四天我們一吃了很早的早飯就各奔東西，等吃很遲的晚飯再碰面。這當中的時間他怎樣花掉的，我一無所知，只約略曉得，他在當地很受歡迎，別人想痛痛快快消遣，如果一條良策也沒有，他就有二十條。

我自己呢，踽踽獨行，走往日走過的路，步步憶舊，常常去往日遊歷過的地方，從不厭倦。人到那些地方徘徊，就跟記憶到那裡徘徊一樣，我在那裡流連，也像當日少年身在遠處時思緒回到那裡流連。樹底下的墳墓，我父母的安息之所，當初只埋了我父親，我從家裡望去，心裡總充滿奇異的憐憫之感，葬我美麗的母親和我弟弟的時候，我站在墓旁，心裡多淒涼——從那時起，裴媽一片忠義，一直把它收拾得乾乾淨淨，花園似的，我現在就整個鐘頭在那裡附近流連。墓離開教堂墳地小徑一段路，在一個僻靜的角落裡，不算太遠，我可以走來走去讀碑上的姓名，教堂的鐘敲出鐘點，我聽了心驚，因為在我耳朵裡這是死亡的聲音。這些時候，我的思想總跟我活在世上要做的人物，要做的出色的事有關。我這次回家，足音跫然，好像並無別事，彷彿只是專為了要在還活著的母親身邊，造我的空中樓閣。

我老家的樣子已經大改。破爛的雅巢，從前白嘴鴉久已不來棲息，現在連巢也沒有了。樹木都給砍伐，剪了頂，不像我記得的樣子。花園已經荒蕪，屋子的窗戶大半開著。有人住的，不過住的是個沒錢的神經病漢，和照管他的一批人。這個漢子總坐在我的小窗口，朝教堂墳地望。我從前身穿睡衣，在明亮的早晨從同一小窗口望出去，看見羊群在初昇的旭日曙曦中靜靜地吃草，當時有過幻想，我不知道他雜亂的思想可曾跟我的碰過頭。

我們的老鄰居，格雷勃先生夫婦已經到南美洲去了，雨已經從他們空屋頂上漏了進去，連牆外面都有了水漬。契理醫生又結婚了，太太是位修長瘦削、高鼻子的人。他們生了個乾癟的小孩，頭重得撐不住，兩隻衰弱的眼瞪著人瞧，好像總在尋根問柢，為什麼把他生出來的。

我在故鄉徘徊，時常悲喜交集，從來沒有這樣過，要等冬天的夕陽告誡我，該回去了，我才掉頭。不過等到我離開那個地方，特別是跟司棣福一同舒適地坐在熊熊爐火旁邊吃晚飯的時候，想起剛才到過了那裡，也覺得很愉快。所以夜晚我進了我乾淨的臥屋，翻開總放在小桌上的鱷魚故事書，總懷著感激之情記起，我有司棣福這樣的朋友、裴媽這樣的朋友，這樣了不起、慷慨的姨婆（她補償了我失去的一切），真是有福氣的，也覺得愉快，不過比較淡些罷了。

長途散步以後，回到雅茅斯最近的路，是乘渡船。渡船把我載到本鎮和大海之間的洲上，從這裡我可以直接過去，省得在大道上繞大圈子。裴格悌大爺的家地方荒涼，離我經過的那條路倒也不上一百碼，我走過那裡總朝裡面望一望。司棣福相當準，在那裡等我，我們衝著冷氣在漸漸濃起來的霧裡一齊向鎮上閃爍的燈光走去。

一天晚上，天已經黑了，我回去得比平常遲些——那天我因為最後一次去勃倫德司東，我們就要回家了——發現司棣福獨自在裴格悌大爺家坐在爐子面前出神。他想自己的事太專心，所以我走過去他都沒有覺得。的確，他即使不陷於沈思，也不很容易覺出，因為外面沙地上腳步是沒有聲音的，不過我進了門以後，還是沒有把他弄醒。我站得很靠近他，望著他，他皺著眉頭，仍然冥想入迷。

我把手擱在他肩膀上，他大吃一驚，連我也嚇壞了。

「你就跟討厭的鬼一樣，」他差不多發怒道，「附到我身上！」

「我總得叫你知道我來了，」我答。「我是不是把你從星球上叫下來了？」

「沒有！」他答。「沒有。」

「那麼把你從什麼地方叫下來了呢？」我說，說完拿張椅子坐在他旁邊。

「我在看火裡的畫，」他答。

「可是你把畫給我毀了，」我說，因為他用一根燒著的柴很快撥火，攪出一串熾熱的火花，從小烟囪裡直沖上去，呼嘯而出。

「諒你也看不見，」他答。「我討厭這種四不像的時間，不是白天，也不是晚上。你回來怎麼這麼晚！上那兒去了？」

「我跟去慣蹓躂的地方告辭啊，」我說。

「我坐在此地，」司棣福說，一面眼向房四面一掃，「心裡想，那晚我們來，發現的所有的人都快樂，也許——照目前這個地方這樣氣氛荒涼看起來——他們會分散開來，死掉，碰到我不知道的什麼災禍。大衛，我恨不得過去二十年有個頭腦明白的父親！」

「司棣福我的老兄，你怎麼回事啊？」

「我真心真意恨不得受過好點的教導！」他嚷道。「真心真意恨不得我能好好地教導自己！」

看他樣子垂頭喪氣，動了真情，我大為駭異。他太不像平時，我怎麼也想不到會這樣。

「做這個可憐的裴格悌或者他那個蠢瓜姪子倒反好些，」他說著站起身來，一肚子氣地靠壁爐架上，臉對著爐火，「強過我。我雖然比他們有錢二十倍，聰明二十倍，可是在過去半個鐘頭之內，在這條鬼船裡自己成了磨折自己的人！」

這樣一反常態，一開始我完全搞胡塗了，只好一聲不出地望著他站著，手托住頭，憂鬱地朝下望著火爐。終於我懇切之至地求他告訴我，到底碰到什麼事，這樣非同尋常，即使我不能替他出主意，也可表示同情。我還沒有全說完，他已經大笑起來——先有點嫌煩的樣子，可是不久就恢復平時的歡愉。

「去他的，沒有什麼，小菊花！沒事！」他答。「在倫敦旅館裡我告訴你了，我有時跟自己過不去。就在此刻，我怕自己像怕噩夢一樣——一定做了一場噩夢，我想。在特別沈悶的時候，我會想起童話，也不知道是什麼故事。有個『不小心』，給獅子當點心的壞孩子①，我相信我把自己跟他混為一個人了——這是氣派大些的毀滅罷了，我想。我一直都給老女人所說的恐怖襲擊。怕我自己。」

「別的你再沒有怕的了，我想，」我說。

「也許沒有，也作興有很多怕的，」他答。「算了！事情已經過去了！我不會再憂鬱了，大衛。可是我告訴你，我的好朋友，再告訴你一次，要是我有位堅決的、有頭腦的父親就好了，不光是我，別人也一樣！」

他臉上總是表情十足的，不過我從來沒見過他眼朝下望著火說這句話的時候，那種用意不明的認真。

「話就說到這裡！」他說，一面把手一揮，好像向空中丟掉了什麼輕東西一樣。

①兒歌用來警誡兒童的故事。

「『嗯，鬼魂去了，我又成了男子漢。』②就像馬克白。現在是吃飯的時候了——希望我沒有像馬克白一樣，最可驚的心情紛亂破壞了歡樂③，小菊花！」

「可是他們大家到那裡去了，我想知道？」我說。

「天曉得，」司棣福說。「我逛到渡船碼頭去等你，之後又逛回來，這兒就沒有人。這才動起腦筋來的，於是你看見我在動腦筋。」

這時艮密紀大媽拎了籃子回來，這家人不見了是怎麼回事，明白了。原來她是趕出去買點東西，裴格悌大爺趁潮回來以後用得著的。這當兒她把門敞著，免得罕姆跟小艾姆麗在她不在家的時候回來（那晚他們倆回來得早）。司棣福高高興興跟艮密紀大媽招呼，又愉快地把她一摟，艮密紀大媽心情大為好轉。然後司棣福挽了我的臂就匆匆走了。

他自己的心情也好轉了，並不亞於艮密紀大媽。因為這時候他又跟平時一樣神氣了，我們一路走，他都談笑風生。

---

②莎士比亞悲劇〈馬克白〉第三幕第四景裡，冤魂出現，馬克白受驚。鬼魂不見後，馬克白說了這句話。原文「嗯」下本有「這樣」之語，狄更斯略去。

③也是劇中馬克白之妻所說的話，唯用字稍有不同。

「就這樣，」他高高興興地說，「我們明天就要放棄這種海盜生涯了，不是嗎？」

「我們是這樣說好的，」我答。「我們公共馬車的位置都定好了，你知道的。」

「嗯，沒有辦法改了，我想，」司棣福說。「除了在此地出海，給風浪顛簸，我差不多忘了世界上還什麼別的事好做。巴不得沒有。」

「只要你老覺得它新鮮就好了，」我笑道。

「極有可能，」他答，「儘管我這位和氣天真的小朋友說這句諷刺話。算了，我大約總是個沒有常性的人了，大衛。我知道。不過，趁鐵是熱的，我也可以用力打④。在這一帶水路當領港，相當不含糊的考試我已經能及格，我想。」

「裴格悌大爹說，你真了不起，」我答。

「航海奇才，不是嗎？」司棣福笑道。

「他的確說你是這種人，你知道這話多確實；他知道你不管學什麼都起勁，精通起來多容易。這是我覺得你最可佩的地方，司棣福——你這樣憑一時高興利用自己的長處，自己就會滿意。」

---

④"…but while the iron is hot, I can strike it vigorously too"夾了個英文成語，指趁機會趕緊行動。

「滿意？」他愉快地答。「我從來沒有滿意過，除了覺得你不俗，我高貴的小菊花。至於憑一時高興，我是從來沒有學會把自己綁在永久旋轉的車輪上，轉了又轉的本事⑤。我受的教育不好，不知怎麼一來錯過這個德性，現在又不想學了。——你知道我在此地買了一條船吧？」

「你是個什麼怪傢伙啊，司棣福！」我一楞叫道——因為這個消息我還是頭一次聽到——「你連再到這裡附近的心都沒有！」

「那我可不知道，」他答。「我喜歡這裡。不管三七二十一，」換了我輕快地向前走，「我買了條出賣的船——裴格悌先生說是快船。是的——我不在此地，就歸裴格悌先生了。」

「此刻我懂你意思了，司棣福！」我非常高興地說。「你假裝替自己買船，可是其實你是預備給他好處。我知道你為人，也許一開頭就可以猜到的。我的好司棣福，好心腸的人，我怎麼能說得出，我對你慷慨的感想呢？」

「啐！」他臉紅了答。「越少提越好。」

---

⑤希臘神話裡，提撒里（Thessaly）有個國王名叫伊克塞恩（Ixion），為人狡詐。他娶妻而無聘金，將岳父誘殺於火坑。犯此極罪，人神都無法洗清。宙斯原諒他，還邀他上奧林帕斯山，他卻想誘拐宙斯的妻子赫拉（Hera），宙斯把他綁在一具火輪上，永世在天空旋轉。

「我還不知道嗎？」我噓道。「我不是說過，這些誠實的人的歡喜、煩惱、不管那一種感情，沒有一樣不是你不關切的？」

「對，對，」他答，「這些你都對我說過了。就到此為止吧。我們談夠了！」

他既然這樣不當一回事，再說下去怕得罪他，就只在心裡繼續盤算。我們的腳步比先前更快了。

「這條船要重新裝備，」司棣福說。「我要把栗鐵沒留下來辦好這件事，才曉得裝備是不是齊全。我可曾告訴你栗鐵沒來了？」

「沒有。」

「嗯，對了！今天早上來的，帶了我母親的信來。」

我的四隻眼睛碰到的時候，我發見他面如土色，連嘴唇都白了，雖然他很鎮定地望著我。我看，他跟他母親有點爭論，也許影響了他的心情，所以我才發見他獨自在爐邊的。

於是微微露出這個意思。

「唉，不是！」他搖頭說，微微一笑，「全沒有這麼回事！對了，他來了，我那個人。」

「還是老樣子？」我說。

「還是老樣子，」司棣福說。「跟北極一樣離人很遠，一樣靜。我叫他照管改船名的事。本來名叫『海燕』。裴格悌先生那會把海燕放在心裡？我要給它起個新名稱。」

「叫什麼名稱呢？」我問。

「小艾姆麗。」

他依舊鎮定地望著我，我想總是不要我再說他體貼別人，捧他，才這樣望的。我多喜歡這個名稱，不禁，形之於色。可是我沒說什麼，他也照常露出笑容，好像放了心。

「不過你看那裡，」他說，眼向前望，「小艾姆麗本人打那兒來了！那傢伙跟她一起不是？天哪，他真是騎士⑥，從不離開她一下！」

近來罕姆已經是船匠了，這方面他有天分，加以磨練，就成了能幹工人。他還穿著工裝，粗人樣子，可也雄糾糾地，衛護他身邊如花似玉的小人兒，再合適也沒有了。他臉上的確有股率直、誠實的氣概，有這樣的伴侶他得意，寶貝她，毫不遮掩，我看來再好看也沒有了。他們向我們面前走過來，這時我想，單憑這一點，他們已經算得上是配得很好的一對了。

我們站下來跟他們說話，這當兒艾姆麗害羞地從罕姆肘彎裡抽出手來，紅著臉伸給司棣福和我握。大家互相說了幾句話，他們繼續回去，這時艾姆麗不喜歡再伸手過去了，卻仍舊像是害羞、侷促，獨自一人走了。我們在他們後面，看他們在新月朦朧中消失，以為

---

⑥歐洲中世紀騎士在戰爭或比武時專誠充當貴婦的侍從或鬥士，視為美事。

這一切全很美觀動人，司棣福似乎也有同感。

突然間一個女人從我們面前走過——明明是跟踪罕姆他們的——她走近我們面前，我們沒看見，不過在經過我面前的時候，我看到她的臉，好像有點記得見過，我想。她衣服穿得少，看樣子夠膽量、瘦削，很招搖，一副窮相。不過她當時好像把這一切都交給了正在颳的風，心裡別的念頭沒有，只想追他們。當時他們給遠處黑暗的地平線吞沒了，我們只看到地平線在我們跟海和烏雲之間。這個女子也同樣不見了，並沒有追上他們。

「那是跟著那個女孩兒的黑影，」司棣福站定了說。「是什麼意思呢？」

他低聲說話，我聽來幾乎有點奇怪。

「她想必是打算求他們幫忙，我想，」我說。

「叫化子不稀奇，」司棣福說，「不過今兒晚上這個叫化子要扮成那個樣子，倒很奇怪。」

「為什麼呢？」我問他道。

「老實說，沒有別的，只不過因為，」他頓了一頓說，「這個黑影走過來的時候，我想到別的像它的東西。我不知道，這鬼東西是那裡來的呢？」

「打這面牆的黑影子裡出來的，我想，」我說，因為我們踏上旁邊有堵牆的馬路。

「黑影不見了！」他掉頭一望答。「希望所有的災禍也跟它一起去了。現在去吃飯吧！」

不過他又回頭看遠處微光閃爍的海岸線，望了又望。短短賸下的一條路上，幾次表示他覺得這件事奇怪，話說得有頭無尾，東一句，西一句。一直等到坐下吃飯，爐火和燭光照得我們又暖和、又高興，他才好像忘記這件事。

栗鐵沒來了，給我的威脅如舊。我說，希望司棣福太太跟笪忒爾小姐都好，他恭恭敬敬地（當然體面地）回說，她們都還好，謝謝我，也替她們問候我。就這麼多了。可是他言下好像還老實不客氣地說，「先生，您還是很年輕。您極其年輕。」

我們飯差不多吃完，栗鐵沒本來在屋角望著我們，或者照我當時的感覺，望著我的，這時向桌前跨了一兩步，對他的主人說，——

「請您原諒我打攪，先生。莫洽小姐上這兒來了。」

「誰？」司棣福大為驚異道。

「莫洽小姐，先生。」

「咦，這裡要她來幹嗎？」司棣福說。

「好像這兒是她老家，先生。她告訴我，她每年總回來幹她的本行一次，先生。今天下午我在街上碰到她，她想曉得，是不是您吃了晚飯要她伺候您，先生。」

「你可認識這個女巨人，小菊花？」司棣福問。

我不得不承認，莫洽小姐跟我完全不相識——我連在栗鐵沒面前露這種底，也覺得丟臉。

「那麼你得認識認識她，」司棣福說，「因為她是世界上七奇⑦之一。——莫洽小姐來的時候，帶她進來。」

我對這位女士覺得有點想知道她的底細，也有點興奮，特別是我提到她，司棣福噗哧大笑起來，死也不肯回答我提出關於她的問題。因此我一直都非常留心等著，晚餐桌布撤去以後半個鐘頭左右，我們在爐邊喝葡萄酒，終於門開了，栗鐵沒照他老樣子泰然自若，報告道，——

「莫洽小姐駕到！」

我向門口一望，什麼也沒有看見。我還在向門口望，以為莫洽小姐要有好一會兒才露得了面，忽然，大吃一驚，我和門之間的一張沙發後面搖搖擺擺走來一個上氣不接下氣的侏儒，四十到四十五歲上下，生得大頭大臉，一雙無賴的灰眼睛，小膀子太短，為了向司棣福做媚眼，要用手指調皮地按在扁而短的鼻子上，不得不半路上用鼻子去就手指。下巴是所謂雙下巴，因為太肥，所以把帽帶子、結，跟別的全吞沒了。喉嚨、她沒有，腰、她沒有，腿、她沒有值得提的地方，因為她雖然到腰為止（要是她有腰的話）比平常的人的尺碼都大，雖然跟無論什麼人一樣有雙腳做終點，但她太矮，所以站在普通大小椅子面前跟在桌子面前一樣，只好把帶去的一個口袋放在坐位上。這位女子——穿衣服隨便而舒服，

⑦或譯「七大奇蹟」，指埃及金字塔、巴比倫空中花園等。

把鼻子和食指弄到一起很艱難，我已經說過了，站在那裡頭不得不偏在一邊，兩隻目光銳利的眼睛閉起一隻，臉上露出特別比人聰明的樣子——跟司棣福做了一陣媚眼之後，滔滔不絕說起話來。

「什麼！我的花朵兒！」她向司棣福搖她的大頭，討人喜地說，「你也在這兒啊，可不是！唉，不聽話的孩子，呸，好不要臉！離家這麼遠，幹什麼呀？一定是玩鬼把戲。你是個機警傢伙，司棣福，就是這種人。我也是，不是嗎？哈！哈！哈！你敢拿一百鎊對五鎊，賭不會在此地看到我，是不是？天哪，啊唷唷，我那兒都會去。在這兒，在那兒，到處，就跟變戲法的人用一塊闊太太的手絹兒包著的半克郎一樣。說起手絹兒來——還有呀，說起闊太太來——你是多叫你寶貝媽稱心啊，不是的嗎？我的好寶貝，我的話可反可正，我不講出是那一面！」

莫治小姐說這番話的當兒，解下她的帽子，把帶子掠到後面，喘著氣在爐子面前一張腳凳上坐下——把餐桌當亭子一類的東西，因為桃花心木桌面正掩護住她的頭。

「唉，我的天，還有叫做什麼的呀⑧！」她接著說，說時一隻手拍一個小膝蓋，眼機警地瞟著我。「我太胖了，這是事實，司棣福。爬了一層樓，吸一口氣都像汲桶水那麼難。

⑧此處原為「我的星與襪帶」，係驚嘆語，「襪帶」，當時人以為不雅，故不明言。

要是你看見我在樓上探出頭去一望，你會當我是漂亮女人，會不會？」

「我不管在那裡看見你，都當你漂亮，」司棣福答。

「去你的，狗東西，滾！」這個小東西嚷道，一面用正在揩臉的手絹兒向他一揮，「不要厚臉皮！不過我賭咒，上禮拜我到了密澤司太太家——好漂亮的女人！她長得多少相——密澤司本人進了我伺候著密澤司太太的房——好漂亮的男人！他長得多少相！他的假髮也真能戴，因為他用了十年了——照他那麼對我慇懃下去，我漸漸想到要搖鈴叫人了。哈！哈！哈！他是個討人喜歡的傢伙，不過，得放正派點才好。」

「你替密澤司太太做什麼？」司棣福問。

「說出來就要露馬腳了，我的寶貝小娃娃，」她答，又輕輕敲她的鼻子，扭歪了臉，像聰明非凡的小精靈一樣眨她的眼。「你不用管！你最喜歡知道是不是我把她頭髮捲住，不掉下來，染了頭髮沒有，替她臉上化了粧沒有，有沒有把她眉毛修過，對不對？你會知道的，我的心肝——等我告訴你！你知道我外曾祖父姓什麼嗎？」

「不知道，」司棣福說。

「她姓瓦克⑨，我的好乖乖，」莫洽小姐答，「傳到他已經有好多代了，我也得了鉤

⑨瓦克（Walker）英文俗語義為「胡說」，又作鉤鼻子・瓦克（Hookey Walker）。傳說有約翰・瓦克生就鷹鉤鼻子，所以渾名「鉤鼻子」，別人冤枉他說話靠不住，所以英文裡有這句話。

鼻子的遺產。」

我從來沒有見過近乎莫洽小姐的那種眨巴眼兒的眨法，只有她的沈著可以一比。別人對她說話，她說了話等旁人答覆，她也有個了不起的停頓表情，頭狡猾地斜在一邊，一隻眼睛像喜鵲一樣翻上去。總之我看得目眩神迷，坐在那裡瞪著她望，恐怕早忘了規矩。

這時她已經拖了一張椅子到自己身邊，忙著從一隻口袋裡掏出許多小瓶子、海綿、梳子、刷子、一小塊一小塊法蘭絨、好幾把小燙髮鋏子，還有其他工具，統統堆在椅子上，每掏一次，短膀子連肩膀都伸進去了。掏著掏著，忽然停下來問司棣福，弄得我非常狼狽，——

「你這位朋友是誰呀？」

「考勃菲爾先生，」司棣福說。「他要跟你認識認識呢。」

「是嗎，那末，就叫他認識認識吧！我還以為看他樣子好像已經認識了！」莫洽小姐答，搖搖擺擺拎著口袋向我走來，一路走一路笑。「桃子似的臉！」我坐著，她踮著腳捏捏我嘴巴。「好叫人動情呀！我就愛吃桃子。跟您認識挺有意思，考勃菲爾先生。」

我說，認識她可以說幸會，也是面子，彼此彼此。

「啊呀呀，我的天，我們多懂禮數！」莫洽小姐嚷了起來，說完，怪費力地用她小不點兒的手想把大臉蒙起來。「這是個多麼騙人、多麼說謊的世界啊，不是嗎？」

這是對我們兩人說的體己話，說完小手兒已經不遮住臉，又連膀子、肩膀一齊伸到口袋裡去了。

「你是什麼意思，莫洽小姐？」司棣福問。

「哈！哈！哈！我們一定是一夥叫人耳目一新的騙子，不是的嗎，我的寶貝兒子？」那個一丁點兒大的女人答，同時在口袋裡摸，頭斜在一邊，一隻眼還向上翻著。「喂！」——拿了點什麼東西出來——「俄國王爺的指甲屑呀！我叫他亂七八糟的「字母親王」，因為他名字裡所有字母都瞎拼瞎湊進去了。」

「俄國王爺是你的主顧吧，是不是？」司棣福問。

「你放心，我的乖乖！」莫洽小姐答。「我包修他指甲。一禮拜兩次。手指甲，還得加上腳趾甲。」

「他肯出大錢吧，我希望，」司棣福說。

「我的乖兒子，他出的錢嚇壞人，鼻子裡哼出來的⑩——跟他說話用鼻子哼出來一樣，」莫洽小姐答。「王爺才不像你們這種把鬍子剃得精光的人呢。要是你看見他嘴唇上的鬍子，一定會這麼說。紅的是生成的，黑的是人弄出來的。」

「總是你弄的了？」司棣福說。

---

⑩原文用**pay through the nose**，是成語，指出價甚高。

莫洽小姐眨巴眼兒表示不錯。「非找我不可——沒辦法。天氣影響他染的顏色。在俄國很好，在這兒可不行。你活了多少天也沒有見過他那樣顏色上銹的王爺。跟廢鐵一樣！」

「你剛才叫他騙子就為這個嗎？」司棣福問。

「唉，你真是個要得的傢伙，不是嗎？」莫洽小姐猛搖頭答。「我說，我們總而言之，是多大的一夥騙子，我也把王爺指甲屑給你看了，證明這句話。王爺的指甲在上流人家家庭裡，比所有我的本事加起來還要有用。我總帶著它到處跑。這是最好的敲門磚。莫洽小姐連王爺的指甲都剪，一定行。我拿給年輕的太太小姐。相信她們會黏到剪貼簿上去。哈！哈！哈！我敢賭咒，『整個社會制度』（國會裡的人演講的時候用的字眼），就是王爺指甲制度！」這個最小的女人說，想把她兩隻矮膀子在胸口合抱起來，又點點她的大頭。

司棣福笑得要命，我也笑了。莫洽小姐一直都在搖頭（斜在一邊），一隻眼向上望，另一隻擠擠眨眨。

「好啦，好啦！」她說，一面敲她兩隻小膝蓋，然後起身，「這不是生意。來，司棣福，我們來探北極地區的險吧⑪，把事情辦掉。」

然後選了兩三樣小器具，一個小瓶子，問桌子是否吃得住（我很詫異）。司棣福說不

⑪此指察看司棣福的頭，因為司棣福高大。

成問題，她聽了就把一把椅子推到桌子面前靠住，請我扶她一把，相當靈巧地爬上了桌，好像桌子是舞台似的。

「不管你們那一位，要是看見我的孤拐，」她上了桌站穩了說，「就說出來。我好回家自殺。」

「我可沒看見，」司棣福說。

「我可也沒看見，」我說。

「好吧，那麼，」莫洽小姐說，「我答應活下去。喂，小寶貝，小寶貝，小寶貝，到崩德太太⑫面前來，讓她宰掉你。」

這是叫司棣福去，任她作弄的話，所以司棣福就坐了下來，背朝桌子，笑臉朝我，他的頭聽莫洽小姐察看，顯然不為別的，就為逗我們發笑。看著莫洽小姐站著，居高臨下，從口袋裡掏出一隻大大的圓的放大鏡來看，司棣福濃密的棕髮，是最惹眼的景象。

「你倒真是個花花公子！」莫洽小姐察看了一下說。「要不是我，十二個月之內頭頂就會禿得像討飯修道的了。只要半分鐘，我的小朋友，我們就可以給你弄漂亮了，以後十年，你鬈髮都不變樣子。」

---

⑫ Mr. S Bond，兒歌疊句中惡名昭彰的罪犯。

說完這話，她就把一隻小瓶子裡的東西倒了些在一小塊法蘭絨上，又揀了一把小刷子蘸了一點那玩意兒，在司棣福的頭頂上摩摩擦擦，那種忙法，我還是第一次看到。全部時間話說個不停。

「還有個卡理・派格雷夫，公爵的兒子，」她說。「你認識卡理嗎？」她掉過頭來盯著司棣福望。

「有一點，」司棣福說。

「他多了不起的人呀！多像樣的絡腮鬍子呀！說到卡理的腿呀，要是成雙的話（可惜不是），就沒有人比得上他了。你會相信他居然打主意不要我伺候嗎？——他還是近衛騎兵旅裡的呢⑬？」

「他瘋了！」司棣福說。

「好像。不過，瘋也好，清醒也好，他打了主意，」莫洽小姐說。「他幹了什麼呀，你猜怎麼著，跑去一家香水店買馬達加斯加液⑭。」

「卡里做這種事？」司棣福問。

---

⑬騎兵的軍服最顯明露出腿的模樣，故有此語。

⑭Madagascar Liquid，香水牌的名字。

「卡里做這種事。可是他們沒有馬達加斯加液。」

「那是什麼——喝的東西嗎？」司棣福問。

「喝的？」莫洽小姐答，放下活兒，拍拍司棣福的嘴巴。「打扮他的鬍子用，知道嗎。店裡有個女人——年紀不小啦——是個難看的怪物——她甚至沒有聽見過這名堂。『對不起，官長，』對卡里說，『不是——不是——不是胭脂（說這兩個字好艱難）嗎，對不對？』卡里對怪物說，「胭脂……你對有教養的人說不中聽的話，以為我要胭脂做什麼？』怪物說，『我並不想得罪您，官長。上我們這裡來買胭脂的人用過很多名稱，所以我以為也許是。』好啦，我的孩子，」莫洽小姐接著說，手不停跟先前一樣，忙著擦，「這是我說到，叫人耳目一新的騙子的另外一個例子。我自己也那麼做某些事——也許做很多，也許做一點——關鍵在乖巧，我的乖兒子——別去管它！」

「你的意思是怎麼樣呢——是指胭脂那樣嗎？」司棣福問。

「把這樣東西跟那樣東西合在一起就是了，你這個不懂世故的小學生，」細心周到的莫洽摸摸自己鼻子答，「照各行各業都有祕密這條規則來製造，造出來的東西就正合你的用了。我說連我也那麼做一點。有位闊寡婦，她叫它做唇膏。另外一位，她叫它做手套。另外一位，她叫它做衣領褶邊。另外一位，她叫它做扇子。我呢，她們叫什麼我就叫什麼。我供應這樣東西給她們，可是我們一直都互相玩這個花樣，臉上裝出她們在客廳裡大家面前、跟在我面前一樣會想要盡快擦它的神情。我伺候她們的時候，她們有時跟我說——擦了我的東西——擦得很厚，真厚——『我氣色怎麼樣，莫洽？我的臉蒼白嗎？』哈！哈！哈！這不叫人耳目一新嗎？我的小朋友？」

我一生從來沒有看見過像莫洽這樣，站在飯桌上，為了這種耳目一新而得意忘形，忙著擦司棣福的頭，還要從他頭那邊向我擠眼睛的情形。

「呀！」她說，「此地的人不大用得著化粧品。我又要動身了！我來了以後，沒有見到一個漂亮女人，小詹。」

「沒有見過嗎？」司棣福說。

「連個影子都沒有，」莫洽小姐說。

「我們可以給她看個真正的美人，我想，」司棣福眼睛望著我說——「是不是，小菊花？」

「當然可以，」我說。

「真的？」小矮子大叫道，目光鋒利地在我臉上一掃，又一再偷偷看司棣福的臉。「是嗎？」

頭一句喊出來的像是問我們兩個人的，第二句像是只問司棣福一個人，她好像都沒有得到答覆，於是繼續擦，頭斜在一邊，一隻眼向上翻，彷彿要在空中找到答案，有把握馬上就可以得到。

「是您姊妹吧，考勃菲爾先生？」停了一會她嚷道，還是那個找答案的樣子。「是的吧，是的吧？」

「不是，」來不及我開口，司棣福就答。「才不是。正相反，考勃菲爾先生從前——要不然是我大大搞錯了——非常愛慕過她。」

「現在為什麼就不了呢？」莫洽小姐問。「他三心二意嗎？——哎呀，不怕醜！他見花就採，一個鐘頭一變，直到帕麗回報他的熱愛⑮嗎？她名字是不是叫帕麗？」她鬼怪似地突然提出這個問題，向我猛撲過來，一雙眼睛追根挖柢望著我，倒很窘了我一下。

「不是的，莫洽小姐，」我答。「她名叫艾彌麗。⑯」

「真的？」她跟剛才一樣叫道。「是嗎？我真多嘴！考勃菲爾先生，我不是輕浮的人麼？」她關於這個話題的口氣跟神情，隱隱含著我不喜歡的用意，所以我扳起臉來對她說話，我們三個人一直到此都沒有那麼嚴肅過，——

---

⑮引自John Gay（1685-1732）所著《乞兒歌劇》（*Beggar's Opera*）第一幕第十三場Macheath所唱之歌「我心多自由」。

⑯小艾姆麗的名字本是艾彌麗（Emily），但她家的人叫走了樣，才變成艾姆麗（Em'ly）的。

「她又漂亮，又正經。已經訂了婚，就要嫁給一位最好的、最配娶她的人了，跟她出身一樣的，我敬重她的頭腦，跟崇拜她的相貌一樣。」

「說得好！」司棣福叫道。「要得，要得，要得！我現在再來滿足一下這個小法蒂瑪的好奇心⑰，我的好小菊花，免得她胡猜亂想。這個女孩子現在正在做學徒，莫洽小姐，也許還訂了合約，不管是那一種方式吧，店舖是峨瑪·焦阮，綢緞布疋、成衣等等，本鎮的。你可注意到？峨碼·焦阮。我朋友說到的婚約是跟她表兄訂的：教名是罕姆。姓裴格悌。職業，造船匠。也是本鎮的。她跟親戚住，教名不知道，姓裴格悌。職業，航海，也是本鎮的，她是世界上最漂亮、最討人喜歡的小仙女。我也愛慕她——跟我朋友一樣——愛慕得不得了。假使不是怕別人以為我存心輕視她的未婚夫（這是我朋友並不喜歡的），我會再說一句，就是在我看呢，她好像把自己糟蹋了，我認為她一定可以配得好點的親事，我擔保她生來就是做闊太太的人。」

司棣福的話是很慢說出來的，個個字清清楚楚，莫洽小姐頭斜在一邊傾聽，一隻眼向上瞟著，好像還在等那個答覆。司棣福說完以後，她立刻又活躍起來，亂說一頓，滔滔不

⑰法蒂瑪（Fatima），法國故事殺妻多人的《青髯公》裡的最末一妻，她是發現以前被殺各妻屍體的人。

絕，叫人吃驚。

「哎呀！全說完了，是嗎？」她叫道，一面用一把小剪刀，不停地修司棣福鬢角的鬍子，繞著他臉四面八方閃耀。「很好，很好！好熟一段故事。結局該是『於是從此他們永遠過著幸福的日子』——不應該嗎？啊！什麼是罰人遊戲⑱啊？『我愛我的愛人有個E字，因為她動人（enticing）；恨她有個E字，因為她訂了婚（engaged）。帶她到美妙（exquisite）的招牌下面，用私奔（elopement）款待她。她的名字就是艾彌麗（Emily），她住在東方（east）。』哈！哈！哈！考勃菲爾先生，我輕浮不輕浮？」

她僅僅平望著我，狡猾得出奇，也不等我回答，就氣也不吸一口，繼續說道，——「哪，要是我給什麼淘氣鬼修剪過，把他打扮得十全十美，就是你了，司棣福。要是我知道世界上什麼人的腦子裡轉什麼念頭，就是你的了。我告訴你這句話，你聽見嗎，我的乖乖？我知道你轉的念頭，」她說到這裡低下頭來偷偷望司棣福臉上一眼。「現在你可以開小差了，小詹（我們在宮裡就是用這種字眼的）。要是考勃菲爾先生坐這張椅子，我就動他的手了。」

「你怎麼樣，小菊花？」司棣福笑問道，一面讓出位置。「你要打扮，打扮嗎？」

---

⑱這種遊戲，參加者先繳物件作押，被罰做荒誕可笑的事，做成可贖回。

「謝謝你，莫洽小姐，今天晚上不用了。」

「不要說不，」矮女人說，說時望著我，神氣就向鑑定家鑑定貨色一樣：「眉毛要添一點吧？」

「謝謝你，」我答。「改天！」

「要朝太陽穴移四分之一吋才好，」莫洽小姐說。「我們可以在兩個禮拜之內把它弄好。」

「不用了，我謝謝你。這會兒不弄。」

「眉梢弄一弄吧，」她慫恿道。「不要嗎？那我們就把鬍鬚用臘撐得翹起來吧。來！」

我不肯，又不禁臉紅，因為講到我落下風的一點上來了。不過，莫洽小姐看我眼前在她可以施展本領的範圍之內什麼修飾的心都沒有，而且當時她把小瓶子放在一隻眼面前加強廣告的效力向我賣乖，居然打不動我的心，就說，我們可以提早找一天開一個頭，接著請我攙她從高的地方下來。我幫了這點忙，她很靈快輕巧就跳下來了，動手把雙下巴紮進帽子裡面。

「你的價錢，」司棣福說，「是──」

「五先令，」莫洽小姐答，「便宜得要死，我的娃娃。──我是不是輕浮，考勃菲爾先生？」

我客氣地答，「一點也不。」不過心裡想，她相當輕浮，因為這時她把司棣福的兩枚半個克郎的輔幣像賣餡餅似的那樣往上空一拋，接住，再丟進口袋，很響地拍了一下。

「這是錢櫃，」莫洽小姐說，同時又站上了椅子，把先前倒出來亂七八糟的物件又收進口袋裡。「我的東西都帶了嗎？好像齊了。可不能像高箇子奈德・畢幄，⑲他說，別人帶他進教堂跟『什麼人結婚』，忘記把新娘帶來。哈！哈！哈！奈德這個大壞蛋，也滑稽！好啦，我知道要叫你們傷心，可是非離開你們不可了。你們一定要拿出全副吃苦的本領來忍受。再會，考勃菲爾先生！保重身體，諾福克的傑克⑳！我多嚕囌啊！都怪你們兩個壞傢伙不好。我肯原諒你們。『卜勃發誓！』㉑——英國人初學法文，說『晚安』就是這一

---

⑲英文名Ned Beadwood，這人名及以下所述，均見當時的一首流行歌曲。

⑳指英王理查三世忠臣約翰・郝爾德爵士（John Howard），諾福克第一位公爵，死於博斯沃斯（Bosworth Field）之役。前一夜有人在其營帳內題句警告：

諾福克的焦克啊，切勿太冒險。
因你主迪肯為人得賄而背叛。

迪肯為理查小名，焦克為傑克（即約翰）的暱稱。見莎士比亞悲劇〈理查三世〉五幕三景三〇五、三〇六行。

㉑作者寫莫洽小姐學時髦說法文bonsoir（晚安），她發音和英文「卜勃發誓」（Bob swore）相近。中文如果胡扯，可譯成「奔私窩兒」。

句，還以為跟英文像呢。『卜勃發誓，』我的心肝！」

她把口袋往膀子上一掛，一面搖搖擺擺走開，一面喋喋不休地說話。到了門口，站住問我們要不要留下她一束頭髮。「我不是很輕浮嗎？」她說，這是她提這個主意的評論。然後手指放在鼻子上，走了。

司棣福笑得太厲害，我簡直也忍不住笑了，其實我該不該笑，自己都不大清楚，無非是給他引起來的罷了。等我們笑完，也著實笑了一陣了，他才告訴我，莫洽小姐的路子很多，很多人有很多事找她幫忙。有人以為她是怪物，不當她一回事，司棣福說，其實她用心眼兒機靈乖巧，比誰都不差，她的智慧長，就只是膀子短。司棣福告訴我，莫洽小姐說她在這兒，在那兒，處處有足跡，十足是真的。因為她各地亂闖，好像到處都弄到主顧，什麼人都認識。我問他莫洽小姐為人如何：是全盤頑皮作惡的呢，還是大體上還有正義感的。可是我用心把他的心思引到這些問題上，兩三次都不成功，也就不去提它，或者忘記再提了。他反而連珠砲似的告訴我很多莫洽小姐的技能和賺頭，會用科學方法拔火罐放血，將來要是有這方面的需要，可以找她。

那晚莫洽小姐是我們主要的話題，我們分手我下樓的時候，司棣福在樓梯欄干上對我說「卜勃發誓！」

我到巴基斯家，發現罕姆在屋前踱來踱去，很覺得詫異，又聽說小艾姆麗在裡面，更詫異。自然問他，為什麼他不進去，卻獨自在街上閒逛？

「唉，您瞧，小衛少爺，」他猶疑地答，「艾姆麗她一個人在這兒裡面說話呢。」

「我該想到，」我笑道，「你也上這兒來是有原因的，罕姆。」

「嗯，小衛少爺，照通常情形說起來是有的，」他答。「不過喂，小衛少爺，」他放低聲音，很認真地說，「是個年紀輕輕的女人，少爺——艾姆麗從前有過來往的女人，現在不該再來往了。」

我聽了這些話，恍然大悟，想到幾個鐘頭之前看到跟在他們後面的那個人了。

「是條可憐的蛆，小衛少爺，」罕姆說，「就像鎮上的人都把她踹在腳底下——街頭巷尾都踹。教堂墳地土裡也沒有埋過這樣人人見了要躲的東西。」

「罕姆，今兒晚上我們碰見你們之後，我可曾在沙灘上看見過她嗎？」

「那個總釘著我們的嗎？」罕姆說。「作興您看見了，小衛少爺。我並不是那時候知道她在那裡，少爺，是後首不多久她偷偷到艾姆麗小窗口，她看到光來了，就悄聲叫『艾姆麗，艾姆麗，看基督的面子，對我發發女人的心腸吧。我從前也跟你一樣的！』這些話聽起來挺動人的，小衛少爺！」

「真是的呢，罕姆。艾姆麗說什麼的呢？」

「艾姆麗說，『瑪撒，是你嗎？唉，瑪撒，是你嗎？』——因為她們在一塊兒坐過，好多天，峨碼先生那裡。」

「我記得她了！」我叫道，想起第一次到那裡見到兩個女孩之中的一個。「我記得很清楚。」

「瑪撒・恩黛爾，」罕姆說。「比艾姆麗大兩三歲，不過跟她是同學。」

「我從沒聽過她名字，」我說。「我並沒有意思打你的岔。」

「關於那件事，小衛少爺，」罕姆答，「那幾句話差不多全說盡了，『艾姆麗，艾姆麗，看基督的面子，對我發發女人的心吧。我從前也跟你一樣的！』她要跟艾姆麗說話。艾姆麗不能跟她在那兒說話，因為當她寶貝的舅舅就要回家了，他不准——不准，小衛少爺，」罕姆極鄭重其事地說，「他雖然慈悲性子、菩薩心，可不許她們兩個到一塊堆兒，並排著，就是把所有沈到海裡的寶貝都給他，他也不准。」

我也覺得這話多麼確實。我立即跟罕姆一樣了然。

「所以艾姆麗用鉛筆在張小紙條兒上寫了句話，」他繼續道，「扔到窗子外面，叫她拿到此地來。『把這張紙條兒，』艾姆麗說，『給我姨媽巴基斯太太看，她會看我的面子招待你在爐子旁邊坐下，等舅舅出去，我就來。』不久她就把我剛才告訴您的話告訴了我，小衛少爺，叫我帶她到此地來。我有什麼法子？她本來不該跟這種人打交道的，可是我不能回她，她臉上眼淚都淌滿了。」

他手伸到毛毿毿的外套懷裡，小心在意掏出一個好看的小荷包。

「要是她臉上有眼淚，我不能回她不，小衛少爺，」罕姆說，一面輕輕把荷包在他粗糙的手掌上擺好，「她叫我替她帶這點東西——也知道她為什麼要帶，我還能回不嗎？這樣好玩的東西！」罕姆說，同時望著荷包出神。「裡面有這麼一點錢，艾姆麗我的寶貝！」

他把荷包收起來，我就又跟他熱烈握手——因為這比無論說什麼話都更舒服——然後我們不聲不響蹀來蹀去了一兩分鐘。接著門開了，裴媽出來了，做手勢叫罕姆進去。我本想走開的，不過她跟了過來，一定要我也進去。即使在那時，我都想避開，他們全在裡面的那間房，不過因為這間房正是我不止一次提到的精緻磚砌的廚房。門一開就是，所以我還沒有想到要不要進去，已經跟他們在一起了。

那女子——就是我在沙灘上見到的那個——靠近火爐，坐在地上，頭跟一隻膀子擱在一張椅子上。從她的姿勢看來，我知道艾姆麗剛從椅子上起身，這個女子可憐的頭也許就擱在艾姆麗腿上的。我只看到她臉的一小部分，她的頭髮披在臉上，蓬蓬鬆鬆地，好像她自己的手剛把它弄亂的。不過，我看得出她年輕，面貌漂亮。裴媽哭過了。小艾姆麗也哭了。我們一進去，誰也沒有說一句話。靜默中食器櫥上的荷蘭自鳴鐘好像的嗒得比平時加倍響。

艾姆麗先開口了。

「瑪撒想要，」她對罕姆說，「到倫敦去。」

「為什麼到倫敦？」罕姆問。

他站在她們兩人中間，望著那個低著頭的女子，既可憐她，又不願意她跟他愛到極點的艾姆麗有什麼往來，心情複雜（他那種情態，我至今清清楚楚記得）。他們兩人說話好像都當瑪撒病了一樣，聲調柔和而低沈，聽得清楚，可是比耳語高不了多少。

「那裡比這裡好，」另一個喉嚨出聲了——是瑪撒的，不過她並沒有動。「那裡誰也不認識我。這裡人人認識。」

「她到那裡要幹什麼呢？」罕姆問。

瑪撒抬起頭來，向罕姆黯然打量了一會，然後又低下頭去，右臂繞著頸項，好像發燒的女人，或是中了鎗彈痛苦極了，身體扭動。

「她會想法學好，」小艾姆麗說。「您不知道她對我們說了什麼。他知道嗎——他們知道嗎——姨媽？」

裴媽憐憫地搖了頭。

「我一定出力，」瑪撒說，「只要你們幫我走成功。我再不會比在此地更墮落了。會學好的。唉！」說到這裡，她打了個可怕的寒噤，「帶我離開本街本巷，這裡全鎮的人從我小時候起就認識我了！」

艾姆麗向罕姆伸過手去，我看見罕姆放了一個小帆布口袋在她手心。她接了過去，好像以為是她自己的荷包，向前走了一兩步；發現自己錯了，又回頭，到罕姆退後到靠近我的地方，把口袋給他看。

「全是你的，艾姆麗，」我聽得見罕姆說。「全世界我所有的沒有一樣不是你的，我的好人。這筆錢除了為你用，我什麼快樂也不會有！」

艾姆麗眼睛裡重新湧出淚來，不過她轉過身，朝瑪撒面前走去。她給了瑪撒什麼，我不知道，只看見她彎下腰去，把錢遞到瑪撒懷裡。問她夠不夠？還低低說了什麼。「用不著這麼多，」另一個說，捧起她手，吻了一吻。

然後瑪撒起身，圍巾把頸項圍了，遮了臉，哭出聲來，慢慢走到門口。出門前她站了下來，好像要說什麼，或者想回來。可是什麼話也沒說出口。圍巾裹著，發出同樣低沈、傷心、可憐的呻吟，走了。

門關起來以後，小艾姆麗慌忙望著我們三個人，然後兩手捧著臉，抽抽噎噎哭起來了。

「別哭呀，艾姆麗！」罕姆說，輕輕拍艾姆麗的肩膀。「別哭，我的寶貝！你不該這麼傷心哭，好孩子！」

「唉，罕姆！」她叫道，還很可憐地哭著，「我不好，應該做個好姑娘才對！我知道，有時候我不知道感激，本來應該知道的！」

「那裡，那裡，你知道的，我有數，」罕姆說。

「不知道！不知道！不知道！」小艾姆麗叫道，一面哭，一面搖頭。「我該做個好姑娘的，可是並沒有。差得遠！差得遠！」

她哭個不停，好像心都要碎了。

「我太辜負你的情意了。我知道是辜負了！」她哭得氣都透不過來道。「我時常跟你發脾氣，三心二意的，其實應該大不相同。你從來沒有這樣對待我。為什麼我總這樣對你，其實除了感激你，叫你心裡暢快，什麼都不該想到！」

「你總叫我心裡暢快的，」罕姆說，「我的心肝！我看到你就快樂。我整天想到你都快樂。」

「唉，這是不夠的！」她叫道。「這是因為你人好。不是因為我好，唉，我的好人，要是你喜歡另外一個人——比我主意定，比我賢慧，全心全意向著你，沒有我這樣好虛榮、三心二意，你會更福氣！」

「可憐的小菩薩心腸！」罕姆低聲說。「是瑪撒把她完全攪昏了。」

「姨媽，」艾姆麗哭道，「請您過來，讓我把頭靠在您身上。唉，我今兒晚上糟透了，姨媽！唉，我該做個好姑娘的，可是沒有！我不好，我知道！」

裴媽趕快跑到爐子旁邊椅子上坐下。艾姆麗兩隻膀子繞著自己頸項，跪在她面前，抬頭望著她臉，神情非常急切。

「哎呀，求求您，姨媽，出力幫我！罕姆，心肝，出力幫我！大衛先生，看在往日分上，請您一定出力幫我的忙！我要做個好姑娘。我要比現在知道感激一百倍。我要曉得做好男人的老婆，過平平靜靜日子的福氣。哎，哎，天哪，天哪！」

她把臉埋在我老保母的懷裡，不再請我們幫忙了。她痛苦悲傷，所以剛才那番懇求一半是女人的，一半也是小孩的。其實她所有舉動都是這樣（照我想，就她的美貌來說，這比別的儀態更自然，更適宜些）。此刻，她不聲不響在哭泣，我的老保母就當她是嬰孩一樣，拍拍她。

漸漸地，她鎮定下來，我們就好言安慰，時而說些振奮她的話，時而跟她開點玩笑，末了，她抬頭跟我們說話了。所以我們繼續說個不停，引得她先露笑容，繼以大笑，一半含羞地坐直了。裴媽理齊她散亂的鬈髮，抹乾她的眼睛，把她重新打扮齊整，免得回家她舅舅奇怪為什麼他的命根子哭了。

那晚我看到她做了從來沒做過的事，我看到她天真地吻她未婚夫的嘴巴，緊貼著他粗壯的身子，好像那是她最可靠的依靠。月色漸晦，他倆一同離開，我望著他們，把他們離開的情形和瑪撒的比較，發現艾姆麗兩手抓住罕姆的膀子，仍然緊貼著他。

第二十三回　我證實狄克先生的話，選了職業

逛街衢老婦逢無賴
習法律學子拜業師

我早上醒來，想到小艾姆麗很多，和昨晚瑪撤走了以後她的情緒，覺得好像他們對我推心置腹，把自家的弱點和感傷讓我曉得，我也負了神聖的責任，認為不可透露出去，即使給司棣福知道，都算出錯。我對別人都無所謂，只有這位小美人，從前跟我一塊玩過，那時我的確死心眼兒愛過，我總相信如此，將來到我斷氣那一天我都相信的，對她可仍舊懷著柔情。她無意中把心事向我揭出，不能自制，我如果讓別人聽到，連司棣福在內，都算是沒有心肝的行為。我不能做這種事，我們無邪的童年有一片光彩罩著，我總看到她頭上有那個光輪，為那光輪，我也不能說。所以我下了決心，把這番經過擺在心裡，也在心

裡給她添上新的美德。

我們吃早飯的時候，接到我姨婆寄來的一封信。關於信裡面提的事，我以為司棣福能出極高明的主意，而且，知道自己應該樂於同他商量一下，所以就拿定主意，把這件事作為回去路上的話題。當時跟所有的朋友告別，就夠忙一陣了。巴基斯叔叔捨不得我們走不亞於別人，我相信要是能留我們在雅茅斯再待四十八小時，甚至叫他打開箱子，再犧牲一個基尼，他也情願的。裴媽跟她全家看我們走都依依不捨。峨碼·焦阮全店的人都來送別。許許多多船戶都自動來招呼司棣福，幫著把旅行皮包拎上馬車，即使我們有一團人的行李，也用不著雇腳夫來搬了。總之，我們動身了，友好都不捨得我們，也羨慕我們，好多人都十分傷感。

「栗鐵沒，你在此地待很久嗎？」我問，這時他正站在那裡伺候馬車出發。

「不很久，先生，」他答。「大約不會多久，先生。」

「現在他還不能說呢，」司棣福不經意地說。「他知道些什麼事要辦的，會把事辦掉。」

「他一定會的，」我說。

栗鐵沒手舉到帽沿，表示領我的稱讚之情，我覺得我大約有八歲年紀。他又舉了一次手，好像祝我們旅途平安。我們走了，贕下他站在人行道上，跟埃及任何一座金字塔一樣體面、神秘。

有一陣子我們都沒有說話，司棣福沈默，異於尋常。我心裡忙著盤算，幾時才能舊地重遊，當中這段時期，不知道我和這些地方又將有什麼新的變遷。終於司棣福又高興起來，頃刻間話多起來。他本來如此，無論那一刻，要變成什麼樣子都行的。他一把抓住我脖子。

「開口呀，大衛。吃早飯的時候你提起的那封信，怎麼樣啊？」

「哦，」我說，從口袋裡掏出信來，「我姨婆寫來的。」

「她說了什麼要考慮考慮的？」

「你知道，司棣福，」我說，「她提醒我，我這次出來旅行，目的是四處看看，動點腦筋。」

「這兩點，你當然都做到了吧？」

「實在呢，我不能說已經顯著做到了。對你說句真話吧，我恐怕已經忘掉了。」

「那麼，現在你四處看看，補救你的疏忽吧，」司棣福說。「你瞧右邊，看得到一片平坦的鄉下地方，有許多沼澤。瞧左邊，看到的是一樣。看前面，也沒有分別。看後面，還是一樣。」

我笑起來了，回說我看了全部景色沒有發現合適的職業，也許該怪這一帶地勢太平吧。

「我們的姨婆關於這件事說些什麼啊？」司棣福問，眼睛瞟一瞟我手上的信。「她可有什麼主意嗎？」

「嗯，有，」我說。「信裡問我要不要做代訴人①。你以為這怎麼樣？」

「這我可不知道，」司棣福冷淡地答。「你幹這一行跟幹無論那一行都一樣，我想。」

他把所有的行業都看成一樣，我又忍不住笑了，就老實告訴他。

「到底代訴人是幹什麼的，司棣福？」我說。

「是呀，是法律方面帶點隱修士意味的代理人，」司棣福答。「他在民法博士會館裡設的某些已經不大用得著的法庭上出庭，就跟今天小律師在下級法庭和平衡法庭上出庭一樣。（博士會館在聖保羅教堂墳地附近冷僻老舊的角落裡。）幹這一行的人是政府官員，大約兩百年前就該自然而然地沒有了。我告訴你代訴人是什麼人，最好的方法是告訴你民法博士會館是什麼。是個執行所謂宗教法的偏僻小地方，根據國會已經作廢的荒唐舊法令玩各種各樣的花樣。世界上四分之三的人都完全不知道這些法令，其餘四分之一的人則假定，這是各位從愛德華皇帝朝代挖出來的化石似的東西。這個地方，古時候包辦人的遺囑和婚姻，大船小船的爭論。」

「胡說，司棣福！」我叫道。「你難道說航海和宗教的事有什麼關聯嗎？」

「我的確沒有這個意思，老兄，」他答。「不過我的意思是說，這兩類事情都由同一

---

①代當事人處理民事及教會法庭案件的律師。

批人處理，同一批人判決，就在同一博士會館裡。你有一天會到那裡去，發現他們處理『南塞號』撞沉了『撒拉·簡』號，或者裴格悌先生跟雅茅斯船戶冒了狂風，帶了錨和纜出海，去營救遇難的『納爾遜』號印度貿易船這些案子，把《楊氏字典》裡一半航海的術語搞錯。另外一天你到那裡發現，一位牧師品行不端的案子，他們正忙著審查贊成他的，反對他的證據；而審問航海案子的法官，就是牧師案子裡的律師，或者顛倒過來。他們就像演員一樣，有時是誰的法官，有時又不是法官；有時是這種人，有時是另一種人，有時又是一種人，變來變去。不過總是一件很叫人愉快、有錢賺的私下演給特別挑選出的觀眾看的戲劇、小事。」

「不過律師和代訴人不是一樣的嗎？」我說，有點胡塗了。「是不是？」

「不是，」司棣福答。「律師是平民——在大學得了博士學位的人——這是關於這方面我懂得的第一個論點。代訴人雇用律師。這兩種人都拿到很舒服的酬金，共同組成有力而嚴密的小團體。整個說來，我勸你高高興興，去博士會館好了，大衛。我可以告訴你，那裡的人講氣派，很得意呢，如果說這也算什麼得意事的話。」

司棣福對這件事態度這樣輕率，我也要打他折扣，因為我心目中那個「聖保羅教堂墳地附近便於人懶散而陳舊的角落」，嚴肅而古老，自有沈靜的氣氛，想到這一點，對姨婆的主張就不會覺得不喜歡了，何況她完全聽我作主。她毫不遲疑地告訴我，最近她為了在遺囑裡指定我繼承，去看她在博士會館的代訴人。

「不管怎樣，我們的姨婆這件事做得高明，」司棣福說，「值得贊成。小菊花，我給你的主意是，你高高興興到博士會館去好了。」

我也打定主意去了。就告訴司棣福，姨婆在城裡等我（她信裡提到的），她有一個星期要住在林肯法學院廣場一家不接一般客人之類的旅館，有石頭樓梯，屋頂上有太平門；姨婆認為倫敦每夜家家都可能失火燒光②。

此後我們的旅程很愉快，有時重提博士會館，指望多年後我做代訴人的日子。司棣福用各種滑稽、古怪的想去，描繪我做了代訴人的情形，說得我們兩個人都覺得很有趣。等我們到了終點，他回家去，約好後天來找我，我就坐馬車到林肯法學院廣播，原來姨婆等著吃晚飯，還沒有睡呢。

我們重逢的歡喜，就是別後我周遊了全世界回來，也不過如此。姨婆一摟起我來就哭了，假笑道，要是我去世的母親還活，那個小蠢東西一定會淌眼淚的。

「您把狄克爺爺留在家裡了嗎，姨婆？」我說。

「他不來，我心裡不好過——咦，戔浧，你好嗎？」

②按倫敦在一六六六年九月二日大火，連燒五天，全城幾乎成為焦土。

戔涅跟我行了屈膝禮，問我好，這時我發見姨婆的臉拉得很長。

「我心裡也不好過，」姨婆說，擦擦鼻子。「喬，自從到這裡來我的心總放不下。」我還沒有來得及問為什麼，姨婆就告訴我。

「我的確相信，」姨婆說，一手放在桌上，神情斷然憂鬱，「狄克的為人，不是不許騙子闖進來的那種。我有把握他缺乏意志力。我該把戔涅留在家裡代替他，這樣也許才會放心。要是有騙子闖到草地上來，」姨婆著力地說，「今天下午四點鐘一定有一條！我當時覺得從頭到腳都冷透了，我知道準是騙子！」

關於這一點，我想法安她的心，可是她不要人安慰。

「是一條驢子，」姨婆說。「尾巴粗短的，『謀殺人』的姊姊那女人到我們家來騎的。」這是從那次起我姨婆知道的牟士冬姑姑的唯一名字。「多佛要是有那一條驢子膽子大，比別的驢子更叫我受不了，那就是這條畜生了！」

戔涅冒昧說道，姨婆也許是杞人憂天，她相信，提到的那條驢子那時正幹著運送沙石的行業，不能再用來糟蹋人了。可是姨婆不肯聽她這話。

姨婆的套房雖然高高在上——因為她省錢，要多點石頭樓梯呢，還是為了更靠近屋頂的太平門，我不知道——總之晚飯已經擺得現現成成、熱呼呼的，有烤雞、大塊肉片、好幾樣蔬菜，我大吃一頓，覺得味道都好極了。不過，姨婆對倫敦的食物有她的看法，只吃了一點點。

「我想這隻倒楣雞是在地窖裡生出來餵大的。」姨婆說，「除了在出租馬車出租的地方，沒有見過天日。我真希望這肉片作興是牛肉，不過我相信不是的。我看，這個地方除了爛泥沒有真東西。」

「您想這隻雞不會是鄉下運來的嗎，姨婆？」我點她一下。

「當然不會是，」姨婆答。「倫敦生意人不高興嘴裡說什麼就真賣什麼。」

我沒有駁她，免得碰釘子，不過飽吃一頓，她看了大為滿意。桌子收拾乾淨以後，戔涅幫她把頭髮綰好，戴上睡帽。這頂睡帽比通常的構造巧妙（姨婆說，「以防萬一有火災」）。她把長袍下襬折疊起來，蓋在膝上——她平時就是這樣，在上牀之前把自己焐暖的準備。我就照千篇一律，不許改動絲毫的老例，熱了一杯兌水的葡萄酒，烤一塊麵包，切成長條給她。除了這些東西作伴，就賸我們在一起度完這一晚了。姨婆坐在我對面，喝她兌水的酒——把烤麵包條一一蘸了酒再吃，從睡帽邊空檔那邊慈和地望著我。

「我說，喬，」她開口了，「做代訴人的計畫，你覺得怎麼樣？還是你還沒有考慮呢？」

「這個計畫我已經想過好多了，好姨婆，也跟司棣福討論過很多。真很喜歡。喜歡得不得了。」

「嗐，」姨婆說，「那好極了。」

「我只有一點不放心，姨婆。」

「什麼事不放心，說啊，喬，」她答。

「嗯，我想請問，姨婆，據我曉得的，幹這一行的好像人不多，是不是要花很多錢才打得進去？」

「要花呀，」姨婆答，「正好一千鎊，你才可以得到學徒的契約。」

「好了，好姨婆，」我把椅子挪近她些說，「我心裡為這一點很不安。這筆錢很可觀。我念書您已經用了一大筆錢，不管什麼，為了我，您都盡量破鈔。您一直是慷慨大方的人。我想一定有些別的事情我可以不花什麼錢，就插足進去，而且只要有決心，肯苦幹，就很有希望有進展。您以為走那條路一定會差些嗎？您真花得起這麼多錢，而且要這樣花法才對嗎？您是跟我母親一樣待我的人，我才請您思前想後的。您想透了嗎？」

姨婆把正吃著的一條烤麵包吃完，全部時間正對著我臉望，然後把酒杯放在壁爐架上，兩手一叉放在摺起的裙子上，回下面的話道：——

「喬，我的孩子，我這輩子要是還有什麼目標的話，這個目標就是出力叫你做個正派、有頭腦、快樂的人。我決心要做到這一點，狄克爺爺也有這個決心。我倒喜歡有我認識的人聽聽狄克關於這件事說的話。他的話聰明得嚇壞人。可是除了我，誰也不知道這個人智慧有多豐富！」

她歇了一下，把我的手拉去，放在她兩手中間，繼續說道：——

「喬，追究既往，除非對目前有點好處，是無益的。我也許可以跟你去世的父親關係好一點，跟你去世的娃娃母親關係好一點，即使你姊姊貝采・喬幄叫我失望了也沒有關係。你到我這裡來的時候，是個溜掉的小孩，渾身灰濛濛的，路上辛苦得不成人形。也許我就有那種想法了。從那一刻起，一直到現在，看，你總替我爭氣，叫我有面子，心裡喜歡。我的錢誰也沒有權說該歸他得，「至少」——說到這裡她遲疑了，也沒有主意了叫我詫異——「不，我的錢沒有誰有權說該歸他得——你又是過繼給我的孩子。我青春時期，運氣不好，沒享到福，到了這個年紀，就憑你乖乖地孝順我，包涵我古裡古怪的思想、莫名奇妙的想法，對這個老太婆的好處已經比這個老太婆對你的大多了。」

這是我第一次聽姨婆提她的往事。她安靜地提起，又一筆收起，自有一股崇高的氣概，使我對她敬愛倍增，再沒有什麼別的事情能這樣感動我了。

「這件事我們彼此全商量好了，明白了，喬，」姨婆說。「以後別再提了。給我親一親，明天早上吃過早飯，我們上會館去。」

就寢前，我們在爐邊長談。我睡在姨婆那層樓上另外一間房裡，夜裡她一聽見遠遠出租馬車或者菜市馬車的聲音，就緊張起來敲門問我「聽見救火車沒有？」我也有點給她攪得不安。不過，快天亮的時候，她睡得好些，也讓我好好睡了一覺。

大約中午時分，我們到民法博士會館裡司本羅・焦金斯事務所。姨婆對倫敦還有一個看法，就是她看到的男人個個都是扒手，所以把錢袋交給我拿，裡面有十基尼和一些銀幣。我們在弗利特街③玩具店門口停了一停，看巨大的聖當司登教堂的巨人像敲鐘——我們算好時間去，趕上打十二點鐘的——然後繼續往拉蓋特山和聖保羅教堂墳地。我們正走過拉蓋特山，我忽然發現姨婆腳步加快了，面露驚惶之色。同時我發現，有個陰森可怕、衣著襤褸的男人早一刻也站下來順便望著我們，這時跑了過來，跟我們近得碰到了姨婆。

「喬！我的乖喬！」姨婆驚恐地低低對我叫道，同時緊握我的膀子，「我不曉得怎麼是好。」

「別慌，」我說。「用不著害怕。您走到一家店裡去，我很快可以打發掉這個傢伙。」

「不要，不要，孩子！」她答。「無論怎樣不要跟他說話。我求求你，我命令你！」

「我的天！姨婆！」我說，「他算不了什麼，不過是個結實的叫化子罷了。」

「你都不知道他是什麼人！」姨婆答。「也不知道他是誰！別胡說！」

我們一路說著，在一家沒有人的門口站住，那人也站住了。

「別瞧他！」我非常生氣掉過頭望他，這時姨婆就說，「去替我叫輛馬車來，寶貝，

③弗利特街（Fleet Street）是倫敦報館集中地。

你到聖保羅教堂墳場去等我。」

「等您？」我依様畫葫蘆地問。

「對，」姨婆答。「我一定要一個人去。要跟他去。」

「跟他去，姨婆？這個人？」

「我頭腦還清楚呢，」姨婆答，「我吩咐你，我非如此不可。替我叫輛馬車！」

不管我多驚詫，也知道這樣斷然的命令是沒有辦法不服從的。我加快幾步，叫了一輛面前經過的空出租馬車。我還沒有來得及放下腳板，姨婆就跳上去了，我都不知道她怎樣上去的，那人也跟上。姨婆揮手叫我走開，樣子非常認真，所以我雖然大惑不解，隨即也就離開他們。我一走就聽見姨婆對車夫說，「隨便到那裡！朝前筆直走！」立時馬車從我身邊走過，往山上去了。

狄克先生對我說過的話，跟我認為他幻想的假設，這時都映上我的心頭。我認定這就是狄克先生很神祕提到的那個人，不過他能有什麼威力制住姨婆，就極不是我能想像了。我在教堂墳地定了半個鐘頭的神，看見馬車回來了。車夫把車在我身邊停下，姨婆獨自坐在裡面。

她經過這番騷擾，還沒有充分恢復寧靜，所以不能去看我們要看的人。她叫我也上車，關照車夫上上下下走一會兒。她不說別的了，只說，「好孩子，別問我怎麼回事，也不要再提這回事，」末了，她心定下來，才告訴我，她此刻已經完全沒事，我們可以下車。她把錢袋交給我拿錢給車夫，我才發現，所有基尼全不見了，只賸些零散的銀幣在裡面。

博士會館由一條低矮的小拱道進去。我們過了小拱道，在街上還沒有走許多步，城市的喧譟就好像受了魔力的影響，消融到靜寂的遠處去了。我們走過幾個蕭條的庭院，幾條狹窄的過道，到了司本羅·焦金斯裝了天窗的事務所。門堂裡有三四位書記在抄寫。這裡本是教堂，現在的「香客」進去不用行敲門儀式了。職員裡有一位，矮小乾癟，單獨坐著，頭戴僵硬的棕色假髮，看樣子好像是薑餅做的，起來招呼姨婆，把我們引進司本羅先生的辦公室。

「司本羅先生出庭了，太太，」乾癟的人說。「今天宗教裁判上訴院開庭，不過法庭離此地很近，我請他馬上就回來。」

去請司本羅先生的當兒，我們正好四處看看，我也就利用這個機會。辦公室裡的家具是舊式的，罩了灰塵。寫字檯面上的綠色粗呢已經褪色，跟老叫化子一樣破爛無光。桌上堆了好多疊文件，有的批註為「辯解」，有的批註為「誹謗」④（叫我詫異），還有些批

---

④應為民事或宗教法庭原告的訴狀，原文libel之常用字義為誹謗，所以主人公覺得詫異（他那時還不懂法律名詞）。

註為「主教法庭」經辦，有些批註為「宗教裁判上訴院」經辦，有些批註為「遺囑案件法庭」經辦，有些批註為「海事法庭」經辦，有些批註為「君王代表法庭」經辦。我想知道到底一共多少法庭，要多久才能全懂這些法庭是做什麼的。此外還有許多大手抄本，是各種宣誓口供的證據卷，裝釘得很結實，分套縛在一起，每案一套，都很厚，好像每一案都是十卷二十卷的歷史。我想這一切看來都相當費錢，因此也覺得代訴人這個行業很適意。我正在放眼看這些和許多類似的東西，越看越得意的當兒，忽然聽到外面房裡急促的腳步聲，司本羅先生身穿白毛皮滾邊的黑袍匆匆進來了，一進來就脫了帽子。

他是個塊頭小、淺色頭髮的上流人，穿了雙挑不出毛病的靴子，打了條白頭巾，穿了件領子漿得挺硬的襯衫，和極整齊貼身扣鈕的衣服。絡腮鬍子卷得很合式，一定下了很大功夫。他的金錶鍊非常沈重，我看了不免想入非非，以為他應該有金箔匠店掛出來的那種強壯有力的膀子，好把錶鍊拉出來。他穿著得講究，也很僵硬，所以身子彎不下來，坐在椅子上之後，要看桌上的某些文件，只好跟傀儡戲裡滑稽木頭人一樣，從脊椎骨尾以上移動全身。

我早就由姨婆介紹過了，司本羅先生接待我很客氣，這時說，——

「考勃菲爾先生，你真想參加我們這一行？前天我幸而會見您姨婆，無意中提到，」——身子又往前一傾，又做了一次木頭人——「此地有個空缺。承您姨婆的情，說到她有位姨姪孫，特別歸她撫育的，她要供應他過上流生活。這位姨姪孫，我相信，現在幸會了」——又做了一次木頭人。

我鞠躬表示我就是，說姨婆跟我提過，有個空缺，我相信，我會很喜歡。說我極有喜歡的傾向，所以立刻贊成這個主意。還不能絕對保證喜歡，要等多知道一點兒這一行才行。雖然不過是形式問題，我想，我希望有個機會試一試，到底有多喜歡這一行，再訂說好不能取消的合約。

「呃，當然！當然！」司本羅先生說。「我們這個事務所總提議一個月——開頭一個月。我自己呢，喜歡兩個月——三個月——實在呢，不拘多長——不過，我還有位合夥人，焦金斯先生。」

「學費呢，先生，」我答，「是一千鎊嗎？」

「學費，包括印花，是一千鎊，」司本羅先生說。「我跟你姨婆說過，我沒有想賺錢的心——我相信很少人像我這樣不想的——不過，關於這些事焦金斯先生有他的意見，我非尊重不可。要而言之，焦金斯先生還以為一千鎊太少呢。」

「我想，先生，」我說，仍舊想替姨婆省錢，「如果定了年限的書記特別能幹，做這一行的工作十足在行，此地沒有這個規矩」——說到這裡我不禁臉紅了，這話簡直太像誇獎自己了——「我假定，此地沒有這個規矩，在他學了幾年以後，給他一點——」

司本羅先生費了大力，把頭伸出硬領巾一點點，可以搖了，然後答道，預料我要說的是「薪水」這個詞：——

「沒有。我不想說我個人對這一點有什麼想法，考勃菲爾先生，要是我能作主的話。焦金斯先生是絕不通融的。」

這位焦金斯真可怕，想到他，我很沮喪。不過後來我發現他是個性情溫和而氣質嚴肅的人，在事務所裡的作用總是置身幕後，只由旁人假他的名，說他是個最頑固、最無情的人。如果書記要加薪，焦金斯先生不願意聽這樣的建議。如果客戶帳單付得慢，焦金斯先生一定會逼他付掉。不管司本羅先生對這些事多麼於心不忍（他總是這樣的），焦金斯先生總要硬起心腸依約行兇。司本羅是菩薩，心和手本來都張開著，可是給兇神焦金斯管死了。日後我閱歷漸深，才體會到有些別的行家也用司本羅・焦金斯的手法做生意！

結果決定，一等我喜歡，就開始我一個月的試習，姨婆用不著待在倫敦，也不要在到期的時候回來，因為我要訂的學業合約可以寄到家裡給她簽字。商量到這個地步，司本羅先生就提議當時就地帶我去法庭，讓我看看這是什麼樣的地方。我既然極想知道，我們就存了這個心思出發了，把姨婆留下。不過她說，她可不信任這些地方。我想她認為所有法庭都是火藥工廠之類地方，隨時會爆炸的。

司本羅先生帶我走過地面鋪過，由莊嚴的磚頭房屋圍起來的院子，門上有各個博士的名字，從這一點我推測，這就是公家給有學問的律師的住宅了，司棣福對我說起過的。然後我們就進了左首一間陰暗的大房間，在我想來，倒跟小教堂差不多。這房間的上部跟別的部分用柵欄隔開，那裡馬蹄形的壇兩邊老式舒適的餐廳椅上，坐著各式穿紅袍、戴灰假髮的人。我發現他們就是上面提到的博士。馬蹄形彎曲的地方，有張像講道台的桌子，一位老先生坐在那面前眨巴眼兒。這個人要是我在養鳥的地方見到，一定以為他是隻貓頭鷹，不過後來才知道，他就是審判長。壇裡面比馬蹄低的地方，就是大約跟地板一樣高的所在，有各式其他的人，跟司本羅先生一樣的身分，也是跟他一樣，穿的白毛皮滾邊的黑袍，坐在綠色長桌面前。他們的頭巾一般都僵硬，我想，派頭都很大。不過，說他們派頭大我立刻覺得未免不公道，因為等他們兩三位站起來答審判長大人話的時候，我從來沒有見過更柔順的人了。公眾由一個圍了圍巾的男孩和一個擺窮架子、偷偷地從口袋裡掏麵包屑吃的男子代表，這兩人在法庭中央爐邊取暖。這地方靜得死氣沈沈，只有這爐火燒著的吱吱聲和一位博士引證聲打破岑寂。博士在全部圖書館那麼多的證據裡找話慢慢亂說，時而停下來發表一點議論，好像長途旅行在路旁小客棧留宿。總之，我從來沒有參加過這樣安逸、叫人瞌睡、老式、忘記時間、心不在焉的小小家庭聚會；心裡想如果加入，不管擔任什麼腳色，都是很舒服的，跟服止痛鴉片藥差不多——也許做起訴人又當別論。

看了這個跟做夢一樣的隱退所，我非常滿意，就跟司本羅先生說，這一回我已經看夠了。我們又和姨婆到了一起，我立即跟她一起離開博士會館。一走出司本羅和焦金斯的事務所，我就覺得自己很年輕了，因為那裡的小職員用筆互戳，指出我來。

我們抵達林肯法學院廣場，沒有碰到任何新的意外，只有一頭拉小販水果車的倒楣的驢子，引起姨婆痛苦的聯想。我們平安回到旅館，又長談了一次我的計畫。我知道姨婆極想回家，而且她在倫敦沒有半個鐘頭，可以說是過得安逸的，總給火燭、飲食、扒手輪流苦惱。所以我勸她不要為我待下去，讓我自己照應自己好了。

「到明天我上這兒來還不到一個禮拜，可也沒有一天不也想到這一點，寶貝，」姨婆答。「阿岱爾菲那一區有一組一組出租的單身人公寓，供家具的，喬，你住應該合適極了。」

她這樣簡單提了一下，就從口袋裡掏出一張小心從報上剪下來的廣告，上面說，阿岱爾菲區勃金恩街有異常合宜緊湊的單身人公寓出租，供家具，河景在望，適於年輕高尚男子，法學協會任何一會會員或其他人士居住，隨時可以遷入。租金低廉，如因情況所限，僅租一月亦可。

「啊，正是我要找的，姨婆！」我說，一想到我可以住單身人公寓，好不威風，臉都紅了。

「那麼好，」姨婆答，馬上戴起剛放在一旁的帽子。「我們去看一看。」

真就去了。廣告叫我們就地找克拉太太，我們就按地下室門鈴，以為這是跟克拉太太接頭的地方。按了三四次，克拉太太才肯跟我們碰頭，終於出現了。是個粗大的婦人，身穿鑲了荷葉邊的法蘭絨裙，外罩本色布袍。

「請您帶我們看看這些單身人公寓吧，太太，」姨婆說。

「給這位先生住嗎？」克拉太太說，一面掏鑰匙。

「對了，給我姨姪孫住的，」姨婆說。

「這套房給這位先生住是呱呱叫的！」克拉太太說。

於是我們上了樓。

套房在屋頂——這是姨婆認為重要的一點，因為靠近太平梯——共有一個半明半暗的小入口，差不多看不見什麼東西，一個完全看不見東西的小食品室，一間起坐間，一間臥房。家具相當舊，不過我用好得很了。果然，窗外就看見河。

我喜歡這個地方。這時姨婆跟克拉太太就撇開我到食品室裡談租金，我就在起坐間沙發上，不大敢想我居然命中註定能住這樣高貴的房子。她們一對一的格鬥歷時相當久。談完了出來，從克拉太太和姨婆的臉色看來，我知道租約訂好了，真開心。

「這是前一個房客的家具嗎？」姨婆問。

「是的，是他的，太太，」克拉太太答。

「他怎麼了？」姨婆問。

克拉太太忽然劇烈地咳起來了，萬分困難掙扎著說話。「他在此地病了，太太，後來——

唉！唉！唉！我的天！——死了！」

「唷！什麼病死的？」姨婆問。

「他呀，太太，死在酒上，」克拉太太偷偷地說，「還有烟。」

「烟？不是烟囪嗎？」姨婆問。

「不是的，太太，」克拉太太答，——「雪茄和烟斗。」

「無論如何，喬，那不會傳染，」姨婆掉過頭來對我說。

「的確不會，」我說。

簡單地說，姨婆看見我多喜歡這個地方，就租了一個月，到了期可以再住十二個月。克拉太太要供應被單、桌布，負責烹調；至於所有其他必需的東西，已經齊備了。克拉太太特別明白表示，她渴望待我像她兒子一樣。叫我後天搬來住。克拉太太說，謝謝天，她現在找到一個她可以照顧的人了！

我們回去的路上，姨婆告訴我，她多充分相信，我今後過的生活會把我引上過堅定的和自己靠自己的路子，我需要的一切就是這兩樣。第二天我們忙著把放在威克菲爾先生家的衣服和書籍運來的當兒，這話她又說了幾遍。我寫了一封長信給娥妮絲，把這件事和我最近度假的全部經過告訴了她，請姨婆帶去，因為姨婆明天就回去了。我也不必把這些細節拉長了來說，只要補一句，在我試驗的一個月期間，所有我的需要，姨婆已經給足了錢。

司棣福沒有在她走之前來，我和姨婆都大失所望。我看姨婆安然就了到多佛馬車的座，戔涅坐在她旁邊，想到亂闖的驢子就要遭殃，十分高興。馬車走了之後，我臉就朝阿岱爾菲，想想從前我經常在那些地下的拱門一帶閒逛的情形，和使自己住到上層的那些幸運的變化。

第二十四回　初度放蕩

喬遷誌喜公子宴客
濫醉失儀佳人傷心

獨自住那樣巍峨的樓閣，把外面一道門關好，就覺得我像魯濱遜進了他的堡壘，扯起了梯子①，實在是件極稱心的事情。在城裡逛街，口袋裡放著房子的鑰匙，知道可以請任何人來我家，確實相信，既然我不覺得不方便，無論那一個也不會覺得不方便的，這也是件極稱心的事。進進出出，來來去去，用不著跟任何人關照一句，有事的時候，按鈴叫克拉太太，看她從地底下深的地方上來，上氣不接下氣——如果她打算來的話，也是件極稱

①見《魯濱遜漂流記》。

心的事。我說，這一切都極稱心，不過我也得說，也有極無聊的時候。

早上很好，特別是在天氣好的早晨。白天看來，我的生活很新鮮，自由自在。日光下更新鮮，更自由自在。可是白天漸漸消逝，生氣也好像蕭條了。我不知道是怎麼一回事；燭光下的日子難得是良辰。那時我就需要有人談談。我想念娥妮絲。覺得空虛得可怕，現在沒有那含笑的人可以寄託我的心腹了。克拉太太好像離我很遠。我想起前一個房客，他喝酒抽煙而死。恨不得他做點好事還活著，而不要死掉，叫我受苦。

住了兩天兩晚，我覺得好像已經在那裡住了一年了。我並沒有增長一個鐘頭的歲月，卻仍舊給我自己的幼稚所苦。

司棣福還沒有來，引得我擔心，以為他一定病了。第三天我一大早離開博士會館，走到高門。司棣福母親看見我很高興，說司棣福跟一個牛津朋友去看另外一個住在聖阿爾本斯附近的朋友，不過她抵算他明天才回來。我太喜歡他了，所以對他牛津的朋友很有嫉妒的心思。

司棣福母親硬叫我在她家吃晚飯，我就待下來了，相信整天沒有談別的，就只談司棣福的事。我告訴她，雅茅斯的人多喜歡他，他在那裡跟人相處多有趣。笪忒爾小姐有許許多多暗示和玄妙的問題，不過很注意我們在那裡的活動，說，「可是真的嗎？」諸如此類，問得多，結果她要曉得的全從我口裡套去了。她的外表和我第一次形容的完全一樣，不過，跟兩位婦女在一起是很舒服的，我也周旋裕如，都覺得有一點愛上她了。那晚有好幾次我止不住想，特別是我一個人夜裡走回去的時候，如果她也在勃金恩街和我做伴，多麼美妙。

早上我喝咖啡，吃麵包捲，預備去博士會館——說到這裡，我可以提一提，克拉太太用多麼多的咖啡，而咖啡卻多麼沒味道，是叫人吃驚的，想想看——忽然司棣福跑進來了，真把我歡喜得無以復加。

「我的好司棣福，」我叫道，「我真以為再也見不到你了！」

「我給人拖走了，」司棣福說，「就是我回家第二天早上的事。呀，小菊花，你在此地是多希罕的老光棍兒啊！」

我帶他去看這個地方，連食品室也沒有漏掉，大為得意，他極其誇獎。「我的主張是這樣的，老兄弟，」他說，「我要當這裡是我城裡住的好地方，只要你不下令叫搬。」

我聽到這句話好高興。告訴他，要是他等我下這個令，他要等到世界末日。

「可是你要叫點早餐！」我說，手已經抓住鈴索，「叫克拉太太給你燒新鮮咖啡，我給你烤點鹹肉，我此地有個我弄來的單身漢用的鐵皮烤肉匣。」

「不必，不必！」司棣福說。「不要拉鈴！我不能吃！我要跟住在修院園比阿察旅館裡面的一個傢伙吃早飯。」

「可是你會來吃晚飯吧？」我說。

「不能，我賭咒。吃你的晚飯，我求之不得，可是我非跟這兩個傢伙在一起不可。我們明天早上三個人一塊兒走。」

「那麼約他們來吃晚飯，」我答。「你想他們會來嗎？」

「啊呀！他們來起來快得很呢，」司棣福說。「不過我們要攪你了。你最好還是來跟我們到別的什麼地方吃飯吧。」

我絕不肯答應這個辦法，因為我想到真該有個小小「暖新居慶」，再沒有更好的機會了。我的房間既然他大為誇獎，我又有了新的自負，極想把最大的效能發揮一下。因此壓著他以他兩個朋友的名義切實答應，於是我們約好六點鐘吃晚飯的時間。

他走後，我拉鈴叫克拉太太，把我不顧一切的計畫告訴了她。克拉太太說，第一，大家都知道不能指望她伺候，不過她知道有個靈巧的小伙子，她想用一番話可以說得他來幫忙，酬勞是五先令，小帳隨我的便。我說，我們一定要找他。其次，克拉太太說，她一人不能分身在兩個地方，這是很顯然的（我也覺得有理），所以食品室裡少不了個「小丫頭」，點一支臥室用的蠟燭，不停洗碟子。我問這個年輕女子要給多少錢，克拉太太說，她認為十八個辨士既不會叫我富，也不會叫我垮。我說我想不會。這件大事商量定了，克拉太太就說，現在談晚餐的菜。

替克拉太太造廚房爐灶的鐵工沒有先見之明，有個極好的例子，因為這個爐灶除了燒排骨和搗碎的馬鈴薯，什麼菜都不能煮。至於魚鍋，克拉太太說，呀，我可肯去看看爐灶？她的話要說比這一句更漂亮就辦不到了。我可肯去看一看？因為我即使看了也不會聰明多少，就回掉了，說，「不要去理會魚吧。」可是克拉太太說，別說這個話。牡蠣正上市，為什麼不弄牡蠣呢？所以這道像樣的菜就定了。然後克拉太太說，她要建議的是：兩隻熱烤雞——糕餅店有得買；一碟蔬菜燒牛肉——糕餅店有得賣；兩件桌角擺的，諸如一塊發麵餡餅，一碟腰子——糕餅店有得買；一件果餡餅，還有（要是我喜歡的話）一件果子凍——糕餅店有得賣。這樣一來，克拉太太說，她就可以不受牽制，全副精神用在馬鈴薯上，還端出上得了場面的乾酪和芹菜來。

我照克拉太太的意思行事，親自去糕餅店定菜。定好之後，臨河邊走著，在一家賣火腿和牛肉的店櫥窗裡看到一件堅硬斑駁的東西，就像大理石，不過標明是小牛頭做的「充海龞」，我進去買了一條。我至今相信本來夠十五人吃。好不容易說得克拉太太肯把它弄熱，等燉成了湯，縮了很多，變成司棣福說的，給四個人吃，「相當摳」。

各樣準備幸而完成，我在修院園菜市又買了一些甜點，在附近葡萄酒零售商那裡買了相當多酒。下午回家，看見酒瓶在食品室地板上排成方塊，好像非常多（雖然少了兩瓶，克拉太太為這件事很不安），我看了嚇了一大跳。

司棣福的朋友，一個叫格蘭吉，一個叫麻肯，都是非常快樂神氣的人。格蘭吉比司棣福年紀大些，麻肯外表年輕，我想還沒過二十。我發現麻肯想到自己總用不確定的「某人」，很少用第一人稱單數，從來沒用過。

「某人也許在此地過得很好呢，考勃菲爾先生，」麻肯說——指他自己。

「地方不壞，」我說，「房間真很寬敞方便。」

「希望你們兩個人胃口都好吧？」司棣福說。

「我名譽擔保，」麻肯說，「城裡跑跑，某人胃口大開。某人整天餓肚子。某人一直在吃呢。」

我開頭有點窘，做東道還太年輕，所以開飯的時候，逼著司棣福坐主人位子，我坐他對面。樣樣吃喝都很好，也沒有省酒。司棣福發揮他的本領，成績昭著，把局面弄得非常順利，所以我們的歡樂沒有停歇的時候。吃飯的時候，我沒有自己希望做到的那麼會陪客，因為椅子正對著門口，注意力總被那個靈巧的小伙子岔開，他常常溜出去，一出去，他的影子馬上總映在入口的牆上，嘴邊有個酒瓶。那個「小丫頭」也弄得我不得安坐——倒不是怪她忘記洗碟子，而是怪她打碎碟子。她生性好奇，講好只能待在食品室的，卻不聽話，不斷地張我們，不斷以為我們已經發現，好幾次嚇得縮回去，踏在她小心鋪在地板上的碟子上，破壞了許多。

不過這些都是小憾事，等桌布撤掉，甜點拿上來，很容易就忘記了。到了這段款客的時期，我們發現那個靈巧的小伙子已經連話都說不出了。我私下關照他去找克拉太太做伴，又把那個「小丫頭」支到地下室去，我自己就盡情享樂了。

我漸漸覺得特別高興，心情輕鬆。各種一半忘記了可以談的事卻湧上心頭，我從來沒有這樣滔滔不絕地談過。聽了自己的、別人的笑話，都盡情大笑。為了司棣福不肯遞酒過來，警告他；定了幾個到牛津的約會；說在另行通知以前，要十足照當天那樣，每星期舉行宴會一次。又把格蘭吉的鼻煙狂嗅，結果非到食品室，偷偷打了十分鐘的噴嚏不可。

我繼續如此，一面把酒不停遞給他們，越遞越快，繼續用螺絲錐拔瓶塞開好多瓶酒，其實早就用不著再開了。我敬司棣福酒，說他是我最親密的朋友、童年的保護人、壯年的夥伴。我說，我很高興祝他健康。說我欠他的情永遠還不了，形容不出多麼佩服他。末了說，「恭喜司棣福乾杯！上帝保佑你！萬歲！」我們敬了他三次三連杯，又來一次三杯，又一大杯才結束。我繞過桌子去跟他握手，打破了酒杯，說了句好像只有兩個字的話，「司棣福，你是我生平的指南針②。」

我繼續說下去，忽然發現有人的歌已經唱到了一半。唱歌的是麻肯，唱著，「某男人

---

②考勃菲爾把“Steerforth, you're the guiding star of my existence”的後半說成“you'retheguidingstarofmyexistence”一字。

心擔憂而鬱悶」③。他唱完這隻歌說，要替我們為「女人！」乾杯。我反對這件事，我不准。我說，這樣乾杯不恭敬，我絕不准在我家乾這種杯，不過，要說「諸位女士！」就當別論。我對他很傲慢，主要，我想，因為司棣福跟格蘭吉笑我——或者笑他——或者笑我們兩個人。他說，某人不能受人指揮。我說某人非受指揮不可。然後他說某人不能給人侮辱。我說他這話不錯——在我這裡絕不會，這裡眾位家神是神聖的，待客的禮數是高高在上的。他說，承認我這個人聒聒叫，並不損害某人的尊嚴。我馬上就敬他酒。

有人吸烟。我們全吸烟了。我居然也吸烟，越來越像要抖顫，我要想法忍住。司棣福發表關於我的演說，我聽的時候感動得幾乎落淚。我答謝他，希望當時的幾位明天要跟我吃飯，後天也一樣——每天在五點鐘——我們好整晚談話，交朋友，享受樂趣。我覺得要為什麼人乾杯才好，就請他們一起替我姨婆乾杯。貝采・喬帽女士，女性之中最了不起的人！

不知是誰把頭伸出我臥室的窗子，額頭靠在低牆冰冷的石頭上，清醒一下，感覺臉上的涼氣。這個人就是我。我稱自己做「考勃菲爾，」還說，「你為什麼要試試抽烟？也許你已經知道自己不會抽。」此刻那個不知是誰的人照鏡子，細看他搖擺不定的樣子。這個人也是我。鏡子裡我面色蒼白、兩眼失神的樣子；頭髮——就只頭髮，沒有別的——看起

③見《乞丐歌劇》裡的歌；參看二十二回註⑮。

來醉了。

不知是誰的人對我說，「我們去看戲，考勃菲爾！」我面前沒有臥室，可又有上面擺滿了酒杯叮叮噹噹響的桌子，還有燈；格蘭吉在我右邊，麻肯在我左邊，司棣福在我對面——全坐在霧裡，隔得好遠。看戲去？當然啦。求之不得！來啊！可是要是我要親眼看大家都先出去，把燈熄掉——怕有火燭，他們得原諒我。

黑暗中有點混亂，門不見了。我在窗帘裡摸索，找門，這時司棣福笑著攙了我膀子，帶我出來。我們一個接一個下了樓。靠近底下，不知是誰的人跌倒了，滾了下去。另外有個什麼人說，考勃菲爾跌倒了。我聽了這句胡說亂道的話，勃然大怒，後來發覺自己躺在過道上，才想到這句話或許有點兒根據。

那夜霧好大，路燈都有大圈圈！含含糊糊有人說下雨了。我認為是下霜。司棣福在路燈桿下面替我撣灰塵，把我帽子形狀整頓好，我頭上並沒有戴，是誰在什麼地方拾來的，癟得皺得不成樣子。這時司棣福說，「你沒事吧，考勃菲爾，怎麼樣？」我告訴他，「再好也迷了④。」

---

④原文是酒醉人口齒不清說錯了字，原義是「再好也沒有了」，故譯文錯用一字以表達其錯誤。以下有同樣情形。

有個人，坐在鴿子籠似的地方向外面霧裡望，從什麼人手上接錢，問我是不是跟出錢的先生們一起的，好像不很能決定（我看了他一眼的時候記得）是不是要收下替我出的錢。不久我們到了很熱的戲院裡很高的地方，下面看去是個大坑，好像覺得在冒烟，坑裡擠滿了看不清楚的人。也有一個大舞台，比起剛才看的街道來，乾淨光滑多了。台上有人，不知道講些什麼話，我可一點也不懂。很多光亮的燈，音樂，下面包廂裡有女眷，別的我全不知道了。整個房屋好像在學游泳，我想把它穩住，房屋的樣子莫名其妙。

不知是誰的人主張，我們還是下樓到有女眷的燕尾服包廂去。我看到有個盛裝的上流人士躺在沙發上，手上拿著看戲用的小望遠鏡，在我眼前，經過，也在鏡子裡看到我自己的全身。然後有人領我走進包廂裡，我就座的時候，發現自己嘰咕了什麼話，周圍的人全對不知道是誰的人叫「別吵！」，女眷都憤然望著我，還有——什麼？啊呀！——娥妮絲就坐在我前面的位子上，也在同一廂裡，旁邊有一位太太跟先生，我都不認識。我現在看見她臉了，比那時看得清楚，她掉過頭來看我，現出難以忘記的痛心和驚異。

「娥妮絲！」我口齒混糊地叫她，「啊哦呃！娥妮絲！」

「別大聲，我求求你！」她答，我不懂為什麼別大聲。「你攪了大家了。看戲啊！」

我聽她的話，想定神，聽戲台上講些什麼，可是非常難辨。漸漸我又朝她望，發現她躲到角落裡去了，用戴了手套的手托住額頭。

「娥妮絲！」我說，「我怕你不虛服吧。」
「舒服，舒服。別管我，喬幄，」她答。「你聽我說！你很快就走嗎？」
「我哈貴奏嗎？」我依樣葫蘆說。
「對。」
我有個蠢念頭要回說，我要等著送她下樓。我想，我總不知道怎麼樣表示出這個意思；因為她全神貫注望了我一會兒，好像懂了，然後低聲說，——
「我知道你聽我話的，只要我非常認真。現在就走吧，喬幄，聽我的話，請你的朋友送你回家。」
她這時已經把我頭腦弄清醒了好多，我雖然很氣她，也覺得羞愧。我短短說了一句「再燕！」（我想說的是「再見！」），站起身來就走。他們跟著我，我一腳跨出了廂座的門就進了我的臥室，這時只有司棣福陪著我，幫我脫了衣服，我這時就先後對他說娥妮絲是我妹妹，懇求他把開瓶塞的螺絲錐拿來，我好再開一瓶酒。
不知是誰的人躺在我牀上，整夜發燒做夢，一再說互相矛盾的話，做互相矛盾的事啊——牀像波濤洶湧的海，從沒有一刻寧靜！那個不知道是誰的人慢慢定下神來變成了我，我才漸漸覺得口多乾，好像表面的皮膚是一層硬木板，舌頭像空水壺的底，用久了上面有鹼似的東西，文火還在烤呢，手掌就像灼熱的金屬片，冰也冷不了！

可是第二天清醒以後我精神上的痛苦、懊悔、羞恥多厲害！犯了千種我記不起的過失，再也補贖不了——我記得娥妮絲那難以忘記的望我的神情——沒法跟她連絡，苦不堪言，都怪我不知道她怎麼到了倫敦的，住在那裡，我簡直是畜生多叫我驚駭！看到那間胡鬧所在的房間，就叫我作嘔——頭疼得要裂開來——烟的味道，杯子的狼藉；不能出外，甚至爬不起來！唉，昨天是怎麼過的啊！

唉，晚上多糟，坐在爐邊，面前放了一盆羊肉湯，脂肪蓋滿，凹下一個個酒窩。我想我就要蹈前一個房客的覆轍了，不但接住他的房間，還要續演他悲慘的生平。恨不得馬上趕到多佛去傾訴一切！克拉太太來撤掉湯盆，端上乾酪碟子裡盛著的一個豬腰，昨天請客剩下的就是這點東西，這個晚上是什麼滋味啊！我真想伏在她本色棉布上衣胸口，衷心悔過，「唉，克拉太太，克拉太太，別去理會碎肉了！我心裡難過死了！」——不過，即使在那種情形之下，我還是懷疑，克拉太太是不是那種你可以對她吐露心曲的人。

第二十五回　好天使與惡魔鬼

墮陷阱孝女抱隱憂
懷奸謀姦徒吐妄想

我過了頭痛、作嘔、悔痛的一天以後，第二天早上覺得請客的日子好像給一隊巨無霸的天神用了根其大無比的槓桿往昨天以前撥了幾個月，心裡混亂得異乎尋常，正預備出門，就看見一個佩證力夫①手上拿了一封信上樓。他幹這件差使，本來慢條斯理，可是看見我在樓梯頂上憑欄望著他，就急忙跑上樓，氣喘吁吁地，好像跑得筋疲力盡一般。「喬．考勃菲爾老爺的，」力夫用小手杖舉到他帽沿說。

①往年倫敦持照的力夫，佩有徽章。此處指信差。

我相信這封信是娥妮絲寫來的，心緒煩亂，簡直不能承認這個名字就是我的。可是到底對他說，我就是喬・考勃菲爾老爺，他相信了，把信給了我，說要等回信的。我把他關在樓梯平的地方等回信，又回到自己房裡。因為太緊張，情願把信放在早飯桌上，看熟了信封的外面一些，才下得了決心拆信上的密封。

等我拆開信，才發現這封信口氣非常親切，一點沒有提我在戲院裡的情形。所有的話就只：「我親愛的喬幄——我住在爸爸的代理，瓦特布魯先生家裡，地點在郝爾本市・伊立街。今天你可以來看我嗎？你喜歡約那一刻都行。你永遠親愛的，娥妮絲②。」

我想把回信寫得滿意，竟費了很久時間，不知道佩證力夫會想些什麼，一定以為我在學寫信。至少寫了半打。一次開頭寫，「我親愛的娥妮絲，我怎麼能希望有一天能洗刷掉你腦子裡那次叫人作嘔的印象」——到這裡我就不喜歡了，撕掉。又寫一張，「我親愛的娥妮絲，莎士比亞說過，人會把敵人放進自己嘴裡，是多奇怪的事」③——這句話叫我想到麻肯，寫不下去了。我甚至試了一試詩體。寫下六音節一行的短簡，「哦，不要牢記」——不過這句詩叫人想十一月五日④，又很可笑。試了多次，我寫道，「我親愛的娥妮絲。你

---

②信上開頭結尾這類親愛的稱呼，等於中文的兄、妹，只是客套語，不可十足照字面看。
③見《奧賽羅》二幕三景二九三行。原文為「人竟把敵人放進嘴裡去偷掉他們的腦筋」。

信如其人，我還能說什麼比這一句更稱讚的話呢？我四點鐘來。——你親愛的悔恨的，喬·考。」佩證力夫拿到這封信，終於走成了。信剛脫手，我馬上就心思動搖，多少次想討回來。

這一天我在博士會館過得苦痛之極，別的法界人士，不論是誰，如果有我一半那麼糟，我會真誠相信他做了相當補償，洗去他在那個腐化古老的宗教事務裡分擔的罪過了。我雖然在三點半就離開了事務所，幾分鐘就到了約好會面的地方徘徊，可是照郝爾本聖安居教堂的鐘，超過約定時間足足一刻鐘才鼓足勇氣，不顧死活去拉瓦特布魯先生家左首門柱上的鈴。

瓦特布魯先生事務所的公務在樓下辦理，而接待來客的事務則在樓上（這種事務很不少）。我給引進一間很精緻、可是相當狹窄的客廳，娥妮絲就坐在裡面，編織荷包。

她態度安詳和藹，使我想起我在坎特布利初做學童精神活潑飽滿的時期，和前一天滿嘴酒氣烟味、神志不清的可鄙的人，印象太鮮明，當時又沒有別人在場，所以我聽任自己責備自己，感覺羞愧——長話短說，丟人。我不能抵賴，當時流了眼淚。直到此刻，我不能斷定，整個說來，我的舉止算不算得最聰明，還是最莫名其妙的。

---

④按原文「牢記」是remember，十一月是November，這個字見於英國搖籃曲··Please to remember /The Fifth of November/Gunpowder, treason and plot。曲中「火藥陰謀」（gunpowder）見第十回註⑦。

「要不是你，而是別人，不管那一個，娥妮絲，」我說，隨即別過臉去，「我就一半也沒有這樣慚愧了。可是看見我的居然是你！我恨不得早就已經死掉。」

她手在我肩膀上放了一下——這一接觸與眾不同——我覺得獲得她照顧，心裡挺舒服，忍不住就把它移到嘴唇面前，感激無限地一吻。

「你坐下，」娥妮絲高高興興地說，「別難過，喬幄。你連我都不能實實在在信任，還有誰可以信任呢？」

「唉，娥妮絲，」我答，「你是我的好天使！」

她笑得相當慘，我想，搖搖頭。

「你是的，娥妮絲，我的好天使——總是我的好天使！」

「倘若真是的話，喬幄，」她答，「有件事我應該非常關心。」

我望著妮，想問明白什麼事，不過已經料到她要說什麼了。

「就是要你小心，」娥妮絲說，說時目不轉睛地望著我，「提防你的魔鬼。」

「我的好娥妮絲，」我說，「假使你指的是司棣福——」

「我指的就是他，喬幄，」她答。

「果然如此，娥妮絲，你就太冤枉他了。他會是我的或者是隨便那個人的魔鬼！他除了指點我，撐我的腰，做我的朋友，什麼別的事也不會做的！我的好娥妮絲！你看了我前天晚上的情形，就斷言他的為人，不是不公平，也不像你平常為人嗎？」
「我不是憑前天晚上看見你的樣子，斷定他的為人，」她安詳地答。
「那麼是憑什麼呢？」
「憑許多事——這些事本身沒有多大道理，不過把它併在一起，在我看起來就不是這麼簡單了。我一部分憑你平時提到的他的事，喬幄，和你的為人，他給你的影響。」
她柔和的聲音總扣動我的心弦，這條弦只對那個聲音有反應。她的聲音總是懇切的，不過像現在這樣非常懇切的時候，就會叫我毛骨悚然，把我馴伏。我坐在那裡望著她，她低頭眼看著針線。我坐著好像還在聽她講話。司棣福給她的聲音壓得黯然無光，儘管我非常愛慕他。
「我真是太大膽，」娥妮絲又抬起頭來說，「過去一向不跟外界接觸，人情世故知道得極少，居然給你這樣體己的忠告，甚至表示這樣嚴厲的意見。不過我知道我怎麼會做出這種事來的，喬幄——這都是因為我們一起長大，我總記得真切，凡是對你有關係的，我都真心關切。因為這樣，才有那個膽子的。我的確曉得自己的話不錯。很有把握是對的。我叫你小心，說你朋友是個危險人物的時候，覺得好像是旁人對你說話，不是我。」
我又望她，她話說完了又傾聽她，司棣福的影像還在我心裡，不過黯然無光了。
「我不至於不講理，」娥妮絲停了一會，恢復了平日的口氣說，「要你馬上改變已經鑄定了的觀感，你也辨不到。最不容易的是你的本性容易信賴人，這個觀感在你心裡已經根深柢固了。你用不著馬上就改。我只請你，喬喔，假使居然想到我——我的意思是，」她恬靜地一笑說，因為我就要插嘴了，她也知道為什麼，「你時常想到我的時候——總想一想我說過的話。我說這番話，你可原諒我嗎？」

「我原諒你，娥妮絲，」我答，「不過你要說司棣福的公平話，也像我一樣喜歡他才行。」

「不到那時候就不原諒嗎？」

我說這句關於司棣福的話的時候，看見她臉上剎那間有片陰影，不過她看我向她微笑，也報以笑容，我們又像以前一樣無拘無束、推心置腹了。

「那麼，娥妮絲，」我說，「你幾時才原諒我前天晚上的荒唐呢？」

「我重新想起的時候就原諒，」娥妮絲說。

她就想這樣不提這件事了，不過我腦海裡充滿了話，不能答應，所以硬要把種種經過告訴她，從我自己的丟醜，那些接連發生的意外，說到末了進了戲院。我說了以後，又把我自己不能照顧自己虧得司棣福照顧的情分，大為鼓吹一番，心裡才大為舒暢。

「你切不要忘記，」我才說完娥妮絲就沈靜地轉變話題說，「你不但有了麻煩告訴我，你有了愛人也告訴我的。現在接替喇金司小姐的是誰呢，喬喔？」

「沒有誰，娥妮絲。」

「總有個什麼人吧，喬幄？」娥妮絲笑道，豎起了她一個手指。

「沒有，娥妮絲，我發誓！真的，有一位小姐，在司棣福家住，很聰明，我喜歡跟她聊天——笪忒爾小姐——不過並不愛慕。」

娥妮絲發覺她自己有洞察力，又笑了。告訴我，如果我老老實實當她心腹，她想就用小簿子，記下我每次狂戀的日期、久暫、結局，就跟英國史上皇帝、女皇朝代的記載一樣。然後她問我可曾見到烏利亞。

「烏利亞．謝坡嗎？」我說。「沒有。他在倫敦？」

「他每天到樓下事務所來，」娥妮絲答。「他比我早一星期到倫敦。我恐怕他幹的是叫人不愉快的事，喬幄。」

「是叫你不安的什麼事，娥妮絲，我懂得，」我說。「會是什麼事呢！」

娥妮絲放下針線，兩手交叉，一雙美麗柔和的眼淒然望著我說，——

「我相信，他要跟爸爸合夥。」

「什麼？烏利亞？那個卑鄙、拍馬的傢伙慢慢給他爬到這麼高的地位嗎！」我義憤填膺地叫道。「這件事你沒有反對嗎，娥妮絲？你想一想這樣合起夥來，後果怎樣。你一定要說出來。不能讓你父親走這一步蠢透了的路。你一定要阻掉它，娥妮絲，趁還有時間。」

我說話的當兒，娥妮絲還在望著我，一面搖頭，看我這樣激動，面露一絲笑意，然後說：

「你記得我上一次談起爸爸的事嗎？那次談了不久——不過兩三天——爸爸就給了我第一次暗示，就是剛才我告訴你的。他拚命對我裝出這是他自己出的主意，又沒有本事隱藏這是旁人逼他的，叫我看了心酸。我真難過。」

「人逼他的，娥妮絲！誰逼他呢？」

「烏利亞，」她遲疑了一下答，「他弄得爸爸非依賴他不可。這個人心眼兒險，無孔不入。他控制了爸爸的弱點，培養這些弱點，利用這些弱點，到末了——喬幄，把我的意思一句話全說完——到末了爸爸怕他了。」

我明明看得出，還有她可能要說的話，可能知道的事，可能疑心的事。我不能問她是些什麼，怕給她痛苦，因為我知道，她不想告訴我，免得她爸爸受害。我覺察得出，這件事醞釀已經很久，才到這個地步；對，我不得不感到，只要稍微想一下，就知道事到如今這個地步，已經有了一段長時期了。我不再出聲。

「他控制爸爸，」娥妮絲說，「是很厲害的。嘴裡說自己卑微、感激——是真話，也許。我希望如此——不過他的地位是真掌權的，我害怕他濫用權力。」

我說他是下流東西，當時覺得很滿意。

「我提起過，爸爸跟我說話那時候，」娥妮絲接著說，「烏利亞對爸爸說，他要走，他要走心裡很難過，也很不願意，不過他有了更好的前途。那時爸爸心裡很難過，煩得格外屈服，你我從來沒有看過他那樣。可是有了合夥這個權宜之計，好像他也放下心來，其實他同時也好像因此受了打擊，很難為情。」

「你怎麼樣逆來順受呢？娥妮絲？」

「我做了，喬幄，」她答，「我希望是對的事。十拿九穩要爸爸安心，就非這樣犧牲不可，所以我就求他合夥算了。我說，這樣可以減輕他工作的擔子——希望真能！——也給我增加跟他做伴的機會。唉，喬幄！」娥妮絲哭了，兩手捂起臉來，淚流滿面。「我差不多覺得，好像我是爸爸的仇人，而不是乖孩子。因為我知道，為了我他變了。知道他縮小了同情和職務的圈子，好把全部精神集中在我身上。知道他為了我撇開的事有多少，為我心焦的事害得他過多受威脅的日子，他的精神力和體力削弱了多少，他總為了一個念頭，才有這種種現象的。要是有一天我能把這件事矯正過來就好了！要是有一天我能想辦法把爸爸振作起來就好了，因為是我無意害得他衰落下去的！」

我從沒見到娥妮絲哭過。我在學校裡得到榮譽回家，看見她眼睛裡有過眼淚，我們上次說到她父親，也看見過，我們彼此分別的時候，看見她把溫柔的臉撇過一邊。不過我從來沒有見過她這樣傷心。我難過極了，只能蠢頭蠢腦、一籌莫展地說，「娥妮絲，求求你別哭了！別哭，我的好妹妹！」

可是娥妮絲性格和決心都比我強得太多，當時我也許知道，也許不知道，現在我是知道得清楚極了，所以她用不著我求她太久。我所記得的她美麗、沈靜的儀態，一向很與眾不同，又恢復過來，好像明淨的天空一朵烏雲散了。

「我們單獨在一塊大約不會很久，」娥妮絲說，「乘有機會，我誠懇地求你，喬幄，對烏利亞客客氣氣地。不要叫他不快活。不要厭惡他跟你意氣不投的地方，我想照你平日的脾氣會厭惡的。他未必應該遭人厭惡，因為我們還不能咬定他要幹壞事。不管怎樣，請你第一要想到爸爸跟我！」

娥妮絲沒有時間再說下去了，因為房門開了，瓦特布魯太太輕快而不費力地走來了，她是位肥碩的太太——要不然穿了寬大的衣服，因為我弄不清那是衣裳，那是人。我模糊地記得，戲院裡看到過她，當時好像在灰色的幻燈裡見到她的，不過她好像清清楚楚認得我，還疑心我酒醉未醒呢。

不過，漸漸地瓦特布魯太太發現我是清醒的，還有（我希望）我是個端謹的上流青年，對我的態度大為溫和起來。先問我是否常逛公園，其次，是否交際很多。我回答這兩個問題說的都是不字，覺得她對我的好感又降低了，不過她不顯痕跡地把真情隱藏起來，還請我第二天吃晚飯。我答應了去，告辭了，出門的時候在事務所去看了一下烏利亞，他不在，就留下一張名片。

我第二天去吃飯，朝街的門是開著的，一下就掉進羊腰腿肉的蒸汽浴裡了，發見我並不是唯一的客人，因為我立即認出了那個化裝的佩證力夫，他在幫那家的僕人，在樓梯口伺候著把我的名字報上去。他私下問我名字時候，竭力扮出好像從來沒有看見過我的一樣，可是我的確認識他，他也的確認識我。良心把我們都弄成了懦夫⑤。

我發現瓦特布魯先生是位中年人，短頸項，大硬領，只要加上一個黑鼻子，就是一條巴兒狗的畫像。他告訴我，他能跟我結識，很高興，等我向他太太致敬，他就隆重地把我介紹給一位極有威儀的太太，她身穿一套黑絲絨衣服，頭戴一頂黑色大絲絨帽，我記得她樣子就像哈姆雷特的近親——假定是哈姆雷特的姑母吧。

這位太太的名姓是亨利．司巴克，她丈夫也在此地——這個人好冷，頭上長的不是白髮，而是好像灑了白霜。大家對亨利．司巴克家夫婦極為尊敬，據娥妮絲告訴我，因為亨利．司巴克先生是和財政部間接有關的什麼機構或什麼人（我記不清是那一樣了）的律師。

我發現烏利亞也在人群裡，身穿一套黑色衣褲，卑躬屈節之極。我跟他握手的時候，他告訴我，他被我看出，很為榮幸，我對他紆尊降貴，他真覺得感激。我倒希望他少對我感激一點，因為整晚其餘的時間，他都在我周圍非常感激地徘徊，無論那一刻，我只要對娥妮絲說一句話，他一定用那雙沒遮沒蓋的眼和死屍一樣的臉，從背後陰森地蔑視我們。

---

⑤語出莎士比亞〈哈姆雷特〉三幕一景八三行。

還有別的客人——我覺得，為了當天的場合，全像用冰凍過的葡萄酒一樣。不過有位客人還沒有進來就引起我的注意，因為我聽到有人報他的姓，闕都斯先生。我的心立刻就回到賽冷學校，會是湯宓嗎，我想，那個常常畫骷髏的？

我非常急切地找闕都斯先生。他是個穩重嚴肅、樣子可靠的青年，態度極為客氣，一頭看來滑稽的頭髮，眼睛睜得相當大。很快他就走到偏僻的角落裡去了，把他找出來有點困難。終於我看清楚了他，要就是我視覺騙了我，不然他就是往日那個倒楣的湯宓。

我走到瓦特布魯先生面前，說相信在那裡看到一位老同學，很高興。

「真的！」瓦特布魯先生詫異地說。「你年紀太輕，絕不能跟亨利・司巴克先生同學吧？」

「呃，我不是說他！」我答。「我是說那位姓闕都斯的先生。」

「啊，是的，是的！真的！」主人說，他的興致淡下很多去了。「可能。」

「要是真是同一個人，」我向他瞟了一眼說，「那是在一個叫做賽冷學校的地方，我們在一起的，他人好極了。」

「嗯，是的，闕都斯是個好人。」主人答，點點頭，有點捺住性子的神情。「闕都斯是個很好的人。」

「真巧得出奇，」我說。

「真是的，」主人答。「很巧，居然闕都斯也在此地，因為本想請亨利・司巴克太太的兄弟的，他病了。空出了個位子，今天早上才請闕都斯。亨利・司巴克太太的兄弟是個很高雅的人，考勃菲爾先生。」

我低聲表示同意，就我對他毫無所知這一點來說，我的話算是充滿熱情的了。我又問闕都斯先生的專業是什麼。

「闕都斯，」瓦特布魯先生答，「是學法律的青年。不錯，是個很好的人——除了跟他自己，從不跟別人為仇。」

「他是他自己的仇人嗎？」我問，聽了他這話心裡難過。

「嗯，」瓦特布魯先生噘起嘴來答，一方面捻弄錶鍊，很舒服、很稱心的樣子，「我得說，他就是那種妨礙他自己出頭的人。是的，我得說，譬如他永遠值不到五百鎊一年。有位專業朋友把闕都斯推荐給我。嗯，是的，是的。起草訴訟事實摘要，書面陳述案情，平鋪直敘，他有點本領。一年之內，我可以給他點事做。一點什麼事——給他做——相當多的了。嗯，是的。是的。」

瓦特布魯先生不時說「是的」這個短句，神態舒服而得意的樣子，我記得很清楚。兩字之中，含著種種了不起的表情，表盡此人生來不但嘴含銀匙⑥，還帶著梯子，逐步登上

---

⑥生來嘴裡含著銀湯匙（**born with a silver spoon in one's mouth**），是常用的西方諺語，比喻生於富貴之家。

人生各個高層，現在站在堡壘頂上，用哲人和恩人的眼光看下面壕溝裡的世人。

關於這一點，我還在想個不停，主人家已經宣佈開飯。瓦特布魯先生跟哈姆雷特的姑母一同下樓去了。亨利・司巴克攙了瓦特布魯太太。我本來要攙娥妮絲的，結果給個癡笑的、兩腿軟弱無力的傢伙攙去了。烏利亞、闞都斯、我，三個算是在座諸人裡的小一輩，儘可能最後下樓。我錯過娥妮絲倒不惱，因為這樣才有機會在樓梯上會到闞都斯，他極熱烈地問我好。烏利亞則扭他的身體，硬表示滿意又過分自卑。我恨不得把他從欄杆上摔下去才舒服。

闞都斯跟我不在一桌，給分配到兩個遙遠的角落去了——他坐在一位穿紅絲絨衣服太太身邊，給她耀眼的紅光籠罩，我坐在哈姆雷特姑母身邊，給她陰暗的幽影包圍，晚飯吃了很久，話題是「貴族社會」——跟「血」⑦。瓦特布魯太太一再告訴我們，她如果有弱點的話，這個弱點就是血了。

好幾次我想起，要是我們不那麼講究教養，大家會投機些。我們的教養好極，所以談話範圍很狹窄。席上有對葛爾匹紀夫婦，跟英倫銀行的律務有點間接關係（至少葛爾匹紀先生有這個關係），我們不是談英倫銀行，就是談財政部，所以跟報紙上的宮廷公報一樣，

---

⑦血（blood），指貴族家世。以下提到很多次。

題材專一。為了補救這個缺點，哈姆雷特的姑母就獨自說話取樂，這本是她家的人的毛病。凡是有人提出話題，她總一個人雜亂無章地發表意見。話題的確少得很，不過因為我們總是再提到血，她也就和她姪兒本人哈姆雷特一樣，談起抽象的理論方面，領域廣得很。

我們都可以算是一群吃人魔王，談話現出血的景象。

「我承認，我跟內人的意見一樣，」瓦特布魯先生酒杯舉得靠近眼睛說。「別的話題都好，不過還是讓我談血吧！」

「唉！」哈姆雷特的姑母說，「再沒有別的話題更叫人滿意的了！再沒有別的更合這麼多人最高理想的了——一般地說來，所有那類東西的**最高理想**。有些下等人（我相信幸好不很多，不過總有些的）情願做我稱為的崇拜偶像這種事。的的確確是偶像！崇拜貢獻，崇拜智力，諸如此類。不過這些話題都是無形的細目。血可不是的。我們看見鼻子上有血，也知道是血。無意在下巴須兒上摸到，就說，『有血！是血！』這是實實在在的東西，可以指給人看的。不容懷疑。」

還是那個攙娥妮絲下樓、癡笑的、兩腿無力的傢伙把這個問題講得明確些，我想。

「噢，各位知道，有鬼呢，」這位先生向餐桌周圍一望，面露低能的笑容說，「我們不能沒有血就算了，各位知道。一定要有血，各位知道。有些青年，各位知道，在教育和品行兩方面也許有點落後，作與有點墮落，各位知道，他們搞得自己跟別人都碰到各式各種進退兩難的情形——這一切——有鬼呢，想想，他們也是有血的，也就愉快了！我自己呢，情願無論那一刻給有血的人打倒，也不願意給沒血的人扶起。」

這番議論把全部問題一句話概括說出，大家極為滿意，一直到太太小姐們告退，都對他另眼相看。此後，我發現，葛爾匹紀先生跟亨利・司巴克先生兩個人本來一直都冷淡待人，這時竟結成防禦聯盟來對付我們，當我們是公敵，他們隔著桌子互相交換了些莫測高深的意見，一心要打垮我們，把我們推翻。

「那件四千五百鎊第一批證券的事，並沒有照我們預料的情形發展，司巴克，」葛爾匹紀先生說。

「你是說甲的丁嗎？」司巴克先生說。

「我是說乙的丙，」葛爾匹紀先生說。

司巴克眉毛一揚，現出非常擔心的樣子。

「這個問題跟勳爵（我用不著提他名字）提起來的時候，」葛爾匹紀先生說到這裡，不說下去了——

「我明白，」司巴克先生說。「就是丑。」

葛爾匹紀先生神祕地點點頭——「跟他提了，他的答覆是，『要錢，不然不把權利讓出來。』」

「我的老天爺！」司巴克先生叫道。

「要錢，不然不把權利讓出來，」葛爾匹紀先生又斬釘截鐵重說了一句。「繼承權的下一個享有人——你懂我意思嗎？」

「你是指戌，」司巴克說，面露兆頭不妙的顏色。

「——戌可怎麼也不肯簽字。他為了那件事還有人陪了到新市場去，他直接拒絕了。」

司巴克先生全心貫注，變成了十足的石頭人了。

「所以此刻這件事就擱起來了，」葛爾匹紀先生說，說完往椅子背一靠。「我因為這件事牽涉到的利害太大，沒有把大部分話講清楚，還請我們的朋友瓦特布魯原諒。」

瓦特布魯先生其實很滿意，我看是這樣的，這些利害，這些人名，甚至從桌子對面暗示一下也行了。他裝出一副黯慘的、很快懂的樣子（其實我相信，他們談的這件事，他知道的不比我多），贊成葛爾匹紀先生審愼的態度。司巴克先生受到別人這樣當自己人的待遇，很自然地也想當朋友是自己人，把自己知道的說出來。因此上面的對話又由另一席話接替，這一次輪到葛爾匹紀先生詫異了。下面又有了另一席話，又輪到司巴克先生驚詫，就這樣換來換去，換個不停。全部時間，我們局外人因為談話內容牽涉的利益驚人，其感到沈重難堪。主人看我們這樣感受到對我們有益的敬畏和驚異，很為得意。

我能上樓去看娥妮絲，在一隻角落跟她說話，把闕都斯介紹給她，的確非常高興。闕都斯怕羞，不過很討人歡喜，還是那樣天性善良。他不得不早些回去，因為明天要離開倫敦一個月，我沒有跟他盡情暢談。不過我們交換了地址，約好等他回來，再為歡聚。他聽說我有司棣福的消息，大為高興，提到司棣福非常起勁，所以我叫他告訴娥妮絲他對司棣福的觀感。不過這時娥妮絲只望著我，等只有我一個人注意她的時候，略微搖頭。

我相信她待在這家，跟他們不很合得來，因此聽說她幾天之內就要走了，幾乎很歡喜，雖然這樣快就又跟她分別，也覺得難受。為了這一點，我就待在那裡，一直等客人散盡，跟她談心，聽她唱歌，就想起我在她整理得那麼美的老式而莊嚴的宅子裡過的快樂時光來，非常愉快，本來可以逗留到半夜。不過，沒有再待下去的理由了，因為瓦特布魯先生朋友之中的顯赫人物都走了。我一肚子不情願，也告辭了。當時比那一刻都覺得，娥妮絲是我的好天使。如果我想到她甜美的臉，安靜的笑容，好像是天使一般的遠處神仙發出光輝，照在我身上，我就希望我覺察不到她禍害臨頭。

我說過，客人都走了。不過我不應該把烏利亞算在裡頭，因為我並不把他算在客人之列，而且他總在我們一旁，陰魂不散。我下樓，他就緊緊跟在我背後。我離開主人家，他也釘在後面，慢慢把他骷髏一般的長手指塞進一雙又大、手指又長的古怪的手套裡⑧。

⑧原文為Guy Fawkes pair of gloves，炸藥陰謀案中（見第十回註⑦），Fawkes是實際主持把火藥藏進國會大樓底下一間地下室的人。英國人每年十一月五日仍紮其芻像焚燒。

我絕不想跟烏利亞相交，但記得娥妮絲對我的請求，所以問烏利亞要不要到我公寓裡喝杯咖啡。

「啊，真的，考勃菲爾少爺，」他答——「對不起，考勃菲爾先生，不過稱您少爺慣了——我不情願叫您受拘束，請一個像我這樣卑位的人上您福⑨上。」

「請你來我並不拘束啊，」我說，「你來嗎？」

「很想來看您，」烏利亞扭捏一下身體答。

「好，那麼就快點兒吧！」我說。

我忍不住對他相當無禮，不過他好像並不介意。我們抄近路，一路上沒有多談。他對這雙怪手套彷彿自己不配似的，一直到了我家，他還在往手上套，好像忙了半天，毫無進展。

我帶他走上黑暗的樓梯，免得他頭碰到隨便什麼東西。他那隻濕漉漉的冷手攙在我手上就像隻青蛙，我真恨不得甩掉，自己溜走。不過因為娥妮絲的關係，而且要顧到自己應該盡東道，還是請他坐到爐邊。等我點好蠟燭，他看到房裡的光景，馬上就謙恭地表示，他已經心移神馳了。等我用一隻極平常的錫壺煮滾咖啡，他表示出那麼多的感動之情，我燙他一下才稱心呢。（這隻壺克拉太太喜歡用來煮咖啡，主要是因為，我相信，這並不是

⑨「福」字應是「府」，原文是沒受教育者的口音，所以中譯也故意用錯一字。

用來做這件事的，而是剃鬍子用的罐子，又因為有一隻價錢貴重的專利的發明品在食品室裡正在發霉壞掉。）

「啊，真的，考勃菲爾少爺——我意思是說，考勃菲爾先生」，烏利亞說——「看您服侍我，是我從來沒有期望過的！不過，這樣也好，那樣也好，我碰到過許多福氣下雨一樣掉在我腦殼上的事，都是我這種卑位身分的人從來沒有期待過的。您大約總聽到過一點消息了吧，我的指望有了轉變，考勃菲爾少爺——我應該說，考勃菲爾先生？」

他坐在沙發上，兩個長膝蓋拱起，咖啡杯就擱在上面。他帽子、手套放在地上靠近他的地方，茶匙輕輕在杯子裡攪和。那雙無遮無擋的紅眼睛，看上去就像把眼毛燒光似的，朝著我，卻又不望著我。他的鼻孔我以前形容過的，兩個叫人看了難過的凹，跟著呼吸一隱一現。渾身從下巴到靴子，蛇也似的在波動。我看了這一切，心裡已經打定主意，極不喜歡他了。他做我的客人，叫我極不舒服，因為我那時年紀還輕，不慣掩藏這樣強烈的感覺。

「您大約總聽到一點消息了吧，我的指望有了轉變，考勃菲爾少爺——我該說，考勃菲爾先生？」烏利亞說。

「聽到了，」我說，「一點消息。」

「啊！我想娥妮絲小姐會知道的！」他泰然答。「娥妮絲小姐知道這個消息，好極了。啊，謝謝您，考勃菲爾少爺——先生！」

我脫靴用的夾子現成放在地毯上，我差不多要用來擲他了，因為他用了計，把關於娥妮絲的事從我嘴裡套出來，不管套到的話多無關緊要。可是我只喝了口咖啡。

「您是位多了不起的預言家呀，考勃菲爾先生？」烏利亞繼續說道。「我的天，事實證明您是位多了不起的預言家！您不記得對我有一次說過，也許我會跟威克菲爾先生合夥做生意的嗎，也許事務所會叫做威克菲爾・謝坡的嗎？您呀，也許記得。不過人在還是卑位的時候，考勃菲爾少爺，他把這種事死記住呢。」

「我記得談起過的，」我說，「雖然當時並沒有當它有多大可能。」

「啊！誰會呀，會當它可能呀，考勃菲爾少爺！」烏利亞起勁地答。「我自己根本就沒有呀。記得我親口說過，我太卑位了。從前我自己真這樣看自己的，的確。」

他坐著，臉上硬裝出齜牙咧嘴的樣子，望著火，我望著他。

「不過最卑位的人，考勃菲爾少爺，」一回兒他又說，「作興是好幫手呢。我一直是威克菲爾先生的好幫手，想起來都快樂，將來可能更好。啊，他多了不起啊，考勃菲爾先生，不過他過去多不小心啊！」

「聽你這句話我真難過，」我說。忍不住又加一句，相當有刺的話，「總之是難過。」

「的確是的，考勃菲爾先生，」烏利亞答，「總之是的。尤其是就娥妮絲小姐來說！您不記得您自己說的動人的話了吧，考勃菲爾少爺，可是我呢，我記得您有一天說過，個個人都一定愛慕她的，我多麼感激您這句話啊！您一定忘了，考勃菲爾少爺？」

「沒忘記，」我冷冷地說。

「啊，您沒忘記我多高興！」烏利亞嚷道。「您居然是第一個在我這個卑位的人心裡點起野心的火花，居然您還沒有忘記！啊！——您肯原諒我再要一杯咖啡嗎？」

他提到點起火花那句話著力的情形，還有說的時候眼睛向我一瞥的樣子，有些古怪，把我一驚，我好像看到他給一片閃光照得爍亮一樣。用非常不同的腔調提出的請求喚醒了我，我又用剃鬍子的罐子做了一次主人，不過我倒咖啡的時候手不穩，突然感到我不是他的敵手，我起了混亂、疑慮的焦灼，不知道他底下還有什麼話說，我覺得，我的心情逃不過他的眼睛。

他什麼也沒說。把咖啡攪了又攪。一點一點地喝，用他的鬼手輕輕地摸下巴，望著爐火，把房間四面看看，對我張著嘴喘氣，而不露笑容，身體扭捏轉動，表示恭敬卑微，又攪咖啡，一點一點地喝，卻把新話題留給了我。

「好，威克菲爾先生，」最後我說，「抵得上五百個你——或者我」——我想，我不要命也免不了把這句話那一部分突然分開來說——「一直不小心，是不是，謝坡先生？」

「啊，真很不小心，考勃菲爾少爺，」烏利亞答，客氣地嘆口氣。「啊，非常不小心！不過我希望您叫我烏利亞，對不起。這樣才像往年。」

「好吧，烏利亞，」我說，費了點事才把他名字吐出來。

「謝謝您，」他熱情地答。「謝謝您，考勃菲爾少爺。聽您叫烏利亞，好像從前的涼風吹過來，古老的鐘響一樣。我請您原諒。我表示了什麼意見嗎？」

「關於威克菲爾先生的，」我提他。

「啊，對，真的，」烏利亞說。「哎，大不小心，考勃菲爾少爺。這件事除了您，我絕不會對隨便什麼人提。就是您，我也只略微提一提，不多說了。如果過去這幾年換任何一個人在我這個地位，到此刻就會把威克菲爾先生揿在他大拇指下面了。（啊，威克菲爾先生也是多叫人敬重的人啊，考勃菲爾少爺！）揿在——他——大拇指——下面，」烏利亞說，說得很慢，說時伸出外表冷酷無情的手，放在桌上用大拇指往下揿，一直揿到桌子撼動了，把房間都撼動了。

我就是非看到他那雙八字腳站在威克菲爾先生頭上不可，也不會更加恨他了。

「天哪，對，考勃菲爾少爺，」他接著柔和地說下去，跟他拇指的行動對照，最為顯著，因為拇指往下壓一點也沒有鬆動。「這一點毫無問題。他要受損失、丟臉，還有許多我不知道的什麼。威克菲爾先生知道，我是出身卑位的幫手，卑位地伺候他，而他把我抬得那麼高，我幾乎沒有希望會到達。我多感謝他呀！」說完臉朝我，可並不望我，把彎曲的拇指從揿的地方拔起，慢慢地，一腦門心事地用那拇指搔搔他瘦下巴頦兒，好像在剃鬍子。

我清楚記得，當時看著他奸猾的臉給爐火映得相稱地紅，又在轉別的念頭，實在氣憤，心跳得多厲害。

「考勃菲爾少爺，」他又說——「我可耽擱您睡覺？」

「你沒有耽擱。我總很遲才睡的。」

「謝謝您，考勃菲爾少爺！不錯，我是由您第一次看到的那麼卑位的身分升上來的，可還是卑位。我希望永遠不要不是卑位。我想跟您說句心腹話，考勃菲爾少爺，您不會更嫌我們卑位吧？」

「噢，不會，」我硬撐著說。

「謝謝您！」他掏出小手帕，揩他的手掌心說。「娥妮絲小姐，考勃菲爾少爺——」

「她怎麼樣，烏利亞？」

「啊，旁人自然而然叫烏利亞多舒服啊！」他嚷道，說時像條正在抽筋的魚一樣，身體一扭。「您想她今天晚上很美吧，考勃菲爾少爺？」

「我想她跟那一刻都一樣——各方面比她四周圍那一個都強。」

「啊，謝謝您！您說得真對！」他嚷道。「啊，您說這話我非常感謝您！」

「根本不用謝我，」我高傲地說。「你用不著謝我。」

「啊呀，那實在是，」烏利亞說，「我要放肆說的心腹話呢。卑位我的確是，」（他更死力揩手心，輪流看手心，看火爐），「卑位我母親也是，蝸居我們那個窮家，不過也規規矩矩的家的確是，可是多少年來娥妮絲小姐的模樣兒（不怕把祕密告訴您，考勃菲爾少爺，因為自從第一眼有幸看見您在小馬車裡起，就對您無話不談了）就在我心裡了。啊，考勃菲爾少爺，我的娥妮絲去過的地我都是愛的，動多純粹的感情啊！」

我相信，我當時一定精神錯亂了。因為想到要抓起爐子裡灼熱的撥火棍，把他穿心戳過。這個念頭就像一團火從步鎗裡射出一樣從我胸中一震發出。不過我心裡的娥妮絲，雖然給這個紅頭畜生的妄念施了強暴，她還在我心裡（我瞧他全身也斜坐著，好像他卑劣的靈魂緊緊揪扭他身體一樣），叫我頭暈眼花。我眼前烏利亞好像腫起來了，長大了；房間裡好像全是他聲音的反響。我有個奇怪的感覺——也許誰都不是完全沒有經驗過——就是這一切以前發生過的，不一定在那一刻發生，還有就是我知道他接著要說什麼話。我給這個感覺控制住了。

我看出烏利亞臉上的權力感，適當其時，這使我記起娥妮絲的請求，讓她的請求發揮全力，比我自己想的任何辦法都更有效。我問他，有沒有把他的愛慕告訴娥妮絲，這時我態度鎮定的程度，一分鐘之前絕沒有想到能做得到。

「啊，沒有，考勃菲爾少爺！」他答，「啊，我的天，沒有！除了對您，對誰也沒有想過。您知道嗎？我不過剛剛從下等地位冒上來。我很希望，她會看出，我對她父親多有用處（因為我相信自己對他真有大用，考勃菲爾少爺），替他把事辦得多妥貼，不讓他做錯事。她這樣愛她父親，考勃菲爾少爺（啊，女兒多麼可愛啊！）我想她為了父親，會對我好的。」

我已經探到這個混蛋全盤詭計的根源，也懂得他揭露出來的用意了。

「要是您好意替我保守這個祕密，考勃菲爾少爺，」他接著說，「大體上不反對我，我就當您特別幫忙了。您不會希望引起不愉快的事來吧。我知道您是夠朋友的。不過只知道我出身卑位（也許最卑位，因為我還是很卑位的），您也許倒反對我娶娥妮絲，還瞞著我。我叫她我的人，您懂嗎，考勃菲爾少爺。有隻歌裡唱，『江山我不愛，要喚伊我的人⑩！』我希望不多久就能辦到。」

好娥妮絲啊！你太可愛，太賢慧了，我想不起誰配得上你，難道會留給這樣一個下流胚子做妻子嗎！

「現在還不忙，您知道，考勃菲爾少爺，」烏利亞繼續往下說，還是那副叫人作嘔的下賤樣子。我坐著盯住他望，這個思想還在心裡。「我的娥妮絲現在還很小呢。母親跟我

---

⑩見歌曲〈里奇蒙山的少女〉（The Lass of Richmond Hill），愛爾蘭人L. Macnally（1752-1820）作詞，J. Hook作曲。

都得往上爬，好些事要從頭安排起來，然後才能十分順手。所以我要有時間，碰到機會讓她漸漸知道我的希望。啊，您跟我這樣體己，我太感激了！啊，您想不到，我知道您了解我們的境遇，又有把握您不去跟我作對（因為您不想叫這家人有不愉快的事），多放心啊！」

他拎起我不敢縮回的手，濕漉漉地用力一握以後，就看錶面褪色的錶。

「不得了了！」他說，「過了一點了。老朋友談起心腹話來，時間過得真快，考勃菲爾少爺，差不多一點半了！」

我回說，我還以為更遲些呢。這倒不是我真以為如此，而是因為我跟他談話的口才已經化為烏有了。

「不得了了！」他沉思說。「我住的屋呀——那種有人介紹才好住的旅館跟寄宿舍之類的地方，考勃菲爾少爺，靠近新河源——大家覺都睡了兩個鐘頭了。」

「糟了，」我答，「此地只有一張牀，而且我——」

「啊，再也別提牀了，想都不用想，考勃菲爾少爺！」他狂喜答道，一面縮回了一條腿。「可是您可會，可會反對我在爐子面前躺一晚？」

「如果說到這一點的話，」我說，「請你睡我的牀，我睡爐子面前。」

他聽到這個主意，過分詫異，過分謙卑，提出反對，幾乎聲勢洶洶，是以刺進克拉太太的耳朵裡。我猜她睡在遠遠一間房裡，大約在低潮線的平面。克拉太太睡覺的時候，一向要用一隻修不好的鐘滴滴答答鎮定她的神經，我們遇到彼此時間上小有出入的時候，她總叫我看這隻鐘，而這隻鐘至少總慢三刻，早上要根據最標準的時鐘撥正。我給烏利亞搞得手足無措，提出勸他睡我牀的主張，怎麼樣也敵不過他的客氣，只好盡力想辦法讓他在爐子面前休息。沙發上的墊子（比他瘦長的身材短很多）、沙發上的枕頭、一條毯子、一塊平時用的桌布、一塊乾淨早餐桌布、一件大外套、湊成他的牀鋪和被臥，他為了這件事，千恩萬謝，我借了一頂睡帽給他，他立刻戴上頭，一副德性樣子，從此我再也沒有用過一次那頂帽子。然後我走開，讓他休息去了。

我再也忘不了那一晚，再也忘記不了怎樣翻來覆去，把娥妮絲跟這個東西的事思前想後，多感到疲勞，怎樣研究我有什麼辦法，應該有什麼舉動，怎樣得到結論，為了娥妮絲安心，沒有別的辦法，最好是一無作為，把聽到的話守住祕密。跑去睡了一會兒，娥妮絲溫柔雙目顧盼的影像，跟她父親慈愛地望著她的樣子（這個景象我看得多了）就出現了，哀求似的，我心裡充滿各種模糊的恐怖。我醒來的時候，烏利亞睡在隔壁，這個念頭就壓在我心頭，跟把人嚇醒的噩夢一樣，沈重得叫我害怕，好像我留了個比魔鬼還卑劣的東西在家寄宿。

此外，撥火棍也搞進我昏昏沈沈的腦子裡，不肯出來。在醒睡之間，這根棍還是熾熱的，我以為自己已經從爐子裡把它拔了出來，把烏利亞通心刺穿了。我給這個念頭纏得太厲害（雖然我不會做這種事情），末了偷偷走到隔壁房裡，看他一眼。看到他了，仰臥著，兩條腿不知伸到那裡去了，喉嚨裡咕嚕咕嚕響，鼻子塞住，嘴張著就像郵箱。他本人比我精神失常時幻覺見到的還要難看，此後正因為厭惡，我反而給他吸引，每隔半個鐘頭上下，忍不住要跑進跑出來，再看他一下。雖然如此，漫漫長夜似乎仍舊沈重、絕望，陰暗的天一點沒有現出白天要到的樣子。

第二天早上，我看見他下樓（因為，謝大謝地！他不肯待下來吃早飯），我好像覺得，他走，夜也附在他身上走了。等我到博士會館的時候，我特別囑咐克拉太太，把窗戶全打開，好像我的起坐室大通空氣，把烏利亞的陰魂袚除。

第二十六回　為情所困

惡姑子黠緘冤家口
嬌女兒豔迷癡漢心

然後我就沒有再看到烏利亞．謝坡，那天娥妮絲離開倫敦，才又碰見他。當時我在馬車售票處向娥妮絲告別，也替她送行，烏利亞也在那裡，他要坐那輛馬車也回坎特布利去。我看到他身披單薄、狹腰、高肩、深紫色的大外套，拿了一把像小帳篷似的傘，高高坐在車頂上後座邊上，而娥妮絲當然坐在車裡，覺得略有些快意。不過，為了當著娥妮絲的面勉強要跟烏利亞客氣，我受夠了罪，這點小小補償也許是應得的。他在馬車窗口和在宴會裡一樣在我們周圍徘徊，沒有一刻停的，就像隻大兀鷹，凡是我對娥妮絲說的話，或是娥妮絲對我說的話。沒有一個字他不是貪得無厭地偷聽了去。

我聽了他在我爐邊透露的事，如坐針氈，常常想到娥妮絲提的關於烏利亞要跟她父親合夥的話：「我做了希望是對的事。十拿九穩要爸爸安心，就非這樣犧牲不可，所以就求他合夥算了。」她受這個想法的支配，靠這個想法忍受痛苦，為了父親，什麼犧牲都肯，這個使我傷心的預感，一直叫我苦惱。我知道她多愛她父親，知道她本性多孝順。從她親口知道，她以為自己無意成了她父親做錯了事的原因，所以欠她父親的情太深，一心一意要報答。看見她跟這個穿深紫色大外套的赤髮鬼①大不相同，並沒有得到安慰，因為娥妮絲靈魂純潔，崇尚克己，而烏利亞卑鄙無恥，我覺得這極其不同之處正是最大危險所在。這一切，烏利亞完全明白，而且他機詐性成，已經深思熟慮過了。

可是，我認定這種犧牲雖然眼前還談不到，結果一定會毀滅娥妮絲的幸福。從她的態度看來，我斷定她還不知道烏利亞的企圖，心上頭還沒有蒙上這個企圖陰影。如果我把會發生的事向她提出任何警告，馬上就會傷害到她。所以我們分手的時候，我並沒有解釋——她在車窗口揮手含笑告別，她的魔鬼在車頂上扭著身體四肢，好像她已經在他掌握之中，他奏凱了。

好久我都沒法忘記這次跟他們別離的景象。等娥妮絲來信，說她已經平安抵達，我仍

---

①指其深紫色外套及狡猾性格，赤色如狐。

舊跟看著她走的時候同樣心痛。無論那一刻我陷入沈思，這件事就會湧上心頭，我的不安也一定加倍。難得有一夜我不做這件事的夢。這已經成了我生命的一部分，跟我的頭一樣不能和我分開。

我有充分的閒暇來細述我的不安並加以分析，因為司棣福來信，他在牛津，所以我不在博士會館，就很孤單。相信這時候，對司棣福已經有了些潛伏的不信任之心。回他的信寫得熱情之至，不過我想，大致上，在那時他不能到倫敦來，我是高興的。我猜真情是娥妮絲的話對我生了效，即使看見司棣福也不會受到影響。她的話對我的力量很大，還有個原因，就是我的思想和關心的事很多她都一樣。

這當兒，一天天，一星期一星期不知不覺過去了。我那時已經跟司本羅・焦金斯事務所簽約習業了。姨婆每年給我九十鎊（房租和各種附屬的開支不在內）。公寓訂了十二個月的租約。這裡晚上雖然依舊又寂寞，又漫長，我可以千篇一律地過怏怏不樂的日子，倒也安定，喝咖啡消遣——現在回想起來，我一生這段時間前後喝的這種飲料總該用加侖來計量了。這段時間前後，我有三個發見：第一，克拉太太有個怪病，她叫做「筋連」②，發起來總跟著鼻子發炎，要不斷吃薄荷；第二，我食器室裡的溫度有點特別，把白蘭地酒

②克拉太太把原文字音念錯，她指的是「痙攣」。

瓶弄炸了③；第三，我在世上孤單單一個人，非常喜歡用英文詩體記下這種情況的片斷來。

我簽約習業那天，除去叫了夾心麵包和白葡萄酒到事務所請書記吃喝，晚上獨自去看戲以外，沒有別的慶祝。看了一齣「生人」④，是跟博士會館情況很配合的那種戲，我大為傷感，回家之後站在自己鏡子面前，都不認得自己了。簽約那天我們辦好手續之後，司本羅先生說，他住在挪倭，本想請我到他家去，慶賀我們的關係。不過他女兒在巴黎讀書畢了業，就要回來了，家裡要準備一下，所以有些紛亂，要等一等。不過他說，等他女兒回家了，他希望有幸招待我一下。我知道他太太不在了，只有一個女兒，當即表示謝意。

司本羅先生說話算數。一兩個星期之後，他提到這件事，說如果我肯在星期六賞光，上他家去，住到星期一，就再好也沒有了。當然，我說我會去拜候；說好乘坐他講究的雙駒四輪馬車去，也由他帶我回來。

到了那一天，我的氈製手提包成了拿週薪水小職員崇敬的對象，因為他們心裡的挪倭

---

③克拉太太偷考勃菲爾的酒喝，所以酒瓶會炸。為了怕人發現，她吃薄荷偽裝口裡的氣味。

④原名《憤世與懺悔》（*Menschenhass und Reue*），德人August von Kotzebue（1761-1819）作。英譯為**The Stranger**〈生人〉，曾由戲劇家謝瑞登（Richard Sheridan, 1751-1816）搬上舞台。故事為一妻子受騙，並有差錯，丈夫因此憤世；妻子悔罪，夫婦和好。

那所宅子是個神聖的祕密。他們裡面有一位告訴過我，他聽說司木羅先生完全用金銀餐具跟磁器吃喝；另一位暗示，他家香檳酒跟平常人家喝的啤酒一樣，是不停從桶裡放出來的。那位名叫遜費，戴假髮的老書記在服務期間有幾次因公上過那裡，每次都登堂入了早餐所。他把這個地方形容得華貴無比，說在那裡喝過東印度的白葡萄酒佳釀，質地的貴重叫人眨眼。

那天我們宗教法庭有一宗延期訴訟——關於把一個麵包師傅逐出教會的事，因為這個人在教堂區會裡反對徵鋪路捐——因為照我算來，證據正比《魯濱遜漂流記》長一倍，所以等我們辦完了事，已經相當晚了。可是，我們判他出教⑤六星期，罰了他一大筆訟費。然後麵包師的代訴人，法官、雙方律師（他們都是近親）一同出了城，司本羅先生和我也駕馬車走了。

這輛馬車是很漂亮。兩匹馬把頸項弓著，提起腿來，好像知道本身是博士會館所有的。會館凡是遇到跟面子有關的，就有很多競爭，因此出了些非常講究的馬車和僕從，雖然我總想到過，也總要想，我那個時候，那裡競爭的大項目是衣服上漿，我想，博士會館代訴人的衣服漿硬的程度，到了人類天性所能忍受的極限。

---

⑤逐出教會的處罰，在天主教和聖公會稱為「絕通功」；其意為基督徒本來是一體，各人可獲別人（包括天上諸聖）代為祈禱之益；絕了通功，則不獲此益。

一路上我們很談得來，司本羅先生指示我一些關於本行的事情。說這是世上最高雅的職業，無論怎麼樣絕不可以跟小律師同日而語，因為這種職業是大不相同的一種，無限地更高級，不機械，更賺錢。他說，我們在會館裡辦事舒舒徐徐，無論那裡比我們都差得遠，因此我們成了特權階級，高高在上。他說，我們主要是歸小律師雇用的，這一點叫人不快的事實也不能隱瞞。不過他告訴我，小律師是比較差的一等人，所有代訴人，不管有什麼樣的抱負的，一律瞧不起他們。

我問司本羅先生那一種專業是他認為最好的？他回說，遺囑發生糾紛，牽涉到一筆實值三四萬鎊的小財產的案子，有贏的希望，也許是最好的。他說，遇到這種案子，不但在訴訟每一程序辯論中，盤問、及盤問的證據堆積如山（先向代表法庭，然後向上議院上訴，暫且不提），很有些額外收入；而且末了訴訟費由遺產裡扣除，總不成問題的，雙方打官司精神勃勃，非常起勁，絕不在乎花錢。接著他把會館全面地誇贊一番。他說會館特別可佩的是緊湊。這是世界上組織最妥善的地方。凡是想得到的舒適，應有盡有。一句話可以把它說完。例如：——你向主教法庭提出離婚，或者賠償的案件。很好。你在主教法庭審判它。你把它弄成人數不定，不分隊打牌，一家人玩的，你們有空就把它玩完。假定你對宗教法庭不滿，那你怎麼辦？好啦，你再到宗教裁判控訴院去。宗教裁判控訴院是什麼呢？同樣法庭，在同樣房間裡，同樣的刑事被告席同樣的律師，不過換了另外一位法官，因為主教法庭的法官無論在那一天開庭的日子都可以用律師的身分出庭辯護。好啦，你又打人數不定，不分隊的牌了。還不滿意。很好。怎麼辦呢？嗯，你可以上代表法庭。誰是代表？嗯，教會代表是什麼職務也沒有的律師，案件在兩個法庭打牌的時候，他們在旁邊看著，看洗牌、分牌、打牌、跟所有打牌的人談牌，現在又以法官的身分，重新解決爭端，使大家都滿意！司本羅先生鄭重結論，不稱心的人也許會談到會館的腐敗、會館的狹隘、會館需要改良；不過，碰到每斛麥價漲到最高的時候⑥，會館就最忙；大家會把手放在心中，向全世界的人說，「你要是碰一碰會館，國家就要垮！」

我凝神傾聽這一切，雖然我們這個國家是不是果真像司本羅先生所說，靠會館維持靠到這個程度，也確實可疑，可仍然敬服他的意見。關於每斛麥價，我謙遜地覺得，自己力量薄弱，不夠資格談論，這個問題差不多就解決了。直到今天，我從來沒有勝過那一斛麥。我一輩子，這斛麥跟各種問題連在一起一再出現，把我消滅。現在我不知道，我遇到說不盡的各式各樣情況，到底這斛麥跟我有什麼關係，有什麼權利打垮我，不過無論那一刻，

---

⑥此為一八四九至五〇年的時事話題。拿破崙戰爭期間及其後，穀價高漲，地主大獲其利。一八四六年，英國廢止限制穀類進口的繁複「穀物法」（The Corn Law），准許穀類依市場情況而出入口。

我看到我的老朋友——這個斛——給人毫不相干扯上(我發現它總是如此),我就認輸了。

這是段離題的話。我不是去碰會館,把國家弄垮的人。我用沈默表示對這位年齒、學識都是我長輩的話信服。我們談到「生人」那齣戲,談戲劇,談那兩匹馬,一直談到司本羅先生家門口。

司本羅先生家有個怡人的花園,這時雖然不是一年中觀賞花園最好的季節,花園收拾得仍然很美麗,叫我十分著迷。我看到非常好看的草地,一簇簇的樹,暗中僅能分辨的遠遠近近的小徑,上面拱起鐵絲搭的架子,架子上爬著在生長季節長的灌木和花。「這就是司本羅小姐獨自散步的地方了,」我想。「了不起!」

我們進了屋,裡面燈燭輝煌,叫人心暢。走進客廳,裡面有各種有邊和無邊的帽子、大外套、格子花呢衣服、手套、馬鞭、手杖。「朵若小姐在那裡?」司本羅先生問一個用人。「朵若!」我想。「多美麗的名字!」

我們走進了靠門口的一間房(我想這就是以褐色東印度白葡萄酒著名的早餐室了)。我聽到有個聲音叫道,「考勃菲爾先生,這是我女兒朵若,跟我女兒朵若的心腹朋友!」這當然是司本羅先生的聲音,不過我並不知道是他的,也不計較是誰的。頃刻間,一切都成了過去。這也是我命該如此。我成了俘虜、奴隸。愛朵若・司本羅如瘋似狂!

我眼中她不只是人,是仙女、風姨,我不知她是什麼——誰也沒見過,卻是人人都想要的一切。瞬息間我就給愛的深淵吞沒了。深淵邊緣絲毫沒有停留——沒有往下望，也沒有回顧。一頭栽下，連一句話都沒有頭腦向她說出。

「我呀，」我鞠躬嘰咕了一句什麼的時候，聽到一個極熟的聲音說，「以前見過考勃菲爾先生。」

說話的不是朵若。不是的，而是她心腹朋友，牟士冬的姊姊！

我想我並沒有大為驚詫。我盡力估量，知道自己已經沒有驚詫的餘力了。世界上物質方面已經沒有值得提起的事，只有朵若·司本羅才用得著我驚詫。我說，「您好，牟士冬小姐？希望您挺好。」她答，「很好。」我說，「牟士冬先生好嗎？」她答，「我兄弟結結實實，我謝謝你。」

我想司本羅先生看見我們互相認識，一定詫異。他有話說了。

「考勃菲爾，」他說，「你跟牟士冬小姐本來是認識的，好極了。」

「考勃菲爾先生跟我有瓜葛，」牟士冬的姊姊說，說時態度鎮定得厲害。「我們略微有點認識。是在他小時候。後來情況改變，我們分開了。現在我真認不出他來了。」

我回說，無論在那裡我都會認得她的。這是實話。

「承牟士冬小姐的情，」司本羅先生對我說，「肯做這件事——我這句話不知道對不對——做我女兒的心腹朋友。我女兒朵若不幸，沒有母親，多虧牟士冬小姐做她的伴和保護人。」

我有個念頭，轉瞬即逝，就是牟士冬的姊姊像放在口袋裡的叫做護身器的短棍一樣，不是造來自衛的，而是攻擊別人的。不過此刻除了朵若，不管什麼東西都只在腦子裡一閃即逝。隨後我正眼快看她，發見她有相當動不動鬧脾氣的樣子，我想我看得出她對這個伴侶、保護人並不十分要特別推心置腹。這時鈴響了，司本羅先生說，這是第一次晚餐鈴，我就去更衣了。

我墮入情網，這時要打扮得漂亮，或者因為什麼活動要做什麼事，都有點太可笑。我只能坐在爐子面前，咬手提包的鑰匙，心裡想著叫人顛倒的，富有少女情調的，明眸倩麗的朵若。她外表多美、臉多漂亮、態度多優雅、姿采多麼多，多迷人！

鈴這樣快又響了，我僅僅能亂七八糟換上衣服，其實照當時的情形來說，我應該好好收拾才對呢。然後下樓。有些人在那裡。朵若在跟一位白髮長者說話。這人雖然頭髮已經白了——而且是做了曾祖父的人了，他自己說的——我還是吃醋得要命。

我的心情多特別啊！什麼人我都嫉妒。不管誰對司本羅先生比我更熟，我都吃不消。聽他們談許多我沒有分的事，簡直叫我飽受非刑。桌子對面有位和氣之極的人，頭禿得發亮了，問我是不是第一次到這家來，我差不多什麼野蠻、報復的舉動都會對他做得出。

除了朵若，我記不起有誰在座。除了朵若，我一點也不知道晚飯吃的什麼。我的印象是，我專吃朵若，半打碟子吃的東西沒有沾我的唇就撤掉了。我坐在她旁邊。跟她談天。她的聲音輕得最討喜，笑起來淺得最歡暢，一舉一動波俏得最叫人舒服，最吸引人，凡此種種，都引得我這個神魂顛倒的少年變成永難贖身的奴隸。她總而言之是相當嬌小。越這樣越可貴，我想。

她跟牟士冬的姊姊一同走出餐廳（席上沒有別的女眷），之後我就陷入冥想，只有一件事打擾我，就是怕牟士冬的姊姊在朵若面前詆譭我，怕得要命。那個和氣的、頂禿得發光的人講了很多話，我想是關於園藝的。我想我聽到他說了幾次「我的花匠」。我好像極注意他，不過我其實是在伊甸樂園，跟朵若一塊兒閒逛。

等我們進了客廳，我看到牟士冬的姊姊陰沈冷淡的面色，怕她在我情愛專注的對象面前誹謗我的心又復熾了。不過我遇到了意想不到的情形，放了心。

「大衛．考勃菲爾，」牟士冬的姊姊把我招呼到一個窗口。「跟你說句話。」我單獨跟牟士冬的姊姊頂住面在一起。

「大衛．考勃菲爾，」牟士冬的姊姊說，「家庭裡的往事我不用多說了。那些事也不是津津有味的話題。」

「極其不是，小姐，」我答。

「極其不是，」牟士冬的姊姊附和道。「過去大家不和，還有侮辱，我也不想重提。

有個人——女的，我提到都難過，真丟我們女人的臉——欺負過我，提起她來我就看不起，作嘔。所以我不願意提她。」

她這樣侮辱姨婆，我真非常冒火，不過我說，要是牟士冬小姐贊成，不提她的確很好。又補充道，聽到誰失禮不敬地談姨婆，我也不會不斷然表示意見。

牟士冬的姊姊閉了眼睛，鄙夷地低下頭。然後慢慢抬起頭來，接著說道，——

「大衛·考勃菲爾，你小時候，我不喜歡你，這一點我用不著掩飾。也許我看錯了，也許你已經變了，我的意見失掉憑據。這一點，我們現在彼此已經不成問題。我們這家人，我相信，有點堅決的特色，我不是那種受情況影響或會改變的人。我可以有我對你的意見。你可以有你對我的意見。」

輪到我低下頭來了。

「不過，在這裡，」牟士冬的姊姊說，「這些意見不一定非衝突不可。照目前的情形看來，無論從那一點來說，最好不提這些事。既然機緣湊巧，我們又碰到了一起，以後別的地方也會再碰到，我主張，我們在此地碰到，就說是略微有點認識吧。為了顧到家庭的情況，最好我們說是只有這層關係，誰都用不著把對方提出來當話柄。你贊成嗎？」

「牟士冬小姐，」我答，「我想你跟你兄弟都對我非常殘忍，對我母親也極不厚道。我永遠以為是這麼的，只要我還有口氣活著。不過你提的這一點，我完全同意。」

牟士冬的姊姊又閉起眼睛，低下頭來。隨後用她的又冷又僵的指尖按按我的手背，走開了，一面把她手腕和頸項上腳鐐似的裝飾品整頓整頓。這些東西好像就是我上次看到的那一套，完全一個樣子。就牟士冬的姊姊性格看來，這些東西使我聯想到監獄門上掛的腳鐐；所有看到的人從門外就可以料到門裡的情形。

這一晚以後的事，我只記得聽到我心裡的皇后唱法文迷人的民謠，大意是不管遇到什麼事，我們都應該跳舞，嗒嚍喇，嗒嚍喇！一面還親自用樣子像六弦琴的燦爛的樂器伴奏；我歡喜得如醉如癡，點心也不吃，加料葡萄酒特別不想喝；等牟士冬的姊姊把朵若帶走，她含笑把纖手伸給我；我在鏡子裡看到自己一眼，完全像個低能兒、白癡，無限淒涼地跑去睡覺，起牀了，心裡惶恐，渾身無力，為情所困。

早上晴朗，曙色初呈。我想我要到鐵絲做了拱架的小徑上去散步，把她的倩影放在心裡盡情溫存。走過大廳的時候，碰到她的小狗吉勃——吉卜賽的縮稱。我躡手躡腳走近牠，因為甚至這條狗我都愛。可是狗全副牙都露出來了，爬到一張椅子底下，特別向我狂吠，一點也不容我跟牠親密。

花園裡又涼又清寂。我信步走，心裡在想，如果我跟這位可愛的絕色定了終身大事，不知道會有那種快樂。至於結婚、財產，等等一切，我相信那時差不多跟我愛小艾姆麗的時候一樣天真，根本沒有想到。只要准我叫她「朵若」，寫信給她，寵愛她，寶貝她，確實知道她跟別人在一起的時候，心裡還是有我，我看就是人類雄心的頂點了，也確是我雄心的頂點。絲毫沒有疑問，我是個多愁善感的小癡情漢。不過遇到這一切，我心地還是純潔的，回想起來，不覺得十分可鄙，所以現在能笑就讓我笑一笑吧。

我走了沒有多久，轉彎的時候，就碰到了她。每次回想起那個彎來，我從頭到腳都感覺到刺痛，筆在手上打抖。

「您——出來得——早啊，司本羅小姐，」我說。

「在家待著挺悶氣，」她答，「牟士冬小姐多荒唐！」她說，「我要等太陽出來，晒暖一些，才能出來，這簡直是胡說！」（說到這裡她笑了，聲音極其動聽。）「星期天早上，我不練琴，總要做點什麼事。所以昨天晚上我告訴爸爸，我一定要出來。還有，這是一整天最明亮的時候。你不覺得嗎？」

我冒昧說了句大膽的妙語（免不了結結巴巴），說當時是非常明亮，雖然早一刻兒還非常陰暗。

「您是存心恭維呢？」朵若說，「還是天氣真變了？」

我比剛才更結巴了，回說，我不是存心恭維，而是道出直直爽爽的實情。其實我並沒有覺得天氣有什麼轉變。這只是我個人的感覺作祟，我含羞補了一句，證實我的話沒有錯。

我從來沒有見過這樣的鬈髮——怎麼會呢？從來也沒有過這樣的鬈髮啊！——她為了

掩蔽臉上的紅暈而抖出來的。至於鬈髮上的草帽和藍絲帶，要是能掛在我勃金恩街的房裡，是多麼無價的財產啊！

「您剛從巴黎回家是吧？」我問。

「是的，」她說。「您到那裡去過吧？」

「沒有。」

「啊呀！我希望您不久也去！您會非常喜歡的！」

我臉上現出了極度煩惱的痕跡。她居然希望我去，她居然以為我去得了，真叫我吃不消。我瞧不起巴黎，瞧不起法國。我說，照目前的情形來講，我不願意離開英國，不管有什麼實在的利益也一樣。無論那樣引誘也動不了我的心。簡單說一句，她又搖鬈髮了，這時小狗沿小徑奔來替我們打開僵局了。

小狗跟我吃醋得要命，對我叫個不停。朵若把狗抱在懷裡——唉我的天！——摟了起來。可是狗仍然在叫。我要碰狗，狗不許我碰；朵若打狗。看她在狗的禿鼻樑上拍拍，算是處罰，狗就眨巴眼兒，舔她的手，還在像奏最低音的提琴一樣，喉嚨裡吼叫，叫我更加受罪。末了安靜下來了——還不稱心嗎，朵若有小酒窩的下巴靠在牠頭上呢！——我們就去看養花暖房。

「您跟牟士冬小姐不很熟吧，是不是？」朵若說。——「寶貝。」

（末了兩個字是對狗說的。唉，要是對我說的就好了！）

「不很熟，」我答。「根本不很熟。」

「她討厭死了，」朵若噘起嘴來說。「我不懂爸爸幹什麼要揀這樣一個叫人倒胃口的東西來跟我做伴。誰要人衛護？我就根本不要人衛護。吉勃衛護我比牟士冬小姐好得多——不是嗎，吉勃心肝？」

她吻牠的圓球一樣的頭，可是狗只懶惰地眨巴眼兒。

「爸爸說她是我的體己朋友，可是我知道她根本不是這種人——她是嗎，吉勃？我們跟這種脾氣不好的人不能說心腹話，吉勃跟我。要我們喜歡的才能推心置腹呢，要找我們自己的朋友，不能讓他們來找我們——是不是，吉勃？」

吉勃發出愜意的聲音，算是回覆，有點像茶壺裡水滾了的聲音。至於我，每一句話都是一堆釘在原有腳鐐上的新腳鐐。

「很不幸，我們沒有慈愛的媽媽，倒弄了個陰僵僵的，老晦氣鬼，像牟士冬小姐這樣的人來，總死跟著我們——不是嗎，吉勃？不要緊，吉勃。我們不跟她好，不去理會她，我們自己要多快樂就多快樂。開她的玩笑，不要討她的好——要嗎，吉勃？」

要是這樣下去再久一點，我想我一定會趴下去，作興在石子路上擦破膝蓋，馬上給趕出這家人家。不過幸好暖房就在不遠的地方，這幾句話說完我們就到那裡了。

暖室裡陳列了很多美麗的天竺葵。我們在天竺葵面前徘徊，朵若常常站下來稱讚這盆好，那盆好，我也站下來稱讚同一盆。朵若笑著孩子氣地把小狗舉起來，聞花香，好像我們三個未必全在神仙境界，我卻千真萬確是的。直到今天，我一聞到天竺葵葉子的氣味，都會一半覺得可笑，一半認真地驚異，因為頃刻之間我就變了：這時我看到的是一頂草帽，藍色絲帶，好多鬈髮，兩隻纖臂摟住的一條小黑狗，跟一排排鮮花和翠葉互相輝映。

牟士冬的姊姊在找我們。發見我們在此地，把她叫人作嘔的、皺紋裡填滿髮粉的嘴巴子伸過去給朵若親一親。然後把朵若的膀子一挽，領我們去吃早飯，好像軍人出殯行列似的。

到底我喝了多少杯茶，因為是朵若泡的，我不知道。不過我清清楚楚記得，坐在那裡牛飲，喝得全部神經系統（那幾天還有什麼神經系統嗎）都垮了。不久我們去做禮拜。牟士冬的姊姊坐在我和朵若中間，我們一條板櫈。可是我只聽到朵若唱歌，其餘的人都不見踪影。牧師講道——當然是關於朵若的——恐怕我知道的那次禮拜就只有這些了。

我們過了一天安靜日子。沒有客人，只散步一次，家裡四個人吃了晚飯，晚上看看書和畫片。牟士冬的姊姊面前放了本講道集，眼望著我們，看得死死地。唉！司本羅先生做夢也想像不到，那天吃完晚飯他在我對面坐下，手帕摀住他的頭，我腦子裡當自己是他女婿多熱烈地擁抱他！他也想不到，晚上我向他告別，已經以為他剛剛完全同意我跟朵若定婚了，我正求上蒼降福給他呢！

第二天我們一早就走了，因為海事法庭有件船舶營救的案子，要對全部航海學有相當準確的知識（我們在會館裡沒有法子懂很多這方面的事情），法官請了兩位領港公會的專家，本仁愛精神，來幫他的忙。不過，早餐的時候又是朵若泡的茶。她站在門口台階上，懷裡抱著吉勃，我在馬車裡對她脫帽，感到憂鬱的愉快。

那天我覺得海事法庭怎麼樣，聽審的時候把我們的案子弄得怎樣一場糊塗，怎樣看見「朵若」刻在他們放在桌上當作高級司法權象徵的銀槳葉上，司本羅先生回家不帶我去（我本來妄想，他也許會再帶我回去的），好像我本來是水手，船開走了，把我留在荒島上；我有什麼感覺，不必枉費心敘述了。要是那座睡在夢中的老法庭能覺醒過來，把我在裡面做的關於朵若的夢現出來，叫人可以見到，真情就全盤托出了。

我並不是單單指那一天的夢，而是日復一日、週復一週、期復一期的。我上法庭，並不留心案子，而是思念朵若。案件經常在我面前慢慢拖很久⑦，要是有一念想到案件的，就只有在婚姻案子裡記起朵若，覺得結了婚的人除了幸福怎麼會還有別的，很奇怪。還有關於遺囑的案件，我就考慮，假使成為問題的錢是遺給我的，我關於朵若馬上要採取的步驟是什麼。我狂戀的第一個星期裡，就買了四件華美的背心（不是為自己買的——我可沒

⑦暗用伯普長詩《論批評》（*An Essay on Criticism*）三五七行。

有藉此自豪的心——是為了朵若），上街喜歡戴稻草色的小山羊皮手套，腳上所有雞眼都是那時種下的根。要是我在那一段時期穿的靴子還能拿得出來，跟天生我腳的尺寸比一比的話，就可以知道我當時可憐的心情了。

可是我雖然把朵若當寶貝，弄得自己成了悲慘的跛子，每天還是成好多里路地閒逛，希望能碰見她。不久，不但跟郵差一樣常常去挪倭道上，人人都認識我，倫敦也走遍了。我在最高貴婦女用品商號的街道上蹓躂；在商品陳列所出沒，像個冤魂。我在海德公園蕩來蕩去，筋疲力盡之後很久，還不休息。有時候，隔了很長的時間，我極難得看到了她一次。也許我看到她的手套在馬車窗口揮動；也許遇見她，跟她還有乍士冬的姊姊走一段路，跟她說話。說話之後，總是想到沒有說一句得到要領的話，或者發覺她完全不知道我對她癡戀的程度，一點不把我擺在心上，我極其難過。可想而知，我總巴著司本羅先生再請我到他家裡。也總是失望，因為他再也不請了。

克拉太太一準是個無孔不入的女人，因為我這場癡情才動了不過幾個星期，連寫信給娥妮絲，除了說到過司本羅先生家，看到他「全家人」，加了一句，「就只一個女兒」，還沒有勇氣說個明白——我說克拉太太一準是個無孔不入的女人，因為，即使在這樣初期，她已經發覺了。一天晚上，我心情低沈，她到樓上來找我，問我（當時她患了我上面提過的毛病）可肯給她一點藥酒，用大黃、小豆蔻外加七滴丁香精和成，這是醫她毛病最好的藥酒——要是我沒有這種藥酒，一點白蘭地也行，這是次一等的藥。她說，並不是她愛喝白蘭地，而是這是次好的。第一種藥酒我聽都沒聽過，壁櫥裡總有白蘭地的，就給了克拉太太一杯，她當我的面就喝，免得我疑心她拿去充別的不正當用途。

「放高興點，先生，」克拉太太說。「我不忍心看你這樣，先生。我也是做母親的人。」

我不十分明白她說的這件事跟我怎麼扯得上，不過仍然盡力對克拉太太親切地微笑。

「嗐，先生，」克拉太太說。「請你原諒我。我知道怎麼回事，先生。你的情形，有女人牽涉在裡面。」

「克拉太太您說什麼？」我紅了臉回說。

「啊呀，天哪！提起精神來，先生！」克拉太太說，說完點頭給我鼓勵。「不要悲觀，先生！要是她沒有好臉色對你，有好臉色的多得很。您是上流青年，該大大受歡迎的，考勃府爾先生，您得曉得自己的本錢，先生。」

克拉太太總叫我考勃府爾先生——第一，一定因為不是我的姓；第二，我倒以為跟一個洗衣服的日子不很清楚地扯在一起⑧。

「您怎麼以為有什麼年輕小姐牽涉在裡面的呢，克拉太太？」我說。

---

⑧考勃（Copperfield中的Copper）可作「銅器」解；「考勃府爾」（Copperful）可作滿滿一鍋解。

「考勃府爾先生，」克拉太太情見乎詞，說，「我也是做母親的人啊。」

有一會兒，克拉太太只能把手放在本色棉布衣服的胸口，一面喝當藥的酒，抵擋復發的疼痛。末了她又說。

「您的好姨婆替您租下這裡的房子，考勃府爾先生，」克拉太太說，「我說過句話，現在我找到個人可以照應照應他了。『謝天謝地！』是我的話，『我現在找到個人可以照應照應他了！』——您吃不夠，先生，也不喝。」

「您就是根據這一點假設的嗎，克拉太太？」我說。

「先生，」克拉太太聲音近乎嚴厲地說，「除了您，我還給別的小先生洗衣服。小先生作興太保重自己，作興太糟塌自己。作興頭髮梳得太認真，作興太馬虎。靴子作興太大，作興太小。這是他的天性。可是不管他走那個極端，先生，兩種作風都有個年輕女的牽涉在裡面。」

克拉太太堅決地搖頭，簡直沒有給我留下一寸地利。

「在您之前死在這裡的房客，」克拉太太說，「搞戀愛——跟一個酒吧女招待——馬上把背心改小，雖然酒喝得肚皮大了。」

「克拉太太，」我說，「我一定要請您別把我這位小姐跟酒吧女招待，或者任何那一類的人，混為一談，對不起。」

生，我管了閒事了。要是別人不歡迎，我從來不喜歡管閒事。不過您是上流青年，考勃府爾先生，我勸您放高興點，先生，提起興致來，曉得自己的本錢。要是您喜歡什麼，先生，」克拉太太說——「要是您喜歡玩撞柱的遊戲，哪，那是對身體有好處的——您會發見玩玩它可以消消遣，對您有好處。」

說完這話，克拉太太假裝很當白蘭地寶貝——酒已經喝完了——深深行了個屈身禮謝謝我走了。我看她的影子在門口暗中消失，覺得克拉太太給我這樣的忠告似乎有點放肆。不過從另一方面看來，我當它是給聰明人聽的一句話，也當它是叫我小心的警告，以後自己的祕密要好好保守，所以願意聽從。

第二十七回　湯密·闞都斯

闞都斯喜道鴛求侶
密考伯欣期蚌含珠

也許是克拉太太的話起了作用，也許無非是斯柯吐斯撞柱戲和闞都斯這兩個詞的音有些接近①，沒有別的好一點的理由，第二天我想到去找闞都斯。他談起回來的時間已經過去很久了。他住在靠坎姆頓鎮獸醫學院很近的一條小街上，據住在那邊我們事務所的一位書記告訴我，那裡住的主要是上流子弟學生，這些學生買了活驢子，到自己住的房間裡做試驗。我跟這位書記要到了往那個預備要去的學林②的方向，就在當天下午出發，看我老

①撞柱戲是Skittles，闞都司是Traddles。

同學去了。

我發現，為闕都斯設想，那條街不如我希望的那麼合意。住戶似乎喜歡把隨便什麼用不著的小東西都扔在路上，弄得路上不但臭氣薰人、濘滑不堪，而且因為有甘藍葉子，也亂七八糟。垃圾裡還不完全是蔬菜，因為在找我要的門牌號碼的時候，我看見一隻鞋、一把摺得起來的小鍋、一頂黑色女帽、一把傘，破爛的程度各有不同。

我一看這地方的氣派，就鮮明地想起我從前住在密考伯夫妻家那裡的那段時期。我要找的屋子現出式微的特點，難以形容，有了這個特點，就和街上別的屋子都不同了——雖然這些屋子都是照同樣單調的款式造的，看樣子好像錯誤百出，是學造屋的兒童還在初級階段畫出來的房屋圖——更叫我想到密考伯夫婦。我到門口的時候，碰巧下午送牛奶的人來，門開了，更非想到密考伯夫婦不可。

「我說，」送牛奶的對一個很年輕的女用人說，「我那筆小數目可有著落？」

「啊呀，老爺說他馬上就要付了，」這是女用人答的話。

「因為，」我聽送牛奶的口氣，好像他沒聽見答話，繼續說下去，他不是教訓這個女用人，而是教訓屋裡的什麼人——看他朝過道那邊瞪眼的神情，我這個印象更加強了——

②柏拉圖在Academus（希臘傳說人名）小林設立學校，所以後世學校所在地有學林之稱。

「因為那筆小數目拖得太久了，我漸漸相信它成了倒帳，再收不到了。我可再也忍不住了，你得知道！」送牛奶的說，話還是朝屋裡說的，朝過道瞪眼。

順便說一句，這個人做牛奶這種溫和的食物生意，太不對路。他的態度用來做屠宰或白蘭地生意，都算得上兇的了。

年輕女用人的聲音變微弱了，不過，我看她嘴唇動作好像又在低低說，馬上就會付的。

「告訴你吧，」送牛奶的第一次嚴厲地望著她，一把握住她下巴說，「你喜歡喝牛奶嗎？」

「嗯，我喜歡，」她答。

「好，」送牛奶的說。「明天完全沒有了。聽見嗎？明天一滴也沒有了。」

我想女用人大概今天有希望能有點牛奶，好像已經放心了。送牛奶的對她惡狠狠地搖搖頭，放了手，極不客氣地打開他的牛奶箱，在這家的瓶子裡注進平常那麼多的牛奶。做完這件事，他嘴裡嘰咕著走了，又到第二家門口拉開沒有人情講的尖嗓子，說他那一行的話了。

「請問闞都斯先生住在此地嗎？」當時我問。

過道底有個神祕的聲音答，「住在此地。」年輕的女用人一聽，也答，「住在此地。」

「他在家嗎？」我說。

那個神祕的聲音又答，在家，用人又依樣葫蘆說了一句。我一聽就進去了，照用人指點，上樓，走過後面起坐間門口的時候，感覺到有隻神祕的眼在察看我，可能就是發出那個神祕聲音的人。

到了樓梯頂——這屋子只有一層樓——闞都斯在樓梯平臺等我。看到我，他很喜歡，非常熱烈招待我進他的小房間。房間在屋子前面，陳列雖然不多，卻極整潔。我看他只有這間房，因為裡面有張兩用的沙發牀，黑鞋油刷和鞋油跟書放在一起——在書架頂層上，一本字典後面。桌上鋪滿文件，他穿一件藍上衣，正在忙著。我坐下，照我知道，我什麼也不看，已經一覽無遺了，甚至他磁墨水瓶上的教堂風景都注意到了。也是在密考伯家的時候養成的才能。他擋起衣櫃，收藏靴子，放剃鬢鏡子，等等，都有巧妙的方法，我看了更覺得事實證明，闞都斯還是老樣子，就是那個會用寫字紙做象洞模型，把蒼蠅放進去，受了虐待就畫我提過的，令人難忘的畫來安慰自己的人。

屋角放了用一塊大白布蓋得好好的東西。我不知道是什麼。

「闞都斯，」我坐下之後又跟他握手說，「看到你真高興。」

「我看見你也高興，考勃菲爾，」他答。「的確非常高興跟你會面。因為我們在伊立街會面的時候，我看見你高興得要命，你看見我一定也高興得要命，所以我把這個地址，不是我事務所的給你。」

「啊！你有事務所了？」我說。

「嗯，一間房一條走廊的四分之一，用四分之一書記，」闞都斯答。「另外三個人跟我合起來成立一組事務所——像個開業的樣子——我們也合用這位書記。我每星期出他半克郎薪水。」

我發現他含笑向我說明這件事，笑得還是跟以前一樣，露出天性純樸，脾氣和善，還有點從前倒楣的神情。

「並不是因為我要起碼的面子，考勃菲爾，你明白嗎，」鬫都斯說，「我平常才不把這裡的地址告訴人呢。只因為我的人作興不喜歡此地。我自己呢，在社會上求進展，掙扎得很吃力，要是硬充場面就莫名其妙了。」

「你在讀法律，準備做大律師吧，瓦特布魯先生告訴我的？」我說。

「嗯，對，」鬫都斯說，一面慢慢搓兩隻手，「我在讀法律，準備做大律師。實情是耽擱了很久，我剛開始我該履行的條款。我訂學業合約已經有些時候了，不過，出那一百鎊很費勁。好費勁啊！」鬫都斯說，好像拔掉一隻牙一樣，現出因為疼痛，微微一驚的樣子。

「你可知道我坐在此地望著你，免不了想起什麼來嗎，鬫都斯？」我問他。

「不知道，」他說。

「你從前穿的那套天藍色衣服。」

「天哪，真的！」鬫都斯笑道。「袖子跟褲腳都緊，你知道嗎？我的天！唉，從前那段生活很快樂，是不是？」

「我想，我們的校長也許可以讓我們日子快樂一點，用不著叫我們任何一個人受害，這是實情，」我答。

「他也許可以，」闞都斯說。「不過我的天，過那種生活也有很多趣味。你記得晚上常常在宿舍裡吃晚飯，聽你講故事。哈，哈，哈！你記得我為了梅爾先生哭下來，挨鞭子嗎？老喀銳刻爾！我也希望能再跟他會面呢！」

「拿對你的情形來說，他就是禽獸，闞都斯，」我氣忿地說，因為他這樣高興，我倒覺得昨天還看見他挨了打似的。

「你以為是那樣嗎？」闞都斯答。「真的？也許他是殘忍，還用說嗎？不過都過去了，很久了。老喀銳刻爾！」

「你那時候是一位叔叔撫養的嗎？」我說。

「當然！」闞都斯說，「就是我總要跟他寫信的那位。也總沒寫，嗯！哈，哈，哈！對，我那時候有位叔叔。我離開學校不久他就死了。」

「真的！」

「真的。他退休了，本來是幹——你們叫什麼的？——開布店的——布商——讓我做他的繼承人。可是我大了他並不喜歡我。」

「你真有這樣的想法嗎？」我說。他態度從容自若，我想像一定有別的意思。

「唉，有，考勃菲爾！我有這個想法，」闕都斯答。「這件事很不幸，可是他一點也不喜歡我。他說，我完全沒有達到他的期望，所以他跟女管家結了婚。」

「你有什麼舉動呢？」我問。

「我一點特別的舉動也沒有，」闕都斯說。「我跟他們住一起，等出來闖一闖。後來他的痛風不幸蔓延到胃裡——就死了，女管家嫁個年輕男人，我也就沒有依靠了。」

「闕都斯，到底你什麼也沒有得到嗎？」

「唉，有啊！」闕都斯說。「我得到五十鎊。我一樣行業也沒有學會。起初不知道怎麼打算。不過有個有專業的人的兒子幫我的忙，他也在賽冷學校讀過書的——堯勒，鼻子向一邊歪的。你記得他嗎？」

「記不得。他沒有跟我在那裡同過學。我在那裡個個鼻子都端端正正的。」

「沒關係，」闕都斯說。「開始時我靠他幫助，抄法律文件。幹這件事並不很成功。後來我替他們在審判中陳述案情，供高等法庭審查，作提要之類的事情。我是苦幹的那種人，考勃菲爾，學會了賣力做這種事。這麼做下來，我腦子裡有了自己學法的念頭，於是五十鎊遺產牘下來的就全用光了。不過，堯勒薦我到一兩家別的事務所——瓦特布魯就是一家——我接到好多零工。也算我運氣，認識一位出版界的人，他在編一本百科全書，叫我動起手來。真地，」（他瞥了桌子一眼）「我此刻正在工作呢。我做編輯還不算差，考勃菲爾，」闞都斯說什麼都有同樣愉快自信的神氣；「不過我什麼發明也沒有，一點沒有。我猜再沒有一個比我更沒有創作頭腦的青年了。」

看樣子闞都斯好像要我認為這是毫無問題的，所以我就點點頭。他接著說下去，跟先前一樣愉快而有耐性——我找不出更好的形容。

「所以漸漸地，不過闊綽日子，我到底攢起了一百鎊，」闞都斯說。「謝天謝地，把那筆錢付掉了——雖然這件事是——雖然的確是，」闞都斯說，又好像拔了隻牙，因為疼痛，微微一驚的樣子，「很費勁的。我靠剛才說的那種工作生活，希望不久跟一家報紙連絡上，這家報紙差不多就可以叫我發財了。喂，考勃菲爾，你完全是老樣子，討人喜歡的臉，看到你真開心，我什麼都不瞞你。所以你一定得知道，我已經訂婚了。」

訂婚了！唉，朵若！

「她是副牧師的女兒，」闞都斯說。「十姊妹之一，家住德文郡。對！」——他看見我不知不覺瞥了墨水瓶上的風景一眼——「就是那座教堂！你過這邊來，到左邊，由這個門出來，」他手指沿墨水瓶一路指點過去，「屋子就在我手握這枝筆的地方——對著教堂，你懂吧。」

他講這些細節的眉飛色舞之情，我事後才充分體會，因為當時我自私的思想正在畫司本羅先生家和花園的下層平面圖呢。

「她真是個可愛的女孩！」闕都斯說。「比我大一點，不過是最可愛的女孩！我可曾告訴你我要出城嗎？是到她家去的。走去走來，過了最愉快的一段時光！恐怕我們訂婚的期間可能相當長，不過我們的座右銘是『等，指望！』我們總說這句話。『等，指望，』我們總說。她肯等，考勃菲爾，一直等到六十歲——不管多大年紀，你說多大就多大——等我！」

闕都斯從椅子上起身，得意一笑，手放在我提過的那塊白布上。

「不過，」他說，「並不是我們沒有著手組織家庭。不是的，不是的。已經開始了。一定要一步一步來，不過已經開始了。這兒，」他掀開布來，又得意，又小心，「是開頭的兩件家具。這個花盆跟架子是她自己買的。把它放在起坐間的窗子上。」闕都斯說，說時離開花盆一點，好端詳得更添些賞玩，「等裡面種了花，那時候——那時候你瞧吧！這張小圓桌，大理石的桌面，圓周二呎十吋，我買的。要放一本書，或者別的什麼，你知道，或者有人來看你或你太太，就放一杯茶，那這候——那時候你再瞧吧！」闕都斯說。「手工好極了——大石頭一樣穩！」

我兩樣都大為稱贊，闕都斯又把布蓋好，跟揭開的時候同樣小心翼翼。

「小圓桌當陳設沒有什麼了不起！」闕都斯說，「不過總算是件像樣的東西。桌布、枕頭套那類東西最叫我灰心，考勃菲爾。鐵器也是——蠟燭盒、烤肉格子之類的日用必需品——因為這些東西有無很顯明，而且數量會增加。不過，我們『等，指望』。我告訴你，她真是頂可愛的女孩！」

「這一點我的確相信，」我說。

「這一會兒，」闞都斯重新坐下說——「我嚕嚕嗦嗦說自己的事就到此為止了——我的日子盡可能過得很好。我賺錢不多，不過花得也不多。總而言之，我在樓下人家包伙食，這家人倒的確是挺好的。密考伯先生跟太太都是閱歷豐富的人，一塊談談極有意思。」

「老闞都斯！」我一聽就大叫，「你說什麼？」

闞都斯望著我，倒好像不知道我在說什麼。

「密考伯先生跟太太！」我又說。「你還不知道，我跟他們熟極了！」

這時門上正湊巧有兩下敲門聲，根據我從前住溫瑟里的經驗，知道沒有別人，只有密考伯先生才這樣敲門，他們就是我的老朋友，再不用疑心了。我請闞都斯請他的房東上樓。闞都斯就憑欄照辦了。密考伯先生一點也沒有變——緊身衣、手杖、硬領襯衫、單眼鏡，全跟以前一樣——進了房，一副有教養、年輕的派頭。

「請您原諒，闞都斯先生，」密考伯先生說，聲音裡還是有從前的節拍，哼的一隻柔和的小調停了下來。「我還不曾覺察，您書房裡有位不屬於這套房間的人。」

密考伯先生對我微微鞠躬，把他的硬領往上一拎。

「您好嗎，密考伯先生？」

「先生，」密考伯先生說，「您過度厚道了。我一仍舊貫，過得去。」

「密考伯太太呢？」我接著問。

「先生，」密考伯先生說，「她也是，謝謝上帝，一仍舊貫，過得去。」

「令郎令嬡呢，密考伯先生？」

「先生，」密考伯先生說，「我樂於奉答，他們也安享康福。」

這整段時間，密考伯先生一點也不認識我，儘管我們面對面站著。不過此刻見到我面露笑容，他更仔細察看我的容貌，忽然退後大叫，「那裡會有這種事！我又有幸晤見考勃菲爾了嗎？」兩手極熱烈地和我握著。

「啊呀，闞都斯先生！」密考伯先生說，「我居然發見您認識我少年時代的朋友，早期的夥伴！——我的好人！」他向欄干下面叫他太太，這時闞都斯聽他這樣形容我，面露的驚詫可不算小，也難怪他。「闞都斯先生公寓裡有一位先生，他要介紹了見你呢，寶貝！」

密考伯先生立刻又來了，再跟我握手。

「我們的好朋友，博士好嗎，考勃菲爾？」密考伯先生說，「坎特布利的朋友大家都好嗎？」

「他們除了好消息，別的沒有奉告的，」我說。

「那再好也沒有了。」密考伯先生說。「我們最後一次還是在坎特布利會見的。我可以打個譬喻，在那個藉喬叟③的筆而成不朽，古時候四海最遠各地的人也來朝聖的大殿的一旁——要而言之，」密考伯先生說，「就在大教堂附近會見的。」

我回說正是在那裡。密考伯先生繼續盡其所能滔滔不絕談下去，不過我想，密考伯太太在隔壁洗手，匆匆忙忙打開抽屜，又關起來，舉動很不安，他聽了這些聲音，臉上並沒有顯出不放心的樣子。

「你發現我們，考勃菲爾，」密考伯先生說，一隻眼注意著闞都斯，「現在生活的派頭可以說很小，也不張揚。不過你明白，我生涯過程中，克服過許多困難，清除過許多障礙。你並不是不知道我一生有必需的時候，不得不躊躇一下，等某種期待中的機會。必要的時候，不得不退後一步，然後再躍進——我相信這個措詞不致被人責備我自大。現在正是人一生重大階段之一。你發現我退後一步，為了躍進。我十足相信，不久的結果是有力的一跳。」

我正在表示滿意，密考伯太太來了——照我看慣的情形來說，她比從前邋遢些，或者

---

③喬叟（Geoffrey Chaucer, 1340-1400），英國詩人，有《肯特伯里故事集》（*Canterbury Tales*）等作品。

現在似乎是這樣，不過為了見客，也收拾了一下，還戴了一副醬色手套。

「好太太，」密考伯先生說，一面把她挽到我面前來，「這兒有位先生，名叫考勃菲爾，他要跟你敘一敘舊呢。」

照事態的演變看來，這個消息要是稍微若無其事地宣佈出來，倒好得多。因為密考伯太太有喜，乍聽之下支持不住，人極不舒服，把密考伯先生嚇得手忙腳亂，只得趕到樓下後面院子裡貯水桶，端了一盆水來沖洗她額頭。不過不久她甦醒過來，見到我非常喜歡。我們一共談了半個鐘頭。我問她雙胞胎，她說，「都長大成人了；」問她大少爺和小姐，她把他們形容成「十足巨人」，不過那天沒有出來見我。

密考伯先生很希望我能待下去吃晚飯。我並不是不喜歡，不過我想，從密考伯太太的眼色看得出有麻煩，她在盤算還有多少凍肉，所以我請他們另約日子。發現這話一說，密考伯太太的心情立刻放鬆下來，所以他們怎麼勸我先吃晚飯，我都不答應。

不過我告訴闕都斯跟密考伯夫婦，我走之前，他們一定要約好一天，到我家跟我一起吃晚飯。闕都斯給接下來的生意縛住了，訂的日期非遠些不可，卻也講好大家都方便的一天，然後我就告辭了。

密考伯先生託辭要指我走條比我來時近些的路，陪我到街口，想跟老朋友，他跟我解釋，講句體己話。

「好考勃菲爾，」密考伯先生說，「我用不著告訴你，我們這裡在目前情況之下，有顆發光的心——要是我可以用這個說法的話——就是你朋友闞都斯的，寄住在我們家，我是說不出的暢快。隔壁有個洗衣服的女人，她起坐間窗口擺出杏仁糖來賣。路對過是位違警罪管制科的警官，你可以想像得到，他住在此地是我跟我太太的安慰泉源。我現在呢，好考勃菲爾，在做寄賣五穀生意。這並不是獲利甚豐一類的行業——易言之，沒有錢賺——其結果是有些一時的財政性質的困難。可是我很愉快地補充一句，馬上就有個機會要到手（那一方面的，還不便說），有了這個機會，我相信我就可以永遠顧好自己，顧好你的朋友闞都斯了，他是我自然而然關心的。也許你可以準備好聽到一個消息，就是照我太太目前身體的情況看來，最後在已有愛情結晶裡再加一個，並不是完全沒有可能——要而言之，嬰兒群裡又添一個。承我太太娘家的情，對這種事情的情況表示不滿。我只好說，我覺察不出這件事跟他們有什麼關係，所以他們揭示這種感覺，我嗤之以鼻，掉頭不顧！」

密考伯先生說完就跟我握手，走了。

第二十八回　密考伯先生的陣仗

貧婦設謀投資有道
義人失著結侶無期

在約好請我新找到的老朋友那天之前，我主要靠朵若和咖啡為生。我害著相思病，食慾不振，反而覺得很好，因為如果吃飯胃口照常，就是對朵若不忠了。散步的運動做了那麼多，並沒有得到這方面通常會有的效果，因為失望把新鮮空氣的好處抵消了。我還恐怕，凡是總穿緊靴子，叫腳受罪的人，沒有一個能好好享受肉食的，這是過這段時期生活實際得來的經驗。我想，要手腳安逸，胃的功能才能活潑。

這次家裡的小聚會，我沒有再像上次那樣大肆鋪張，僅僅預備了兩條箬鰨魚，一條小羊腿，一塊鴿餅。克拉太太一聽我靦覥地繞著彎兒表示，魚和大片肉要煮，就斷然反對，好像受了損害一樣自尊自貴起來說，「不行！不行，先生！您別叫我做這種事，您跟我挺熟了，知道我不會做不能叫自己十分滿意的事！」不過到末了，我們妥協了，克拉太太答應做這件難事，條件是此後我兩個星期之內不在家吃飯。

說到這裡，我可以提一提，克拉太太對我專橫慣了，給我受的苦很可怕。我怕別人從來沒有怕得這麼厲害的。我要是猶豫，她的那個妙用無窮的毛病就發作了，這個病在她身上潛伏著，很聽話，瞬息間會折磨她的臟腑。如果我客客氣氣拉鈴過了半打次數，還沒有用處之後，不耐煩地再拉，她終於來了——她絕對未必來——會面帶責備的神情，上氣不接下氣地把身子朝靠門口的一張椅子上一攢，手按在本色布衫的胸口，痛得要死，這時我情願犧牲白蘭地或任何別的東西，打發掉她，才得舒服。要是我反對我的牀在下午五點鐘鋪好——我現在仍然覺得這種安排很不舒服——她只要手朝同樣本色布衫傷口痛的地方一按，我就嚇得結結巴巴向她道歉。簡單說一句，我什麼體面的讓步都肯，只不願意得罪克拉太太。我怕得她要命。

我買了個舊的自動迴轉食品架，請客好用，總比再雇那個靈巧的少年好，我對他已經有了偏見，因為有個星期天上午在河邊碰到他，看見他穿了一件背心，跟我上次請客之後不見了的一件一模一樣。那個「小丫頭」又雇用了，不過約法三章，只准端碟子上來，然後退回外面一道門外樓梯平台上，站在那裡，這樣她那個喜歡管閒事的習慣就不會打擾客人，退出客廳的時候，也沒有辦法踾到碟子了。

我預備了一鉢加料葡萄酒的材料，等密考伯先生來混和。一瓶薰衣草香水，兩支蠟燭，一包各種各樣的針，一個針插，放在我鏡架臺上，這是給密考伯太太化粧用的。又在我臥房生了火爐，好讓密考伯太太方便。我親手把枱布放好，然後定心定意等客到。

到了約定的時間，我三位客人一齊來了——密考伯先生的硬領比平常的更高，單眼鏡換了新絲帶。密考伯太太沒邊的帽子放在發白棕色的紙包裹裡。闞都斯拎著這個包裹，一隻膀子挽著密考伯太太。他們全喜歡我住的地方。我帶密考伯太太到鏡架臺面前，她看到我替她準備的規模，歡喜若狂，叫密考伯先生來看。

「我的好考勃菲爾，」密考伯先生說，「這可真闊氣。這種生活方式叫我想起一段過去的時期，那時我自個兒還在過獨身生活，還沒有人死乞白賴地求密考伯太太到婚姻之神的壇前海誓山盟。①」

「他意思是他求我，考勃菲爾，」密考伯太太打趣他道。「他做的事可不能扯到別人身上。」

「我的好人，」密考伯先生突然認真起來答，「我沒有扯到別人的意思。命運之神的

---

①西方的婚姻神名**Hymen**，等於中國的月下老人。

主意是莫測高深的，把你保留給一個人，我太明白了，這個人注定經過漫長掙扎，末了還是要成為性質複雜的財政困難的犧牲品。我懂得你的暗示，我覺得可憾，不過受得了。」

「密考伯！」密考伯太太眼淚汪汪地叫道，「我該受這種言語嗎？——我，我從來沒有撇掉過你，永遠不會撇掉你，密考伯！」

「我的寶貝，」密考伯先生大為感動地說，「你一定會原諒，我們的老朋友，患難之交，考勃菲爾，也一定會原諒，一個最近精神受了創傷的人，跟狗仗人勢的小人衝突，易言之，跟一個鄙夫，自來水公司開龍頭關龍頭的衝突，因此容易感觸——這個人，有什麼過分的言行，你們會憐憫他，不會譴責他。」

密考伯先生說完就擁抱他太太，緊握我的手。我由這句不完整的話推測，知道那天下午他們家自來水停了，一定是因為水費沒有付。

為了把他這件傷心事岔開，我就告訴密考伯先生，葡萄酒要麻煩他去加料和成一鉢，把他領到放檸檬的地方。頃刻間，他剛才的沮喪已經化掉，不要說失望了。我從來沒有見過一個人聞到檸檬皮香味跟糖的香味，強烈的甘蔗酒氣，滾水的蒸氣，有密考伯先生那天下午那麼滋味十足的。他攪和各種料子，嘗嘗味道，神情不像是在替酒加料，倒像忙著替他家直到最近的下一代發財，臉上的光彩從各種美妙的氣味薄霧中向我們射出，我看了真有意思。至於密考伯太太，我不知道是什麼緣故，是帽子，還是薰衣草香水、各種針，還是爐子裡的火、或者蠟燭，總之她從我房裡出來，比較漂亮多了。再沒有比這位了不起的太太更快樂的人了。

我猜想——從來沒有冒冒失失問過，只是猜猜罷了——克拉太太炸過箬鰨魚之後，就病了。因為此後就沒有東西吃了。羊腿拿上來，裡面還是鮮紅的，外面慘白。而且還有些不相干的砂子一樣的東西撒在上面，好像掉在那個不同尋常的廚房火爐裡似的。不過我們不能因為看到那個「小丫頭」把肉湯潑得樓梯上到處都是，就斷定這件事——順便提一提，一長列肉湯的痕跡一直留在樓梯上，到耗掉為止。鴿餅還不壞，不過這是個騙人的餅。照骨相學家的眼光看來，外皮就像沒有出息的頭——長滿肉瘤腫塊，裡面卻沒有特殊的東西了。總之，這次宴會糟糕透了，我本來不快樂極了——說起了糟糕，我的意思是，因為提起了朵若，我總不快樂——幸虧我的朋友都很高興，原來密考伯先生又出了一個高明的主意，我才放心。

「我的好友考勃菲爾，」密考伯先生說，「家政處理得最好的人家也會有意外。有些家庭缺少普遍的處理能力，就是一方面加強，一方面聖化的那種——我的意思是，要而言之，就是婦道人家的影響，憑崇高的妻子的身分發揮的那種能力，意外準會有的，必須抱哲人的精神來順受。如果你准我放肆說一句話，很少有幾樣吃的東西本身的滋味比辣子肉好的，我相信，只要來一點分工合作，我們就可以弄出一樣好菜來，如果那個伺候我們的青年少女弄個烤肉架來，我可以讓你看到，這個小小的不幸可能很容易補救過來。」

食品室裡本來有個烤肉架，我早上的薄片鹹肉就是在那個上面弄熟的。我們立刻把它搬來，大家馬上把密考伯先生的主意付諸實行。他提起的分工是這樣的：——闕都斯把羊肉切成薄片；密考伯先生在肉片上搽胡椒、芥末、鹽、辣椒，這類事情不論那一樣，他做起來都最拿手；我就密考伯先生從旁指點，把肉片放上烤肉架，用叉子把它翻來覆去；再拿開；密考伯太太管在一隻小煮湯鍋裡把蕈醬弄熱，不停地攪。等到烤熟的肉片夠開席，我們就吃起來了，袖子捲著，一面把肉片放到火上去烤得吱吱地響，冒著火光，我們注意的是兩樣東西，碟子裡的羊肉和當時在烤的羊肉。

因為這種烤法新奇、高明、擾攘，常常動手烤肉，肉片脆了，從烤架上取下，熱烘烘的，常常坐下來吃，大家這樣忙，爐火烘得臉紅，非常開心，烤肉的吱吱聲和四溢的香味叫人口角流涎，結果羊腿吃得只賸骨頭。我的胃口出現奇蹟地恢復了。我記下這一點，非常慚愧，不過真相信我暫時忘記了朵若。密考伯夫婦就是賣掉一張牀來備辦這桌酒席，也不會更開心了，我真滿意。闕都斯全部時間一面吃，一面忙，盡情大笑。的確我們全體一起都笑了，恐怕再沒有更有趣的宴會了。

我們都高興無比，各管各的事，全在忙，要把最後一批肉片做得十全十美，成為全餐之冠，這時我忽然覺得房裡有個生人，我眼睛碰到栗鐵沒的那對冷靜的眼睛，他帽子拿在手上，站在我面前。

「你有什麼事？」我不知不覺地問。

「請原諒，先生。我是給派來的。我們先生在這兒嗎，先生？」

「不在。」

「您沒有看見他嗎，先生？」

「沒有。你不是打他那兒來的嗎？」

「不是直接打他那兒來的，先生。」

「他可有跟你說，你會在此地找到他嗎？」

「不完全如此，先生。可是我想，既然他今天還沒有來，明天也許會到這兒。」

「他會從牛津來嗎？」

「您請坐，先生，」他很恭敬地答，「讓我替您烤肉。」說完這話，就從我毫沒抵抗的手上拿了叉子去，彎下腰來對著烤架，好像他全部精神都集中在這上面了。

要是司棣福自己來，我們未必會心神不安，不過這樣一位體面的用人在面前，我們一瞬間都變成溫順到極點的人了。密考伯哼了一隻小調，表示他仍然十分自在，叭塌往椅子上一坐，匆忙收起來的一把叉子從他外衣懷裡凸出來了，好像他刺傷了自己。密考伯太太把她醬色手套戴上，做出上流人倦怠的樣子。闕都斯一雙油手掠他的頭髮，筆直地站著，瞪著桌布發慌。至於我，我坐在自家桌子主位上，只不過是個嬰孩，幾乎一眼也不敢看這位天曉得從那裡來的、把我家整頓好的體面人物。

這當兒他把羊肉拿下烤架，鄭重其事地給我們端上來。我們都揀了一點，不過胃口已經沒有了，僅僅做出吃的樣子。等我們一一把碟子推開，他悄悄把碟子撤掉，端上乾酪。吃完之後，他又撤掉，收乾淨桌子，把所有的東西放在自動迴轉式食品架上，給我們拿上酒杯，自動食品架送進食品室裡。這些事他都做得十全十美，眼睛從不看一下不是手上做的事。可是他背朝我的時候，兩隻胳膊似乎充分表示出他對我的成見，就是我極其年輕。

「您還有什麼要我效勞的嗎，先生？」

我謝了他，說，沒有了。可是他自己可要吃飯嗎？

「不用了，謝謝您，先生。」

「司棣福先生要從牛津來嗎？」

「對不起沒聽清楚，先生。」

「司棣福先生要從牛津來嗎？」

「我想他今兒也許會來這兒，先生。我原以為他今天已經到了此地。大約是我弄錯了，先生。」

「要是你先看見他——」我說。

「請您別見怪，先生，我想我不會先看見他。」

「萬一先看見的話，」我說，「請你說，今天他沒有在座，很可惜，因為有他一位老同學在此地。」

「真的，先生！」他在我和闕都斯兩人之間鞠了一躬，看了闕都斯一眼。

他輕輕走到門口，我想說句很自然的話，希望是微乎其微——對這個人我從來沒有辦到過——我說，——

「喂，栗鐵沒！」

「先生。」

「上次你在雅茅斯待得久嗎？」

「不太久，先生。」

「你看到船完工了吧？」

「看到了，先生，我待下來，就是為看船完工。」

「我曉得！」他眼光恭恭敬敬朝我的望著。「司棣福先生還沒看見吧，我猜？」

「我真不能說，先生。我想——不過我真不能說，先生。祝您晚安，先生。」

他說完這幾句話，向所有在座的人恭恭敬敬鞠了一躬，走了。他走之後，客人好像呼吸都更自由了，我自己感覺得輕鬆非常，因為在這個人面前，我除了總特別覺得自己吃虧，侷促不安之外，我的良心也在幾幾咕咕責備我，不該不信任他的主人，禁不住隱約擔心害怕，他已經覺察了。其實我並沒有多少要隱瞞的，卻總十拿九穩以為，這個人會發現我的心思。這是怎麼回事呢？

密考伯先生把我這個思想岔開了（我還有說不出的悔愧，怕和司棣福見面），他對不在場的栗鐵沒大加稱贊，認為他是最體面的傢伙，極了不起的男用人。我可以說，密考伯先生充分享了栗鐵沒對大家鞠躬歸他享的那一分，不搭架子地受了禮。

「不過酒呢，考勃菲爾，」密考伯先生嘗了一嘗酒說，「跟時與潮一樣，不待人的。啊！此刻味道最好。寶貝，你把你的意見告訴我好嗎？」

密考伯太太說酒好極了。

「那麼，」密考伯先生說，「要是我朋友考勃菲爾准我交際方面放肆，我要提起我朋友考勃菲爾跟我自己年紀輕些的日子，比肩在世界上戰鬥的日子，來乾一杯。關於我跟考勃菲爾，我可以說，從前我們好幾回一起喝過——

我倆山邊共遨遊

採擷美麗的告恩②

——「這是從比喻的觀點來說的。我不十分清楚，」密考伯先生說，聲音裡有從前的節奏，還有從前那種形容不出的說點高雅話的派頭，「告恩是什麼，不過考勃菲爾跟我一定常常摘過的，如果此舉可以辦到的話。」

密考伯先生當時那一刻喝了一口酒。我們都喝了——闞都斯顯然全神在奇怪，密考伯先生幾時跟我多少年前做過世界之戰的戰友的。

「啊哈！」密考伯先生清了清嗓子說，一面喝酒靠火爐取暖。「好人，再來一杯如何？」

密考伯太太說，只能來很少一點，可是我們不答應，所以還是斟滿了一杯。

「我們這裡都是自己人，考勃菲爾先生，」密考伯太太喝著酒說，「闞都斯先生跟我們家裡人一樣，我倒想聽聽你關於密考伯先生前途的意見。因為我一再跟密考伯先生說，」密考伯太太發表議論道，「五穀也許是上流人做的生意，可是沒有多少報酬，兩星期只有兩個到九個辨士的佣金，不管我們的標準多麼低，也不能算有報酬。」

這一點我們都同意。

「那麼，」密考伯太太覺得自己看事情有眼光，遇到密考伯先生作興要走歪一點的路

---

②告恩（gowan）是蘇格蘭文，義為雛菊，看下文可知密考伯並不認識此字。兩句詩是蘇格蘭詩人朋斯（Robert Burns, 1759-1796）所作，原題〈憶曩時〉。

的時候，總管他走正路，頗為自負。接著說，「那麼我就問我自己這個問題：如果五穀靠不住，什麼才靠得住呢？煤靠得住嗎？一點都不。我們把心思放在上面試過了，是我娘家的主意，發現它靠不住。」

密考伯先生靠在椅子上，手放在口袋裡，從旁看我們，點點頭，彷彿說，這麼說法，很明白。

「五穀跟煤這兩類商品，」密考伯太太進一步大發議論，「都不值得提了。考勃菲爾先生，我自然而然看看全世界說，『像密考伯先生這樣才幹的人，什麼地方是他可以成功的呢？』我把他做拿佣金的事踢開，不管什麼，因為佣金不可靠。我相信，最適合密考伯先生這種特別性格的人的，是可靠的事。」

闕都斯跟我都表示同情，低聲說，這個關於密考伯先生的大發現確實不錯，也提高他的身分。

「不瞞你說，我的好考勃菲爾先生，」密考伯太太說，「我早就覺得釀酒的行業特別適合密考伯先生。你看巴克萊和剖金司！再看區門・罕伯利・白克司頓③！密考伯先生的為人，照我所知道的看來，要有那種廣大的基礎才能發達。聽說利益厚呀——厚極了！不

③皆當時著名釀酒商。

過如果密考伯先生不能進那些公司——他寫過信給他們，表示要替他們服務，甚至做小職員，都沒有得到回信——老談這個打算又有什麼用？沒有。我也許相信密考伯先生的風度——」

「哼！真的，我的寶貝，」密考伯先生插嘴道。

「我的心肝，別則聲，」密考伯太太把醬色手套放在她先生手上說。「我可以相信，考勃菲爾先生，密考伯先生的風度做銀行業務特別相宜。我可以自己思量，如果我在銀行裡有存款，密考伯先生代表那家銀行，他的風度會引起信心，一定增加別的往來。不過要是各家銀行不借重密考伯先生的長才，或者不接納密考伯先生的投效，而態度傲慢，老談這方面的打算又有什麼用？沒有。至於辦一家銀行，我知道我娘家有些人，要是肯把錢交到密考伯先生手上，也許創立一家那種行業的字號。不過要是他們不打算把錢交到密考伯先生手上——他們是不打算的——又有什麼用？我又要說了，我們談起從前來，並沒有什麼進展。」

我搖搖頭說，「一點也沒有。」闞都斯也搖頭說，「一點也沒有。」

「從這一點我推斷得出來的是什麼呢？」密考伯太太繼續說，仍舊有把事情陳述得清清楚楚的氣概。「我身不由己的得到的結論是什麼，我的好考勃菲爾先生？要是說，我們明明非活下去不可，能說我錯嗎？」

我回說，「一點也不能！」闞都斯也答，「一點也不能！」後來我又單獨說了句聰明話，說人不是活就是死。

「就是了，」密考伯太太說。「正是如此。事實是，我的好考勃菲爾先生，要不是有跟現在極不相同的情況出現，我們準活不了。如今我本人相信，有一點最近已經跟密考伯先生說過幾次了，就是情況不會自動變化的。我們多少要出力才行。我也許錯了，不過我已經抱定這個意見。」

對於這個意見闞都斯跟我都大為拍手喝采。

「好了，」密考伯太太說。「那麼我出什麼主張呢？這位密考伯先生有各種資格——有大本領——」

「真的，寶貝，」密考伯先生說。

「好先生，請你讓我說完。這位密考伯先生有各種資格，大本領——我倒要說，有天才，不過這也許是做太太的偏心——」

闞都斯跟我都小聲說，「不是的。」

「這位密考伯先生卻什麼適當的位置、職業都沒有。誰該負的責任呢？明明是社會的。那麼我就要把這樣一件可恥的事掀出來讓大家知道，大膽要社會把它糾正過來。我好像覺得，我的好考勃菲爾先生，」密考伯太太激昂地說，「密考伯先生要做的事，是向社會挑戰，大意說，『讓我看誰來接受。接受挑戰的出來吧。』」

我冒昧問密考伯太太，這件事該怎麼樣才辦得到。

「登廣告啊，」密考伯太太說，「各報都登。我覺得，為了對他自己公平、對他家庭公平，我甚至要說，為了對到現在還一直忽略他的社會公平，他該做的是在所有報紙登廣告。把他是何等人物平平實實形容出來，有某些資格，是這樣措詞的：「注意，請延聘鄙人，須致酬勞，預付郵資函寄威．密．坎姆頓鎮郵局。」

「密考伯太太這個主意，我的好考勃菲爾，」密考伯先生說，一面把硬領在下巴頦前面拉攏，瞟了我一眼，「其實是我上次跟你幸會的時候暗示的飛躍。」

「登廣告相當貴啊，」我怕有困難，評論道。

「一點不錯，」密考伯太太說，說時保持明白事理的神情。「的的確確，我的好考勃菲爾。我跟密考伯先生想出過同樣的意見。特別是為了那個原因，我想密考伯先生應該籌一筆錢（我已經說過了，對他公平，對他家庭公平，也對社會公平）——方法是立一張票據。」

密考伯先生往椅子背上一靠，玩弄他的單眼鏡，眼朝天花板上望。不過我想他也在注意闞都斯，闞都斯則望著火。

「如果我娘家人，」密考伯太太說，「沒有一個有真正充分的同情來兌那張票據——我相信有個好些的商業名詞表示我的意思——」

密考伯先生眼睛仍舊望著天花板，主張用「貼現」這個詞。

「就把那張票據拿去貼現，」密考伯太太說，「然後我的意見是，密考伯先生應該上倫敦市商業中心去，把那張票據拿到金融市場，能換多少錢就換多少錢。要是金融市場的人逼著密考伯先生吃大虧，那就看他們有沒有良心了。我越來越覺得這是投資。我的好考勃菲爾，我主張密考伯先生去做這件事；當它是一定有得賺的投資，打定主意，不管什麼虧都吃好了。」

我當時覺得，可是現在沒有把握懂得為什麼覺得，密考伯太太出這個主意是自我犧牲，對丈夫忠義，於是低聲說出這個意思。闕都斯採取我的口氣，也說了同樣的話，眼睛還望著火。

「我不想，」密考伯太太喝了酒，把圍巾往肩膀上一圍，準備進我的臥室去的時候，說道，「我不想儘討論密考伯先生財務方面的這些事。在你爐邊，我的考勃菲爾先生，在闕都斯先生面前（他雖然不是很老的朋友，也十足算一家人了），我忍不住要讓你們兩位知道，我這個女流勸密考伯先生採取的方針。我覺得密考伯先生發揮所長——我還要說——堅持自己權利的時候已經到了。我好像覺得手段就是這些了。我知道自己只是個女子，男人討論這種事情的見識，大家總認為高些。可是我絕不該忘記跟爸爸媽媽在一起的時候，爸爸常說『艾瑪的身體脆弱，不過她理解問題比誰也不差。』我很明白，爸爸太偏心，可是他多少是個會看人的人，我要做孝順女兒，講道理，都同樣不許我懷疑這一點。」

說完這些話，她不肯聽我們請求，待下來給最後的一巡酒增光，到我臥室去了。我真覺得她是個高貴的婦女——那種古代羅馬的婦女，國難時期，做出英勇的事來。

我有這個印象，非常興奮，就對密考伯先生說，他有這樣的賢妻，真值得慶賀。闞都斯也向他道賀。密考伯先生伸手先後給我們握，然後用小手帕掩了面，手帕上的鼻煙我想比他覺察到的還多呢。隨後他又喝酒，興高彩烈了。

他談起話來流暢有力，咳唾成珠，要我們懂得，有了孩子，我們等於再生，而且受經濟困難壓迫的人，不管添多少孩子都是加倍歡迎的。說他太太近來對這一點有懷疑，不過給他消除了，他叫她放心。至於她娘家，根本配不上她。對他本人，他們完全不開心——借他自己的話來說，去他們的。

密考伯先生接著熱烈稱讚了闞都斯一番。他說闞都斯是個出色的人，想到他穩定的德性，這是他（密考伯先生）不能說自己有的，不過謝天謝地，他卻可以稱贊。他同情地提到那位不認識的小姐，就是闞都斯敬愛的那一位少女，而那位少女也真以情還情，對闞都斯敬愛，給他幸福。密考伯先生為她乾杯。我也乾了杯。闞都斯謝了我們兩人，說，「我真是非常感激你們。我敢包，她是最可愛的女孩！」他那副純真誠實的神情，我總算腦筋夠，感到非常著迷。

隨後密考伯先生趁早極婉轉卻隆重地暗暗提到我戀愛的情形。他說，他朋友考勃菲爾一定有了情人，也有人愛他，這個想法，除了他朋友考勃菲爾鄭重保證絕非實情，什麼也不能消除。我有一陣子覺得滾熱，很不自在，臉上一陣陣紅，說話結結巴巴，否認了半天，才端了酒杯說，「好吧，我就為了朵乾杯吧！」密考伯先生一聽，大為興奮快慰，趕快端了杯酒跑到我臥室，好讓他太太也為朵乾杯，他太太熱情地喝了，在裡面尖聲叫道「好極了，好極了！我的好考勃菲爾，我真開心。好極了！」一面敲敲板壁，表示喝采。

此後我們談的又是比較世俗的事情。密考伯先生告訴我們，他發現坎姆頓鎮不方便，等到廣告有了什麼滿意的結果，第一件他要做的事就是搬家。他提起牛津街西頭，面向海德公園有一排房屋，他早看在眼裡，不過他沒有打算馬上就租下來，因為那裡要殷實的人才能住。可能要等一段時期，他說明道，在這段時期之內，他要在體面的商業區——假定是波卡得利吧——找個樓上住下也滿意了，他太太一定會很高興。那地方只要添建一個弓形窗，加蓋一層，或者諸如此類修改一下，他家可以舒舒服服住幾年，也很高尚。不管將來有什麼等著他，也不管他們住那裡，他明明白白地說，有一點我們可以放心——總有一間房給闕都斯，一副刀叉給我。我們謝了他的美意。他請我們饒恕他扯到這些塵事俗務細節，原諒他，因為人遇到生活有嶄新計畫的時候，自然而然會如此。

密考伯太太又輕輕敲板壁了，她要知道茶泡好了沒有，這一來我們這一段友好閒談就打斷了。她非常慇懃地替我們泡了茶。不管那一刻我端茶、遞搽了奶油的麵包靠近她，她就低低問我朵的皮膚是白還是黑，身材是矮還是高，諸如此類——我想我給她問得很高興。

喝完茶，我們在爐邊談論好多話題，承密考伯太太的好意，唱拿手的民歌〈勇敢的白軍曹〉④，〈小塔夫林〉⑤給我們聽，她嗓音低柔微弱而無味，記得我最初認識她的時候，認為這種嗓子正等於音樂裡的普通啤酒。原來這兩支歌她在家跟爸爸媽媽一起生活的時候，是唱得很出名的。密考伯先生告訴我們，他第一次在他太太娘家聽她唱第一支歌的時候，就異常注意她了；等到他聽第二支歌的時候，就下了決心，非贏得她芳心不可，要不然就以身殉情。

到了十點、十一點之間，密考伯太太才起身，把沒邊的帽子放在棕色發白的紙包裡，戴上室外戴的帽子。密考伯先生乘闕都斯穿大衣的時候，偷偷塞了一封信在我手裡，悄悄地叫我有空再看。密考伯先生第一個走，挽著他太太，闕都斯提著帽子包裹跟在後面，我也乘拿了蠟燭在欄干上照他們下樓的機會，在樓梯頂拖住闕都斯片刻。

「闕都斯，」我說，「密考伯先生不是害人的人，可憐的傢伙。不過要是我是你，我

④John Burgoyne（1722-1792）將軍兼戲劇家、倫敦時裝界領袖作詞，Henry Bishop（1786-1855）製譜。

⑤Stephen Storace（1763-1796）為Hoare親王喜劇The Three and the Deuce所作曲子，英文原名為Little Taffine with a Silken Sash。

什麼也不借給他。」

「我的好考勃菲爾，」闞都斯笑答，「我什麼也沒有可以借給人的啊。」

「你是有名有姓的，你懂吧，」我說。

「啊呀！你認為那也是可以借的嗎？」闞都斯答，現出沈思的樣子。

「當然。」

「啊呀！」闞都斯說。「不錯，是能借！非常感謝你，考勃菲爾。不過——恐怕我已經借給他了。」

「供他開立票據去做某種投資？」我問。

「不是，」闞都斯說。「不是為那張票據。那張票據，我這還是第一次聽到。我也在想，回家的路上他極有可能提出來。我保的是另外一張。」

「希望不會出亂子才好，」我說。

「我希望不會，」闞都斯說。「我想大約不會，因為他前幾天還告訴我，錢已經準備了。那是密考伯先生的話——『準備。』」

這時候，密考伯先生仰起頭來看我們站在那裡，我僅僅有時間再提一下我的警告。闞都斯謝了我下樓。不過我眼看他手上拿著帽子包裹，膀子伸給密考伯太太，一副溫厚樣子，非常害怕他由頂至踵給拖進金融市場。

回到爐邊，一半認真、一半好笑地細想密考伯先生跟我的舊誼，這時我聽到有急步上樓的聲音。起初我以為闞都斯回來找密考伯太太丟下來的什麼東西。不過，腳步走近以後，我知道是誰了。我心跳得很厲害，血往臉上湧，腳步聲是司棣福的。

我從來沒有忘記娥妮絲的話，她也從來沒有離開過我心裡為她闢出的聖殿——假使我可以這樣稱這塊地方——從一開始我就把她放在那裡的。不過等他進來了，站在我面前，手伸過來，罩住他的黑暗又變成了光明，我覺得狼狽、羞慚，不該疑心我衷心熱愛的這個人。我愛娥妮絲之心並不減少。想到她還是覺得同樣仁厚、溫柔，我生命裡的天使。只怪自己，不怪她，辜負了司棣福。只要知道怎麼補償他，不管什麼，只要知道怎樣做法，我都會做。

「喂，小菊花，老同學，發愣了！」司棣福熱烈跟我握手笑道，開玩笑地又把我手扔開。「我可是又撞到你請客了，你這個奢侈的傢伙！博士會館這些人是城裡最貪快樂的，我相信，把我們樸素的牛津人全打垮了！」他目光鑠鑠，興沖沖地把房間四面一望，隨即坐在我對面密考伯太太剛才空出來的座位上，把火撥得吐焰。「開頭我太詫異了，」我盡可能熱烈歡迎他說，「氣都接不上來問候你，司棣福。」

「嗯，蘇格蘭人有句話說，看到我，害了病的眼睛都會好，」司棣福答。「看到你花全開了是一樣，小菊花。你好嗎，我的醉仙？」

「我很好，」我說，「今天晚上沒醉，雖然我承認有三個客人。」
「在街上他們三個人我全碰到了，」司棣福答。「穿緊身衣的是誰啊？」
我盡可能用很少幾句話明白地把我對密考伯先生的看法講給他聽。他看我形容那個人那麼不高明，由衷地笑了，說這個人值得認識，他一定要認識他。
「不過你猜我們另外一位朋友是誰？」輪到我說了。
「天曉得，」司棣福說。「不是個厭物吧，我希望？我想他有點像個厭物。」
「闞都斯啊！」我得意地說。
「闞都斯是誰？」司棣福問，那種毫不在乎的樣子。
「你不記得闞都斯了？賽冷學校我們同房間的闞都斯。」
「啊，那個傢伙！」司棣福說，一面用撥火棍敲火爐頂上一塊煤。「他還是從前那樣沒用嗎？你到底怎麼找到他的？」
我盡可能稱讚闞都斯，因為我覺得司棣福相當輕視他。司棣福微微點頭一笑，說他也希望會到老同學，因為他一向是個怪人，就把這個話題岔開了。他問我可有點什麼給他吃的。在這短短一段對話的當兒，他並不精神抖擻地暢談，大多數懶散地坐著，用撥火棍敲煤塊。我注意到，我端出贖下的鴿餅等來，他都是如此。
「啊呀，小菊花，這是皇帝吃的晚飯呀！」他突然打破沈默叫道，隨即在桌子面前坐下。「我要好好嘗一嘗這頓美味，因為我是從雅茅斯來的。」
「我還以為你從牛津來的呢，」我答。
「不是，」司棣福說。「我一直在航海——過這種生活更有意思。」
「栗鐵沒今天上這兒來了，找你，」我說，「我推料他當你在牛津。不過現在想起來了，他的確沒有說這話。」
「栗鐵沒居然來打聽我下落，真比我想像的蠢得多，」司棣福說，高高興興斟了杯酒，向我舉杯。「至於懂得他的為人，要是能做到這一點，小菊花，你就比我們多數人都聰明了。」
「這話不錯，的確，」我說，一面把椅子移近桌子。「你原來是由雅茅斯來的，司棣福？」我想知道全部情形。「你在那裡有沒有待很久？」
「不久，」他答。「著實胡作非為了一個星期左右。」
「他們都好嗎？當然小艾姆麗還沒有結婚吧？」
「還沒有。我相信——幾個星期之內，或者幾個月，或者長點，或者短點，就會結婚了。想起來了」——他放下手上忙碌的刀叉，在口袋裡摸索——「有封給你的信。」
「誰的？」
「噢，你老保姆給你的，」他答，同時從胸前口袋裡掏出些文件來。「詹‧司棣福老爺，甘心酒店債務人，」，不對。別急，馬上就找到，老某某人的情形不見好，是關於這件事，我相信。」

「巴基斯，你是說？」

「對了！」還在口袋裡摸，看裡面的東西。「巴基斯完了，我恐怕。我看到一個小藥劑師——外科醫生，或者不管他是什麼吧——就是替你閣下接生的那一位。我覺得他對這個病的學問淵博得很。不過他的結論是，這位馬車夫的最後一段旅程相當快。把手伸到那邊我大衣口袋裡，我想你會找到那封信。在那兒嗎？」

「找到了！」我說。

「對了！」

裴格娣寫的——筆跡比平時的更看不清楚，也很短。信裡告訴我他丈夫病入膏肓的情形，暗示他比以前「更小氣些」了，所以要想服侍得他舒服一點也更難。信裡沒有提到她多累和不睡覺看護他的事，倒大大稱贊他。信寫得平鋪直敘，毫不造作，有樸實的虔誠，我知道是她親筆，末了「問候我永遠寶貝的，——」指的是我。

我在吃力地讀的時候，司棣福繼續吃喝。

「倒楣得很，」我看完了信，他說，「可是每天太陽要落山，每分鐘有人死，大家的命運都一樣，我們絕不可以給它嚇壞。要是聽到那個不分貧富貴賤，一視同仁的腳步聲在什麼地方敲門就支持不住，世界上的一切就都要從我們手上滑掉了。不行！前進！必要時穿釘靴防滑，穿平底鞋行就穿平底鞋，只要能向前衝！衝過所有的障礙前進，贏到這場賽跑。」

「贏什麼賽跑？」我說。

「我們開始參加的賽跑，」他說。「向前進！」

他說完的時候，漂亮的頭有點向後仰，舉起酒杯望著我，我記得看出，雖然海風吹得他臉上精神抖擻，血色紅潤，卻有我上次就看到的形跡，好像發揮他那股強烈的力量做勉力的事已經成了習慣，一旦激起，就在他內心沸騰。我本想勸他不要拼命不管什麼喜歡的事都幹——諸如受這種驚濤駭浪衝擊，不拿惡劣的天氣當回事——可是我的心思又岔回當時的話題上去，就再談下去。

「我的主張是這樣的，司棣福，」我說，「你精神這樣旺，要是肯聽我的話——」

「我精神很旺，隨便你喜歡的什麼事都做得來，」司棣福答，說著離開桌子，又走到爐邊。

「那麼我的主張是這樣的，司棣福。我想我要去看我的老保母。並不是我可以給她什麼好處，或者真正幫她什麼忙。不過她太疼我了，我去看她，對她有好處，好像我能辦到這兩點一樣。她會很喜歡我這麼做，覺得得到安慰和支持。照她向來對我這麼好來說，我去絕不算費事。你要是處在我的地位，不會花一天功夫去一趟嗎？」

他臉上現出沈思的樣子，坐下來想了一會兒才低聲回答我，「當然，去就是了！你不會妨事。」

「你剛由那邊來，」我說，「請你陪我去，請不動吧？」

「對啊，」他答。「我今兒晚上要回高門去。好久沒看我母親了，良心過不去，因為她愛她的浪子，這倒是很值得珍重的，——呸！胡說！——你是說明天去，我猜？」他說，這時伸出兩手，一手握住我一隻肩膀。

「是的，我想，」

「好了，那麼，你過了明天再去。我本想你到我們家，跟我們住幾天的。我來了，就是要請你的，你卻要飛快去雅茅斯了！」

「倒虧你說得出我飛快呢，司棣福，你總是有些沒人知道的探險活動或者別的什麼東闖西蕩呢！」

他望了我一會，沒講話，然後，手還握住我，搖搖我答，——

「唶！就明天吧，明天盡可能跟我們在一起！誰知道我們幾時再見呢！唶！就明天！我需要你站在蘿洒・笪忒爾和我之間，把我們隔開。」

「沒有我，難道你們會更卿卿我我嗎？」

「會的，或者更恨，」司棣福笑道。「不管那一種情形。註定了！就明天吧！」

我說，就明天吧。他穿了大衣，點了雪茄，動身回家。我發現他有這個意思，就也披上我自己的大衣（不過沒有點雪茄，因為有一陣已經抽多了），跟他走到大道盡頭；當時夜裡路上已經很冷清。他一路興致極高，分手的時候，我看他昂然輕快地往家裡去，想到他的話，「向前衝過所有障礙，贏這場賽跑！」第一次希望，他有什麼可貴的賽跑要贏。

我在臥室衣服一脫，密考伯先生的信掉到了地上。這才記起來。我拆開讀了，內容如下。信是晚飯前一個半鐘頭寫的。我不知有沒有提起來過，密考伯先生不管那次遇到過不了的難關，總用法律之類術語，好像以為這樣就等於整頓了他的事情。

逕啟者——因為我不敢用「我親愛的考勃菲爾」，

信末署名人已潦倒不堪矣，須奉告方妥。他為不讓你過早知道他處境悲慘，曾若隱若現竭其微力掩飾，今天你或已察知一二；然希望已沈地平線以下；信末署名人已潦倒不堪矣。

此函在某人（我不能稱他為夥伴）耳目所及範圍內下筆，其人彼時瀕於醉酒，受雇於某經紀。此人可因本函署名人欠租而執行扣押，依法占有其房屋。扣押清單內不僅包括本宅常年租戶，即此函署名者之全部動產，且包括寄宿者，即內院榮譽法學會會員湯瑪斯⑥．闕都斯，所有動產。

---

⑥湯瑪斯是「湯密」的全稱。

「遞與」（借用某不朽作家字眼）⑦函末署名人脣邊悲哀之杯本已滿溢，若謂尚見一滴，則有一事已予補足：上述湯瑪斯・闕都斯先生高誼惠允承兌函末署名人所立二十三鎊四先令九辨士半票據，現已過期，並未備款以待也。再者，函末署名人所負贍養之責，循自然趨勢，將因再添一無助苦兒而增加。該苦兒之悲慘露面——說個整數吧——預計本日起不過六個太陰月⑧。

前提諸項之後，再補一句，以作餘功⑨，即失望永遠降臨於

威爾金斯・密考伯。

闕都斯可憐！我那時已經清楚密考伯先生的為人，料得到他在打擊之後也許已經沒事了。不過，想到闕都斯，想到德文郡副牧師的女兒，十姊妹之一，非常可愛的女孩，肯等闕都斯（這真是不吉利的恭維！）一直等到她六十歲，或者說得出的隨便多大的年紀，我這一夜睡得壞透了。

⑦原文用commended，見〈馬克白〉一幕七景十一行。
⑧太陰月每月有二十九日十二時四十四分。
⑨依天主教聖公會神學，指分外立功，可補他人之過者。

第二十九回　重訪司棣福之家

笪忒爾生疑柢偏究
司棣福弄巧反遭殃

我早上跟司本羅先生說，我要告短期的假。因為不拿什麼薪水，所以那個沒有情誼的焦金斯不覺得我可惡，准假不成問題。乘那個機會，我聲音黏在喉嚨裡，兩目昏花，說出一句問候司本羅小姐的話。司本羅先生答話毫無感情，好像對普通的人說話一樣，說他很承我的情，他女兒很好。

我們身為簽了約的學徒，是代訴人這種貴重人物的幼芽，總受到很大的尊敬，幾乎時時要怎麼就怎麼的。不過我並不想在下午一兩點鐘之前趕到高門，因為那天上午法庭裡又有一件逐出教會的小案子，我跟司本羅先生很適意地花了一兩個鐘頭出庭。這件案子叫做

「法官的公職」，由遜金士提出，要糾正布洛克靈魂方面的過失。事情是這樣發生的，兩位教會執事扭打，其中一位據說把另一位推到抽水機上，抽水機的把手戳進一間學校裡去了，這間學校是在教堂屋頂山牆下面的，所以這一推就構成了褻瀆罪。案件很有趣，我到高門坐在公共馬車廂裡，一路都因為這件案子在想博士會館和司本羅先生所說關於會館的話，和把國家弄垮的事。

司棣福母親看見我很開心，蘿洒・笪忒爾也是。我發現栗鐵沒不在那裡，不覺驚喜。有個端謹的小女用人在客廳伺候我們。她帽子上繫了藍絲帶，比起那個體面的男用人來，如果偶爾無意瞥見，她的眼睛要討喜得多，也不那麼叫人倉惶失措。不過我特別看出的是，到了那裡還沒到半個鐘頭，笪忒爾小姐就嚴密地注意我，好像偷偷摸摸把我的臉跟司棣福的比較，把司棣福的臉跟我的比較，伺機刺探這兩張臉透露了什麼。每次我望她一眼，一定看見她急切的神情，一雙可怕的黑眼睛，尋根究底的額頭，表現的一心一意注意我的臉要就突然從我轉移到司棣福臉上，或者同時注意我們兩人。她這種山貓一樣的細看，被我察覺，她也看到，卻毫不畏縮，卻同時銳利地盯緊我，更現出比先前還要一心一意的神情。不管她疑心我做了什麼壞事，我實在問心無愧，也明知如此，可是仍舊避開她這雙古怪的眼睛，實在吃不消那種餓渴的光。

整天好像整個屋裡都有她。我要是在司棣福房裡跟他說話，就聽到外面小走廊上她衣裳的窸窣聲，我跟司棣福在屋後草地上玩我們從前玩的若干遊戲，就看見她的臉從一個窗口移到另一個窗口，好像一盞神出鬼沒的燈，然後在一個窗口釘牢，盯住了監視我們。下午我們四個人一齊出外散步，她的瘦手像彈簧一樣鉤住我的膀子，把我留在後面，讓司棣福跟他的母親繼續向前，聽不見我們的聲音，然後對我說話。

「你好久沒來這兒了，」她說。「你的職業真有這樣迷人有趣，把你全神吸住嗎？我問你，是因為自己無知無識，總想得點兒指點。不過是不是真的呢？」

我回說，我很喜歡，不過也的確不能說我的職業這樣有趣。

「呀！我知道了，好極了，因為我錯了，總喜歡旁人糾正我，」蘿洒・笪忒爾說。「你意思是說，有點枯燥，也許？」

「嗯，」我答，「也許的確有點枯燥。」

「呀！這就是你需要消遣，換換空氣的原因了——需要刺激，一切等等？」她說：「唉，對極了！不過，他是不是——嗯，——也有一點？我不是說你。」

她說完很快朝司棣福走的地方一瞟，他正挽著他母親，我由這一點，知道她指誰，不過此外我就完全不懂了。我臉上一定現出這種迷惘。

「是不是——我沒有說一定是，注意，我只是想知道——是不是他著迷了？是不是搞得他，也許，比平常更疏忽一點，都不大來看盲目溺愛他的——嗯？」又極快望了他們一眼，又望了我一眼，好像要探看我內心最隱祕的地方。

「笪忒爾小姐，」我答，「請你別以為——」

「我沒有！」她說。「唉，天哪，別以為我想什麼！我不是多疑的人。只問個問題。我並不發表意見。我要憑你告訴我的話才構成我的意見。照你這一說，並不是的了？好了，我知道就很高興了。」

「的確，」我不知道怎樣才好地說，「司棣福比平常離家更久些，並不能怪我——要是他真這樣的話。我此刻真不知道他有這個情形，還是你告訴我的呢。這麼久，昨天夜晚我才見到他。」

「沒有嗎？」

「沒有，笪忒爾小姐，一直沒有見到。」

她這時臉正對著我望，我看見她面色越來越猙獰蒼白，舊傷痕延長，畫過帶破相的上唇，深入下唇，斜印在臉下部。這道傷痕和她盯著我望那雙爍爍發亮的眼，我看來的確有些可怕。

「他幹什麼呢？」

我照著說了一句，與其說對她說的，不如說自言自語，認為我太驚愕了。

「他幹什麼呢？」她問，那種急切好像一把火，要把她燒光。「那個人幫他幹什麼呢？

每次他看著我，眼睛裡總有猜不透的虛假。要是你是正派忠實的人，我並不叫你賣朋友。我只請你告訴我，是發脾氣、還是仇恨、是驕傲、是心不定、是什麼妄想、是戀愛，**到底是什麼**，弄得他這樣？」

「笪忒爾小姐，」我答，「從上次我到這裡來起，司棣福的事我一點也不知道。要怎麼告訴你，你才會相信呢？我什麼也想不起來。十足相信什麼事也沒有。甚至你的話我都不明白。」

她仍舊站著，盯著我望，殘忍的疤痕上現出痙攣或悸動，我沒法不聯想到這是痛苦的表現，同時她嘴角往上一翹，好像輕蔑，或是憐憫，表示看不起她所輕蔑、憐憫的人。她慌忙用手掩了唇——那麼瘦、那麼纖弱的手，我看到她在火爐面前舉起來遮臉的時候，腦子裡不禁把它比作細緻的磁器——忽促、兇惡、激動地說，「關於這席話你要發誓守祕密！」再也不響了。

司棣福母親跟兒子在一起，特別快樂。司棣福呢，這次對母親特別殷勤孝敬。看他們在一起，我覺得非常有意思。不只是彼此親愛，也因為彼此極其肖似，司棣福高傲、躁急，但他母親因為上了些年紀，也是女性，就溫柔了好多，顯得優雅尊嚴。好幾次我想，他們彼此要是沒有重大的齟齬就好，否則兩個這樣性格的人——我應該這麼說，兩個細微地方都一樣的人——比兩個上天造來極端相反的人更難調和。我要實說，這並不是我觀察得來的創見，而是蘿洒・笪忒爾的話揭露的。

吃晚飯的時候她說：

「呀，你們一定要告訴我，隨便那一位，因為我整天在想這件事，想曉得。」

「你要曉得什麼事啊，蘿洒？」司棣福母親說。「求求你，求求你，別神神祕祕的。」

「神神祕祕！」笪忒爾小姐叫道。「呀，真的嗎？您以為我神神祕祕嗎？」

「我不是總請你，」司棣福母親說，「直直爽爽，照你自己自自然然的方式說話？」

「呀！看來這不是我自自然然的說法了？」笪忒爾小姐答。「你們可得原諒我，因為我想得點知識。人總是不了解自己的。」

「這已經成了你第二天性了，」司棣福母親說，說時並沒有一點不快，「不過我記得——你也一定記得，我想——你本來不是這樣的，蘿洒。我是說，你不那麼小心提防，更信賴別人的時候。」

「我想您一定有道理，」笪忒爾小姐答。「這麼說，原來我養成了壞習慣了！真的嗎？少提防，多信賴別人？我怎麼會不知不覺變了呢？咦，真怪。我一定要研究，恢復自己的本來面目。」

「我希望你會，」司棣福母親含笑說。

「呀，我真願意，您知道！」笪忒爾小姐答。「我要學坦白，跟——我想想看——跟詹姆斯學。」

「你跟他學坦白，蘿洒，」司棣福母親急忙說——因為笪忒爾話裡總有點諷刺的意味，雖然這句話說得最算不知不覺的——「再好也沒有了。」

「這一點我的確相信，」笪忒爾熱烈得異乎尋常地答。「如果我對任何事的確相信，您知道，對這一點就的確相信了。」

司棣福母親在我看好像懊悔剛才有點著惱，因為她馬上和顏悅色地說：

「好了，我的好蘿洒，我們還沒有聽到你想知道的是什麼呢？」

「我想知道的嗎？」她答，態度冷得叫人看了冒火。「呀！只是想知道，品性一樣的人，是不是——是非的看法，該這樣說嗎？」

「怎麼說都一樣，」司棣福說。

「謝謝你！——品性一樣的人要是碰到什麼彼此意見極合不來的事，是不是比品性不同的兩人更容易生氣不和，裂痕更深？」

「我認為更容易，」司棣福說。

「你認為嗎？」笪忒爾頂他道。「我的天！那麼假定，例如——什麼不可能的事都可以用來假定——你跟你母親非常認真地吵起來了。」

「我的好蘿洒，」司棣福母親和藹地笑道，「想點別的假定吧！詹姆斯跟我知道我們彼此對於對方的責任，我求老天爺！」

「哦！」笪忒爾小姐點頭深思道，「當然啦。那樣就可以避免了嗎？嗯，當然可以。的的——確確。好，我這麼蠢，提出這個假定，我很高興，因為，總算知道你們彼此對對方的責任會避免這種事！非常感謝你們。」

還有一件跟笪忒爾小姐有關的小事，我切不可漏掉不提，因為後來所有無從補救的往事都一清二楚的時候，這件事我就記起來了。這一整天當中，特別是從此刻起，司棣福運用他的絕技，而且運用得悠閒自在之極，迷得這個怪人變成了叫人愉快、自己也愉快的夥伴。他能做到這一點我看了並不希奇。笪忒爾小姐拚命不要受他討人喜的魅力的影響——他那魅力，當時我覺得是討人喜的本性——我也不覺得希奇，因為知道她有時偏見很大，性情乖張。我看著她面貌和態度慢慢在變，她望著他越來越愛慕；看著她想法子要抵抗他天賦使人顛倒的力量，而抵抗力越來越弱，總恨她自己太不濟。最後，我發現她機警的目光軟化，笑容變得十分溫柔，我已經不整天那樣怕她了，我們都圍爐坐著有說有笑，跟小孩一樣無拘無束。

到底是我們坐得太久了，還是司棣福決心不失掉他得到的優勢，我不知道，不過，笪忒爾小姐走了不過五分鐘，我們就不在餐室裡了。「她在彈豎琴，」司棣福在客廳門口輕聲說，「這三年除了我母親，我相信沒有人聽她彈過。」他說時臉上現出奇異的、隨即消逝的笑容。我們進了廳裡，發現她一個人在裡面。

「別起來，」司棣福說（她已經站起來了），「我的好蘿洒，別這樣！請你做一次好事，給我們唱隻愛爾蘭歌。」

「愛爾蘭歌有什麼好聽？」

「非常好聽！」司棣福說。「比那一種別的歌都好聽得多。這位小菊花，他從心底裡喜愛音樂。給我們唱一隻愛爾蘭歌，蘿洒！我照老樣子坐下來聽。」

「蘿洒怎麼了？」司棣福母親走進來說。

司棣福並沒有碰她，也沒有碰她剛才坐了的椅子，卻在靠豎琴的地方坐下。笪忒爾小姐在琴邊站了片刻，神情很特別，用右手做彈琴的動作，卻不彈響。末了她坐下，突然把琴移近，又彈又唱起來。

我不知道是怎麼回事，聽了她彈奏的、詠唱的這隻歌，不禁毛骨悚然，我一生再也沒有聽過，也想像不出更可怕的了。這隻歌的骨子裡有說不出的恐怖。好像從沒有人寫過這首歌詞，或者譜成曲子，而是由她內心的苦痛迸出的，在她唱低音的時候又不完美地表現出來，等全靜下來的時候，又縮回去了。她倚在琴旁，用右手撥弄，卻沒有聲響，我呆了。

又過了一分鐘，有件事把我從恍惚中驚醒：司棣福離了座，走到她面前，摟住她笑道，「來，蘿洒，將來我們要非常相愛呢！」蘿洒打了他一下，把他推開，憤怒得像頭野貓，衝出廳去。

「有一陣子，母親，」司棣福答，「她跟天使一般，然後走相反的極端，來撈本。」

「你該小心別惹她的，詹姆斯。記住，她脾氣已經變壞了，不應該去激她。」

薩洒沒有回來，他們也沒有再提她。後來我跟司棣福到他房裡，道了晚安，他笑薩洒，問我有沒有見過這樣一個潑辣的莫名其妙的小東西。

我表示驚駭，當時找得出的字眼全用了，問他可猜得出她為什麼忽然生這麼大的氣。

「唉，天曉得，」司棣福說。「你以為什麼就是什麼了——或許什麼也不為！我告訴過你了，她把樣樣事情，連她自己，都放在磨子上磨鋒利了。她是件利器，跟她相處要小心。總是危險的。明天見！」

「明天見，」我說，「我的好司棣福！明天你醒以前我就走了，再會了！」

他不願意就讓我走，站著，兩手一邊一隻擱在我肩膀上，把我撐住，好像在我房裡的情形一樣。

「小菊花，」他笑道——「雖然這不是你教父教母給你的名字，卻是我最喜歡用來叫你的——我希望、我希望，我希望你把這個名字給我！」

「我嗎，可以的，要是我喜歡，」我說。

「小菊花，假使有一天居然有什麼事把我們拆開，你想到我一定要想我最好的地方，老同學。唶！就這麼說定。要想到我最好的地方，假使情況變了，把我們拉開。」

「你在我心裡沒有最好，」我說，「也沒有最壞。總是不分高下的愛和珍貴。」

我冤枉過他，雖然冤枉他的念頭還沒有具體，我心裡已經非常悔痛，要把這件事向他坦白的話已經冒到了舌邊。若不是因為不願背棄娥妮絲對我這番體己的用心，也不知道這句話怎麼說才不會有危險，在他說「上帝保佑你，小菊花，再會！」之前，這話已經對他說了。我一猶疑，到底沒有說出口。我們握了手，分別了。

我天沒大亮就起來了，盡量靜悄悄地穿好衣服，向他房裡一張。他睡得很熟，舒舒服服躺著，頭枕在膀子上，像我在學校裡時常看到的一樣。

我望著他，發現沒有什麼攪亂他的安眠，幾乎覺得奇怪的當兒，時光到得恰好，也到得很快。不過，他是睡著的——再讓我想到他還是這樣吧——像我在學校裡常常看到他的睡相。就這樣，在這靜寂的一刻，我離開了他。

——永遠不能了，唉，上帝饒恕你，司棣福！再不能愛慕你，做你的朋友，接觸那隻不會動的手了。永遠、永遠不能了！